****

In das Feuer

Buch Fünf der Serie *Aufstieg der Republik*

von
James Rosone

****

Ins Deutsche übertragen von
Ingrid Könemann-Yarnell

ingridsbooktranslations.com
© 2022

****

Lektorat
Frank Dietz
www.frankdietz.com

****

Illustration © Tom Edwards
TomEdwardsDesign.com

****

Veröffentlicht in Zusammenarbeit mit Front Line Publishing, Inc.

©2021, James Rosone in Zusammenarbeit mit Front Line Publishing, Inc.

Mit Ausnahme einer Erlaubnis nach dem U.S.-Urheberrechtsgesetz von 1976 darf kein Teil dieser Veröffentlichung ohne die vorherige schriftliche Zusage des Herausgebers in irgendeiner Form oder auf irgendeine Weise reproduziert, verteilt, übermittelt, oder in einer Datenbank oder in einem Wiedergabesystem gespeichert werden.

Alle Rechte vorbehalten
ISBN: 978-1-957634-34-0
Sun City Center, Florida, USA
Library of Congress Control Number: 2022909031

Bakshi lachte. »Nach dieser Kampagne werden wir alle Schlaf brauchen.«

»Damit haben Sie sicher Recht, Sir. Liegen uns Berichte vor, wie der Angriff der letzten Nacht verlief?«, kam Pilecki direkt zum Thema. »Meine Leute erreichten ihre Ziele, mussten aber einen Angriff aus der Umlaufbahn hinnehmen. Wir verloren einen kompletten Zug.«

Das Gesicht des Generals wurde ernst. »Ihr Einsatz war erfolgreich. Ihre Männer haben ausgezeichnete Arbeit geleistet. Zwei der zehn Orion gelang es, ihre Ladungen an der feindlichen Luftverteidigung vorbei erfolgreich abzuliefern. Wir zerstörten die Brücke und damit die Fähigkeit unserer Gegner, sich frei zwischen den beiden Provinzen zu bewegen.«

Pilecki war froh, das zu hören. Zumindest war sein Zug nicht sinnlos umgekommen. Ihr Job war schwierig gewesen: ein Nahangriff auf mehrere Laser- und Raketenbatterien, um den Orion zu erlauben, eine Reihe präzisionsgesteuerter Raketen zur Zerstörung der Brücke anzuliefern. Sie hatten seit über einer Woche versucht, diese imposante Struktur in die Luft zu jagen. Ohne Erfolg. Dies war nun ein großer Schritt vorwärts.

»Ihrem Gesichtsausdruck nach, General, scheinen Sie mit dem Ergebnis nicht zufrieden zu sein?«, kommentierte Pilecki.

Bakshi zuckte mit den Achseln. »Die Kosten dieser Angriffe steigen weiter an, Major. Gestern verloren wir den Kontakt zur 192sten. Sie startete einen großen Gegenangriff gegen eine Basis der Zodark nahe den Ruinen der FOB Troy, der vorgeschobenen Operationsbasis. Soweit wir es beurteilen können, zerstörten unsere Leute einen Großteil der feindlichen Luft- und Bodenfahrzeuge im Servicebereich ihrer Schiffe und ihres Fahrzeugdepots. Beim Rückzug zu den Tunneln verloren wir dann den Kontakt zu ihnen.«

Pileckis Magen verkrampfte sich. Die FOB Troy lag vielleicht 30 Kilometer von ihrer Position entfernt. Seine eigenen Kräfte hatten den Kampflärm dieses Angriffs vor zwei Tagen gehört und einige ihrer Überwachungskameras in diese Richtung gelenkt, in der Hoffnung, dass die Aufnahmen ihnen in der Zukunft vielleicht behilflich sein könnten. Während sie das Geschehen verfolgten, hörten sie einen laut donnernden Einschlag, gefolgt von einer großen Rauchfahne, die von dieser Richtung her in den Himmel aufstieg.

»Ich denke, ich weiß, was ihnen zugestoßen ist, General. Auf dem Rückweg von unserer Mission überwachten unsere Kameras sowohl uns als auch die 192ste. Wir beobachten so gut wie jede Operation in unserem Bereich. Wir sahen etwas, das wie ein Angriff aus der Umlaufbahn aussah, gerichtet auf deren vermuteten Aufenthaltsort. Ich gehe davon aus, dass der Beschuss der 192sten galt. Wenn Sie möchten, schicke ich einige Scouts zur Kontaktaufnahme mit ihrem Basiscamp aus, um genauer er erfahren, was sich zugetragen hat«, bot Pilecki an.

»Ja, tun Sie das bitte. Falls es Überlebende gibt, sollen sie sich Ihrem Bataillon anschließen. Dazu schicke ich Ihnen die D-Kompanie der 313ten. Ich hasse es, schlechte Nachrichten zu überbringen, aber heute Morgen griffen die Orbot wiederholt die 313te an. Gegenwärtig sieht es so aus, als seien die D-Kompanie und einige Reste anderer Kompanien die einzigen Überlebenden.«

Pilecki seufzte bei diesen Neuigkeiten. *Es wird ständig schlimmer. Jeden Tag, jede Woche dieser Besetzung verlieren wir mehr und mehr unserer Kameraden.* Er sah den General an. »Sir, sobald die zu uns stoßenden Einheiten es in unseren Operationsbereich schaffen, bringt mich das wieder auf den ungefähren Personalstand vor der Invasion. Was kann meine Einheit tun, um unsere Kriegsanstrengungen weiter zu unterstützen?«

»Ich bin froh, dass Sie das fragen, Pilecki. Ich möchte, dass Sie Scharfschützen-, IED- und IDF-Teams kreieren. Schicken Sie Ihre Teams aus. Sie sollen es gefährlich machen, sich auf der Straße zu bewegen. Ihre Scharfschützen sollen dem Gegner das Fürchten lehren. Konzentrieren Sie Ihre Angriffe mit indirektem Beschuss auf feindliche Versorgungseinrichtungen. Wir wollen, dass der Feind ständig unter Versorgungsmangel leidet und sich fürchtet, seine Standorte zu verlassen.

»Die Hauptaufgabe der Einheiten, die nicht an diesen überfallartigen Angriffen beteiligt sind, ist es, außer Sicht und am Leben zu bleiben. Früher oder später wird Verstärkung eintreffen. Sobald die Republik zurückkehrt, um dieses System erneut einzunehmen, benötigen wir einsatzfähige Einheiten, um die Invasion zu unterstützen. Aus diesem Grund versuchen Sie bitte, Ihr Bataillon so weit wie möglich intakt zu halten. Ich darf die Angriffe gegen unsere Gegner nicht einschlafen lassen, andererseits kann ich nicht all meine

Bodentruppen verlieren. Wir müssen nur noch wenige Wochen aushalten, nicht länger als einen Monat. Dann wird die Flotte mit Verstärkung zurück sein. Tun Sie, was Sie können, Major, und riskieren Sie nicht mehr Ihrer Leute als unbedingt nötig.«

Sie unterhielten sich noch einige Minuten, bevor der General das Gespräch beendete. Er musste sicher noch mit mehreren Bataillons- und Brigadekommandeuren sprechen. Normalerweise hatte ein Major nicht diesen direkten Kontakt mit einem General, ganz zu schweigen vom Zugang zum kommandierenden General aller republikanischen Streitkräfte auf dem Planeten. General Bakshi hatte verständlicherweise aber ein besonderes Interesse an Major Pileckis Bataillon. Sein jüngster Sohn war einer der Sergeanten der 312ten.

Zu Bakshis Bedauern hatte sich sein Sohn bei der RA als einfacher Soldat gemeldet, anstatt den Fußstapfen seines Vaters zu folgen und Offizier zu werden. Der General hatte klar darauf bestanden, dass seinem Sohn keine Sonderbehandlung zukommen sollte. Trotzdem würde Pilecki alles in seiner Macht stehende tun, dass der junge Mann unter seiner Aufsicht keinen Schaden erlitt. Er hatte ihn zu einem der Unteroffiziere in der Einsatzführung des Bataillons gemacht. Das beteiligte ihn weiter an den Operationen, ohne dass er sein Leben im Kampf riskieren musste.

Ich muss meine Leute nur lange genug am Leben erhalten, bis die Verstärkung eintrifft, redete sich Pilecki selbst gut zu.

****

Drei Wochen nach der Besetzung durch die Zodark
Apollo-Kompanie, 1-331. Infanteriebataillon

Tief unter der Oberfläche von Alfheim, in ihrer provisorischen Kommandozentrale, schlug First Lieutenant Henry Magnussen mit der Faust so hart auf den Tisch, dass diverse Gegenstände auf ihm hochhüpften. »Ich sagte Ihnen bereits … Mir fehlen die Kräfte oder die Ressourcen, eine solche Operation durchzuführen, Hamza«, rief er dem Kommandeur der Primord frustriert zu.

Kurz nach dem Massaker an der vorgeschobenen Basis McHenry, hatte Kommandeur Hamza sich mit den menschlichen und synthetischen Überlebenden zusammengetan und zum Schutz vor den

Scannern der Zodark und Orbot in einer der vielen Höhlen unter der Planetenoberfläche Unterschlupf gesucht.

Hamza und die Kontinentale Garde von VikkSkein arbeiteten nun eng mit den republikanischen Soldaten zusammen und führten überfallartige Anschläge gegen die Zodark und die Orbot durch, die sich erneut über dem Planeten ausbreiteten. Je mehr Zeit verging, desto unzufriedener zeigte sich Hamza allerdings mit diesen kleinen, nadelstichartigen Unternehmen. In seinen Augen waren Sprengsätze, Scharfschützenattentate und die Hinterhalte kleinerer Einheiten unzureichend.

Hamzas Netzwerk von Informanten hatte ihm berichtet, dass die Zodark und die Orbot mit der Konstruktion mehrerer orbitaler Verteidigungsplattformen begonnen hatten, um die zu ersetzen, die die republikanischen Kräfte vor einem Monat zerstört hatten. Eine von entstand auf dem Kontinent VikkSkein, in unmittelbarer Nähe ihres dortigen Standorts. Je mehr die Plattform sich der Vollendung näherte, desto nervöser wurde alle.

First Lieutenant Singletary sah sich zunächst unter den Zugführern der Apollo-Kompanie um, bevor er vortrat. »Henry, wollen wir Hamza nicht zumindest anhören? Tatsache ist, dass wir jede Rettungsmission abschreiben können, falls sie vor dem Eintreffen der Verstärkung den Bau dieser Verteidigungsplattformen beenden.«

Lieutenant Henry Magnussen schloss die Augen. Zunächst sah es so aus, als stünde ihnen ein weiterer Ausbruch bevor. Dann atmete er tief durch. Sein Blick wanderte von Singletary zu Hamza hinüber. »Nur zu, Commander.«

Hamza zog eine kleine runde Scheibe hervor, die er auf dem Tisch ablegte. Sie leuchtete auf und brachte ein Hologramm mit einem dreidimensionalen Plan der Verteidigungsplattform hoch, die gegenwärtig im Orbit über den VikkSkein und ihren Verbündeten entstand. In der unteren Umlaufbahn über dem Kontinent war ein großer rechteckiger Weltraumhafen sichtbar, von dem aus jeweils vier große, röhrenartige Aufzüge in die Atmosphäre reichten und hinunter auf die Planetenoberfläche führten.

»Jede dieser Plattformen wird mehrere orbitale Verteidigungswaffen und Frühwarneinrichtungen beherbergen, die dem Feind die Ortung unserer Schiffe und bei Annäherung an den Planeten deren Zerstörung ermöglichen. Nach der Fertigstellung werden unsere

Gegner in der Lage sein, angreifende republikanische Schiffe zu vernichten, schon bevor die ihre Waffenreichweite erreichen. Falls wir zulassen, dass die Waffen auf diesen Plattformen aktiv werden, Lieutenant, kann der Feind diesen Planeten unangetastet und gefahrlos gegen unsere Kräfte verteidigen. Meine Landsmänner arbeiten hart daran, zusätzliche Informationen über den Feind einzuholen. Sie sind davon überzeugt, dass wir die Anlage in VikkSkein zerstören können, bevor sie einsatzbereit ist – was den Raum für den Einfall der republikanischen Befreiungskräfte öffnen wird. Aber uns bleibt nicht viel Zeit.«

Magnussen wanderte um den Tisch herum und studierte den Plan. »Hamza, mir stehen eine einzige Kompanie republikanischer Soldaten, zwei Mech-Teams und 400 synthetische Soldaten zur Verfügung. Ich habe drei Cougar, drei Geländefahrzeuge – alle ohne Waffen, nebenbei – und absolut keine Luftunterstützung. Ich verstehe das Problem, aber ich sehe es mehr und mehr als ein unmögliches Unterfangen an. Wie viele Primord befinden sich in Ihrer kontinentalen Garde? Eintausend? Uns fehlen die Kräfte und die Feuerkraft, uns über diese Aufzüge nach oben zu kämpfen und die Plattform zu zerstören. Damit sind wir einfach überfordert.«

Hamza lächelte. »Kein Grund, in die Aufzüge zu steigen, um die Plattform einzunehmen. Wir müssen einfach nur vor der Beendigung des Baus ihre Anker hier am Boden zerstören. Das wird ihre Versorgungskette unterbrechen und ihre Chance, über die Weltraumaufzüge Verstärkung nach unten zu schicken. Aber was noch wichtiger ist … Die Beschädigung der Fundamente wird sie nicht nur vom Gebrauch der Aufzüge abhalten, sondern trägt auch zur Destabilisierung der darüberliegenden Plattform bei. Sie wird aus der Umlaufbahn stürzen.«

»Was, wenn ich fragen darf, wird den Gegner davon abhalten, die Aufzüge zu reparieren und den Bau fortzusetzen?«, forschte Magnussen. »Nach diesem Angriff haben wir zweifellos Hunderte von Soldaten, unseren Überraschungsmoment und die Möglichkeit, uns erfolgreich zu verstecken, verloren. Was dann? Dann sterben wir glücklich in dem Wissen, dass wir diese Aufzüge mitgenommen haben?«

»Die Zerstörung der Aufzüge bringt uns Zeit ein, Lieutenant – wertvolle Zeit, die knapp wird«, betonte Hamza erneut. »Möglich, dass uns die Vernichtung der Aufzüge nichts einbringt. Wir könnten alles verlieren. Sollte es uns allerdings gelingen, sie zu zerstören, bevor Ihre Flotte mit einer stärkeren Kampfgruppe zurückkehrt, könnten wir diejenigen sein, die das Kriegsgeschehen positiv beeinflusst haben. Die Gleichung ist einfach: entweder vernichten wir die Aufzüge und erkaufen uns damit mehr Zeit, oder wir sitzen in diesen Höhlen fest, um früher oder später zu verhungern.«

Magnussen verinnerlichte einen Augenblick still, was der Primord-Kommandant gesagt hatte. Seine Erwiderung war nun weit überlegter. »Meine größten Bedenken gehen dahin, wie wir verhindern, dass unsere Kräfte durch einen Beschuss vom Weltraum her getötet werden. Sie haben gehört, was dem 312ten Bataillon zugestoßen ist, ja? Am vierten Tag der Invasion, nach seiner Neuorganisation, verließ es seine Bunker und Höhlen und begann einen massiven Angriff auf eine Basis der Orbot. Nur Minuten nach dem ersten Vordringen waren ihre gepanzerten Fahrzeuge nur noch Schlacke. Danach löschten zwei Schüsse ihrer starken Laser eine ganze Kompanie aus. Die Schweinehunde hatten einen ihrer Kreuzer in die Atmosphäre verlegt und ihn dort zur Luftnahunterstützung eingesetzt. Das bringt mich zurück zu meiner Frage: Wie führen wir einen so komplexen Angriff aus, ohne die wenigen Kräfte zu verlieren, die uns noch zur Verfügung stehen?«

Hamza ließ sich mit seiner Antwort ebenfalls Zeit. »Das ist ein gewichtiger Punkt«, gab er zu. »Trotzdem halte ich es für möglich. Vielleicht können wir unsere Teams in kleinere Einheiten aufteilen, um es dem Feind schwerer zu machen, diese Gruppen unter Beschuss zu nehmen?«

Magnussens Blick kehrte auf den Bauplan zurück, der langsam über dem Tisch rotierte. Mit den Fingern vergrößerte er das Bild an einem bestimmten Punkt, den er sich näher ansehen wollte. Dann seufzte er. »Eine meiner Abteilungen ist auf dem Weg, um eine Bergwerksanlage zu zerstören. Ich könnte diesen Befehl abändern und sie zu einem nahegelegenen Versorgungsdepot schicken, um die Konstruktion der Plattform auf diese Weise aufzuhalten.« Er sah zu Singletary hinüber, der nickte und den Raum verließ, um den dritten Trupp von dem geänderten Befehl zu unterrichten. »In der Zwischenzeit, Hamza, möchte ich, dass Sie einen realen, durchführbaren Plan entwickeln, wie wir diese Aufzüge ausschalten können … unter Berücksichtigung der Tatsache, dass unsere Feinde höchstwahrscheinlich einen Kreuzer bereit haben, um unsere Fahrzeuge zu zerstören und große Truppenkontingente auszulöschen. Ich will keine Hypothesen, sondern realistische Pläne mit realistischen Lösungen für die Probleme, die sich uns stellen. Die geplante Operation sollte ihnen genug Zeit gewinnen, dies zu bewerkstelligen, richtig?«

Hamza nickte. »Jawohl, Lieutenant, das wird ausreichen. Vielen Dank.«

Magnussen nickte und Hamza und seine Männer verließen den Raum.

Magnussen sah seine Unteroffiziere an. »Während Hamza hieran arbeitet, müssen wir uns anstrengen, dort draußen mehr Bataillone aufzustöbern. Unwahrscheinlich, dass wir die einzigen Überlebenden sind. Wir müssen unser Vorgehen mit diesen anderen Einheiten koordinieren. Unsere Chancen zum Überleben sind weit höher, wenn wir nicht auf uns allein gestellt handeln.«

****

Der Nachthimmel war überwältigend. Es war schwer zu glauben, dass eine Welt so voller Gewalt und Hässlichkeit solche wunderschöne Ansichten hervorbringen konnte. Andre Bastille ließ sein Langstreckensuchgerät sinken und starrte in den Nachthimmel hinauf. Hunderttausende von Sternen zwinkerten ihm zu, während die kalte Luft des Eisplaneten seine ungeschützte Haut angriff. Selbst in den abgelegensten französischen Landstrichen würde er nie erwarten, so viele Sterne zu sehen, ganz zu schweigen in Saint-Etienne, wo er herkam. Die Sterne hatten die Ausflüge, die er mit seiner Mutter in die Ardennen unternommen hatte, für ihn immer zu etwas Besonderem gemacht.

Andre sah erneut in sein Suchgerät und konzentrierte sich auf den feindlichen Außenposten, der nur wenige Kilometer von der behelfsmäßigen Unterkunft seiner Einheit entfernt errichtet wurde.

Drei Wochen waren seit den Kämpfen in der Umlaufbahn und an ihrer vorgeschobenen Basis vergangen … drei Wochen, seit die Flotte sie bei ihrem hastigen Rückzug aus dem System zurückgelassen hatte. Drei *lange* Wochen, mit wenig Schlaf und vielen Strapazen. Aber sie waren noch am Leben.

Leider hatte sie bisher weder die Republik noch eine ihrer verbündeten Streitkräfte vom bevorstehenden Eintreffen der Hilfe unterrichtet. Die überlebenden Mitglieder des 331. Infanteriebataillons operierten im Dunkeln. Andre und der Rest der Apollo-Kompanie hatten hart am Ausbau ihres Untergrundnetzwerks gearbeitet – zusammen mit den Ortsansässigen, die gewillt waren, die Gefahr eines nächtlichen Treffens auf sich zu nehmen. Des Weiteren initiierten sie Überfälle auf die Versorgungslinien der Zodark. Den Umständen entsprechend war das alles, was sie derzeit tun konnten.

Der Feind wusste, dass sie noch lebten. Er wusste nicht, wo sie sich versteckten und wie viele von ihnen überlebt hatten. Die Zodark schickten regelmäßig Spähdrohnen aus – widerliche kleine Zwei-Meter-Drohnen, die die Baumkronen überflogen und mit Thermalobjektiven versuchten, ihre Wärmesignatur zu identifizieren. Sobald eine der Drohnen einen alliierten Soldaten entdeckte, schien sie ihn zu ignorieren und flog gewöhnlich unbeirrt weiter ... gefolgt von einer weit größeren Drohne, die weniger als eine Stunde später der Jagd ein Ende bereitete.

Falls die Zodark und die Orbot herausgefunden hätten, wie gering die Zahl der überlebenden Truppen tatsächlich war und wo sie sich aufhielten, hätten sie sie längst aus dem Weg geräumt. Stattdessen lag Andre nun neben Sergeant Tahlia Jones, seiner Truppführerin, im Schnee und beobachtete, wie der Einflussbereich ihrer Feinde sich beständig der letzten Bastion der republikanischen Verteidigung auf Alfheim näherte.

»Takata hat sich gut angelassen«, sprach Andre in seinen Kopfhörer.

Akito Takata war als unbedarfter Ersatzmann nur eine Stunde vor dem Angriff auf die FOB McHenry auf Alfheim eingetroffen. Der Tod von Staff Sergeant Otto Krauss während dieses Angriffs hatte dem Zug der Mechs ein Mitglied genommen. Takata war nicht zur Steuerung eines Mechs qualifiziert. Er war ein einfacher Infanterist, der nach seiner Ankunft noch einer Einheit zugewiesen werden musste. Nachdem die Kompanie dann Unterschlupf in den Höhlen gefunden hatte, war Takata dem Mech-Team praktisch in den Schoss gefallen. Der junge Soldat hatte Stunden damit verbracht, die noch einsatzfähigen Mechs zu reparieren und die geeignete Munition für sie zu finden. Nachdem nicht einer ihrer Züge Anstalten machte, um seine

Überstellung zu bitten, hatte Jones ihn einfach in ihre Reihen aufgenommen.

Nach dem was Andre gesehen hatte, war Otto Krauss ein fantastischer Anführer und ein harter Mann gewesen – geliebt von Jones und Abede gleichermaßen. Andererseits hatte Andre Krauss nicht wirklich gut gekannt. Insbesondere Jones schien von seinem Tod sehr betroffen zu sein. Andre überlegte, ob es Krauss' ausgeprägter deutscher Akzent gewesen war, der seine Worte rauer als beabsichtigt gemacht hatte. Jones hatte Andre erklärt, dass das Militär voller harter Menschen war. Manche bewiesen es auf dem Schlachtfeld, während andere diese Bürde ständig mit sich herumschleppten. Allein diese harten Männer und Frauen würden diesen Krieg und die vielen Kriege, die ihnen noch bevorstanden, gewinnen. Damit lag sie Andres Meinung nach absolut richtig.

Jones sah über ihre Schulter zu ihm hinüber. »Er stellt sich wirklich gut an, das muss ich zugeben.«

»Zu schade, dass wir ihm keinen Mech überlassen können«, seufzte Andre.

»Wie wäre es, wenn Sie ihm Ihren abgeben?«

Andre lachte beinahe laut. »Das wäre sicher keine gute Idee.«

Jones sah ihn an. »Wieso denn nicht? Sagten Sie nicht gerade, es sei schade, dass er keinen Mech steuern darf?«

Andre rollte die Augen. Wieder eine Lektion von Jones. Sie konnte niemals einfach nur sagen: »Nein, das geht nicht, und das ist der Grund dafür.« Sie musste ihm immer mit ihrem Sarkasmus zusetzen, bis er endlich verstand. Manchmal fragte er sich, ob es besser wäre, für seine Dummheit angeschrien oder freundlich darüber aufgeklärt zu werden, dass er dumm sei. Er entschied, dass Tahlia Jones nicht Otto Krauss war, und das war in Ordnung.

»Ohne vorheriges Training wäre es keine gute Idee, ihn in einen Mech zu setzen und in einen Kampf zu schicken, in dem wir bereits stark in der Unterzahl sind. Angesichts der Tatsache, dass uns nur noch wenige Mechs zur Verfügung stehen, müssen unsere erfahrensten Soldaten in ihnen sitzen. Außerdem fehlt es uns an Luftunterstützung.«

Jones nickte und sah erneut durch ihr optisches Suchgerät, zufrieden damit, die Antwort gehört zu haben, die sie hatte hören wollen.

Andre war mit dem Verlauf des Gesprächs jedoch unzufrieden. »Jones, ich könnte es ihm beibringen. Wir alle könnten es ihn in unserer Freizeit lehren. Während des Tages kommen wir so gut wie nie ans Licht und selbst nachts bewegen wir die Mechs so gut wie nie. Ich könnte ihm beibringen, einen Mech zu steuern. Und wenn er soweit ist, kann ihn unser Team gut gebrauchen. Für den Fall, dass einer von uns getötet werden sollte oder nicht länger in der Lage ist, seinen Mech zu steuern …«

Jones seufzte. Ihr Atem formte eine kleine Wolke vor ihrem Mund. »Vielleicht haben Sie recht. Ich persönlich habe nicht vor, in nächster Zeit getötet zu werden. Das gilt sicher auch für den Rest unserer Gruppe. Aber ok, wenn Sie ihn ausbilden wollen, nur zu. Dann haben Sie beide zumindest eine Beschäftigung.«

Andre lächelte. Die Wahrscheinlichkeit, dass ein Mech frei werden würde, war gering, aber er war froh, dass Jones ihm das Planen für den Ernstfall erlaubte. Krauss und Fujii waren vor drei Wochen gefallen. Während ihr Tod ihn persönlich nicht allzu hart getroffen hatte, saugte ihr Tod wie ein Blutegel das Leben und das Licht aus Jones heraus. Er wollte, er könnte etwas tun oder etwas sagen, um sie zu trösten oder ihr über die Trauer hinwegzuhelfen. Aber Jones war eine harte Nuss. Egal was sie bedrückte, sie bestand darauf, allein damit fertigzuwerden.

Diesbezüglich tat sie Andre leid – nicht, dass er ihr das jemals beichten würde. Obwohl er dem Militär schon seit einigen Jahren angehörte, hatte Andre bislang noch keine Freunde verloren. Dies war seine erste Versetzung in eine Einheit, die an Kampfhandlungen teilnahm. Andre war seinem Schicksal dankbar, dass er in diesem Krieg noch niemanden betrauern musste. Soweit er wusste, lebte seine Familie auf der Erde ebenfalls noch, einschließlich seinen Urgroßeltern. Seine Großeltern waren etwas über 100 Jahre alt und seine Urgroßeltern waren um die 130 Jahre alt. Der Gedanke, dass sie im Süden Frankreichs immer noch ihre Felder bestellten und ihr Weinberge pflegten, überstieg sein Vorstellungsvermögen.

Andre war als Ersatz für Fujii, den das Mech-Team erst kürzlich verloren hatte, an die FOB McHenry verlegt worden. Der Zug hatte viele Verluste hinnehmen müssen. Für einen Neuankömmling war es immer schwer, Anschluss an einen Zug zu finden. Seine Anwesenheit war die Konsequenz daraus, dass jemand – ein Freund der Mitglieder des Zugs – entweder getötet oder ernsthaft verletzt worden war. Schlussendlich würden sie jedoch alle als Statistik enden … entweder als diejenigen, die auf diesem Eisplaneten gekämpft und es überstanden hatten, oder als Teil der gesichtslosen Masse, die es nicht nach Hause geschafft hatte.

In der Zeit vor der Invasion der Zodark und Orbot, hatte Andre sich gut in seinem neuen Zug behauptet. Er hatte bewiesen, dass er Befehlen folgen konnte, und hatte – falls es die Lage erforderlich machte – nicht gezögert, während eines Kampfs die Führung zu übernehmen. Als ihre zweite Heimat vom Weltraum aus angegriffen wurde, hatte er die Soldaten motiviert, mit ihm zu kämpfen, um ihren Rückzug von der Basis in die nahegelegenen bewaldeten Berge und Höhlen zu sichern. Dieser Rückzug hatte Leben gerettet und vielen Einheiten die Zeit gewährt, sich in ihre vorbestimmten Bunker innerhalb des Tunnelsystems zu verteilen. Aus diesen neuen Festungen heraus führten sie ihre Überfälle auf den Feind durch und arbeiteten so gut es ging mit den Einheimischen zusammen, um eine Widerstandsbewegung ins Leben zu rufen. Jetzt, nur drei Wochen nach seiner Ankunft, fühlte Andre sich als integraler Teil des Zugs wie einer der Veteranen.

»Befreundete Einheit von hinten«, erklang eine Stimme in ihren Kopfhörern und unterbrach seinen Gedankengang.

Andre ließ das Suchbildgerät sinken und folgte Abedes und Takatas Weg, die langsam die Schneewehe hinaufkrochen, bis sie zu Jones und Andre aufgeschlossen hatten. Akito Takata trug einen schweren Schal um seinen Hals, der auch einen Großteil seines Gesichts abdeckte. Allein seine Augen waren sichtbar, die Andre angrinsten. Andre klopfte ihm auf die Schulter.

»Willkommen in der Deckungsposition«, scherzte er und rutschte nach hinten, um Takata seinen Platz am Bildsucher zu räumen.

Jones übergab ihre Position an Abede und unterrichtete ihn. »Die gleiche Aktivität, die wir letzte Woche beobachteten. Die Zodark bauen weiter ihren Vorposten am Rand des Dorfes aus. Sie liefern zunehmend Baumaterialien an, die sie nahe der Straße lagern. Ich denke, sie wollen die Wände des Außenpostens erweitern, um eine Straßensperre unter ihrer Kontrolle zu errichten. Wie gewohnt, tauchten auch zwei Orbot auf, um die Zodark zu beaufsichtigen, aber wer kann schon erkennen, ob es die gleichen vom letzten Besuch waren oder ob es sich um neue

Gesichter handelte. Ansonsten war es eine ruhige Nacht. Ihre Ablösung wird in acht Stunden hier sein. Falls es Probleme gibt und Sie Hilfe brauchen, nutzen Sie das vereinbarte Rufzeichen und wir sind auf dem Weg.«

Das Rufzeichen waren ein Set rhythmischer Töne, die wie die Tasten eines Klaviers klangen: drei kurze und drei lange Noten. Sobald diese Melodie über das Kommunikationsnetzwerk hinausging, setzte sie eine QRF, eine Schnelle Reaktionstruppe, an den Ursprungsort des Rufs in Bewegung. Dieses Signal durfte nur in extremen Situationen ausgegeben werden.

»Wir übernehmen, Jones. Danke«, bekräftigte Abede.

Vom Dienst befreit, rutschten Jones und Andre ungesehen die Schneewehe hinunter und gingen auf das Allradfahrzeug für zwei Personen zu, das am Fuß der Anhöhe auf sie wartete. Andre brachte sein Gewehr im magnetischen Gewehrständer an der Seite des Fahrzeugs unter, bevor er aufstieg. Er startete den Motor. Jones sicherte ihre Waffe und kletterte auf den Sitz hinter Andre.

»Wird die heutige Mission des dritten Zugs die Position von Abede und Takata gefährden?«, fragte Andre.

Jones' Griff um seine Taille verstärkte sich leicht. »Die gleiche Frage stelle ich mir selbst die ganze Zeit. Ich hoffe nicht. Ehrlich gesagt, überrascht mich allerdings so gut wie nichts mehr. Die beiden wissen, was zu tun ist, falls sie in Schwierigkeiten geraten.«

Kapitel Zwei
Das Depot

Eine halbe Stunde war vergangen, seit der Eingang zu ihrer Höhle aus Eva Jorgensens Blickfeld verschwunden war. Der dritte Zug hatte den Auftrag, ein acht Kilometer entfernt liegendes Bergwerk zu infiltrieren und zu zerstören. Jorgensen hatte sich und Sam freiwillig als Sanitäter für diese Operation angeboten.

Normalerweise wäre das Macs Aufgabe gewesen. Er war der für den dritten Zug zuständige Sanitäter. Sein Zug war der kampftauglichste, demzufolge wurden ihm die meisten Missionen aufgetragen. Die Infanteriesoldaten waren daran gewöhnt. Da aber eine Reihe von Sanitätern zur Verfügung standen, die beliebig auswechselbar waren, hielt es Jorgensen nach vier Missionen für eine nette Geste, Mac eine Verschnaufpause zu gönnen.

»Hattest du ausreichend Schlaf, Eva?«, erkundigte sich der synthetische Sanitäter namens Sam eben ihr.

»Genug.«

»Ich auch«, behauptete er mit ausdruckslosem Gesicht.

Das war einer von Sams Versuchen, einen Scherz zu machen. Nach seiner Ankunft auf Alfheim hatte Sam überraschenderweise damit begonnen, menschliches Verhalten zu imitieren. Gewöhnlich war es etwas Unbedeutendes, vielleicht ein Witz oder sogar den gelegentlichen Versuch des Lachens. Während eines Hinterhalts hatte Sam allerdings unerwartet weit über seine Programmierung hinaus gehandelt und eines der Raubtiere getötet, die die Zodark oft in ihren Angriffen einsetzten. Das war kein Akt der Bösartigkeit gewesen … vielmehr hatte er Eva damit das Leben gerettet, die von diesem gefährlichen Biest überrascht worden war. Den anderen gegenüber hatten sie diesen Vorfall verschwiegen. Tatsächlich verhielten sie und Sam sich so, als ob es ihn nie gegeben hätte.

Jorgensen lächelte ihren Kollegen an. »Der war gut, Sam. Deine Scherze werden immer besser.«

»Danke, Eva.«

Jorgensen korrigierte die Lichteinwirkung auf die in ihrem Helm eingebaute Nachtsichtvorrichtung ein wenig. Der Schneesturm hatte sich seit dem Verlassen der Höhle intensiviert, was ihre Sicht drastisch verringerte. Während der letzten Mission hatten sie drei Soldaten verloren. Zwei hatten es noch bis zurück in das Höhlensystem geschafft, wo sie – ohne Schiffe in der Umlaufbahn zu haben und nichts, was einem Krankenhaus auch nur entfernt ähnelte – ihren Verletzungen erlegen waren. Heutzutage kam das sehr selten vor. Die moderne Medizin hatte sich im Lauf der letzten Jahrhunderte enorm verbessert. Wenn ein Soldat das Schlachtfeld lebend verließ – unabhängig davon, wie schwer seine Wunden waren – stiegen seine Überlebenschancen auf über 92 Prozent an. Das System war immer noch nicht perfekt, aber es war gut genug, um Aufsehen zu erregen, falls jemand starb, bevor er es auf einer Fähre zurück in die Umlaufbahn schaffte.

Plötzlich hob der Soldat vor Jorgensen eine Faust an und ließ sich auf ein Knie fallen. Sofort zogen sich die Infanteriesoldaten entlang beider Seiten des Pfads zurück, auf dem sie sich befunden oder den sie sich gebahnt hatten. Jorgensen konnte nicht genau sagen, was hier zutraf. Sie und Sam duckten sich so tief sie konnten in den Schnee, jederzeit bereit, aufzuspringen, um sich eine neue Deckung zu suchen oder einem verletzten Infanteristen Hilfe zu leisten.

Jemand an der Spitze ihrer Gruppe oder ihr Späher hatte etwas gesehen, das ihn zum Anhalten zwang. Je länger sich die Zeit ohne Schüsse oder Explosionen hinzog, desto sicherer war sich Jorgensen, dass es hier nicht nur um eine kurze Unterbrechung handelte, um ihre Richtung zu bestimmen.

»Verflucht«, zischte der Soldat neben Jorgensen.

»Was ist los, Jacobs?«

»Sie rufen die Anführer nach vorn. Offensichtlich eine Planänderung.«

Jorgensen sah nach vorn und beeilte sich mit dem Rest der Teamleiter, die Spitze ihrer Gruppe zu erreichen. Dort kniete sie nieder und sah zu ihrem Zugführer, Staff Sergeant Osman Mahmoud, hinüber, der bereits mit anderen Sergeanten im Gespräch war.

»Ok, Freunde, das Hauptquartier hat unsere Befehle geändert«, informierte Mahmoud nun alle. Er sprach jeden als ‚Freund‘ an. »Lieutenant Magnussen will, dass wir ein neues Ziel in Angriff nehmen. Das Gute daran ist, dass es weit näher als das Bergwerk liegt.«

»Und die Kehrseite der Medaille?«, erkundigte sich der Anführer des Bravo-Teams, Sergeant Harrison Kodiak, argwöhnisch.

»Es ist ein Versorgungsdepot, was bedeutet, dass dort weit mehr feindliche Soldaten stationiert sind. Gut möglich, dass wir dort auch einige dieser Cyborgs antreffen«, erklärte Mahmoud, um sie auf die eventuelle Anwesenheit der Orbot vorzubereiten. »Andererseits gibt es dort keine zur Zwangsarbeit verpflichteten Prim, was bedeutet, dass wir mit dem Einsatz unserer Waffen nicht vorsichtig sein müssen.«

»Warum in Gottes Namen tun wir das?«, schüttelte der Anführer des Alpha-Team, Sergeant Kamel Patel, den Kopf. »Wir haben nicht einmal die richtige Ausrüstung für diesen Job.«

Mahmoud sah ihn missbilligend an. »Mit dieser Einstellung sicher nicht.« Er entfernte eine diskettenähnliche Scheibe von seinem Helm und legte sie vorsichtig in den Schnee. Vier Zentimeter über ihr wurde der hellblaue Bauplan des Versorgungsdepots sichtbar. »Das Alpha-Team wird den Angriff mit präzisem Deckungsfeuer beginnen. Von hier aus.« Er zeigte auf eine Anhöhe an der Ostseite des Stützpunkts. »Sie ziehen die Aufmerksamkeit der Gegner auf sich und liefern hinreichend Deckungsfeuer für Team Charlie, das die Wachen in den Türmen und am Tor beseitigen wird.

»Bravo greift vom Westen her mit seinen Granatwerfern an, um durch das dortige Tor in das Lager vorzudringen. Sobald sie drinnen sind, wird Charlie von seiner Seite her das Tor durchbrechen. Bravo, Ihr Job ist es, die Munitions- und Waffenlager zu identifizieren und mit den Sprengladungen zu versehen, die für die Bergbaugeräte gedacht waren.

»Charlie, Sie werden den Lagerplatz für die Baumaterialien orten … hier …« Mahmoud deutete auf ein Gebäude nahe dem Eingang des Depots, »… und dort ihre Sprengladungen anbringen. Sobald all unsere Ladungen vor Ort sind, ziehen wir uns umgehend in einem taktischen Rückzug auf unserem Sammelpunkt zurück. Irgendwelche Fragen?«

»Verdammt. Sie lassen es so einfach klingen, Sarge«, feixte Kodiak.

»Sergeant, wo soll ich mich aufhalten?«, erkundigte sich Jorgensen.

»Bei mir. Sie richten einen CCP, einen Verletztensammelpunkt, an unserem Standort ein und warten, bis Sie gebraucht werden. Ihr Synth geht mit dem Bravo-Team. Seine Aufgabe ist es, mögliche Verletzte des Zugs aus dem Depot zum CCP zu transportieren.«

»Mit einem Synthetiker gehe ich da nicht rein, Osman. Wenn ich seiner Kalkulation nach statistisch keine Überlebenschance habe, lässt der Kerl mich glatt liegen«, reagiert Kodiak aufgebracht. Einige der Soldaten nickten zustimmend. Der C200, der medizinische Synthetiker, hatte sich bei der Einheit, der er diente, recht unbeliebt gemacht, da er die Wahrscheinlichkeit ihres Überlebens kalkulierte und die zum Maßstab seines Eingreifens machte.

»Für Sie *Staff Sergeant*, nicht Osman, Kodiak. Und ja, der Synth wird mit Ihnen gehen. Er kann Schaden hinnehmen und dennoch weiter funktionieren.« Mahmoud sah zu Jorgensen hinüber und nickte. Kodiak sah nicht glücklich aus, meldete sich aber nicht mehr zu Wort.

Mahmoud sah seine Teamleader an und nickte. »Ok, Freunde. Setzen wir uns in Bewegung.«

****

Der Angriff auf das Depot
Alfheim

Der wirbelnde Schnee, der sie umgab, behinderte Jorgensens Sicht. Sie musste sich bemühen, ihr Zielobjekt im Auge zu behalten. Sofort nach ihrer Ankunft mit Mahmoud und Sam hatte sie am Sammelpunkt einen CCP, eine temporäre medizinische Versorgungsstation für Verwundete eingerichtet. Die drei Züge waren wie die Ameisen von ihrem Hügel aus in verschiedene Richtungen abmarschiert. Unter den wachsamen Augen von Sergeant Kodiak hatte sich Sam dem Bravo-Team angeschlossen, das nun Richtung Westen unterwegs war.

Jorgensen verstand die Bedenken hinsichtlich des Synth; auch sie hatte ihre Zweifel. Aber sie fing an, die Maschine zu mögen. So sehr, dass sie manchmal vergaß, dass sie nicht menschlich war. Kodiak und die anderen mussten Sam nur mehr Zeit geben. Tatsächlich hatten sie noch nie mit einem synthetischen Sanitäter zusammengearbeitet. Sie wussten nur, dass Sam kein Mensch war, und dieses Wissen reichte ihnen bereits.

Im Tumult eines Kampfes brachte der Sanitäter einem verwundeten Soldaten Trost und Hoffnung – die Gewissheit, dass diese Person ihr absolut Bestes geben würde, das Leben eines Soldaten zu retten, selbst wenn sich dessen Sicht bereits verdunkelte. Bei Sam entschied allein seine Programmierung. Falls die Lebenserwartung eines Soldaten im nahen Umfeld aufgrund der Schwere seiner Verletzungen geringer war als die eines leichter verletzten Soldaten, dann würde der Synthetiker an ihm vorbeigehen. Das war nicht persönlich zu nehmen; es war eine kalte Berechnung, mit der die militärische Führung kein Problem hatte. Das war der Grund, wieso die höheren Ränge das dicke Geld verdienten … während Jorgensen hier im knietiefen Schnee den Ausbruch des Kampfes erwartete.

»Alpha-Team in Position«, verkündete Sergeant Patel über das Netzwerk ihres Zugs. Die anderen Teams taten es ihm nach.

Intensiv studierte Jorgensen die Einfriedung des vor ihr liegenden Versorgungsdepots, vor dem eine Straße verlief, die die Verbindung zum Fernstraßennetz in dieser Gegend herstellte. Nachdem Jorgensen die Einrichtung lange genug angestarrt hatte und ihr Blick der Straße lange genug gefolgt war, konnte sie sich beinahe vorstellen, zurück auf der Erde zu sein. Sobald sie die Szene allerdings genauer besah, erinnerten sie subtile Unterschiede daran, dass sie nicht daheim war. In der Ferne tanzte das weiche Licht von Dörfern und Städten am dunklen Nachthimmel, während der Schnee weiter den Planeten überzog. Die Szene strahlte etwas Friedvolles aus, wie die Abbildung auf einer Weihnachtskarte. Und dann ging der Frieden zu Bruch.

»Alle Teams, Einsatz!«, befahl Mahmoud mit lauter Stimme.

Jorgensen sah zu, wie Laserfeuer durch die Dunkelheit auf das Depot zuflogen, was mit feindlichem Feuer beantwortet wurde. In der absoluten Schwärze der Nacht rasten blaue und rote Streifen durch die Luft, die auf weiches Gewebe oder eine gehärtete Haut zielten.

»Eins-Drei, Eins-Drei Alpha hier. Wir brauchen den Doc, schnellstmöglich«, forderte Sergeant Patel über das Netz.

Jorgensen sprang auf die Beine. Mit ihrer Notfalltasche auf dem Rücken lief sie auf den Kamm zu, auf dem sich das Alpha-Team derzeit aufhielt. Kurz bevor sie die Position des Teams erreicht hatte, ereigneten sich mehrere Explosionen im Tal unter ihr. Zu ihrer Rechten sah sie, wie Granaten auf die westliche Einfriedung und in das Depot selbst einschlugen. Team Bravo war der Durchbruch gelungen und war nun auf dem Weg zu seinen vorbestimmten Zielen.

Das Unterdrückungsfeuer des Alpha-Teams hatte offenbar Erfolg gezeigt. Jorgensen hatte bisher noch keinen Bericht über mögliche Verluste des Angriffsteams erhalten, das gerade dabei war, in die

Einrichtung vorzudringen. Der größte Teil des gegnerischen Verteidigungsfeuers regnete auf den Hang vor ihr hinunter, so wie es die Angreifer vorausgesehen hatten.

Jorgensen schlüpfte in den schützenden Schatten der Gesteinsbrocken, hinter denen das Alpha-Team Stellung bezogen hatte und begutachtete die Situation. Private Agnes Gunnar saß aufrecht mit dem Rücken gegen einen Felsen gelehnt da. Ihre Waffe lag neben ihr. Die übrigen Alphas schoss aus ihren Positionen heraus weiter in das Depot hinunter. Es war eindeutig, wer verwundet worden war.

»Wo sind Sie verletzt, Gunnar?« Jorgensen legte ihren Rucksack ab.

Gunnars Augen öffneten sich und Jorgensen hörte, wie sie vor Schmerzen stöhnte. »Mein linker Arm, Doc.«

Jorgensen sah sich den Arm genauer an und entdeckte ein faustgroßes Loch in Gunnars Oberarm. Sie untersuchte die Rückseite der Wunde, wusste aber schon vorher, was sie finden würde. Der Lasertreffer hatte Gunnars Schutzpanzerung pulverisiert und sich durch ihren Arm hindurch gebrannt. Jorgensen hielt den Sprühkopf eines Gerinnungsmittelcontainers zuerst in die eine und dann in die andere Seite der Wunde und pumpte die Öffnung voller Flüssigkeit. Das Gel wirkte wärmend und würde den Blutverlust stoppen, während es gleichzeitig die Venen ausbrannte, die der Einschlag des Lasers blutend zurückgelassen hatte. Es war eine schnelle Lösung; nichts von Dauer … aber die Blutung war nun zumindest bis zum Ende des Kampfes gestoppt und würde ihr darüber hinaus vielleicht nach dem Einsatz noch die Zeit gewähren, rechtzeitig in ihre Höhlen zurückzukehren, bevor sie diesen Vorgang wiederholen musste.

»Ok, dann kümmern wir uns jetzt um die Schmerzen, was halten Sie davon?« Jorgensen lächelte. Sie stellte die Verbindung zwischen ihrem Datenpad und dem medizinischen Port an Gunnars Panzeranzug her, was ihr den Zugriff auf die im Anzug enthaltenen medizinischen Versorgungsmittel gewährte. Jorgensen verfolgte, wie sich Gunnars Werte mit dem Stoppen der Blutung normalisierten. Der nächste Schritt war der Zugriff auf die Fentanyl-Einspritzdüsen des Anzugs. Nachdem Jorgensen ihren Berechtigungscode eingetippt hatte, erhielt Gunnar ihr Medikament. Das würde sie bis zur Rückkehr zur Basis so schmerzfrei wie möglich halten.

»Ah, viel besser, Doc. Danke«, seufzte Gunnar, als das starke Schmerzmittel zu wirken begann.

»Wenn Sie weiter am Kampf teilnehmen können, ist das in Ordnung. Wenn nicht, warten Sie hier, bis wir uns an den Sammelpunkt zurückziehen, ok?«

»Ok, Doc. Danke«, erwiderte Gunnar aufgrund der ihr verabreichten Medikamente mit schleppender Stimme.

Jorgensen wandte sich um und ging auf Sergeant Patels Standort zu, als mehrere Lichtblitze direkt auf den Steinen neben ihr aufschlugen. Der entfernte Lärm fortdauernder Explosionen im Depot war weithin vernehmbar. Kurz warf sie einen Blick in das Tal hinunter, ob sie die Bewegung von Menschen entdecken konnte. Dem war nicht so. Sie hoffte, dass Sam und die Teams dort unten in Ordnung waren.

»Sergeant, Gunnar wurde am linken Oberarm getroffen. Ich habe die Blutung gestoppt und ihr eine Spritze Fentanyl gegeben, aber das ist alles, was ich hier oben für sie tun kann. Gibt es sonst noch Verletzte?«

»Uns geht es soweit gut, Doc. Kehren Sie mit Gunnar zum CCP zurück.«

Jorgensen nickte und drehte sich um, um ihre Patientin abzuholen. Die lag allerdings schon wieder auf dem Bauch und schoss aus dieser Position mit dem rechten Arm, während sie den Lauf ihres Sturmgewehrs mit dem linken Arm zu stabilisieren versuchte. Jorgensen konnte nur den Kopf schütteln. Wieder und wieder stieß sie auf solche Soldaten, die nach ihrer Behandlung – obwohl verwundet, und das oft gravierend – nicht die ihnen gebotene Chance ergriffen, die Front hinter sich zu lassen, sondern einfach weiterkämpften. Diese Einstellung war der Grund, weswegen sie so stolz darauf war, in der RA zu dienen.

Sie machte Gunnar auf sich aufmerksam. »Der Sergeant sagt, ich soll Sie zum CCP begleiten.«

»Mir geht's gut, Doc.« Gunnar wandte den Kopf. »Wirklich, alles in Ordnung. Helfen Sie jemandem, der Ihre Hilfe braucht.«

Jorgensen nickte und machte sich auf den Rückweg zum CCP, wo sie Sergeant Mahmoud bereits erwartete.
****

Andre war gerade erst eingeschlafen, als Jones ihn wachrüttelte. Nachdem sich seine Augen an das dunkle Licht des Höhlensystems gewöhnt hatten, registrierte er aufgeregt herumlaufende Soldaten. *Etwas Wichtiges war geschehen.* Noch bevor er sich erkundigte: »Was ist passiert?«, griff er instinktiv nach seiner Waffe.

»Der dritte Zug hat Feindkontakt, offenbar haben sie Verletzte. Sie und ich sind auf dem Weg zu Abede und Takata, um uns dort umzusehen und sicherzustellen, dass die Probleme des dritten Zugs nicht zu uns vordringen.«

Andre hätte beinahe mit den Augen gerollt, unterdrückte diesen Drang beim Aufstehen allerdings. Er folgte Sergeant Jones zu dem Ausgang, der sie in den Wald führte. Dieses Mal beanspruchte Jones den Fahrersitz ihres Geländefahrzeugs für sich, während Andre den Platz hinter ihr einnahm und sich an ihrer Taille festklammerte.

»Daran gewöhnen Sie sich besser nicht«, bemerkte Jones, gab Gas und fuhr los.

Andre ignorierte sie, hauptsächlich, weil ihm keine passende Erwiderung einfiel. Er hatte eine anzügliche Bemerkung parat, eine, die bei den Mädchen daheim wirkte, war sich aber nicht sicher, ob er einen rechten Haken seines Sergeanten einstecken wollte.

Das Geländefahrzeug preschte durch den Schnee voran. Seine Spikereifen hinterließen tiefe Spuren im frischgefallenen Pulverschnee. Das am vorderen Ende angebrachte Auspuffsystem dämpfte das Motorengeräusch um einiges. Obwohl sie das Fahrzeug schon unzählige Male eingesetzt hatten, verkrampfte sich Andres Kiefer immer noch, sobald sein Motor aufheulte.

Nach dem Stoppen und Ausrollen ihres Fahrzeugs, stiegen die beiden Soldaten ab und krochen langsam zu Takata und Abede hoch, die sie genau dort wiederfanden, wo sie sie vor zwei Stunden zurückgelassen hatten. Sie lagen im Schnee und beobachteten den Außenposten.

»Tut sich etwas?«, erkundigte sich Jones neben Abede.

»Ja. Wir dachten uns schon, dass etwas vor sich geht. Die Aktivitäten dort unten nahmen überstürzt zu«, nickte Abede. »Sowohl Orbot als auch Zodark sind in aller Eile aus ihren Barracken gerannt und in Luft- und Bodentransporter gestiegen. Dann erhielten wir die Information, dass der dritte Zug ein Versorgungsdepot angegriffen hat. Unmittelbar danach setzte der Schneesturm ein, und wie wir sehen oder besser gesagt, wie wir nicht sehen, haben die Lufteinheiten momentan offenbar Startverbot.«

Jones sah sich mit ihrem Suchbildgerät den Bereich unter ihnen näher an. Andre kniff die Augen zusammen und versuchte mit seiner Helmkamera, ein vergrößertes Bild des Außenpostens einzuholen. Der stärker werdende Schneefall reduzierte die Sichtweite seiner Kamera beinahe auf null.

»Mach Platz.« Jones schob Abede zur Seite, bevor sie auf den Knien den Schnee zwischen sich und Abede aus dem Weg schaufelte. Die kreisrunde Einstiegsluke zu einem Mech wurde sichtbar. Sie hatten die Maschine vor einigen Wochen hier vergraben, um die Schneewehe zu kreieren, auf der sie nun saßen. Falls sie ihre mechanischen Tötungsmaschinen brauchen sollten, hatten sie auf diese Weise schnellen Zugriff auf sie.

Jones verschwand in der Maschine, aus der kurz ein helles Licht austrat, bevor Abede die Einstiegsluke hinter ihr schließen konnte. »Verdammt, Jones! Sie haben gerade unsere Position wie einen Weihnachtsbaum beleuchtet!«

»Verflucht noch mal, Jones! Unsere Position ist verraten!« Zornig pfiff Takata sie an, bevor er ihr noch einige ausgewählte Worte hinterher schickte. Nachdem er sich abreagiert hatte, wandte er sich an Abede. »Haben sie uns gesehen?«

»Beruhigt euch, Leute. Ihr führt euch auf wie eine Gruppe alter Weiber«, konterte Jones. Sie war dabei, den Mech hochzufahren und ihn kampfbereit zu machen.

»Ich befürchte, dass sie uns entdeckt haben.«

»Sehen Sie durch den Bildsucher, Takata, und bestätigen Sie das. Ich muss dieses Ding ausgraben, damit wir es in Schwung bringen können.«

Eine kurze Stille folgte, in der Takata den Außenposten unter ihnen in Augenschein nahm. »Oh ja. Sie haben's vermasselt, Jones – sie haben uns gesehen. Elf gegnerische Objekte halten über die Straße hinweg direkt auf uns zu.«

Jetzt war es Jones, die laut fluchte. »Geben Sie mir Raum, damit ich das Ding kampfbereit machen kann.«

Drei Soldaten rollten auf dem Kamm der Schneewehe zur Seite. Laut röhrend erwachte der Mech zum Leben. Der Schnee um ihn herum zerstob, während er sich aus seiner Vertiefung heraus zu seiner vollen Größe aufrichtete. Andre trat einen Schritt zurück und sah an der riesigen Figur hoch. Der Mech senkte seine Gatling-Kanonen, deren Mechanismus aktiviert wurde.

»Apollo-Führer, Überwachung Zwei hier. Kontakt mit dem Gegner«, konnte Abede gerade noch melden, bevor die Hölle ausbrach.

Ein Kugelhagel riss die angreifenden Zodark, die die Steigung nur langsam bewältigen konnten, in Stücke. Laut dröhnende Geräusche drangen aus dem Außenposten zu den Verteidigern vor. Die Zodark beabsichtigten offenbar, den unablässigen Beschuss durch die Maschinengewehre mit ihren Kampfflugzeugen zu erwidern.

Da ihre Position nun verraten war, ließ sich Andre neben Takata fallen und hob seine Waffe an. Er stellte sein HUD auf Wärmefindung um, was ihm die leichtere Ortung seiner Zielobjekte durch den Schneefall hindurch erlaubte. Sobald er unter sich die Wärmesignaturen der sich auf das Abheben vorbereitenden Kampfflugzeuge entdeckte, stellte er seine Waffe von Blaster- auf Magrailbeschuss um. Mit dem heißesten Teil eines Flugzeugs im Visier schickte er einige Dutzend panzerbrechende Projektile in dessen Richtung. Augenblicke später wurde er dafür mit einem großen Feuerball und einer Explosion belohnt. Das erste Flugzeug brach auseinander.

Rechts von Andre sah Takata immer noch durch sein Suchbildgerät. »Takata, wann fangen Sie endlich zu schießen an, verdammt noch mal?«
****

»Ist Ihre Position verteidigungsfähig?«, sorgte sich Lieutenant Magnussen um die Soldaten ihres zweiten Überwachungspostens.

»Wir bekämpfen sie mit unserem Mech. Moment …«, kam die Antwort.

Magnussen hielt das Mikrofon noch einen Augenblick länger in der Hand, bevor er es zur Seite legte. Er trat an den Tisch in der Mitte des CIC heran und rief einen dreidimensionalen Scan ihres Umfelds auf. Von der vergrößerten OP2-Position aus verfolgte er den Weg zurück an die Stelle, von der sich der dritte Zug gemeldet hatte. Dann wandte er sich an den zweiten Offizier im Raum.

»Wie ist es möglich, dass der Feind am Außenposten von unserem Angriff auf das Versorgungslager erfuhr?«

Lieutenant Singletary, der Führer des ersten Zugs, trat an den Tisch heran. »Da gibt es mehrere Möglichkeiten. OP2 hat nicht berichtet, dass der Kampflärm am Depot zu ihnen vorgedrungen ist. Was nicht bedeutet, dass er nicht zum Außenposten vorgedrungen ist. Vielleicht schickten die Zodark einen Hilferuf aus oder eines ihrer Schiffe in der Umlaufbahn entdeckte Lichtblitze am Boden und beschloss, sich die Sache näher anzusehen.«

Magnussen seufzte. »Die Situation gerät außer Kontrolle. Überwachung Zwei soll sich in das Höhlensystem zurückziehen und sicherstellen, dass niemand ihrer Spur folgt.« Er drehte sich zum Sergeanten des Zuges um. » Master Sergeant Woods, sobald sie ein Update vom dritten Zug erhalten, informieren Sie mich bitte.«

Die beiden Männer nickten und verließen das CIC. Magnussen beobachtete die Karte weiter. Neue, von eigenen Truppen identifizierte gegnerische Symbole tauchten ständig weiter am Boden auf. Trotz allem schien der Kampf um das Versorgungsdepot zu ihren Gunsten zu verlaufen. Magnussen hatte ihren medizinischen Zug geweckt und auf die zu erwartenden Verletzten und Toten vorbereitet. Jetzt blieb ihm nur das Abwarten auf die Bestätigung, dass die eingelagerten Baumaterialien und Munitionsvorräte der Zodark am Versorgungsdepot erfolgreich zerstört worden waren.

****

Jorgensen war gerade erst wenige Minuten zurück im CCP, als zwei große Explosionen die Nacht zum Tage machten. Das gleißende Licht zwang sie, ihre Nachtsichtvorrichtung zu deaktivieren, während orangefarbene und rote Flammen hoch in den Himmel schossen. Die Explosionen hatten sich an den gegenüberliegenden Seiten der Einrichtung ereignet, und die Helligkeit, die dieses Inferno begleitete, warf seine Schatten über das gesamte Tal. Das erlaubte Jorgensen den Blick auf eine Reihe von Menschen, die sich in aller Eile schleunigst vom Tatort entfernten.

»Eins-Drei, Eins-Drei Bravo hier. Voller Erfolg. Rückzug zum Sammelpunkt. Derzeit keine Verluste«, berichtete Kodiak aus dem Tal.

»Eins-Drei, Eins-Drei Charlie hier. Ebenfalls ein voller Erfolg. Rückzug zum Sammelpunkt. Derzeit ein Opfer.«

Die Stimme, die für das Charlie-Team sprach, war nicht die Stimme des Teamleiters Sergeant Riccardo. Jorgensen wusste, dass er das Opfer sein musste, von dem sie sprachen. Die Tatsache, dass sie keine weiteren Angaben erhielten, ließ Schlimmes vermuten.

Gewöhnlich bereiteten die Soldaten, die am Kampf teilnahmen, die Sanitäter auf den Zustand des Verwundeten vor, damit sie sich rechtzeitig darauf einstellen konnten. Fehlende zusätzliche Angaben bedeutete gewöhnlich, dass der Soldat gefallen war.

Die Teams trafen am CCP und Sammelpunkt ein. Der Maschinengewehrschütze von Team Charlie, Private Dominik Cerny, trug Sergeant Riccardo über seiner Schulter. Sein Panzer war über und über mit dem Blut besudelt, das aus den Wunden des Sergeanten strömte.

Jorgensen wollte ihnen entgegenlaufen, als sie Cernys Gesichtsausdruck sah. Er schüttelte den Kopf. Sergeant Riccardo weilte nicht länger unter ihnen. *Insgesamt gesehen, hatte sich ihre Gruppe für einen Angriff dieser Größe ohne hinreichende Ausstattung trotz allem sehr gut behauptet. Die Tatsache, dass sie nur ein Todesopfer zu beklagen hatten, war ausgesprochen positiv.* Dieser Tage verbuchte Jorgensen einen Gewinn, wo sie ihn finden konnte.

Der Zug setzte zur Rückkehr in das Höhlensystem an. Cerny transportierte den Sergeanten weiter auf seinem Rücken. Er erlaubte niemandem, ihm die Last ihres Anführers abzunehmen. Jorgensen bewunderte die Bindungen, die Soldaten untereinander entwickelten. Je schwieriger die Umstände waren, in denen sie sich wiederfanden, desto tiefer ging diese Bindung. Es war diese Art von Beziehung, die Männer und Frauen dazu brachte, sich freiwillig der Gefahr auszusetzen – oft in Situationen, in denen sie wussten, sie würden sterben – falls es das Leben eines Kameraden retten konnte.

Nachdem die Republik damit begonnen hatte, Soldaten aus *vielen* Ländern der Erde in ihre Armee zu integrieren, hatte es zunächst Widerstand gegeben. Menschen, die einst erbitterte Feinde waren, sollten nun Seite an Seite für das Überleben der Menschheit kämpfen? Jorgensen erinnerte sich an ihre eigenen Bedenken, als ihre Armeeeinheit innerhalb der Erweiterten Europäischen Union mit der Asiatischen Allianz verschmolz. Es war eine harte Umstellung gewesen. Wenige Jahre darauf hatte dann die neue TPA-Allianz samt ihren Streitkräften den gleichen Vorgang wiederholt, dieses Mal unter Einbeziehung der Republik. Im Verlauf von nur wenigen Jahren hatte sich Jorgensens Sorge, die Asiatische Allianz und die Republik könnten sich als Gegner entpuppen, dahingehend gewandelt, dass sie sie nun alle ohne Ausnahme als ihre Kameraden und Waffenbrüder ansah. Es war eine Herausforderung gewesen, in diesem Krieg vom Status der Beinahe-Feinde auf den gemeinsamen Kampf und das Sterben Seite an Seite im Weltraum umzudenken. Hätten die Beteiligten allerdings nicht den richtigen Weg gefunden, ihre Differenzen zurückzustellen und zu lernen, miteinander auszukommen – so wie sie es gegenwärtig taten – wären sie der ständigen Gefahr ausgesetzt gewesen, dass ihre individuellen Heimatwelten und alles, was ihnen lieb und teuer war, als nächstes vernichtet werden konnten.

Und jetzt, nach beinahe einem Jahrzehnt des Krieges und einer langen Liste persönlicher Kampferfahrungen, identifizierte Jorgensen ihre Kriegskameraden nicht mehr nach ihren Nationalitäten, sondern nach ihrer Spezies. Sie müsste lügen, wenn sie behaupten wollte, dass sie Abbas' Jollof-Reis nicht vermisste oder das Rezept von Ibrahims Großmutter für Shawarma mit Huhn. Aber das Leben ging weiter, so wie sie weitermachen musste.

Dreißig Minuten später, als die Öffnung der Höhle in Sicht kam, atmete Jorgensen erleichtert aus. Es schien ihr, als ob sie die ganze Zeit den Atem angehalten hätte. Nur noch wenige Schritte und sie waren in Sicherheit. Die Geborgenheit ihres Feldbetts, die Geborgenheit unter ihren Freunden, die Freundschaft mit Sam ... Sie sah zu dem Synth hinüber, der wieder einmal ohne einen Kratzer zu erleiden, aus dem Geschehen hervorgegangen war. Sie lächelte ihm zu. Verwirrt sah Sam sich um, bevor er registrierte, dass ihr Lächeln ihm galt – was er ohne Zögern erwiderte. Zumindest versuchte er es. Es sah eher wie eine schmerzliche Grimasse aus, die Jorgensen zum ersten Mal seit dem Ausbruch des Kampfes zum Lachen brachte.
****

Der Mech verschoss Raketen, die nach unten auf den Außenposten zuflogen. Projektile mit explosivem Gefechtskopf schlugen in die Gebäude ein, an denen die Zodark und die Orbot seit Wochen gearbeitet hatten. Und dann standen sie in Flammen. Rauch und Asche breiteten sich im Tal aus.

Andre ging auf die Knie und klopfte Takata auf die Schulter, bevor er den Beschuss begann, um Takata den Rückzug von ihrem Hang zu ermöglichen. Takata drehte sich um, um loszulaufen. Der Laser, der ihn in den Rücken traf, schleuderte ihn gewaltsam herum. Er stürzte zu Boden. Andre wollte laut schreien. Er griff nach Takata und versuchte, den Mann näher an sich heranzuziehen. Ein Blick nach unten zeigte ihm die Waffe seines Freundes, die in zwei Teile zerbrochen neben ihm lag.

»Mehr Glück als Versta…«, kommentierte Andre, bevor er unterbrochen wurde.

»Sofortiger Rückzug in das Höhlensystem!«, schrie Jones über ihr Kommunikationsnetz. »Abede, auf meinen Rücken. Bastille, verfrachten Sie Takata auf das Geländefahrzeug und verschwinden Sie von hier!«

Andre sah über seine Schulter hinweg, wie Abede auf den Rücken des Mech sprang und den Beschuss eröffnete, während er die ausladende Maschine dazu nutzte, sein Sturmgewehr zu stabilisieren. Andre sprang auf ihr Fahrzeug und startete den Motor, während Takata hinter ihm aufsprang. Sobald Andre den Gashebel anzog, ruckte der Wagen so schnell voran, dass die Zunahme der Geschwindigkeit ihn beinahe vom Gefährt geworfen hätte.

»Festhalten!«, rief Andre gegen den Wind.

»Nicht so schnell!«, beschwerte sich Takata, der sich verzweifelt so gut er konnte an Andre festklammerte

Andre musste angesichts der Absurdität ihrer Situation lachen. Augenblicke zuvor war er in einem Feuergefecht verwickelt gewesen; ein Mech, von dem er geglaubt hatte, dass sie keine Verwendung für ihn hatten, hatte seine Raketenmagazine geleert; und der Mann, der ihm zum Freund geworden war, wäre beinahe getötet worden. Und hier war Andre, der laut in den Wind hinaus lachte, während er ihr ATV im rasenden Tempo im Slalom um die Bäume herum auf die Öffnung der Höhle zusteuerte. Unter dem reflektierenden Tarnnetz legte er dann den Leerlauf ein und stellte den Motor ab. Mehrere Soldaten sicherten die Tarnung und erwarteten die Ankunft des Mech.

»Sie kommen nach, oder?«, sorgte sich Takata.

Andre warf ihm einen kurzen Blick zu. »Das werden sie. Besorgen Sie sich eine neue Waffe und stehen Sie bereit. Nur für den Fall. Ich bleibe hier.«

Takata zögerte nur einen Moment, bevor er nickte und sich auf den Weg zu ihrer provisorischen Waffenkammer machte. Andres Blick richtete sich erneut auf das Netz. Er bemühte sich, Bewegung zu entdecken, insbesondere den Lärm einer riesigen Maschine aufzuschnappen. Endlich, nach wenigen Minuten, die sich gefühlsmäßig wie eine Stunde hingezogen hatten, hörte er das mechanische Stapfen der Beine ihres Mech. Die wartenden Soldaten schoben eine Seite des Netzes zur Seite, um ihn in die Höhle einzulassen. Sobald er drinnen war, verschleierten die Soldaten den Eingang erneut und aktivierten ihr elektronisches Schutzschildsystem.

Abede sprang nach dem Abstellen der Maschine von ihr hinunter und schlug Andre freundschaftlich und trotzdem schmerzhaft auf die Schulter. »Na, haben Sie uns vermisst?«

»Wären Sie böse, wenn ich nein sage?«, grinste Andre.

»Überhaupt nicht, Legion, ganz und gar nicht«, erwiderte Abede mit Andres Spitznamen.

Das freute Andre. Er hörte seinen Spitznamen nur selten, meist, wenn sie in ihren Mechs saßen. Wann immer ihn jemand ‚Legion‘ rief, insbesondere Jones oder Abede, schienen die Sorgen von ihm abzufallen – was genau das war, was er heute brauchte.

Andre ging auf Jones zu, die den Mech über eine Leiter verließ. »Ich sagte Takata, er soll sich ein neues Sturmgewehr besorgen. Seines wurde draußen auf der Schneewehe durch einen Schuss zweigeteilt.«

»Sie und Takata haben sich wacker geschlagen, Andre. Besorgen Sie sich etwas zu essen und ruhen Sie sich aus, während ich herausfinde, was zum Teufel passiert ist. Ich wecke Sie später für einige Instandhaltungsarbeiten.«

Andre nickte. »Danke, Sarge.«

Jones ging an ihm vorbei, bevor sie ihm über die Schulter zurief: »Gute Arbeit, Junge.«

Kapitel Drei
In der Klemme

Apollo-Kompanie, 1-331. Infanteriebataillon
Alfheim

First Lieutenant Henry Magnussen hatte die meiste Zeit der letzten Wochen darauf verwandt, sich holografische Karten anzusehen, um seine spärlichen Streitkräfte strategisch geschickt im Kampf zu halten, ohne dass sie von den unablässig zunehmenden Zahlen neu eintreffender Soldaten der Zodark und Orbot auf dem Planeten ausgemerzt wurden.

In der Offiziersakademie war Magnussen äußerst ehrgeizig gewesen, mit einem besonderen Talent für die Land- und Weltraumnavigation. Jede Übung seiner Klasse war ein Wettstreit für ihn. Er verstand sein Abschneiden als Hinweis darauf, wie tauglich er als Führungsperson war. In seinen Augen sollte ein kommandierender Offizier beharrlich und ehrgeizig sein; jemand, der seinen Job in jedem Fall erledigt, egal unter welchen Umständen … zumindest hatte er sich das vor langer Zeit – als er noch jung und naiv war – so vorgestellt.

Magnussen war immer noch jung, gerade erst vier Jahre aus der Akademie. Seitdem hatte sich allerdings viel zugetragen. Die Kampagne von Alfheim hatte ihn jeglicher Naivität, die er einst genossen hatte, beraubt.

Aufgrund seines guten Abschlusses war Magnussen vor all diesen Jahren zum Stellvertreter des Kompanieführers der Apollo-Kompanie ernannt worden. Seine unerschütterliche Loyalität zur Republik und was noch wichtiger war, zu Captain Fenti, hatten dabei sicher ebenfalls eine Rolle gespielt. Als Fenti sich unmittelbar vor der Invasion der Zodark zu einer regulären Besprechung mit dem Bataillonskommandanten der Flotte getroffen hatte, ohne zum Planeten zurückkehren zu können, fand sich Magnussen plötzlich in der Stellung des Kompanieführers wieder. Die Last totaler Verantwortung – für jede Entscheidung, für jedes Leben – war auf ihn eingestürzt. Es war sein Friss-oder-Stirb-Moment.

Der Tag der Invasion war schwer. Der Gegner hatte sie von allen Seiten her eingeschlossen. Es sah aus, als ob sie überrannt werden würden … bis die Synthetiker, die die Kompanie verstärkten, den

Kampf zu ihren Gunsten zu Ende brachten. Nachdem dieser erste Angriff abgewehrt war, war die Kompanie so dezimiert, dass Magnussen kaum noch Kräfte zur Verfügung standen. Beinahe die Hälfte seiner Leute waren gefallen und so gut wie alle C100 waren im Gegenangriff der Kompanie zerstört worden.

Auf dem Weg in das Höhlensystem von Alfheim erfuhr Magnussen, dass alle anderen Kompanieführer während des Kampfs getötet worden waren. Nachdem sich ihnen die überlebenden Soldaten untergegangener Einheiten angeschlossen hatten, hatte er nun die Befehlsgewalt über eine erweiterte Kompanie. Trotz dieser großen Verluste war die Apollo-Kompanie nicht allein. Es gab noch andere Kräfte auf Alfheim – welche, die wie er, mit den Prim zusammenarbeiteten, und andere, die sich im Schatten aufhielten. Zumindest war es das, was Magnussen den Auklärungsberichten der Prim entnehmen konnte.

Und jetzt steckte Magnussen in der Klemme: er musste entscheiden, ob er sich der verrückten Idee der Prim anschließen sollte, die orbitalen Aufzüge anzugreifen, oder ob er auf das Eintreffen der Rettungskräfte warten sollte. Unabhängig davon würde dies seiner Einheit wohl wie bisher die Durchführung überfallartiger Einsätze erlauben, allerdings mit einer geringeren Zahl einsatzfähiger Teams. Das bedeutete das Führen eines Zermürbungskriegs, den er in keinem Fall gewinnen konnte.

Magnussen versuchte stets, die Vor- und Nachteile einer Entscheidung gegeneinander abzuwägen. Auf der einen Seite würde ihr Erfolg eine weit offene Bresche in die Verteidigung des Planeten schlagen, durch die die Allianz eindringen und die Lage retten konnte. Dem kam allerdings nur Bedeutung zu, *falls* die Allianz tatsächlich bereitstand, zu ihrer Rettung einzufallen. Falls seine Kompanie anderseits infolge des Angriffs ausgelöscht werden würde, welche Hilfe leisteten sie der Republik dann, sobald sie sich die Rettungskräfte endlich einfanden?

Magnussen drehte sich zu Lieutenant Adam Singletary um und fragte: »Du bist dir sicher, dass sie nicht wissen, woher wir kamen? Wenn zu viele Ameisen ihren Hügel verlassen, kann der Feind ihr Zuhause finden. Ich werde nicht dafür verantwortlich sein, dass diese Kompanie unter den Stiefeln der Zodark zermalmt wird.«

»Wir schickten zwei Tage lang im Umkreis von acht Kilometern Patrouillen aus, die jeden Zentimeter Boden abgesucht haben«, versicherte ihm Singletary. »Niemand hat den Feind gesehen oder ist auf Gegner gestoßen. Ich gehe davon aus, dass wir bereits von ihnen gehört hätten, falls sie wüssten, wo wir uns aufhalten.«

»Was, wenn das genau das ist, was wir denken sollen?«, forschte Magnussen. »Was, wenn sie uns in dem Augenblick, in dem wir die Höhle verlassen, von der Umlaufbahn aus bombardieren und damit jede Chance zunichtemachen, diesen Planeten erneut einzunehmen?«

Singletary unterdrückte ein Lachen. »Henry, wir können den ganzen Tag hier sitzen und Was-Wenn-Fragen diskutieren. Tatsache ist, dass wir ihre Versorgungskette unterbrochen haben. Wir vernichteten einen Außenposten, der uns ein wenig zu nahe kam – ein klarer Rückschlag für die Zodark. Wenn die Zodark oder die Orbot wirklich nach uns suchen würden, wieso laufen uns dann keine Patrouillen über den Weg? Wieso sehen wir keine Überwachungsflüge oder Drohnen, die diese Gegend abdecken? Dieser Planet ist unglaublich groß, Henry. Sie können nicht überall gleichzeitig sein. Diese Tatsache müssen wir zu unserem Vorteil nutzen.«

Die beiden sahen sich einen Moment schweigend an, bevor Singletary fragte: »Dir gefällt der Plan der Prim nicht, stimmt's? Der, den Weltraumhafen anzugreifen?«

Magnussen seufzte. Er hatte bis heute bereits zu viele Leute verloren. *Ich will einfach nicht, dass noch mehr Leute in einem unüberlegten Einsatz sterben, der keinerlei Aussicht auf Erfolg verspricht ...*

»Nein, das tut er nicht«, gab Magnussen freimütig zu. »Ich verstehe, welcher Gedanke dahinter steckt. Taktisch gesehen ergibt er sogar Sinn. Strategisch gesehen ist er ein Fehler.«

»Ach ja, wieso?«, hakte Singletary nach. »Ich halte es für eine gute Strategie, eine orbitale Plattform und einen Weltraumhafen aus dem Verkehr zu ziehen.«

Magnussen schüttelte den Kopf. »Lass mich erklären, Adam. Unterstellt, wir haben Glück und die Zerstörung des Weltraumhafens und die Vernichtung der Plattform gelingt uns tatsächlich. Was dann? Wir wissen nicht, *wann genau* die Republik oder ob sie *jemals* eine zweite Invasionsarmee schicken wird. Wenn wir den Weltraumhafen angreifen und verlieren, bleiben womöglich die Hälfte unserer Leute oder noch mehr bei diesem Versuch auf der Strecke. Und dann? Was haben wir damit erreicht? Ich halte es einfach für am besten, wie bisher unsere Überraschungsangriffe fortzusetzen. Ein Tod auf Raten sozusagen …«

»Ich dachte, wir wollen ein ‚Was-Wenn‘ vermeiden, Henry«, konterte Singletary. Er kannte Magnussen seit ihren Tagen an der Akademie, in der Magnussen ein Jahr vor ihm gewesen war. »Unsere letzte Mission ist über eine Woche her. Die Truppe wird unruhig und die Prim drängen darauf, dass wir endlich etwas unternehmen.«

»Ich weiß, ich weiß. Aber nach unserem letzten Überfall … Ich will einfach, dass wir uns eine Weile still verhalten. Mir ist bewusst, dass deine Späher in der Nähe unserer Basiscamps niemanden entdeckt haben, was allerdings nicht bedeutet, dass sie nicht nach uns suchen. Vielleicht sollten wir den Umkreis erweitern, mehr Spähtrupps weiter nach draußen schicken, und uns einen Überblick über die bedeutenderen Straßen der Region verschaffen.«

Singletary starrte Magnussen einen Augenblick an, bevor er zustimmend nickte. *Ein Tod auf Raten war immer noch ein Tod.* »Du hast recht, wie gewöhnlich. Ich werde zusätzliche Scout-Teams aussenden, die sich den Junger-Pass ansehen sollen. Das ist die einzige Straße durch die Berge, die hinreichend ausgebaut ist, um die Bewegung feindlicher Truppen in großem Umfang zu erlauben. Und nahe genug für uns, um eventuell einen Hinterhalt zu planen.«

»Himmel, Adam, wenn das der Fall ist, warum hast du das bisher nicht überprüft?«, forderte Magnussen ihn heraus.

»Henry, der Pass liegt beinahe 15 Kilometer von hier entfernt und die Späher müssen einen Großteil des Weges zu Fuß zurücklegen. Es ist schwieriges Gelände. Da wir unsere primären Wege der Kommunikation nicht einsetzen können, wird es so gut wie unmöglich sein, mit den Kräften, die wir aussenden, Kontakt zu halten. Die Scouts werden beinahe 25 Stunden benötigen, um es dorthin zu schaffen, und ebenso viele, um mit relevanten Informationen zurückzukehren.«

»Verdammt. Das wird ein Koordinationsproblem. Trotzdem sagt mir das weit mehr zu als der Plan der Prim. Stelle deine Teams zusammen. Lass uns sehen, ob wir attraktive Ziele, die diese Straße benutzen, für einen Hinterhalt identifizieren können. Vielleicht gelingt es uns, die Prim davon zu überzeugen, sich unserem Plan anzuschließen.«

Singletary nickte und verließ das CIC. Magnussen hielt sich die Hände vor das Gesicht und rieb sich seine blutunterlaufenen Augen. Er war nun schon über 48 Stunden pausenlos im Einsatz. Allein die Wachmacher, die ihm die Sanitäter gaben, hielten ihn aufrecht. Sehnsüchtig suchten seine Augen nach dem Feldbett in der Ecke des Zimmers.

Magnussen seufzte und sagte sich: »Zwei Stunden werden niemandem schaden.«

****

Sergeant Harrison Kodiak saß mit dem Rücken gegen die warmen Steine der Höhle, in der sein Trupp hauste. Zu seiner Linken beobachtete er seinen Gruppenführer Mahmoud, der mit zwei Soldaten des Charlie-Teams sprach. Einen Anführer zu verlieren war schwer, insbesondere wenn es ein Unteroffizier war.

Unteroffiziere wurden nicht umsonst als das Rückgrat des Militärs bezeichnet. Gewöhnlich waren sie es, die auf dem Schlachtfeld wussten, was zu tun war und deshalb die Ausführung der Mission leiteten. Grüne Gefreite, die neu zu einer Einheit stießen, hingen gewöhnlich wie die Kletten an den Sergeanten und saugten wie ein trockener Schwamm so viel Wissen wie möglich von ihnen auf. Kodiak erinnerte sich an das erste Mal als er unter Beschuss gestanden hatte. Das unheimliche Zischen und die Verbrennungen, die ein Laser anrichtete, waren schwer zu beschreiben.

In Momenten wie diesen machte sich ihr Training bezahlt. Instinktiv hatte sich Kodiak auf den Boden fallen lassen und hatte Deckung gesucht. Nachdem Sergeant Sosa, sein Gruppenführer, sich hingekniet und das Feuer eröffnet hatte, hatte Kodiak es ihm nachgetan. Seither war viel Zeit vergangen. Kodiak hatte Freunde aufgrund von Beförderungen, Versetzungen und Tod verloren. Er selbst war befördert worden, war aufgestiegen und leitete nun sein eigenes Team.

»Sergeant Kodiak«, sprach ihn eine Stimme neben ihm an.

Kodiak sah in das Gesicht von Lieutenant Singletary hoch, erhob sich schnell und salutierte. »Ja, Sir?«

Staff Sergeant Mahmoud bemerkte, dass der Zugführer den Raum betreten hatte. »Was können wir für Sie tun, Sir?«, erkundigte er sich.

Singletary wandte sich wieder an Sergeant Kodiak. »Sie sind ein qualifizierter Scharfschütze, richtig?«

»Jawohl, Sir«, bestätigte Kodiak.

»Gut«, nickte Singletary zufrieden. An Staff Sergeant Mahmoud gewandt, bestimmte er: »Ich will, dass Sergeant Kodiak ein Team von Scharfschützen in den Junger-Pass leitet.« Singletary holte sein Datenpad hervor und schickte den Operationsbefehl an Kodiak und Mahmoud.

»Der Pass liegt 15 Kilometer von hier entfernt, Sir«, bemerkte Kodiak, der von diesem Auftrag überrascht war.

»Das ist er. Tragen Sie genug Ausrüstung für 72 Stunden bei sich. Sie werden zwei Nächte in der Wildnis verbringen, bevor sie zur Basis zurückkehren. Der XO denkt, dass die Zodark womöglich immer noch nach uns suchen. Er vermutet, dass sie Soldaten von entfernteren Standorten zusammenziehen, um diese Gegend nach uns zu durchkämmen. Falls er sich täuscht und dem nicht so ist, will er zumindest wissen, wer die Straße dort benutzt. Vielleicht ist es einen Hinterhalt wert.

»Ach, und bevor Sie abziehen, will ich betonen, dass dies eine Erkundungsmission ist. Falls Sie den Feind entdecken, notieren Sie seine Zahl und seinen Standort. Keine Konfrontation, es sei denn, sie wurden entdeckt. Sollten Sie sich überraschen lassen, wissen die Zodark mit Sicherheit, dass wir irgendwo in der Nähe ein Camp unterhalten.«

Kodiak nickte seinem Zugführer zu. »Jawohl, Sir. Wird erledigt.«

Nachdem er ihren Salut erwidert hatte, wandte sich Singletary erneut an Kodiak. »Sie dürfen keinerlei Unterstützung erwarten. Nicht aus der Luft, keine QRF und keine Mechs. Sie sind allein auf sich gestellt. Halten sie sich versteckt. Verstanden?«

Kodiak nickte nur.

Nachdem Singletary die Höhle verlassen hatte, sprach Kodiak Mahmoud an. »An wen denken Sie?«

»Josef in der zweiten Truppe ist ein Meisterschütze. Er kann sie begleiten.«

Kodiak seufzte. »Josef fiel vor zwei Wochen, kurz nachdem wir hier ankamen.«

»Verdammt, das stimmt. Eine Schande.«

»Ein guter Junge … wusste, was er tat.«

Mahmoud lächelte. »Ging immer diesem … wie heißt er nochmal? … auf die Nerven …

»Fritzy«, lachte Kodiak. »Oh ja, er war ein Vollidiot.«

»Trotzdem ein guter Junge. Mann, ich sage Ihnen, er hatte immer ein Lächeln im Gesicht. Grinste immer, was ich nie verstehen konnte. Ein Laser hätte die Rinde vom Baum neben ihm schälen können und er hätte nur mit den Achseln gezuckt und gesagt: ‚Der beste Job, den ich je hatte‘. Was ist aus ihm geworden?«

»Es hat ihn an der FOB erwischt. Der Cougar, in dem er saß, wurde getroffen. Das Ding ging sofort in Flammen auf.« Kodiak schüttelte den Kopf. »Unmöglich, daraus zu entkommen.«

Mahmoud schnalzte mit der Zunge. »Ja, das war eine höllische Zeit.«

»Kumar aus dem Charlie-Team soll mein Späher sein. Er hat gute Augen. Jacobs aus meinem Team wird für unseren zweiten Schützen sichten …«

»Wer soll das sein?«, fiel ihm Mahmoud ins Wort.

Kodiak schüttelte den Kopf. »Keine Ahnung. Ist das wirklich wichtig? Wir planen keinen Hinterhalt. Mir wäre ein Sturmgewehr neben mir weit lieber als eine zweite Scharfschützenwaffe.«

Mahmoud überlegte. »Wie wäre es mit Staff Sergeant Moreau aus dem ersten Trupp?«

Kodiak starrte Mahmoud an und kaute einen Moment auf seiner Unterlippe. »Solange es für einen Truppführer ok ist, von einem Teamleiter herumkommandiert zu werden«, brachte er schließlich hervor.

»Ich bitte Sie …«, stöhnte Mahmoud. »Sie beide sind Sergeanten. Nur weil ihr Truppenführer gefallen ist und ich Glück hatte, heißt das nicht, dass Sie jetzt Ihren Bereich abstecken müssen. Sie können Ihre Entscheidungen gemeinsam treffen, und sobald Sie sich in Teams aufteilen, wird Jacobs eine kompetente Führerin an seiner Seite haben. Korrekt?«

»In Ordnung«, lenkte Kodiak ein.

Mahmoud hatte recht. Moreau und Kodiak hatten gemeinsam die Grundausbildung absolviert, waren beide dem 331. Infanteriebataillon zugewiesen worden, und waren ungefähr zur gleichen Zeit durch die Ränge aufgestiegen. Moreau war eine fantastische Soldatin – auch wenn sie es wirklich liebte, das Sagen zu haben.

»Ich bereite alle vor«, erklärte Mahmoud. »Sie besorgen die Geländefahrzeuge und packen Ihre Sachen. Sobald die Sonne untergeht, sollten Sie losziehen.«

»An die Arbeit«, erwiderte Kodiak und griff nach seinem Rucksack.

****

Drei Stunden später

Zum ersten Mal seit Wochen hatte sich der Wind gelegt und auf dem schneebedeckten Berghang herrschte eine unheimliche Stille. Kodiak sicherte sein Geländefahrzeug in den Tiefen einer der vielen Höhlen, die es in dieser Region gab. Danach kehrte er an den Eingang der Höhle zurück. Mittlerweile war die Sonne so gut wie hinter dem Horizont verschwunden und die Dunkelheit brach über sie herein. Er sah über das Tal hinaus, wo sich ihm ein für Alfheim seltener Ausblick bot.

Gewöhnlich verdunkelten Sturmwolken den Himmel in sämtliche Richtungen, begleitet vom Wind und ungestümen Schneefällen. Kodiak erinnerte sich gut an die Gewitterstürme und erschauderte. An diesem Abend erstrahlte der Himmel mit dem erlöschenden Licht jedoch und verwandelte ihn in eine lila- und rosafarbene Palette, die sich weit über den Horizont hinaus erstreckte. Er vergaß einen Augenblick, wo er sich befand.

»Fertig zum Abmarsch?« Die Frage kam von Staff Sergeant Moreau.

Kodiak drehte sich zu ihr um. »Ich bewundere nur den Sonnenuntergang. Seit wir hier sind, war der Himmel noch nie so schön wie heute.«

»Das ist ein Zeichen von Surya, dem Sonnengott. Er gibt uns ein gutes Omen«, mischte sich Private First Class Deepak Kumar, ein.

»Oder es ist einfach nur ein Sonnenuntergang, Mann«, schlug Jacobs vor. Er trat vom Eingang zurück und überprüfte sein Sturmgewehr.

»Jedenfalls kann niemand seine Schönheit leugnen, egal woran er glaubt«, seufzte Kumar.

»Fürwahr, fürwahr, Kumar«, erwiderte Jacob. »Ich übernehme
die Spitze.« Er verließ die Höhle und begann einen Pfad zu erklimmen,
der ihnen die Aussicht über den Junger-Pass bieten würde.

Kodiak schloss zu Moreau auf und deutete auf das
Scharfschützengewehr auf ihrem Rücken. »Meine Meinung hat
offenbar niemanden interessiert.«

»Das ist in Ordnung. Ich hatte seit Neu-Eden keines in der Hand.
Es wird gut sein, mich wieder auf ihm einzuschießen.«

Kodiak warf ihr einen Blick zu. Ihr Visier war durchsichtig. Er
konnte ihre Augen sehen. Seitdem die regulären Armeeeinheiten mit
Integralhelmen ausgestattet worden waren, fiel ihm das Gespräch mit
anderen während einer Patrouille schwerer. Vorher war es ihm möglich
gewesen, die Augen einer Person, unwillkürliche Bewegungen oder
Gesichtsausdrücke zu sehen und zu verstehen, ob sie scherzten oder es
ernst meinten. Die Integralhelme waren der Grund, weshalb sich viele
Soldaten seither angewöhnt hatten, ihren gesprochenen Worten mehr
Emotion zu verleihen. Moreau gehörte dieser Gruppe nicht an. Mit
Absicht. Sie liebte es, die Leute im Unklaren zu lassen.

Gott sei Dank lachte sie jetzt.

»Du musst aufhören, solche Witze zu machen, Moreau«,
ermahnte sie Kodiak kichernd.

»Wann hast du das letzte Mal mit einem von denen geschossen?«,
wechselte sie das Thema.

»Während der Intus-Kampagne. Wir wurden vorgeschickt, um
einen Vorposten der Zodark auszukundschaften, der eine
Nachschublinie durch die Region kontrollierte. Sobald wir ankamen,
machten wir uns an die Arbeit. Es gelang uns, ein hochwertiges
Zielobjekt zu erwischen, das die Feinde kommandierte. Sobald der Rest
der Kompanie angriff, gingen sie im Chaos unter.«

»Manchmal ist nur eine Kugel nötig«, kommentierte Moreau.

»Meist sind weit mehr nötig«, konterte Kodiak.

Mit dem Ansteigen des Pfades musste sich das Team mehr und
mehr auf seinen Weg konzentrieren. Der zu Beginn des Wegs breite
Pfad hatte sich nun so verengt, dass sie hintereinander gehen mussten.
Kodiak riskierte einen Blick in die Dunkelheit des steilen Abhangs
hinunter und schreckte zurück. Automatisch stellte sich die Furcht ein,
auf einem losen Stein auszurutschen und nach unten in den sicheren
Tod zu stürzen.

Kodiak wusste von mehr als einem Soldaten, der nicht durch
feindliches Feuer sondern aufgrund eines Fehlers gestorben war – am
Berg abgestürzt oder während des Trainings ums Leben gekommen. Er
kannte sogar einige Soldaten, denen die Tierwelt einiger Planeten das
Ende gebracht hatte. Das Militär der Menschheit fand sich in einem
einzigartigen Raum zwischen der alten und einer neuen Weltordnung
wieder. Solange die Kämpfe auf ihre Heimatwelt Erde beschränkt
waren, waren die Entfernungen nur kurz. Soldaten hielten sich ein
halbes Jahr lang an der Front auf, bevor sie in das Land zurückkehrten,
aus dem sie stammten. Kodiak war seit Jahren nicht mehr auf der Erde
gewesen.

Nach seiner Grundausbildung war er von einem Planeten zum
anderen versetzt worden. Die Republik errichtete Stützpunkte auf
diesen neu entdeckten Welten ein. Er hatte keinen Grund, zur Erde
zurückzukehren, es sei denn, er hätte die Urlaubsslotterie gewonnen –
was mehr als unwahrscheinlich war. Kodiak sah in den Nachthimmel
hinauf und suchte nach dem hellen Licht, das die Sonne der Erde
ausstrahlte, gab aber nach wenigen Sekunden auf.

Jacobs, der weiter an der Spitze war, hatte angehalten und ging
nun auf ein Knie hinunter. »Wir haben Checkpoint Rom erreicht.«

Kodiak brachte die Karte auf seinem HUD hoch und markierte
ihren Standort. Nach dem Umschalten auf einen Kommunikationskanal
nutzte er einen verschlüsselten Textkanal, um Lieutenant Magnussen
davon zu unterrichten, dass sie ihren ersten Kontrollpunkt erreicht
hatten.

Er wandte sich an seine Begleiter. »Von jetzt an herrscht
Funkstille. Die Zodark überwachen zweifellos jede Übermittlung über
diese Kanäle. Falls Sie etwas zu berichten haben oder falls Moreau
oder ich ausfallen, nutzen Sie die verschlüsselten Textkanäle. Die
Übertragung ist langsamer, aber damit müssen wir leben.«

Die anderen nickten bestätigend und die Reihe setzte sich wieder
in Bewegung. Ihr nächster Stopp war die Kuppe, die über den Junger-
Pass hinaussah.

****

Magnussen träumte nicht. Nicht seit der Intus-Kampagne, seinem
ersten Kampfeinsatz. Er starrte in das Gesicht von Lieutenant
Singletary, der ihn wachgerüttelt hatte. Magnussen schwang seine

Beine über sein Feldbett hinaus in seine Stiefel und schnürte sie eng zu. Er stand auf und erlaubte dem Blut wieder durch seine Extremitäten zu fließen.

Dann trat er an den Tisch heran und sah dem Führer seines ersten Zugs ins Gesicht. »Wie steht es um unsere Erkundungsmission?«

Singletary öffnete Sergeant Kodiaks verschlüsselte Nachricht, die dank seines Datenpads nun über dem Tisch schwebte. »Das Team hat Checkpoint Rom erreicht. Nächster Stopp ist der Junger-Pass, wo sie bis spätestens 0100 Uhr Planetenzeit eintreffen sollten.«

»Sind sie bisher auf Widerstand gestoßen?«

»Bisher nicht. Allerdings sind sie heute weiter in den feindlichen Bereich vorgedrungen, als wir es nach der Invasion versucht haben. In Bezug auf die Stärke des Gegners sind wir in diesem Gebiet völlig überfragt.«

Magnussen sah seinen Zugführer mit ernsten Augen und besorgtem Gesichtsausdruck an. »Wird Kodiak die Sache vermasseln, Adam?«

Einen Augenblick schien Singletary schockiert zu sein, bevor sich fasste. »Er ist ein sehr guter Teamleiter und hat in vorangegangenen Kampagnen umfassende Erfahrungen als Scharfschütze gesammelt. Er ist ein altgedienter Soldat. Ich vertraue ihm.«

Magnussen entspannte sich. »Verdammt, tut mir leid, Adam. Die beiden letzten Wochen waren hart. Ich müsste lügen, wenn ich nicht zugeben würde, dass mir alles über den Kopf hinauszuwachsen scheint.«

Singletary seufzte und stellte eine Kiste mit Ausrüstungsgegenständen in einer Ecke ab. »Momentan geht es uns allen so, Henry. Wichtig ist nur, dass wir jetzt mehr als je zuvor unseren Verstand gebrauchen. Ich möchte glauben, dass es Zeiten wie diese sind, auf die uns die Akademie vorbereitet hat.«

Magnussen schnaubte. »Was hat Colonel Forsythe immer gesagt?«

»›Wenn ihr durch die Hölle geht, geht einfach weiter‹? Ich glaube, dass ist eine dieser Redewendungen, die das Militär die letzten 100 Jahre weitergegeben hat.«

»Das macht es nicht weniger wahr. Fenti hält sich sicher in einem anderen System auf. Wir sind die einzigen Offiziere hier – was mich zum nächsten wichtigen Punkt bringt, den ich mit dir diskutieren muss.

Falls Kodiak und sein Team überrannt werden sollten oder die Zodark sich tatsächlich auf dem Weg hierher befinden, musst du die Kompanie an den nächsten Standort führen, während ich zurückbleibe, um den taktischen Rückzug zu koordinieren.«

Singletary nickte. Das war alles, was Magnussen von ihm erwartete – das Verständnis, dass es – im Fall, dass etwas schiefging – immer zumindest einen Offizier geben musste, der weiter in der Lage war, die Apollo-Kompanie zu führen.

Kapitel Vier
Verlorene Unschuld

Junger-Pass
Alfheim

Das Wetter schlug um, während Harrison Kodiak und sein Team weiter Richtung Gipfel marschierten. Langsam stellten sich Wolken ein, die das Licht der beiden Monde blockierten. Wind und Schnee wirbelten um sie herum und reduzierten ihre Sicht. Jedes Mal, wenn ihm ein Windstoß entgegenschlug, hatte Kodiak die Befürchtung, in den Abgrund hinuntergestürzt zu werden.

Ihre taktische Karte bestätigte, dass ihr Fortkommen immer noch im Zeitplan lag. Die Felswände, die den Pass überragten, lagen nur noch knapp fünf Kilometer entlang des gewundenen Pfades vor ihnen. Der Pfad hatte sich wieder verbreitert, und der Wald, der überraschend um sie herum aufgetaucht war, kaschierte ihre Bewegungen. Eben noch waren sie allein von Gestein und Schnee umgeben, bevor zu beiden Seiten urplötzlich Bäume neben ihnen in den Himmel ragten. Jacobs hielt inne.

Kodiak kroch vorsichtig zu ihm hin und erkundigte sich: »Was gibt's zu sehen?«

»Um ehrlich zu sein, Sarge, sehe ich absolut nichts. Aber ich habe etwas gehört, das wie das Schlurfen von Füßen klang«, gab Jacobs angespannt Auskunft, während er mit seinem Sturmgewehr in die generelle Richtung der Störung zielte.

Kodiak verhielt sich einen Augenblick absolut still. Dann vernahm auch er etwas. Es klang wie das Geräusch von vier Füßen, die durch den frisch gefallenen Schnee stapften. Er deutete seinen Begleitern an, links von ihnen mit dem Rücken gegen die Steinwand Deckung zu suchen.

Behutsam kroch Kodiak über die Felsbrocken etwas höher hinauf. Nachdem er seine Nachtsichteinstellung auf Thermalanzeige umgestellt hatte, nahm er den Wald vor sich genauer unter die Lupe. Da sie dem Gipfel relativ nahe waren, stieg der Berg hier nicht mehr so steil an. Auf der anderen Seite der Steinwand setzte sich der dichte Wald kilometerweit in das Tal darunter fort, das vom ebendiesem Wald und den Bergen um es herum eingeschlossen schien.

Während Kodiak sich umsah, wanderte eine leuchtend rot- und orangefarbene Kreatur in sein Blickfeld. Instinktiv senkte er den Kopf, um nicht in die Sichtlinie des Feindes zu geraten, während er das, was er da vor sich sah, weiter im Auge behielt. Es war eines der vierbeinigen Biester, ein ‚Ravager‘, den die Zodark während ihrer Patrouillen einsetzten, um ihre Gegner aufzuspüren. Kodiak lief es kalt den Rücken hinunter. Das Monster wurde von zwei Zodark begleitet, die dem Tier folgten. Ihre Körpersprache drückte Trägheit und mangelnde Wachsamkeit aus.

Kodiak winkte auffordernd mit dem Arm hinter sich, woraufhin Moreau vorsichtig zu ihm hochkroch und sich neben ihm niederließ. Sobald er sie kurz nach Luft ringen hörte, wusste er, dass auch sie ihre Thermalkamera nutzte.

»Wir dürfen sie nicht ausschalten, Harrison. Das bringt die Mission in Gefahr«, erinnerte sie ihn flüsternd.

»Das musst du mir nicht zweimal sagen. Wir warten, bis sie an uns vorbei sind. Dann ziehen wir weiter«, erwiderte Kodiak.

Die Zodiak setzten ihre gemächliche Patrouille Richtung Süden fort. Kodiak verfolgte ihren Weg. Und dann hielt das vierbeinige Biest plötzlich inne. Kodiak wollte gerade seinen Platz verlassen, als ihm der Wandel in dessen Verhalten auffiel. Er sah, wie das Tier sich in seine Richtung umdrehte und leicht in die Knie ging. Die Stachel auf seinem Rücken sträubten sich und schlugen warnend gegeneinander. Die beiden Zodark reagierten alarmiert. Mit erhobenen Waffen fest in den Händen folgten sie dem Ravager, der direkt auf die RA-Soldaten zuhielt.

Kodiak drehte sich um und warnte die anderen über ihre helminterne Verbindung: »Das Miststück hat unseren Geruch aufgeschnappt. Wenige Meter hinter uns kamen wir an einem Gestrüpp vorbei, das uns eventuell verbergen kann. Bewegt euch!«

Das Team wechselte die Richtung und fand geschwind und dennoch äußerst vorsichtig ein hüfthohes Gebüsch, in dessen Schatten sie sich zwängten. Moreau zog eine sich der Umwelt anpassende Tarndecke hervor und breitete sie über ihrem Versteck aus. Die Plane ahmte die Besonderheiten eines Chamäleons nach. Sie imitierte die Umwelt, mit der sie in Berührung kam und kreierte digital einen scheinbar unberührten Bereich. Kodiak hatte keine Ahnung, ob die Zodark über die Technologie verfügten, diese Tarnung zu entlarven. Andererseits war er sich sicher, dass es darauf nicht unbedingt ankam. Solange sie das Monster bei sich hatten …

Das Knirschen des Schnees, das Knurren und die leisen gutturalen Stimmen der Zodark kamen immer näher, bis es sich anhörte, als ob sich die Patrouille unmittelbar vor ihnen stand. Kodiak hatte das Biest im Visier, das ihnen immer näher kam. Aber er verbot sich den Schuss. Den würde er nur abgeben, falls er absolut keine andere Wahl hatte.

Was war das?, fragte er sich dann überrascht. Es war ein Ton, den er nicht einordnen konnte, ähnlich der Glocke, die daheim in Texas zum Abendessen rief. Füße bewegten sich voran. Etwas, das aus Holz gemacht war, ächzte. Und ein seltsamer Tierlaut kam ihnen zu Ohren, der sich wie eine Mischung aus Kuh und Ziege anhörte.

Eine Figur auf zwei Beinen, kleiner als die Zodark, umrundete die Wende des Pfads nördlich von ihnen. Sie ging neben einem Karren her, der von einem Tier mit drei imposanten Hörnern und dem Körper eines Bullen auf der Erde gezogen wurde. Je näher die Figur kam, desto klarer wurden ihre Züge.

Ein Prim auf dem Heimweg, der sicher den ganzen Tag auf Nahrungssuche gewesen war, war gerade versehentlich auf die patrouillierenden Zodark in ihrem Wachbereich gestoßen. Kodiaks Blutdruck schoss nach oben. Er legte seinen Wahlschalter von Gesichert auf Feuer um und beobachtete die Zodark, als der Prim über die Bergkuppe hinweg ins Bild kam.

Moreau legte die Hand auf Kodiaks Schulter. »Nicht«, flüsterte sie.

Kodiak verspannte sich. Obwohl er den Wahlschalter nicht wieder in die gesicherte Position umlegte, zog er den Finger langsam vom Abzug zurück und ließ die Hand an die Seite seines Gewehrs fallen. Er verstand, wieso Moreau ihn gestoppt hatte. Sobald er schoss, um das Leben des Prim zu retten, brachte er die Mission in Gefahr.

Die Zodark hatten den Prim nun auch entdeckt. Sie hoben ihre Waffen an und riefen ihm etwas in ihrer kehligen Sprache zu. Kodiak schaltete seinen Übersetzer an und versuchte, dem Gespräch zu folgen, indem er die Sensibilität seines Helmmikrofons erhöhte. Die beiden Zodark und ihr Biest traten auf den Prim zu, der sich bereits einige Schritte von seiner Karre entfernt hatte und in panischer Angst die Arme hob. Kodiak bemühte sich, ihren Worten zu folgen.

»Was machst du hier draußen?«, fuhr einer der Zodark den Prim an.

Der stand einfach mit erhobenen Händen da und zitterte sichtlich am ganzen Leib.

Kodiaks Finger kehrte zum Abzug zurück und ruhte leicht auf dem Metall. Das moralische Dilemma dieser Situation begann auf seinem Gewissen zu lasten. Falls er schoss und damit die Zodark angriff, sie vielleicht sogar tötete, um den Prim zu retten, flog ihre Mission auf und ihr Plan war gescheitert. Wenn er nicht schoss, würde der Prim zweifelsohne getötet werden. Das war nicht fair, aber im Krieg gab es keine Fairness.

»Verdammt«, fauchte sich Kodiak selbst an, während er seinen Finger ein zweites Mal vom Abzug zurückzog.

Deepak rührte sich. »Wir müssen den Prim retten, ja?«, fragte er über ihre interne Verbindung.

»Wenn wir sie töten, ist die Mission vorbei, bevor sie angefangen hat«, warf Moreau ein.

»Na und? Sollen wir einfach zusehen, wie er stirbt? Das kann nicht ihr Ernst sein, Sarge«, mischte sich Jacobs ein.

»Ende der Diskussion. Halten Sie die Klappe. Ich will nichts mehr davon hören. Mir gefällt das genauso wenig wie Ihnen«, zischte Kodiak.

Das genügte. Alle schwiegen.

Die Zodark hielten auf dem Pfad inne, während sich das Biest langsam dem Prim näherte. Der verängstigte Prim rannte nicht davon. Wozu sollte das gut sein? Schneller als einer dieser Hunde zu sein, war unvorstellbar. Langsam kniete sich der Prim in den Schnee und senkte den Kopf zu etwas, was Kodiak wie ein Gebet aussah.

Einer der Zodark lachte. »Eine Spezies so schwach, dass sie lieber betet als kämpft. Wie jämmerlich.«

»Bring's zu Ende. Wir haben keine Zeit für Spielchen«, wies ihn der andere Zodark an.

Daraufhin kreischte der Zodark, der gelacht hatte, laut. Die umliegenden Berge gaben das Echo wieder. Das Monster sprang vor. Mit seinem Maul um den Kopf des Prim zerquetschte es ihn mit einem einzigen wilden Biss, bevor es die Leiche an den Straßenrand warf. Zufrieden wandten sich die beiden Zodark um und zogen an Kodiaks Position vorbei, jedoch nicht ohne ein zweites Mal kurz zu zögern. Kodiak befürchtete bereits, dass sie sie in letzter Sekunde doch noch entdecken würden. Glücklicherweise verschwanden sie ohne weitere Nachforschungen anzustellen, um die nächste Biegung herum außer Sicht.

Das Team harrte noch eine Weile unter seiner schützenden Decke aus, bevor es sie in aller Eile verstaute und erneut den Pfad zum Gipfel einschlug. Kodiak sah in die Dunkelheit zurück und fragte sich, ob er nicht doch etwas zur Rettung des Prim getan haben könnte, ohne den Erfolg ihrer Mission zu gefährden. Mit dem Erreichen des höchsten Punkts und ihrer Annäherung an den Rand der Klippe entschied er endlich, dass er tatsächlich nichts hatte tun können. Und das bedrückte ihn am meisten.

Demzufolge spulte er weitere 20 Minuten lang wiederholt das brutale Szenarium in seinem Kopf ab. Jedes mögliche Detail kehrte zurück, von denen er jedoch einige verwarf, da er sich nicht sicher sein konnte, ob sie echt waren oder ob sein Gehirn für fehlende Erinnerungen kompensierte.

Ein Krieg war chaotisch, selbst wenn er sich nur auf einen Planeten beschränkte. Kodiak hatte auf drei verschiedenen Welten gekämpft. Er hatte verschiedene außerirdische Spezies und exotische Tiere und Vegetationen kennengelernt. Im Lauf der Jahre hatte er getötet, Freunde von ihm waren getötet worden … ohne dass es je einfacher geworden war.

Kodiak mochte im Umgang mit seinen Soldaten gesellig sein, aber in seinem persönlichen Leben war er eher ein Einzelgänger. Er sah zu, wie Soldaten unter seinem Kommando beinahe jeden Abend nach Hause schrieben. Sie sprachen mit ihren Liebsten oder mit ihren besseren Hälften und versprachen ihnen, sie bald wiederzusehen, obwohl sie wussten, dass sie dieses Versprechen nicht halten konnten. Er musste sich darum keine Sorgen machen. Sicher, während seiner Zeit im Militär hatte er hin und wieder eine Frau kennengelernt, hatte aber nie ernsthaft nach mehr als einem One-Night-Stand gesucht. Das verringerte die Chance, enttäuscht zu sein, sobald sie ihn verließen oder er zu Beginn der nächsten Kampagne versetzt wurde.

Der wahre Grund, weshalb er keine Beziehung einging, war aber der Gedanke, alles verlieren zu können. Wenn er eine Freundin hätte, eine Verlobte oder eine Ehefrau, dann hätte er etwas zu verlieren, etwas, an dem ihm mehr liegen würde als an ihm selbst oder an seinen Soldaten. In seinem Zug, selbst in seinem Trupp, trafen ständig Ersatzleute ein, die in der Regel bald darauf dem Krieg zum Opfer fielen. Er hasste es, sie erst näher kennenzulernen und dann ihren Tod miterleben zu müssen. Er konnte sich nicht vorstellen, diesen Schmerz jemand anderem zuzufügen.

Der Weg des Scout-Teams zur Felswand über dem Junger-Pass verflachte sich. Jacobs war der erste, der sich auf den Boden warf, gefolgt von seinen Kameraden. Schwaches Licht drang aus dem Gebirgspass unter ihnen zu ihnen hinauf. Bevor Kodiak herausfinden konnte, mit wem sie es dort unten zu tun hatten, mussten sie ihre Stellung einnehmen und befestigen.

Er aktivierte ihre internen Koms. »Jacobs und Deepak, Sie sichern uns den Rücken. Moreau bleibt hier oben bei mir. Ich texte Lieutenant Magnussen und sehe, ob er uns etwas mitzuteilen hat.«

Jacobs und Deepak zogen sich an einen Punkt zurück, von dem aus sie Moreau und Kodiak vor allem und jedem schützen würden, das ihnen gefährlich werden konnte. Währenddessen brachte Kodiak in der Nähe des Abgrunds sein langes Scharfschützengewehr von seiner gepanzerten Rückenplatte nach vorn. Der zweibeinige Ständer öffnete sich automatisch, um die Mündung der Waffe abzustützen. Eine Kamera diente als Visier und übertrug Informationen an das HUD seines Helms. Das Fadenkreuz des Gewehrs zeigte gegenwärtig gen Himmel, aber sobald ein Bild erschien, nahm er die Waffe auf die Schulter und suchte die Gegend unter ihm ab.

Die Passstraße, die sich durch das Gebirge zog, gab den ungehinderten Blick auf Kilometer über Kilometer von feindlichen Fahrzeugen und Camps frei. Kodiak nutzte die Vergrößerungsfunktion seines Visiers und sah sich die feindlichen Positionen genauer an.

Hörbar rang er nach Luft. Entlang der Straße kampierten Tausende von Zodark und Orbot. Hätte die Republik weiter die Luftüberlegenheit genossen, wäre dies dem Feind teuer zu stehen gekommen. Da die Zodark derzeit den Himmel über Alfheim kontrollierten, konnten sie sich jedoch vollkommen sicher fühlen, sich in solch großen Gruppen zu versammeln.

Jede Abteilung des Lagers verfügte über einen eigenen Fuhrpark an gepanzerten Zodark-Fahrzeugen. Es musste sich um eine ganze Brigade handeln. Kodiak registrierte, dass die Zodark dabei waren, ihre Zelte abzubauen und ihre Versorgungsgüter zu verstauen. Einige der Fahrzeuge standen bereits in Richtung des Junger-Pass-Kamms bereit. *Verflucht! Sie sind auf dem Weg zu unserer Basis,* wusste Kodiak. Vor dem Krieg hatten die Primord den Junger-Pass als wichtigen Bestandteil ihres Fernstraßennetzes genutzt. In Kriegszeiten kam der Straße die Aufgabe zu, Soldaten schnell durch die Berge zu bewegen, ohne mit ihrer Umgehung Zeit zu verlieren.

Kodiak erinnerte sich daran, dass der ursprüngliche Plan nach ihrer Ankunft auf Alfheim die Einnahme des Damms vorgesehen hatte, gefolgt vom Vordringen des gesamten Bataillons in den Junger-Pass, um ihn als soliden Ausgangspunkt für künftige Operationen zu besetzen. Nachdem der Damm zerstört worden war, hatte sich der Plan geändert, und musste dann nach der erneuten Invasion der Zodark komplett zu den Akten gelegt werden. Jetzt nutzten die Zodark die Passstraße aus dem gleichen Grund. Nach der Operation vor zwei Wochen hatten ihre Sucher aus dem Orbit womöglich die Truppenbewegungen ihrer Gegner entdeckt und die republikanischen Soldaten beim Rückzug in die scheinbar sicheren Höhlen beobachtet.

Kodiak machte eine Reihe von Aufnahmen, die er der verschlüsselten und allein für Lieutenant Magnussen gedachten Nachricht beifügte:

Sir,

Zodark-Element in Brigade-Größe bereit zur Überquerung des Junger-Passes. Feind verfügt über gepanzerte Fahrzeuge, reguläre Infanterie und Unterstützungselemente. Basisstandort möglicherweise kompromittiert. Erbitte Anweisung.

Sergeant Harrison Kodiak

****

Magnussens Datenpad zirpte und erhellte die schwach beleuchtete Höhle. Er sprang auf die Beine und zog es vom Tisch her an sich heran. Die Nachricht von Sergeant Kodiak war so klar wie das Eis auf der Oberfläche des Planeten. Die Zodark waren im Anmarsch. Die Ansicht der Fotos, die der Nachricht beigefügt waren, bestätigte ihm die überwältigende Größe der feindlichen Armee. Tausende von Zodark- und Orbot-Soldaten und Fahrzeugen bereiteten sich auf einen Angriff vor. Es war nur noch eine Frage der Zeit, bevor sie sich in Richtung des Basiscamps der Apollo-Kompanie in Bewegung setzten.

Eine Bewegung hinter Magnussen lenkte ihn von den Bildern ab. Singletary marschierte hinter Hamza, dem Kommandanten der Prim, herein. Der Prim lächelte. Seine spitzzulaufenden Ohren standen auffällig gerade aufgerichtet nach oben. Sein plötzliches Erscheinen und sein Verhalten irritierte Magnussen. Er war zweifellos gekommen, um ihm mitzuteilen, dass die Planung des Angriffs auf die orbitalen Aufzüge abgeschlossen war.

Trotz seiner Unmut lächelte er höflich, bevor er Singletary sein Datenpad überließ. »Commander Hamza, danke für Ihren Besuch. Was können wir für Sie tun?«

»Es ist ein guter Tag, Lieutenant Magnussen. Kurz bevor ich herkam, erreichte mich die Information, dass Ihre Delta-Soldaten einen Weg gefunden haben, unentdeckt den Planeten zu infiltrieren. Gegenwärtig koordinieren die republikanischen Kräfte die Vorbereitungen für eine Neu-Invasion des Planeten.«

Diese unverhoffte Nachricht brachte Magnussen kurzfristig aus dem Konzept. Er war darauf vorbereitet gewesen, Hamza abzufertigen, da dies nicht der richtige Zeitpunkt für ein Gespräch über die Aufzüge war. Aber jetzt war er fasziniert.

Verdammt.

»Wir stehen derzeit einem dringenderen Problem gegenüber, Commander«, informierte Magnussen ihn deshalb. »Ich schickte einen Trupp unserer Späher an den Junger-Pass. Nach dem Geschehen von vor zwei Wochen vermuteten wir, dass unsere Position kompromittiert sein könnte.«

Hamzas Gesichtsausdruck veränderte sich. »Der Junger-Pass ist weit von hier entfernt. Erhielten Sie Informationen von Ihrem Team?«

»Die haben wir, und ich fürchte, die Nachrichten sind nicht gut. Sie entdeckten eine kombinierte Streitmacht, offensichtlich Zodark und

Orbot, die sich darauf vorbereiten, den Pass zu überqueren. Meiner Schätzung nach sind sie damit weniger als einen Tag von uns entfernt. Uns fehlt die Zeit, unser Team am Pass zurückzurufen. Wir müssen einen neuen Standort finden, und zwar sofort.«

»Umziehen?«, fragte Hamza ungläubig. »Umziehen wohin? Und was ist mit der Mission, die Aufzüge auszuschalten?«

»Wenn wir nicht sofort aus diesem Höhlensystem verschwinden, wird es keine Operationen mehr geben. Also bitte – zum Schutz Ihres Planeten – finden Sie mir einen Ort, an den ich meine Soldaten führen kann.«

Hamza sah Magnussen mit seinen emotionslosen schwarzen Augen durchdringend an. Er war schwer zu lesen. Schließlich trat er an den Tisch des CIC heran. Von seinem eigenen Datenpad aus rief er eine dreidimensionale Karte auf, die nun über dem Tisch schwebte. Er studierte die Karte im Detail und überlegte einen Augenblick angestrengt, bevor er in der Luft einen Pfad zwischen zwei Bereichen andeutete.

»Das ist der direkteste Weg in ein anderes Höhlensystem. Es kann Ihre Fahrzeuge und Ihre Soldaten aufnehmen, aber nur vorübergehend. Wenn Ihre Behauptung der Wahrheit entspricht und die Zodark tatsächlich angreifen, dann ist die nächstgelegene logische Position dieses System hier.«

»Wenn Sie uns dort hinführen, beginnen wir unmittelbar danach mit der Planung für die Zerstörung der Aufzüge, versprochen. Aber dieser Rückzug hat Vorrang.«

Hamza schloss die Karte, entfernte sein Pad vom Tisch und brachte es in seinem Kampfanzug unter. »Sie haben mein Wort, Lieutenant.«

Magnussen lief nun auf Hochtouren auf und wies Singletary an: »Bereite alle auf den sofortigen Umzug vor. Ich gebe den Standort unserer neuen Operationsbasis an Kodiak weiter. Den Weg dorthin müssen er und seine Leute allerdings alleine finden. Du führst die erste Gruppe aus dem Hintereingang der Höhle hinaus. Die nächsten Gruppen dürfen nicht zu dicht aufeinander folgen. Die Truppenbewegung wird sich sicher die ganze Nacht hinziehen, aber es ist der einzige Weg.«

»Wo werden Sie sich aufhalten, Sir?«, fragte Master Sergeant Woods, der Platoon Sergeant.

»Ich ziehe mit der letzten Gruppe ab. Keine Diskussion. Lieutenant Singletary wird die erste Gruppe übernehmen. Auf diese Weise sollte am Ende zumindest ein Offizier in der Lage sein, die Führung zu übernehmen.«

»Dann bleibe ich bei Ihnen«, bestimmte Woods, sein rangältester Unteroffizier. »Und das steht ebenfalls nicht zur Diskussion.«

Magnussen hatte weder die Zeit noch die Energie, mit dem alten Kriegsveteranen zu debattieren, also ließ er es gut sein. »Packen wir's an, Männer.« Er wandte sich an Hamza. »Und vielen Dank, Commander.«

»Wenn alles gut läuft, bin ich derjenige, der sich bei Ihnen bedanken wird, Lieutenant. Diese Zodark- und Orbot-Hibtor werden nicht wissen, was mit ihnen geschieht, sobald unsere vereinten Flotten eintreffen.«

Magnussen lachte leise. Er hatte gelernt, was das Wort ‚Hibtor‘ in der Sprache der Primord bedeutete und musste nun jedes Mal lachen, wenn es jemand aussprach. Ein Hibtor war eine Verknüpfung des Schimpfworts ‚Schweinehund‘ mit dem Ausdruck für jemanden, der Sodomie praktizierte. Es war eines dieser Worte, das sich schlecht ins Englische übersetzen ließ, und amüsierte die Menschen, die es hörten. In diesem speziellen Fall traf es den Nagel auf den Kopf. Die Zodark und die Orbot hatten keine Ahnung, was ihnen bevorstand, falls die Deltas es tatsächlich hinunter auf den Planeten schafften.

Kapitel Fünf
Feuer auf dem Berg

Alfheim

Nach dem Situationsbericht an Lieutenant Magnussen wartete
Sergeant Harrison Kodiak nervös ab, ob sich die Zodark unter ihnen
alarmiert in Bewegung setzen würden. Theoretisch war bisher nicht
bewiesen, dass sie die Textübertragungen der Menschen abfangen
konnten. Kodiak wollte nicht der Erste sein, der herausfand, dass sie
das technische Know-how hatten. Eine Stunde lang saß er angespannt
neben Moreau und wartete auf einen Laserblitz, der von unten her auf
ihre Position zuhielt. Mit der Zeit entspannte er sich. Dann traf
Magnussens Antwort ein.

Kodiak fluchte beim Durchlesen der Nachricht verhalten. Er gab
sie an Moreau weiter.

»Das kann doch nicht sein Ernst sein«, reagierte Moreau
ungläubig über ihr internes Netz.

»So lauten unsere Befehle, Angeline.« Kodiak untermauerte die
Ernsthaftigkeit ihrer Situation mit dem Gebrauch ihres Vornamens. Er
wandte sich Richtung Jacobs und Kumar um, die sich weiter versteckt
hielten. »Team-Meeting.«

Kumar und Jacobs krochen aus der Dunkelheit auf Kodiaks
Position zu und knieten sich neben ihn.

»Wie sieht's aus, Boss?«, forschte Kumar, während er sich sein
Gewehr umhängte.

»Unsere Prim-Verbündeten haben unter den feindlichen Truppen,
die auf unsere Basis marschieren, mehrere hochrangige Ziele
identifiziert. Angesichts dieser neuen Informationen hat Lieutenant
Magnussen uns befohlen, einen hochgestellten Kommandanten der
Orbot und einen der Zodark unschädlich zu machen. Offenbar reisen
sie mit den Streitkräften dort unten ...«

Kumar unterbrach ihn und platzte heraus: »Verdammter Mist! Sie
wollen wirklich, dass wir bei dieser Mission draufgehen.«

»Lassen Sie den Quatsch, Deepak«, tadelte Kodiak ihn scharf.
»Ich führe keine Himmelfahrtkommandos an.« Er holte tief Luft und
konzentrierte sich erneut. »Nach dem Blick auf die Karte deutet alles
darauf hin, dass der Feind diesen Pass nutzt, um unseren

Höhlenstützpunkt anzugreifen. Der ideale Ort, diese Kerle zu erwischen, ist hier. Außerdem gewinnen wir Lieutenant Magnussen damit mehr Zeit, um die Letzten unserer Leute mit Hilfe der Prim in ein anderes Höhlensystem zu verlegen. Ich lade die Koordinaten unseres neuen Standorts auf die Blickfeldanzeige Ihres Helms; dorthin ziehen wir uns zurück, nachdem die Festivitäten von unserer Seite her hier oben abgeschlossen sind. Und erinnern Sie sich bitte daran, immer das Verschlüsselungsprogramm zu verwenden, von dem wir gesprochen haben.«

»Ok, wie sieht unser Plan aus? Wir schalten die hochrangigen Ziele aus und kehren zu unseren Geländefahrzeugen zurück?«, wollte Kumar wissen.

»Ehrlich gesagt glaube ich nicht, dass uns die Zeit bleibt, zu den Fahrzeugen zurückzukehren«, gab Moreau Auskunft. »Um den Kerlen zu entkommen, ist es wohl am besten, dem in Richtung Süden führenden Abhang zu folgen und dort die Deckung des Waldes zu erreichen.«

»Ganz meiner Meinung«, nickte Kodiak bestätigend. »Sobald wir die Typen unschädlich gemacht haben, dürfen wir davon ausgehen, dass die Horde wie ein Schwarm wildgewordener Hornissen reagieren wird. Nachdem wir es sicher in den Wald geschafft haben, schlagen wir die Richtung zur neuen Basis ein. Dabei halten wir uns so bedeckt wie möglich.«

»Wann soll das Ganze über die Bühne gehen?«, forschte Jacobs mit nachdenklichem Gesichtsausdruck.

»Unsere Zielobjekte befinden sich dort unten. Wir sollten uns an die Arbeit machen.« Kodiak grinste sie mit einem teuflischen Lächeln an.

Jacobs und Kumar grinsten zurück und nickten ihm zu, bevor sie mit der Vorbereitung einiger Überraschungen für die feindlichen Soldaten begannen, die ihnen unweigerlich nachsetzen würden. Ihre Aufgabe war es, ihren Kameraden genug Zeit zum Entkommen zu gewinnen. Glücklicherweise hatten sie die geeigneten Werkzeuge dabei, um dies zu bewerkstelligen.

Kodiak war sich sicher, dass Alfheim die erste Kampagne war, an der Jacobs und Kumar teilnahmen. Sie hatten den grauenvollen Angriff auf ihren Stützpunkt überlebt und alles andere überstanden, was ihnen der Feind vor die Füße geworfen hatte. Falls sie es bis zu ihrer Rettung lebend schaffen würden, würde er sicherstellen, dass diese beiden eine Tapferkeitsmedaille für all das erhielten, was sie getan hatten. Die Tatsache, dass sie sich freiwillig zum Militärdienst gemeldet hatten, trug nur weiter zu seinem Respekt für sie bei.

Zu Beginn des Krieges gegen die Zodark waren die republikanischen Streitkräfte eine reine Freiwilligenarmee. Das war zwei Jahre lang so geblieben, bis die Altairianer die Republik in ihr Protektorat aufgenommen hatten – unter bestimmten Bedingungen, wie etwa die Konsolidierung der verschiedenen Weltregierungen in eine einzige übergeordnete Regierung, die die gesamte Erde leitete. Das Gleiche galt für ihr Militär. Danach folgte die Auflage militärischer Quoten. Die Republik musste ihr Militär vergrößern und 20 Millionen Bodentruppen und eine Weltraumflotte von beinahe 1.000 Schiffen stellen. Mit der Zeit wäre das Erreichen dieser Zahlen kein Problem gewesen. Aufgrund der steigenden Verlustzahlen in brutalen Schlachten wurde es hingegen schwerer und schwerer, dieses Leistungssoll zu erfüllen – woraufhin sowohl die Einberufung als auch die zehnjährige Dienstverpflichtung gesetzlich geregelt wurden.

Und dennoch hatten viele Menschen auf Sol sich freiwillig gemeldet. Leute wie Jacobs und Kumar, die im Wissen eingetreten waren, dass sie die Erde vielleicht nie oder zumindest für die Zeit ihres Dienstes nicht wieder sehen würden. Alle wussten, dass ihre Chancen zur Rückkehr auf die Erde gering waren. Auf gewisse Weise kämpften die Soldaten damit härter, als sie es sonst vielleicht getan hätten. Zu viel war von ihrem Sieg abhängig. Sie mussten den Schutz der Erde vor diesen schrecklichen Biestern gewährleisten.

Während Kodiak die Dreibeinlafette für seine Waffe aufbaute, drückte er seine Frustration mit ihrem Auftrag leise gegenüber seiner Unteroffizierskollegin aus. »Das ist absoluter Schwachsinn, Moreau.«

Aufmunternd klopfte sie ihm auf die Schulter, als er über den Lauf seines Gewehrs hinaussah. »Sieh es einfach so, mein Freund. Falls uns diese Schüsse gelingen, geben wir unseren Leuten eine echte Chance zum Entkommen und zur Fortsetzung des Kampfs. Der Verlust der gegnerischen Kommandanten könnte unseren Leuten genau den Vorteil einbringen, den wir brauchen, um sie einmal mehr auszutricksen.«

»Du hast Recht, wie gewöhnlich. Bringen wir es hinter uns und hoffen wir, dass wir lange genug am Leben bleiben, um darüber zu berichten«, brummte Kodiak zwischen zusammengebissenen Zähnen hindurch. Er legte den Schaft der Waffe gegen seine Schulter und senkte den Kopf, um durch das Zielfernrohr zu sehen.

Moreau, die ebenfalls nach ihrem Zielobjekt suchte, lachte. »Ich wette, jetzt bist du froh, dass ich das Scharfschützengewehr mitgebracht habe, was?«

»Der Preis für die stärkste Untertreibung dieser Mission gehört dir, Angie.«

Kodiak beobachtete die Zodark weiter durch sein Zielfernrohr. Ohne große Anstrengung gelang es ihm, die Zodark- und Orbot-Kommandanten umringt von einem Kreis ihrer Leibwächter ausfindig zu machen. Die Orbot trugen keine Uniformen mit Erkennungsmerkmalen, wie es die Zodark taten, trotzdem war klar, dass diese beiden das Sagen hatten. Der hünenhafte Zodark schwenkte aus Anlass ihres Gesprächs theatralisch die Arme. Herauszufinden was der Orbot vorhatte, war etwas schwieriger, da Kodiak ihren Gesichtsausdruck nicht so einfach interpretieren konnte wie die des Zodark.

»Ziel erfasst«, verkündete Kodiak und entsicherte die Waffe. Sie war schussbereit.

»Ziel erfasst«, erwiderte Moreau und bestätigte damit ihr eigenes Zielbild.

»Mit mir«, sagte Kodiak. Sein Abzugsfinger rutschte in den Abzugsbügel. Bedächtig drückte er ab.

Praktisch zeitgleich hallte Moreaus Schuss wider. Die Magrail-Projektile verließen ihre Waffen. Ihre magnetische Kraft verhinderte, dass die soliden Wolframstücke trotz der extrem großen Reichweite zu sehr an Höhe verloren.

Kodiak sah durch sein Fernrohr, wie der Kopf des Zodark zerbarst und sein Körper wie eine Marionette ohne Fäden zu Boden stürzte. Dem Orbot fehlte die Zeit, zu reagieren, bevor Moreaus Kugel in die Bauchgegend seines runden Körpers eindrang. Funken sprühten und eine dunkle Flüssigkeit breitete sich auf dem weißen Schnee um den Orbot herum aus, der tot zu Boden fiel.

Kodiak lächelte und sah vom Fernrohr auf Moreau hinüber. »Auftrag ausgeführt.« Seine Worte tippten sich von allein auf das HUD seines Helms und reisten als verschlüsselte Nachricht an Lieutenant Magnussen in der unterirdischen Basis weiter.

Ihre Siegesfeier war kurzlebig. Die ersten feindlichen Laserblitze schlugen in der Bergwand vor ihnen ein. Der Lärm der Waffen und die widerhallenden Echos entlang des Passes hatten die Zodark von der Anwesenheit menschlicher Soldaten informiert. Innerhalb von Sekunden waren sie auf den Beinen. Kleine Einheiten eröffneten das Feuer, während andere mit unglaublicher Geschwindigkeit Anstalten machten, die Anhöhe zu erklimmen.

Kodiak und Moreau sprangen auf und folgten dem Abhang zu Jacobs und Kumar hinunter, die unmittelbar nach den Schüssen ihrer Teammitglieder ihr Versteck verlassen hatten.

Kodiak klopfte Jacobs beim Vorbeilaufen auf die Schulter. »Zeit zu verschwinden. Zum Waldrand!«

Die grüne Deckung lag etwa 300 Meter unterhalb des Kamms, von dem aus sie gerade geschossen hatten. Ohne direktem Beschuss ausgesetzt zu sein, war dies ein einfacher Lauf. Zudem verlieh die gesteigerte Gefahr dem Team Flügel.

Der gegnerische Laserbeschuss hatte aufgehört. Den Zodark als auch den Orbot war wohl klargeworden, dass ihre Feinde auf der anderen Seite des Gipfels den steilen Abhang hinunter im Zickzacklauf bewältigten.

Dann vernahm Kodiak ein entferntes Brummen in der Luft und spürte die Vibration des Bodens um sich herum. Er warf einen Blick über die Schulter nach hinten, was da wohl in ihre Richtung unterwegs war, als seine Augen auf einen Anblick fielen, der seinen Herzschlag aussetzen ließ. Drei Jagdflugzeuge der Zodark stürzten aus den Wolken heraus über die unter ihnen liegenden Fahrzeuge und Soldaten hinweg … Direkt auf sie zu. Die Jäger hatten sie im Visier und schwenkten zum Angriffsflug ein.

»Lauft! Wir müssen die verdammte Baumgrenze erreichen, sonst sind wir tot!«, schrie Kodiak.

Die Nacht verdunkelte sich weiter, als Kodiak die Sicherheit der Baumkronen erreichte und dicke Äste ihm Schutz gewährten. Er rannte mindestens 20 Meter in den Wald hinein, bevor er herumwirbelte und den Stamm eines nahegelegenen Baums als Schild nutzte. Moreau und Jacobs, die kurz nach ihm den Wald erreicht hatten, liefen auf ihn zu. Allein Kumar war zurückgefallen. Er war auf loser Erde ausgerutscht und zu Boden gestürzt.

Bis Kumar wieder auf den Beinen war und erneut zum Spurt ansetzte, hatten ihn die Zodarkjäger geortet und das Feuer eröffnet. Zwei Reihen blauen Laserfeuers rasten hinter Kumar her und verbrannten den Boden hinter seinen Fersen. Panische Angst stand ihm im Gesicht geschrieben.

»Los doch, Deepak! Renn weiter!«, schrie ihm Jacobs aus der Deckung des Waldes zu.

Moreau und Jacobs legten ihre Gewehre an. Sie schossen auf das Jagdflugzeug, das ihnen am nächsten war, ohne dass ihre Blasterblitze Erfolg verzeichneten.

»Umstellen auf Magrail!«, rief Kodiak mit dringlicher Stimme, während Kumar weiter so schnell er konnte auf sie zuhielt.

Kodiak versuchte gedanklich, Kumars Füße zum schnelleren Laufen zu zwingen, während sie ihre Waffen von Laser auf Magrail umstellten. Kodiak stellte befriedigt fest, dass eine seiner Kugeln im Cockpit des führenden Jägers gelandet war. Die gläserne Windschutzscheibe zersplitterte. Nachdem die dritte, vierte und fünfte Kugel ihren Weg zum Pilotensitz gefunden hatten, konnte Kodiak blaue Blutspritzer auf den Überresten der Scheibe erkennen. Der Jäger geriet außer Kontrolle, überschlug sich mehrere Male, verlor einige wichtige Teile und prallte schließlich auf … nur um direkt auf Kumar zu landen, bevor er gegen die ersten Bäume der Waldgrenze knallte und dort liegenblieb.

»Nein, nein, nein! Das kann nicht wahr sein!«, wütete Kodiak und ließ die Waffe fallen. Er fiel absolut frustriert und fassungslos auf die Knie. Tränen liefen ihm über das Gesicht, während ihn seine Gefühle übermannten.

»Komm schon, Kodiak. Wir müssen von hier verschwinden. Das hätte er so gewollt«, redete Moreau ihm zu, während sie und Jacobs ihn auf die Beine zogen.

Die verbliebenen Jäger kreisten über ihren Köpfen, unfähig, sie im dichten Wald zu orten. Die drei Flüchtlinge hatte die Tarnkappenfunktion ihrer Kampfanzüge aktiviert, die die Sensoren der Flugzeuge täuschte und die Zodark-Piloten daran hinderten, ihnen zu folgen. Falls Kodiak, Moreau and Jacobs das Glück hold blieb, würden sie diesen Tag heil überstehen.

****

Lieutenant Magnussen kam gerade vom rückseitigen Ausgang der Höhle zurück, wo er sich davon überzeugt hatte, dass die Mech-Soldaten bereit zum Abmarsch waren. Sie waren noch dabei, den Ausgang mit Sprengsätzen zu verminen, während sich die Züge für ihren langen Marsch zur neuen Basis aufstellten. Derweil hielt Magnussen sein Datenpad fest in den Händen. Gespannt erwartete er das bekannte Summen, das ihn über das Schicksal seiner Spähtruppe am Pass informieren sollte. Nach seiner Rückkehr in das CDC legte er das Pad auf dem Tisch ab und setzte sich.

Lieutenant Singletary trat auf ihn zu. »Aus Sicherheitsgründen werden die Verwundeten zusammen mit ihren Sanitätern von zwei Mechs begleitet. Der erste Zug wird ihnen folgen, dann der zweite, und so weiter.«

Magnussen sah zu seinem Freund und Stellvertreter hoch. Singletary schien sehr, sehr müde zu sein. Magnussen ging auf, dass er sicher auch nicht besser aussah. Er hatte Ringe unter seinen blutunterlaufenen Augen und sein unrasiertes Gesicht juckte. Der Krieg forderte seinen Tribut. Und der einzige Offizier, der außer ihm in ihrer so stark dezimierten Kompanie noch am Leben war, war ebenfalls nur noch ein Schatten seiner selbst.

»Adam …«, setzte Magnussen beim Aufstehen an, »… ich meinte es ernst, wenn ich sagte, dass du als Erster ausziehst. Ich will, dass du, sobald wir von Kodiak gehört haben, mit den Sanitätern und den Mechs aufbrichst. Es ist unbedingt erforderlich, dass diese Soldaten zumindest einen Offizier haben, sollte die Sache daneben gehen.«

»Ich weiß. Das heißt aber nicht, dass ich mich darüber freuen muss, Henry«, erwiderte Singletary.

»Verdammt, Adam, glaubst du, mir gefällt das? Wir stehen nicht nur mit dem Rücken zur Wand. Wir wurden gegen die Wand geworfen und beinahe zu Tode geprügelt. Aber solange wir atmen, können wir kämpfen.«

»Und das werden wir«, bestätigte Singletary mit einem grimmigen Nicken.

Das Tablet auf dem Tisch zirpte. Magnussen zog es in aller Eile an sich. Sobald er die Nachricht las, seufzte er erleichtert auf. »Auftrag ausgeführt.« Er hielt den Schirm nach oben. »Beginn der Verlegung. Wir ziehen um.«
****

Der Zug der Sanitäter

Corporal Eva Jorgensen sah am Ausgang der Höhle in die kalte Nacht hinaus. Der Wind wirbelte Schneeflocken in Mini-Tornados um den mit laufendem Motor wartenden Cougar herum, der ihre mobile Krankenabteilung darstellte. Die hintere Rampe stand offen. Dort luden sie gerade den letzten der schwerstverletzten Soldaten ein, bevor sie ihn in Vorbereitung auf die Abfahrt stabilisierten. Der Cougar war voll mit Verwundeten belegt. Einige von ihnen lagerten sogar auf dem Boden.

Da der Innenraum des Fahrzeugs entsprechend limitiert war, würde Jorgensen die Reise zu Fuß zurücklegen, neben den riesigen Mechs, die sie aus Sicherheitsgründen begleiteten. Sanitäter Sergeant Oliver Moore war für die Patienten im Cougar verantwortlich.

Jorgensen schlug mit der Hand auf die Außenseite des gepanzerten Truppentransporters und rief über den Lärm des Motors hinweg: »Ok, setzen wir uns in Bewegung!«

Die hintere Luke hob sich langsam zum Schließen an. Moores gestresstes Gesicht verschwand, während er ein Auge auf einige der ernsthaft verletzten Soldaten hatte. Jorgensen trat mit ihren ersten Schritten aus der Höhle in die Nacht hinaus. Das Motorengeräusch des Cougars klang gedämpft, nachdem er die Enge der Höhle verlassen und ins Freie gelangt war. Zu beiden Seiten wurde er von je einem Mech flankiert. Einer der Mech-Soldaten, den sie nicht allzu gut kannte, gab ihr ein aufmunterndes ‚Daumen hoch'-Zeichen, während er mit seinen gewaltigen Beinen an ihr vorbeizog. Sie fühlte sich unwirklich allein.

Natürlich war sie nicht allein. Jorgensen sah sich um. Eine Reihe gehfähiger Verwundeter schleppten sich durch den Schnee voran. Das Einspritzen von Adrenalin mittels der medizinischen Vorrichtung in ihrem Kampfanzug half ihnen, ihren Körper bis aufs Äußerste zu strapazieren. Sie gehörten der ersten Welle an, die den langen Weg zu ihrem neuen Hauptquartier bewältigen mussten. Sie waren die Versuchskaninchen. Falls ihr Konvoi angegriffen werden sollte, konnten weder die Mechs noch der Cougar viel tun, um das Gemetzel, das folgen würde, abzuwehren. Die Zodark setzten beim Angriff keine taktische Brillanz ein, sondern überranten ein Gebiet und schlugen mit brutaler Gewalt zu.

»Alles in Ordnung, Corporal Jorgensen?«, meldete sich eine Stimme neben ihr. Lieutenant Singletary, der de facto XO der Apollo-Kompanie, oder was von ihr übrig war, bewegte sich wie ein Phantom durch die Nacht.

»Mir wird es besser gehen, sobald wir die neue Höhle erreicht haben«, erwiderte Jorgensen lakonisch.

»Das kann ich verstehen.« Der Lieutenant seufzte. »Unsere derzeitiges Tempo sollte den anderen Gruppen die Einhaltung ihres Zeitplans erlauben, aber wir müssen uns dranhalten.«

»Ich kann Sergeant Moore sagen, das Fahrzeug soll schneller fahren, Sir«, bot Jorgensen an.

»Nein, das ist nicht nötig. Wenn wir die Verwundeten unter diesen Bedingungen zu sehr strapazieren, kommen wir vielleicht früher an, aber zu welchem Preis? Diese Truppenbewegung bringt uns nichts ein, wenn wir auf dem Weg Kameraden verlieren. Machen Sie ihnen Mut und halten Sie sie in Bewegung. Das ist das Einzige, was wir tun können.«

Jorgensen nickte. Der Lieutenant klopfte ihr aufmunternd auf die Schulter und ging, um nach den anderen Soldaten zu sehen.

Jorgensen dachte zurück an die Zeit, als sie kurz vor dem Beginn der Intus-Kampagne bei ihrer neuen Einheit eingetroffen war. In der Eile, einen guten Eindruck zu machen, hatte sie ihre Papiere vergessen. Der Master Sergeant hinter dem Tisch, ein unfreundlich aussehender Mann mit nur einem Bein, hatte sie heruntergeputzt und ihr gedroht, noch bevor sie offiziell der Kompanie angehörte, einen Vermerk in ihrer Akte zu hinterlegen. Lieutenant Singletary, zu dieser Zeit nur ein Second Lieutenant, hatte sich eingemischt und die Situation gerettet. Er war ein guter Mann, der für seinen Zug nur das Beste wollte.

Der Krieg war mittlerweile eine sich ständig in Bewegung befindende Drehtür, durch die neu verpflichtete Soldaten und Offiziere frisch von der Akademie kamen und gingen. Sobald die unerfahreneren Soldaten jemanden kennenlernten, der an der Kämpfen auf Neu-Eden oder jetzt auch auf Intus teilgenommen hatte, lernten sie schnell, dieser Person zu folgen … oder sie starben, weil sie es nicht schnell genug begriffen hatten. Singletary war ein Offizier, den alle fragend ansahen, wenn es um die Frage ‚Was jetzt?‘ ging. Seit er zur Apollo-Kompanie gestoßen war, hatte er in jedem Gefecht gekämpft, an dem sie beteiligt waren. Die Tatsache, dass er noch am Leben war, zeugte von dem, was dieser Mann war: ein echter Krieger.

»Alles ok, Schatz?«, hörte sie Macs irischen Akzent hinter sich.

Überrascht fuhr sie zu ihm herum und sah, wie er zu ihr aufholte. »Mir geht es gut, verglichen mit den anderen hier. Wie geht es dir?«

»Perfekt«, versicherte er ihr.

Sie schwiegen, obwohl sie sich schon eine Weile nicht gesehen hatten – nicht, weil es Probleme zwischen ihnen gab, vielmehr waren sie beide seit dem Überfall auf die FOB in ihren Gruppen zu beschäftigt gewesen. Jorgensen hatte Mac ein oder zwei Mal per Zufall gesehen und umgekehrt, aber aufgrund der unregelmäßigen Arbeitszeiten, in denen sie gefragt waren, kreuzten sich ihre Wege so gut wie nie.

»Ich würde gern wissen, wie es Kodiaks Team geht«, unterbrach Jorgensen die Stille.

»Er ist ein erfahrener Mann. Ihm wird etwas einfallen. Außerdem hat er Sergeant Moreau dabei, die so solide wie alle ist, die noch am Leben sind.«

Jorgensen war überrascht und ein wenig verunsichert. Sie hatte nicht gewusst, dass Sergeant Moreau zu Kodiaks Erkundungsteam gehörte. Beide waren ausgezeichnete Unteroffiziere. Der Verlust von nur einem der beiden würde ein gravierendes Erfahrungsvakuum kreieren. *Aber beide?* Darüber wollte sie nicht nachdenken. Ihre Situation schien bereits verzweifelt genug. Einen weiteren Schlag würde sie wohl nicht verkraften.
****

Sergeant Harrison Kodiak schnappte sich einige der am Boden liegenden Äste und drapierte sie über die zylindrische Vorrichtung, die er in der Nähe des Baums ausgelegt hatte. Die Springmine aktivierte sich automatisch, sobald eine organische Kreatur im Abstand von zwei Metern an ihr vorbeiging. Danach würde sie etwa auf die Brusthöhe eines Zodarks hochspringen und in Tausende tödlicher Schrapnellteile explodieren. Die Überlebenden von Kodiaks Späherteam hatten ihren Rückzug in hohem Maß mit diesen Sprengladungen gesichert. Soeben hatte er die letzte Mine versteckt.

»Wir ziehen weiter«, befahl Kodiak. Er erhob sich und setzte seinen Weg Richtung Süden auf den Rand des Waldes hin fort.

Noch 16 Kilometer, bevor das bewaldete Gebiet endete. Die Karte auf seinem HUD zeigte Kodiak einen Fluss, der sich am Waldrands entlangschlängelte. Solange sie ihm folgten, würden sie die neue Basis erreichen. Sie konnten vor Tagesanbruch daheim sein … falls sein Plan funktionierte. Er wusste allerdings auch, dass kaum ein Plan den ersten Feindkontakt überlebte. Kodiak musste immer noch mit den sie verfolgenden Zodark rechnen.

Nach dem Tod von Deepak Kumar hatte das Team den Abzug der verbliebenen Zodark-Jäger verfolgt, die an Höhe gewonnen hatten und schließlich am Horizont verschwunden waren. Bald darauf waren über der Kante des Felsvorsprungs hinweg neue Flugzeuge der Zodark aufgetaucht. Diese Transportflüge hatten zwei Trupps der Zodark am Berghang abgesetzt. Kodiak, Moreau und Jacobs hatten gesehen, was sie sehen mussten und zogen sich schleunigst weiter unter dem Schutz der dichten Bäume Alfheims zurück.

Kodiak sah zu Moreau hinüber, die nun Kumars Waffe trug. »Wo ist *dein* Gewehr?«

Sie warf ihm einen Blick aus den Augenwinkeln zu, ohne den Kopf zu wenden. »Verschone mich. Niemand wird bei unserer Rückkehr nach meinem verdammten Scharfschützengewehr fragen. Falls wir es zurückschaffen …«

Er streckte den Arm aus und knuffte sie leicht. »Ich ziehe dich nur auf. Erst sagst du, es ist gut, eines mitgebracht zu haben, und jetzt hast du es doch gegen ein handlicheres Modell umgetauscht.«

»Mit den Zodark auf den Fersen, welche Waffe lässt sich deiner Ansicht nach wohl einfacher kilometerweit schleppen?«

Kodiak sah auf das Scharfschützengewehr hinunter, das er weiter an seiner Seite trug. »Da hast du wohl recht.«

»Sobald ich draufgehe, können Sie meines haben«, bot Jacobs an.

Abrupt blieb Kodiak vor den beiden anderen stehen. »Aufgepasst, ihr beiden! Ich will nie wieder ‚falls wir es schaffen‘ oder ‚wenn ich sterbe‘ hören. Das hilft absolut niemandem und macht mir die Arbeit nur noch schwerer. Wir haben unseren Auftrag erfüllt, Kumar hat seinen Teil dazu beigetragen, und ich habe vor, diese unglückliche Mission ohne Probleme zu Ende zu bringen. Ich werde verdammt noch mal nicht zulassen, dass Kumar umsonst gestorben ist.«

»Er ist grundlos gestorben«, konterte Jacobs erregt. »Glauben Sie, dass der Tod von zwei Generälen den Krieg gewinnen wird? Dass er diesen verfluchten Planeten zurückgewinnen wird? Wir haben zu wenig Waffen und sie sind in der Überzahl. Was denken Sie passiert, falls wir diese neue Basis tatsächlich erreichen? Dann geben die großen, blauen Männer einfach auf und gehen nach Hause? Nein, sie werden weiter nach uns suchen, bis sie jeden Einzelnen von uns abgeschlachtet haben.«

Moreau trat einen Schritt nach vorn, aber Kodiak hob die Hand. »Wissen Sie, in wie vielen Kampagnen ich gekämpft habe, Jacobs? Zweimal auf Eden, auf Intus und jetzt auf Alfheim. Ich bin seit 12 Jahren dabei. Wie alt sind Sie? 18 Jahre? Ich war so alt wie Sie, als ich ins Militär eintrat. Und richtig … Ich wurde nicht eingezogen, ich habe mich freiwillig für diesen Mist gemeldet. Jetzt bin ich 30 Jahre alt und in der Zeit, die ich dabei bin, sah ich fabelhafte Soldaten, die in Stücke gerissen wurden, und Unschuldige, die eine harte Lektion im wahren Bösen dieses Universums erhielten. Ich war seit über einem Jahrzehnt nicht mehr auf der Erde. Ich bin müde, so verdammt müde. Ich bin es leid, gute Soldaten aus keinem guten Grund außer einem ‚Nehmen Sie den Hügel ein‘ sterben zu sehen, und trotzdem mache ich weiter. Wissen Sie warum? Weil ich immer noch Hoffnung habe. Und manchmal ist das *alles*, was nötig ist.«

Jacobs stand unbeweglich da. Durch dessen Helm hindurch konnte Kodiak das Gesicht des jungen Mannes nicht lesen, um einzuschätzen, was er dachte.

»Tut mir leid«, stammelte Jacobs endlich mit leicht zitternder Stimme. »Ich bin nur so …« Er kam einen Schritt näher, lehnte sich dann aber gegen einen Baum und ging in die Hocke. »Ich habe nur solch eine Heidenangst.«

Kodiak kniete sich neben ihn und legte ihm einen Arm um die Schulter. »Die haben wir alle. Wenn jemand das Gegenteil behauptet, lügt er. Sie macht uns menschlich. Sie ist das, was uns auf eine höhere Stufe als diese wilden blauen Biester stellt. Lassen Sie sich von dieser Angst vorantreiben. Nutzen Sie Ihre Gefühle zu Ihrem Vorteil aus. Sie sind der Grund, weshalb ich 12 Jahre später immer noch da bin.«

Plötzlich zerriss eine Explosion die Stille der Nacht. Die Zodark hatten das erste Minenfeld erreicht. Kodiak stand auf und sah in die Richtung, aus der die Detonation gekommen war. Er strengte sich an, konnte aber keinerlei Bewegung entdecken, weder mit der

Nachtsichtbrille noch mit seiner Wärmesignaturanzeige. Sie hatten sie noch nicht entdeckt, zumindest bis jetzt noch nicht …

»Genug jetzt. Wir müssen weiter. Alles ok?«, erkundigte er sich bei Jacobs, der sich ebenfalls erhoben hatte.

»Nein, aber ich komme damit zurecht.«

»Guter Mann«, lobte Kodiak. Er wandte sich um und marschierte eilends Richtung Süden auf den Fluss zu.

****

Private First Class Andre Bastille gab das Koordinatennetz der neuen Basis in die Navigation seines Mechs ein, reduzierte die ihm vorbestimmte Geschwindigkeit auf acht Kilometer pro Stunde und drückte auf den Knopf, der dessen automatische Schritte in Bewegung setzte. Jetzt lehnte er sich zurück und sah den Schneeflocken zu, die von seiner Cockpithaube heruntertanzten und vor dem 15 Zentimeter dicken Glas schmolzen. Andre hatte die Waffen seines Mechs während des Angriffs auf die FOB nur ein einziges Mal eingesetzt. Davor hatte er unter Tage auf der Maschine trainiert, die sein zweites Zuhause werden sollte.

Mein Zuhause, dachte Andre. Frankreich schien jetzt so weit entfernt zu sein. Fast fühlte es sich wie ein anderes Leben an, obwohl es nur zwei Jahre her war, dass er sein Heimatland verlassen hatte. Allein der Gedanke an daheim machte ihn immer noch krank. Ein Großteil der Soldaten, die er auf dem Weg nach Alfheim kennengelernt hatte, waren entweder um die gleiche Zeit wie er eingezogen worden oder hatten sich freiwillig gemeldet. Alles Ersatzleute, die für die Schlachtfelder bestimmt waren. Nach seiner Ankunft in Alfheim hatte er dann viele Veteranen getroffen, von denen jeder die gleiche Geschichte erzählt hatte, nämlich, dass er seit dem Beginn seines Militärdienstes nicht mehr auf der Erde gewesen war. Natürlich waren diejenigen mit den schwersten Verletzungen nach Hause zurückgekehrt, aber sie waren die Ausnahme. Die Einzigen, deren Rückkehr zur Erde er persönlich erlebt hatte, war die der Soldaten in den Leichensäcken.

Er sah zu Jones hinüber. »Vermissen Sie Australien?«, fragte er sie über das interne Kommunikationsnetz des Teams.

Die Frage war ganz offensichtlich für den australischen Sergeanten gedacht. Sie antwortete: »Gelegentlich ertappe ich mich dabei, an Zuhause zu denken, Kamerad, aber es macht wenig Sinn, zu lange über die Heimat zu sinnieren. Sonst denkst du bald an nichts anderes mehr …«

»Und dann bist du tot«, ergänzte Abede sarkastisch. Das Grinsen, das ihm im Gesicht stand, war seinen Worten deutlich zu entnehmen.

»Es lenkt dich von der Mission ab«, ergriff Jones wieder das Wort. »Zu dem Zeitpunkt kannst du genauso gut tot sein. Ich sah eine Menge Gefreite, die dem Weltraumblues erlagen, Bastille. Noch stärker, nachdem sie auf einem Planeten ankamen. Am besten hofft man, diesen Mist zu überstehen, um später auf einer der echt coolen Stützpunkte auf Neu-Eden oder anderswo zu landen.«

»Was war der beste Ort, an dem Sie stationiert waren?«, wollte Andre wissen.

»Zweifellos Neu-Eden. Ich kam natürlich erst an, nachdem wir es eingenommen hatten, aber der Planet war immer absolut tödlich.«

»Tödlich? Inwiefern?«

»Das ist Australisch und bedeutet *absolut umwerfend*, Kumpel. Nicht, dass die Übersetzung falsch rüberkommt …«

Andre schwieg einen Augenblick. »Ok, drücken wir die Daumen«, erklärte er endlich.

»Sobald wir aus dem Gröbsten raus sind und irgendwo an einem Außenposten landen, spendiere ich die ersten Runden. Wie klingt das?«, fragte Abede.

Das hörte Andre gerne. »Guter Plan.«

Mit dem Hauptaugenmerk ständig auf das Negative wie Heimweh, Tod und Kriegsgeschehen gerichtet, fiel es Andre immer schwerer, eine Zukunft über Alfheim hinaus zu sehen. Selbst in der schwierigen Lage, in der sie sich gegenwärtig befanden, zeigte sein Team demgegenüber weiter Optimismus. Zumindest erweckte es diesen Eindruck. Andre war egal, was wirklich zutraf. Ihm kam es jetzt nur darauf an, die Höhle zu erreichen und es danach nach Hause zu schaffen.

****

Mac hatte auf die andere Seite des langsam vorankommenden Cougars gewechselt und Jorgensen erneut ihren Gedanken überlassen. Seit einer Stunde ging sie nun schon neben dem Fahrzeug her. Zwischenseitlich sollte eine zweite Gruppe die alten Höhlen verlassen haben und ihnen im sicheren Abstand folgen. Ein Blick nach hinten zeigte ihr einige Nachzügler unter ihren gehfähigen Verwundeten, hinter denen die Schwärze der Nacht alles schluckte.

Dies war mit Abstand der einsamste Gewaltmarsch, an dem sie je teilgenommen hatte. In der Garnison hatte sie während den Rucksackmärschen Musik gehört, um sich die Zeit zu vertreiben. Im Kampf schnappte sie gelegentliche Funkübertragungen über ihr Kommunikationsnetz auf. Heute herrschte Funkstille, da sie versuchten, ihre Verlegung in ein neues Versteck zu verbergen.

Seit einer Woche gab es Berichte, die andeuteten, dass es verstreut über dem Planeten noch andere republikanische Einheiten gab, die darum kämpften, eine sichere Stellung beizubehalten. Meist klang es, als ob sie in der gleichen Klemme wie sie saßen und gezwungen waren, den Kampf mit Guerillataktiken aufrechtzuerhalten. Jorgensen hatte Gerüchte aufgeschnappt, dass gesamte Züge durch Bombardierungen aus der Umlaufbahn verdampft worden waren. Das war der Grund, weshalb sie heute einen Trupp nach dem anderen im zeitlichen Abstand voneinander bewegten. Eine Bombardierung aus der Umlaufbahn setzten die Zodark nur bei großen Widerstandsnestern ein. Trotzdem lenkte Jorgensen hin und wieder ihren Blick zum sternenübersäten Nachthimmel hinauf und fragte sich, ob bald auch eine Bombe auf sie fallen würde.

»He, Doc …«, grüßte sie ein Soldat, der unverletzt zu sein schien. Er trug seine Schusswaffe gesenkt aber einsatzbereit, während er auf sie zukam.

Jorgensen sah auf sein in seine Panzerung eingraviertes Namensschild: *Takata.* »Hallo«, erwiderte sie und fragte sich, weshalb er wohl ein Gespräch mit ihr beginnen wollte.

»Ich bin Gefreiter Takata. Ich gehöre zum Mech-Team.«

»Ich kenne Sie vom Sehen. Ich bin Corporal Jorgensen.«

Besorgt sah sich Takata um. Er tat so, als würde jeden Augenblick ein Zodark hinter einem Busch oder einem Baum hervorspringen. »Ich weiß, wer Sie sind, Doc.«

»Sind Sie nervös, Private?«, fragte sie. *Er sieht tatsächlich nervös aus.*

Er sah auf sein Gewehr hinunter und Jorgensen bemerkte, dass er seinen Halt daran ein wenig lockerte. »Wir sind ihnen zahlenmäßig unterlegen, anfällig, und stolpern wer weiß wohin durch die Nacht.

Ganz zu schweigen davon, dass ich nicht in einem Mech sitze. Von daher, ja, ich bin etwas nervös.«

»Wieso haben Sie keinen Mech? Beim Angriff auf die FOB verloren?«

Takata kicherte und schüttelte den Kopf. »Nein, technisch gesehen bin ich nicht für den Mech qualifiziert. Ich hielt mich gerade erst einige Stunden auf dem Planeten auf, bevor der Angriff begann. Ich war noch dabei, mich offiziell zum Dienst zu melden und meinem Trupp zugewiesen zu werden, als sie angriffen. Nachdem wir uns in die Höhlen zurückgezogen hatten, wussten sie nicht, wo sie mich hinstecken sollten, also hat Sergeant Jones mich adoptiert.«

»Sie ist eine gute Anführerin. Der Verlust von Krauss war ein sehr großer Schlag für diesen Zug …«

»Ja, das habe ich gehört«, pflichtete Takata ihr bei.

»Aber Jones ist gut. Sie hat alles von Krauss gelernt und weiß sicher noch mehr. Alles im grünen Bereich«, sprach Jorgensen ihm gut zu.

»Sehen Sie, das weiß ich eben nicht«, gestand Takata, als ob er mit seinem Beichtvater reden würde. »Während des gesamten Angriffs auf die FOB gab ich nicht einen einzigen Schuss ab. Ich war zu sehr damit beschäftigt, kopflos herumzulaufen und nach Leuten zu suchen, an deren Seite ich kämpfen konnte. Ich wusste einfach nicht, was ich tun sollte. Und dann zogen wir uns plötzlich in die Höhlen zurück. Seitdem habe ich geschossen … nur nicht im direkten Kampf.«

Jorgensen sah den Anfänger an und schüttelte den Kopf. »Trotzdem waren Sie am Ort der Auseinandersetzung. Und obwohl Sie nicht einen Schuss in diesem Kampf abgegeben haben, nahmen Sie trotzdem an ihm teil. Ihre Chancen, getötet zu werden, standen so gut wie die aller anderen. Konzentrieren Sie sich auf die Gegenwart. Die Situation scheint sich dem Höhepunkt zu nähern, und ich will sicher nicht, dass Sie den verpassen.« Hinter ihrem Visier lächelte sie, wusste aber, dass er es nicht sehen konnte.

»Danke für Ihren guten Rat, Doc«, verabschiedete sich Takata und beschleunigte seine Schritte.

Manchmal muss jemand einfach nur hören, dass alles in Ordnung gehen wird, dachte sie.

Jorgensen sah dem Gefreiten hinterher, der vor ihr zu der lockeren Formation auf dem Weg zu ihrem neuen Heim aufschloss. Sie

blätterte verschiedene Anzeigen ihres HUD durch die Bewegung ihrer
Augen von links nach rechts durch, bis sie die gesuchten Koordinaten
unter einem orangefarbenen Punkt auf einer Karte gefunden hatte. Ihr
Ziel lag nur noch knapp zwei Kilometer entfernt. Das bedeutete, dass
die letzte Gruppe gerade dabei war, das Netzwerk der Höhlen zu
verlassen, das bislang ihr Zuhause gewesen war. Inständig hoffte sie,
dass dieser Umzug der letzte vor dem lang erwarteten Eintreffen ihrer
Verstärkung sein würde.

Kapitel Sechs
Sacrificium

Alfheim

Harrison Kodiak und der Rest seines Teams befanden sich nun
seit über zwei Stunden im Rückzug. Der Glanz der aufgehenden Sonne
war noch hinter dem Horizont verborgen. Ein Blick auf die Uhr verriet
ihm jedoch, dass die Deckung, die ihnen die Dunkelheit bot, in Kürze
verloren gehen würde. Sie hatten den Fluss erreicht, neben dem sie nun
Richtung Süden entlang des geschwind laufenden Wassers ihr
endgültiges Ziel ansteuern würden.

Die Explosionen ihrer Schützenminen waren vor ungefähr 30
Minuten verstummt. Die nahe Abfolge der Explosionen – eine nach der
anderen –- ließ Kodiak vermuten, dass die Zodark das Ende des
Minenfelds, das sie für zurückgelassen hatten, erreicht hatten. Jetzt gab
es nichts mehr, dass die barbarischen blauen Monster davon abhielt, sie
aufzuspüren, es sei denn, die Schweinehunde konnten nicht
schwimmen.

»Können die Zodark schwimmen?«, wunderte sich Kodiak laut.

»Was?«, fragte Jacobs ein wenig außer Atem.

»Die Zodark. Die großen blauen …«, begann Moreau.

»Ja, ja, schon klar, von wem Sie sprechen«, stöhnte Jacobs, was
schließlich alle drei zum Lachen brachte.

»Ok dann. Also, glauben Sie, sie können schwimmen?«, forschte
Kodiak erneut. »Haben die Zodark, wo sie herkommen,
Schwimmbäder? Haben sie irgendein Leben außer dem blindwütigen

Kämpfen? Oder ist das der Sinn ihrer Existenz – das Morden für ihre Orbot-Herrscher?«

»Jeder hat eine Mutter, oder?«, entgegnete Jacobs. »Wir alle kommen irgendwo her.«

Moreau mischte sich ein. »Auf Neu-Eden gibt es Tierarten, bei denen der männliche Partner die Babys austrägt.«

»Und was soll das nun heißen?«, erkundigte sich Jacobs skeptisch.

»Damit will ich sagen, dass uns – je weiter wir in das große Unbekannte vordringen – viele Dinge, die wir zu Hause als sichere Wahrheit ansahen, inzwischen eine breitere Perspektive oder einen vollkommen neuen Sinn vermitteln. Vor 14 Jahren wussten wir zum Beispiel nicht einmal von der Existenz der Außerirdischen. Sicher, wir vermuteten immer, dass es da draußen etwas gab, hatten aber keine Ahnung, dass uns auch nur eine Rasse Außerirdischer begegnen würde, geschweige denn weitere Menschen. Mit der Zeit lernten wir, dass wir nicht die einzigen sind, die das Glück haben, in dieser Galaxie zu existieren. Und hier sind wir nun, verbündet mit Außerirdischen im Kampf gegen eine andere Allianz von Außerirdischen. Wer hätte es für möglich gehalten, dass sich so viel in solch kurzer Zeit ereignen könnte? Überlegen Sie … Wir befinden uns in einem galaktischen und sogar intergalaktischen Krieg. Wer hätte das gedacht?«

»Mann, jetzt geht es los …«, lachte Kodiak und kletterte über einen Gesteinsbrocken, der ihm den Weg versperrte.

»Unsere Vorstellung von der Existenz aller Lebewesen war engstirnig«, fuhr Moreau unbeirrt fort. »Wir folgten unseren *Gesetzen der Physik* und anderen Dingen, die offenbar festlegten, wie alles abläuft. Ein Abweichen von diesen Grundsätzen hielten wir für unmöglich. Jetzt gehören uns Raumschiffe, betrieben mit einer Energiequelle, die wir nie für möglich gehalten hätten. Unsere Kenntnis der Galaxis ist nicht länger von der Antriebsgeschwindigkeit eines Raumschiffs abhängig.«

»Meine Güte, Sergeant … Entschuldigen Sie die Frage«, verspottete Jacobs ironisch ihren überraschenden Ausflug in die Philosophie.

Moreau ging an Jacobs vorbei und klopfte ihm auf die Schulter. »Jacobs, Ihnen fehlt noch der Überblick. Warten Sie ab. Mit der Zeit fangen auch Sie an, alles zu hinterfragen.«

Kodiak warf ein Auge auf Jacobs und Moreau – die nun von Stein zu Stein an ihm vorbeikletterten – um sicherzugehen, dass sie nicht in das tosende Wasser zu ihrer Linken abrutschten. Er lächelte und erlaubte der Hoffnung, sich in seine Gedanken einzuschleichen, dass er und sein Team es zur neuen Basis zurückschaffen würden. Das war ein Fehler.

Sein Grinsen erlosch, während sich seine Nackenhaare sträubten – nicht, weil er Gefahr verspürte, sondern aufgrund der elektrischen Ladung eines an ihm vorbeisausenden Laserblitzes. Der tödliche Lichtblitz hatte ihn verpasst, aber Kodiak musste hilflos und wie in Zeitlupe zusehen, wie er Jacobs in den Rücken traf und vorne aus seinem gepanzerten Anzug austrat. Jacobs' Beine gaben nach. Sein Körper schlug auf einem der Steine auf, bevor er in den Fluss stürzte und weggerissen wurde.

»Kontakt von hinten!«, schrie Kodiak und ließ sich neben den nächstgelegenen Felsbrocken fallen. »Bist du noch da, Angie?«

»Ich bin ok. Ich glaube, wir haben Jacobs verloren!«, rief sie ihm im Schutz einer Aufschüttung von Geröll zu, die hinter seiner Position lag.

Mit gegen den Stein stabilisierter erhobener Waffe nutzte Kodiak das Frontscheiben-Display seines Helms, um durch sein Zielfernrohr nach feindlichen Zielobjekten zu suchen. Auf der anderen Seite des Flusses tauchte der erste Zodark hinter einem Baum auf. Kodiak passte die Bewegung seiner Waffe dessen Laufgeschwindigkeit an und feuerte ein Magrail-Projektil ab. Der Wolframstab wirbelte den Zodark dank der Kraft seines Einschlags herum und brachte ihn zum Sturz. Unmittelbar danach suchte Kodiak sich bereits das nächste Ziel und drückte ab.

Dem Feind war es bislang nicht gelungen, sie von der Flanke her anzufallen, aber sie gaben sich alle Mühe. Kodiak und Moreau hatten das Glück gehabt, den Fluss rechtzeitig zu einem früheren Zeitpunkt zu durchqueren. Das hatte eine natürliche Barriere zwischen ihrer Position und den angreifenden Zodark gebildet.

»Ich lade nach!«, warnte Moreau laut.

Kodiak überprüfte seine an Munition, bevor auch er ein neues Magazin in die Waffe schob und das Gewehr erneut anhob. Er wusste nicht, wie viele Gegner sich auf der gegenüberliegenden Seite des Flusses befanden. Die drei, die ihm bisher vor die Waffe gekommen waren, hatte er getötet. Allerdings machte ihm das auf seine Position stärker einregnende Laserfeuer mittlerweile den Einsatz seines Sturmgewehrs so gut wie unmöglich.

»Ich verändere die Stellung!«, kündigte er an und rannte zu Moreau hinüber.

Sobald Kodiak neben ihr zu Boden glitt, sah er, dass seine Teamkameradin dabei war, ein Loch auf Höhe des Oberschenkels in ihrem Panzer zu versiegeln. »Wie schlimm ist es, Angie?«, erkundigte er sich besorgt.

»Ich werd's überstehen«, erwiderte sie mit zusammengebissenen Zähnen.

Kodiak ziele erneut, feuerte einige Male und zog zwei weitere Zodark aus dem Gefecht. Trotzdem war ihre Position hier unhaltbar. Früher oder später würden die Zodark einen Weg finden, sie einzuschließen.

»Kannst du dich bewegen?«, fragte Kodiak.

»Hör auf mir Fragen zu stellen, Harrison. Lass uns lieber von hier verschwinden«, erwiderte sie aufgebracht.

Kodiak nickte. »Dann lass uns gehen. Kannst du schwimmen?«

****

Lieutenant Henry Magnussen sah aus dem Hintereingang der Höhle hinaus, die ihnen seit dem Verlust von Alfheim als Basis gedient hatte. Die letzten Soldaten hatten ihre nächtliche Reise angetreten. Allein die verbliebenen Kampfsynth und sein Zugführer, Master Sergeant Woods, der sich weigerte, seinen Kompanieführer zu verlassen, hielten sich noch in der Höhle auf.

»Ok, Woods, sieht aus, als ob unsere Zeit gekommen ist«, seufzte Magnussen. Er ging auf die Formation der Kampfsynth zu, die geduldig seine Befehle erwartete.

Woods gab keine Antwort, was ungewöhnlich war. Magnussen wandte sich um und sah, dass Woods nicht hinter ihm stand. Er war dabei, in aller Eile durch mehrere Seiten seines Tablets zu scrollen. Magnussen tat es ihm auf seinem eigenen Pad nach, untersuchte mehrere Kameraeinstellungen, die Statusangaben seiner Einheiten und sogar das Navigationssystem, das die gefährliche Reise seiner Einheiten auf dem Weg zum neuen Stützpunkt verfolgte.

Trupp Eins war sicher hinter den Sanitätern eingetroffen, die bereits dabei waren, ihre neue Krankenabteilung einrichteten. Trupp Zwei hatte noch knapp zwei Kilometer, während Trupp Drei und die überlebenden Mitglieder des vierten Trupps sich weiter durch das Schneegestöber der Nacht voran bewegten. Alles schien gut zu verlaufen, bis Magnussen einen Alarm ihrer Sensoren erhielt.

Sie hatten im gesamten Bereich um die Höhle herum Bewegungsmelder montiert – im Abstand von 50 bis 500 Metern. Der 200-Meter-Sensor blinkte rot und informierte Magnussen über eine Bewegung. »Sie sind hier. Woods, nehmen Sie die Hälfte der Synth und beziehen Sie Ihren Posten am Eingang. Wir müssen sie so lange wie möglich aufhalten, um den anderen Zeit zu gewinnen!«

Master Sergeant Woods nickte und durchquerte im Laufschritt mit mehreren Synth im Schlepptau die Flure der Höhle. Magnussen begann mit 20 weiteren Synth den rückwärtigen Ausgang des Höhle zu sichern. Während die Synth die Wände erklommen und Sprengstoff um die Öffnung der Höhle herum verlegten, fiel Magnussens Blick auf einen Synth, der sich von den anderen abhob.

Er trat auf den medizinischen Synth zu und berührte ihn an der Schulter. »Sam, wieso bist du nicht beim Rest der Sanitäter?«

»Sergeant Moore befahl mir, bei Ihnen zu bleiben, Sir«, erwiderte Sam knapp.

Magnussen wollte eine Reihe von Flüchen ausstoßen. *Aber wozu sollte das gut sein?* Er sah zum Höhleneingang hinüber, auf die Sprengladungen, die den Ausgang umgaben. *Es ist zu spät.*

»Ok, Sam. Vielen Dank. Bleib in meiner Nähe. Es wird hier gleich sehr schlimm werden.«

Ein tiefes Gepolter ließ die Höhle erbeben. Steine und Geröll fielen auf ihre Köpfe herab. Ein gewaltiger Luftzug fegte durch die Tunnel, der überall Staub aufwirbelte und Magnussen beinahe rückwärts umgestoßen hätte. Er wischte sich den Staub aus dem Gesicht und rief in sein Mikrofon: »Woods, Situationsbericht!«

»Zodark mit Panzerfahrzeugen, Luftunterstützung und Bodentruppentransportern etwa 100 Meter vor uns. Es sieht nicht gut aus, Sir.«

Magnussen war nicht schockiert. Seine Schultern sackten nicht ab, noch verspürte er das geringste Bedauern, nicht genug getan zu haben. In seinem Innern hatte er immer gewusst, dass es soweit

kommen würde; er hatte nur nicht gewusst, wann es soweit sein würde. Aus diesem Grund hatte er alle menschlichen Soldaten an den nächsten Standort geschickt. Es war der Grund, weshalb er die Synth zurückgehalten hatte, weshalb er den Hintereingang zur Explosion präpariert hatte. *Durch diesen blockierten Ausgang würden die Zodark ihnen nicht länger folgen!* Vielmehr würde dieser versiegelte Weg den Feind dazu zwingen, erneut zunächst das hohe Gebirge zu überqueren, um den neuen Standort ihrer Einheiten zu erreichen. Und das würde der Armee der Republik gerade genug Zeit einbringen, ihren Kampf an den Weltraumaufzügen – ihrem nächsten Ziel – zu Ende zu führen.
****

Kodiak überprüfte ein letztes Mal die Teamstatusanzeige, um zu sehen, ob noch Leben in Jacobs war. Er war tot. Kodiaks einziger Trost war, dass Jacobs seinen Tod nicht hatte kommen sehen. Sicher war er auch so schnell eingetreten, dass es seinem Gehirn unmöglich war, Schmerz zu registrieren.

Von den Felsen, hinter denen er und Moreau kauerten, prallten immer wieder Schüsse ab. »Jetzt oder nie, Angie. Wir müssen springen«, bestimmte Kodiak mit dem Blick auf das dunkle, tosende Wasser unter ihnen.

»Was werde ich sagen? Nein, ich bleib hier?«, gab sie sarkastisch zurück, bevor sie über die Böschung hinunter in den eiskalten Fluss sprang.

Kodiak sah zu, wie ihr Kampfanzug unter den Stromschnellen verschwand, bevor er sich selbst zum Sprung entschied. Sobald sein Körper auf das Wasser aufschlug, verspürte er die Gewalt der Strömung, die ihn unter die Oberfläche ziehen wollte. Sein Panzeranzug ließ kein Wasser ein und erhöhte automatisch seine interne Temperatur, um ihn warm zu halten. Aber das Wasser war zu kalt. Sein HUD gab Warnsignale an ihn weiter, die ihn vor den eisigen Temperaturen warnten, aber Kodiak fühlte nichts außer Erleichterung. Sein Helm enthielt einen Vorrat an Reservesauerstoff und er war dem aggressiven Beschuss der Zodark entkommen. Im Augenblick war er in diesem schnellfließenden Wasser in Sicherheit.

Auf dem Visier seines Helms bildeten sich Eiskristalle. Kodiak sprach in sein Mikrofon. »Wie geht es dir?«, fragte er.

Moreau antwortete umgehend. »Mein Helm ist vereist und die Warntöne sind nervig, ansonsten geht es mir gut.«

Kodiak überprüfte seine Karte und sah, dass die Strömung sie Richtung Süden exakt auf die Koordinaten zutrieb, die sie erhalten hatten. Sein Plan funktionierte perfekt. Jetzt mussten sie das Wasser nur rechtzeitig wieder verlassen, bevor ihre Panzeranzüge einfroren. Diese Warnung hatte er allerdings noch nicht erhalten.

»Es tut mir leid um Jacobs«, sagte Moreau. »Schien ein guter Junge zu sein.«

»Ich kannte ihn kaum. Er gehörte einem anderen Trupp an, aber er verstand seinen Job. Das ist alles, was ich von ihm weiß.«

»Irgendwann in diesem Krieg werden sie uns alle neu und unbekannt sein, und wir sind entweder tot, abgewrackt oder wünschen uns immer noch, dass wir uns nie für diesen Schwachsinn gemeldet hätten«, lachte Moreau.

»Weißt du noch, wie ich die Grundausbildung gehasst habe?«, sinnierte Kodiak. »Du hast mir damals geholfen, den Kopf über Wasser zu halten.«

»Wir waren ein recht gutes Team«, hörte er das Lächeln in Moreaus Stimme.

»Ja. Das sind wir immer noch. Wer hält es für möglich?«, stellte Kodiak fest. »Selbst wenn du mich verlassen hast, um Truppführerin zu werden.«

»Menschen sterben und andere übernehmen ihre Posten. Das weißt du aus eigener Erfahrung.«

»Ja …«, seufzte er. »Das macht es nicht einfacher. Hör zu, wir können noch zwei Kilometer oder solange treiben, bis unsere Anzüge es nicht länger verkraften, aber dann müssen wir aus dem Wasser und es zu den Koordinaten schaffen. Die Zeit wird knapp. In zwei Stunden geht die Sonne auf.«
****

Magnussen sprang hinter eine Wand, bevor ein Zodark-Laser die leere Stelle durchbohrte, an der er gerade gestanden hatte. Der Feind hatte ihre Reihen durchbrochen und bewegte sich nun durch das Höhlensystem voran. Magnussen und seine Synth waren effektiv von Woods und seiner Mannschaft abgeschnitten. Seit einigen Minuten herrschte auf Woods' Seite Funkstille – trotz Magnussens wiederholten

Anrufen und andauerndem Waffenfeuer und Explosionen. Jemand in diesem Bereich der Höhlen kämpfte weiter.

Magnussen sah nach rechts, wo Sam mit ausdruckslosem Gesicht hinter einer Wand kniete. Er schien in eine unbekannte Ferne zu starren. Magnussen fühlte sich unbehaglich bei diesem Anblick. Er beugte sich vor und schoss blindlings in Richtung ihrer Gegner. Der Ausgang der Höhle lag nur noch wenige Meter hinter ihnen. Magnussen und seine Synth wurden ständig weiter zurückgedrängt. Es war ein Wunder, dass sie den Kampf gegen solche überwältigenden Widrigkeiten so lange aufrechterhalten konnten.

Magnussens Munition war beinahe aufgebraucht. Er wollte bis zum letzten Augenblick darauf warten, einen totalen Angriffsbefehl an die Synth auszugeben. Die Zeit dafür schien nun gekommen zu sein. Über das Mikrofon seiner Kommunikationsvorrichtung wies er sie an: »Alle verbliebenen C100, Angriff auf den Feind und Kampf bis auf den letzten Mann. Dies ist mein abschließender Befehl. Magnussen, Ende.«

Magnussen blickte zu Sam hinüber, während die Kampf-Synth sich an seiner Position vorbei in das Getümmel stürzten. Er lächelte. »Wir müssen zum Ausgang, Sam. Bring mich um jeden Preis dorthin.«

Sam nickte und griff nach Magnussen. Das hatte er nicht erwartet. Der Sanitäter-Synth warf sich den Lieutenant über die Schulter und rannte mit atemberaubender Geschwindigkeit los. Sein neuer Aussichtspunkt erlaubte Magnussen die Sicht auf seine Kampf-Synth, die sich auf die angreifenden Zodark stürzten, nur um von ihnen in Stücke gerissen zu werden. Es war ein grauenvoller Anblick. Magnussen hatte den Höhlenausgang offengelassen, für den Fall, dass ein Wunder geschehen sollte. Jetzt wusste er, dass dies sein letztes Gefecht war.

Ein Laser, der Sams Rücken traf, schleuderte sowohl ihn als auch Magnussen auf den harten Boden. Magnussen rollte ab. Irgendwie gelang es ihm, Boden unter die Füße zu bekommen und sich aufzustellen. Sam tat es ihm nach, trotz eines rauchenden schwarzen Lochs in seiner Mitte.

»Sam, Vorsicht!«, schrie Magnussen, als ein Zodark mit hoch erhobenem Schwert aus dem Schatten auf sie zukam.

Sam wandte sich um und brachte das aggressive Biest mit einem Bein zum Stolpern. Dann griff er sich Magnussens Waffe, die der hatte fallen lassen, und versetzte dem Zodark mit ihrem letzten Magrail-Projektil einen Kopfschuss.

Ungläubig stand Magnussen da. Sams Programmierung musste fehlerhaft sein, da ein Sanitäter-Synth unter keinen Umständen in einen Kampf verwickelt sein oder jegliche Art von Gewalt anwenden sollte.

Sam richtete das Wort an Magnussen, der immer noch mit dem Rücken zur Wand dasaß. »Tun Sie es, Sir«, wies er ihn an. »Ich kann sie nicht viel länger zurückhalten.«

Magnussen sah, wie drei Zodark in ihren Bereich der Höhle vordrangen. Sam hob das Schwert des getöteten Zodark und holte zum Schwung aus, ohne das blaue Biest, auf das er gezielt hatte, zu erwischen. Eine Hand des Zodark schnappte Sam an der Kehle und hob ihn hoch in die Luft.

Was blieb ihm übrig? Magnussen wollte sich gerade erheben, als seine Hand etwas aus Metall berührte. Er sah nach unten und griff lächelnd nach dem metallenen Zünder, den er fest umschloss. Die Explosion würde stark genug sein, um das gesamte Tunnelsystem, einschließlich dem Ausgang, zum Einsturz zu bringen. Sie würden gefangen sein.

»Ich rate Ihnen, es zu tun, Sir«, forderte Sam ihn ruhig auf, bevor der Zodark den medizinischen Synth in zwei Teile zerriss.

Traurig betrachtete Magnussen den zerstörten Synth; Sam war ein Wesen ohne Seele, ohne Gehirn, ohne Gefühle; aber da lag er nun. Er hatte sich für eine Spezies geopfert, der in diesem Moment, um ehrlich zu sein, nicht das Geringste an ihm lag.

Dann sah Magnussen zu dem Zodark hoch und lächelte ein weiteres Mal. Nicht viele Menschen konnten sich aussuchen, wie sie diese Welt verließen. Noch weniger hatte die Wahl, als eine Art Held zu gehen. Er wusste nicht, was die Geschichtsbücher der Zukunft über ihn berichten oder ob er überhaupt erwähnt werden würde … Mit Sicherheit wusste er aber, dass er mit dem Druck auf den Zünder seinen Soldaten einen Tag des Kampfes, einen Tag des Lebens gewinnen würde. Und das war genug.

****

Kodiaks Kampfanzug löste einen neuen Alarm in seinem Helm aus. Er riss die Augen auf und wusste in einem Moment der Panik nicht, wo er war. Er war tatsächlich unter den reißenden Fluten des

Flusses eingeschlafen, in den er und Moreau gesprungen waren. Die Warnsignale seines HUDs informierten ihn, dass sein Anzug seine Körpertemperatur nicht länger ausgleichen konnte. Wenn er nicht bald aus dem Wasser kam, würde der Anzug einfrieren.

Neblige Luftschwaden traten aus Kodiaks Nasenlöchern und seinem Mund aus und trübten den Helm. Sein HUD war jedoch noch lesbar. Die Karte zeigte ihm, dass der Fluss sie näher als geplant an ihre neue Operationsbasis befördert hatte. Das schwache Licht über dem Wasserspiegel sagte ihm, dass die Sonne über diesem Kontinent aufzugehen begann.

»Moreau, alles in Ordnung mit dir?«, erkundigte sich Kodiak über ihr internes Netzwerk.

Er sah ihren schwebenden Körper vor sich, der über die polierten Steine des Flussbettes vorantrieb. Schwimmend holte er zu ihr auf. Jede Bewegung seiner Arme und Beine verursachte ihm Schmerzen; sein ganzer Körper fühlte sich an, als ob er aufgrund der Kälte in Stücke zerspringen wollte. Sobald Kodiak sie eingeholt hatte, presste er seinen Helm gegen ihren und sah, dass Moreaus Helm vollkommen vereist war.

Truppführer und diejenigen, die einen fortgeschrittenen Kurs zur Lebensrettung in Gefechtssituationen absolviert hatten, hatten Zugriff auf die gleichen medizinischen Gerätschaften, die die Sanitäter mit sich in den Kampf trugen. Kodiak versuchte, Moreaus Vitalfunktionen zu überprüfen, aber die Strömung transportierte sie unaufhaltsam weiter den Fluss hinunter. Ihm wurde klar, dass sie beide sterben würden, falls er sie nicht aus dem eiskalten Wasser an Land brachte. Die Ungewissheit, was sie über der Oberfläche erwartete, machte ihm Angst. In der kurzen Zeit, in der er eingenickt war, hatte Kodiak seine Waffe verloren. Moreau trug ihre ebenfalls nicht länger bei sich. Sie hatten keinerlei Waffen, um sich zu verteidigen. Falls er sie andererseits nicht schleunigst aus dem Wasser zog, war sie sowieso tot, und er selbst sicher nicht weit davon entfernt.

Mit den Armen um Moreau stieß Kodiak sich vom Boden des Flussbettes ab und durchbrach die Wasseroberfläche. Der Himmel erstrahlte in einem leuchtenden Blau. Dank einer beinahe konstanten Wolkendecke verlor Alfheims Himmel fast nie seine graue Färbung. An diesem Morgen aber trübte nicht ein Wölkchen den Himmel und es schneite nicht, obwohl der Schnee immer noch die Erde überzog.

Kodiak hielt so gut er konnte auf das Ufer zu und stieß wie ein Wunder mit beiden Armen gegen die rettende Böschung. Mit den Füßen trat er hart gegen das steinige Flussbett, wodurch er sich und Moreau an Land schob. Er versuchte sofort, das medizinische Fach an ihrem Kampfanzug zu öffnen. Es war vereist. Das bedeutete, dass Kodiak das Eis entweder aufbrechen oder zum Schmelzen bringen musste. Seine verzweifelte Suche brachte ihm kein geeignetes Werkzeug ein.

Plötzlich erinnerte sich Kodiak an sein Überlebenskit. An seinem rechten Panzerhandschuh war ein Kästchen angebracht, das Ausrüstungsgegenstände zum Überleben in der Wildnis enthielt. Unter den Wetterbedingungen von Alfheim war es in der Regel nutzlos. Es war eher für ein trockeneres Klima oder in einem Waldgebiet mit hoher Luftfeuchtigkeit geeignet. *Dennoch befand sich etwas darin, womit er das Eis schmelzen konnte ...*

Er zog drei kleine zylindrische Leuchtfackeln hervor und legte sie neben sich auf dem Boden ab. Normalerweise diente eine solche Leuchtfackel der Standortmarkierung, um einer Suchmannschaft oder den Mitgliedern eines Trupps im Fall der Trennung das Auffinden einer Person zu erleichtern. Sie schoss einen roten Ball brennenden Phosphors Hunderte von Metern hoch in die Luft, wo sie einen Fallschirm freisetzte, der langsam zur Erde zurückkehrte. Werkzeuge wie diese dienten dem Militär seit Hunderten von Jahren.

Kodiak schlug auf den unteren Teil der ersten Fackel. Ein gleißend helles rotes Licht schoss in den klaren Himmel hinauf. *Jawohl! Sie funktionierten.* Er nahm einen zweiten Zylinder in die Hand und warf ihn hart auf den Boden. Die rotbrennende Chemikalie traf auf den Schnee auf, der sofort zu schmelzen begann. Ohne lange nachzudenken, hob er den Phosphorstab an und presste ihn gegen die gefrorenen Teile von Moreaus Kampfanzug.

Problemlos schmolz das Eis von allen wichtigen Bereichen, auf die er Zugriff haben wollte. Unglücklicherweise beschädigte die intensive Hitze Kodiaks Panzerhandschuh. Zunächst fühlte sich die Wärme angenehm an. Innerhalb von Sekunden hatte sich die brennende Chemikalie dann durch seinen Handschuh hindurch gefressen. Das heiße Metall und die in seinen Panzer eingewebten Fasern verbrannten ihm die Haut. Alarmsignale schrillten in seinen Ohren, warnten ihn vor dem Schaden, den er sich zufügte, aber er machte weiter. Das Eis schmolz. *Mit den Schmerzen konnte er umgehen, aber er würde, verdammt noch mal, nicht noch einen Soldaten auf dieser Mission verlieren – insbesondere eine Soldatin, die ihm so nahestand.*

Kodiak war zufrieden. Er ließ die brennende Fackel fallen. Obwohl er unter starken Schmerzen litt, zwang er sich, sie auszublenden, um weiter an Moreau zu arbeiten. Er öffnete das medizinische Fach an ihrer Uniform und verband es mit seinem medizinischen Gerät, das ihm erlaubte, ihre Lebensfunktionen abzulesen. Es sah nicht gut aus. Puls und Herzschlag waren äußerst schwach. Aber sie lebte noch, was bedeutete, dass sie noch eine Chance hatte.

Kodiak reaktivierte Moreaus Umweltkontrollen, um ihre Körpertemperatur auf den normalen Stand zu bringen. Dann startete er mehrere medizinische Tropfinfusionen in ihren Blutkreislauf, ausgenommen dem Fentanyl. Die Anzeige ihrer lebenswichtigen Funktionen zu beobachten, war die reine Qual – mehr noch als die pochenden Schmerzen in seiner Hand. Mit dem Anstieg ihrer Körpertemperatur setzte sich ihre Hirntätigkeit fort, aber ihr Puls und der Herzschlag waren unverändert schwach. Kodiak dachte an seine ACLS-Klasse, versuchte sich jeden Fetzen Wissen, den er vergessen haben könnte, ins Gedächtnis zurückzurufen. Die Möglichkeit, ihr eine Adrenalinspritze zu geben, bestand weiter, was allerdings zum Herzstillstand führen konnte. Ohne dass ihm etwas Neues einfiel, blieb ihm endlich nur noch das Warten.

Frustriert schlug Kodiak schließlich mit der Faust auf den Boden. Ein ungeheurer Schmerz schoss ihm durch den Arm. Qualvoll schrie er auf und riss sich den Helm vom Kopf. Kalter Wind schlug ihm ins Gesicht, aber die Luft war frisch. Mit der letzten ihm verbliebenen Stärke griff er nach der dritten Fackel und zündete sie an. Ihr rotes Licht stieg hoch in den Himmel hinauf.

Kodiak war am Ende. Sein Körper fühlte sich taub an. Sein Adrenalinspiegel ebbte ab. Er fühlte sich nur noch müde. Erschöpft sank er gegen einen großen Baum gelehnt zu Boden.

Trotz des geistigen Nebels, der sein Denken und seine Sicht beeinflusste, entdeckte Kodiak in einiger Entfernung eine Bewegung. Langsam näherte sich ihnen eine Kreatur, die wie ein weißer Hirsch mit einem leuchtenden Geweih aussah. Nachdem es zunächst Moreau beschnüffelt hatte, wandte es sich Kodiak zu. Er wollte das Tier anschreien; ihm sagen, es solle Moreau in Ruhe lassen, aber seine Schönheit faszinierte ihn. Zudem war er zu schwach, um zu schreien.

Da saß er nun, mit dem Rücken gegen einen fremdartigen Baum gelehnt, auf einem außerirdischen Planeten und bewunderte die Schönheit dieser Schöpfung. Kodiak war müde. Über ein Jahrzehnt hatte er an diesem Krieg zum Wohl der Menschheit teilgenommen; für die Menschen daheim, die er liebte; für die Menschen, die neben ihm dienten. Aber er hatte nichts mehr zu geben. Schlaf war alles, was er wollte.

Kapitel Sieben
Requiem

Am folgenden Tag
Alfheim

Es war ein geschäftiger Tag, seit sie das neue Höhlensystem
bezogen und die Überlebenden des Späherteams geborgen hatten.
Jorgensen hatte ihnen hinterhergesehen, als Abba zusammen mit dem
ersten Trupp zur Suche nach dem vermissten Team ausgerückt war. Sie
hatte die letzten 24 Stunden nicht einen Augenblick Schlaf genossen.
Mit dem Eintreffen des letzten Trupps mitten in der Nacht hatte sich
die Fragestellung innerhalb des Camps verändert … von ‚Werden wir
es schaffen?‘ auf ‚Wer hat es geschafft?‘

Sowohl ihr kommandierender Offizier, First Lieutenant
Magnussen, als auch ihr bisheriger First Sergeant, Master Sergeant
Mark Woods, waren tot – neben den verbliebenen Kampfsynth und
Sam ums Leben gekommen. Sams ‚Tod‘, wenn man bei der Zerstörung
einer inorganischen Lebensform von ‚Tod‘ sprechen konnte, hatte
Jorgensen hart getroffen. Als ihr der medizinische Synth zum ersten
Mal vorgestellt worden war, hatte sie ihn gehasst. Nachdem sie dann
auf Alfheim gelandet waren und sie im wahrsten Sinne des Wortes
Seite an Seite mit Sam Leben gerettet hatte, hatte sie eine gewisse
Zuneigung für ihn entwickelt, beinahe so wie zu einem Lieblingshund.

Sam war kein Mensch. Er hatte nicht die gleichen Qualitäten wie
eine Person aus Fleisch und Blut. Er war kalt und kalkulierend, aber er
erledigte seine Arbeit. Und nicht nur das. Jorgensen hielt es für
möglich, dass sie Zeugin der Entwicklung einer Persönlichkeit in dem
Synth gewesen war. Sam hatte ihr Leben gerettet, als er das wilde
Biest, das sie angreifen wollte, getötet hatte. Dies war ein direkter
Verstoß gegen sein Protokoll – und dennoch war es geschehen. Sie
fragte sich, ob Sam kämpfend untergegangen war.

War es schnell gegangen? Wusste Sam, was mit ihm geschah?
Hatte es ihm etwas bedeutet? Auf all diese Fragen würde sie nie eine
Antwort erhalten. Das wusste sie.

Abba und Trupp Eins kehrten zur Basis zurück und brachten Staff
Sergeant Moreau und Sergeant Kodiak mit sich. Sie hatten die beiden
entlang des Flusses gefunden; kilometerweit vom Standort entfernt und

ohne ihre Fahrzeuge. Sobald Moreau zu sich gekommen war, hatte sie vom Tod von Kumar und Jacobs berichtet und insbesondere ihr Heldentum und ihre Tapferkeit hervorgehoben. Nachdem was Jorgensen aus ihren Angaben schließen konnte, hatten sie die Hölle durchgemacht.

Kodiak war in schlechterem Zustand. Die Einsicht in die diagnostischen Daten von Moreaus Kampfanzug ergab, dass Kodiak derjenige war, der sie stabilisiert hatte. Sie hatten ihn wenige Meter von Moreau entfernt gegen einen Baum gelehnt gefunden. Er war nicht ansprechbar. Die Sanitäter hatten Kodiak stabilisiert, aber er lag weiter im Koma. Aller Wahrscheinlichkeit nach würde er seine Hand verlieren, da sich der Phosphor der Leuchtfackel durch seine Haut, seine Sehnen und sogar durch die Knochen gebrannt hatte. Dennoch deutete alles auf eine vollständige Genesung hin … falls sie Alfheim je verlassen würden.

»Alles in Ordnung, Schatz?«, erkundigte sich Mac mit besorgtem Gesichtsausdruck.

Jorgensen drehte sich im Bewusstsein ihrer geschwollenen Augen auf ihrem Feldbett zu ihm um und küsste ihn. Seine Reaktion auf ihren Kuss war nicht übermäßig aggressiv, sondern langsam und mitfühlend, ja sogar liebevoll. Aggressivität hatte seinen Platz und seine Zeit. Die Tatsache, dass Mac dies erkannte, machte ihn in ihren Augen nur noch liebenswerter. Jorgensen hielt es zu diesem Zeitpunkt nicht länger für nötig, ihre Beziehung geheim zu halten. Die halbe Kompanie wusste, dass sie ein Paar waren. Und der gesamte medizinische Zug hatte es bereits vor der Invasion vor so vielen Monaten erraten.

»Das wird schon wieder, Mac. Danke, dass du für mich da bist«, erwiderte sie leise. Eine Träne rollte ihr die Wange hinunter.

»Ich hatte nie Gelegenheit mit Sam zu arbeiten, aber ich weiß, dass du ihn ins Herz geschlossen hattest, Eva. Sein Verlust tut mir leid.«

Mac überraschte Jorgensen ein zweites Mal. Sie hatte den medizinischen Synth von allen am besten gekannt. Demgegenüber hatte Mac Sam nie mit einer Geschlechtsform in Verbindung gebracht. Aber da stand er nun und gab sein Bestes, sie zu trösten, selbst wenn es bedeutete, dass er etwas sagen musste, woran er selbst nicht glaubte

Lächelnd umarmte sie ihn erneut. »Es wird immer schwerer, Mac. Dies ist die erste Kampagne, in der ich den Tod so vieler Veteranen erlebe. Eine Menge Menschen, die viel länger als du und ich gekämpft haben, traten die lange Reise nach Walhalla an. Ich mache mir Sorgen um die Zukunft.«

»Solange du dich um die Zukunft sorgst, bedeutet das, dass du noch nicht alle Hoffnung aufgegeben hast, Eva«, konterte Mac. »Denk an die Hölle, die sie durchgemacht haben, und was sie vor ihrem Ende alles erreicht haben … Denk an all das, was sie getan und gesehen haben. Teil der heutigen Grundausbildung sind Taktiken, die auf den Aktionen der Leute beruhen, mit denen wir gekämpft haben. Gegenwärtig ist es schwierig, auch nur einen Tag in die Zukunft zu sehen, aber diese Gewissheit ist es, die uns weitermachen lassen. Ich plane immer noch, was ich nach meiner Rückkehr auf die Grüne Insel tun werde, trotz der Tatsache, dass ich die Erde aller Wahrscheinlichkeit nie wiedersehen werde. Falls es aber eine Chance geben sollte – und ich rede von einer echten Chance – dann kann ich nur hoffen, dass sie mich eines Tages finden wird.«

Jorgensen schlug ihm spielerisch gegen die Schulter und beugte sich zu ihm vor. »Und was wirst du nach deiner Heimkehr tun?«

»Meiner Mutter das wunderschöne Mädchen vorstellen, dass mein Herz und meinen Geist erobert hat.«

»Denkst du, sie wird mich mögen, Mac?«, fragte Jorgensen mit gesenkten Augenlidern.

»Ich denke, sie wird dich lieben, Eva«, versicherte ihr Mac und küsste sie auf die Stirn.

Jorgensen lächelte, während ihr Kopf immer schwerer wurde. Im Schlaf träumte sie von der Grünen Insel, die sie höchstwahrscheinlich niemals zu Gesicht bekommen würde.

****

First Lieutenant Adam Singletary starrte in die feuchtnasse Dunkelheit der Höhle hinein, in der sie ihr neu etabliertes CIC untergebracht hatten. In etwas über einem Monat war er vom Zugführer eines kompletten Zugs zum Führer einer auf die Größe eines Zugs reduzierten Kompanie aufgestiegen. Es war eine harte Erfahrung; eine, mit deren Akzeptanz er Schwierigkeiten hatte. Er wusste, dass Magnussen ihn für den Fall, dass nicht alles wie gewünscht verlaufen sollte, mit der ersten Welle aus ihrem vormaligen Versteck ausgeschickt hatte. Damit wollte er sicherstellen, dass zumindest ein

Offizier die Verantwortung für den Rest der Soldaten in der Schar, die sie nun als Kompanie bezeichneten, übernehmen konnte – was es nicht einfacher machte, dieser gesteigerten Verantwortung gerecht zu werden.

Zusätzlich zur Bestandaufnahme von dem, was ihnen geblieben war, musste Singletary nach dem Tod von Master Sergeant Woods nun auch noch einen neuen Platoon Sergeant bestimmen. Seine erste Wahl war gerade dabei, sich von einer schweren Unterkühlung zu erholen.

Singletary hörte, dass jemand von hinten an ihn herantrat. Er wandte sich um und starrte in das Gesicht von Staff Sergeant Lillian Murphy, die den zweiten Trupp anführte. Wenn Singletary ehrlich war, musste er zugeben, dass sie den Job nicht aufgrund ihrer herausragenden Persönlichkeit oder ihren überlegenen Fähigkeiten auf dem Gefechtsfeld innehatte. Sie hatte einfach nur lange genug überlebt, um als nächste an der Reihe zu sein. Jetzt musste er sie auf den neuesten Stand bringen, bevor Hamza, der Kommandant der Prim, erschien.

Singletary holte tief Luft. »Murphy, mit sofortiger Wirksamkeit übernehmen Sie die Pflichten von Master Sergeant Woods als Platoon Sergeant«, verkündete er ihr. »Ihr Rang ändert sich nicht und es ist nicht garantiert, dass Sie diese Position nach unserer Ablösung beibehalten werden. Derzeit müssen Sie diese Verantwortung allerdings für mich übernehmen. Haben Sie verstanden?«

»Jawohl, Sir, ich verstehe«, erwiderte Murphy mit einem kurzen Nicken.

»In Kürze wird uns der Kommandant vor Ort, ein Prim namens Hamza, aufsuchen. Er ist der Mann, der für die Organisation unseres taktischen Rückzugs auf diese neue Operationsbasis verantwortlich ist. Während dieses Besuchs wird er Ihnen und mir erklären, welche Unterstützung er von uns für eine großangelegte Operation erwartet, die schon seit einiger Zeit in Vorbereitung ist.

»Hamza informierte uns, dass einige Deltas den Planeten infiltriert und sich mit anderen RA- und Prim-Einheiten zusammengetan haben. Sie berichten, dass eine Großoffensive im Gang ist, erneut das System und den Planeten einzunehmen, und dass sie bald starten wird ... wobei wir weder die exakte Ankunftszeit noch das genaue Datum des Beginns der Operationen kennen. Während wir auf diesen Zeitpunkt warten, bereiten wir, sobald der Plan genehmigt wurde, alles für unseren kommenden Einsatz vor. Denken Sie bitte daran, dass all das zunächst streng geheim bleibt, bis es Zeit ist, den Einsatzbefehl auszuschicken. Haben Sie verstanden?«

»Jawohl, Sir«, antwortete sie erneut, bevor sie eine Frage stellte. »Worum geht es bei dieser Mission, Sir? Unsere Kompanie ist weit von ihrer effektiven Stärke entfernt. Was können wir schon tun?«

In diesem Moment tauchte Commander Hamza in Begleitung seiner Leibwachen am Eingang auf. Er ging auf Singletary zu und schüttelte ihm die Hand. »Lieutenant Singletary, mein herzlichstes Beileid für den Verlust von Lieutenant Magnussen und Sergeant Woods. Ich bin sehr froh, dass es Ihnen und vielen Ihrer Soldaten gelungen ist, sich an diesen neuen Standort zurückzuziehen.«

»Vielen Dank, Commander«, erwiderte Singletary. Dann wandte er sich an Murphy. »Sergeant Murphy, bitte ziehen Sie die anderen Truppführer zu unserem Gespräch hinzu.«

Murphy nickte und verließ den Raum. Singletary fragte sich, mit wem sie wohl zurückkommen würde. Die Rangstrukturen waren aufgeweicht. Er wusste nicht, wer die Löcher stopfen sollte, die die bessere Führerschaft des Zugs zurückgelassen hatte. Und trotzdem hatte er den Befehl mit Selbstvertrauen in der Stimme erteilt. Nun wandte er sich Hamza erneut mit einem Lächeln zu.

Hamza grinste zurück. »Ich bringe gute Nachrichten, Lieutenant. Das verspreche ich Ihnen.« Sergeant Murphy kehrte mit einer vollen Besetzung von Unteroffizieren des Zugs zurück. Hinter ihr standen einige fähige Leute und einige, die Singletary nicht einschätzen konnte. Er sah in das bekannte Gesicht von Staff Sergeant Moreau, Anführerin des ersten Trupps. Sergeant Haus würde – nach Murphys Aufstieg – den zweiten Trupp leiten, und Staff Sergeant Mahmoud würde Trupp Drei vorstehen. Trupp Vier war kurz vor ihrem letzten Umzug aufgelöst worden, da Monate des Kampfes seine Zahlen zu stark dezimiert hatten. Die verbliebenen Mitglieder waren den drei anderen Gruppen zugewiesen worden.

Außer den Truppführern waren weitere Führungskräfte anwesend, die bei einem solchen Treffen gefragt waren. Der Sanitäter des Zugs, Sergeant Moore, sah mit müden Augen durch den Raum. Neben ihm stand Sergeant Jones, der den mechanisierten Zug vertrat.

Singletary sah auf sein Führungspersonal hinaus und versuchte, einen neutralen Ausdruck beizubehalten. Innerlich zitterte er vor Angst, derjenige zu sein, der nun die Entscheidungen zu treffen hatte. Auf seinen Befehl hin würden zukünftig Menschen den Tod finden. Was immer Magnussen mit Commander Hamza abgesprochen hatte, war ein Rätsel, das sich bald lüften würde. Es war gut möglich, dass Singletary all diese Männer und Frauen in ihren vorzeitigen Untergang schicken sollte. Er war sich nicht sicher, ob er diesen Befehl erteilen konnte.

Der Kommandant der Primord schien Singletarys Sorge zu spüren. »Lieutenant, ich bin gekommen, um Sie darüber zu informieren, was Lieutenant Magnussen und ich vereinbart hatten. Für diejenigen von Ihnen, die mich nicht kennen: Mein Name ist Commander Hamza. Ich bin einer der Kommandanten der Kontinentalen Garde von VikkSkein. Meine Kommandotruppen stehen mit den verschiedenen republikanischen Widerstandstruppen in Kontakt und koordinieren einen massiven Angriff, den wir hoffentlich in naher Zukunft ausführen werden.«

Hamza trat an den Tisch heran. »Bevor ich mit der Erklärung beginne … Funktionieren all unsere Übersetzungsvorrichtungen ordnungsgemäß?«

Alle nickten und Hamza fuhr fort. »Zuerst möchte ich mich bei Ihnen für die Gelegenheit zu diesem Gespräch bedanken. Viele von Ihnen wissen sicher noch nicht, dass wir im Lauf der beiden letzten Tage mehrere verschlüsselte Kommuniqués erhielten, die uns darüber informierten, dass gegenwärtig eine große militärische Operation im Gange ist, um das System und Alfheim erneut einzunehmen. Wir wurden darüber unterrichtet, dass in weniger als einer Woche mehrere Delta-Einheiten eine orbitale Infiltration vornehmen werden. Ihre Aufgabe am Boden wird es sein, die potenziellen planetarischen Defensivwaffen zu identifizieren und zu neutralisieren, die vor dem Erscheinen der Hauptkräfte ausgeschaltet werden müssen.«

Viele Sergeanten nickten und lächelten. Sie waren sichtlich erleichtert zu hören, dass die Republik sie nicht abgeschrieben hatte.

Mit einer Handbewegung projizierte Hamza Aufnahmen einer riesigen Plattform über dem Tisch. Auf ihr schienen Kanonen installiert zu sein, die gewaltig genug waren, um Schiffe zu zerstören. Befestigt an ihrer Unterseite waren die unverkennbaren Röhren eines orbitalen Aufzugs. »Auf unserem Kontinent entsteht eine dieser orbitalen Plattformen, die vernichtet werden muss. Unser Geheimdienst vermutet, dass auf der anderen Seite des Planeten zwei weitere Plattformen existieren. Diese hier ist diejenige, die uns betrifft.

»Die eintreffenden Delta-Einheiten verfügen über eine taktische nukleare Waffe, mit der wir die Plattform funktionsunfähig machen können, um die sichere Neuinvasion der republikanischen Streitkräfte zu unterstützen. Unser Ziel ist es, einen der Aufzüge zu erreichen und einen Atomsprengkopf, der in einen Seesack passt, mit dem Aufzug nach oben auf die Plattform zu schicken. Sobald sie oben ist, wird sie explodieren. Die Struktur wird vernichtet und Ihren Truppenschiffen steht es frei, ihre neuen Invasionskräfte zu entladen. Das Ausschalten der Plattform lässt diesen Bereich des Planeten weitgehend verteidigungslos zurück.«

Einer der Sergeanten fragte: »Was, wenn es uns nicht gelingt, die Plattform zu zerstören? Heißt dass, das die Verstärkung uns hier unten nicht erreichen wird?«

Singletary antwortete ihm. »Nicht unbedingt. Zu unseren Gunsten spricht, dass keine dieser Plattformen bislang fertiggestellt ist. Die Orbot und die Zodark arbeiten rund um die Uhr an ihnen, ohne dass sie sie schon in Betrieb nehmen konnten. Womit ich nicht sagen will, dass sie nicht zur Verteidigung eingesetzt werden können. Sie stellen nach wie vor eine ernstzunehmende Bedrohung für unsere Streitkräfte dar. Unklar ist nur das Ausmaß der Gefahr. Unabhängig von all dem werden wir einen Plan entwickeln, diese Plattform zu überfallen und den Atomsprengkopf in einem der Aufzüge unterzubringen.«

Die nächsten 20 oder 30 Minuten tauschten sie Ideen und Taktiken für den Angriff auf den Aufzug aus, für den ihre Gruppe zuständig sein würde. Bis zur Ankunft der Deltas hatten sie noch ein wenig Zeit, aber sobald sie da waren, mussten sie einsatzbereit sein.

Nachdem sich Commander Hamza und seine Leute verabschiedet hatten, wurde es im CIC still. Die Truppenführer blieben zurück und erwarteten stehend oder im Sitzen genauere Einsatzinformationen. Lieutenant Singletary setzte sich auf einen der Felsvorsprünge der Höhle und sah seine Unteroffiziere an. »Hat jemand eine Zigarette?«

Er fing die Packung auf, die durch die Luft auf ihn zuflog. Drinnen war eine letzte Zigarette. Zigarren, Zigaretten und andere Formen von Rauchtabak waren dieser Tage mit der Erfindung anderer Arten injizierbarer leistungssteigender Substanzen schwer zu finden –

ausgenommen in den Einheiten der regulären Infanterie. Nichts fühlte sich nach schweren Stressmomenten besser an als der Zug an einer altmodischen Zigarette. Singletary zündete die Papierrolle an, atmete den beißenden Rauch tief ein und erlaubte ihm, seine Lungen zu füllen, bevor er ihn wieder ausstieß.

Er seufzte. »Ich würde diesen Befehl nicht erteilen und Magnussen hätte es ebenfalls nicht getan, wenn wir nicht davon ausgingen, dass es funktionieren kann. Die Invasionskräfte kommen, unabhängig davon, ob wir die orbitale Plattform zerstören oder nicht. Falls uns ihre Vernichtung gelingt, retten wir damit eine Menge Leben.«

Mahmoud, ein Veteran mehrerer Kampagnen, lächelte. »Das ist unser Job, Sir. Ich denke, ich spreche für uns alle hier, wenn ich sage, dass wir zu weit gekommen sind, um jetzt das Handtuch zu werfen.«

Die Anwesenden brummten ihre Zustimmung.

»Danke, Mahmoud.« Singletary erhob sich und zog hart an seiner Zigarette. »Also, so lautet der Plan. Trupp Eins und Drei bemannen unsere beiden letzten Cougar mit je einem Fahrer, einem Fahrzeugkommandanten und einem Richtschützen an Bord. Der Rest der Trupps folgt nach der Erreichung des Sammelpunkts zu Fuß. Trupp Zwei wird unsere Granatwerfer hinter dieser Baumgrenze aufbauen.« Er zeigte auf eine holografische Karte, auf der das Schlachtfeld abgebildet war.

Offenes Gelände erstreckte sich über drei Kilometer in jede Richtung. Die orbitale Aufzugsanlage lag zentral in der Mitte. Um sie herum waren neben einem Fahrzeugpark mehrere Gebäude angesiedelt, die den Zodark als Kasernen und Munitionslager dienten. Der südlich der Anlage gelegene dichte Wald würde ihre Annäherung kaschieren. Commander Hamza hatte Singletary versichert, dass die Prim-Kommandos über einen Gebirgspass vom Westen her ein Ablenkungsmanöver veranstalten würden. Dieser Pass stellte den direktesten Weg zum Angriff auf die Einrichtung dar. Hamza war sich sicher, dass die Zodark, sobald sie die Prim von der Bergseite her kommen sahen, ihre Kräfte zum Gegenangriff mobilisieren würden – was die Aufmerksamkeit der Verteidiger, die ansonsten auf Singletarys Angriff reagiert hätten, von ihm ablenken würde. Falls der Plan der Prim Erfolg hatte, würde Singletarys Kompanie die Verteidiger der

Plattform durch ihr Vordringen aus dem Wald von der entgegengesetzten Seite der Basis her unvorbereitet überraschen.

Singletary genoss seinen letzten Zug an der Zigarette, bevor er sie mit seinem Stiefel auf dem Boden ausdrückte. »Mit dem Beginn unseres Angriffs will ich, dass die Granatwerfer sich auf die Kasernen und die Munitionslager an diesem Standort und dann auf die drei Verteidigungsstellungen konzentrieren. Cougar-Schützen: Ihre Aufgabe wird es sein, die Wachtürme in diesem Bereich hier mit Ihren Lenkwaffen zu vernichten.« Dabei zeigte er auf sechs Strukturen, die alle mit einer Art schweren Laserkanone bestückt waren.

»Zusätzlich zu den Wachtürmen müssen diese vier defensiven Bunker ebenfalls zerstört werden. Halten Sie die verbliebenen sechs Lenkwaffen in Reserve. Falls eines der Zodark-Fahrzeuge unvermutet startet oder eines ihrer Erdkampfflugzeuge auftauchen sollte, ziehen Sie sie aus dem Verkehr. Und denken Sie stets daran: Sie müssen unsere Bodenfahrzeuge verteidigen und sie weiter im Kampf halten. Verbrauchen Sie die Munition, die Ihnen zur Verfügung steht, nicht vorzeitig.

»Sobald wir einen Weg zur Basis des Aufzugs geräumt haben, wird Trupp Eins ihm mit seinem Fahrzeug folgen. Nachdem sich das Fahrzeug im Aufzug befindet, aktivieren sie die Bombe und verschwinden so schnell sie können. Ich schieße ein rotes Leuchtsignal ab, im Fall, dass jemand den Befehl zum Rückzug überhören sollte. Es ist von entscheidender Bedeutung, alles daranzusetzen, es zurück in den Wald zu schaffen und wieder im Netzwerk der Höhlen zu verschwinden. Haben Sie verstanden?«, forschte Singletary mit einem Blick durch den Raum.

Sergeant Jones hob die Hand und fragte: »Wo wollen Sie meine Mechs sehen, Sir?«

»Eine gute Frage, Sergeant. Ich möchte, dass Ihre Mechs zusammen mit den Fahrzeugen vordringen und sie während der Annäherung an den Aufzug decken. Ihren Leuten fällt die Aufgabe zu, die Zodark so weit wie möglich von den Fahrzeugen entfernt zu halten. Es ist absolut notwendig, dass die Fahrzeuge es unbeschadet an den Aufzug schaffen, Sergeant. Falls beide Cougar ausgeschaltet werden, sind wir hilflos.«

Singletary machte eine kurze Pause, bevor er seinen leitenden medizinischen Unteroffizier ansprach. »Sergeant Moore, wie viele unserer Verwundeten sind einsatzfähig?«

»Unter normalen Umständen würde ich sagen, keiner, Sir. Da dies offensichtlich keine normalen Umstände sind, schätze ich den Anteil derjenigen, die kämpfen können, auf 30 Prozent ein.«

»Wie geht es Sergeant Kodiak?«, fragte Singletary mit ehrlichem Interesse.

»Er befindet sich weiter zur Stabilisierung in einem medizinisch induzierten Koma, muss aber so schnell wie möglich evakuiert werden.«

»*Wird* das möglich sein?«, stellte jemand im hinteren Teil des Raums die Frage.

Singletary schwieg einen Moment. Er wusste, dass alle das Gleiche dachten … Würde auch nur einer von ihnen gerettet werden oder diese Angelegenheit lebend überstehen? Er biss sich auf die Unterlippe und nickte dann. »Seit wir auf diesem gottverdammten Planeten gelandet sind, haben wir alle die Hölle durchgemacht. Aber wir befinden uns auf der Zielgeraden. Wir wissen, dass Hilfe auf dem Weg ist, und wir wissen, dass sie uns darum gebeten haben, ihnen den Weg zu ebnen. Falls diese Mission erfolgreich verläuft – nein, nach ihrem Erfolg – werden die Invasionskräfte landen und uns ablösen. Meine erste Priorität wird sein, unsere Verwundeten auf die *Valkyrie* oder auf ein Lazarettschiff zu verlegen. Wie gesagt, wir stehen kurz vor dem Ziel. Apollo, beenden wir diesen Kampf. Hooah!«

»Hooah!«, kam die einstimmige Antwort seiner Leute.

»Gut. Bereiten Sie sich in Ihren Trupps vor. Wegtreten.«

Kapitel Acht
Die gewaltige Flotte der Republik

Fünf Tage zuvor
RNS *Freedom*
Sol-System

Statthalter Miles Hunt stand am Tisch der Offiziersmesse und studierte die ihm vorliegenden Daten. Er sah sich die Zahl der Schiffe an, die seiner Flotte angehören würden, insbesondere die Anzahl der orbitalen Angriffsschiffe und die der Truppentransporter. Er war angenehm überrascht zu sehen, dass dieses Kontingent mit den Jahren zugenommen hatte. Glücklicherweise hatten sie in all den großen Schlachten und Auseinandersetzungen, an denen sie teilgenommen hatten, weniger orbitale Angriffsschiffe als andere Kriegsschiffe verloren.

Der bevorstehende Kampf würde einer der letzten großen Gefechte mit ihren ursprünglichen, von Menschen gebauten Schiffen sein. Die neuen in Zusammenarbeit mit den Altairianern gebauten altairianisch-menschlichen Hybridschiffe verließen derzeit in großen Mengen das Fließband. Schon bald würden sie neben der Heimatflotte auch alle Expeditionsflotten mit ihnen bestücken können.

»Beeindruckend, nicht wahr?«, kommentierte Flottenadmiral Chester Bailey, der sich neben Hunt am Tisch einfand.

»Das ist es«, erwiderte der mit einem Nicken. »Ich kann immer noch nicht glauben, wie viele Bodentruppen wir für diesen einzigartigen Kampf aufstellen konnten. Beinahe eine Million Soldaten. Das ist sicher beeindruckend.«

»Ich bin ganz deiner Meinung. Ich musste Halseys Flotte so gut wie all ihre militärischen Transportschiffe abnehmen, um das möglich zu machen.« Chester zögerte einen Augenblick, bevor er nach einigen Sekunden leise, beinahe flüsternd, hinzufügte: »Es muss funktionieren, Miles. Falls es schiefgeht … sind wir wohl am Ende. Uns bleiben einfach zu wenig Kräfte, um uns gegen jede Art eines Gegenangriffs zu wehren, mit dem sie uns überraschen könnten.«

»Wir werden nicht versagen«, versicherte Hunt ihm voller Selbstvertrauen. »Ohne die *Freedom* vielleicht, aber ich denke, dass die

Feuerkraft, die wir in diesen Kampf einbringen, die Dynamik dieses
Krieges ein für alle Mal verändern wird.«

»Ihr legt morgen ab?«, fragte Bailey.

Hunt wandte sich seinem Freund und ehemaligem Mentor zu. »Ja.
Die Flotte springt nach Kita, wo wir uns mit den Primord vereinen
werden. Zweiundsiebzig Stunden später springen wir in das Sirius-
System … und die Schlacht beginnt.«

»Wann wirst du die Bodentruppen landen? Unsere Leute auf dem
Planeten müssen sich mittlerweile in ernster Notlage befinden.«

Miles verzog das Gesicht beim Gedanken an die Soldaten, die
weiter auf Alfheim gefangen waren. Er konnte sich vorstellen, wie hart
dieser Kampf sein musste … eingeschlossen von Orbot und Zodark,
ohne Unterlass der Jagd am Boden ausgesetzt, bedroht von orbitalen
Angruffen, wo immer sie sich auch versammelten.

»Vor dem Eintreffen der Flotte schicke ich Spezialtruppen
voraus, um Kontakt mit den verbliebenen Kräften aufzunehmen. Ich
denke, dass die Bodentruppen einige Tage nach ihnen im System
landen werden. Das sollte uns hinreichend Zeit geben, die
Kriegsschiffe, die sich im System aufhalten, zu neutralisieren und
kampfunfähig zu machen. Ich will erneut versuchen, ein Kriegsschiff
der Zodark und eines der Orbot in unsere Gewalt zu bringen. Je mehr
aktuelle Informationen wir über ihre neuen Systeme sammeln, desto
besser.«

Bailey nickte zustimmend. Hunt und er kannten sich nun schon
seit über einem halben Jahrhundert. Sanft legte er einen Hand auf
Hunts Schulter. »Das halte ich für einen guten Plan, Miles. Ich muss
sagen, du hast dich zu einem herausragenden Anführer entwickelt.
Nicht jeder könnte mit dem, was dir aufgebürdet wurde, umgehen. Ich
bin mir nicht sicher, ob es mir gelungen wäre.«

Hunt lächelte. »Vielen Dank, Chester. Das bedeutet mir viel. Du
warst mir immer ein großartiger Freund und Mentor. Und Lilly mit mir
auf der *Freedom* zu haben, hat mir viel geholfen. Es wäre unmöglich
gewesen, all diese Jahre getrennt von ihr zu verbringen. Diese neuen
gallentinischen Kriegsschiffe sind einfach unglaublich. Die Gallentiner
haben wirklich an alles gedacht. Sicherzustellen, dass den ranghöchsten
Offizieren und Unteroffizieren die Möglichkeit offen steht, von ihren
Ehepartnern auf längeren Einsätzen begleitet zu werden, war einfach
eine brillante Idee.«

»Einerseits verstehe ich das. Andererseits würde es mir Sorgen bereiten, meine Frau auf eine Mission mitzunehmen, die in der Zerstörung meines Schiffes enden könnte«, konterte Bailey. »Diese Option werden wir in unseren von Menschen gebauten Schiffen sicher nicht bieten.«

Tief in Gedanken schürzte Hunt die Lippen. Bailey wechselte das Thema. »Ich wünschte, wir hätten größeren Zugriff auf die verbesserten Neurolinks und die weiterentwickelten medizinischen Naniten, die die Gallentiner dir und einigen deiner Mannschaftsmitglieder überlassen haben.«

»Ich weiß. Ich dränge weiter darauf, dass sie die gleiche Kombination, die sie mir gaben, für eine größere Zahl unserer Leute bereitstellen«, erwiderte Hunt. »Ich denke, dass sie mit der Zeit nachgeben werden.«

Bailey brummte zufrieden. »Also dann, Miles. Zeit für mich, zur Station zurückzukehren. Richte Lilly bitte meine Grüße aus. Viel Glück, mein Freund, und Gottes Segen.«

Die beiden schüttelten sich die Hände und umarmten sich. Dann verließ Chester die Offiziersmesse. In einem der Hangars wartete die Fähre auf ihn, die ihn an seine Station zurückbringen würde.

Die folgenden 24 Stunden vergingen wie im Flug. Die letzten Vorräte, Soldaten und Schiffe standen jetzt bereit, Geschichte zu machen – und damit hoffentlich diesen Krieg zu beenden oder ihn zumindest für eine Weile auszusetzen.
****

Statthalter Miles Hunts – Private Unterkunft
RNS *Freedom*

Als Miles sein persönliches Quartier betrat, lag Lilly auf dem Sofa ihres Wohnzimmers und las ein Buch. »Was liest du?«, erkundigte er sich, während er sich die Uniformjacke auszog und auf sie zukam. Er hatte noch ein wenig Zeit, bevor er sich für ihr Festessen und die nachfolgende Themenparty umziehen musste.

Ohne die Augen von ihrem E-Reader zu nehmen, erwiderte sie: »Vor langer Zeit hat jemand eine Liste mit 100 der besten Bücher eines Jahrhunderts zusammengestellt, die man lesen sollte. Im Moment arbeite ich mich durch die besten Bücher des 20. und 21. Jahrhunderts vor. Es ist tatsächlich faszinierend, unterschiedlichen Schreibstile und literarischen Themen durch 200 Jahre Geschichte hindurch zu folgen.

»Klingt interessant. Wie weit bist du auf deiner Liste?«

»Ich bin beinahe mit Nummer 143 von 200 fertig. Wieso, willst du es mir in meinem Bestreben nachtun?«, zwinkerte sie ihm zu.

Hunt lachte bei diesem Vorschlag. »Weißt du, das sollte ich. Schicke mir die Liste und ich versuch's; allerdings fange ich mit dem Buch an, das du gerade liest, und hole zu dir auf. Ich will die gleichen Bücher lesen, die du liest, damit wir über sie diskutieren können.«

Lilly lächelte Miles schelmisch an. »Sieh uns nur an. Wir lesen die gleichen Bücher und tauschen unsere Meinungen über sie bei gutem Wein und einem verführerischen Stück Schokolade aus … wie ein altes Ehepaar.«

Hunt nahm sie in die Arme. »Ich bin so froh, dass du mich begleitest, Lilly. Ohne dich an meiner Seite wäre es eine schrecklich einsame Reise. Ich weiß nicht, wie ich diese Belastung ohne dich bewältigen könnte. Du bist meine Stütze, mein Polarstern.«

Lilly schmiegte sich in seine Arme und sah ihm intensiv in die Augen. »Wenn es sein muss, folge ich dir bis an die Pforte der Hölle. Solange du mir erlaubst, an deiner Seite zu sein, bin ich immer für dich da.«

Leidenschaftlich küssten sich die beiden, bevor sie sich ins Schlafzimmer zurückzogen. Später erhielt Miles dann eine Nachricht, die ihn an das heutige Abendessen erinnerte. Seine Offiziere und Unteroffiziere und ihre Partner waren zu einem auf die 1940er Jahre ausgerichteten Abendessen und einer Musikdarbietung geladen, die Lilly organisiert hatte. Lilly hatte darauf bestanden, einen letzten wundervollen Abend auf dem Schiff zu veranstalten, bevor es in den Kampf zog – ein letzter Abschied, bevor das Schiff zu seinem ersten Kampfeinsatz startete.

Einige der Offiziere und Unteroffiziere hatten es vorgezogen, ihre Ehepartner zurückzulassen, während andere ihnen erlaubten, sie in den Kampf zu begleiten. Es war eine schwierige Entscheidung, Ehepartner in das Zentrum der Gefahr mitzunehmen oder diese 12 oder sogar 18 Monate lang nicht wiederzusehen.

Der Raum, um den ranghöchsten Offizieren und Unteroffizieren die Anwesenheit ihrer Partner zu ermöglichen, stand allein und zum ersten Mal auf der *Freedom* zur Verfügung. Die unteren Ränge der

einfachen Soldaten und Offiziere unterlagen weiterhin den gleichen
Regeln wie alle anderen Soldaten der übrigen Flotte.

An diesem Abend stellte Lilly sicher, dass die Ehepartner, die
zurückblieben und die, die mit in den Krieg zogen, einen wunderbaren
Abend hatten. Die Mitglieder des Militärs trugen Uniformen im Stil der
1940er-Jahre mit all ihren Orden und Auszeichnungen, während ihre
Partner Kleider des gleichen Zeitraums trugen. Selbst das Personal war
entsprechend der Periode gekleidet. Das Essen, die Musik und die
Getränke dieser Zeit rundeten die Atmosphäre der Veranstaltung ab.

Die Mannschaft bereitete sich auf den Auszug in eine Schlacht
vor, die dem Krieg mit den Zodark entweder ein Ende bereiten oder ihn
weiter verlängern würde. Nach über 12 Jahren war es die Republik leid,
einen Krieg ohne Ende zu führen. Die kommenden Wochen würden
zeigen, ob sie einen Kampf führen konnte, der ihn zu Ende brachte.
****

RNS George Washington
Kita – im Reich der Primord

Seit dem überstürzten Rückzug aus dem Sirius-System vor knapp
vier Wochen hatte Admiral Fran McKee zusammen mit Admiral Bvork
Stavanger fieberhaft an der Organisation der erneuten Einnahme des
Systems gearbeitet. Es war eine qualvolle Entscheidung gewesen, über
200.000 republikanische Soldaten, Zivilarbeiter und Beamte
zurückzulassen. McKee wusste, dass sie sie damit wohl zum Tode
verurteilt hatte. Je länger sie hinter den feindlichen Linien ausharren
mussten, desto größer war die Wahrscheinlichkeit, dass sie ausfindig
gemacht und abgeschlachtet werden würden.

Der Blick auf die Statusmeldung ihrer Flotte ließ sie den Kopf
schütteln. Ein Viertel ihrer Schiffe befanden sich noch in der Werft.
Verdammt, selbst die GW *braucht noch zwei Monate bis zum Abschluss
der Reparaturen ... Unmöglich für uns, jetzt zurückzukehren*, beklagte
sie diesen Zustand privat.

Offiziell würde McKee es nie zugeben, aber die Entscheidung,
sich aus dem System zurückzuziehen, setzte ihr wahrhaft zu. In all ihrer
Zeit im Militär als Offizierin und Kommandantin waren zu viele Leute
unter ihrem Kommando umgekommen. Diese Gesichter und Namen

verfolgten sie nun im Schlaf und ließen sie nachts schweißgebadet aufwachen.

Dann traf eine Nachricht auf ihrem Tablet ein. Sie stammte von Statthalter Hunt, was ihr zum ersten Mal seit Monaten ein Lächeln abgewann. Fran und Miles Hunt verband eine lange Geschichte. Bevor die *Rook* über Neu-Eden zerstört worden war, war sie seine Offizierin für taktische Operationen gewesen. Danach, auf der *George Washington*, fungierte sie als seine Stellvertreterin, bevor er zum Mitglied des altairianischen Kriegsrats ernannt worden war. Jetzt war er Statthalter. Fran hatte immer noch leichte Schwierigkeiten, seine neuen Rolle zu verstehen und wie sie in die militärische Struktur der Republik passte.

Nach dem Öffnen der Nachricht überflog sie rasch den Text. Ihr leichtes Lächeln verwandelte sich in ein breites Grinsen. *Hilfe ist auf dem Weg.*

Beim Durchsehen der Spezifikationen seiner Flotte, die er beigefügt hatte, rollte McKee eine Träne über die Wange hinunter. Miles war es irgendwie gelungen, so gut wie jedes republikanische Schiff für diese Mission abzustellen. Er hatte seine Beziehungen spielen lassen und sogar die Primord davon überzeugt, das zu tun, was Admiral Stavanger nicht erreicht hatte – ihre gesamte Flotte zugunsten dieser letzten Schlacht einzubringen. Dies würde ein alles entscheidender Kampf um das Ende des Krieges werden – falls sie ihn erzwingen konnten. Die Nachricht endete mit der Information, dass Miles in 48 Stunden im System eintreffen würde. In der Zwischenzeit war es ihre Aufgabe, so viele Schiffe und Soldaten wie möglich darauf vorzubereiten, an diesem Endkampf teilzunehmen.

Nach dem Lesen dieser Nachricht fühlte sich Admiral McKee plötzlich nicht mehr ganz so verloren und hoffnungslos wie zuvor. *Hilfe war auf dem Weg; die Menschen am Boden mussten nur noch ein wenig länger ausharren.*
****

4. Sondereinsatzgruppe
SOCOM-Hauptquartier
Tampa, Florida
Erde, Sol

Ohne ein Wort zu sagen, sah Captain Brian Royce auf den Operationsbefehl hinunter und dann wieder zu Major Jayden Hopper und Colonel William ‚Wild Bill‘ Hackworth hoch. Die starrten ihn in Erwartung seiner Antwort unverwandt an. Schließlich äußerte sich Royce. »Ich hielt unser Einschleichen in das Qatana-System zur Infiltration von Sumara für riskant. Das hier kommt mir wie ein Himmelfahrtskommando vor. Gab es Modifikationen an den Nighthawks oder ähnliches, von denen ich nichts weiß? Etwas, das uns erlaubt, unerkannt in das System zu schlüpfen und ohne entdeckt zu werden, Teams auf dem Planeten zu landen?«

Hackworth schnaubte bestätigend. »Tatsächlich wurde die Tarnkappenfähigkeit der Nighthawks verbessert. Außerdem kam endlich ein vollkommen neues Schiff aus der Werft, das speziell für den verdeckte Transport von Sondereinsatzkräften – wie es diese Operation verlangt – entworfen wurde.« Colonel Hackworth brachte das Bild eines Schiffes hoch. »Das ist eine Stealthfregatte vom Typ 001C, ein Hybridschiff menschlicher und altairianischer Zusammenarbeit; exklusiv gebaut für Sondereinsatzkräfte oder für den Transport wichtiger Personen in einem nicht kooperierenden Umfeld. Hier, ich will Ihnen die technischen Daten zeigen. Und nachdem Sie die gesehen haben, sagen Sie mir, ob Sie es immer noch für einen Selbstmordauftrag halten.«

Eine Sekunde später schwebte das Modell der Fregatte vom Typ 001C über dem Tisch zwischen ihnen. Das neue Schiff war mit einer Menge elektronischer Zaubereien und einem verbesserten Truppenabteil ausgestattet. Die Fregatte war in der Lage, 64 Spezialisten mitsamt ihrer Ausrüstung und dazu noch 40 der C100 in ein System einzuschleusen, um eine Reihe von Missionen der Spezialeinsatzkräfte durchzuführen.

Royce studierte das Schiff. Je mehr er las, desto mehr musste er zustimmen. »Ok, ich denke, das sollte funktionieren. Ich benötige insgesamt vier dieser Schiffe, um meine gesamte Kompanie vor Ort zu bringen … es sei denn, Sie planen mehrere Trips, was ich nicht empfehlen kann.«

Colonel Hackworth erklärte: »Wir haben 12 dieser Schiffe; frisch aus der Werft, nach erfolgreichen Testflügen. Die besten Mannschaften der Zerstörerklassen werden sie für uns fliegen. Sie sind darüber informiert, dass sie Sondereinsatzkräfte transportieren und dass sich jede Mission aller Wahrscheinlichkeit tief hinter den feindlichen Linien abspielen wird. Also, Captain, halten Sie es weiter für ein Himmelfahrtskommando oder denken Sie, es sollte uns gelingen, Ihre Leute einzufügen?«

Die Invasion würde in Kürze stattfinden. Um das möglich zu machen, brauchten sie jemanden, der half, die Kommunikation mit den zurückgelassenen Soldaten wiederherzustellen. Zudem mussten mögliche bodengestützte planetarische Verteidigungswaffen identifiziert werden, deren Zerstörung vor dem Eintreffen der Hauptflotte unumgänglich war. Das Problem war die Knappheit der Zeit. Die gesamte Rettungsmission war hastig zusammengeschustert worden.

Eine beklemmende Pause verging, bevor Royce endlich sagte: »Ich denke, das ist machbar. Wenn es dem Schiff gelingt, meine Leute in die Umlaufbahn zu bringen, machen wir einen HALO-Sprung. Das Schiff kann zwei getarnte Kommunikationssatelliten für uns einsetzen und sich an eine Position weiter entfernt vom Planeten zurückziehen. Von dort aus kann es unsere Nachrichten aus dem System an Ihre Leute weiterleiten.«

»Gut, dann ist das geklärt«, begrüßte Hackworth seine Entscheidung. »Ihre Leute sollen sich auf der John Glenn zum Dienst melden und innerhalb von 24 Stunden bereit zum Abflug sein. Die RNS *Freedom* wird vorübergehend ein Wurmloch zwischen unserem und dem Sirius-System öffnen. Ihre Schiffe werden durch es hindurchspringen und sich danach zur Erfüllung Ihrer individuellen Aufgaben trennen.« Er richtete sich zu seiner vollen Größe auf. »Viel Glück, Captain Royce. Dieses Mal werden sie viel davon benötigen.«

Nach dem Ende der Besprechung machte sich Royce an die Arbeit. Über seinen Neurolink alarmierte er seine Soldaten und informierte sie, dass sie sich innerhalb von 12 Stunden auf der John Glenn zu melden hatten. Dort würden sie sich die für die Mission nötige Ausrüstung besorgen. Obwohl sie sicher mindestens zwei bis drei Wochen auf sich allein gestellt überleben mussten, durften sie nicht mehr als das mit sich nehmen, womit sie springen konnten.

Einige Stunden später war Royce zusammen mit einigen von SOCOMs Offizieren und Generälen auf dem Weg zu Bern's Steakhouse. Jeder Besucher von Tampa, der nach einem guten Steak suchte, hörte zweifellos von Bern's. Der Unterschied zwischen Bern's und seiner Konkurrenz waren seine trocken gereiften Steaks. Man konnte ein Steak auf englische Art bestellen, ohne sich darüber zu sorgen, wie blutig es sein würde. Dazu machte der Trockenreifungsprozess das Fleisch so unglaublich zart, dass es beinahe mit einer Gabel oder mit einem Buttermesser zerteilt werden konnte. Und dann gab es da noch den Weinkeller – die größte private Sammlung von Weinen, Weinbränden und anderer Getränken auf der Erde – angefangen mit einem Preis von 12 republikanischen Dollar, kurz RD genannt, bis hin zu 250.000 RD für nur ein Glas der teuersten Flasche Wein.

Royce dankte Major General Trevor Morton, dem stellvertretenden Kommandanten von SOCOM, für diese Einladung, die er in letzter Minute arrangiert haben musste. Gewöhnlich war Bern's beinahe zwei Monate im Voraus ausgebucht. Es war ein unglaublich teures Essen. Royces Rechnung allein belief sich auf 425 RD. General Morton bestand darauf, die Rechnung aller Anwesenden zu übernehmen.

»Das ist das Mindeste, was ich tun kann«, bestand er darauf. »Ich weiß, dass einige Ihrer Leute nicht zurückkehren werden.« Morton seufzte. »Als stellvertretender Kommandant nehme ich nicht länger an Einsätzen teil. Das ist eines, das ich in dieser Position bedauere. Erlauben Sie mir, Ihnen allen einen letzten großartigen Abend zu bereiten.«
****

Vierunddreißig Stunden später
RNS *Pathfinder*

Captain Brian Royce saß in einem Notsitz auf der Brücke und wartete wie alle anderen darauf, was als nächstes geschehen würde. Ihr Schiff und sieben weitere transportierten insgesamt acht Züge – zwei ganze Kompanien der Sondereinsatzkräfte. Das riesige gallentinische Kriegsschiff, die RNS *Freedom*, stand kurz davor, das Wurmloch zu öffnen, das ihnen die Durchreise erlauben würde. Danach würde das monumentale Schiff mit dem Rest der Invasionskräfte durch ein zweites Portal direkt nach Kita springen. Von diesem Teil der Operation wusste Royce nur, dass die Flotte dort einige Tage verbringen würde, um sich vor ihrem Eindringen in das Sirius-System zu formieren.

»Captain, das Portal öffnet sich«, rief eines der Mannschaftsmitglieder aus.

Auf dem Display verfolgte Royce das Entstehen der elektrischen Anomalie und dann erschien plötzlich mitten im Weltraum vor ihnen ein großes Loch. Es sah seltsam aus – umgeben von Bewegung, beinahe wie der obere Teil eines Tornados oder eines Wirbelsturms.

»Da ist es. Steuermann, führen Sie uns hinein. Volle Kraft voraus. Zeit, uns unser Gehalt zu verdienen, Leute«, kündigte Commander Aylie Rogers, der Captain der *Pathfinder* ihrer Brückenmannschaft an.

Royce lächelte über ihren Wagemut.

Das Schiff bewegte sich voran, direkt auf das wirbelnde schwarze Loch zu. In der nächsten Sekunde wurde es geschluckt. Sich im Innern des Wurmlochs aufzuhalten, war ein seltsames Gefühl. Royce konnte beinahe sehen und spüren, wie sich das Schiff und dann sein eigener Körper wie Knetgummi streckten, bevor beide in ihre ursprüngliche Form zurückkehrten. Die Reise bis zum Austritt aus dem Loch auf der anderen Seite nahm nur wenige Sekunden in Anspruch.

»Wir sind durch, Captain. Aktivierung des elektronischen Schutzschilds«, sagte einer der anderen Offiziere an. Royce hoffte, sie wussten, was sie taten. Es reiste zum ersten Mal in einem der neuen Stealth-Schiffe, die speziell für die Infiltration hinter den feindlichen Linien entwickelt worden waren, um die Soldaten der Sondereinsatzkräfte für Aufklärungs- und Überwachungsmissionen auf feindlichen Planeten ungesehen abzusetzen. Bis er eine oder zwei erfolgreiche derartige Unternehmen hinter sich hatte, würde Royce sich ein Urteil über diese Schiffe verkneifen. Angenehm war, dass sie – verglichen mit den bisherigen, sehr beengten Nighthawks – heute weit mehr Platz für sich beanspruchen konnten.

»Elektronisches Schutzschild aktiviert. Wir befinden uns im Tarnkappenmodus, Ma'am.«

»Ausgezeichnet. Steuermann. Kurs Richtung Alfheim und finden Sie uns eine Position, in der wir unsere Fracht absetzen können«, bestimmte Commander Rogers, bevor sie sich in ihrem Sessel umdrehte und Royce ansah. »Ok, Captain. Wir sollten in etwa 14 Stunden die Umlaufbahn erreichen. Dort bringen wir Sie in Position. Danach hängt alles von Ihnen und Ihren Leuten ab.«

Royce nickte. »Vielen Dank für die Fahrt, Commander. Ich fürchte, dass wir gerade den einfachsten Teil dieser Mission beendet haben. Jetzt beginnt der Spaß.«

»Ich weiß. Ich beneide Sie nicht um das, was vor Ihnen liegt, Captain. Ich weiß nicht, wie die Deltas es schaffen. In jedem Fall bin ich froh, dass Sie auf unserer Seite stehen.«

Es gab nichts mehr zu sagen. Royce ging und suchte das Truppenabteil auf. Es war Zeit, seine Leute ein letztes Mal zu informieren. Er würde jedem von ihnen aufgeben, sich je nach Wunsch mindestens zwei Stunden der Entspannung zu gönnen, gefolgt von den verbindlichen sechs Stunden Schlaf. Sobald sie auf der Oberfläche gelandet waren, würde ihre Nonstop-, 24 Stunden rund um die Uhr-Operation beginnen.

****

RNS *Freedom*
Kita-Station
Hauptwelt der Primord

Nachdem die RNS *Freedom* endlich aus dem Wurmloch austrat, raubte Miles Hunt die Sicht der enormen Flotte, die sie auf der anderen Seite erwartete, beinahe den Atem. Zusätzlich zu seiner Flotte, die aus 26 Schlachtschiffen, 32 Schlachtkreuzern, 40 Kreuzern und 60 Zerstörern bestand, hatten die Primord 68 ihrer eigenen Schlachtschiffe versammelt. Die gehörten einer Schiffsklasse an, die viel massiver war, als die republikanischen Schiffe der Ryan-Klasse. Dazu kamen noch weitere 110 Kreuzer samt ihren kleineren Begleitschiffen. Es war eine unglaublich beeindruckende Demonstration roher Macht, wie er sie so nie zuvor gesehen hatte.

Ich kann es kaum erwarten zu sehen, was dieses Schiff im Kampf leistet, dachte Miles.

Flüsternd wandte er sich an den gallentinischen Schiffskapitän. »Wiyrkomi, wie würde es der *Freedom* ergehen, wenn sie all diesen Schiffen um uns herum allein gegenüberstehen würde?«

Hunt wusste, es war eine alberne Frage, aber er hatte nichts, gegen das er die Kampfstärke seines eigenen Schiffs messen konnte.

Leise, Hunts Ton angepasst, erwiderte Captain Wiyrkomi: »Wenn wir all unsere Jäger- und Bombergeschwader aussenden, könnten wir mit etwas Glück ein Drittel dieser Schiffe zerstören; letztendlich würden sie uns aber überwältigen. Sie würden genug unserer Waffenbatterien außer Gefecht setzen, um uns ohne Verteidigung zurückzulassen.« Wiyrkomi zögerte einen Augenblick, bevor er fortfuhr. „Miles, obwohl auch ich der Meinung bin, dass die *Freedom* sehr wahrscheinlich die ausschlaggebende Kraft in dieser Schlacht sein wird, denken Sie bitte daran, dass wir nicht mit einer voll ausgebildeten Mannschaft kämpfen. Ihre Piloten haben kaum genug Erfahrung, ihre Jäger und Bomber zu fliegen, geschweige denn meisterhaft mit ihnen zu manövrieren. Das Personal, das die Hunderte unserer Türme und anderer Waffensysteme bemannt, hatte unzureichend Zeit, um den Umgang mit seinen Waffen gründlich zu lernen, geschweige denn zu wissen, was zu tun ist, falls eines der Systeme zu Schaden kommt.

»Meine Mannschaft und meine Piloten werden ihr Bestes geben, ihnen zu helfen und sie zu unterstützen, Miles, aber täuschen Sie sich nicht. Es wird ein schwerer Kampf werden – was bedeutet, dass die *Freedom* womöglich ernsthaften Schaden erleiden wird.«

Miles zuckte bei Wiyrkomis Worten ein wenig zusammen. Er wusste, dass er Recht hatte. Aber es gab keine Alternative. Dieser Kampf musste ausgefochten werden. Sie mussten Alfheim zurückerobern, wenn auch nur aus dem Grund, um ihre gestrandeten Kräfte zu retten.

Wiyrkomi musste den Ausdruck auf Miles' Gesicht gesehen haben. »Erinnern Sie sich bitte daran, Miles, dass die *Freedom* ein Großkampfschiff ist, das Unterstützung gewährt. Sie ist nicht dazu gedacht, sich wild in ein Schlachtgetümmel zu stürzen, ohne eine Flotte an ihrer Seite zu haben oder eine voll ausgebildete Mannschaft – im Gegensatz zu unserem Auftritt hier«, fügte der gallentinische Captain schnell hinzu. »Die *Freedom*, in Zusammenarbeit mit vielleicht zehn unserer gallentinischen Schlachtschiffe würde aller Wahrscheinlichkeit diese Gruppe von Kriegsschiffen erfolgreich vernichten … ein weiterer dringender Grund für die erneute Einnahme von Alfheim. Wir brauchen das Bronkis-Mineral als Schlüsselelement für die undurchdringliche Panzerung eines gallentinischen Kriegsschiffes.«

»Statthalter, das Flaggschiff der Primord kontaktiert uns«, kündigte Hunts Kommunikationsoffizier an. »Sie erbitten Ihre Zustimmung, ihre Delegation an Bord zu bringen.«

Hunt drehte sich zu dem jungen Mann um und nickte seine Zustimmung. Wiyrkomi und er machten sich auf den Weg zur Flughalle. Sie wollten die Delegation der Primord persönlich begrüßen, um sie von dort aus zu weiteren Gesprächen in die Offiziersmesse zu begleiten. Hunt musste sich wiederholt daran erinnern, dass er in seiner Position als der Statthalter hier war – als der Führer, den der gallentinische Gebieter eingesetzt hatte – und nicht als der Flottenkommandant der Republik. Aller Wahrscheinlichkeit nach hatten die Primord über die bevorstehende Schlacht hinaus eine Menge Fragen hinsichtlich der Allianz.

****

Nach der Landung des Primord-Transporters fiel die Delegation, die von Bord kam, größer aus als Hunt es erwartet hatte. Die Kommandeure der Navy und der Bodentruppen waren in Begleitung vom Anführer ihres Volkes, einem Mann namens König Iona eingetroffen, dessen Familie die Primord vor beinahe 1000 Jahren vereint hatte. Unter der Führung seiner Familie hatte sein Volk eine beispiellose Zeit von Frieden und Wohlstand genossen … bis ihnen die Zodark über den Weg gelaufen waren.

Der König kam auf Hunt zu. Sobald er vor ihm stand, sank er auf ein Knie hinunter. Die Mitglieder seiner Entourage folgten seinem Beispiel. Das taten sie sowohl aus Respekt gegenüber Statthalter Hunt als auch für Kapitän Wiyrkomi, dem ersten gallentinischen Mann, dem sie je begegnet waren.

»Eure Majestät, bitte erheben Sie sich. Unterhalten wir uns als neugefundene Freunde und Alliierte in meiner Offiziersmesse. Bitte begleiten Sie mich«, erklärte Hunt laut, damit alle ihn hören konnten.

Der König erhob sich und lächelte. Er begrüßte Hunt in seiner eigenen Sprache und dankte ihm für Ehre, die er dem Volk der Primord mit seiner Anwesenheit und der seines prächtigen Schiffs erwies.

In der Offiziersmesse verbrachte Hunt was sich wie eine Stunde voller Höflichkeitsfloskeln und bedeutungsloser Unterhaltungen mit dem König anfühlte, bevor er endlich zum Thema kommen konnte. Er erklärte König Iona die Notwendigkeit dieses Kampfes – das dies ihre einmalige Chance war, die Flotten der Zodark und Orbot zu überraschen und zu vernichten. Die Feinde hatten keine Ahnung, dass ein gallentinisches Schiff der *Titan*-Klasse an dieser Schlacht teilnehmen würde, gegen das sie wehrlos waren. Nach der erfolgreichen Durchführung dieses Angriffs konnten sie ihrem Gegner vielleicht endlich das Friedensabkommen abverlangen, nach dem sich alle sehnten und was ihnen bis zu diesem Punkt verwehrt worden war.

König Iona trug seine Bedenken vor, seine gesamte Kriegsflotte in eine einzige Schlacht zu investieren. Falls etwas schiefgehen sollte, würde es die Primord ungeschützt und angreifbar zurücklassen – vielleicht sogar Kita in Gefahr bringen, dessen riesige Werften überall innerhalb der Allianz bekannt waren. Diese Schiffswerften produzierten beinahe die Hälfte aller Kriegsschiffe der Primord. Das Kita-System durfte in keinem Fall verloren noch im Tausch gegen mehr Zeit abgegeben werden

Hunt versicherte ihm, dass er – falls der Ausgang der Schlacht ungewiss und die Gefahr für die Prim Wirklichkeit werden könnte – den Tully und den Altairianern befehlen würde, solange eine ausreichend große Flotte zum Schutz von Kita abzustellen, bis es den Primord gelungen war, ihre Verluste wettmachen.

Am Ende der Konferenz waren die Primord überzeugt. Sie waren zur gleichen Erkenntnis wie Hunt gekommen. Mit der *Freedom* hatten sie eine echte Chance, die Flotten der Zodark und der Orbot ein für alle Mal zu vernichten.

Statthalter Hunt erklärte mit dem Blick auf die Delegation vor sich gerichtet: »Dann ist es beschlossene Sache. In 48 Stunden beginnt die Invasion.«

König Iona nickte einverständlich und sandte das Signal an seine Militärführer, dass sie den vom Statthalter festgelegten Plänen folgen sollten. Bis auf Weiteres unterstanden sie seiner Befehlsgewalt.
****

RNS *Freedom*
4. Jagdgruppe ‚Death Rattlers'

Commander Ethan Hunt sah seine vier Geschwaderkommandanten fragend an. »Welche Probleme sehen Sie in Bezug auf die Mission oder der Fähigkeit Ihrer Piloten, sie erfolgreich durchzuführen?«

Die Geschwaderkommandanten erwiderten Ethans Blick und rutschten unruhig in ihren Stühlen hin und her. Schließlich äußerte sich

Commander Tommy Rens, Ethans Stellvertreter und der Kommandeur der ‚Yellowjackets‘: »Ich denke, die anderen möchten nicht aussprechen, dass unsere Piloten in Bezug auf das Fliegen dieser Hellcats im Gefecht grün und noch feucht hinter den Ohren sind. Wir wünschten, wir hätten mehr Zeit, unsere Leute auf das, was auf uns zukommt, vorzubereiten.«

Ethan seufzte mehr für sich selbst. Er dachte ebenso.

»Ich weise Ihre Bedenken nicht zurück. Tatsächlich hege ich sie ebenfalls«, gab er zu. »Aber so sieht es nun einmal aus … Wir ziehen in den Krieg mit den Piloten und den Waffen, die wir haben, nicht mit denen, die wir gerne hätten. Seit der ersten Entdeckung der Zodark versuchen wir, unseren Rückstand aufzuholen. Wir kämpften in den brutalsten Gefechten und siegten – nicht aufgrund unserer besseren Technologien oder unserer Waffen, sondern allein aus dem Grund, weil wir die furchterregendsten Teufelskerle der Galaxie sind.

»Ich weiß, dass wir Piloten verlieren werden, weil sie nicht so trainiert und effektiv sind, wie wir es gerne sehen würden. Aber ich möchte, dass Sie eines im Hinterkopf behalten … Auf Alfheim warten über 200.000 gestrandete Soldaten auf uns. Wie denken Sie, behaupten sie sich gegen die Zodark und die Orbot? Der Feind hat nicht nur die überlegene Position inne, sondern war auch beinahe einen Monat lang ungehindert in der Lage, Verstärkung hinzuzuziehen.«

Ethan ließ diese Worte im Raum hängen, bevor er fortfuhr. »Ich versuche nicht, die Verluste, die wir hinnehmen werden, zu minimieren. Eines weiß ich allerdings. Die Piloten, die diese Schlacht hervorbringen wird, werden Veteranen sein. Ihre Erfahrungen werden mit der gesamten Flotte geteilt und an sie weitergegeben werden.

»Sind das die einzigen Bedenken, die Sie haben?«, drängte Ethan. »Gibt es sonst noch etwas, das meiner Kontrolle unterliegt, worauf ich eingehen soll?«

»Ich denke, Sie haben alles abgedeckt, Commander, und Sie haben Recht. Wir werden Verluste erleiden, egal wie. Die Erfahrungen, die wir in dieser Schlacht machen, werden uns in den kommenden Auseinandersetzungen, die uns mit diesen Hunden sicher bevorstehen, noch tödlicher machen.« Commander Rens zögerte einen Augenblick, bevor er freimütig hinzufügte: »Vielleicht spreche ich nur für mich selbst oder vielleicht empfinden die anderen das Gleiche … Dies ist die erste Mission, in die wir Piloten führen, in der – sollte der Raumjäger

abgeschossen werden – nicht nur die Maschine, sondern aller
Wahrscheinlichkeit auch der Pilot untergehen wird. Bislang schnappte
sich der Pilot nach der Zerstörung seines Jägers einfach die nächste
Drohne, um umgehend in den Kampf zurückzukehren. Diese Sache mit
den bemannten Jägern ist gewöhnungsbedürftig.«

»Ein guter Punkt, Tommy«, bestätigte Ethan ihm. »Sie haben
Recht. Dies wird das erste Mal sein, dass wir als Führungskräfte mit
dem Verlust einer Person umgehen müssen. Genau das ist auch der
Grund, weshalb wir als Anführer unsere Piloten während des Trainings
hart anfassen müssen. Wir müssen sie intensiv drillen, da ihr Überleben
letztendlich von der Qualität ihres Trainings abhängt.«

Als Ethan Commander Tommy Rens vor mehreren Wochen zum
ersten Mal getroffen hatte, war er sich nicht sicher gewesen, ob sie
miteinander auskommen würden. Tommy hatte sich vor dem Krieg mit
den Zodark seinen Rang auf althergebrachte Weise durch zeitgerechten
Aufstieg durch die Reihen verdient. Dann hatte er das erste Kader
ferngesteuerter Drohnen- oder RPD-Geschwader formiert, die an Bord
der Kriegsschiffe der *Ryan*-Klasse ihren Einsatz fanden. Trotz einem
Altersunterschied von 20 Jahren hatten sich die beiden dann jedoch
schnell angefreundet.

Ethan brachte die Rahmenbedingungen ihrer Mission zur
Sprache. »Besprechen wir ein letztes Mal den Einsatzplan. Danach will
ich, dass Sie mit Ihren Geschwadern im Cockpit so viel Zeit wie
möglich in Nahkampfsituationen und mit generellem Training
verbringen. Zwölf Stunden, bevor wir ablegen, stellen Sie das Training
ein. Ich will die Piloten so ausgeruht und entspannt wie möglich vor
dem Sprung in das System sehen. Sofort nach dem Sprung wird das
Chaos ausbrechen. Die Chancen stehen gut, dass wir bis zum Ende der
Schlacht pausenlos im Einsatz sein werden. Wir können unsere Piloten
allerdings nur bis zu einem gewissen Punkt antreiben; sobald Sie sehen,
dass einer Ihrer Leute seine Belastungsgrenze erreicht hat, müssen Sie
stark genug sein, die Person für 12 Stunden zurückzuhalten und darauf
zu bestehen, dass sie in dieser Zeit verlorenen Schlaf nachholt. Ich will
keine Piloten verlieren, weil wir ihnen nicht regelmäßig Ruhe
verordnen. Verstanden?«

Ein Chor von ‚Jawohl, Sir‘ antwortete ihm.

Ethan fuhr in seiner Kommandounterweisung fort. »Die *Freedom*
wird in der Nähe von Alfheim zwei Wurmlöcher öffnen. Achtzig

Prozent der Prim- und Terranerflotten werden durch das erste Loch springen und die Schlacht hier beginnen.« Ethan zeigte auf eine Stelle im System, die in der Nähe von einem der Monde lag. »Das wird den Feind in diese Richtung locken und hoffentlich auch einige seiner Schiffe, um von der Umlaufbahn her am Kampf teilzunehmen. Ungefähr 60 Minuten nach der Ankunft der ersten Flotte wird sich das zweite Portal – hier – auf der anderen Seite des Planeten öffnen. Unmittelbar nach unserem Eintreffen auf dieser Seite setzen wir unsere Hellcats und Devastators frei. Danach umrundet die zweite Flotte den Planeten, um sich am Hauptkampf zu beteiligen.

»Unsere Aufgabe ist es, den Weg vor der Flotte für die uns folgenden Bomber freizumachen, die die gegnerischen Kriegsschiffe pulverisieren werden. Nachdem die Bomber ihre Aufgabe erledigt haben, kehren sie nach Hause zurück. Wir bleiben solange, bis uns die Jagdgruppe Sechs ablöst.

»Gibt es weitere Fragen? Wenn nicht, dann sind Sie hiermit entlassen. Uns bleiben ungefähr 32 Stunden, um unsere Piloten vor dem Anpfiff zu trainieren. Machen wir das Beste aus der Zeit, die uns bleibt.«

****

Team Vier, Pionier-Zug
Delta-Kompanie, 313. Bataillon
Fernstraße 210, In der Nähe von Kamm 582
Alfheim

Sergeant Hidalgo erzitterte kurz. Die Temperatur stürzte direkt nach dem Sonnenuntergang immer am stärksten. Glücklicherweise dauerte es nur sechs Stunden, bevor sie zurückkehrte und einen deutlichen Temperaturanstieg mit sich brachte.

Seit 48 Stunden lag er nun schon in Erwartung des geeigneten Angriffszeitpunkts auf der Lauer. Diese Zeit war vor fünf Stunden endlich gekommen.

Nach der erfolgreichen Zerstörung einer wichtigen Brücke in ungefähr 40 Kilometern Entfernung, mussten die mit dem Weltraumaufzug eintreffenden Versorgungsmittel der Zodark über einen Umweg von mehreren hundert Kilometern über eine andere Brücke transportiert werden. Der Weg zu dieser Brücke verlangte, dass der Fahrzeugverkehr die Fernstraße 210 befahren musste, um die vorgesehene Versorgungsstation endlich zu erreichen.

Ohne sich von der bitteren Kälte des Windes beeinflussen zu lassen, griff Hildalgo nach seinem Feldstecher und sah auf die Straße hinunter, die das Tal durchkreuzte. Es war noch dunkel, 30 Minuten vom Sonnenaufgang entfernt, als er die Scheinwerfer der ersten Fahrzeuge entdeckte. Die Kolonne kam auf ihn zu. Durch das Fernglas sah er, wie das erste Fahrzeug die Markierung passierte, die er an einem Baum angebracht hatte. Das bedeutete, dass es 300 Meter von seiner Falle entfernt war. Er ließ das erste Fahrzeug, das in sein Gefechtsfeld einfuhr, ungehindert weiterfahren. Erst mit dem vierten Fahrzeug in diesem Bereich löste er die Explosion aus.

BUUMM!

Ein gleißender Blitz erhellte den Nachthimmel und ließ alles in seinem Fernglas weiß erscheinen, bis sich das Gerät automatisch der Helligkeit der Umgebung angepasst hatte. Ohne den Feldstecher zu benötigen, sah Hidalgo, wie der Blitz erlosch und an seiner Stelle ein Feuerball entflammte, der sich auf weitere Fahrzeuge ausbreitete. Zuerst flogen nur zwei Fahrzeuge in die Luft. Dann schlossen die Flammen fünf weitere Transporter ein, deren Fracht Feuer gefangen hatte. Innerhalb von wenigen Sekunden hatte Hidalgo ein totales Chaos verursacht. Und während sich dieses Chaos unter den Feinden fortsetzte, bereitete er seinen zweiten Hinterhalt vor.

Minuten verstrichen, in denen die Schatten des Feuers ihren Todestanz tanzten und das erste frühmorgendliche Licht über dem Horizont erschien. Zuerst konnte Hidalgo nichts außer den Explosionen hören, die sich durch den Konvoi hindurch fortsetzten. Langsam begannen dann schreckliche neue Geräusche zu ihm vorzudringen – Schreie voller Schmerzen und Qual, die ihn von den Fahrzeugen her erreichten.

Durch das Fernglas sah er Dutzende von Figuren auf die brennenden und zerstörten Fahrzeuge zulaufen. In diesem Augenblick registrierten seine Augen auch die große Zahl der Körper, die im gesamten Bereich verstreut herumlagen. Der Boden war übersät von ihnen. Einige von ihnen lagen bewegungslos da, wohl tot oder bewusstlos. Andere sahen aus, als seien sie in Stücke gerissen worden … ein abgerissener Arm, ein Bein oder sogar ein abgetrennter Oberkörper.

Verwundete Zodark schrien voller Schmerzen auf und flehten ihre
Kameraden um Hilfe an. Hidalgo sah einen Zodark, der sein beinahe
abgetrenntes Bein zusammenhielt, während er um Hilfe rief. Einer
seiner Kameraden eilte zu ihm hinüber und legte eine Art Tasche neben
ihm auf dem Boden ab. Fasziniert beobachtete Hidalgo, wie der Zodark
den verwundeten Soldaten behandelte. Er legte – so vermutete Hidalgo
– einen Druckverband an seinem Bein an, bevor er ihm eine Art Spritze
gab, die den Zodark nicht länger kreischen und vor Schmerzen
aufheulen ließ.

Dieser Zodark ist ein Sanitäter, so wie unsere ...

Hidalgo bekämpfte die Zodark seit vielen, vielen Jahren, hatte sie
in all dieser Zeit allerdings nie so im Umgang miteinander erlebt. Er
hatte sie immer nur in der Hitze des Kampfes gesehen. Unter diesen
Umständen war es einfach, den Feind eindimensional zu betrachten.
Tief in seinem Innern wusste er, dass die Zodark mehr als das sein
mussten, was er bisher von ihnen wusste. Letztendlich waren auch sie
eine weltraumreisende Spezies.

Mehr Zodark eilten ihren Verwundeten zu Hilfe. Hidalgo
empfand beinahe ein schlechtes Gewissen bei seinem nächsten
Vorhaben. Dann erinnerte er sich an die Weihnachtsbäume, die die
Zodark um seinen alten Standort herum errichtet hatten. Sein Mitgefühl
verwandelte sich in Zorn. Ein Lächeln umspielte seine Lippen, als er
auf den Knopf drückte, der seine zweite Überraschung auslösen würde.

BUUMM!

Die zweite Abfolge der Explosionen war nicht ganz so
ohrenbetäubend wie die erste, aber der Schaden, den sie unter den
gegnerischen Soldaten anrichtete, die ihre gepanzerten Fahrzeuge
verlassen hatten, war enorm. Zwölf Claymore-Minen, die er zu beiden
Seiten der Straße versteckt hatte, schleuderten Tausende kleiner
stählerner Kugellager auf die Feinde.

Der Rauch der Explosion verzog sich und die Schreie der
Verletzten setzten ein. Dieses Mal schien es allerdings drei oder vier
Mal mehr Verwundete als beim ersten Überfall zu geben. Während der
Feind auf diesen zweiten Hinterhalt innerhalb von fünf Minuten zu
reagieren versuchte, stopfte Hidalgo seinen Feldstecher und einige
andere Gegenstände in seinen Rucksack und faltete seine spezielle
Tarndecke zusammen. Ohne den Vorteil des Schutzes vor
elektronischer und infraroter Entdeckung, den ihm diese Decke bot,

schlängelte er sich vorsichtig tief am Boden entlang, um sich schleunigst vom Ort seiner Untaten zu entfernen.

Seine Aufgabe war erledigt. Er hatte den Feind hinterrücks angegriffen, hatte ihm große Verluste beigebracht und dazu noch zusätzliche Informationen eingeholt. Jetzt war es an der Zeit, zu verschwinden und Abstand zwischen sich und diese Fernstraße zu bringen. Vierzig Kilometer weiter plante der nächste Soldat einen ähnlichen Hinterhalt. Falls alles nach Plan verlief, würde dieses Konvoi es nicht bis zum Versorgungsdepot schaffen.

**Kapitel Neun
Der HALO-Sprung**

**Alpha-Kompanie, 1. Bataillon, 4. Sondereinsatztruppe
Alfheim**

Captain Brian Royce stand in voller Ausrüstung nahe der Rampentür und wartete auf die Genehmigung zum Springen. Dazu musste das Schiff zunächst aus der unteren Umlaufbahn in die obere Atmosphäre eintauchen – keine einfache Angelegenheit.

Die Altairianer hatten ihnen geholfen, das Erscheinen einer Sternschnuppe zu imitieren. Falls ein Schiff den Versuch unternehmen sollte, sie zu scannen, würden sie wie ein kleines Stück Metall oder wie ein Stein aussehen, der in der Atmosphäre verbrannte. Obwohl diese Tarnung in keinem Fall perfekt war, war sie gut genug, um einen flüchtigen Beobachter zu täuschen.

»Wir haben die obere Atmosphäre erreicht, Captain. Halten Sie sich bereit zum Öffnen der Rampe«, kündigte ihre Schiffsführerin Commander Aylie Rogers an.

»Vielen Dank für die Reise, Ma'am. Viel Glück auf Ihrer nächsten Mission. Royce, Ende.«

Dies war ein Schlüsselmoment. Seine Kompanie, zeitgleich mit anderen, würden den Planeten an mehreren Orten infiltrieren. Sie waren die zur Vorbereitung der eigentlichen Invasion ausgesandten Kräfte.

Hinter ihm bereiteten sich die Männer und Frauen des ersten Zuges auf den Sprung vor, einschließlich Lieutenant Karen Williams, seiner Zugführerin. Vierzig C100 Kampf-Synth würden sie bei diesem Sprung begleiten. Adam und seine Kampf-Synthetiker waren mittlerweile als unverzichtbare Bestandteile in sämtliche Delta-Teams integriert.

»Wir nähern uns der vorgesehenen Abwurfzone, Captain. Bereiten Sie Ihre Leute vor«, wies ihn Commander Rogers an.

Royce wandte den Kopf und rief mit lauter Stimme: »Es ist soweit, Leute. Wir stehen kurz vor dem Sprung. Erinnern Sie sich an Ihr Training, bleiben Sie wachsam und bleiben Sie am Leben. Wir betreten feindliches Gebiet. Ständige Aufmerksamkeit ist gefragt, bis wir uns einen Überblick verschafft und zu den Widerstandsgruppen auf dem Planeten Kontakt aufgenommen haben.«

Und dann öffnete sich die Laderampe, die der dünnen Atmosphäre das Eindringen in das Truppenabteil erlaubte. Der Blick in den Abgrund zeigte Royce einige schwache Lichter, die überwiegend um den Äquator des Planeten herum angesiedelt waren. Dort befanden sich die bewohnbaren Zonen von Alfheim.

Mithilfe seines Neurolinks nahm Royce Verbindung zu dem C100 auf. *Adam, dein Team soll mitsamt seiner Ausrüstung springen. Sofort nach der Landung etabliert ihr einen Sicherheitsbereich und beginnt die Suche nach einem passenden Basiscamp. Errichtet es. Wir müssen schnellstens in Deckung gehen.*

Verstanden.

Sekunden später eilten die 40 C100 nach vorn und sprangen ohne das geringste Zögern aus dem hinteren Teil des Schiffs.

Royce forderte seine Soldaten mit einer Geste auf, ihm zu folgen, während auch er sich in die Tiefe stürzte.

Kalte Luft umfing Royce bei seinem Flug durch die Nacht. Er hielt die Arme fest an seinen Körper gepresst. Sein Rucksack und sein kleineres Patrouillenpack waren am unteren Teil seiner Uniform befestigt, damit er sie nach dem Öffnen des Fallschirms und kurz vor der Landung einfach zu Boden fallen lassen konnte. Derzeit schoss sein Körper weiter durch die frische Nachtluft, während das Höhenmesser ihn wissen ließ, dass er sich in 21.000 Metern Höhe befand.

Royce sah auf sein HUD; der Rest des Zugs, der mit ihm gesprungen war, hatte es ebenfalls geschafft – ebenso drei weitere Züge seiner Einheit, die nun auf dem Weg zu ihren eigenen Standorten waren. Royce hasste es, sein Kommando aufzuspalten, wusste aber, dass es einer solch großen Einheit unmöglich gewesen wäre das Ziel der ihnen aufgetragenen Mission zu erreichen. Genau genommen war sogar die Größe eines Zuges noch zu viel.

Kleine Wassertropfen spritzten bei Royces Fall durch die Atmosphäre an seinem Visier vorbei. Sein HUD wies ihm die Richtung zur vorbestimmten Landezone, woraufhin er die Ausrichtung seines Körpers ein wenig korrigierte, um in eben diese Richtung zu fliegen. Er ließ die Atmosphäre in atemberaubender Geschwindigkeit hinter sich.

Zehn Sekunden bis zur automatischen Öffnung des Fallschirms, erklärte die KI seines HUD.

In der Entfernung konnte Royce mehrere große Niederlassungen erkennen. Das mussten die Camps der Zodark sein, die sich in keiner

Weise bemühten, ihre Position vor der Entdeckung von oben zu verbergen.

Royce bereitete sich auf die Entfaltung des Fallschirms vor. Der Countdown kam näher. Augenblicke später öffnete sich der Schirm und Royces dramatischer Sturz zu Boden wurde abrupt aufgehalten. Der plötzliche Stopp zerrte an seinem Körper, bevor er wieder die Kontrolle über ihn erlangte und weiter zu Boden glitt.

Fünfzehn Meter über dem Boden klinkte Royce sein Gepäck aus und erlaubte ihm unter seinen Füßen zu hängen. Es berührte den Boden, gerade als Royce an seinen Führungskabeln zog und sich der Fallschirm mit Luft füllte. Sanft landeten seine Füße auf dem Boden. Nach zwei Schritten nach vorn fiel der Fallschirm hinter ihm zusammen und landete ebenfalls. Nach der Trennung von Royces Gurtzeug, faltete er ihn eilig zusammen. Royces Waffe hing bereits über seinem Rücken. Jetzt musste er nur noch nach seinem Rucksack und seinem Patrouillenpack greifen … und er war einsatzbereit.

Royces HUD informierte ihn, dass alle Mitglieder seines Zuges sowie die 40 C100 sicher gelandet waren. Die Synthetiker hatten wenige Minuten vor dem Rest der Gruppe den Boden erreicht und waren bereits dabei, weiträumig einen Sicherheitsbereich zu etablieren, während andere nach geeigneten Verstecken zur Einrichtung ihres Basiscamps suchten.

Captain Royce, ich fand das Netzwerk der Höhlen, das der Nachrichtendienst identifiziert hat, informierte Adam ihn über den Neurolink. *Wir untersuchen es gerade. Möglich, dass es uns als Versteck dienen könnte.* Adam war immer noch der C100, der allen Kampf-Synthetikern vorstand. Er war der Anlaufpunkt, über den alle Befehle an die Synth weitergegeben wurden.

Ausgezeichnet. Findet heraus, wohin die Tunnel führen und ob und welche anderen Ausgänge zur Verfügung stehen. Hoffen wir, dass die Höhlen immer noch verlassen sind. Falls euch Zodark über den Weg laufen, versucht bitte, sie ohne Aufsehen zu erregen aus dem Gefecht zu ziehen, befahl Royce.

Verstanden.

Royce erzitterte und erhöhte dank des Klimareglers in seinem Anzug dessen Temperatur um zwei Grad. *Verdammt, die Kälte dieses Planeten war keine Übertreibung.*

Schneefall setzte ein – gleichzeitig Segen als auch Fluch. Einerseits half er, ihre Landung zu verdecken und bot ihnen etwas Schutz bei der Aufklärung; andererseits machte es die Beseitigung ihrer Spuren schwieriger, es sei denn, es würde genug Schnee fallen, um sie hinreichend zu verbergen.

Lieutenant Williams, setzen Sie unsere Drohne ein, wies Royce sie über den Neurolink an. *Ich will wissen, wie unsere unmittelbare Umgebung aussieht und wer sich dort aufhält. Außerdem sollen unsere Leute die Kommunikation mit der* Pathfinder *aufnehmen und sie wissen lassen, dass wir ohne auf Widerstand zu stoßen gelandet sind. Wir setzen unseren Weg zum Angriffsziel Bravo fort.*

Eine halbe Stunde später berichtete Adam, dass das Tunnelnetzwerk frei war. Es war nicht ganz so groß, wie sie es zunächst vermutet hatten, und es gab Hinweise darauf, dass zu einer Zeit darin ein Kampf stattgefunden hatte. Sie hatten die sterblichen Überreste einer Reihe von republikanischen Armeesoldaten und Zodark gefunden. Die C100 hatten die Leichen aus den Tunneln entfernt und begraben, um ihren weiteren körperlichen Verfall zu vermeiden, der Raubtiere oder Ungeziefer anziehen konnte.

Nach ihrem Einzug in die Tunnel befahl Royce seinen Leuten, alles zu tun, um die Eingänge zu verbergen und ihren Standort so unsichtbar wie möglich zu machen. Im Moment würde er der Einfachheit halber hier sein Hauptquartier aufschlagen. Ihm blieb nur wenig Zeit, die Situation einzuschätzen. herauszufinden, wie viele Widerstandskräfte es noch gab, und welche Art von planetarischen Verteidigungssystemen die Zodark oder die Orbot möglicherweise installiert hatten.

Acht Stunden nach ihrer Ankunft erhielt Royce endlich seinen ersten größeren Situationsbericht. »Captain, es gelang uns, drei Camps der Zodark und eines der Orbot ausfindig zu machen«, informierte ihn Lieutenant Williams. »Ich schicke Ihnen die Koordinaten. Meine Teams behalten sie weiter im Auge und sammeln zusätzliche Informationen. Ähm … und es gibt noch etwas, das Sie sehen müssen. Es ist … ähm … ziemlich bestürzend.« Ihre ersten Aufnahmen trafen auf seinem Tablet ein.

»Gute Arbeit, Lieutenant. Aber was meinen Sie mit bestürz…«« Mit dem Beginn des Videos verstummte Royces Stimme plötzlich. Was er sah, schockierte ihn. Er hatte schon viel Tod und Grausamkeit während dieses Krieges gesehen, aber dies übertraf alles bisher erlebte noch um einiges.

Einer von Williams' Scouts hatte die Ruinen eines republikanischen Standorts entdeckt. Die Einrichtung war vollkommen zerstört, aber das war nicht das, was ihm den Magen heben wollte. An den umstehenden Bäumen und vom exponierten Tragwerk der zerstörten Anlage hingen Hunderte von Leichen.

Der genauere Blick auf diese Bilder ließ Royce weiter zurückschrecken. Er wollte sich übergeben. Die Zodark hatten diese Soldaten nicht nur getötet und sie nackt an den nahestehenden Bäumen und Strukturen aufgeknüpft, sie hatten ihnen auch komplett die Haut abgezogen. In einigen Fällen sah es so aus, als seien die Soldaten vor ihrem Tod gefoltert worden. Eine Handvoll von ihnen sah aus, als seien ihnen vor ihrem Tod die Eingeweide aus dem Leib gerissen worden. Es war eine grauenvolle, entsetzliche Szene.

»Himmel … wie viele Leichen wie diese haben Sie gefunden?«

Lieutenant Williams antwortete erst nach einer kurzen Pause. »Nach der ersten Zählung über 3.000, Sir.«

»Williams, das muss gegenwärtig unter uns bleiben. Erzählen Sie niemandem, was Sie gefunden haben und stellen Sie sicher, dass ihr Scout-Team diese Entdeckung nicht mit dem Rest des Zuges teilt. Es wird sie nur von der Mission ablenken. Wir müssen uns auf unsere primären Aufgaben konzentrieren, die verbliebenen Prim- und republikanischen Kräfte zu orten und die Unterstützung der Invasion vorzubereiten.«

»Jawohl, Sir, ich verstehe und bin ganz Ihrer Meinung«, bestätigte Williams ihm. »Ich habe sie bereits angewiesen, es für sich zu behalten. Wir beginnen jetzt mit der Beobachtung der feindlichen Basen, die wir entdeckt haben.«

Royce schloss die Akte mit den schrecklichen Bildern und öffnete die anderen Berichte. Die gegnerischen Camps, die sie entdeckt hatten und derzeit ausspähten, erschienen auf seinem HUD. Mit einer Bewegung seiner rechten Hand zog Royce eine Karte der feindlichen Niederlassungen von seinem HUD hinunter und transferierte dieses Bild auf den Boden vor sich, was ihm einen weit besseren Überblick bot.

Beim Sichten der Informationen, die sie bisher eingeholt hatten, lobte Royce: »Gute Arbeit, Lieutenant. Ihre Leute haben hervorragende

Arbeit bei der Ortung des Feindes geleistet. Jetzt müssen wir den Schwerpunkt auf die verbliebenen RA-Einheiten legen, die da draußen auf uns warten. Wie kommen Sie damit voran?«

»Daran arbeiten wir noch, Sir. Wir scannen die Kommunikationsnetze der verschiedenen Truppen …«, erklärte Williams, »… in der Hoffnung, eine Einheit zu finden, die ihr Netz auf die eine oder andere Weise weiter nutzt. Wenn wir diesbezüglich Glück haben, dürften wir sie im Anschluss daran relativ schnell ausfindig machen.«

Royce nickte für sich. »Das könnte klappen, halten Sie trotzdem die Aufklärungsdrohnen weiter im Einsatz. Falls es uns gelingt, sie über die Funknetze zu finden, dann ist es möglich, dass die Orbot das Gleiche tun und die Information an die Zodark weitergeben. Vergessen Sie das nicht. Wir müssen unsere Leute erreichen und feststellen, ob es noch eine funktionierende Kommandokette gibt. Die Invasion beginnt in Kürze. Uns bleibt wenig Zeit.«

Bevor sie sie erneut ausschickte, würde Lieutenant Williams ihre Trupps in kleinere Teams aufteilen, um so einen größeren Bereich abzudecken. Währenddessen würde Royce den größten Teil seiner C100 solange in den Höhlen versteckt halten, bis die Zeit ihres Einsatzes gekommen war. Zunächst mussten seine Soldaten das tun, was sie am besten taten.

Ich hoffe nur, dass es noch Soldaten gibt, die weiterkämpfen; die die Hoffnung noch nicht aufgegeben haben, sorgte er sich.

Um nicht durch das abgelenkt zu werden, was er eben gesehen hatte, richtete Royce seine Aufmerksamkeit auf eine der Abbildungen, die eine der Späherdrohnen vom Camp der Orbot zurückgesandt hatte. Royce hatte in der Vergangenheit schon einmal gegen die Quadbots gekämpft, aber dies war das erste Mal, dass er so viele auf einmal sah. Sie schienen über Militärfahrzeuge und Luftfahrzeuge zu verfügen.

Das könnte uns zum Problem werden.

Beim Gedanken an den Kampf auf der Station über Rass erinnerte sich Captain Royce daran, dass es den Orbot damals irgendwie gelungen war, die Kontrolle über die C100 zu erlangen. In allerletzter Minute hatte er gerade noch verhindern können, dass sie sie in ihre Gewalt brachten und gegen ihre menschlichen Meister einsetzten.

Ich kann nur hoffen, dass der neueste Software-Patch, den wir erhielten, auch funktioniert, dachte er. *Wir brauchen diese Synthetiker. Ich würde es hassen, wieder einen Killcode aussenden zu müssen.*

Royce schickte eine Aufgabenzuteilung an die Teams, die dem Orbot-Camp am nächsten waren, um dessen Überwachung und die des umliegenden Bereichs zur absoluten Priorität zu machen. Er wollte so viel detaillierte Informationen wie irgend möglich über die Anzahl ihrer Gegner und deren Ausrüstung haben.

Anstatt sie zu bekämpfen, würde ich die Basis viel lieber direkt aus dem All in die Luft jagen.

Stunden später stand Royce endlich von seinem provisorischen Schreibtisch auf und forderte zwei seiner Leute auf, ihm zu folgen. Auf einem Scan der Drohnen hatte er etwas entdeckt, das ihm seltsam vorkam – vielleicht eine Art Versteck oder etwas in dieser Art. Alle Teams hatten ihre Aufgabe. Anstatt sich zu gedulden, bis eines dieser Teams frei werden würde, hatte er beschlossen, sich das Phänomen persönlich anzusehen. Der zu untersuchende Ort lag nur ungefähr 12 Kilometer von ihrem derzeitigen Standort entfernt, war also nicht allzu weit weg. Royce hatte Corporal Ellis und Sergeant Steve Mudrak als seine Begleiter gewählt. Beide waren erfahrene Kräfte.

Nach dem Verlassen des unterirdischen Kommandopostens wies Royce die beiden über ihren Neurolink an, ihm jeweils im Abstand von 20 Metern zu folgen und ihre digitale Tarnvorrichtung zu aktivieren. Sie mussten ihr Bestes geben, sich ihrem Umfeld anzupassen.

Das Durchstreifen des schneebedeckten Waldes erinnerte ihn daran, wie fremdartig dieser überwiegend aus Eis bestehende Planet wirklich war. Allein ein kleiner Bereich des Planeten entlang des Äquators war bewohnbar. Aus einem ihm unbekannten Grund hatten die Primord ihn vor Hunderten von Jahren besiedelt, bevor die Zodark eingefallen waren und ihnen den Planeten vor knapp 100 Jahren abgenommen hatten. Die strategische Bedeutung von Alfheim war ihm immer noch nicht bewusst, aber Befehle waren nun einmal Befehle. Sie mussten den Planeten den Zodark entreißen und erneut einnehmen.

Royce warf einen kurzen Blick hinter sich. Er wusste, dass sich seine Leute hinter ihm befanden; er konnte sie nur nicht sehen, zumindest nicht unter ihrer digitalen Tarnung. Solange sie sich nicht zu schnell voran bewegten, waren sie so gut wie verschwunden.

Vier Stunden später war sein Team bis auf 1.000 Meter an etwas herangerückt, dass sie einvernehmlich für eine unterirdische RA-Basis hielten. Royce hoffte nur, dass sie noch aktiv war, und dass er seine Teams mit diesen auf dem Planeten zurückgebliebenen Kräften in Verbindung bringen konnte.

Nähern wir uns dem Eingang in einem weiten Winkel, ordnete Royce über seinen Neurolink an. *Ich übernehme die Mitte, Sie übernehmen die Flanken. Halten Sie die Augen nach möglichen Scouts offen. Wir wollen sie nicht erschrecken und zum Schluss von unseren eigenen Truppen ins Jenseits befördert werden. Falls Sie einen unserer Leute entdecken, lassen Sie es mich wissen und wir überlegen, wie wir am besten Kontakt aufnehmen.*

Alles Nötige war gesagt. Langsam und vorsichtig näherten sich die Männer dem Höhleneingang. Royce hielt unentwegt die Augen auf das vor ihm Liegende gerichtet, um zu erkunden, ob dies nicht vielleicht doch eine Falle oder vielleicht sogar eine Basis der Zodark oder der Orbot war. Im Abstand von 300 Metern entdeckten sie die ersten Lebenszeichen – eine Handvoll Bewegungsmelder, angebracht in unterschiedlicher Höhe. Einige waren in Schulterhöhe, einige dicht am Boden und eine ganze Reihe waren hoch in den Bäumen versteckt – wohl um den Verteidigern Zeit für ihre Entscheidung zu gewinnen, ob sie kämpfen oder fliehen sollten. Diese Sensoren waren winzige Geräte. Außer für diejenigen, die wussten, wonach sie suchten, waren sie beinahe unauffindbar. Royce, der wusste, wonach er suchte, hatte sie auf Anhieb entdeckt.

Alle Mann, stopp! Ich glaube, sie haben Wachen postiert. Ich werde sie ansprechen und sehen, ob ich mit einem von ihnen reden kann, erklärte Royce über den Neurolink. Sein Team versuchte, ihren Funkverkehr so minimal wie möglich zu halten, um die Chance zu verringern, abgefangen – oder noch schlimmer – an ihrem Standort trianguliert zu werden.

Royce deaktivierte seine digitale Tarnung. Er schaltete den Lautsprecher an seinem Helm an und erhöhte dessen Lautstärke ein wenig, um gehört zu werden.

»Mein Name ist Captain Brian Royce, 4. Spezialeinsatzgruppe. Bitte identifizieren Sie sich!«, forderte er laut. Er war sich sicher, dass sie beobachtet wurden und wollte, dass wer immer sich dort draußen aufhielt, wusste, dass ihm ihre Anwesenheit bekannt war.

Einen Augenblick lang herrschte eine beklemmende Stille. Schließlich meldete sich eine Stimme: »Geben Sie uns das Passwort und wir lassen Sie am Leben.«

Royce brummte vor sich hin. *Ein Passwort ... wohl ein gutes Zeichen, wenn sie die noch verlangen.*

»Ich muss mit dem reden, der hier die Verantwortung trägt«, konterte er. »Meine Einheit traf erst gestern Nacht auf diesem Planeten ein.«

Nach einer kurzen Pause tauchte eine Figur unter einer Tarndecke auf, die sich vorsichtig mit dem Gewehr in der Hand erhob – bereit, diesen Besucher samt der Gefahr, die von ihm ausging, ins Jenseits zu befördern.

Nun stand auch Royce langsam auf und zeigte sich dem Soldaten.

»Sie sind ein Delta?«

»Das bin ich.«

Der Soldat drehte sich kurz um. »Er ist echt. Entwarnung, Männer.«

Zwei weitere Soldaten traten nun vor. Der Mann, der Royce am nächsten stand, stellte sich vor. »Ich bin Master Sergeant Corbyn, Fox-Kompanie, 312. Bataillon.«

Mit ausgestreckter Hand ging Royce auf den Mann zu. »Ich bin Captain Brian Royce, Alpha-Kompanie, 1. Bataillon, 4. Sondereinsatzgruppe. Freut mich, Sie kennenzulernen. Ich muss umgehend mit Ihrem Vorgesetzten sprechen. Es ist von entscheidender Bedeutung.«

Der Master Sergeant sah sich um und flüsterte ihm dann zu: »Bitte sagen Sie mir, dass Sie die Vorhut unserer Ablösung sind.«

»Gehen wir einfach nach drinnen und reden mit dem Verantwortlichen.«

»Jawohl, Sir. Folgen Sie mir«, bestätigte Corbyn und zeigte ihm den Weg. Royce musste zugeben, dass sie bei der Tarnung ihrer Position wirklich gute Arbeit geleistet hatten.

Die drei Delta-Soldaten passierten durch die Reihen der RA. Viele machten einen extrem müden Eindruck. Ihre Uniformen waren schmutzig, manche zerrissen. Gleichwohl hatten alle trotz ihrer offensichtlichen Erschöpfung immer noch den entschlossenen Ausdruck in den Augen, der besagte, dass sie noch nicht zum Aufgeben bereit waren.

Nach dem Betreten des Höhleneingangs kamen sie an zwei ausgebauten Bunkern vorbei, die hinreichend verstärkt waren, um einen Feind zurückzuhalten. Royce war zufrieden mit dem, was er sah. Da sie sich so viel Mühe mit der Befestigung ihres Eingangs gemacht hatten, standen seine Chancen gut, das Kommandozentrum gefunden zu haben, nach dem er und seine Leute gesucht hatten.

»Major Pilecki, ich bringe Ihnen jemanden, der mit Ihnen sprechen muss«, meldete der Master Sergeant beim Betreten eines großen Raums im hinteren Teil der Tunnelanlage.

Der Major wandte sich ihnen zu. Seine Augen leuchteten bei der Ansicht von Royce und seinen Begleitern auf. »Verdammt noch mal. Ist die Hilfe tatsächlich auf dem Weg?«, stieß er laut hervor. Sein polnischer Akzent war deutlich hörbar, vielleicht dank der Aufregung sogar noch ausgeprägter als sonst. Alle Anwesenden drehten sich den Neuankömmlingen zu.

Die Uniformen der Deltas unterschieden sich von denen ihrer Armee-Kollegen. Ihre Körperpanzerung war etwas flexibler und weitaus stärker. Zudem gewährten ihnen die Systeme und Teile der in ihre Anzüge integrierten Exoskelette mehr Beweglichkeit und verliehen ihnen im Vergleich zu den regulären Soldaten weit mehr Stärke.

Royce nahm seinen Helm ab. »Hilfe ist auf dem Weg. Mein Name ist Captain Brian Royce. Ich bin der leitende Offizier der Invasionsvorhut. Es ist von entscheidender Bedeutung, dass ich Kontakt zu den Kommandeuren aller Bodentruppen aufnehme, die sich noch auf dem Planeten befinden.«

Eine Reihe der Soldaten klopfte sich gegenseitig auf die Schultern, manche klatschten in die Hände und einige jubelten und johlten laut. Der Major kam auf Royce zu. »Sie wissen gar nicht, wie froh wir sind, das zu hören, Captain. Der letzte Monat …« Seine Stimme erstarb und seine Augen starrten plötzlich ins Nichts.

»Alles wird gut, Sir. Hilfe *ist* auf dem Weg. Allerdings gibt es – bevor sie eintrifft – noch viel für uns zu tun. Und das in relativ kurzer Zeit. Warum setzen wir uns nicht, besprechen Ihre Situation und erarbeiten einen Plan? Falls General Bakshi noch am Leben ist, muss ich auch versuchen, mit ihm Kontakt aufzunehmen,.«

»Selbstverständlich. Sehen wir uns unsere Lagekarte an und ich informiere Sie über unsere Stellung. Danach sprechen wir in unserer Kommunikationszentrale den General an.«

Beim Betreten des nächsten Raums sah Royce eine Handvoll von Soldaten, die unterschiedliche Drohnenfeeds, Überwachungskameras und Kommunikationsgeräte überwachten. Andere Soldaten erstellten ein Inventar ihrer Bestände und wieder andere reinigten ihre Waffen.

»Die Invasion hat alle unter Tage getrieben«, erklärte Pilecki. »Alles, das nur irgendeinen Wert hatte, wurde entweder direkt aus dem Weltraum oder von den Bodentruppen der Zodark und Orbot zerstört. Als General Bakshi befürchten musste, wir könnten überrannt werden, befahl er, alle Truppen und Ausrüstungsgegenstände so weit wie möglich getrennt voneinander zu verstreuen. Wir haben Glück, dass dieser Planet von Höhlen und Tunneln förmlich durchlöchert ist. Jedem Bataillon wurde ein bestimmter geografischer Bereich zugewiesen, in dem es während wir auf die rettende Hilfe warten, tunlichst so viel Ärger wie möglich verursachen soll.«

Sie traten an eine große, an eine nahegelegene Wand projizierte holografische Karte heran. Pilecki zeigte auf eine bestimmte Stelle. »Das sind wir. Wir sind für diesen gesamten Bereich zuständig.« Ein umfangreiches Territorium leuchtete auf. Royce fand das Gebiet, in dem seine Teams suchten – zum größten Teil in der entgegengesetzten Richtung. Das erklärte wohl, wieso sie bislang keinen Erfolg bei ihrer Suche hatten.

»Dieses Gebiet hier war das AOR, der Zuständigkeitsbereich des 192. Bataillons. Vor drei Wochen entdeckten die Orbot einen ihrer Gefechtsvorposten. Wenige Tage darauf vernichteten sie so gut wie alle verbliebenen Außenposten und die einzige vorgeschobene Operationsbasis der Region. Was sich derzeit in diesem Bereich abspielt, kann ich Ihnen leider nicht länger mit Sicherheit sagen«, schloss Pilecki mit Trauer in der Stimme.

Verdammt, das würde erklären, wieso meine Erkundungsteams statt RA-Einheiten reihenweise Zodark und Orbot-Niederlasssungen fanden.

»Ich habe mehrere Spähereinheiten in diesem Gebiet. Wir entdeckten eine Basis der Orbot und drei der Zodark. Eine der Einrichtungen scheint ein Weltraumhafen oder eine Art Flugfeld zu sein, auf dem sich eine Menge Flieger und Fahrzeuge aufhalten.« Royce zögerte kurz, bevor er weitersprach. »Wir ... ähm ... in der Nähe dieser Basen fanden wir etwas äußerst Beunruhigendes ...«

»Lassen Sie mich raten ... Sie fanden die ,Weihnachtsbäume‘ der Zodark?«, fragte Pilecki, was Royce weitere Erklärungen ersparte.

»Ja, ich kann sehen, wieso sie so genannt werden. Wollen Sie mir damit sagen, dass es mehr von ihnen gibt oder war dies ein einmaliger Vorfall?«

Pilecki seufzte kurz, bevor er antwortete. »Es gibt mehr. Wie viele genau, weiß ich nicht. Ich weiß nur, dass alle Menschen, die von den Zodark gefangengenommen werden, das gleiche Schicksal erleiden.«

Entsetzt schüttelte Royce den Kopf. »Ok, das ist wahrhaftig grauenvoll. Lassen Sie uns das Thema wechseln. Derzeit holen mehrere Scout-Teams Informationen über die feindlichen Einrichtungen ein. Sobald die Zeit für einen Angriff gekommen ist, möchte ich alle feindlichen Basen von Granatwerfern bombardiert sehen. Mit dem Beginn der eigentlichen Invasion müssen wir Chaos auslösen.«

Pilecki brummte zustimmend bei dieser Nachricht. »Ganz Ihrer Meinung. Die Informationen Ihrer Teams werden unseren Granatwerferteams zugutekommen.«

»Da wir schon von einem indirektem Beschuss reden ... Meine Einheiten brachten mehr als genug Munition für diese Art der Auseinandersetzung mit sich«, teilte Royce ihm mit.

»Sehr gut. Die Durchführung großangelegter Angriffe oder Hinterhalte auf diese Hunde war schwer für uns. Unsere größten Erfolge verzeichnen wir derzeit mit dem indirekten Beschuss ihrer Einrichtungen und mittels kleinen Sprengfallen- oder Scharfschützenangriffen auf ihre Patrouillen und Konvois.«

Sie unterhielten sich eine Weile weiter, bevor Royce endlich darauf bestand: »Major, ich muss mit General Bakshi oder demjenigen reden, der im Moment das Sagen hat. Können Sie mir dabei helfen?«

Royce hatte mehr und mehr den Eindruck, dass die einzelnen Gruppen auf sich selbst gestellt und abgeschnitten von einem größeren Netzwerk von FOBs und COPs waren.

Pilecki zeigte auf zwei Stühle, auf die er Royce einlud.

»Ich kann Sie mit General Bakshi in Kontakt bringen. Vorher will ich Sie aber noch über einiges aufklären, um Zeit zu sparen. Wir versuchen unsere Gespräche so kurz wie möglich zu halten, um die Chancen einer Triangulierung zu verringern. Sechs Tage nach der Invasion verlor ich den Kontakt zu meinem Brigadekommandeur. Ich vermute, dass seine Position durch einen orbitalen Angriff vernichtet wurde. Seither kommuniziere ich direkt mit General Bakshi. Sein Sohn ist ein Sergeant in meinem Bataillon. Ich vermute, dass er sich aus diesem Grund des Öfteren bei uns meldet.

»Captain, an unserer gegenwärtigen Situation müssen Sie wissen, dass die Zodark und die Orbot – nachdem sie ein zweites Mal eine beträchtliche Streitmacht auf dem Planeten etabliert hatten – uns stark mit planetarischen Bombardierungen drangsalierten. Entlang des Äquators verloren wir auf Bataillonsebene viele unserer FOBs und COPs. Harte Zeiten, der Armee anzugehören.«

Mit hochgezogenen Augenbrauen erkundigte sich Royce: »Orbitale Angriffe? Wir entdeckten keine Wolken aus Staub in der Atmosphäre. Können Sie mir mehr davon erzählen?«

»Ja, ich dachte genauso wie Sie, bis ich es mit eigenen Augen sah«, nickte Pilecki. »Ich gehe davon aus, dass ein Schiff der Orbot aus der Umlaufbahn in die obere Atmosphäre vorgestoßen ist. Anstatt uns mit den erwarteten kinetischen Angriffen zu malträtieren, setzten sie ihre Lasertürme ein, um Kommandostandorte und -bunker unter Beschuss zu nehmen. Diese verdammten Laser brennen Löcher durch das Eis, den Boden und durch das Gestein direkt in die Bunker hinein, wo sie alles zu Schlacke und Lava schmelzen. Niemand konnte das überleben. Der Beschuss hielt über zwei Wochen lang an, denke ich. Jedes Mal, wenn der Feind eines unserer Camps oder eine Gruppierung von Soldaten entdeckte, wurden wir von einem ihrer Schiffe mit Lasern beschossen.«

Diese Leute haben wirklich die Hölle durchgemacht, dachte Royce. *Die nachrichtendienstlichen Informationen, die wir vor der Infiltration erhielten, blieben weit hinter der Realität zurück, wie sich das Leben auf der Oberfläche tatsächlich abgespielt hat.*

»Major, wissen Sie etwas über planetarische Verteidigungswaffen, die sie womöglich innerhalb der letzten Wochen installiert haben?«, forschte Royce. »Wenn ja, zeigen Sie mir ihren Standort. Wir müssen sie zerstören.«

Major Pilecki sah Royce einen Augenblick an, bevor er antwortete. »Meines Wissens nach haben sie in unserem Bereich keine Abwehrmaßnahmen eingerichtet. Aber bevor unsere Schwestereinheit, das 315. Bataillon, ausgelöscht wurde, entnahm ich ihrem Bericht, dass eine Gruppe der Orbot mit dem Bau einer großen Struktur begonnen hatte. Es sah wie ein Teil eines Weltraumaufzugs aus. Wir interpretierten es so – und verstehen Sie bitte, dass wir damit vollkommen falsch liegen können – dass diese Weltraumaufzugsplattform das Fundament eines planetarischen Verteidigungssystems darstellt … ähnlich wie wir es während der Rass-Kampagne sahen, wo die Aufzugsplattformen der Orbot die Funktion planetarischer Verteidigungssysteme übernahmen. Die wenigen Bilder, die ich vom Bau sah, waren denen ähnlich, die wir vor einer Weile in der Rass-Kampagne sahen.«

Royce schnaubte bei dieser Erinnerung. »Ja, daran erinnere ich mich. Damals war ich ein frischgebackener Captain. Nachdem meine Kompanie die Station eingenommen hatte, griffen wir die orbitalen Plattformen an. Es war eine höllische Mission.«

Pilecki nickte. »Ich war zu dieser Zeit ein milchgesichtiger Lieutenant. Ich erinnere mich deshalb daran, da mein Zug um die Basis der Plattform herum in Kämpfe verwickelt war. Deshalb konnte ich die Vermutung anstellen, was sie hier bauen. Aber noch einmal, das war drüben im Bereich der 192ten.

»Captain Royce, als die Orbot begannen, unsere Leute mit ihren Lasern auszumerzen und überall ihre Killer-Teams einsetzten, zog ich mein Bataillon zurück. Wir verschwanden im Untergrund. Ich befahl alle in die Höhlen. Dort versteckten wir uns so gut wir konnten und ließen den Feind über uns hinwegziehen. Wir ließen uns eine ganze Woche lang nicht sehen. Ich weiß, dass es unsere Aufgabe gewesen wäre, da draußen weiterzukämpfen und anderen Bataillonen beizustehen, aber das wäre Selbstmord gewesen. Ich konnte mein Bataillon nicht einfach in den Tod befehlen; nicht, wenn wir nach einer Weile aus unserem Versteck hervorkommen und dem Feind Ärger machen konnten.«

Royce konnte sehen, dass dem jungen Offizier diese Entscheidung schwergefallen war. Voller Verständnis streckte er den Arm nach ihm aus und legte ihm die Hand auf die Schulter. »Major, Sie trafen die beste Entscheidung mit der Information, die Ihnen zur Verfügung stand. Niemand wird Ihnen daraus einen Vorwurf machen. Am Leben zu bleiben hat Ihnen erlaubt, wichtige Erkenntnisse an mich weiterzugeben – Erkenntnisse, die uns in der Neueinnahme dieses Planeten eine große Hilfe sein werden. Jetzt sehen wir, wie wir einen Blick auf diesen möglichen Weltraumaufzug werfen können und schmieden einen Plan, wie wir ihn zerstören. Bevor wir das tun, muss ich allerdings mit General Bakshi reden.«

Im Kommunikationsraum dauerte es nur wenige Minuten, bevor sie mit dem General per Videokonferenz verbunden waren.

»Captain Royce, ich muss zugeben, dass ich auf das Eintreffen von Verstärkung gehofft habe. Bitte berichten Sie«, befahl Bakshi.

»Jawohl, General. Gestern Nacht infiltrieren zwei Delta-Kompanien den Planeten. Heute Nacht bringen wir zwei weitere Kompanien nach unten, zusammen mit unserem Bataillonskommandanten Major Jayden Hopper. Wir sind die Vorhut der Hauptinvasionskräfte …«

Bakshi fiel ihm ins Wort. »Captain, wann können wir Hilfe erwarten?«

»Sir, im offenen Gespräch kann ich Ihnen das nicht mitteilen. Falls wir uns irgendwo persönlich treffen können, unterrichte ich Sie gern. Sagen kann ich nur, dass es *in Kürze* geschehen wird. Mir wurde aufgetragen, Ihnen von General McGinnis auszurichten, dass Sie mit dem Beginn der Festivitäten Ihre Kräfte bereithalten sollen, um Verwirrung zu stiften und Probleme zu verursachen.«

General Bakshi lächelte. Wenige Minuten später endete das Gespräch. Trotz der Verschlüsselung und wiederholtem Frequenzwechsel bemühten sie sich weiter, die Anrufe kurz und bündig zu halten.

Nach dem Verlassen des Kommunikationsraums kehrten Royce und Pilecki in die Einsatzzentrale zurück und sahen sich die Karten an. Zehn Minuten lang diskutierten sie darüber, wie sie im lokalen Bereich am effektivsten Verwirrung stiften konnten.

Kurz darauf meldeten sich zwei von Royces Zügen. Ihre ersten Berichte halfen ihm, einen besseren Überblick über dieses Gebiet zu gewinnen. Zudem war es ihnen gelungen, Kontakt mit mehreren anderen Bataillonen aufzunehmen, die in ähnlichen Notlagen wie Pileckis Soldaten steckten.

Es dauerte nicht lange, bevor die verschiedenen Bataillone Nachrichten untereinander austauschten, was sich in ihrem Aktionskreis abspielte. Das trug weiter zu einer realistischen Einschätzung von dem bei, was wirklich vor sich ging. Nur noch 31 Stunden vor der nächsten Phase der Invasion. Das bedeutete, dass ihnen wenig Zeit zur Entscheidung blieb, welche Ziele sie zu welchem

Zeitpunkt angreifen sollten – und noch weniger Zeit, ihre Einheiten rechtzeitig in die gewünschten Positionen zu bringen. All das, ohne vom Feind entdeckt zu werden.

Kapitel Zehn
Wissenschaftlicher Grenzbereich

Sol-System
Blockfreier Weltraum

Gunther Haas sah sich die Pläne des Biosicherheitslabors der
Stufe sechs an. Er war für den Bau eines BSL-5 auf Neu-Eden
verantwortlich gewesen, aber dies war die erste Einrichtung der Stufe
sechs, deren Entwurf und Bau ihm übertragen worden war. Über die
Standardvorrichtungen eines BSL-5-Labors hinaus musste es für die
Unterbringung lebender Spezies geeignet sein … Gefangene, an denen
Experimente durchgeführt werden würden. Aus diesem Grund musste
die Einrichtung nicht nur den allgemeinen Sicherheitsprotokollen
gerecht werden, vielmehr mussten sie darüber hinaus auch
Vorkehrungen zur Absonderung und dem Sicherheitseinschluss der
Testsubjekte treffen.

Zufrieden mit den Plänen gab Gunther sie an den Ingenieur
weiter, der mit dem Bau des Labors beauftragt war. Jetzt kam die
schwierige Phase – die geeigneten Leute zu finden, die gewillt waren,
an dieser Art von Projekt zu arbeiten. Beim Durchsuchen seiner
Kontaktdatenbank hatte er genau die richtige Person gefunden, die
seiner Meinung nach diesem Forschungsprojekt vorstehen sollte – ein
Mann namens Dr. Philip York, von den Centers for Disease Control
and Prevention in Atlanta, Georgia.

Dr. Philip York war weltweit der führende Wissenschaftler bei
der Untersuchung außerirdischer biologischer Wesen und ihrer
potenziellen Gefahr für die Menschheit. Als der Erde vor Jahren
unvermutet zehn lebende Zodark zum Studium zur Verfügung standen,
hatte sich Dr. York in kürzester Zeit zum Experten in Bezug auf die
unterschiedliche Physiologie zwischen den Zodark und den Menschen
entwickelt. Er hatte diesem Thema mehrere Dutzend medizinischer
Artikel gewidmet.

Als nächstes starrte Gunther auf den Namen von Dr. Jim Peacock.
Dr. Peacock lebte in Geelong, Australien. Sein Hintergrund war die
Virologie. Ein Großteil seiner Forschung konzentrierte sich auf das
Verständnis einiger einzigartigen Viren, die den Menschen auf Neu-
Eden und Alpha Centaurus begegnet waren und mit denen sie

umzugehen hatten. Besonders interessant an seiner Forschung fand
Gunther die Gain-of-function-Forschung – insbesondere bei Viren und
Bakterien, die ihnen auf den Planeten Neu-Eden, Intus und Rass
begegnet waren.

Nach der Vorauswahl der beiden Wissenschaftler, die er für
dieses Projekt anwerben wollte, musste Gunther nun ein Treffen mit
ihnen arrangieren, um sie davon zu überzeugen, an diesem streng
geheimen Projekt teilzunehmen.
****

Das *In hoher Lage*
Orbitalstation John Glenn

Gunther Haas stand vor dem Eingang des Restaurants *High
Ground* und wartete auf die Ankunft von Dr. Jim Peacock. Er hatte
einen privaten Raum reserviert, indem sie geschützt vor neugierigen
Ohren ungestört essen und sich unterhalten konnten. Am gestrigen Tag
hatte sich Gunther bereits mit Dr. York getroffen, der ohne Zögern sein
Einverständnis erklärt hatte, an diesem Projekt mitzuarbeiten. Gunther
hoffte, heute seine zweite Zusage zu erhalten.

Gunther erkannte den Doktor, der auf das Restaurant zukam, und
hielt ihm zur Begrüßung die Hand entgegen. »Dr. Peacock, ich bin
Gunther Haas.«

»Freut mich, Sie kennenzulernen, Herr Haas. Danke für die
Einladung. Ich war angenehm überrascht von Ihrem Interesse, einen
Teil meiner Forschung zu finanzieren.«

Als Vorwand für ihr Treffen hatte Gunther eine Förderung in
Höhe von zehn Millionen RD geboten, um Peacocks Forschung zu
unterstützen. Voraussetzung war natürlich, sich mit ihm zunächst zum
Mittagessen zu treffen, um Weiteres zu diskutieren.

»Nun, Sie haben großartige Arbeit geleistet, die ich gerne
weiterverfolgt sehen möchte. Kommen Sie, gehen wir hinein. Ich habe
einen privaten Raum für uns reserviert.«

Einvernehmlich betraten sie das Restaurant, bestellten ihre
Getränke und überflogen die Speisekarte. Nachdem ihre Getränke
serviert und ihre Bestellung aufgegeben war, kam Gunther direkt zum
Thema.

»Dr. Peacock … einverstanden, wenn ich Sie Jim nenne?«

Der Wissenschaftler lächelte. »Sicher. Die meisten meiner Freunde und Sponsoren tun das, Gunther.«

»Ausgezeichnet. Nun, Jim, ich fürchte, ich habe Sie unter einem mehr oder weniger falschen Vorwand hierher eingeladen. Bitte erlauben Sie mir eine Erklärung, bevor Sie ärgerlich werden.«

Jim brummte zu diesem Kommentar. Sein Gesichtsausdruck verdunkelte sich. »Sie haben also nicht vor, mein Forschungsteam mit einer finanziellen Hilfe von zehn Millionen RD zu unterstützen?«

»Aber ja, das Geld werde ich Ihnen nach wie vor geben«, beteuerte Gunther. »Wie ich bereits sagte, Ihre Forschung ist unglaublich wichtig. Sie sollte mit den entsprechenden Mitteln finanziert werden.« Jim schien verwirrt, entspannte sich aber etwas mit dieser Versicherung. Gunther beugte sich näher zu ihm vor und senkte die Stimme. »Was ich Ihnen anbieten möchte, ist so viel größer, so viel wichtiger für die Menschheit … falls Sie Interesse haben.«

Jims linke Augenbraue schoss nach oben. »Ok, Sie machen mich neugierig. Wo liegt der Haken?«

Gunther brachte etwas auf seinem Tablet hoch und schob es über den Tisch auf Peacock zu. »Bevor wir weiter ins Detail gehen, muss ich Sie zunächst bitten, dies zu unterzeichnen.«

Jim hob das Tablet an und sah sich kurz die Geheimhaltungserklärung durch, bevor er sie unterschrieb. Danach wurden die Projektinformationen sichtbar. Nach einigen Minuten des Lesens hob er den Kopf. »Moment mal, Sie arbeiten für Statthalter Miles Hunt? Ich würde direkt ihm unterstellt sein?«

»Richtig. Bei diesem Vorhaben handelt es sich um ein geheimes, persönliches Forschungsprojekt für den Statthalter. Für die Dauer der Forschung steht Ihnen ein unbegrenztes Budget zur Verfügung.«

»Wenn Sie sagen ‚unbegrenzt‘ …«

»Dann meine ich *unbegrenzt* – im normalen Rahmen, selbstverständlich. Aber ja, in diesem Fall spielt Geld keine Rolle. Dazu kann ich Ihnen versichern, dass Sie und Ihre Mitarbeiter zudem großzügig entlohnt werden.«

Die beiden unterhielten sich kurz über den Job und über das Labor, das im Asteroidengürtel entstand. Sobald das Thema auf Jims Gain-of-function-Forschung kam und Gunther erwähnte, dass an das Labor ein Gefängnis für zwei Dutzend Zodark-Gefangene angeschlossen sein würde, ging Jim plötzlich ein Licht auf und er verstand genau, welche Art von Forschung von ihm erwartet wurde.

»Gunther, generell habe ich keine Einwände gegen diese Art von Forschung, die Sie, wenn ich Sie recht verstehe, von mir erwarten … unter zwei Bedingungen«, erklärte Jim mit verschränkten Armen und lehnte sich zurück. »Als Erstes will ich eine Stiftung im Wert von 100 Millionen RD etabliert sehen, um mein Forschungsinstitut in Geelong dauerhaft zu finanzieren. Und zweitens brauche ich eine Art pauschaler Immunität, sollten Informationen über diese Experimente an die Öffentlichkeit gelangen. Ist das machbar?«

Gunther lächelte. In Erwartung einer solchen Forderung hatte er die Antwort parat. Er besprach das Arrangement mit Jim, der mit dem zufrieden schien, wozu sich Statthalter Hunt bereiterklärt hatte, falls es Probleme innerhalb der Republik geben sollte. Nachdem die Hauptpunkte nun geklärt waren, begannen sie mit der Nennung der Namen derjenigen, die zusammen mit Peacock an diesem Projekt arbeiten würden. Der ersten vorläufigen Aufstellung seines Teams folgte eine eingehende Diskussion, wie der Prozess im Einzelnen ablaufen sollte. Sie mussten eine Menge spezieller Materialien in diesem neuen Labor einlagern. Ebenfalls nötig war ein Umfeld, in dem sich die Forscher nach Feierabend regenerieren und von der Arbeit ablenken konnten. Ein Besuch der Bar daheim, um sich zu entspannen, war hier nicht möglich. Sobald sich hinter einer Person die Tür zum Labor zum ersten Mal schloss, musste diese Einrichtung getrennt von der Außenwelt absolut autark sein.

Gegen Ende ihres Mittagessen versprach Gunther, sich zu melden. Nach dem Ende der Bauarbeiten würde er Jim und sein Team holen lassen. In der Zwischenzeit sollte Jim festlegen, wer ihm sonst noch bei diesem Projekt assistieren sollte. Außerdem musste er eine allumfassende Liste der benötigten Materialien für das Labor erstellen. Falls er im Nachhinein weitere Dinge brauchen würde, war das zwar möglich, allerdings würde ihr Eintreffen eine gewisse Zeit in Anspruch nehmen.
****

Außenposten Gaelic
Blockfreier Raum
Sol

Gunther saß in der Fähre, die über dem Gelände des zukünftigen Labors schwebte.

»Zuerst dachten wir an einige der nahegelegenen großen Asteroiden«, erklärte der Ingenieur. »Letztendlich glauben wir allerdings, dass Ihnen dieser Krater auf dem Hauptplanetoiden den sichersten Standort gewährt.«

»Wieso nutzen wir nicht wieder einen der Asteroiden?«, erkundigte sich Gunther. Er war nicht begierig darauf, ihr Labor auf dem selben Felsen wie den Außenposten Gaelic zu sehen.

»Diese Asteroiden sind nicht unbedingt standfest. Sicher, sie sind groß, allerdings mit geringer oder keinerlei Schwerkraft. Sollte ein Meteor oder ein anderer Asteroid sie versehentlich anstoßen, können sie aus ihrer Bahn geworfen und in eine möglicherweise nicht zu kontrollierende Bahn gelenkt werden. Dieses Problem sollten wir vermeiden. Wenn es derzeit so aussieht, als ob ein Objekt auf Gaelic zuhält und wir es nicht aus dem Weg drängen können, zerstören wir es einfach. Unser Planetoid ist demgegenüber enorm groß, mit einem Umfang von über 100 Kilometern, der über 20 Prozent der irdischen Schwerkraft verfügt. Rechnen wir unsere eigene künstlich erzeugte Schwerkraft hinzu, wächst sie auf 0,9 g an, selbst auf der Oberfläche des Planetoiden.«

Gunther unterbrach ihn. »Das bedeutet, dass wir mit dem Bau des Labors auf dem Planetoiden beinahe der gleichen Schwerkraft wie auf der Erde unterliegen?«

»Ganz recht«, bestätigte der Ingenieur. »Im Hinblick auf den Standort können wir unter mehreren Kratern wählen. Der, den wir uns gerade ansehen, hat die höchsten Wände. Das Labor, das Sie hier errichten, läge zum größten Teil hinter ihnen versteckt.«

Gunther dachte über diesen Vorschlag nach. Er sah auf seinen Entwurf hinunter und dann wieder auf den vorgeschlagenen Standort.

Das könnte funktionieren ...

»Ok, unterstellt, wir bauen hier ... Wie lange wird es schätzungsweise dauern, bevor die Einrichtung fertiggestellt ist?«

»Ok, für dieses Projekt wurden mir 50 Synth zugeteilt. Wir nutzen keine menschlichen Arbeiter, um die Zahl derjenigen gering zu halten, die von diesem Projekt wissen. Ich denke, dass die

Fertigstellung mit den mir zur Verfügung stehenden Arbeitern neun bis 12 Monate in Anspruch nehmen wird.«

Gunther runzelte die Stirn. Er brauchte das betriebsbereite Labor schon gestern, nicht erst in neun bis 12 Monaten. »Wie wäre es, wenn wir unsere eigenen Synthetiker und Materialien zugunsten des Projekts einbringen? Ich habe ein Konstruktionsschiff, das sofort nach unserer Standortentscheidung einsatzbereit ist.«

Der Ingenieur stieß einen Seufzer der Erleichterung aus und nickte. »Das wäre wunderbar, Gunther. Mit den Anforderungen an unsere Werften habe ich einfach nicht genug Synth, um dem Zeitrahmen, den Sie offensichtlich anstreben, auch nur annähernd gerecht zu werden.«

Gunther lächelte verständnisvoll. »Ich weiß. Aus diesem Grund brachten wir unsere eigene kleine Arbeiterarmee mit. Ich denke, dass wir nach der Errichtung des Labors den ganzen Krater zusätzlich mit einer Kuppel abdecken werden, um die Einrichtung weiter zu schützen.«

»Danke für Ihr Verständnis, Gunther. Wenn dieser Standort dann Ihren Anforderungen genügt, werde ich Sara und Liam davon unterrichten und Sie können mit dem Bau beginnen.« Der Ingenieur setzte ihre Fähre auf dem Weg zur Werft und zum Hafen in Bewegung, der ihnen den Zugang zurück zur Station ermöglichen würde.

Du erreichst mehr mit Honig und Geld als mit Essig und dem Drohen mit der Rute, sagte Gunther sich.

Er musste den netten, verständnisvollen Mann mit diesem Ingenieur spielen. Etwas Freundlichkeit gegenüber dem überarbeiteten und sicher unterbezahlten Mann würde viel dazu beitragen, ihn zu einer inoffiziellen Quelle von Informationen zu machen. Darüber hinaus konnte der Ingenieur ihm auch so gut wie alles besorgen, was er von den Leuten, die diesen Außenposten leiteten, brauchte.

Mit der Annäherung an den ausufernden, an die Station angeschlossenen Werftbereich bemerkte Gunther dessen rege Geschäftigkeit. Für einen kleinen Außenposten war dieser Ort ungemein aktiv. Zusätzlich zu den zehn regulären republikanischen Fregatten, die Gaelic fortwährend und ohne Unterlass produzierte, arbeiteten sie dort auch an einem halben Dutzend Bergbautransportern und an einigen Intersystem-Frachtern. Im Bereich der neuen Werfterweiterung lagen die Kiele von zehn großen Transportschiffen.

*Die Leute hier verschwenden keine Zeit mit den Vorbereitungen,
diesen Ort zugunsten ihrer neuen Heimatwelt zu verlassen.*

Sofort nachdem Gunther sein Büro auf der Station erreicht hatte,
schickte er eine Nachricht an das in der Nähe wartende
Konstruktionsschiff, es sollte mit der Arbeit am Labor beginnen. Als
nächstes schrieb er einen detaillierten, allumfassenden Bericht an
Statthalter Hunt, um ihn wissen zu lassen, dass er einen Standort für
das Labor gefunden hatte und wieso es auf dem gleichen Planetoiden
wie die Station eingerichtet werden würde. Des Weiteren informierte
Gunther Hunt darüber, dass er zwei der besten Wissenschaftler für das
Projekt rekrutiert hatte. Alles verlief nach Plan. Ihr Projekt sollte in
etwa sechs Monaten anlaufen.

Kapitel Elf
Noch einmal stürmt, noch einmal ...

Apollo-Kompanie, 1-331. Infanteriebataillon
Alfheim

Schneefall setzte ein. Kein starker Schnee, nur einige wenige
Flocken.

*Ich bin mir nicht sicher, ob der Schnee unserem Angriff helfen
oder ihn erschweren wird,* dachte First Lieutenant Adam Singletary.
Egal; er hatte eine Aufgabe – unabhängig von den Wetterbedingungen.

Langsam und vorsichtig, um keine Aufmerksamkeit zu erregen,
kroch er an die Baumgrenze vor, von der aus er den Weltraumhafen
und den orbitalen Aufzug sehen konnte. Die Vergrößerungsoption
seines HUDs präsentierte ihm auf dem Visier seines Helms eine nähere
Ansicht des Weltraumhafens. Sobald Singletary die von ihm gesuchten
individuellen Objekte gefunden hatte, markierte er mehrere Zielpunkte
und gab sie an die Truppenführer weiter, die für die jeweiligen
Angriffspunkte zuständig waren. Diese Art virtueller Kennzeichnung
war ein einzigartiges Werkzeug, das den Offizieren der Kompanien und
Züge sowie ihren Kompanie- und Zug-Sergeanten zur Verfügung stand.
Es ermöglichte ihnen, spezifische Ziele unmittelbar zu Beginn eines
Angriffs zu vernichten, was ungemein nützlich war – insbesondere in
einem Moment wie diesem, in dem das Timing allentscheidend war.

Nach der Markierung der bedeutendsten Ziele blieb jetzt nur noch
das Warten, bis ihr Timer, der mit Commander Hamzas
Angriffszeitpunkt synchronisiert war, die Null erreichte. Dann würden
sie innerhalb kürzester Zeit erfahren, ob ihr Plan Erfolgsaussichten
besaß oder von Anfang an zum Scheitern verurteilt war. Die obere
linke Ecke seines HUD informierte Singletary, dass sich der
Countdown der Null näherte. Mit jeder fliehenden Sekunde verstärkte
sich das Rumoren in seinem Bauch. Er hatte das Gefühl, urinieren zu
müssen.

Und dann hörte er es. Weit entfernt zuerst, bevor es zu einem
tiefen Brummen anwuchs. Ein Blick in die Richtung aus der Hamzas
Kämpfer kamen, zeigte Singletary eine Fahne aufsteigenden schwarzen
Rauchs. Dann registrierten seine Ohren einen lauten Donnerschlag und
der Lärm einer Explosion drang zu ihm vor. Eine zweite Rauchwolke

stieg gen Himmel, dann noch eine. Singletary lächelte. Hamzas Leute richteten Schaden unter diesen Hunden an.

Plötzlich spürte Singletary einen leichten Schubs gegen seinen linken Arm. Sergeant Corbyn, der neben ihm lag, wies ihn auf etwas hin. Sein Blick in die angegebene Richtung zeigte ihm, dass Schwärme von Zodark- und Orbot-Soldaten auf dem Weg zum Fahrzeugpark überstürzt ihre Kasernen verließen. Der Countdown auf seinem HUD hatte die Null erreicht. Jetzt lag es an ihnen, peinliche Schmerzen zu verursachen.

»Sergeant Corbyn, ich denke, es ist Zeit, etwas Stahl regnen zu lassen. Wie stehen Sie dazu?«

»Einverstanden, Sir.«

Sekunden später hörte Singletary einen der Soldaten hinter sich: »Granate halten!«

Die beiden Männer platzierten die auf die von Singletary markierten Ziele vorprogrammierte Munition vor den Rohren und erwarteten den endgültigen Befehl. Sekunden, nachdem die Geschosse vor den Rohren bereit waren, schrie der Sergeant: »Feuer!«

Die Geschosse rutschten in die Rohre, wonach sie in hohem Bogen durch den Wirbel der kleinen Schneeflocken hindurch auf ihre Ziele zurasten. Die beiden ersten Projektile hatten ihre Rohre kaum verlassen, bevor die Crew an den Granatwerfern die beiden nächsten ausschickte. Die Soldaten griffen so schnell sie konnten nach neuer Munition und sandten sie solange aus, bis alle 20 Projektile der ihnen verbliebenen Munition verschossen waren. Diese Mission hatte sie ihre letzte Munition gekostet.

Zehn Runden per Rohr abzuschießen, nahm genau 42 Sekunden in Anspruch. Auf dem höchsten Punkt ihres Flugwinkels wuchsen den Granaten kleine, gedrungene Flügel und ein Ruder. Das erlaubte ihnen, sich solange in einer kreisförmigen Warteschleife zu gedulden, bis ihre Zielbestimmungs-AI sie endlich instruierte, sich vorwärts zu bewegen und mit dem tödlichen Angriff auf den ahnungslosen Feind zu beginnen. Sobald alle 20 der zehn Pfund schweren, mit Sprengstoff geladenen 81-mm-Granaten in Position waren, synchronisierte ihre AI den zeitgleichen Start ihres Abstiegs, um exakt zum selben Zeitpunkt einzuschlagen.

Nachdem republikanische Geschosse in gegnerische Fahrzeuge, Wachtürme und Munitionslager einschlugen und die Körper großer

Gruppen von Zodark- und Orbot-Soldaten wie Strohpuppen durch die Luft geschleudert wurden, brach das beabsichtigte Chaos aus. Singletary sah die Explosionen, bevor er die Druckwellen spürte und den erschütternden Lärm vernahm. Er war mehr als glücklich über das Massaker, das sich vor ihm entfaltete. Jeder Zodark oder Orbot, der sich in Flammen und voller Schrapnell vor ihm auf dem Boden wälzte, war ein feindlicher Kämpfer weniger, der Singletarys Leuten Schaden zufügen konnte. Die donnernden Explosionen und Flammengeiser und die herumfliegenden Trümmer waren das Signal für die übrigen Trupps, mit ihrem Angriff auf die Basis zu beginnen.

Beide Cougar sprangen aus ihrer versteckten Position im Wald hervor und verringerten den Abstand zwischen sich. Die Mechs, kontrolliert von ihren menschlichen Führern, rannten neben den gepanzerten Fahrzeugen her und schossen auf jeden Soldaten und auf jedes Gerät – auf jedes bewegliche Ziel – das die Cougar möglicherweise gefährden konnte. Im Moment kam es einzig und allein darauf an, dass die Cougar mit ihren taktischen Atombomben den Weltraumaufzug erreichten.

In dieser verschneiten Szene entlud sich nun auch feindliches Feuer auf menschliche Ziele. Einige der Laser prallten ohne ersichtlichen Erfolg oder mit nur geringem Effekt von den Fahrzeugen ab. Bald darauf erreichten die ersten Laserblitze Singletarys Soldaten. Zuerst waren es nur ein oder zwei Soldaten, bald schon eine Handvoll, während der Feind sein Bestes gab, sich zu reorganisieren und eine Art Verteidigung des Weltraumhafens zu organisieren.

Singletary kommandierte die Kompanie nur seit wenigen Tagen und hatte soeben als amtierender kommandierender Offizier der Apollo-Kompanie seine ersten Soldaten verloren.
****

»Nahe am Fahrzeug halten, Bastille!«, rief Jones ihm über ihr internes Netz zu.

Der Gefreite Andre Bastille bemerkte, dass sich sein Abstand zu dem Fahrzeug, dem er folgen sollte, vergrößert hatte. Er schloss auf. Die angemessene Distanz war schwer abzuschätzen. Zwei für die Fahrzeuge bestimmte Schüsse waren von den Cougar abgeprallt und auf seinen Mech umgelenkt worden. *Glücklicherweise hatte seine*

Warnvorrichtungen keinen Grund, ein Alarmsignal auszusenden, aber warum sollte er das Schicksal herausfordern?

Er atmete tief durch und redete sich selbst gut zu: *Das ist das Gefecht. Auf dich wird geschossen. Das ist normal. Konzentriere dich.*

»Verbindung unterbrechen!«, rief ihm Jones erneut zu. Andre verfluchte sich selbst, bevor er das Mikrofon ausschaltete.

Der Angriff gewann an Boden und hatte das offene Feld bereits halbwegs hinter sich gelassen. Andre hatte seine Gatling wiederholt abgefeuert, bewahrte seine Raketen aber auf, falls sich ihm beim Näherkommen größere Ziele bieten sollten. In keinem Fall durfte der Aufzug beschädigt werden. Der Cougar musste an Bord und durch die Röhre nach oben geschickt werden. Bei diesem ununterbrochenen Schusswechsel konnte er sich allerdings nicht vorstellen, wie das möglich sein sollte.

Eine weitere Kugel prallte von seinem Panzer ab. Frustriert knurrte Andre und schickte eine neue Salve seiner Gatling-Kanone aus. Neben ihm sah er den nächsten Infanteristen in sich zusammenfallen. Er stand nicht wieder auf.

Andre fragte sich, wie es Takata erging. Ohne einen Mech für jedes Mitglied des Trupps zur Hand zu haben, war Takata gezwungen, zusammen mit den anderen Trupps zu Fuß vorzudringen. Andre hoffte, dass der Junge nicht bereits von einem Laser erwischt worden war.

»Legion, im Norden baut sich ein Raketenteam der Zodark auf. Ich habe ihren Standort markiert«, erreichte sie die Stimme der Führerin des ersten Trupps, Staff Sergeant Moreau.

Andre brachte den Standort auf seinem HUD hoch und schickte drei seiner Lenkwaffen aus. Ihr Einschlag spuckte Feuer und Trümmerteile in sämtliche Richtungen aus. Das Panzerabwehr-Team der Zodark war vernichtet, bevor es die Cougar aus dem Weg schaffen konnte.

»Guter Schuss, Legion«, erreichte ihn der Jubel über seine Kopfhörer.

Andre lächelte und sah sich weiter nach Zielen um. Dieses Team würde nicht sein letztes sein.

****

Corporal Eva Jorgensen hielt sich zusammen mit den anderen Sanitätern und Lieutenant Singletary im Hintergrund. Obwohl sie den

Grund dafür einsah, protestierte jede Faser ihres Seins dagegen. Jedes Mal wenn sie einen Soldaten zu Boden fallen sah, spannten sich ihre Muskeln an, als ob sie aufstehen und in das Chaos hinausrennen wollte. Sie zwang sich, diesen Instinkt zu bekämpfen. Der Gefechtsbereich war noch nicht geklärt. Das Feld war zu weit offen, und Sanitäter, die in ein frei einsehbares Gelände wie dieses hinausgeschickt wurden, würden mit großer Wahrscheinlichkeit selbst erschossen werden

»Verflucht noch ma...«, begann Mac.

Staff Sergeant Moore fiel ihm ins Wort. »Genug, Mac.«

»Aber Sarge ...«

»Ich sagte, genug«, wiederholte Moore mit zusammengebissenen Zähnen. »Mir gefällt es genauso wenig wie dem Rest von Ihnen, aber wir sind die Einzigen, die die Kompanie hat. Wenn wir untergehen, nur weil wir Helden sein wollen, werden weit mehr sterben.«

»Die Zodark konzentrieren ihren Beschuss auf die Cougar und die Mechs an der Spitze. Was ist mit denen im hinteren Bereich?«, fragte Corporal Kim. »Von dort könnten wir die Verwundeten problemlos in Sicherheit bringen.«

Moore begutachtete das Chaos des Schlachtfelds und trat an den Lieutenant heran, der den Kampf von anderer Stelle aus beobachtete. Die Debatte schien hitzig zu sein. Jorgensen wartete auf dem Moment, in dem Moore ihnen die Genehmigung erteilen würde.

»Eva, Abba und Kim – rücken Sie aus und bringen Sie die Verwundeten zurück. Falls Sie sie nicht innerhalb kürzester Zeit stabilisieren können, bringen Sie sie zurück zum CCP.«

Moore wandte sich an Mac. »Organisieren Sie einen Verwundetensammelpunkt hinter unserem Standort!«

Jorgensen wusste, wie aufgebracht Mac sein würde, zur Einrichtung des CCPs zurückbleiben zu müssen. Trotzdem folgten alle den ihnen erteilten Anweisungen ohne ein Wort zu verlieren. Dies war ein Augenblick während des Gefechts, in dem niemand etwas hinterfragte. Ein Befehl wurde erteilt und das Leben anderer hing von seiner Befolgung ab.

Die drei Sanitäter rannten mit großen Schritte unter den Bäumen hervor und eilten auf die ersten Soldaten zu, die sie im Schnee liegend vor sich sahen. Jorgensen ließ sich neben einer Soldatin fallen, die mit dem Gesicht nach unten dalag. Die Blutlache um ihren Kopf herum schmolz den Schnee. Jorgensen wusste schon bevor sie ihren Körper herumrollte, was sie sehen würde. *Trotzdem, sie musste sichergehen.* Beim Umdrehen fielen Haare, Hirnsubstanz und Schädelfragmente aus dem eingeschlagenen Helmvisier. Mit einem Aufschrei ließ Jorgensen die Leiche los und fiel überrascht von diesem grauenvollen Anblick nach hinten.

In diesem Augenblick durchschossen mehrere Laserblitze genau die Stelle, an der sie sich eben noch aufgehalten hatte. Die Luft um sie herum war elektrisch geladen. »Heiliger Mist! Das war nahe dran«, entfuhr es ihr laut.

Wieder auf den Füßen versuchte Jorgensen, diese Soldatin aus ihren Gedanken zu verdrängen. Sie rannte auf den nächsten verwundeten Kämpfer zu.

In einer Gruppe von drei Soldaten wälzte sich einer von ihnen unter starken Schmerzen auf dem Boden, während die anderen beiden in ein heftiges Feuergefecht mit zwei Orbot verwickelt waren. Jorgensen verspürte ein Schuldgefühl, die Leiche der Soldatin zurückgelassen zu haben. Sie hatte Besseres verdient als einfach übergangen und vergessen zu werden. Diese Soldatin war eine Mutter, Tochter, Schwester, Ehefrau oder Freundin. Jemand kannte und liebte diese Person über die halbe Galaxie hinweg. Gedanken wie diese verfolgten sie in ihren Träumen. *Aber das diente niemandem.* Jorgensen musste sie hinter sich lassen und sich zusammenreißen. Sie selbst war eine republikanische Soldatin, Sanitäterin und Anführerin eines Teams.

Während sie neben dem verwundeten Soldaten kniete, sah Jorgensen Abba, die mit einem verwundeten Soldaten über ihrer Schulter so schnell sie konnte zurück zu der von Mac bemannten Verwundetensammelstelle eilte. Der Soldat, mit dem sie auf Mac zurannte, schrie unter heftigen Schmerzen laut auf. So wie es aussah, hatte der Mann unterhalb des Knies ein Bein verloren. Blut rannte an Abbas Rückenpanzerung herunter. Der andere Fuß des Mannes schien nur noch lose an einem wirren Durcheinander von Sehnen, zerfetzten Muskeln und Gewebe zu baumeln.

»Seien Sie vorsichtig, Doc!«, rief einer der Soldaten Jorgensen zu. »Einer der Orbot versucht uns von der Seite her anzugreifen, während die Zodark uns hier vor Ort halten sollen.« Eine Handvoll Laserblitze schoss über ihre Köpfe hinweg und um ihre Deckung herum.

»Halten Sie sie mir nur so lange vom Leib, bis ich ihn stabilisiert habe und nach hinten bringen kann.«

Jorgensen las das Namensschild des Verwundeten. »Halten Sie durch, Hodges. Ich sehe nach, wie schlimm es ist und gebe Ihnen ein Schmerzmittel«, erklärte sie.

Der Soldat schlug um sich und schrie ohne Unterlass weiter. Erfolglos versuchte sie, ihren medizinischen Port mit der Uniform des Mannes verbinden. Er wälzte sich zu stark hin und her. Schließlich schnappte Jorgensen ihn an seinem Brustpanzer und schrie ihm ins Gesicht: »Hören Sie mit der Schreierei auf und halten Sie endlich still, damit ich Ihnen helfen kann!« Dann ließ sie ihn wieder zu Boden fallen.

Der Soldat schien die Nachricht verstanden zu haben. Er verhielt sich endlich genug still genug, um ihr den Beginn der Behandlung zu erlauben. Seine offensichtlichste Verletzung rührte von einem Laserblitz in den Unterleib her. Zudem litt er unter innerlichen Blutungen. Die Eingabe der korrekten Information schickte ein Signal an seinen Panzeranzug, die Einschussstelle mit einem bioorganischen Gerinnungsmittel zu verschließen, um die Blutung vorübergehend zu stoppen und ihn solange zu stabilisieren, bis Jorgensen ihn an ein übergeordnetes Traumazentrum weitergeben konnte. Danach gab sie dem Soldaten eine Dosis Fentanyl, die ihm die Schmerzen nahm.

Nachdem sie ihn so stabilisiert hatte, machte sie sich die begrenzte Stärke des Exoskeletts ihrer Kampfuniform zunutze und lud den Soldaten auf ihre Schulter. Das Exoskelett der Sanitäteruniformen war nicht ganz so stabil wie das der Infanterie oder der Sondereinsatzkräfte; es war gerade stark genug, um ihnen das Tragen eines verwundeten Soldaten vom Schlachtfeld zu erleichtern. Jorgensen erinnerte sich an ihr Training, als sie dies ohne den Exoanzug versucht hatten. Sie musste einen Gefechtskameraden aufheben und ihn 100 Meter vor und zurück transportieren. Diese Distanz variierte, je nachdem welchen Ärger sie sich eingehandelt hatte. Damals hatte sie diese Übung gehasst und sie für Schikane gehalten. Im Nachhinein hatte sie dann erkannt, dass sie sie auf genau das vorbereitete, was sie derzeit tat. Sie rettete ein Leben.

Auf dem Weg zurück in Sicherheit stieß der Soldat über ihrer Schulter plötzlich einen unerklärlich qualvollen Schrei aus. Angesichts der Tatsache, dass sie ihm gerade eine Dosis Fentanyl verabreicht hatte, war dies merkwürdig. Das Zeug war gewöhnlich stark genug, um ein Pferd umzuwerfen.

Fluchend fauchte sie ihn an: »Hören Sie mit der Schreierei auf! Ich gab Ihnen gerade das gute Zeug. Wenn Sie weiter so heulen, erwischt es uns zu guter Letzte beide.«

Es war schwer genug, den verwundeten Mann alleine tragen zu müssen. Sie konnte gut darauf verzichten, dass sein Geschrei ihre Sinne beeinträchtigte oder dass ihr von einem Zodark in den Rücken geschossen wurde. Nachdem sie es zum CCP zurückgeschafft hatte, legte sie den Mann behutsam ab und rannte ohne Zögern erneut auf das Schlachtfeld hinaus, um die Suche nach weiteren Verwundeten fortzusetzen.

Eine Endlosschleife, bis wir alle nach Hause zurückkehren, dachte sie.
****

RNS *Valkyrie*
Vorbereitung auf den Sprung in das Sirius-System

Wieder einmal saß Private First Class David Roberts im Truppenabteil, während ihr Schiff darauf wartete, sich dem im Sirius-System stattfindenden Kampf anzuschließen. Die Gerüchteküche behauptete, dass die Flotte bereits knapp 100 Kriegsschiffe in das System verlegt hatte, um es dort mit einer ebenfalls großen Orbot- und Zodark-Flotte aufzunehmen. Derweil erwarteten auf dieser Seite des Tors viele Dutzend orbitaler Angriffsschiffe und Truppentransporter ihren Befehl zum Sprung, um sich so schnell wie möglich nach Alfheim zu begeben.

»Ist es vor einer Schlacht immer so?«, stellte ein Gefreiter die Frage ins Blaue hinein.

Einer der Sergeanten wandte sich zu ihm um. »Wie ‚so‘?«

»Herumsitzen und warten? Die Spannung bringt mich um«, beklagte sich der Soldat.

Zwei Unteroffiziere lachten. David schloss sich an. »Das ist ein altes militärisches Spiel«, antwortete einer der Unteroffiziere. »Du rennst an einen Ort oder bereitest dich in aller Eile auf etwas vor, nur um später abwarten zu müssen, was geschehen wird. ‚Eil dich und warte ab‘. Das ist so alt wie die Armee selbst, mein Junge.«

»Wir können nur froh sein, nicht zur Angriffsflotte zu gehören. Die soll uns den Weg ebnen, auf dem wir ihr dann folgen werden«, gab ein anderer Soldat kund.

»Ja, und was verstehen Sie schon davon, Private?«, tadelte ihn einer der Sergeanten. »Ist das nicht Ihr erster Gefechtseinsatz?«

Nicht im Geringsten eingeschüchtert, konterte der junge Soldat mit vorgestrecktem Kinn. »Meine ältere Schwester ist Lieutenant Commander an Bord eines Schlachtkreuzers. Sie hat mir erklärt, dass die Flotte vor den Transportern vordringt, um ihnen den Weg zu räumen. Wahrscheinlich ist sie als Teil der Flotte bereits im System.«

Einen Augenblick herrschte Stille. Alles waren in ihre Gedanken versunken.

»Was ist mit Ihnen, David? Sie nahmen an der ersten Invasion teil, nicht wahr?«, erkundigte sich ein Staff Sergeant, während er seinem Trupp einige Snacks aushändigte.

David akzeptierte einen der ausgegebenen Proteinriegel. Er sah kurz unter sich, bevor er zu den anderen Truppenmitgliedern hochsah, die ihn in Erwartung seiner Antwort schweigend anstarrten.

»Ja, ich nahm an der ersten Invasion teil«, bestätigte David. »Ich gehörte der Apollo-Kompanie an, Erster Trupp, Erster Zug. Der erste Tag war schrecklich, total chaotisch. Wir kamen mit der ersten Welle unten an. Ein Trupp des dritten Zugs schaffte es nicht mal in die Landezone. Ihr Osprey wurde bereits im Anflug abgeschossen.«

»Wie ist es? Unten auf dem Planeten, meine ich«, wollte ein anderer Soldat wissen. Mehr und mehr Soldaten schwiegen nun. Zum ersten Mal seit Wochen schenkte jemand David ungeteilte Aufmerksamkeit. Selbst zwei der Sergeanten hörten zu, die ebenfalls auf Alfheim gewesen und dort verwundet worden waren. Die ihrer Verletzung folgende Evakuierung war der Grund, weshalb sie mit der späteren Übernahme durch die Zodark nicht auf Alfheim gestrandet waren.

David zuckte mit den Achseln. »Ich … ich war nicht sehr lange dort. Ich kann mich nur an das Wetter erinnern. Es war kalt. Bitterkalt. Wolkenverhangen. Und es schneite viel.«

»Was haben Sie gemacht? Sich den großen Zeh gestoßen?«, forschte Private Fischer sarkastisch. »Sich den Fuß verstaucht, um medizinisch evakuiert zu werden?« Niemand mochte Fischer. Er gab den NCOs ständig Widerworte und machte jeden an, wo er nur konnte.

Mit seinen ein Meter achtundneunzig und gebaut wie ein Footballspieler, war er ein ständig missgelaunter Raufbold.

»Halt die Klappe, Fischer. Du warst nicht dabei!«, entgegnete ihm David aufgebracht.

Zornig starrte Fischer ihn an. Gerade öffnete er den Mund zu einer Erwiderung, als sich Sergeant McAfee einmischte. »Bevor Sie sich was zurechtlügen, Fischer … David wurde verwundet, so wie viele von uns. Sein Verhalten an diesem Tag brachte ihm sogar eine Ehrenmedaille und ein Purple Heart ein. Vielleicht haben Sie Glück, Fischer, und verdienen sich Ihre eigene Ehrenmedaille, sobald wir an der Reihe sind. Danach dürfen Sie Unsinn reden. Bis dahin gehören Sie zu den Jungfüchsen, wie alle anderen auch.«

Fischer war um einen guten Kommentar verlegen. Er saß einfach nur da und schmollte übelgelaunt.

David war nur Stunden von der Rückkehr zu seiner Einheit auf der Oberfläche entfernt gewesen, als die RNS *Mercy* sich an diesem schicksalhaften Tag – dem erneuten Angriff der Zodark – durch einen Sprung aus dem System in den Bereich der Primord hinein gerettet hatte. Beim Gedanken an den Tag der Invasion, an dem *er* verwundet worden war, fragte er sich, was wohl geschehen wäre, wäre er nicht verwundet worden. Er kämpfte immer noch gegen seine Albträume an. Andere Soldaten hatten ihm allerdings versichert, dass die *im Allgemeinen* mit der Zeit vergehen würden.

Nach seiner vollständigen Genesung war David auf die RNS *Valkyrie* zurückversetzt und in eine neu auf das Schiff verlegte Einheit eingegliedert worden. Und jetzt, beinahe sechs Wochen später, bereitete er sich auf seine zweite Landung auf Alfheim vor – als Teil eines neuen Trupps und einer neuen Einheit. Glücklicherweise war seine körperliche Auseinandersetzung mit dem Corporal dank der größeren Bedeutung des Krieges unter den Teppich gekehrt worden.

Außer seinem Truppführer Staff Sergeant Howell und seinem Teamleiter Sergeant McAfee, war David der Einzige, der über Kampferfahrung verfügte. O'Connor, Fischer und Valdez waren gute Leute, allerdings frisch aus der Grundausbildung. Sie hatten nicht einmal Zeit gehabt, sich an Neu-Edens Schwerkraft zu gewöhnen, bevor sich ihre Einheit eingeschifft hatte.

»Was, wenn sie mich erwischen, bevor ich es auf den Planeten schaffe?« Private O'Connor rutschte in seinem Sitz hin und her. »David sagt, dass ein Trupp seines alten Zugs es nicht einmal bis auf die Oberfläche geschafft hat. Ich bin nicht den ganzen Weg hergekommen, um noch vor dem Beginn des Kampfs weggeputzt zu werden.« Sein rechtes Knie hüpfte unruhig auf und ab und nervöse Hände bewegten sich hin und her, während seine Daumen die Innenseite seiner Hände rieben.

David drehte sich zu O'Connor um. »Mann ... beruhigen Sie sich. Sobald wir uns in den Osprey anschnallen, hat niemand Kontrolle über das, was kommt. Falls unsere Fähre abgeschossen wird, wird sie abgeschossen. Die Aussichten auf einen schnellen Tod, ohne dass Sie wissen, was Ihnen geschieht, stehen gut. Sobald Sie den Boden aber erreichen, denken Sie daran, zusammenzubleiben und sich schleunigst von der Rampe zu entfernen ... Deckung finden, eine Handvoll gezielter Schüsse auf den Feind abgeben und vorwärts zur nächsten Position. Und immer weiter so.«

O'Connor nickte. Nach diesem Zuspruch ließ seine Nervosität ein wenig nach.

Fischer hatte lange genug geschwiegen. Es war Zeit, sich wieder in die Unterhaltung einzumischen. »Dave, Sie wurden zu Ihrem ersten Kampf abgesetzt und gleich am ersten Tag verletzt. Hören Sie auf, wie ein erfahrener Kriegsveteran mit all der Erfahrung zu prahlen, an der es Ihnen mangelt.«

»Das ist ein Kampfeinsatz mehr als Sie erlebt haben, Gefreiter Fischer«, fuhr ihn Sergeant McAfee in harschem Tonfall an. »Ich denke, es ist an der Zeit, die Klappe zu halten und sich hinzusetzen.«

Nach diesem letzten Anpfiff sah Fischer erneut beleidigt vor sich hin.

Sergeant McAfee beugte sich zu David hinüber. »Es war gut, was Sie O'Connor gesagt haben. Gut formuliert. Manchmal sind ein oder zwei Worte nötig, um ein Denken wieder in die richtigen Bahnen zu lenken.«

»Danke«, nickte ihm David zu. »Das Gleiche hat mir einer meiner ehemaligen Kameraden vor meinem Sprung gesagt. Hat mir echt geholfen.«

»Klingt wie ein guter Mann. Vielleicht kenne ich ihn?«, wunderte sich McAfee.

»Keine Ahnung. Ist Ihnen je ein PFC Duncan Campbell über den Weg gelaufen?«

»Dieses alte Gerippe?« McAfee lachte. »Zum Teufel, ja, den kenne ich. Wir waren zusammen in der Grundausbildung. Sagten Sie PFC? Himmel, mittlerweile sollte er es wirklich gelernt und zum Staff Sergeant gebracht haben. Wie es ihm wohl geht?«

»Das werden wir sicher bald erfahren«, erwiderte David.

Innerhalb der nächsten Stunde oder so würde diese Armada von Truppenschiffen und Transportern in das Sirius-System springen. Der Beginn der zweiten Invasion.

Kapitel Zwölf
Tödliches Opfer einer Schachfigur

Der Aufzug des Weltraumhafens
Alfheim

Adam Singletary sah, dass die Fahrzeuge des ersten und zweiten
Trupps den Außenbereich der orbitalen Aufzugsbasis erreicht hatten.
Seine Bodenangriffstruppen hatten schreckliche Verluste erlitten – über
die Verluste hinaus, die sie nach der Vertreibung der Flotte aus dem
System durch die Orbot und die Zodark und deren Wiedereinnahme
von Alfheim erlitten hatten. Die Kompanie blutete weiter aus. Sich
beim Ansehen der Verlustzahlen zu versichern, dass es hätte schlimmer
kommen können – selbst wenn dies der Wahrheit entsprach – half
Singletary nicht im Geringsten, besser mit diesen Zahlen umzugehen.
Er wusste, dass dieser Angriff nötig war und trotzdem fühlte er sich wie
ein Schlachter, der seine Soldaten in den sicheren Tod schickte.

Der Blick über das Kampfgebiet zeigte Singletary, dass die
Sanitäter wahre Heldentaten vollbrachten, in dem sie die Verwundeten
unter andauerndem feindlichen Beschuss einsammelten und zur
Krankenstation zurückbrachten. Ein genauerer Blick tiefer in die
feindliche Einrichtung hinein verriet Singletary, dass sie von seinen
Granatwerferteams – so wie er es sich erhofft hatte – gründlich
eingeebnet worden war. Sie hatten dem Fahrzeugpark sowie den
befestigten Stellungen und den gegnerischen Kasernen stark zugesetzt.
Ihre Präzisionstreffer hatten aller Wahrscheinlichkeit nach ein gutes
Drittel der Soldaten getötet, die sie andernfalls hätten bekämpfen
müssen. Einige Abschnitte des Einfriedungswalls um die Ladeflächen
des Aufzugs herum waren mit einer Handvoll großer Löcher gespickt.
Viele seiner Soldaten stürzten durch diese Öffnungen voran.

Dann entdeckte Singletary in der Nähe der linken Umzäunung
eine seltsame Bewegung. Sie war zu weit entfernt, um seine
Helmkamera, deren Linse voller Staub war, genauer einstellen zu
können. Was wie ein organisierter Angriff ausgesehen hatte, schien
sich plötzlich vor seinen Augen in ein chaotisches Durcheinander zu
verwandeln.

»Cougar Zwei-Eins Delta an Apollo Sechs«, drang die Stimme
von Private Takata, dem Transfer vom Team der Mech, zu ihm vor.

»Apollo Sechs hier.« Singletary konnte die aufsteigende Sorge in seiner Stimme nicht verbergen.

Wieso spricht mich der Fahrer des Cougar an? Wieso nicht der Fahrzeugkommandant, Sergeant Haus?

»Apollo Sechs, das Fahrzeug wurde von einer Art Explosion getroffen. Es liegt auf der Seite. Ich habe zwei Tote und bin selbst darin gefangen. Haben Sie verstanden?«

»Ist das Paket gesichert?«, forschte Singletary.

»Jawohl, Sir. Ich trage es bei mir.«

»Apollo Sechs, Legion hier. Ich bin auf dem Weg zu Cougar Zwei. Ich hole die Ladung ab.«

»Bringen Sie sie zum Aufzug, Legion! Sechs, Ende.«

****

Andre ‚Legion‘ Bastille spurtete auf den Cougar des zweiten Trupps zu, der getroffen und auf die Seite gerollt dalag, während Abede und Jones dem Cougar des ersten Trupps Deckung verschafften. Ihr Cougar war nun das einzige Fahrzeug, das weiter fahr- und kampfbereit war.

Bastilles Zielfindungscomputer nahm automatisch jeden Kopf ins Visier, der sich über die Betonbarriere um den Eingang des Weltraumhafens herum zeigte.

BUUMM!

Eine Explosion in der Nähe der beiden Cougar überzog Andres Mech mit Schmutz, Steinen, Trümmerteilen und Eisbrocken. Nachdem er sein Gleichgewicht wiedererlangt hatte, wirbelte Andre herum und sah die hoch aufspringenden Flammen um den Cougar des ersten Trupps herum, der wie das Spielzeug eines Kindes auf seine Seite geschleudert worden war. Die Explosion ließ Andre solange nach hinten stolpern, bis er gegen Jones’ und Abedes Mechs stieß. Andre versuchte, die Auswirkungen der Druckwelle abzuschütteln, um durch den Rauch hindurch nach den beiden Mech zu suchen, auf die er aufgelaufen war. Er konnte nichts sehen. Andres Gesichtsfeld war von dem aufsteigenden Rauch der nahegelegenen Flammen und den Schneeverwehungen auf dem Schlachtfeld stark beeinträchtigt. Schließlich entdeckte Andre eine Bewegung. Durch die Rauchfahnen hindurch sah er zwei übergroße Maschinen, die ohne aus dem

Gleichgewicht zu kommen, das Trümmerfeld durchschritten und sich unbeirrt den gegnerischen Zielen vor sich annahmen.

Der Arm eines Mechs mit seinem Gatling-Geschütz schwenkte in einem 40-Grad-Winkel hin und her und mähte Dutzende von Orbot nieder, die versuchten, ihre Position zu überrennen. Seine Magrail-Projektile vom Kaliber 12,7 mm rissen die Cyborgs mit dem Einschlag eines jeden Treffers in Stücke. Dann musste Andre erleben, wie der Mech – dessen massiger Aufbau seitlich das Bild eines Schutzschilds trug – von zwei Laserblitzen in seine Kniegelenke bezwungen wurde und er unter seinem eigenen Gewicht auf dem Boden zusammenbrach.

Verflucht, noch ein Mech unbrauchbar. Wie richten wir den Cougar wieder auf, damit er die Bombe liefern kann?

Er überlegte, ob er mit seinem Mech die Richtung wechseln sollte, um Jones behilflich zu sein. Nachdem allerdings ihr erstes Fahrzeug zerstört worden war, war die Bombe an Bord des umgestürzten Fahrzeugs ihre einzige verbliebene Chance. Aus diesem Grund richtete Andre sich nun zu seiner vollen Größe auf und kehrte zum Cougar des zweiten Trupps zurück. Er umrundete das Fahrzeug und begann es aufzurichten, worauf sich die jetzt freiliegende Fahrerluke öffnete, aus der überraschend Takatas Kopf vor Andre auftauchte.

»Was zum Teufel hat so lange gedauert?«, rief ihm Takata zu, der den Atomsprenkopf trug.

Andre lächelte und ließ Takata die Bombe in die ausgestreckten Hände seines Mech legen, bevor ein blauer Lichtstreifen ihn zusammenzucken ließ. Er drehte seinen Kopf nach links. Blendendes Licht schoss direkt vor seinem Gesichtsfeld vorbei. Diese kurze Bewegung seines Kopfs rettete ihm das Leben. Der Laserblitz zuckte an ihm vorbei, nahe genug, um die Farbe seines Helms zu versengen. Ein zweiter Laser durchdrang das Visier seines Helms, verpasste Andres Kopf nur um wenige Millimeter und trat hinter seinem Kopf wieder aus dem Helm aus.

Der Mech stürzte zu Boden. Die roten und gelben Warnleuchten sämtlicher Systeme blinkten auf. Nichtsdestotrotz zeigte Andre noch die Geistesgegenwart, seine Zielfindungs-KI sechs bevorzugte Ziele für die ihm verbliebenen Raketen finden zu lassen. Die Zeit schien stillzustehen, als sein Mech schließlich in sich zusammenfiel.

Andre hatte keine Ahnung, welche Ziele die KI mit den letzten Raketen unter Beschuss genommen hatte. Den Explosionen nach, die er hören konnte, hatten sie jedoch ihre Ziel gefunden. Die Sicht durch das zerstörte Visier seines Mech hindurch zeigte Andre den jungen Soldaten Takata, der so schnell er konnte auf den orbitalen Aufzug zulief. Dabei presste er die nukleare Sprenglasung eng an seinen Körper. Andre wollte ihm zurufen, stehenzubleiben oder die Bombe einfach in den Aufzug zu werfen, aber seinem Mund wollten keine Worte entweichen. Stattdessen verfolgte er stumm, wie Takata den Laserblitzen, die überall um ihn herum aufblitzten, im wilden Lauf auswich und weiter unbeirrt auf die Rampe des Weltraumaufzugs zuhielt. Ein gigantischer Sprung und Takata erreichte die Aufzugstür, worauf er mitsamt der Bombe im Innern des Aufzugs zu Boden stürzte.

Die Orbot und die Zodark, die sich in der Nähe aufhielten, ahnten offenbar, dass es etwas mit dem einsamen Soldaten und dem, was er bei sich trug, auf sich haben musste, denn sie konzentrierten ihren Beschuss nun allein auf ihn. Bevor sie ihn jedoch töten oder anderweitig von seinem Plan abhalten konnten, hatte Takata bereits den Aufzugknopf gedrückt … Die Tür schloss sich und der riesige Aufzug begann mit einer Geschwindigkeit von 300 Metern pro Sekunde seinen Aufstieg durch die magnetischen Ringe hindurch. Er war auf dem Weg zur orbitalen Raumstation.

Und dann erwachte Andre aus seiner Betäubung und schrie aus Leibeskräften: »Mech Legion an alle Apollo-Einheiten. Volltreffer. Ich wiederhole, Volltreffer!«

Andre nahm die Erwiderungen der Einheiten in sich auf, die auf seine Ankündigung reagierten, dass die Bombe den Aufzug erreicht und auf dem Weg nach oben war. Andre, der in seinem halb zerstörten Mech lag, verdrehte den Kopf, um dem Lift nachzusehen, der sich mit atemberaubender Geschwindigkeit aus seinem Gesichtsfeld entfernte. Das Letzte, was Andre nach Takatas Sprung in den Aufzug sah, waren die Laserblitze, die aus dem gesamten Umkreis um die Plattform herum auf sie einschlugen. Er war sich nicht sicher, ob es einem der Zodark oder der Orbot gelungen war, zusammen mit Takata auf die Plattform zu gelangen. Er wusste nur, dass sich Takata gerade in vollem Bewusstsein seines Handelns für jede einzelne Person der Kompanie geopfert hatte. Einen kurzen Augenblick starrte er nach oben, bis das

Zeichen für Takatas Erfolg erkennbar wurde. Gleißendes Licht erhellte
den Himmel, in dem kurzfristig eine zweite Sonne erschien
Gut gemacht, mein Freund. Wirklich gut gemacht ...
****

Corporal Eva Jorgensen hatte gerade einen weiteren Soldaten im
CCP stabilisiert, als der Funkverkehr in ihrem Ohr einsetzte. Mit dem
Blick auf das Schlachtfeld versuchte sie zu verstehen, was sich in dem
Chaos da draußen abspielte, aber die vielen Kommunikationsstränge
verwirrten ihr die Sinne. Sie trat an die Baumlinie heran, um zu sehen,
was sich tat. In diesem Augenblick ging vor ihr einer der Cougar nach
einem Einschlag in Flammen auf und rollte auf seine Seite. Erschüttert
musste sie dann erleben, wie der zweite Cougar über etwas
hinwegrollte, in die Luft flog und ebenfalls umstürzte. Jorgensen sah,
dass einer der Mech neben dem zweiten Cougar zusammenbrach,
dessen an Bord befindliche Munition sich nun entzündete.

Sie wandte sich an Moore. »Welcher Cougar wurde getroffen?«

»Beide sind außer Gefecht«, erklärte Moore.

»Das weiß ich, aber welcher steht in Flammen?«

»Für den Fall eines Schadens hat die nukleare Vorrichtung eine
eingebaute Sicherheitsfunktion. Das Feuer wird sie nicht aktivieren.«

»Verdammt, Moore! Ist es der Cougar des zweiten Trupps, ja
oder nein?«, schrie Jorgensen ihn voller Frustration an. Ihre Gefühle
wollten sie überwältigen.

Sie wusste, dass er vermied, ihr spezifische Informationen zu
geben, da Jorgensen die Sanitäterin des zweiten Trupps war. Sie kannte
die Soldaten dieser Gruppe sehr gut, und was noch wichtiger war, sie
kannte den derzeitigen Truppenführer Sergeant Haus. Sobald sie auf
Patrouille auszogen, hielt sie sich solange entweder an Staff Sergeant
Murphy oder an Alpha Teams Sergeant Haus, bis ihr Job, das Leben
eines Truppenmitglieds zu retten, begann.

»Jorgensen, es war das Fahrzeug des ersten Trupps. Bis jetzt
keine Nachricht von der Mannschaft, einschließlich von Staff Sergeant
Moreau.«

»Und die anderen?«

»Ich denke, ihr Fahrer war Private Lancaster und ihr Schütze war
PFC Campbell. Beide von Team Alpha.« Bei diesen Worten sah Moore
Jorgensen an.

Ein beschämendes Gefühl der Erleichterung überkam Jorgensen, jetzt, da sie wusste, dass es nicht der Cougar ihres Trupps war, der in Flammen stand. »Na also, war das so schwer?«, hisste sie mit mehr Gift in der Stimme, als sie beabsichtigt hatte.

»Mehr als Sie ahnen, Corporal Jorgensen. Und jetzt zurück an die Arbeit«, befahl Moore.

Jorgensen wusste jetzt, dass das Fahrzeug, das auf der Seite lag, der Cougar des zweiten Trupps sein musste. Sie hatte diese Tatsache im Netz aufgeschnappt, hatte allerdings während ihrer Auseinandersetzung mit Moore den entsprechenden Funkverkehr verpasst. Jetzt wünschte sie sich, sie hätte sich nie mit ihm gestritten.

Jorgensens Arbeit war wichtig. Daran wurde sie mit jedem Kampfeinsatz erinnert. Allerdings hasste sie es manchmal, im Abseits zu stehen und abwarten zu müssen. Alle Action spielte sich an vorderster Front ab. Sie wusste nie, ob ihre Freunde dem Höllenfeuer entgangen waren, bis sie entweder auf einer Bahre eingeliefert wurden oder später unversehrt vor ihr auftauchten

»Volltreffer!«, erreichte Jorgensen ein Ruf über das Funkgerät. Sie erkannte sofort, was er bedeutete, und gab diese Information an die anderen Sanitäter weiter. Sie wollte sichergehen, dass alle wussten, dass ein Atomsprengsatz den Aufzug erreicht hatte.

Und dann sah sie beklommen nach oben. Der Aufzug war riesig. Er streckte sich hoch in die Wolken hinein und verschwand dann außer Sicht.

Alle anderen sahen ebenfalls nach oben. Die Stille ließ den Kampf einschlafen – beinahe als ob er vorübergehend ausgesetzt worden war – während alle nach einem Zeichen suchten, dass sie ihre Mission erfüllt hatten. Als es kam, wandten sie sich ab. Ein Blitz strahlenden Lichts zog über den Himmel hinweg.

Sie hatten es geschafft! Sie hatten das Unmögliche vollbracht.

Kapitel Dreizehn
Die Ankunft

Das Eintreffen in der Umlaufbahn über Alfheim

Nach Stunden müßigen Verharrens sprang die *Valkyrie* endlich in das Sirius-System. Die nachfolgenden 90 Minuten brachten dagegen ein chaotisches Wirrwarr, einen benommenen Zustand und reinen Terror mit sich. Statt wie geplant in der Nähe eines vermeintlich geklärten und direkten Pfads hinunter auf den Planeten einzutreffen, war die *Valkyrie* in Reichweite einiger Schiffe der Orbot gesprungen, die dort weiter gegen eine Handvoll der Primord-Schiffe kämpften. Selbstverständlich stellte die Ankunft mehrerer Dutzend fetter, saftiger orbitaler Angriffsschiffe und Truppentransporter ein zu attraktives Ziel für die Orbot dar, um sie unbeachtet ziehen zu lassen.

Während David und sein Trupp das Truppenabteil verließen, um sich auf dem Flugdeck zu versammeln, verwandelten sich die blinkenden gelben Lichter in den Fluren plötzlich in aufleuchtende rote Lichter, die ansagten, dass etwas nicht stimmte. Davids Trupp rannte nun zum Flugdeck, wo sie gemeinsam mit anderen auf die Reihe wartender Ospreys zuliefen. Ein lauter Donnerschlag ertönte. Ungeachtet der Erschütterung des Schiffs winkten die Mannschaftschefs und Lademeister die Soldaten weiter auf die geöffneten Türen der Osprey zu.

Dann nahm die *Valkyrie* einen zweiten, weit stärkeren Einschlag hin. Dieses Mal wurde die Mehrheit der auf die wartenden Transporter zulaufenden Soldaten entweder auf das Deck geworfen oder sie verloren den Halt und wurden durch die Luft geschleudert. Unvermittelt hatten diese Krieger eine vollkommen neue Sorge ... War es möglich, dass sie ihr Leben schon im Weltraum verlieren würden, noch bevor sie es auf den Planeten schafften? Aber sie hatten Glück. Der Angriff auf ihr Schiff endete so abrupt, wie er begonnen hatte.

In der Zeit, die ihre Verteilung auf die Ospreys und die anderen Fähren in Anspruch genommen hatte, waren die Schiffe der Orbot, die sie angegriffen hatten, zerstört. David hatte allerdings keine Ahnung, wie viele feindliche Schiffe sich weiter in der Nähe aufhielten und vorhatten, ihre Transporter unter Beschuss zu nehmen. Mit Sicherheit wusste er nur, dass sein Trupp in einem Osprey saß und den Abschuss aus der Startröhre auf dem Weg zur Oberfläche erwartete.

David, der nun angeschnallt in seinem Osprey saß, verspürte einen Ruck des Schiffs, dessen Lichter aufflackerten und zum Leben erwachten. Dann überkam ihn eine momentane Schwerelosigkeit, als sich ihr Osprey vom Mutterschiff abnabelte. Das Schlimmste an dieser Art von Weltraumreisen war das Eingepferchtsein in einem beengten Raum. Die panische Furcht, im Transit zu sterben, hatte er zwischenzeitlich überwunden, was allerdings nicht bedeutete, dass er sich keine Sorgen darüber machte, was um sie herum vorging … insbesondere, nachdem ihr Mutterschiff gerade einige harte Treffer erlitten hatte. Das war etwas Neues für ihn.

Bitte, Gott, lass mich nicht in dieser Dose sterben, bevor ich nicht am Kampf teilnehmen und meinen Freunden beistehen kann.

Augenblicke später verkündete die Stimme ihres Truppenführers Staff Sergeant Howell: »Sie haben es geschafft! Die orbitalen Plattformen, die uns am nächsten waren, wurden zerstört! Wir sind auf dem Weg zur Oberfläche!«

Diese Information wurde von der gesamten Kabine mit Jubelrufen begrüßt, während der Osprey mit Höchstgeschwindigkeit auf die Atmosphäre des Eisplaneten zuhielt. Jetzt lag es allein an ihnen. Sobald sie den Boden erreicht hatten, würde Davids Team, angeführt von Sergeant McAfee, das Gebiet um den Weltraumhafen und den Weltraumaufzug herum sichern. Falls die Zodark ihrer standardmäßigen Militärdoktrin folgten, durften sie bei ihrer Landung deren Gegenangriff erwarten, um die Landezone zu überwältigen und sie davon abzuhalten, ihre Stellung zu sichern.

»Dreißig Sekunden!«, warnte der Pilot über ihr internes Kommunikationsnetz.

Sobald der Osprey in die Atmosphäre des Planeten eindrang, spürte David die Rückkehr des drückenden Gefühls der Schwerkraft auf seine Knochen. Ihre Landung stand kurz bevor. Nach dem Einschwenken und Ausrichten des Osprey lösten sich die Sicherheitsgurte seines Sitzes. Zusammen mit dem Rest seines Trupps erhob er sich und bereitete sich darauf vor, das Shuttle nach der Landung zu verlassen.

David klopfte O'Connor auf den Rücken. »Halten Sie sich bedeckt, hören Sie auf Sergeant McAfee und alles wird einfach sein.«

O'Connor schwieg, hielt sein einsatzbereites Gewehr vor sich und nach unten, und ging bei der Landung leicht in die Knie. David fühlte das Aufsetzen des Osprey auf dem Boden. Die hintere Rampe senkte sich und erlaubte dem blendenden Licht, das vom Schnee noch verstärkt wurde, in die Kabine vorzudringen. Es schien intensiver als bei seiner letzten Landung auf Alfheim zu sein. Seine erste Landung hatte unter einer grauen Wolkendecke stattgefunden, hinter der die Sonne nicht zum Vorschein kam. Heute präsentierte sich der Himmel in einem wolkenlosen Blau.

Im Laufschritt ließ David die Rampe hinter sich und steuerte mit seinem Team auf den vereinbarten Treffpunkt zu. Dabei schweiften seine Augen unablässig auf der Suche nach möglichen Verstecken hin und her, von denen die Zodark oder Orbot angreifen könnten. Um ihn herum herrschte das reine Chaos. Umgestürzte Fahrzeuge, die in Flammen standen; Leichen von Freund und Feind, die weitverstreut auf dem Gelände vor ihnen lagen; Teile der Mechs, die, soweit das Auge reichte, in Stücke gerissen unter den Trümmern auf dem Feld zu finden waren ... Der Kampf um den orbitalen Aufzug war kostspielig gewesen. Das stand fest.

David hatte den Eindruck, dass der Kampf um die Aufzugsplattform sein Ende gefunden hatte. Republikanische Soldaten waren dabei, die Verwundeten einzusammeln und in eine einige hundert Meter entfernte Triage-Station in den Wald zu transportieren, der hinter dem offenen Feld begann. Dieser Wald war auch das Ziel seines Teams. Die Republikaner waren davon überzeugt, dass der Gegenangriff der Zodark aus dem Osten kommen würde, um ihre neu eingenommene Position zu flankieren und den Weltraumaufzug wieder an sich zu reißen. Der Blick nach oben auf das massiv verbogene Metallskelett des zerstörten Aufzugs sagte David, dass die Zodark, falls sie zurückkehren sollten, dieses Risiko umsonst eingingen.
****

Lieutenant Adam Singletary erstellte seinen Schadensbericht, während sich die Überreste seiner Kompanie an ihren Sammelpunkten rund um das Schlachtfeld herum einfanden. Staff Sergeant Moreau war von dem direkten Einschlag auf ihr Fahrzeug getötet worden. Gegenwärtig stand Sergeant Bankole dem ersten Trupp vor. Staff Sergeant Lillian Murphy hatte trotz ihrer Position als seine amtierende

Zugführerin nach dem Tod von Sergeant Haus erneut die Kontrolle über den zweiten Trupp übernommen. Die schlimmsten Nachrichten erreichten ihn von Trupp Drei. Der hatte die schwersten Verluste erlitten. Private First Class Kathleen Clary stand als Truppführerin einer Gruppe vor, deren Stärke auf fünf Prozent reduziert war. Singletary musste ein Gefühl dafür bekommen, was da draußen vorging. Er ließ seine Truppführer zu sich rufen.

Das erste Wort richtete er an PFC Clary. »Halten Sie die Überreste des dritten Trupps als Sicherheitskräfte zurück, Gefreite. Stellen Sie sicher, dass den Teammitgliedern genug Wasser und Munition zur Verfügung steht, falls sie nicht bereits damit begonnen haben, ihre Vorräte untereinander aufzuteilen.«

Clary, deren Panzeranzug nach einem intensiven Kampf angesengt und rußgeschwärzt war, nickte. »Jawohl, Sir. Sie können sich auf uns verlassen.«

Singletary lächelte, bevor er sich an Murphy und Bankole wandte. »Die Verstärkung aus der Umlaufbahn ist auf dem Weg, um den Planeten gemeinsam mit uns erneut einzunehmen. Die Verbindung mit der Flotte im Orbit steht wieder. Ich wurde informiert, dass wir einen Gegenangriff aus dem Osten erwarten müssen.« Er seufzte kurz, bevor er sich zögernd erkundigt: »Wer von Ihnen ist einsatzbereit?«

Staff Sergeant Murphy meldete sich zu Wort. »Nach dem Verlust von Sergeant Haus wird es mich einige Zeit kosten, uns neu zu organisieren und auf die nächste Runde vorzubereiten ... Wenn es das ist, was Sie wissen wollen?«

Sergeant Rodriguez sprach: »Der Verlust von Moreau ist hart, aber er geschah frühzeitig und es gelang mir, den Trupp in eine bessere Position zu verlegen. Wir verloren eine Menge Leute, sind aber organisiert und einsatzbereit.«

»Wie steht es um Ihre Munition?«, erkundigte sich Singletary bei Rodriguez.

»Wenn wir einen Gegenangriff abwehren sollen, könnten wir mehr gebrauchen. Granatwerfer wären ebenfalls schön«, erklärte Rodriguez.

»Dann gehören sie Ihnen. Sprechen Sie mit Private Clary. Sie soll Ihnen ihre Munition übergeben. Sobald sich die Verstärkung zeigt, überlasse ich Ihnen weitere.«

Rodriguez nickte und kehrte zu seinem wartenden Team zurück.

Schließich richtete Singletary das Wort wieder an Murphy. »Nach Ihrer Neuorganisation sind Sie zusammen mit dem dritten Trupp hier für unsere Sicherheit verantwortlich.« Dann hörten alle das eindeutige Geräusch mehrerer im Anflug befindlichen Ospreys. Außerdem bekamen sie kurz noch mindestens ein Dutzend F-97 Reaper zu Gesicht, die nicht gegen eine Bedrohung aus der Luft, sondern für die Erdkampfunterstützung konfiguriert zu sein schienen.

Lieutenant Singletarys Blick kehrte zu seinen Unteroffizieren zurück. »Diese Verstärkungen bringe ich sofort in den Wäldern unter. Mit jedem neuen Zug, den sie uns schicken, rufe ich einen der unseren zurück – solange, bis die Neuen all unsere Positionen übernommen haben. Ich werde sehen, ob ich unsere Kompanie nicht von diesem gottverdammten Planeten abziehen kann. Soweit es mich betrifft, sind wir mit Alfheim fertig.«

****

Andre Bastille trat gegen das von Rissen durchzogene Glas seines Mech, um das Loch für sein Entkommen zu vergrößern. Seine Ausstiegsluke mitsamt ihren Scharnieren war verbogen. Dieser Weg war ihm versperrt. Wenn der Mech Feuer gefangen hätte, wäre er bei lebendigem Leib verbrannt.

»Aus dem Weg«, erklang die Stimme seines Truppführers Staff Sergeant Tahlia Jones.

Die Stimme der Australierin brachte ihn zum Lächeln. Als er sie das letzte Mal gesehen hatte, hatten sie Seite an Seite gegen die von allen Seiten her angreifenden Zodark gekämpft. Bevor er Jones danach im dichtem Rauch aus den Augen verlor, musste er Abedes Fall zusehen.

Die Finger von Jones' Mech arbeiteten sich äußerst vorsichtig und präzise durch Andres zerbrochene Scheibe nach innen vor, bevor sie schließlich sanft an dem schweren Visier zogen. Mit seinem Wegfall kreierte dies eine ausreichend große Öffnung, die Andre endlich das Hinausklettern ermöglichte.

Hustend kroch er an die frische Luft. Der Rauch hing in seinen Lungen. »Danke«, keuchte er, bevor er langsam auf die Beine kam und die Szene um sich herum begutachtete.

Jones' Mech sprühte Funken. An verschiedenen Stellen trat Rauch aus ihm aus und mit jeder Bewegung gab er ein schrecklich kreischendes Geräusch von sich. Trotzdem war er nach wie vor mobil.

»Wo ist Takata?«, fragte Jones.

Andre sah zu Boden. »Ich hatte die Bombe in den Händen, bevor mein Mech durch einen Treffer lahmgelegt wurde. Danach war ich gefangen und konnte den verdammten Idioten nicht aufhalten.«

»Was ist mit Takata geschehen, Bastille?«, drängte Jones jetzt mit besorgtem Gesichtsausdruck.

»Er rannte mit der Bombe in den Aufzug und fuhr mit ihr nach oben. Die Türen hinter ihm verriegelten sich automatisch – offenbar eine von den Zodark initiierte Sicherheitssperre.«

Jones musste stark reagiert haben. Selbst ihr Mech trat einen Schritt zurück. »*Was* hat er getan?«

»Ja, der Irre fuhr mit einer Nuklearwaffe in den Himmel.« Bei dieser Dreistigkeit musste Andre beinahe lachen.

»Dann war er mutiger als Sie und ich es uns je erhoffen können. Ich muss es dem Lieutenant melden. Sind Sie in Ordnung?«

»Außer einem langen Weg zurück, bin ich ok. Ist Abede …«

»Tot?« Jones fiel ihm ins Wort. »Das ist er.« Sie wandte sich um und begann ihren beschädigten Mech in Richtung Wald zu lenken.

Andres Standfestigkeit kehrte zurück. Er trat an das umgestürzte Fahrzeug heran und half anderen dabei, es anzuheben. Durch die Fahrerluke kroch er in den dunklen Cougar hinein – nichts außer Kabel und Isolierstoffe, die überall im Fahrzeug lose herunterhingen. Seiner Meinung nach war der Cougar vollkommen zerstört. Was nicht bedeutete, dass eine gute Gruppe von Mechanikern und Technikern das Ding nicht wieder zusammenflicken konnte, falls ihnen das aufgetragen wurde. Einige Kabel sprühten Funken und kleine Feuer knisterten, deren teuflisches Licht die Kabine erhellte. Er sah Sergeant Haus, der unbeweglich und mit dem Kopf nach unten im Sitz des Fahrzeugkommandanten saß. Neben ihm hing der Schütze in einem verhedderten Durcheinander fest. Andre kroch zu ihm hinüber und drehte den Soldaten vorsichtig um. Er war tot. Bastille sprach den Namen auf dem Namensschild seines Mitstreiters laut aus: »Winkler.«

Seufzend verließ er den Cougar und trat in den hellen Tag hinaus, der das Tal durchflutete.

****

»Ich brauche Freiwillige!«

Corporal Eva Jorgensen konnte Staff Sergeant Moores Aufruf durch die Krankenstation hindurch hören und ging zu ihm hinüber. »Worum geht's?«

Moore drehte sich zu Jorgensen um. »Trupp Eins braucht einen Sanitäter; sie ziehen an die östliche Flanke, um einen Gegenangriff abzuwehren.«

»Warum übernimmt Abba das nicht?« Abba war die dem ersten Trupp zugewiesene Sanitäterin. Jorgensen schien es angebracht, dass sie diejenige sein sollte, die ihren Trupp begleitete.

Hinter Moores transparentem Visier wanderten seine Augen nach rechts. Sie folgte seinem Blick, bis ihre Augen an dem leblosen Körper von Corporal Sade Abba hängen blieben. Jorgensen wurde von Trauer überwältigt. Einen Moment dachte sie, sie wollte weinen, riss sich dann aber zusammen. Erst nachdem sie in Sicherheit waren – später – würde sie den Verlust ihrer Freundin betrauern.

Abba und Jorgensen hatten sowohl die Grundausbildung als auch ihr individuelles Sondertraining gemeinsam absolviert. Sie arbeiteten seit dem Beginn ihrer militärischen Karriere zusammen und hatten mehrere Einsätze Seite an Seite hinter sich gebracht.

Es hatte Jorgensen Zeit gekostet, sich dagegen zu wappnen, ihre Freunde in der Infanterie an vorderster Linie sterben zu sehen … Aber die Sanitäter hatten selbst den Angriff auf ihre vorgeschobene Basis heil überstanden. Jorgensen hatte Abba immer für die Vorsichtigste der gesamten Gruppe gehalten.

»Was ist passiert?«, brachte sie endlich hervor.

Moore nickte Corporal Kim zu. Nachdem Kim sich daraufhin durch den Wald hindurch Richtung Osten in Bewegung gesetzt hatte, sah Moore Jorgensen erneut an. »Nach dem, was Mac mir erzählt hat, waren sie den anderen Sanitätern während des Angriffs ein Stück voraus und wurden hinter einem der Gebäude eingeschlossen.«

»Hinter den Gebäuden? Soweit hätten sie niemals gehen dürfen!«, schrie Jorgensen.

»Ich wollte sie aufhalten …«, warf Mac ein, aber ein harter Schlag von Jorgensen gegen seine Brust stoppte ihn.

Der Ire stolperte nach dem überraschenden Stoß nach hinten und fiel zu Boden.

»Ich wette, das war deine Idee! Du musst immer mitten im Kampfgetümmel stehen!«

»Das musst gerade du sagen …«, konterte Mac aufgebracht, erstaunt darüber, dass sie ihm gerade einen Hieb versetzt hatte.

»Er ist Abba gefolgt, Jorgensen. Sie lief zu weit nach vorn. Er rannte hinter ihr her, um sie zurückzubringen.«

»Je näher wir den Gebäuden kamen, desto mehr störten Interferenzen unsere Kommunikation. Ich wollte sie zurückrufen, aber sie lief einfach weiter«, erklärte Mac beinahe flehentlich.

»Er hat Recht, Eva«, bestätigte Moore in sanftem Ton. »Sie sprang immer wieder auf, und gerade als Mac sie endlich erreicht hatte, wurde sie direkt in die Brust getroffen.«

Jorgensen hörte ihre Worte, weigerte sich aber, sich in ihrem Zorn besänftigen zu lassen. Sie trat einen Schritt vor und hob die Faust, um Mac ein weiteres Mal ins Gesicht zu schlagen, als sie jemand am Handgelenk packte und sie sich auf dem Boden neben Mac wiederfand. Mac sprang auf die Füße und Eva sah zu Moore hoch, dessen Schatten über ihr lag.

»Nehmen Sie sich zusammen, Corporal Jorgensen. Da draußen herrscht immer noch Krieg. Ich kann nicht erlauben, dass sich zwei meiner Sanitäter über etwas an die Kehle gehen, das von niemandem gestoppt werden konnte. Abba ist tot. Die Zeit zur Trauer wird kommen. Jetzt ist nicht die richtige Zeit dafür.«

Jorgensen stand auf und starrte Moore an, bevor sie zu den Verwundeten zurückkehrte, um nach ihnen zu sehen. Die Zeit würde ihren Verlust heilen, aber diese Zeit war noch nicht gekommen.
****

David Roberts folgte seinem Teamleiter Sergeant McAfee auf die Baumlinie zu, die an der sich durch die Schlucht windenden Straße endete. Sie nahmen an, dass der Gegenangriff von hier kommen würde. So wie es aussah, waren sie zur rechten Zeit eingetroffen. Die Apollo-Kompanie schien in Auflösung begriffen zu sein. Von einigen der Männer hatte er sogar Gerüchte vernommen, dass sie beinahe komplett vernichtet worden war. David hatte nicht lange genug in der Apollo-Kompanie gedient, um über sein Team hinaus engere Kontakte zu schließen.

Nach seiner Verwundung hatte er erfahren, dass Staff Sergeant Moreau befördert worden war und nun Trupp Eins anführte. Das bedeutete, dass Corporal Yeva Petrosian die Leitung des Alpha-Teams übernommen hatte. Sie, Aleksei und Campbell waren in der kurzen Zeit, die er auf dem Planeten verbracht hatte, sehr gut zu ihm gewesen. Jetzt hoffte er nur, dass er sie alle heil wiedersehen würde.

»Beziehen Sie Stellung entlang dieser Linie«, befahl Sergeant McAfee in einem Bereich nahe zur Straße.

David signalisierte der Gruppe mit der linken Hand, dass sie sich entlang der Baumlinie verteilen sollte. »Zeigen Sie sich nicht. Gehen Sie in Deckung und halten Sie nach verdächtigen Bewegungen Ausschau. Wenn Sie etwas sehen, informieren Sie uns. Niemand schießt ohne einen Befehl.«

»Ist das weiter, als Sie es beim letzten Mal geschafft haben?«, fragte der Gefreite Fischer.

David erwiderte ihm: »Sehr viel weiter, als Sie es geschafft hätten. Diese Landung war mit der der ersten Invasion nicht zu vergleichen.«

»Viel weiter als Sie es geschafft hätten ...«, mokierte sich der Deutsche. Ein Handschlag von Private Valdez auf den hinteren Teil seines Helms ließ ihn verstummen. Valdez nickte David zu.

Staff Sergeant Howell hatte seine drei Teams entlang der Straße postiert. Das Alpha-Team - Davids Team – besetzte die rechte Flanke. Einhundert Meter rechts von ihnen hielten sich die letzten Angehörigen der Apollo-Kompanie auf, die ebenfalls den Befehl erhalten hatten, Stellung zu beziehen und die Linie zu halten. David hatte gehört, dass sie sich nach ihrer Ablösung hätten zurückziehen sollen. Sie waren geblieben. Das machte ihn stolz.

»Kontakt von rechts!«, schrie Sergeant McAfee.

Davids Kopf flog gerade rechtzeitig herum, um zu sehen, wie ein blaues Laserfeuer McAfees Brust durchschlug und ihn zu Boden warf. David hatte kaum Zeit, seine Stellung zu wechseln, bevor sich ein überwältigender gegnerischer Beschuss über ihrer Position entlud. David kroch zu McAfee hinüber, um zu sehen, ob er noch am Leben war. Das Brandloch von der Größe eines Baseballs in seiner Panzerung schloss das aus.

David wandte sich ab und sah, dass sich seine drei Teamkollegen hinter Steinen und Baumstümpfen vor dem eingehenden Beschuss zu verstecken suchten. Er fiel auf ein Knie und feuerte eine Salve in Richtung des Feindes ab, bevor er sich erneut duckte. Sein Team musste den Angriff des Feindes mit gleichem Feuer erwidern, ansonsten würden sie alle wie McAfee enden.

Er schaltete sein Mikrofon ein. »Eins-Sechs, Eins-Eins-Alpha hier.«

Staff Sergeant Howells Stimme antwortete. »Eins-Eins-Alpha, Eins-Sechs hier. Sprechen Sie.«

»Eins-Sechs, Trupps in Feindkontakt. Eins-Eins-Alpha ist gefallen. Ich übernehme das Kommando über das Alpha-Team. Haben Sie verstanden?«

»SITREP?«

»Ein Gefallener, aber der Rest ist im grünen Bereich«, erwiderte David.

»Verstanden, Eins-Eins-Alpha. Eins-Sechs, Ende.«

Das war alles. Das war alles, was David von ihrem Truppenführer zu hören bekam, nachdem er ihn informiert hatte, dass McAfee getötet worden war und er das Kommando übernommen hatte. Jetzt musste David sich beweisen und sie aus dieser Situation befreien. Sofort sprang er aus seiner Position heraus in eine Deckung nahe zum Rest seines Teams. Äste und Baumrinde fielen und explodierten als Folge einen neuen schweren Angriffs.

»McAfee ist tot. Wenn wir ihren Beschuss nicht erwidern, sind wir ebenfalls tot. Folgen Sie mir!«

David zog sich im wilden Lauf weiter von der Baumlinie zurück. Er drehte sich um, um zu sehen, ob sie ihm folgten – was sie zu seiner Überraschung tatsächlich taten. Auf dem Weg entlang des Wegs, den sie gekommen waren, hielt sich David weiter östlich … näher an den ehemaligen Standort der Apollo-Kompanie heran.

»Wir haben sie umgangen, aber uns fehlt der geeignete Winkel. Valdez, schicken Sie eine Granate zu den Kerlen hinüber; so nahe an sie heran wie irgend möglich.«

Valdez nickte und feuerte eine Granate mitten in das Herz des feindlichen Feuers hinein, das sie aus dem Hinterhalt überrascht hatte. Die Explosion wirbelte einen Staubregen auf. Trümmerteile flogen in die Luft.

»Gleich noch einmal!«, rief David.

»Eins-Eins-Bravo, Eins-Eins-Alpha hier« sprach er den Leiter des Bravo-Teams an.

»Eins-Eins-Bravo.«

»Sehen Sie die Explosionen zu Ihrer Rechten?«

»Die Granaten? Ja, die sehen wir.«

»Halten Sie Ihren Beschuss aufrecht. Wir umrunden den Gegner.«

»Verstanden, Eins-Eins-Alpha. Bravo, Ende.«

Tosendes Waffenfeuer sowohl des Bravo – als auch des Charlie-Teams überwältigten das Gebiet – so Davids Vermutung, der bemerkte, dass der Beschuss durch die Zodark nachließ. Er kam auf die Beine und signalisierte seinen Leuten mit seinem nach vorn gerichtetem Arm ihm zu folgen. Behutsam bewegten sie sich entlang des schneebedeckten Pfads voran und erklommen einen grauen Felsbrocken, von dem aus sie den schmalen Streifen, den die Zodark besetzt hielten, übersehen konnten.

Der Blick über den Abgrund hinaus zeigte David, wie gut ihre Deckung wirklich war. Die Zodark hatten Feuerstellungen in die Felswand integriert, was ihnen einen klaren Blick auf seine Männer geboten hatte, ohne sich selbst entblößen zu müssen. Das war der Grund, wieso sie sie hatten überrumpeln können. Wenn McAfee nicht zufällig eine Bewegung entdeckt hätte, wären sie alle gefallen.

David zog eine Granate mit fünf Ladungen hochexplosiven Sprengstoffs aus einem Beutel an seiner Uniform und signalisierte den anderen, seinem Beispiel zu folgen. Er ahmte das Werfen einer Granate über den Abgrund nach und dass sie nach deren Detonation auf die Überlebenden hinunterschießen sollten. Irgendwie erschien ihm das ein wenig unfair, aber das war nun einmal der Krieg. David wusste, dass die Zodark ohne Zögern das Gleiche getan hätten.

Er zog den Stift seiner Granate, um den Zünder zu aktivieren, und schleuderte sie zeitgleich mit denen seines Teams über die Wand. Seine Granate machte ein laut knallendes Geräusch, als sich fünf brisante Ladungen voneinander trennten und sich vor ihrer Explosion an ihrem Aufschlagsort eingruben. Sofort nach dem ersten Knall hob Private Fischer sein Gewehr an und lehnte sich über den Abhang hinaus.

»Nein, Sie Idiot!« David versuchte ihn zu erreichen und zurückzuziehen, aber es war zu spät.

Eine der fünf Ladungen prallte vom Boden ab, segelte nach oben zurück und schlug gegen Fischers Panzerung nahe seiner Taille auf. Er hatte nicht einmal die Zeit, sich abzuwenden, bevor die Explosion seine Leiche über Davids Kopf hinweg nach hinten warf. Die Explosion hatte seinen Körper zweigeteilt, hatte Blut und Eingeweide überall versprüht. Die Schmerzensschreie der Zodark unter David waren so laut, dass sie selbst über den Lärm der übrigen Detonationen hinaus hörbar waren.

David warf einen letzten Blick auf Fischers Leiche, bevor er sein Sturmgewehr anhob und auf die tödlich verletzten Zodark unter ihnen feuerte. Nachdem alles vorbei war, blieben sechs tote Zodark als Zeugen eines grausamen Blutbads zurück.

Er drehte sich zu Valdez und O'Connor um. »Das …« Er deutete er mit dem Finger auf Fischers Leiche. »… ist der Grund, Befehlen zu gehorchen!«

Er trat an Fischer heran und trat gegen seine Leiche. »Idiot«, murmelte er.

David wusste, dass sein Verhalten falsch war, was ihm derzeit allerdings wenig berührte. Er war frustriert. Das Ego eines Mannes hatte ihn das Leben gekostet und hätte seinem Team das gleiche Schicksal bescheren können. Fischer hatte David immer an den Corporal auf der RNS *Mercy* erinnert, der ihm nach dem Erhalt seiner Orden so zugesetzt hatte.

»Gehen wir«, befahl David. Sie kletterten über die Felsbrocken nach unten und tauchten wieder im Wald unter.

»Eins-Eins-Bravo, Eins-Eins-Alpha hier. Danke für die Unterstützung. Wir haben ihren Bunker zerstört. Wir erlitten einen Verlust; sechs Gefallene auf Seiten der Gegner.« David hatte keine Ahnung, ob ein Bericht von ihm erwartet wurde, wie viele Feinde im Kampf umgekommen waren, aber er fügte es auf gut Glück hinzu.

Die Antwort, die er erhielt, kam jedoch nicht von Eins-Eins-Bravo oder von einem ihrer direkten Vorgesetzten. »Tiger Sechs hier. Feuer einstellen, um den Zodark Gelegenheit zu geben, das Feld zu räumen. Ich wiederhole: Feuer einstellen. Rückzug aller Tiger-Elemente auf Sammelpunkt X-Ray. Tiger Sechs, Ende.«

Verwirrt sah David die anderen an.

»Wieso befiehlt uns der Bataillonskommandant, den Kampf einzustellen?«, fragte Valdez.

»Ihre Vermutung ist so gut wie meine. Kehren wir zur Truppe zurück. Dort werden wir es erfahren.«

Kapitel Vierzehn
Die zweite Schlacht um Sirius

RNS *Freedom*
Kita-System

Statthalter Miles Hunt las sich die Zusammenfassung des neuesten Geheimdienstberichts aus dem Sirius-System durch. Man konnte beinahe vermuten, dass die Zodark und die Orbot Kenntnis davon hatten, dass die Menschen und die Primord eine großangelegte Offensive planten. Im Laufe der letzten Tage hatten sie noch mehr Schiffe in das System verlegt, darunter auch fünf Schlachtschiffe der Zodark und einen zusätzlichen Sternenträger. Um nicht zurückzustehen, hatten die Orbot drei ihrer Sternenträger zusammen mit zwei weiteren Schlachtschiffen beigesteuert – all das zusätzlich zu der bereits versammelten Flotte. Die Zahlen waren schwindelerregend.

Wird unsere Flotte neben dem gallentinischen Schlachtschiff groß genug sein?

»Du siehst besorgt aus, Miles«, stellte Wiyrkomi beim Näherkommen fest.

»Ich sah mir die steigenden Zahlen der in Sirius eintreffenden Verstärkung an. Haben wir wirklich genug Schiffe, um einen Sieg zu erkämpfen?«, fragte Miles mit zweifelnder Stimme.

Wiyrkomis Gesichtsausdruck ähnelte dem eines Vaters, dessen kleiner Sohn sich vor der Dunkelheit fürchtete. »Miles, du befindest dich an Bord des mächtigsten Kriegsschiffs der Galaxie. Zudem ist es dir gelungen, eine überaus beeindruckende Flotte hinter dir zu versammeln«, beruhigte ihn der Gallentiner. »Mit dem Beginn der Auseinandersetzung wird dem Feind Hören und Sehen vergehen. Allein deine Jäger- und Bombergeschwader werden solch verheerende Schäden anrichten, wie sie der Gegner nie zuvor erlebt hat. Lass dich nicht entmutigen, mein Freund. Morgen werden wir die gegnerischen Kräfte einfach beiseiteschieben. Der Sieg gehört uns.«

Miles wusste, dass Wiyrkomi Recht hatte. Dennoch, das gegnerische Aufgebot schien überwältigend zu sein. Andererseits hatte er noch nie ein gallentinisches Kriegsschiff in Aktion erlebt. Er hatte keine Vergleichsmöglichkeit. »Du hast Recht, Komi. Ich muss aufhören, mir darüber Gedanken zu machen. Ich muss mich auf die

bevorstehende Aufgabe konzentrieren – auf das Niederwerfen des
Feindes.«

»Miles …«, fügte Wirykomi leise hinzu. Sobald die beiden unter
sich waren, bemühte sich Wiyrkomi mit Miles ebenso ungezwungen
umzugehen, wie der es mit ihm tat. »Der Schlüssel der bevorstehenden
Schlacht ist der, zu Beginn *die* gegnerischen Schiffe aus dem Weg zu
räumen, die den größten Schaden verursachen können. In unserem Fall
– dem Angriff des Feindes auf die terranische Flotte – geht die größte
Gefahr von den Fregatten und den neuen Torpedokorvetten der Zodark
aus. Mit der Beseitigung dieser Objekte werde ich deine Jäger
beauftragen. Danach übernehmen deine Bomber die Vernichtung der
Schlachtschiffe und der Sternenträger.«

»Was ist mit den Kreuzern?«, erkundigte sich Miles, während er
das Gesagte verarbeitete.

»Die erledigen wir mit unseren primären Waffen. Du wirst sehen
– ein einziger Schlag … und sie sind tot.«

Die gelassene Art, die Wiyrkomi an den Tag legte, weckte Miles'
Optimismus und machte ihn gleichzeitig nervös. Wenn sein
gallentinisches Schlachtschiff so mächtig war, mussten die Schiffe des
Kollektivs sicher ebenso mächtig sein. Ganz sicher ein furchterregender
Gedanke.

Miles sah auf die interne Uhr, die er in seinem Gehirn abrufen
konnte. *Nicht mehr lange. Die erste Welle der Invasion beginnt in drei
Stunden.*

»Lass uns zusammen essen gehen, Miles«, bot Captain Wiyrkomi
an. »Nach dem Beginn der Invasion werden wir wenig Zeit dazu
finden. Die kommenden Tage werden uns all unsere Energie
abverlangen.«

Miles lächelte seinem Freund zustimmend zu. Gemeinsam
verließen die beiden sein privates Büro auf dem Weg zum
Mannschaftsdeck. In sämtlichen Fluren und auf allen Decks des
riesigen Kriegsschiffs waren seine gallentinischen und menschlichen
Mannschaftsmitglieder geschäftig unterwegs. Alle bereiteten sich auf
den nächsten Schritt vor.
****

**Alpha-Kompanie, 1. Bataillon, 4. Sondereinsatzgruppe
Alfheim**

Captain Brian Royce sah sich die Aufstellung der feindlichen Kräfte an. Es war keine große Streitmacht. Trotzdem musste sie beseitigt werden, bevor sie den Hauptangriff starten konnten. Dieser Standort gegnerischer Boden-Luft-Raketen samt ihren gepanzerten Transportern konnte einer einfallenden Kraft ernsthaften Schaden zufügen.

»Wenn Sie sich mit Ihren Soldaten auf diese Raketen und Waffentransporter konzentrieren, kann ich mit meinen Einheiten den Hauptstützpunkt angreifen«, schlug Major Pilecki vor.

»Ja, ich hatte die gleiche Idee, Major. Über wie viele C100 und reguläre Bodentruppen verfügen Sie derzeit?«

Royce hasste es, Fragen wie diese zu stellen. Sie erinnerte einen Kommandanten daran, wie viele seiner Soldaten bereits ihr Leben gelassen hatten. Eine schwere Last.

Pilecki sah auf sein Datenpad hinunter. »Ich habe ungefähr drei unterbesetzte Kompanien – nicht mehr als 468 Soldaten – in meinem gesamten Zuständigkeitsbereich.«

»Wie steht es um Ihre C100?«

»Nicht so viele, wie ich gerne hätte. Nur noch 36. Ehrlich gesagt, setzten wir sie die ersten Wochen des Krieges so oft wie möglich ein.«

»Vollkommen ok, Major. Eine kluge Entscheidung. Damit retteten Sie sicher einer Menge Soldaten das Leben. Wir brachten pro Zug jeweils 40 C100 mit. Das gibt uns insgesamt 156 C100. Falls Sie nichts dagegen haben, möchte ich, dass sie die feindliche Basis von diesen beiden Punkten her angreifen. Nachdem meine Leute mit dem Beschuss der defensiven Stellungen entlang dieses Kamms und hier hinter der Baumlinie beginnen ...« Royce deutete auf zwei gegnerische Positionen. »... greifen sie hier und hier an. Das sollte die Orbot veranlassen, Verstärkung an diese Stellen zu senden.«

» ...woraufhin wir dann hier entlang der Einfriedung unseren Granatwerfer- und Raketenangriff starten«, setzte Pilecki die Erklärung des Plans fort.

»Genau. Unmittelbar nachdem Sie den Perimeter durchbrochen haben, dringen Ihre Züge in die Basis vor. Wenn alles nach Plan läuft, werden wir sie überwältigen.«

»Und sobald die Orbot dann um Hilfe rufen, erwarten Sie von meiner Pioniereinheit in der Nähe von Karelis City, dass sie mit ihren tragbaren Luftabwehrraketen um den Weltraumhafen herum Chaos erzeugen. Sehe ich das richtig?«

Royce nickte mit einem zufriedenen Lächeln im Gesicht. »Richtig. Wenn wir Glück haben, gelingt Ihren Pionieren der Abschuss einiger Shuttles voller Orbot.«

Pilecki grinste. Die Vorstellung toter Orbots in brennenden Wracks ließ ein warmes Gefühl in ihm aufsteigen. »Sie sind sich hinsichtlich der Invasion absolut sicher, Captain?«, erkundigte er sich ein weiteres Mal. »Nach dem Beginn unseres Angriffs gibt es kein Zurück. Der Feind wird wissen, dass sich in diesem Bereich eine ansehnliche Kraft aufhält. Sie werden uns erbarmungslos jagen.«

»Sie wird stattfinden, Major.«

»Das wissen Sie genau?«, drängte Pilecki. »Manchmal geschieht etwas und Einsätze werden um einige Stunden oder Tage oder Wochen verschoben …«

Royce unterbrach ihn, bevor er diesen Gedankengang weiter fortsetzen konnte. »Die Invasion findet statt, Major. Seit ich auf der *Rook*, seinem ehemaligen Schiff diente, kenne ich den Statthalter persönlich. Das ist den meisten unbekannt. Mein Zug rettete ihm auf Neu-Eden das Leben, als er kurz davor stand, getötet zu werden. Wenn ich sage, dass ich ihn kenne, dann meine ich das auch. Kurz vor dem Beginn unserer Mission versicherte er mir, dass seine Schiffe und seine Leute zu der Zeit eintreffen werden, über die ich Sie informiert habe, und dass wir auf unserer Seite bereitstehen sollen. Und genau das werden wir tun.«

Einen Moment schwiegen beide, bevor Major Pilecki endlich zustimmend nickte. »Ok, dann ist alles gesagt. Wir starten unseren Angriff 15 Minuten vor der Invasion. Bereiten wir unsere Leute vor. Uns bleibt nicht viel Zeit.«

****

Einige Stunden später

Captain Brian Royce hatte noch nie die Fahrzeuge einer außerirdischen Boden-Luft-Raketenbatterie gesehen, aber hier stand er nun auf Alfheim und starrte sie an. Hätte er nicht vorher ein Video über diese Dinger in Bewegung gesehen, hätte er sie nicht für echt gehalten. Major Pilecki hatte ihm einen kurzen Film über eine Handvoll ihrer P-

97 Orion gezeigt, die vor wenigen Wochen versucht hatten, diese feindliche Basis anzugreifen und dabei kollektiv abgeschossen worden waren. Den verbliebenen RA-Kräften am Boden standen nur noch wenige Lufteinheiten zur Verfügung. Aus diesem Grund hatten sie sie nur spärlich eingesetzt, ohne damit zu rechnen, dass sie in der Nähe des Stützpunkts auf ein Luftverteidigungsfahrzeug treffen würden.

»Sieht merkwürdig aus, was?«, bemerkte Master Sergeant Hanke, der Sergeant des Zugs.

Royce schüttelte den Kopf. »Gerade wenn du denkst, du hast alles gesehen ...«

Lieutenant Williams, der sich neben ihnen auf dem Boden duckte, fragte: »Einer ist also ein Raketentruck, während der andere Laster ein Laserfahrzeug ist? Ziemlich seltsam, einen Laserblaster neben einer Raketenbatterie zu installieren.«

»Nachdem was ich im Video gesehen habe, erlauben ihnen ein Raketentransporter eine Reihe von Zielen gleichzeitig ins Visier zu nehmen, während die Laserfahrzeuge jedes Ziel einzeln anpeilen und unter Beschuss nehmen müssen«, kommentierte Royce.

»Ja, das klingt logisch «, nickte Hanke und fügte hinzu: »Zehn Minuten. Zeit, mich in Position zu bringen.« Damit kroch er aus seinem gegenwärtigen Versteck hinüber zu dem Trupp, mit dem er angreifen würde.

Im Laufe der letzten Stunde hatten sich zwei Trupps republikanischer Soldaten unbemerkt ihren Weg durch den Wald in die Nähe dieser Position gebahnt. Sie mussten sich langsam und vorsichtig vorarbeiten, die Deckung von Gebüsch, umgestürzten Bäumen und anderen Objekten in Anspruch nehmen. In keinem Fall durften sie die Aufmerksamkeit der Orbot-Wachen erregen.

Royce, der sich nun etwa 50 Meter von einem der Wachposten entfernt versteckt hielt, hob seine Waffe an, fixierte ihr Fadenkreuz auf den Kopf des Cyborg und machte sich feuerbereit. Seine Soldaten taten es ihm nach. Alle richteten ihre schussbereiten Waffen auf das ihnen individuell vorgegebene Ziel und warteten darauf, dass Royce den Schussbefehl erteilte.

Feuer eröffnen, wies Royce sie über seinen Neurolink an, während er auf den Abzug seines M1-Sturmgewehrs drückte. Sekundenschnell überwand das solide Wolfram-Projektil die Entfernung und drang – noch bevor der Überschallknall hörbar wurde –

in den Kopf des Orbot ein. Vierzehn weitere Orbot stürzten beinahe gleichzeitig zu Boden.

Los, los, los!, rief Royce über den Neurolink und sprang mit vorgehaltener Waffe auf die Beine. Er bewegte sich schnell; seine Augen waren ununterbrochen auf der Suche nach möglichen Zielen. Mehr Schüsse erklangen. Seine Soldaten hatten feindliche Ziele entdeckt und sie vernichtet, bevor sie reagieren konnten. Dann begann der Audioempfänger seines Helms den Lärm und die Schüsse seiner Trupps zu übermitteln, die an anderer Stelle die gegnerischen Luftverteidigungseinrichtungen angriffen. Der Kampf hatte begonnen. Die Einnahme dieser beiden Schauplätze würde den Hauptstandort der Orbot dem indirekten Beschuss und den Luftangriffen zugänglich machen, die in Kürze beginnen würden.

Nach dem Sprung über einen umgestürzten Baumstamm fand Royce schnell sein Gleichgewicht und stürzte auf die beiden Fahrzeuge zu. Etwa 30 Meter vor ihm verließ ein einziger Orbot einen der Transporter. Royces Fadenkreuz ruhte bereits auf dem Orbot und traf ihn mit einer 3-Schuss Salve in die Brust, bevor der eine Chance zur Gegenwehr hatte. Überzeugt davon, dass das Ding tot war, wandte sich Royce ab, um sein nächstes Ziel zu finden. Dann sah er, dass der Orbot vollkommen unerwartet wieder aufstand und seine eigene Waffe anhob, um auf Royces Soldaten zu schießen.

Verdammt, wie hat er das überlebt?, fragte sich Royce. Dieses Mal stellte er sicher, dass sowohl das Gesicht als auch der Kopf des Cyborg von einer Reihe tödlicher Schüsse getroffen wurde.

Im Handumdrehen gelang es den Deltas, den Stützpunkt der Orbot zu überrennen. Mehrere Soldaten näherten sich einem der Transportfahrzeuge. Zwei zielten mit ihrer Waffe auf die Wagentür, während ein dritter eine Handgranate von seinem Panzeranzug zog und den Stift entfernte. Zur gleichen Zeit öffnete einer seiner Kollegen vorsichtig die Tür, gerade weit genug, um die Granate einzuwerfen. Sie explodierte. Augenblicke später riss der Soldat die angeschlagene Tür weit auf. Das erlaubte seinen Kameraden, einen Kugelhagel in das Innere des Fahrzeugs zu schicken. Am zweiten Fahrzeug folgten Royces Soldaten dem gleichen Prozess. Danach klärten sie den umliegenden Bereich.

Royces Sondereinsatzkräfte brauchten weniger als 60 Sekunden, um diesen Standort zu sichern und die Luftverteidigungstransporter zu eliminieren. Phase Zwei der Operation konnte beginnen.

****

Pioniereinheit, Team Vierzehn
Delta-Kompanie, 313. Bataillon
Fernstraße 19 in der Nähe von Karelis City

Corporal Wallaces Datenpad piepste. Ein gesichertes Kommuniqué war eingetroffen, das sie beim Durchlesen zum Lächeln brachte. *Endlich ...*

Wallace sah auf die geparkten Flugzeuge hinunter, dessen Umfeld urplötzlich zum Leben erwachte. Bodenmannschaften hasteten auf ihre Jäger zu, um sie startklar zu machen, während andere die Vorflugkontrollen ihrer Shuttles durchführten. In der Nähe des größten Hangars traten viele Dutzend Orbot-Soldaten in Formation an. Sie erhielten sicher gerade ihre Befehle, für das, was da kommen würde.

Wallace wandte sich an ihren C100, den sie Tom getauft hatte. »Sieht aus, als ob vier Transporter von Punkt Alpha abheben wollen. Geh dorthin. Sobald sie in der Luft sind, setzt du deine SAMs gegen sie ein. Danach wechselst du zur Position Charlie und setzt mit deinem Scharfschützengewehr die Motoren der verbliebenen Flugzeuge außer Gefecht.«

»Jawohl, Corporal.« Tom zeigte in den Park- und Servicebereich hinunter und fügte hinzu: »Sie liefern Treibstoff für ihre Shuttles an. Ich schlage vor, wir beschießen den Tanklaster, während er sich in der Nähe der Shuttles aufhält.«

Wallace drehte sich um, um zu sehen, wovon er sprach, und sah es sofort. *Verdammt, diese Dinger haben scharfe Augen.* Sie sahen einfach alles ... selbst während sie sich auf ein Gespräch konzentrierten oder Anweisungen folgten.

»Gute Idee, Tom. Geh jetzt in Stellung«, nickte sie ihm zu. »Ich kümmere mich um den Tanklaster und sorge für Ärger.« Sie griff nach ihrem Scharfschützengewehr – eigentlich ein M1-Sturmgewehr mit einem um zehn Zentimeter verlängerten Lauf und einem Zielfernrohr, das dem der einfachen Infanterie weit überlegen war.

Ihr Zielfernrohr verriet Wallace, dass die Flugvorbereitungen zunahmen. Orbot-Soldaten in der Größenordnung eines Zuges bestiegen nach dem Ende ihres Betankens eine Fähre. Es war eindeutig, dass sie ausgesandt wurden, um eine andere Einheit oder Einrichtung zu unterstützen. Dabei handelte es sich sicher um eine Basis oder eine Einheit, die soeben von Wallaces Kameraden angegriffen wurde. *Nun lag es an ihr, zu verhindern, dass diese Verstärkung ihren vorgesehenen Einsatzort erreichte. Sie musste sie außer Gefecht setzen.*

Die weitere Beobachtung des Tankfahrzeugs zeigte ihr einen Orbot, der eine Art Schlauch am Rumpf der nächsten Fähre befestigte. Obwohl sie sich nicht sicher sein konnte, dass der Wagen tatsächlich entflammbar war, musste sie es versuchen. Mit auf die Mitte des Tankwagens gerichteter Waffe drückte Wallace sanft auf den Abzug. Über beinahe drei Kilometer Entfernung hinweg war dies der weiteste Schuss, den sie je auf ein Ziel abgegeben hatte. Das kleine Projektil überwand die Distanz in kürzester Zeit. Zunächst schien der Schuss keinerlei Auswirkung zu haben. Zumindest einen Augenblick lang. Gerade wollte sie ihr Glück ein zweites Mal versuchen, als der Tanklaster urplötzlich zusammen mit der Fähre, die er gerade betankt hatte, und einem nahestehenden LKW voller Orbot-Soldaten explodierte und in Flammen aufging. Innerhalb weniger Sekunden flog der gesamte Servicebereich in die Luft, einschließlich aller bereitstehenden Shuttles.

Da die Basis eindeutig unter Beschuss stand und die nahestehenden Fähren nur noch brennende Wracks waren, hoben die Jäger der Orbot so schnell sie konnten ab, um hoffentlich dem, was als nächstes kommen würde, zu entgehen. Sobald sie die Flugrichtung zu ihrem Einsatzort eingeschlagen hatten, begann Tom, Wallaces C100, sie mit tragbaren Boden-Luft-Raketen zu beschießen. Nachdem der Synth all seine Raketen abgefeuert hatte, eilte er an seinen nächsten Angriffspunkt und begann auf noch unbeschädigte Ziele im Park- und Servicebereich der Orbot-Basis zu schießen. Corporal Wallace und ihr C100 hielten sich nur noch wenige Minuten in ihrer Position auf, bevor sie sich in aller Eile zurückzogen. Es machte wenig Sinn auszuharren. Sie durften davon ausgehen, dass der Feind jeden Moment ihren Standort orten und heimsuchen würde. Sie hatten ihren Teil geleistet. Es war Zeit, den Ort ihres nächsten Hinterhalts zu finden und sich dort auf den folgenden Einsatz vorzubereiten.

****

In 100 Kilometern Entfernung
312. Bataillon der Republikanischen Armee

Major Pilecki lächelte, während er die Zerstörung der beiden Luftverteidigungspositionen durch die Sondereinsatzkräfte beobachtete. Sie war das Zeichen für den Einsatz seiner beiden P-97 Orion gegen die feindliche Militäreinrichtung. General Bakshi hatte ihm die Kontrolle über zwei der wenigen wertvollen Flugzeuge überlassen, die für diese wichtige Mission noch einsatzbereit waren. Das RA-Luftwaffengeschwader, das die Bodentruppen unterstützen sollte, war im Laufe der letzten fünf Wochen dezimiert worden. Die wenigen Flugzeuge, die ihnen geblieben waren, hatten sie bewusst für einen Einsatz wie diesen zurückgehalten. Gut möglich, dass sie nur einen oder zwei Überflüge hatten, bevor sie von einem Zodark- oder Orbot-Jäger oder von einer der vielen gegnerischen Fla-Stelllungen, die sie in dieser Region etabliert hatten, aus dem Himmel geholt wurden. Insbesondere die feindlichen SAM-Standorte hatten die Fähigkeit der RA stark eingeschränkt und erschwert, sich während der Besetzung auf die Unterstützung ihrer Lufteinheiten zu verlassen – einschließlich der Koordination von Gegenangriffen oder der Organisation eines Widerstandes.

»Schicken Sie eine Nachricht an unsere Jäger, dass sie mit dem Angriff auf die Basis beginnen können«, befahl Pilecki. Dann trat er neben einen anderen Offizier und wies ihn an: »Ich will, dass Ihre Granatwerfer- und Raketenteams diese Kasernengebäude zeitgleich mit dem Beschuss des Fuhrparks durch die Jäger in Trümmer verwandeln. Stellen Sie sicher, dass sich Ihre Teams unmittelbar nach dem Abfeuern ihrer Salven eine neue Deckung suchen. Ich will sie nicht durch das berüchtigte Gegenfeuer verlieren, das diese Hunde so gerne einsetzen.«

»Selbstverständlich. Sollten sie den Angriff erwidern, habe ich allerdings eine nette Überraschung für sie vorbereitet«, kündigte der junge Offizier mit einem spitzbübischen Grinsen an.

Die Orbot waren für ihre grausamen Sperrfeuer in Erwiderung eines Angriffs bekannt. Gewöhnlich feuerten sie nach der Entdeckung eines Granaten- oder Raketenangriffs eine enorme Anzahl von Raketen auf den Ursprungsort des Angriffs zurück, um die Kräfte, die sich in diesem Bereich aufhielten, zu eliminieren. Die republikanische Armee hatten mehr als einige ihrer IDF oder indirekten Feuerteams infolge dieser überwältigenden Reaktion verloren.

Die Zeit schien sowohl viel zu schnell als auch zu langsam zu vergehen. Kleine Feuerteams und Soldatentrupps begaben sich in ihre Angriffspositionen, wobei jeder der Beteiligten stark hoffte, dass der Gegner keinen Kreuzer oder ein Schlachtschiff aus der Umlaufbahn in die Atmosphäre hinunterschicken würde. Sie hatten den Beschuss ihrer Kameraden erlebt und wussten, dass ihre Mission, sollte sich eines dieser Schiffe zeigen, aller Wahrscheinlichkeit nach zum Scheitern verurteilt war.

Major Pilecki wandte sich an seinen Einsatzoffizier: »Erteilen Sie den Befehl an alle Einheiten … Angriff!«

****

»Ok, es ist soweit. Der Angriff wurde freigegeben. Setzen wir unsere Granaten ein und dann nichts wie weg hier«, rief Corporal Blount seinem Team zu.

»Wird gemacht, Corporal«, kam die sofortige Antwort.

Die 12 Soldaten ihres Trupps, die sechs 81-mm-Granatwerfer bemannten, griffen nach ihrer Munition. Der Beschuss begann. Die heutigen Granaten waren mit denen von vor 100 Jahren nicht zu vergleichen. Sie nutzten ein einzigartiges Treibmittel mit der Fähigkeit, diese Geschosse bis zu 60 Kilometer weit zu befördern. Zudem konnten sie darauf programmiert werden, sich bis zu sechs Stunden über einem Gebiet aufzuhalten und erst einzuschlagen, sobald sie Bewegung im Zielbereich entdeckten. Ein weiterentwickelter variabler Gefechtskopf bot dem Nutzer zur Unterstützung eines Angriffs im Nahbereich zwei Möglichkeit. Er konnte entweder einen hochexplosiven Gefechtskopf einsetzen – das Äquivalent eines bis zu 200 Pfund schweren Sprengsatzes – oder einen auf zehn Pfund reduzierten Sprengkörper nutzen. Des Weiteren konnte er auch auf einen Angriff mit Schrapnell programmiert werden, in dem ein gewisser Bereich aus der Luft mit Schrapnellteilen von Schrotkugelgröße überzogen wurde.

Corporal Blount rief: »Bereitmachen … Abschuss.«

Plumps.

»Bereitmachen … Abschuss.«

Plumps.

»Bereitmachen … Abschuss.«

Plumps.

»Ok, Ausrüstung greifen und nichts wie weg von hier!«

Innerhalb von wenigen Sekunden hatten die Soldaten die Rohre und Grundplatten demontiert und in ihren Geländewagen gesichert. Jetzt rasten sie davon, um so viel Abstand wie möglich zwischen sich und den Punkt des ursprünglichen Angriffs zu bringen. In 15 Kilometern Entfernung würden sie ihren nächsten Abschusspunkt einrichten, um von dort aus erneut die Art von Unterstützung liefern, die die Infanterie von ihnen verlangte.

****

Alpha-Kompanie, 1. Bataillon, 4. Sondereinsatzgruppe Alfheim

»Verdammt. Seht euch das an«, rief einer der Deltas aufgeregt.

Die P-97 Orion überflog mit hoher Geschwindigkeit den Stützpunkt der Orbot und traktierte den gesamten Fahrzeugpark mit Laserblitzen. Mehrere Bodenfahrzeuge fingen Feuer und explodierten. Zudem gab die Orion während ihres Überflugs sechs Objekte unter ihren Flügeln frei. Die zylinderförmigen Gegenstände entzündeten sich und überzogen viele der umliegenden Gebäude mit einer klebrigen, brennbaren Substanz. Eine Anzahl Orbot-Soldaten wurden von den Flammen erfasst. Das Feuer schlug wie die Welle eines Ozeans über ihnen zusammen.

»Mann, gute altmodische Luftnahunterstützung, wer liebt die nicht?«, freute sich Royce umgeben von seinen Soldaten.

Die zweite Orion erschien und meisterte ihre eigene zerstörerische Mission mit ähnlichem Erfolg. Mittlerweile stürmten aus jedem Kasernengebäude mehr Soldaten der Orbot nach draußen. Sie gaben ihr Bestes, die beiden Orion abzuschießen … bevor ein Hagel von Mörsergranaten auf ihre Position aufschlug und diese Gruppe der Cyborg erheblich reduzierte.

Entlang dem nördlichen Perimeter eröffnete nun eine Reihe kleinerer Einheiten die Offensive. Zunächst griffen nur drei oder vier Gruppen die Einfriedung an, schließlich wuchs die Zahl zu über einem Dutzend an. Eine weitere Gruppe konzentrierte sich auf die Ostseite der

Einrichtung. Der Angriff auf den Stützpunkt der Orbot hatte seinen Höhepunkt erreicht.

»Alpha-Team mit mir!«, schrie Lieutenant Williams, die sich aus ihrer Deckung erhob und auf den Feind zu rannte. Mit ihrem Sturmgewehr in einer Hand forderte sie mit der anderen Hand ihren Trupp auf, ihr zu folgen.

Das Mädchen kennt keine Furcht. Fabelhaft, dachte Royce für sich, während er sah, wie ihr Team mit ihr voranstürzte.

Royce gliederte sich hinter Team Bravo ein. Sie würden links von Team Alpha Deckungsfeuer liefern, während das A-Team seinen Abschnitt des Perimeters durchbrach. Der Kampf um den Stützpunkt der Orbot tobte. Gleißend helle Lichtblitze kreuzten zwischen den Seiten hin und her und überall waren Explosionen zu hören. Unvermittelt tauchten feindliche Jäger auf, um sich in die Auseinandersetzung einzumischen. Unterstützt von einigen Soldaten mit tragbaren Boden-Luft-Raketen, nahmen die beiden Orion-Jäger den Kampf mit ihnen auf.

Royce versuchte, sich nicht von dem über ihm stattfindenden Luftkampf ablenken zu lassen. Das war allerdings einfacher gesagt als getan. Da Luftkampfeinsätze typischerweise lange vor dem Beginn einer Bodenoperation oder eines größeren Angriffs entschieden wurden, erlebten Bodentruppen diese Art von Auseinandersetzung gewöhnlich nicht.

In der Nähe der Basis wurde das Alpha-Team in eine harte Auseinandersetzung verwickelt. Einige Dutzend Orbot stürmten auf die Einfriedung zu, um das Loch zu stopfen, durch das das Team eindringen wollte. Es war ein Rennen gegen die Zeit, diese Verteidiger auszuschalten, bevor Verstärkung aus umliegenden Camps oder von einem Schlachtschiff aus der Umlaufbahn eintreffen konnte.

Royce legte seine Waffe an und nahm einen der Cyborg ins Visier. Er zielte auf seinen Kopf, was der einzige erfolgversprechende Schuss zu sein schien. Das Problem war nur, dass diese verdammten Dinger schnell waren. Sie hatten diesen spinnenähnlichen Unterkörper, der ihnen erlaubte, sich schnell über schwieriges und unwegsames Gelände hinweg zu bewegen. Und beim Schießen eines Gewehrs oder einer Pistole waren sie schnell und treffsicher – ungleich den Zodark, die meist unbedacht drauflos schossen, in der Hoffnung, dass einer von 20 Schüssen etwas treffen würde. Die Orbot handelten überlegter. Aus diesem Grund hielt Royce sie für weit gefährlicher als die Zodark, gegen die er nun schon so lange ankämpfte.

Er zielte auf den Cyborg. Seine 3-Schuss-Salve schlug im Gesicht der Kreatur ein und schickte ihre Leiche zu Boden. *Einer erledigt und so viele mehr ...*

Kapitel Fünfzehn
Das Massaker von Alfheim

RNS *Freedom*
In der Nähe von Alfheim
Sirius-System

»Wir verlassen das Wurmloch«, kündigte der Steuermann an, sobald das Schiff aus der Dunkelheit hervortrat.

Einen Moment später drang das gallentinische Schlachtschiff der *Titan*-Klasse in das Sirius-System vor. Nur wenige Sekunden vergingen, bevor ihr Aufgebot an Sensoren mit der Datensammlung begann, um ihnen ein Bild ihres Umfelds zu vermitteln. Was sich ihnen präsentierte war ein totales, absolut chaotisches Durcheinander.

Heiliger Bimbam ... das sind eine Menge Schiffe, ging es Statthalter Miles Hunt durch den Kopf.

In ruhigem, aber bestimmtem Ton gab Wiyrkomi seine Befehle an die verschiedenen Abteilungen des Schiffes weiter. Einen kurzen Augenblick verfolgte Hunt, wie mühelos sein gallentinischer Berater ihr Schiff im Kampf engagierte. »Flugbetrieb, sofortiger Start unserer Jäger. Die Bomberstaffel soll sich auf ihren Einsatz vorbereiten und ihren Befehl erwarten«, wies Wiyrkomi an.

Dann wurde Hunt ebenfalls aktiv und befahl: »Waffenabteilung, Konzentration unserer sekundären Batterien auf die Zerstörung der Zodark-Kreuzer. Sofortige Identifizierung der Kriegsschiffe der Orbot, gefolgt vom Beschuss durch unsere Primärwaffen.«

»Statthalter ...«, unterbrach ihn sein Kommunikationsoffizier. »Sir, wir erhalten eine Nachricht von Captain Brian Royce von der Delta Pathfinder-Gruppe. Er bittet, falls irgend möglich, um unsere sofortige Unterstützung.«

Angesichts dieser vagen Anfrage furchte Hunt die Stirn und sagte: »Dazu müssen Sie schon etwas mehr ins Detail gehen. Welche Art von Unterstützung benötigt er?«

Zwei Sekunden später erklärte der Offizier: »Es scheint, als ob ein Schiff der Zodark in die obere Atmosphäre eingeflogen ist und sich auf sie zu bewegt. Es bringt sich in Position, die alliierten Kräfte, die die Stützpunkte der Zodark und der Orbot angreifen, mit seinen Laserbatterien zu vernichten. Er bittet um unsere Unterstützung.«

Hunt sah zu Wiyrkomi hinüber. »Vorschläge?«

»Ich sehe das Kriegsschiff von dem sie reden. Es scheint sich aus diesem Bereich zu entfernen. Ich schlage vor, dass wir eine unserer Jägergruppen zur Begleitung von zwei Bomberstaffeln abstellen, die sich um dieses Schiff kümmern werden. Auf diese Weise können wir uns auf die uns bevorstehende größere Schlacht konzentrieren. Nach der Sicherung des Luftraums setzen wir dann unsere Bodentruppen ab und gewähren, falls nötig, zusätzliche Unterstützung durch unsere Jäger.«

»Einverstanden.« Hunt sah seinen Flugoffizier an. »Erteilen Sie diese Befehle.«

»Sofort«, kam die schnelle Erwiderung. »Ich stelle die vierte Jägergruppe ab. Die Jäger sollten das Kriegsschiff in etwa 20 Minuten eingeholt haben, und die Bomber werden es innerhalb der nächsten 35 Minuten oder so angreifen.«

Hunt lächelte, erfreut darüber, wie effektiv seine Brückenmannschaft arbeitete. Ein knapper Monat übervoll mit Simulationen und hartem Training machte sich bezahlt.

»Verdammt, Miles. Das ist unglaublich«, sagte Admiral Fran McKee leise, während Hunt in seinem Kommandosessel Platz nahm.

Bevor sie Kita verlassen hatten, hatte er Fran angeboten, mit ihm auf der *Freedom* zu reisen. Da sich die *George Washington* immer noch in der Werft befand, hätte sie andernfalls nur die Wahl gehabt, entweder auf eines der Schlachtschiffe zu transferieren oder Admiral Bvork Stavanger auf seinem Flaggschiff zu begleiten.

»Das ist es. Mit Sicherheit. Einerseits freue ich mich darauf, unser neues Schiff im Kampf zu erleben, andererseits bin ich nervös. Ich hoffe nur, dass es uns dabei behilflich sein wird, mehr unserer eigenen Leute zu retten und diesem schrecklichen Krieg ein Ende zu bereiten.«
****

4. Jägergruppe ‚Tödliche Schlangen‘

Commander Ethan Hunt, Rufzeichen ‚Paladin‘ bestätigte den Erhalt seiner neuen Befehle. Er wechselte auf seinen Kommandokanal hinüber und begann: »Aufgepasst, Death Rattlers. Wir erhielten gerade unsere erste FRAGO. Sieht aus, als ob ein Schlachtschiff der Zodark in die Atmosphäre des Planeten vorgedrungen ist, um unsere

Bodentruppen zu vernichten. Wir wurden damit beauftragt, seine Jäger
aus dem Weg zu räumen und den beiden uns folgenden Bomberstaffeln
Deckung zu verschaffen, die das Schiff der Zodark vernichten werden.

»Yellowjackets, Sie verfolgen die feindlichen Jäger, die zum
Schutz des gegnerischen Kriegsschiff abgestellt sind. Grüne, Sie haben
den schwersten Job, den Schutz der Bomber. Sie halten die Jäger der
Orbot und Zodark von unseren Bombern fern.«

»Moment mal, Sie sprechen von Orbot-Jägern, Paladin?«,
unterbrach ihn Lieutenant Khatri, der Kommandant der blauen Staffel.

»Ich dachte, es sei ein Schiff der Zodark?«, fügte Lieutenant
Pushkin, der Anführer der roten Staffel hinzu.

Ethan versuchte, auf ihre Unterbrechungen hin nicht verärgert zu
reagieren. Er erinnerte sich fortwährend daran, dass dies das erste Mal
war, dass sie einen echten Jäger in den Kampf flogen. Bislang hatten
sie ihre Missionen von der relativen Sicherheit ihres Mutterschiffs aus
allein durch die Steuerung von Drohnen erfüllt. Das war nun anders.

Paladin räusperte sich über das Netzwerk, um sie wissen zu
lassen, dass er sprechen wollte. »He, etwas mehr Selbstbeherrschung,
bitte. Es handelt sich um ein Schlachtschiff der Zodark. Die Orbot
scheinen allerdings eine Reihe von Bodenstützpunkten eingerichtet zu
haben, um ihnen bei der Verteidigung des Planeten zu helfen und
mögliche Invasionskräfte abzuwehren. Unser Job ist es, den Bereich zu
klären, bevor unsere Invasionskräfte eintreffen. Rote, Sie werden
niedrig fliegen und versuchen, jedes Geschwader aufzuhalten, das uns
begrüßen möchte. Blaue, Sie halten sich in der Nähe der Bomber auf
und stehen bereits, mögliche Löcher, die sich in unseren Linien öffnen
könnten, umgehend zu stopfen. An die Arbeit, Death Rattlers.«

»Hier zu kämpfen, hier zu gewinnen!«, ertönte das Motto des
Geschwaders.

Paladin wechselte auf das Netz des roten Geschwaders über.
»Flattop, ich schließe mich Ihnen an. Sie übernehmen die Führung.«

In Formation mit den Roten verfolgte Paladin, wie sein
Staffelchef 16 Jäger in die Atmosphäre des Planeten steuerte. Der
Übergang ihrer Hellcats von der Thermosphäre in die Mesosphäre
beutelte sein Schiff dank der Reibungskraft der Luft, die über seine
Maschine hinwegraste, ziemlich hart. Am vorderen Ende seiner Hellcat
bildete sich eine kleine Blase, die das Schiff bald vollkommen

umschloss. Mit zunehmender Geschwindigkeit stiegen die Temperaturwerte sprunghaft an.

Paladin korrigierte seine Steuerung ein wenig und erlaubte der Hellcat, die Fluggeschwindigkeit zu reduzieren. Die große Hitzeblase um seinen Jäger herum hatte sich zwischenzeitlich aufgelöst. Er verließ die Mesosphäre für die Troposphäre und verlor weiter und immer noch mit unglaublicher Geschwindigkeit an Höhe. Seine Instrumente zeigten an, dass er ohne die Hilfe seiner Trägheitskompensatoren und der lebensrettenden Systeme, die ihn gegen die auf ihn einwirkenden massiven G-Kräfte schützten, wohl ohnmächtig geworden oder von dem Druck, dem er ausgesetzt war, erdrückt worden wäre.

Mit einem Handgriff fuhr er die ausfahrbaren Tragflächen für den Luftkampf aus und stellte seine Gefechtsführungssysteme und Sensoren auf atmosphärische Operationen um. Im Anschluss daran übermittelten ihm seine Sensoren sofort alle möglichen Bodenkontakte. Gleichzeitig identifizierten und markierten sie auch die näherkommenden feindlichen Jäger.

»Aufgepasst, rote Staffel. Mehrere Gruppen von Jägern im Anflug. Sieht aus, als ob uns eine Gruppe der Zodark-Jäger am nächsten ist. Drei Staffeln steuern auf die Yellowjackets zu. Außerdem halten drei weitere – vermutlich von den Orbot – auf uns zu, die wohl vom Planeten gestartet sind.«

»Ausgezeichnet, die Chancen stehen sieben zu eins. Nichts leichter als das«, kommentierte Ensign Robert ‚Maverick' Bork.

»Ja, ein Kinderspiel. Maverick, wieso fliegen Sie nicht als Paladins Rottenflieger? Alle anderen kennen ihre Aufgabe. Konzentrieren wir uns auf die Jäger direkt vor uns. Die schalten wir aus, bevor wir uns die nächsten vornehmen. Rot Eins, Ende.«

Eine Minute später übernahm Ensign Borks Hellcat die Position des Rottenfliegers in der Nähe von Ethan Hunts Hellcat. Paladin öffnete einen Kom-Kanal zwischen den beiden und forderte ihn auf: »Maverick, halten Sie sich nahe an mich, bis wir ihre Reihe durchbrochen haben. Danach entscheiden Sie, wem Sie nachsetzen wollen und ziehen den Plan konsequent durch. Uns stehen eine Menge Jäger gegenüber, die wir abschießen müssen.«

»Verstanden, Paladin. Tut mir leid, wenn ich eben als großspuriger Idiot rübergekommen bin.«

»Schon in Ordnung, Maverick. Das stört niemanden, solange Sie das mit Ihren Aktionen untermauern können. Hier ist Ihre Chance, sich als wahrer Jqagdflieger zu beweisen. Also sparen wir uns das Gerede und zeigen den anderen, dass Sie wissen, was Sie tun, ok?«

Hunt hoffte, dass der Junge auch über den Simulator hinaus gut war. Er zählte auf ihn, in diesen Kampf sein Flugtalent einzubringen.

»Danke, Paladin. Ich werde Sie nicht enttäuschen.«

Das Kontingent der republikanischen Jäger flog einige Minuten weiter. Der Abstand zwischen ihnen und der schieren Flut der ihnen entgegenkommenden Jäger verringerte sich ständig. Das Schlachtschiff der Zodark bekamen sie ebenfalls zu Gesicht. Hunt war sich nicht sicher, warum und wieso das so sein sollte, aber das Schiff hier unten in der Atmosphäre zu sehen, ließ es in seinen Augen nur noch größer und realistischer aussehen.

Plötzlich meldete sich das Alarmsystem seiner Hellcat lautstark. Es zeigte an, dass die ihm rasch näherkommenden Schiffe der Zodark gerade Raketen auf ihn abgeschossen hatten. Paladin aktivierte sein elektronisches Störsystem und richtete seinen Jäger in Richtung dieser Raketen aus. Sein Fadenkreuz erfasste die erste Rakete und er feuerte. Zwei Laserblitze später nahm er sich der nächsten Rakete an und wiederholte den Vorgang. Sekunden später hatte er die ihm drohende Gefahr ausgeschaltet, ohne ihr die Gelegenheit zu geben, sich zu einem echten Problem zu entwickeln.

Der Blick auf seinen Scanner verriet ihm, dass die anderen Piloten seiner Staffel seinem Beispiel folgten … genau wie im Training, so wie es ihnen ihre gallentinischen Berater beigebracht hatten. Er war zufrieden. Die Entfernung zu den näherkommenden Jägern verringerte sich weiter. Paladin bereitete sich darauf vor, seine Laserblaster einzusetzen. Er machte einen ihrer Gegner zum Ziel und drückte auf den Abschussknopf. Zwei Laserblitze trafen den feindlichen Jäger, der gleich darauf explodierte. Dem nächsten Feind erging es nicht besser, was die Zodark endlich dazu zwang, ihren Angriffsflug abzubrechen und sich in einem Dutzend verschiedener Richtungen zu zerstreuen.

So weit, so gut. Sieht aus, als ob ihre Zielfindungscomputer uns nicht in den Griff bekommen.

Paladin riss seine Steuerung hart herum. Er verfolgte einen weiteren Jäger der Zodark und reihte sich hinter ihm auf. Trotz den

Anstrengungen des Zodarks, Ausweichmanöver zu fliegen, konnte er Paladin nicht abschütteln. Ethan feuerte ein weiteres Mal und wurde mit seinem dritten Abschuss in weniger als fünf Minuten belohnt.

Plötzlich schwirrte eine Folge heller Blitze direkt neben ihm vorbei. Paladin reagierte und drückte seinen Kontrollhebel nach unten, was seine Geschwindigkeit in Rekordzeit beinahe verdoppelte, bevor er ihn schnellstens wieder an sich heranzog. In weniger als 60 Sekunden hatte er die Hälfte seiner Flughöhe verloren. *Verdammt, ich wäre beinahe direkt in die Bergwand geflogen ...*

Auf dem Weg zurück in die über ihm tobende Schlacht, suchte Hunt nach dem Jäger, der ihn beinahe abgeschossen hätte. Augenblicke später sah er ihn. Er war damit beschäftigt, auf den nächsten Piloten der roten Staffel zu schießen und Treffer zu landen. Die ersten drei Einschläge schienen wenig Schaden angerichtet zu haben, wohingegen der vierte und fünfte Treffer etwas Wichtiges getroffen haben musste. Aus der Hellcat trat Rauch aus. Ein kleines Feuer schien an einem der Triebwerke ausgebrochen zu sein

Paladin nahm über sein Kommunikationsgerät Kontakt zu dem Piloten auf. »Rot Acht, aktivieren Sie Ihre Feuerlöschvorrichtung. Dann schwenken Sie nach rechts ein und gewinnen an Höhe. Ich komme hinter Ihnen hoch und kümmere mich um den Kerl, der Sie gerade beschossen hat.«

»Verstanden, Paladin, danke für die Hilfe«, erwiderte der Pilot. Hunt war beeindruckt. Der junge Ensign klang wie die Ruhe selbst, trotz der Todesgefahr, in der er sich gerade befunden hatte.

Das Feuer und der Rauch, der aus einem der Triebwerke ausgetreten war, erloschen. Der Pilot schwenkte hart nach rechts ein und verlangte dem ihm verbliebenen Triebwerk zum Verlassen des Bereichs mehr Leistung ab. Der Zodarkpilot wollte die Verfolgung der roten Acht jedoch nicht aufgeben. Dabei entging ihm, dass Hunt sich hinter ihm in Position gebracht hatte und Sekunden später auf den Abschussknopf drückte. Eine Reihe von Lasterblitzen schlug in den hinteren Teil des Zodark-Jägers ein, der unmittelbar darauf explodierte und Trümmer, Rauch und kleinere brennende Teile auf den Boden unter ihnen regnen ließ.

»Rot Acht, kehren Sie zur *Freedom* zurück, damit die Reparaturmannschaft Ihren Jäger instand setzen kann. Haben Sie verstanden?«

»Aber Sir, ich kann weiter kämpfen«, versicherte ihm der Pilot beinahe flehentlich. Er wollte nicht zum Mutterschiff zurückgeschickt werden.

»Nein, das ist ein Befehl. Ich brauche Ihr überholtes Schiff für den nächstes Einsatz. Ende.« Hunt unterbrach die Verbindung. Er hatte nicht vor, dies weiter mit dem Ensign zu diskutieren. Der Junge mochte aufgebracht darüber sein, aus der Schlacht ausscheiden zu müssen, aber Hunt hatte ihm gerade das Leben gerettet.

Nachdem er sich nun wieder dem übrigen Kampfgeschehen widmen konnte, sah er, dass die Luftschlacht sich auszuweiten drohte. »Paladin an Anführer der Blauen. Setzen Sie Ihre Staffel zur Unterstützung der Roten ein. Mehrere Staffeln der Orbot befinden sich im Anflug. Haben Sie verstanden?«

Unmittelbar darauf krächzte das Funkgerät. »Wird aber auch Zeit, dass Sie uns einbeziehen. Wird erledigt!«, versicherte ihm Lieutenant ‚Spike‘ Khatri, dessen indischer Akzent mit zunehmender Aufregung deutlich hörbar war.

Hunt schaltete auf den Flugbetriebskanal um. »Warhawk, Death Rattler Eins hier. Hören Sie?«

Hunt wollte Kontakt mit Konteradmiral Aaron Blade aufnehmen, dem Leiter des Flugbetriebs auf der *Freedom,* dessen Rufzeichen ‚Warhawk‘ war. Er war der Mann, der für sämtliche Raumjäger auf dem Schiff verantwortlich war. Es dauerte einen Augenblick, bevor der bärbeißige alte Admiral antwortete. »Was gibt es, Paladin?«

»Sir, eine meiner Staffeln vernichtete gerade eine der Zodark, aber zwei weitere Staffeln kommen auf uns zu. Darüber hinaus sieht es so aus, als seien drei Orbot-Staffeln auf dem Weg zu uns, gefolgt von drei weiteren, die gerade abheben. Der Rest meiner Gruppe befindet sich im Einsatz. Von ihnen kann ich keine zusätzliche Hilfe anfordern. Ich hoffe, dass Sie uns weitere Hilfe senden können.«

Hunt hatte zunächst vorgehabt, seine Forderung an seinen Geschwaderkommodore weiterzugeben. Auf seinem taktischen Display konnte er allerdings sehen, dass dessen Raumjäger um mehrere Sternenträger und Kriegsschiffe herum in schwere Kämpfe verwickelt waren.

»Paladin, wollen Sie damit sagen, dass Ihre Gruppe großspuriger Staffelchefs und aufmüpfiger Piloten diese Lage nicht allein meistern können?«, fragte Admiral Blade mit leichter Irritation in der Stimme.

Hunt hatte seinen Piloten im Laufe der letzten Wochen erlaubt, ihren Kollegen gegenüber recht forsch aufzutreten, was ihm nun offenbar heimgezahlt wurde.

Paladin drückte den Sprechknopf. Er wusste, es war Zeit, zu Kreuze zu kriechen. »So stellt sich die Situation dar, Sir.« Schweigend raste er weiter, um sich dem Rest der roten Staffel im Kampf anzuschließen.

»Ich sah mir Ihre Situation an, Hunt. Eine gute Entscheidung, jetzt um Hilfe zu bitten, bevor Ihre Staffel überwältigt wird und Verluste hinnehmen muss. Ich werde der 7. Jägergruppe befehlen, Ihnen zu helfen. Sie wird in Kürze abheben. Ende.«

Lächelnd sah Paladin auf seine Anzeigen hinunter. *Hilfe war auf dem Weg. Sie mussten nur noch eine Weile durchhalten.* »Flattop, ich nehme mir meinen Rottenflieger, um etwas Unruhe innerhalb der Orbot-Staffel zu verursachen, die beinahe in Reichweite ist. Sie schalten die verbliebenen Zodark-Jäger aus, bevor Sie mir Gesellschaft leisten. Verstanden?«

»Verstanden, Paladin. Viel Glück bei der Jagd«, kam die Antwort.

»Da sind Sie, Paladin, ich dachte schon, ich hätte Sie verloren«, meldete sich Maverick und nahm seine Position hinter ihm ein.

»Tut mir leid, Maverick. Rot Acht entwickelte ein Problem und brauchte Hilfe. Aber jetzt nehmen wir uns die Orbot vor. Sobald wir in Reichweite sind, will ich, dass Sie all Ihre Raketen einsetzen. Wir haben jeweils acht an Bord. Es ist an der Zeit, ihre Zahl zu reduzieren.«

»Klingt gut, Paladin. Los geht's«, stimmte Maverick begeistert zu. Sein Flugtalent begann, Ethans Aufmerksamkeit zu erregen. Maverick hatte bereits vier Abschüsse zu verzeichnen, im Vergleich zu den dreien von Ethan.

Je tiefer sie mit ihren Hellcats in die untere Atmosphäre vordrangen, umso mehr schien die Orbot-Staffel zu verstehen, dass sie das Ziel dieses Anflugs darstellte. Sie entschloss sich, aufzusteigen, um sie zu konfrontieren. Bevor die Orbot allerdings die Reichweite ihrer eigenen Raketen erreichen konnten, befanden sie sich bereits in Paladins und Mavericks Schusslinie.

Während die KI seines Zielfindungscomputers acht Ziele bestimmte und sicherstellte, dass sie sich nicht mit den von Mavericks Computer gewählten Zielen überschnitten, warf Hunt kurz einen Blick

auf ihre Bomberstaffel, die sich nun dem Schlachtschiff der Zodark
näherte. Die Bomber schienen ihre Schussreichweite erreicht zu haben
und setzten zum Angriff gegen das riesige Schlachtschiff an. Das
Geschwader der Yellowjackets hatte fantastische Vorarbeit geleistet,
Löcher in den Schutzschirm der das Kriegsschiff begleitenden Zodark-
Jäger zu reißen. Sie hatten den RA-Bombern einen klaren Weg
geebnet, den Zodark den Todesstoß zu versetzen.

»Angriff freigegeben, Paladin?«

»Ähm … ja, Angriff freigegeben. Tut mir leid, ich sah mir gerade
an, wie unsere Bomber vorankommen. Sie haben ihren Angriff
begonnen. Schaffen wir uns die Kerle hier vom Hals, bevor wir uns die
nächste Jägergruppe vornehmen.«

»Angriff, Maverick!«, rief er seinem Rottenflieger zu.

Er drückte auf den Abschussknopf. Die erste Rakete löste sich aus
ihrer Verankerung. Unmittelbar darauf lenkte sie ihr interner Motor mit
rasender Geschwindigkeit auf ihr geplantes Ziel zu. Dieser Vorgang
wiederholte sich sieben Mal. Acht Raketen überwanden in weniger als
einer Minute die Entfernung zwischen Hunts Hellcat und den Schiffen
der Orbot. Sechs der acht Raketen erzielten einen Treffer. Dem Feind
war es gelungen, zwei der rasanten Geschosse zu umgehen. Eine von
Mavericks Raketen hatte ebenfalls ihr Ziel verfehlt. Insgesamt hatten
die beiden soeben auf einen Schlag 13 Jäger außer Gefecht gesetzt.

»Wow! Das macht uns schon zum zweiten Mal zu Assen,
Paladin«, rief Maverick voller Begeisterung in sein Mikrofon.

»Das feiern wir zurück auf dem Schiff. Im Moment kommen wir
gerade in Reichweite ihrer Geschosse.«

Die verbliebenen Jäger der Orbot schossen nun ihre eigenen
Raketen ab – insgesamt vier, jeweils zwei auf jeden der RA-Jäger.
Maverick und Paladin flogen Ausweichmanöver. Maverick lenkte bei
steigender Geschwindigkeit nach unten; Paladin steigerte seine
Geschwindigkeit exponentiell und gewann an Höhe. In der Zeit, in der
die RA-Piloten versuchten, den gegnerischen Raketen auszuweichen,
wurde das ausgefeilte elektronische Verteidigungssystem der Hellcats
aktiv und tat sein Bestes, die Ortungssysteme dieser gegnerischen
Raketen zu stören. Als eine der Raketen einem der Piloten zu nahe
kam, feuerte deren AI seinen Nahverteidigungslaser ab. Den von
Menschen gebauten Drohnen hatte diese Defensivmaßnahme nie zur
Verfügung gestanden, so wenig wie den Jägern, die im Rahmen der

menschlich-altairianischen Zusammenarbeit gebaut worden waren. Diese Nahverteidigungswaffe machte es ungemein schwer, eine Hellcat mit einer Rakete zu treffen.

Ihr Abstand zum Schwarm der Orbot verringerte sich unaufhaltsam weiter. Paladin stellte sein System nach dem Abschuss seiner letzten Rakete erneut auf Laserbeschuss um. Das System erwachte zum Leben und seine künstliche Intelligenz begann die Suche nach einem geeigneten Ziel für sein Fadenkreuz. Die Quad-Laser der Hellcats waren in der Lage, in einem Winkel von bis zu 15 Grad nach oben oder unten oder nach rechts oder links zu schwenken. Gelenkt wurden sie durch die Augenbewegungen ihrer Piloten, bis deren Zielfindungs-KI in der Lage war, das Fadenkreuz zu fixieren und den erfolgreichen Abschuss zu ermöglichen. Tatsächlich funktionierte dieses System weit besser im Weltraum, da die Kämpfe dort über größere Entfernungen gefochten wurden – im Gegensatz zu einer Luftschlacht im engeren Raum, wie sie sie heute austrugen.

Nach dem Druck auf den Abschussknopf beobachtete Paladin, wie die erste Runde seiner Laserblitze auf einen der Orbot-Jäger aufschlug, ihm die Tragfläche abriss und ihn außer Kontrolle zu Boden trudeln ließ. Gleich darauf raste überraschend eine Anzahl von Zodark-Laserstrahlen an ihm vorbei. Hunt riss die Lenkung hart herum und zog zuerst steil nach oben, bevor er gleich darauf in einem ebenso steilen Winkel unter starker Beschleunigung seiner Hellcat in den Sturzflug ging. Er manövrierte so gut er konnte im Rahmen der beschränkten Höhe, die ihm zur Verfügung stand. Kein leichtes Unterfangen für jemanden, der beinahe seine gesamte Flug- und Kampfzeit im weit offenen Weltraum verbracht hatte.

Der Kampf zog sich noch zehn lange Minuten hin, bevor die Jäger der blauen Staffel endlich eintrafen. Zur gleichen Zeit hoben zwei Staffeln der Orbot von der Oberfläche ab, um sich ebenfalls an der Schlacht zu beteiligen. Ein schneller Blick in die Richtung des Kriegsschiffs der Zodark verriet Paladin, dass ihre Bomber ihm wohl einen vernichtenden Schlag versetzt hatten.

Die Yellowjackets waren noch mit den verbliebenen Abwehrkräften rund um das Kriegsschiff beschäftigt, während die Bomber offenbar schon wieder zur *Freedom* zurückkehrten. Paladin nahm Kontakt mit der grünen Staffel auf. Er befahl ihr, die Bomber alleine weiterziehen zu lassen und in aller Eile zur Unterstützung der roten und blauen Geschwader in die Atmosphäre zurückzukehren. Die Luftschlacht, die im Umfeld des Kriegsschiffs der Zodark ununterbrochen weiter im Gang war, war intensiv und erbittert. Niemand konnte mit Sicherheit sagen, wie viele Staffeln der Zodark und der Orbot insgesamt auf der Planetenoberfläche stationiert waren. Unabhängig von deren Anzahl war jedoch klar, dass jeder Einzelne von ihnen vor der Landung der Invasionsstreitkräfte ausgeschaltet werden musste. Falls diese Landung an Hunderten von gegnerischen Jägern vorbei stattfinden musste, würde das für sie in einem Gemetzel enden.

Eine Stunde später waren alle vier Staffeln Paladins voll im Einsatz. Die Kampfflieger des 7. Jagdgeschwaders, die nach und nach eintrafen, trugen ihren Teil zur Schlacht bei. Die zunehmende Beteiligung dieser Staffeln erlaubte Hunt, seine eigenen Staffeln zur *Freedom* zurückschicken. Nach über fünf Stunden Einsatz im Cockpit brauchten seine Piloten eine Pause und die Gelegenheit, ihre Hellcats neu zu bewaffnen.

Hunts Hellcat flog in den für sein Kommando bestimmten Hangar ein, wo ihn seine Navigations-KI an seinen Parkplatz lenkte. Sobald der Jäger ausgerollt war, trat die Bodenmannschaft an ihn heran, half Hunt aus seiner Maschine und begann umgehend mit der Wartung der Hellcat.

Beim Verlassen des Cockpits sah Ethan an der Seite seines Jägers hinunter, an dessen Rumpf ein halbes Dutzend Brandflecken erkennbar waren. »Wovon stammen die?«

Ein Mitglied der Crew sah zu ihm hoch. »Das sind die Treffer, die Sie kassiert haben. Sieht aus, als ob die Hellcat sie unbeschadet wegstecken konnte. Keine Sorge, wir entfernen die Verkleidung und stellen sicher, dass hinter ihr kein zusätzlicher Schaden eingetreten ist. Sie hatten Glück, Sir.«

Ethan brummte bei dieser Aussage vor sich hin und schüttelte überrascht den Kopf, bevor er sich abwandte und auf den Bereitschaftsraum seiner Gruppe zuging. Er hatte seine Piloten aufgefordert, sich dort zu einer Einsatzbesprechung zu versammeln. Auf seine Bitte hin stand dort eine Mahlzeit für alle bereit, damit sie während der Nachbesprechung etwas zu sich nehmen konnten. In der Zwischenzeit musste Ethan erfahren, wie die Hauptschlacht verlief. Seine Piloten würden entweder etwas Zeit zum Ausruhen oder Schlafen erhalten oder nach der Verabreichung stimulierender Mittel in ihre

Kampfflugzeuge zurückkehren, um an der nächsten Runde
teilzunehmen.
****

Alpha-Kompanie, 1. Bataillon, 4. Sondereinsatzgruppe

Fasziniert folgte Captain Brian Royce der Zerstörung des
Schlachtschiffs der Zodark. Er schätzte sich glücklich. Das Kriegsschiff
hielt sich in etwa 60 Kilometer Entfernung hoch über ihnen auf.
Trotzdem war er in der Lage, die Explosionen und den Schaden zu
registrieren, den es hinnehmen musste. Das Schiff war riesig, mehrere
Kilometer lang. Seine Position am Himmel über ihnen hatte jeden
Versuch der republikanischen Bodentruppen blockiert, die
gegnerischen Stützpunkte auf der Oberfläche zu überrennen.

Eine Weile hatte er befürchtet, dass ihnen ein Beschuss durch die
Primärwaffen des Kriegsschiffes bevorstand. Als Major Pilecki ihn
davon unterrichtet hatte, dass die Zodark schon einmal einen Kreuzer
oder ein Schlachtschiff zur Luftnahunterstützung in die Atmosphäre
hinuntergeschickt hatten, wollte er ihm nicht glauben … bis er den
Beweis mit eigenen Augen gesehen hatte. Dieser Anblick ließ ihm
einen kalten Schauer über den Rücken laufen.

In 120 Kilometern Entfernung arbeitete einer seiner vier Züge mit
zwei RA-Bataillonen zusammen. Wie Royces Gruppe hatten auch sie
zwei Überfälle auf kleinere planetarische Verteidigungssysteme der
Zodark oder der Orbot organisiert, mit dem erklärten Ziel, vor dem
Eintreffen der Invasionskräfte diese Kanonen- und Raketensysteme
außer Gefecht zu setzen.

Ihr Kampf war ebenso hart wie der, in den sein Zug derzeit
verwickelt war – brutal, ohne absehen zu können, wer aus ihm als
Sieger hervorgehen würde. Und dann, 40 Minuten nach dem Beginn
des planetenweiten Angriffs, war das Zodark-Schiff überraschend unter
der Wolkendecke hervorgetreten und wie ein Fegefeuer über sie
hergefallen.

Royce durchlebte einen Moment, vor dem sich jeder
Kommandant fürchtete. In den zahllosen Schlachten und Kampagnen,
an denen er bislang teilgenommen hatte – angefangen mit seinem
ersten großen Kampf gegen die Zodark, gefolgt von der Einnahme des
Sternenträgers vor Neu-Eden zu Beginn des Krieges, bis hin zu der

grauenvollen Auseinandersetzung an der Station der Zodark in der Umlaufbahn um den Planeten Rass … Diese Erfahrungen hatten ihn gelehrt, dass der Feind immer seine Stimme erheben konnte, egal wie oft jemand versuchte, ihm diese Gelegenheit zu nehmen.

Was gerade unter seinen eigenen Zügen vorging und das Wissen darum, wie es den anderen RA-Bataillonen erging … Es war nicht nur eine üble Situation, vielmehr handelte es sich hier um ein beispielloses Abschlachten. Er konnte nicht fassen, dass ein Kriegsschiff oder ein Kreuzer in die Atmosphäre eines Planeten einfliegen und seine Hauptwaffen dazu nutzen konnte, ganze Militärstützpunkte und Truppenkontingente auszumerzen. Gegen eine solche Taktik gab es tatsächlich keine Verteidigung. Eben noch hatte Royce mit einem seiner Lieutenants telefoniert, bevor die Verbindung abbrach und er den Lichtblitz in dem Bereich einschlagen sah, wo sein junger Offizier und dessen Männer sich soeben noch aufgehalten hatten.

In dem Moment in dem Royce den Befehl zum Abbruch der Angriffe und zum Rückzug und der Zerstreuung seiner Leute in die Höhlen und Tunnel unter der Erde ausgeben wollte, entdeckte er winzige Punkte am Himmel. Diese wenigen Punkte wuchsen zu mehreren Punkten und dann zu einem Schwarm an. Überall am Himmel fanden Kämpfe statt. Und dann konzentrierten einige der Punkte ihre Waffen auf das Schlachtschiff.

Royce sah eine und dann noch drei oder vier weitere Explosionen entlang den Seiten des Zodark-Schiffs. Dies waren keine schwachen Explosionen. Sie verursachten riesige Brandwolken, die sich nach der ersten Detonation nicht auflösten. Was immer das Schlachtschiff getroffen hatte, es hatte ihm hart zugesetzt. Und dennoch – trotz dieser Explosionen – war es dem Schiff gelungen, zwei Laserblitze in das Waldgebiet abzufeuern, wo sich sein zweiter Zug aufhielt.

Ein so großer Schaden und das Schiff ist immer noch funktionsfähig …

»Captain Royce, eine meiner Kompanien durchbrach die feindlichen Linien und dringt tiefer in den Stützpunkt vor. Ich halte das für einen günstigen Zeitpunkt, Ihre C100 zu aktivieren«, erreichte ihn Major Pileckis Stimme über das Funkgerät.

»Verstanden, Major. Ich schicke die Terminatoren aus!« Nach einer kurzen Pause fügte Royce dann noch hinzu: »Trupp Drei wird ihnen folgen, während Trupps Zwei und Vier, wie verabredet, die nördliche Einfriedung angreifen werden.«

»Ausgezeichnet. Ist Ihr Deckungstrupp in Position?«

»Ja, wir sind gerade eingetroffen. Wir sind in wenigen Minuten bereit, Feuerschutz zu gewähren«, erklärte Royce, der sich entschieden hatte, sich dem ersten Trupp anzuschließen. Den Scharfschützen von Trupp Eins kam die alleinige Aufgabe zu, den angreifenden Soldaten im Westen und Südwesten der feindlichen Einrichtung Deckung zu gewähren.

»Nachdem alles vorüber ist, sehen wir uns auf der Basis«, verabschiedete sich der Major und beendete das Gespräch.

Royce ging die Reihe seiner Soldaten ab. Sie hatten im Abstand zwischen fünf und zehn Metern voneinander Stellung bezogen. Einer nach dem anderen nahm einen der Zodark- oder Orbot-Soldaten im Innern des Stützpunkts ins Visier, um ihm mit einem Magrail-Projektil ein Ende zu setzen. Sie vermieden den Einsatz von Lasern, um es den Gegners nicht zu einfach zu machen, ihre Abschusspositionen zu entdecken.

Im Sekundenabstand registrierte Royce den Abschuss ihrer Waffen. Jeder Knall beendete das Leben eines Zodark- oder Orbot-Soldaten. Royce fand nun ebenfalls einen geeigneten Ort, um sich niederzuknien und sein Sturmgewehr anzuheben. Durch sein Zielfernrohr spähte er den feindlichen Stützpunkt aus. Der Kampf um die Mauer herum war in vollem Gang. Sobald eine Handvoll RA-Soldaten die Basis erstürmen wollte, wurde sie von einer Welle feindlicher Verteidiger zurückgeschlagen. Das Loch öffnete sich erneut, nachdem eine Gruppe von C100-Synthetikern die Verteidiger aus dem Weg geräumt hatte. Diese Art von Kampfgeschehen wiederholte sich mehrere Male. Jeder Vorstoß ließ mehr und mehr Leichen am Boden zurück.

Royce, der einen feindlichen Soldaten durch sein Zielfernrohr ausfindig gemacht hatte, platzierte den roten Punkt mitten auf der Stirn des Orbot. Im Prinzip war dies die einzige Stelle, um die Orbot effektiv und mit den wenigsten Schüssen zu töten. Royce konzentrierte sich auf sein Ziel und drückte auf den Abzug. Der Kopf des Orbot explodierte. Sein Körper schlug auf dem Boden auf.

Zodark und Orbot fielen im regelmäßigen Abstand von nur wenigen Sekunden. Dieser Erfolg setzte sich eine Weile lang fort. Der

Trupp tat sein Bestes, den Angriff ihrer Kameraden zu unterstützen. Plötzlich durchzuckte ein Lichtblitz den Himmel, der Royce die Sicht nahm. Schlagartig verdunkelte sich das Visier seines HUDs, um seine Augen durch eine beinahe schwarze Färbung vor diesem gleißenden Licht zu schützen. Seine Ohren registrierten ein knisterndes Brandgeräusch ganz in seiner Nähe, während die Lufttemperatur um ihn herum deutlich anstieg.

Schnell zog er sich hinter den Baumstamm zurück, gegen den er sich bislang gestützt hatte, und wartete einen Moment ab, bis sich sein HUD wieder normalisiert hatte. Die Anzeige des Peilsenders, die ihm den Standort seiner Leute meldete, informierte ihn, dass beinahe die Hälfte ihrer Angriffskräfte gefallen waren.

Nein, nein, nein, das kann nicht sein ...

Trupp Drei und Vier existierten nicht länger ... ausgelöscht ... von einer Sekunde auf die andere. Beim Blick um seinen umgestürzten Baumstamm herum entdeckte er entlang des Waldes und der Einfriedung der Basis eine gewaltige Schneise, die vollkommen verkohlt war.

Royce registrierte zudem, dass das Schlachtschiff der Zodark über ihm jetzt von winzigen Explosionen heimgesucht wurde – ausgehend von dessen Zentrum und entlang seines Rumpfs – bis es zu guter Letzt in die Luft flog. Er sah zu, wie das Kriegsschiff in zwei gigantische Teile zerbrach, die gleich darauf in die Tiefe stürzten.

Royce wusste, dass der Verlust des Schiffes ihre einzige Chance war. *Jetzt oder nie.* Sie mussten die Einnahme der Basis zu Ende führen. Sobald sie zerstört war, würden die Ranger ihren Flug auf den Planeten beginnen und den Deltas bei der Einnahme oder der Vernichtung einer ganzen Reihe von Zielen helfen. Alles was rot markiert war, wurde als vorrangiges Ziel angesehen, das vor der Landung der republikanischen Bodentruppen ausgeschaltet werden musste.

****

RNS *Freedom*
Brücke

Statthalter Hunt bewunderte, wie sein Schiff und seine Flotte sich dem Kampf stellten. Es war beinahe zu viel, um es zu verarbeiten. Der

Kampf um den Planeten herum und ganz in der Nähe der *Freedom* tobte ununterbrochen weiter, wobei ihnen der Sieg hier allerdings bereits sicher war. Die weiter entfernt stattfindende Schlacht in der Nähe der Monde verlief demgegenüber weniger eindeutig. Sobald die Flotte mit den Sternenträgern der Zodark beschäftigt waren, waren die Orbot der alliierten Flotte mit ihren Trägern in den Rücken gefallen. Über 2.000 Jäger und Bomber nahmen an diesem Nahkampf teil.

In einer Auseinandersetzung, an der so viele Jäger und Bomber beteiligt waren, bewies sich ein Schiff – der Flugabwehrkreuzer – als das Schiff der Stunde, obwohl es normalerweise wenig Aufmerksamkeit auf sich zog oder eingesetzt wurde.

Die Flugabwehrkreuzer waren modifizierte Kriegsschiffe der *Rook*-Klasse, deren neue Bestimmung es war, Großkampfschiffe gegen die Angriffe von Zodark- und Orbot-Sternenträgern zu verteidigen. Nach der Entfernung ihrer Railguns wurde ihre Bewaffnung auf 60 vierläufige 40-mm-Flakkanonen umgestellt. Die Integration eines verbesserten Annäherungszünders machte diese Kanonen ungemein gefährlich.

Diese neue Technologie ähnelte den Annäherungsgranaten, die die Briten im Jahr 1940 während der Luftschlacht um England vorgestellt hatten und die später im Zweiten Weltkrieg von den Amerikanern im Pazifik weiterentwickelt worden waren. Ihre Zünder machte es möglich, dass die Projektile nicht länger einen direkten Treffer auf einem feindlichen Jäger erzielen mussten. Erforderlich war allein, dass diese Projektile einfach nur nahe genug an dem gewünschten Ziel vorbeifliegen mussten, um aktiviert zu werden und danach zu explodieren. Zudem waren die Flakschiffe auch mit den neuesten Langstreckenraketen zum Abfangen feindlicher Raketen ausgestattet. Zehn wiederholt zu ladende Gehäuse, die jeweils 50 Raketen enthielten, waren verstreut über das ganze Schiff eingelagert.

Hunt sah zu, wie die Flakschiffe auf die auf sie zukommende Welle feindlicher Jäger zusteuerten. Ihre Kapitäne hielten ihre Schiffe in ständiger Bewegung, um sie in die bestmögliche Position gegen die eintreffenden Jäger zu bringen. Das zwang die feindlichen Schiffe dazu, den Hornissenschwarm zu durchfliegen, den die Flakschiffe im Vorbeiflug gegen sie freisetzten. Natürlich mussten die alliierten Kreuzer ebenfalls eine Menge Treffer einstecken. Trotz den heroischen Bemühungen der RA-Schützen, die Unzahl eintreffender Raketen und

Torpedos abzufangen, gelang einigen unabänderlich dennoch der Durchbruch.

Hunt wandte sich an Wiyrkomi. »Wir müssen diesen Kampf hier zu Ende bringen und umgehend zur Hauptschlacht stoßen. Unsere Flakschiffe werden die gegnerischen Schiffe nicht mehr allzu lange von der Flotte fernhalten können.«

»Ganz Ihrer Meinung, Statthalter. Ich schlage vor, dass wir ihnen noch einen Verband unserer eigenen Jäger schicken«, bot ihm Wiyrkomi an.

»Sehr gut. Tun Sie das. In der Zwischenzeit versuchen wir, die feindlichen Schiffe vor Ort mit unseren Kanonen zu vernichten. Bringen Sie uns in Schussweite«, befahl Hunt. Es war an der Zeit, die volle Macht seines beeindruckenden Schiffs auszukosten.

Mit dem Start ihrer Steuerraketen näherte sich die *Freedom* einer großen Gruppe von Kriegsschiffen der Zodark. Als Reaktion darauf stoppte der Feind den Beschuss auf die Primord-Schiffe, um sich exklusiv auf das riesenhafte, unbekannte Kriegsschiff zu konzentrieren, das direkt auf sie zukam. Eine Ansammlung von Fregatten und Korvetten der Zodark brachen ihren Angriff auf einen der Primord-Träger ebenfalls ab und widmeten ihre ungeteilte Aufmerksamkeit allein der *Freedom*.

Einen Augenblick lang verspürte Hunt Nervosität und vielleicht sogar ein wenig Angst, als er sah, wie viele Kriegsschiffe dabei waren, sich zum Angriff auf sein Schiff zu versammeln. In all den Jahren, in denen er die Kämpfe der Flotte bestritten hatte, hatten ihm noch nie so viele Kriegsschiffe gegenübergestanden. Der Blick über die Brücke zeigte ihm die nervösen Gesichter der menschlichen Crew, wohingegen die gallentinische Mannschaft im Gegensatz dazu nicht im Geringsten aus dem Gleichgewicht gebracht schien. Sie alle sahen vollkommen ruhig aus. Das half irgendwie seinen eigenen Nerven zu beruhigen. *Wenn sie keine Bedenken hatten, wieso sollte er sich fürchten?*

Die Schlachtschiffe der Zodark eröffneten das Feuer auf den vorderen Bereich der *Freedom*. Ihre Länge von 15 Kilometern bot den Zodark-Lasern eine große Angriffsfläche. Danach kamen die Korvetten zum Einsatz – die neuesten Kriegsschiffe der Zodark – die für ihre Größe unglaublich tödlich waren. Anstatt schwer gepanzert und mit großen Laserbatterien ausgestattet zu sein, waren es schnelle, bewegliche Schiffe, die einen enormen Vorrat an Plasmatorpedos mit sich führten. Von mehreren Angriffsvektoren her reihten sie sich für ihren Ansturm auf, der eine verheerende Streuung eingehender Plasmatorpedos versprach.

Noch bevor die Korvetten allerdings die Reichweite ihrer Hauptwaffen erreichen konnten, eröffnete die *Freedom* bereits das Feuer.

Ein aus einem der vorderen Geschütztürme der *Freedom* blitzendes Licht schlug in die erste Korvette ein und riss sie der Länge nach auf. Die Korvette zerbrach in zwei Teile, bevor sie explodierte. Danach nahmen die restlichen Batterien der *Freedom* den Betrieb auf. Innerhalb von Sekunden waren die 12 gegnerischen Korvetten nur noch treibende Wracks. Das Aufflackern kleinerer Feuer und das Sprühen von Funken erhellten kurz die Dunkelheit, bis die Leere des Alls das schnell wieder zum Erlöschen brachte.

Während die Korvetten ihren Angriff flogen, feuerten zwei Dutzend Zodark-Fregatten beinahe 100 Torpedos in Richtung der *Freedom* ab. Ohne sich die Mühe zu machen, ihrem beabsichtigten Ziel übermäßig nahe zu kommen, schossen sie ihre Waffen einfach auf ein Schiff ab, das sie für zu groß hielten, um es verfehlen zu können. Nicht lange nachdem diese speziellen Torpedos der Zodark auf dem Weg waren, verwandelten sie sich von ursprünglich lenkbaren Raketen in geschmolzenes Plasma, was sie zu unlenkbaren, tödlichen Waffen machte. Das hocherhitzte Plasma war in der Lage, mit unglaublicher Geschwindigkeit beinahe jegliche Art von Panzerung zu durchbohren, was nur im Zentrum eines Schiffes oder mit seinem Austritt am anderen Ende des Schiffes sein Ende finden würde.

Obwohl die *Freedom* ein ungeheuer großes Schiff war, verfügte sie über beeindruckende Manövrierfähigkeiten. Trotzdem würden sie mit Sicherheit einige Einschläge hinnehmen müssen … bevor das Hochfahren ihrer vorderen Triebwerke das Schlachtschiff hart nach einer Seite einschwenkte, während eine zweite Gruppe von Antrieben das Schiff um 30 Grad nach oben anhob. Mit der vollen Leistung ihrer Hauptsteuerraketen gelang der *Freedom* in den Augen aller, die diesem Kunstgriff folgten, ein unglaubliches und scheinbar unmögliches Manöver.

Die verbliebenen Fregatten, Kreuzer und Kriegsschiffe der Zodark reagierten auf dieses radikale Manöver und den Richtungswechsel der *Freedom*, indem sie mit ihren Lasern und nun auch mit ihren Magrails Breitseiten auf die ihrer Ansicht nach verwundbare Unterseite der *Freedom* abschossen. Die Fregatten der Zodark eröffneten das Feuer auf das große Kriegsschiff und schickten so schnell sie konnten massive Mengen an Magrail-Projektilen in Richtung der Laserbatterien aus, die gerade das Schiff ihrer Kameraden in zwei Hälften gerissen hatten.

Die Laserkanonen der *Freedom*, die vor kurzem die Korvetten förmlich zerschnitten hatten, nahmen nun die Fregatten ins Visier. Es kostete sie nur wenige Minuten, die angreifenden Kräfte stark zu reduzieren. Nichtsdestotrotz wurden eine Reihe ihrer Laserkanonen durch den eingehenden Magrail-Beschuss zerstört. Im Bewusstsein des Erfolgs ihrer Waffen ließen sämtliche Schiffe der Orbot und der Zodark, die über Magrail-Geschütztürme verfügten, nun eine unbändige Flut von Geschossen auf die *Freedom* los.

»Schadensbericht«, verlangte Wiyrkomi.

Der technische Offizier auf der Brücke erwiderte umgehend. »Sir, wir verloren sieben nach vorn gerichtete Laserbatterien und zwei an Backbord.«

»Drohender Einschlag einer großen Anzahl von Plasmatorpedos«, warnte eines der gallentinischen Mannschaftsmitglieder.

Auf dem Monitor, der den vorderen Abschnitt der *Freedom* zeigte, verfolgte Hunt den Einschlag von Dutzenden von Plasmatorpedos in diesen Bereich seines Schiffs. Lichtblitze mischten sich mit Geysiren aufsteigender Flammen am Ort ihres Aufschlags. Entlang eines beinahe zwei Kilometer langen Abschnitts am Bug des Schiffes ereigneten sich Dutzende von Explosionen. Und dennoch spürte Hunt weder Vibrationen noch Erschütterungen unter seinen Füßen, wie er es viele Male zuvor erlebt hatte, als eines seiner Schiffe solche Treffer hatten hinnehmen müssen.

Wieso spüre ich keinerlei Auswirkungen?, fragte sich Hunt still.

Admiral McKee beugte sich aus ihrem Stuhl zu ihm hinüber und flüsterte: »Die *Freedom* ist so groß, dass der Effekt der Schäden in den vorderen Abteilungen des Schiffes nicht bis zu uns vordringen.«

»Ich bin mir nicht sicher, ob das tatsächlich eine gute Sache ist«, lautete Hunts kurze Antwort. Er erschauderte ein wenig in Ehrfurcht darüber, wie diese Schlacht verlief.

Nach der erfolgreichen Vernichtung der kleineren gegnerischen Schiffe, richteten die vorderen Laserkanonen der *Freedom* ihre

Aufmerksamkeit zwischenzeitlich auf die Kriegsschiffe der Zodark. Die Panzerung eines jeden Kriegsschiffs wurde aufgeschlitzt, was dessen internen Bereiche dem Vakuum des Weltalls zugänglich machte. Gleichwohl ließen die Schiffe der Zodark und der Orbot nicht von dem größeren gallentinischen Kriegsschiff ab. Stattdessen griffen sie es ohne Unterlass weiter an.

»Bereitmachen der CPW«, verlangte Wiyrkomi. »Das von mir markierte Orbot-Schiff wird unser erstes Ziel sein.«

Hunt erhob sich und trat an Wiyrkomi heran. Er flüsterte: »Wollen wir dieses Geheimnis schon in diesem Kampf preisgeben?«

Wiyrkomi wandte sich ihm zu und erwiderte: »Miles, dies ist die Schlacht, die den Krieg beenden soll. Soweit uns bekannt ist, gibt es im Universum insgesamt nur sieben Schiffe, die über eine solche Waffe verfügen – unsere Titans. Es ist Zeit, von ihr Gebrauch zu machen.«

Hunt nickte unmerklich. »Ok, lass es uns tun. Beenden wir den Kampf.«

Die Craykard-Partikelwaffe, kurz CPW genannt, war eine hochenergetische Waffe, die offenbar noch mächtiger als die Plasmakanone der *GW* war. Sie hatte eine effektive Reichweite von 100 Megametern – ein mehr als beeindruckender Wirkungsbereich.

Mit dem erklärten Ziel, das Schlachtschiff der Orbot zu vernichten, richtete sich der wuchtige Geschützturm der noch experimentellen Superwaffe entsprechend aus. Gleichzeitig hob sich sein Lauf leicht nach oben an. Der Abschuss der Waffe brachte zunächst einen starken Strahl hellen Lichts hervor, gefolgt von einem runden, blauen Blitz … der in Bruchteilen von Sekunden den dunklen Raum durchquerte und auf das Orbot-Schiff aufschlug. Der gleißend helle Lichtstrahl und der ihm folgende Lichtblitz waren so hell, dass sie den Eindruck einer Supernova erweckten. Vorübergehend gaben sämtliche Monitore der Freedom nichts außer einem reinen Weiß wieder. Sobald die Sensoren und die Kameras wieder ordnungsgemäß funktionieren, war das Schiff der Orbot unauffindbar verschwunden. Seine Sprengung hatte es in Millionen winziger Teile aufgespalten.

»Heilige Mutter Gottes«, murmelte Admiral Fran McKee vor sich hin. »Welche Art von Superwaffe ist das?«

»Nach der Neuladung der Waffe feuern Sie sofort auf das nächste Orbot-Schiff. In der Zwischenzeit halten Sie den Beschuss mit den Laserkanonen aufrecht«, befahl Wiyrkomi den Bordschützen.

»Das, Fran, ist die Variante einer Partikelwaffe, so wurde mir gesagt. Fragen Sie mich nicht, wie sie funktioniert. Ich weiß es nicht. Ich weiß nur, dass es eine experimentelle und ungemein gefährliche Waffe ist.«

Die noch kampffähigen Schiffe der Zodark und der Orbot nahmen ihre Angriffe auf die *Freedom* mit Nachdruck wieder auf. Dieses Mal konzentrierten sie all ihre Bemühungen auf den Geschützturm der Waffe, die offensichtlich die Fähigkeit hatte, ihre Schiffe mit einem einzigen Schuss zu zerstören. Da sich das Gehäuse dieser Waffe näher an der Zitadelle, dem zentralen Aufbau der *Freedom* befand, war sie dort allerdings weit besser geschützt.

Während die Schützen der *Freedom* den feindlichen Kriegsschiffen weiter Risse und tiefe Wunden beibrachten, fand Hunt seinen Weg hinüber zu Rear Admiral Aaron ‚Warhawk‘ Blade, dem Kommandanten seiner Flugbetriebsabteilung. Dieser kleine Bereich auf der Brücke war geschäftig mit eigenen Aktivitäten. Die Abteilung war für alle Einheiten verantwortlich, die sich in Kämpfen um Leben oder Tod unten auf dem Planeten, in seiner Umlaufbahn, um die *Freedom* herum und als Teil der beiden großen, derzeit stattfindenden Flottenoperationen im Einsatz befanden. Ein unglaubliches Maß an Informationen musste verarbeitet werden.

»‚Warhawk‘ …«, sprach Hunt den Admiral mit seinem Rufzeichen, seinem bevorzugten Namen, an, »… geben Sie mir einen Statusbericht. Wie verläuft die Schlacht aus Ihrer Sicht?«

Der Admiral wandte seine Augen von dem Bildschirm ab, den er intensiv studiert hatte. »Schwierig, aber weit besser als auf Ihrer Seite, wenn ich recht verstehe.«

Hunt brummte zu diesem Kommentar und erwiderte: »Gut möglich. Wie stehen die Dinge? Und verschönern Sie die Lage nicht.«

»Es ist nicht einfach, Sir. Es ist unser erster Kampf mit bemannten Jägern und Bombern. Unsere Piloten lernen einen Menge harter Lektionen. Leider bezahlen einige von ihnen dafür mit ihrem Leben.«

Hunt verzog das Gesicht. Er hatte gewusst, dass dies eine harte Feuerprobe für seine Piloten sein würde – insbesondere für seinen Sohn, der eine der Jagdgruppen anführte.

»Sir, wir erhalten eine Menge Bitten um Luftunterstützung von den Bodentruppen auf dem Planeten, da sie nun wissen, dass die

Invasion tatsächlich stattfindet. Ich bin mir nicht sicher, ob uns das möglich ist. Sobald wir soweit sind, unser Bodenkontingent nach unten zu schicken, wird das eine Menge Probleme entschärfen, denen unsere Leute dort unten gegenüberstehen. Solange wir jedoch weiter hier oben unsere Schlachten schlagen müssen, kann ich nur eine gewisse Zahl von Staffeln abstellen.«

»Eine interessante Frage«, nickte Hunt. »Wie steht es um die feindlichen Abfangjäger auf dem Planeten und in seiner Umlaufbahn? Wenn wir versuchen wollen, Bodentruppen zu landen, will ich die Gewissheit haben, dass ihre Fähren den Boden sicher erreichen.«

Warhawk runzelte die Stirn, bevor er Stellung nahm. »Der Feind besitzt immer noch eine Reihe von Stützpunkten auf der Oberfläche. Sie brachten von überall her Jäger ein, um unsere zu bekämpfen. Es war und ist ein harter Kampf. Bisher war es uns unmöglich, die Luftherrschaft zu erringen. Ideal wäre es, einige dieser Basen durch den Beschuss aus der Umlaufbahn zu zerstören. Nach der Vernichtung einer Reihe zusätzlicher feindlicher Schlachtschiffe um den Planeten herum sollte es uns möglich sein, ein Kriegsschiff der *Ryan*-Klasse in die Umlaufbahn einzuschleusen, um sich um diese Stützpunkte stillzulegen. Danach sollten wir die Bodentruppen gefahrlos landen können.«

»Was, wenn wir versuchen, diese Truppen schon jetzt mit der Unterstützung unserer Jäger zu landen?«, zog Hunt in Erwägung.

»Das wäre machbar. Damit gehen wir allerdings das Risiko ein, einen großen Teil unserer Bodentruppen im Transit zu verlieren – potenziell bis zu 50% unserer Shuttles. Die Piloten der Orbot sind tatsächlich ziemlich gut, während unsere Piloten zum größten Teil noch feucht hinter den Ohren und am Lernen sind. Eine bessere Alternative wäre vielleicht, ein Geschwader von der Schlacht hier oben abzuziehen, das sich solange auf die Luftnahunterstützung konzentriert, bis wir den Himmel besser geräumt haben und die Bodeninvasion sachgerecht schützen können. Wir sollten jetzt nichts überstürzen und vielleicht die Hälfte unserer Truppen auf dem Weg zum Planeten zu verlieren.«

Diese Logik konnte Hunt nicht widerlegen, obwohl es ihm widerstrebte, seine Leute auf dem Boden länger als nötig ohne die erforderliche Unterstützung warten zu lassen.

Frustriert schüttelte er den Kopf und stimmte zu. »Ok, dann gehen wir so vor. Ziehen Sie die Hälfte unserer Jäger von den Kämpfen im

Weltraum ab und bereiten Sie sie auf die Luftnahunterstützung und die Flugoperationen auf dem Planeten vor. Übernehmen wir die Kontrolle über den Himmel, selbst wenn es nur für einen Tag ist, um die Ranger und unsere zusätzlichen Bodentruppen zu landen. Die drei Divisionen, die momentan auf dem Schiff herumsitzen, könnten den Ausgang des Kriegs auf dem Planeten entscheidend beeinflussen. Wir können unsere Leute auf dem Planeten nicht einfach hängen lassen; nicht, nachdem wir sie ermuntert haben, mit dem Beginn der Invasion Widerstand zu leisten. Wir werden sie nicht mitten im Kampf fallenlassen.«

»Ganz Ihrer Meinung Statthalter. Wir schaffen das, Sir. Meine Piloten werden ihnen Saures geben.«

Der Admiral gab Befehle an seine Stabsoffiziere weiter, die daraufhin einige der Jagdgeschwader zum Mutterschiff zurück beorderten und andere anwiesen, ihre Bewaffnung dem neuen Auftrag anzupassen. Die Shuttlepiloten wurden in Alarmbereitschaft versetzt und die Bodentruppen informiert, abmarschbereit zu sein. Sie würden bereits jetzt landen, ohne das Ende des Kampfs im Weltraum abzuwarten.

****

1. Rangerdivision

»Aufgepasst, Rangers«, rief Colonel Michael A. Monsoor den vier Bataillonen seiner Ranger zu, die vor ihm in Formation seine Ansprache erwarteten. »Der Ruf ging endlich ein. Der Alte Mann hat es in seiner Weisheit für richtig befunden, uns an die Oberfläche dieses gottverlassenen Ödlands zu senden, um Leichen zu produzieren und Seelen zu sammeln. Wir werden diesen Planeten im Namen der Republik erneut einnehmen. Im Grunde genommen ist dies unser erster echter Kampfauftrag. Sumara zählt für die meisten von uns nicht. Von den Zodark oder den Orbot *hier* dürfen wir allerdings nicht erwarten, dass sie kampflos aufgeben.«

Die Erwähnung der Orbot erzeugte ein Murmeln in der Gruppe. Die vor langer Zeit stattgefundene Rass-Kampagne war die einzige Kampagne, in der die Bodentruppen jemals den Orbot begegnet waren.

Der Colonel lächelte mit dem Raunen seiner Killer-Brigade. »Ganz recht. Sie alle haben das Wort *Orbot* gehört. Diese sechsbeinigen, spinnenähnlichen Cyborg-Missgestalten sind hier. Und soweit wir wissen, entspricht ihre Zahl der der Zodark. Denken Sie immer daran: Wenn Sie auf einen dieser Teufel schießen, muss es entweder ein klarer Kopfschuss sein oder Sie müssen eine Menge Schüsse auf seinen Oberkörper und auf anderen Körperteilen landen, um ihn auszuschalten. Im Gegensatz zum Kampf gegen die Zodark, an den die meisten von uns mittlerweile gewöhnt sind, sind diese Orbot weit intelligenter und abgefeimter. Außerdem verstehen sie etwas vom Schießen – so wie jeder Cyborg oder Kampf-Synth. Sie können zielen. Tatsächlich schießen diese verdammten Orbot oft besser als wir. Von daher gebe ich Ihnen allen den guten Rat, sie nicht zu unterschätzen.«

Major Hiro hob die Hand. »Sir, wissen wir bereits, wo sie uns absetzen und wie unsere Bataillone sich absprechen und koordiniert kämpfen werden?«

Zu Beginn der Sumara-Kampagne hatten die Sondereinsatzkräfte der RA in Neu-Edens Fort Roughneck eine zweite Rangerdivision ins Leben gerufen. 17.000 neue Rekruten hatten gerade die letzte Phase ihres Sondereinsatztruppentrainings begonnen, als die 1. Division nach Hause zurückkehrte. Nachdem der Rückkehr der ursprünglichen Division fand eine umfangreiche Neuorganisation statt. Die Hälfte der Offiziere und Unteroffiziere dieser kampferprobten Division wurde in die neue Division versetzt, um sie von Anfang an mit einer Führungsstruktur und Kampferfahrung zu versehen. Nachfolgend hatte es dann eine Menge Beförderungen gegeben, um die jetzt offenstehenden Stellen zu füllen.

Major Monsoor wurde zum Colonel befördert und hatte ihre Brigade übernommen. Captain Hiro stieg in den Rang eines Majors auf und führte das Bataillon an. Lieutenant Kranston wurde zum Captain befördert und nahm Hiros Stelle ein. Beinahe alle Sergeanten waren eine Stufe aufgestiegen. Vielen von ihnen wurde nahegelegt, eine Offizierslaufbahn in Betracht zu ziehen.

Colonel Monsoor sah Major Hiro in Beantwortung seiner Frage an. »Mir wurde nur mitgeteilt, dass unsere Bataillone im gleichen Gebiet abgesetzt werden, in dem die vier Pathfinder-Gruppen vor uns gelandet sind. Die Züge der Deltas stehen mit den auf dem Planeten zurückgelassenen Einheiten der RA und der Prim in Verbindung, die wiederholt Überfälle auf feindliche Einrichtungen um die Weltraumhäfen und die Weltraumaufzüge herum organisiert haben. Unmittelbar nach unserer Ankunft auf der Oberfläche sprechen wir

unsere Operationen mit denen der Deltas ab und übernehmen die
Missionen, die sie uns auftragen werden. Denken Sie daran, dass wir
vor dem Einmarsch der Hauptinvasionskräfte weiterhin Teil des
vorgeschobenen Teams sind. Der Rest der RA wird uns in einigen
Tagen folgen, nachdem die Flotte das System endgültig gesäubert hat.
Uns stehen zwei harte Tage bevor, aber darauf sind wir trainiert. Zeigen
wir ihnen also, wozu wir in der Lage sind.«

»Wann geht es los?«, erkundigte sich ein anderer Offizier.

»Versammlung in 90 Minuten in der Flughalle. Nach dem Ende
unserer Besprechung kehren Sie zu Ihren Kompanien zurück und
bereiten Ihre Ausrüstung vor. Planen Sie ausreichend Verpflegung für
zehn Tage ein. Ich bin nicht sicher, wie lange wir auf Nachschub
warten müssen. Außerdem stehen die Chancen gut, dass die Soldaten,
die wir unten antreffen werden, Verpflegung benötigen. Falls nötig,
teilen Sie Ihre Nahrungsmittel mit ihnen. Vergessen Sie nicht, dass
diese Leute schon beinahe fünf Wochen lang auf diesem gefrorenen
Felsbrocken kämpfen und sterben. Sie müssen die Hölle durchgemacht
haben. Und jetzt verschwinden Sie. Ich treffe Sie im Hangar in 90
Minuten. Ranger weisen den Weg!«

»Den ganzen Weg. Hooah!«, erklangen die Rufe der Soldaten, die
auf die Beine sprangen.
****

**Alpha-Kompanie, 1. Bataillon, 4. Sondereinsatzgruppe
Auf der Oberfläche**

»Jawohl, *Freedom*. Die Verstärkung wird im Koordinatenbereich
Papa Juliet Fünf-Fünf-Sieben-Acht-Fünf-Vier-Drei-Drei erwartet. Das
ist ein schwieriges Gelände. Aus diesem Grund müssen die Elemente
ihrer Bodenunterstützung zur selben Zeit eingeflogen werden. Haben
Sie verstanden?«, erkundigte sich Captain Royce nach der Weitergabe
der Koordinaten des Orbot-Stützpunktes, den sie endlich gesichert
hatten.

»Verstanden, Pathfinder-Leitung. Das Absetzen beginnt in zehn
Minuten. Eintreffen an Ihrem Standort in … 32 Minuten. Ende«, kam
die kurze Bestätigung aus der Betriebsabteilung der *Freedom*.

»Wird auch Zeit, dass die Verstärkung endlich eintrifft«,
beschwerte sich Master Sergeant Hanke.

Royce zeigte in den Himmel über ihnen. »Nach dem was ich da oben sehe, findet dort ein höllischer Kampf statt. Ich bin nur froh, dass sie überhaupt in der Lage sind, uns Unterstützung zu gewähren.«

»Falls wir die noch vorhandene Infrastruktur der Plattform einnehmen wollen, müssen wir uns dranhalten. Das nächste Angriffsziel liegt 68 Kilometer entfernt, und wenn es nicht unbedingt sein muss, will ich das nicht zu Fuß hinter mich bringen«, schaltete Major Pilecki sich in die Unterhaltung ein.

Royce wandte sich dem Major der regulären Armee zu und fragte: »Wie viele Opfer?«

Pilecki sah auf seine Notizen hinunter und berichtete: »Wir haben 26 Verwundete, die mit den eintreffenden Vögeln zurück auf die *Freedom* müssen. Dazu noch neun leicht Verletzte, die weiter kämpfen können. Die behalte ich hier, es sei denn, Sie befürworten, dass wir sie auf die Schiffe in der Umlaufbahn verlegen. Darüber hinaus verloren wir beim Angriff auf diese großartige Liegenschaft 176 Soldaten.«

Angesichts dieser Zahlen schüttelte Royce frustriert den Kopf. Er wusste, dass in der Hauptsache das Eintreffen des Zodark-Schiffs und ihr darauffolgender Beschuss für diese Verluste verantwortlich waren. *Er hatte, verdammt noch mal, beinahe einen ganzen Zug seiner Deltas verloren. Ohne jemandem zu nahe treten zu wollen ... Einen Zug Deltas zu verlieren war schlimmer als ein ganzes Bataillon regulärer Armeesoldaten.* Das Training der Deltas zog sich über drei Jahre hin, verglichen mit den vier Monaten der Grundausbildung eines regulären RA-Soldaten.

»Ihr Verlust tut mir leid, Major, aber diese Schlüsseleinrichtung musste stillgelegt werden. Ich kann Ihnen nicht versprechen, dass die Einnahme des nächsten Ziels leichter sein wird, allerdings kann ich Ihnen sagen, dass die Einheit, die zu uns auf dem Weg ist, ein Rangerbataillon ist. Stoßtruppen. Nicht ganz ein Bataillon der Deltas, aber nicht weit davon entfernt. Ich werde den Rangern die Führung und den größten Teil des Kampfs überlassen, während Ihre Gruppe sich zurückhalten und nur dort, wo es nötig ist, Hilfe leisten wird. Ihre Männer haben eine Pause verdient. Dieses Mal sollen sich die Ranger die Hände schmutzig machen. Ich weiß, dass sie den Kampf kaum erwarten können.«

»Dieses Angebot weiß ich zu schätzen, Captain, aber setzen Sie uns nicht auf die Ersatzbank, nur weil wir müde sind. Meine Leute sind weiter kampfbereit.«

Bevor sie ein weiteres Wort wechseln konnten, unterbrach der Lärm näherkommender Jäger ihre Unterhaltung. Über diese Entfernung hinweg war schwer zu erkennen, wer welcher Seite angehörte. Eine Menge kleiner Punkte lieferten sich einen Nahkampf. Hin und wieder mussten sie zusehen, wie einer der Jäger explodierte. Wer immer diese Jäger auch waren … Sie waren in jedem Fall wild entschlossen, den Himmel über dem Boden zu regieren. Royce und Pilecki hofften nur, dass es die republikanischen Kräfte waren, die siegreich aus dieser Auseinandersetzung hervorgehen würden.

****

4. Jagdgruppe ‚Death Rattlers‘

»Aufgepasst, Death Rattlers. Unsere Aufgabe ist es, nach Alfheim zurückzukehren, um den Luftraum zur Landung der Bodentruppen zu räumen. Diese Mission ist wichtig. Die *Freedom* muss in Kürze weiter, um in die zweite im System stattfindende große Schlacht einzugreifen. Seit unserer letzten Mission auf der Oberfläche hat unser Geheimdienst die Standorte mehrerer Flugfelder identifiziert, die vom Feind genutzt werden. Eines von ihnen liegt nahe am Weltraumhafen, den die Infanterie als nächstes angreifen wird. Wir schlagen also zwei Fliegen mit einer Klappe – wir schaffen eine Menge feindlicher Jäger aus der Welt und vernichten vor dem Eintreffen der Bodentruppen einen feindlichen Stützpunkt«, erklärte Ethan Hunt seiner Gruppe ihren nächsten Auftrag. Seit ihrem letzten Ausflug in den Raum und ihrer Rückkehr auf das Schiff waren gerade erst 90 Minuten vergangen.

»Während dieser Mission ist es die alleinige Aufgabe aller Jäger, feindliche Piloten auszuschalten. Um die gegnerischen Flugfelder unbrauchbar zu machen, begleitet uns dieses Mal nur eine Bomberstaffel. Wir konzentrieren uns einzig auf die gegnerischen Jäger und auf die Räumung des Wegs für die Bomber, es sei denn, die Bomber geraten in Schwierigkeiten. Also, machen wir uns auf den Weg und erledigen den Job!«

Seine Piloten sprangen auf die Beine und eilten hinüber in die Flughalle. Ethan schloss zu Lieutenant Pushkin – ‚Flattop‘ – auf. Auf

dem Weg zum Hangar teilte er ihm mit: »Flattop, während dieser
Mission fliege ich mit Ihren Jungs.«

»Großartig, Paladin. Ich mache Linx zu Ihrem Rottenflieger. Er
hat Laceys Verlust noch nicht überwunden.«

Ensign Amy Laceton, genannt Lacey, war während ihres letzten
Einsatzes getötet worden. Sie war die einzige Hellcat-Pilotin, die von
einem Jäger der Orbot abgeschossen worden war. Sie war ein echter
Spaßvogel gewesen, einfach eine nette Person. Ihr Verlust übte einen
negativen Effekt auf die ganze Staffel aus. Das war der Grund, weshalb
Ethan sich entschieden hatte, diese Mission mit ihnen zu fliegen.

»Klingt gut. Ach, und Pushkin … Insbesondere Sie müssen ihren
Verlust aus Ihren Gedanken verdrängen, zumindest zu diesem
Zeitpunkt. Sie sind der Staffelchef. Ihre Piloten sehen Sie als Vorbild
an. Wir werden später um sie trauern, nicht jetzt. Verstanden?«

Pushkin hielt inne und forderte Ethan mit einer Kopfbewegung
auf, ihm in einen Raum vor der Flughalle zu folgen. Mit leiser Stimme
erwiderte er: »Ich verstehe das, Sir. Wirklich. Sie war … sie war so
etwas wie eine kleine Schwester für mich. Alle mochten sie. Ich kann
immer noch nicht glauben, dass sie so sterben musste.«

Ethan holte tief Luft und ließ den Atem langsam entweichen. »Ich
weiß. Ich will Sie nicht anlügen oder die Dinge für Sie verschönern,
Lieutenant. Sie werden mehr Piloten verlieren. Vielleicht sogar bei
dieser Mission. All das müssen Sie gegenwärtig verdrängen. Nach dem
Ende der Schlacht betrauern wir unsere Verluste und erinnern uns an
unsere Freunde, aber nicht zum jetzigen Zeitpunkt – nicht, während wir
mittendrin stecken. Erinnern Sie sich daran, dass die reguläre Armee
am Boden diese Schweinehunde seit fünf Wochen bekämpft. Versetzen
Sie sich in deren Situation. Stellen Sie sich die Verluste vor, die sie
erleiden mussten, und was sie durchgemacht haben. Und dann nehmen
Sie sich für Ihre Piloten zusammen und geben dem Feind Saures, um
unseren Punktverlust auszugleichen und uns für Laceys Verlust zu
revanchieren. Kapiert?«

Ethan hoffte, dass er nicht zu grob mit dem jungen Offizier
umging. Pushkin war einer der besten Piloten, mit denen er je trainiert
hatte. Ein geborener Anführer. Das war einer der Gründe, weshalb
Ethan ihm ein Geschwader überlassen hatte.

Pushkin nickte endlich zustimmend. Sie verließen den kleinen
Raum und fanden ihr Geschwader, das gerade in ihre Jäger kletterte.

Während Ethan in sein eigenes Cockpit stieg, bemerkte er etwas Neues an der Seite seiner Hellcat. Sein Wartungschef lächelte. »Wir dachten, Sie würden gerne Ihre Trefferzahl sehen, Sir. Neun Abschüsse während der letzten Mission. Das ist der zweite Platz hinter Ensign Adler mit 14 Treffern.«

Kopfschüttelnd bedankte sich Ethan. »Vielen Dank, Chief. Ist mit meiner Maschine nach den letzten Einschlägen alles ok?«

»Jawohl, Boss. Wir haben einige Komponenten ausgetauscht, bei denen wir uns nicht ganz sicher waren, aber ansonsten, ja. Alles bestens.«

Nachdem der Wartungschef von der Hellcat heruntergeklettert und zurückgetreten war, startete Ethan die Triebwerke und bereitete seinen Jäger auf den Abflug vor. Vier Staffeln – ein Jäger nach dem anderen – verließen die *Freedom*. Nach der Formation in ihre Staffeln steuerten sie erneut auf die Planetenoberfläche zu.

Eines der Geschwader trennte sich von der Gruppe, um die neu konstruierte orbitale Plattform und den Weltraumaufzug anzufliegen, wo sie die wenigen verbliebenen Verteidigungswaffen ausschalteten. Das ebnete den Angriffsshuttles den Weg, die Ranger einzufliegen, die diesen Bereich sichern würden. Während diese Staffel sich auf den Schutz des oberen Teils der Plattform konzentrierte, steuerte Staffel Rot die Oberfläche des Planeten und den damit verbundenen Weltraumhafen an.

Sobald die Jäger 27.000 Meter Höhe über dem Meeresspiegel hinter sich gelassen hatten, traten die ersten Probleme auf. Zwei Staffeln der Zodark, die sogenannten Triaden – sie ähnelten fliegenden Dreiecken – flogen ihnen zur Begrüßung entgegen. Zudem setzten sich von einem weiter entfernten Standort der Orbot drei Staffeln ihrer Lancer-Jäger in
Bewegung. Die Yellowjackets und Staffel Grün erwarteten die Lancer, was Paladin und die Roten für die beiden Staffeln der Zodark verantwortlich machte.

»Zeit, uns ins Getümmel zu stürzen, Leute. Auf sie mit Gebrüll!«, rief Flattop seinen Piloten voller Ungeduld zu.

Paladin drückte auf seinen Sprechknopf. »Linx, folgen Sie mir. Wir kümmern uns um die Gruppe, die versucht, unsere Flanke zu umgehen.«

Während er sprach, wurde sowohl auf seiner als auch auf Linx'
HUD eine Gruppe von sechs besonders markierten Triaden sichtbar.
Die Aktivierung seiner Raketen brachte Paladin solide Zielkoordinaten
für sein erstes Opfer ein. Er sah, dass Linx das zweite im Visier hatte.
Paladin schoss seine Rakete ab. Ethans Rottenflieger folgte seinem
Beispiel. Daraufhin gaben die sechs Zodark-Jäger ihre Formation in
aller Eile auf und gaben ihr Bestes, den auf sie abgefeuerten Raketen zu
entgehen und die Piloten, die auf sie geschossen hatten, in einen Kampf
zu verwickeln.

In der Zeit, in der die gegnerischen Kämpfer manövrierten und
nach Ausweichmöglichkeiten suchten, schoss Paladin eine zweite
Rakete auf ein neu gewähltes Ziel ab. Das überzeugte einen der Zodark
davon, Linx' Verfolgung abzubrechen, um sich darauf zu
konzentrieren, nicht selbst abgeschossen zu werden. Dann meldete sich
Paladins Warnsystem zu Wort und informierte ihn, dass er von einer
Zodark-Rakete verfolgt wurde. Er zog den Steuerknüppel hart nach
oben und betätigte die Bremsklappe, worauf die Rakete und der ihr
folgende Zodark-Pilot in Bruchteilen von Sekunden knapp an ihm
vorbeirasten. Paladin deaktivierte die Bremsklappe und beschleunigte,
um dem Kerl nachzusetzen. Er nahm ihn ins Visier. Der Druck auf den
Abschussknopf schickte ein Dutzend Laserblitze hinter der Triade her.
Über die Hälfte schlug ein und riss den Jäger in Stücke.

Danach informierte ihn sein HUD, dass ihm mit seiner erste
Rakete ein Abschuss gelungen war, während die zweite ihr Ziel
verfehlt hatte. »Nach rechts einschwenken, Paladin!«, drang plötzlich
ein dringender Ruf durch seinen Helm zu ihm vor.

Automatisch riss Ethan das Steuer herum. Er sah, wie eine Reihe
von Laserstrahlen den Raum durchflogen, in dem er sich eben noch
aufgehalten hatte. Und dann schüttelte sich sein Jäger schwer. Nach
zwei Einschlägen schlugen die Alarmsignale laut an und rote
Warnlichter blinkten. Er hatte Schaden erlitten.

»Wie schwer sind Sie getroffen, Paladin?«, kam Flattops Stimme
durch.

Paladin überprüfte seine Sichtanzeigen und wusste, dass er
Probleme hatte. Er drückte auf den Sprechknopf. »Schwer. Ich habe die
Kontrolle über meine Waffensysteme verloren. Außerdem sieht es so
aus, als ob meine Triebwerke nur noch zu 30 Prozent arbeiten. Ich

muss mich aus dem Kampf zurückziehen und den Versuch unternehmen, auf die *Freedom* zurückzukehren«, erwiderte er.

»Verstanden. Linx, Sie begleiten Ihren Partner. Wir haben alles unter Kontrolle, Paladin.«

»Danke, Rot Eins. Führer der Yellowjackets, Paladin hier. Ich wurde getroffen und kehre zu Mutter zurück. Sie haben das Kommando.«

»Verstanden, Paladin. Wir kümmern uns«, reagierte sein XO sofort.

Ethan wählte den Kanal, der nur für Linx und ihn bestimmt war. »He, gute Arbeit eben. Sie haben sich bewährt.«

Einige Zeit verging, bevor Linx sich meldete. »Danke, Paladin. Trotzdem wurde mein Rottenführer getroffen … wieder einmal.«

Ethan wusste, dass sich Linx die Schuld für Laceys Tod gab. Er war auch ihr Rottenflieger gewesen. Nach der Rückkehr zum Schiff würde er mit ihm reden müssen. Der Mann war ein guter Pilot. Ethan wollte in jedem Fall vermeiden, dass er sich beim Versuch, seinen Wert zu beweisen, selbst umbrachte. Manchmal verlor man Leute einfach. Das musste der junge Ensign lernen.

Kapitel Sechzehn
Ranger weisen den Weg

Charlie-Kompanie, 1. Bataillon

Während die Soldaten ihre Plätze in der Fähre einnahmen und sich anschnallten, meldete sich der Pilot, der sie auf der Oberfläche absetzen würde, zu Wort. »Herzlich willkommen, *Park*- Ranger. Ich begrüße Sie an Bord des Eisbärenexpress auf unserem Jungfernflug zum Boden. Mein Name ist Lieutenant Junior Grade Manny Crawford. Gewöhnlich werde ich Witzbold genannt. Obwohl dies mein erster offizieller Flug auf die Oberfläche des Nordpols ist, darf ich Ihnen versichern, dass mein Ko-Pilot und ich die letzte Nacht im Holiday Inn Express verbracht haben und heute Morgen hellwach sind. Das Surf und Turf-Menü während des heutigen Flugs wird Ihnen von unserem preisgekrönten Koch serviert werden. Abgesehen von gravierenden Turbulenzen, Boden-Luft-Raketen und Feld-Wald- und Wiesen-Laserblitzen, die uns bevorstehen könnten, sollten wir in weniger als 30 Minuten auf der Oberfläche landen. Besten Dank, dass Sie den Eisbärenexpress für Ihre Reise gewählt haben.«

Die Ansprache des Piloten entlockte den Soldaten im hinteren Abteil ein Lachen und einige Kommentare. Das half, die Spannung und Nervosität zu lindern, die alle verspürten.

»He, mein Steak bitte halbgar mit überbackenen Kartoffeln, Petty Officer Loring«, rief einer der Soldaten dem Mannschaftschef am Eingang zum Flugdeck zu. Der lachte und rollte nur mit den Augen.

Staff Sergeant Paul ‚Pauli‘ Smith lächelte bei diesem Geplänkel. Er musterte die Soldaten, die er in den Kampf führen würde, und dachte: *Ich vermisse meinen alten Zug ...*

Pauli sah sich die Gesichter seiner Truppenkameraden näher an. Nur eine Handvoll von ihnen waren Veteranen der Sumara-Kampagne und noch weniger waren Veteranen ihrer ursprünglichen Einheit, der 1. Orbitalen Angriffsdivision. Viele dieser kriegserprobten Kämpfer waren in die Bataillone, Kompanien und Züge der neugegründeten Rangerdivision versetzt worden, um den neuen Leuten Kampferfahrung zur Seite zu stellen.

Kurz nach der Sumara-Kampagne war eine zweite Rangerdivision ins Leben gerufen worden. Die Hälfte der ersten Division hatte ihren

Dienst in der neuen Division angetreten und die offenen Ränge waren
mit unerfahrenen Rekruten besetzt worden, die gerade erst ihr Training
abgeschlossen hatten. Pauli konnte der Logik folgen, überall
Kampferfahrung einzubringen. Was ihm allerdings nicht zusagte war,
dass dies direkt vor dem Beginn einer großen Auseinandersetzung
geschehen war. Seine neue Einheit hatte wenig Zeit gehabt, gemeinsam
zu trainieren. Yogi war immer noch bei ihm, in der gleichen Kompanie,
wenn auch in einem anderen Zug. Das Gleiche galt für Master Sergeant
Dunham. Zumindest hatte er einige Leute, auf die er sich verlassen
konnte.

»Aufgepasst, Männer. In wenigen Minuten hebt unsere Fähre ab,
um Geschichte zu machen. Wir werden landen, den Weltraumhafen
angreifen und ihn einnehmen. Folgen Sie mir einfach. Ich werde Sie
zum Sieg führen«, erklang die Stimme ihres furchtlosen Anführers –
ein milchgesichtiger Lieutenant, der gerade den Grundkurs für
Offiziere bestanden hatte.

Fabelhaft, der Kerl wird uns alle das Leben kosten, dachte Pauli.
Er wechselte einen Blick mit Master Sergeant Dunham, der nur
angewidert den Kopf schüttelte. Dunham hatte die wenig
beneidenswerte Aufgabe, den neuen Lieutenant einzuarbeiten, während
Pauli die inoffizielle Position als stellvertretender Platoon Sergeant
hinter Dunham innehatte. Ihr alter Lieutenant, Atkins, hatte Mist gebaut
und sich eine Beförderung zum Captain eingehandelt – einen Job, den
er niemals angestrebt und gegen den er sich mit Händen und Füßen
gewehrt hatte. Er wollte einfach nur ein Zugführer sein. Dennoch
übertrugen ihm ihre Vorgesetzten die Führung der Kompanie, nachdem
Captain Hiro zum Major aufgestiegen war und das
Bataillonskommando angetreten hatte. Als frischgebackener Colonel
hatte Major Monsoor dann die Brigade übernommen. Der Krieg und
seine Opfer eröffneten unerwartete Wege, die Beförderungsleiter
schneller als gewollt oder vermutet zu erklettern.

Nach dem Ende der Beschreibung ihres glorreichen Sieges, in die
der LT sie führen würde, wandte sich Master Sergeant Dunham an die
Soldaten. Er vergewisserte sich, dass der Lieutenant von der
Kommunikation ausgeschlossen war und stellte klar: »Hört zu. Wenn
ihr Kerle vorhabt, am Leben zu bleiben, haltet ihr euch besser an Staff
Sergeant Pauli und an mich. Folgen Sie Ihrem Training – Feuern und
Stellungswechsel. Halten Sie sich nicht zu lange an einer Stelle auf und

versuchen Sie in jedem Fall einen Kopfschuss, falls Ihnen ein Orbot über den Weg läuft. Das ist der einzige Weg, sie auszuschalten.«

Die Soldaten um Pauli herum nickten zustimmend. Einige von ihnen sahen erleichtert aus, diese Worte zu hören. Der Wunderknabe, der sich gerade erst vor einem Monat zu ihnen gesellt hatte, der ihnen ständig über den Ruhm des Kampfes und der Schlacht in den Ohren lag, hatte noch nie an einer Schlacht teilgenommen, hatte bisher nicht einen einzigen Schuss abgefeuert … und wollte sie trotzdem über ein Thema belehren, von dem er absolut keine Ahnung hatte.

Die hintere Tür des Transporters schloss sich. Er hob vom Boden ab und verließ die Flughalle. Dutzende von Shuttles begannen ihren Flug auf die Planetenoberfläche hinunter. Die meisten transportierten Soldaten. Einige der größeren, behäbiger wirkenden Shuttles waren Frachtschiffe, deren interne Ladeflächen groß genug waren, um sechs voll ausgestattete DF-12 Cougar-Schützenpanzer zu beherbergen. Bis sie ihre eigenen Flugfelder eingerichtet hatten und ihre Standardflotte von Ospreys den Betrieb aufnehmen konnte, waren die Cougar der beste Weg, auf dem Planeten mobil zu sein.

Ein jugendlich aussehender Neuling fragte Pauli interessiert: »Staff Sergeant, die wievielte Landung unter Gefechtsbedingungen ist das für Sie?«

Die anderen Neuzugänge neben ihm unterbrachen ihre Unterhaltung und sahen ihn in Erwartung seiner Antwort fragend zu. Pauli erwiderte lächelnd: »Dies ist die sechste, Private. Sie werden sich daran gewöhnen. Es braucht nur etwas Zeit.« Die Soldaten sahen ihn an, als sei er eine Art Kriegsgott; mächtig genug, sechs solcher Kampfeinsätze zu überleben.

Pauli wollte ihnen sagen, dass er genauso viel Angst wie sie empfand. Aber das konnte er nicht. Das war ihm bewusst. Seine Leute sahen zu ihm auf. Ihr Sergeant sollte alles unter Kontrolle haben ... Er sollte furchtlos sein ... Im Prinzip das genaue Gegenteil von ihrem Lieutenant, der außer großen Sprüchen keinerlei Erfahrung mit sich brachte.

Je näher ihr Shuttle der Planetenoberfläche kam, desto mehr Ausweichmanöver führte ihr Pilot durch.

»Stehen wir unter Beschuss?«, rief einer der Soldat aus.

Einer der Teamchefs sah aus einem der Seitenfenster hinaus und ließ ihn wissen: »Ich weiß nicht, ob sie direkt auf uns zielen. Die Shuttlegruppe steht in jedem Fall unter Beschuss.«

Das war offenbar alles, was der Lieutenant brauchte, um die Kontrolle der Situation an sich zu reißen. Was über einen privaten Kommunikationskanal zwischen ihm und den Piloten hätte ausgesprochen werden sollen, wurde aus Versehen durch den ganzen Zug verbreitet. »Oh mein Gott! Sie schießen auf uns! Pilot, Ausweichmanöver, sofort!«

Der Pilot entgegnete, dass der Beschuss nicht individuell für sie bestimmt war. Ohne viel Federlesens maßregelte er den Lieutenant, keine unnötige Panik zu verursachen, und forderte ihn auf, sich hinzusetzen und die Landung abzuwarten.

So viel für seinen Wagemut. Er hat es nicht mal auf die Oberfläche geschafft, bevor er sich in die Hose macht, dachte Pauli für sich. Seine Abneigung für den Leiter ihres Zuges wuchs weiter.

Bevor der Lieutenant etwas erwidern konnte, rief Master Sergeant Dunham laut über ihr Kommunikationsnetz: »Alle Mann, Ruhe bewahren, verdammt noch mal! Klappe halten, Augen nach vorn und abwarten, bis die Piloten uns am Boden haben. Diese Shuttles werden von den besten Piloten der Navy geflogen. Wir machen unseren Job und erlauben den Piloten, ihren zu machen. So läuft das.«

Einige Minuten lang herrschte Schweigen. Niemand sprach. Die Piloten machten einige Kurskorrekturen. Nichts Aggressives, woraus sie hätten schließen können, dass auf sie geschossen wurde – nicht wie zuvor. Der Teamchef, der in der Nähe des Flugdecks stand, kündigte an, dass sie sich der Oberfläche näherten. Sobald die Ausstiegsluke geöffnet war, sollten alle schleunigst den Transporter verlassen. Sie wollten sich hier nicht lange aufhalten.

Nach der Landung war das genau das, was sie taten. In aller Eile verließen sie die Rampe des Transporters – davon überzeugt, sofort in ein Gefecht verwickelt zu werden. Zu ihrer Überraschung fanden sie sich im Zentrum eines zerschossenen Orbot-Stützpunktes wieder, umgeben von einer Anzahl regulärer Armeesoldaten.

Gerade als der Lieutenant vortreten und sie alle beschämen wollte, legte Master Sergeant Dunham dem jungen Mann eine Hand auf die Schulter. »Sir, überlassen Sie das mir.«

Ohne auf eine Erwiderung des LT zu warten, ging Dunham auf den Mann zu, der gegenwärtig die Verantwortung zu tragen schien. »Sir, Erster Zug, Charlie-Kompanie, 1. Rangerbataillon. Wie möchten Sie unseren Zug einsetzen?«

Sobald sich der Mann umdrehte, erkannte Pauli den Offizier, der auf sie zurück sah. Es war Captain Brian Royce, der Mann, der sich gleich zwei Mal eine Medal of Honor verdient hatte, und derjenige, der ihn davon überzeugt hatte, nach dem Ende seiner Verpflichtungsperiode zu den Sondereinsatzkräften überzuwechseln.

»Master Sergeant Dunham! Verdammt gut, Sie wiederzusehen. Ich sehe nur einige bekannte Gesichter. Sieht aus, als hätten Sie Ihnen schon wieder einen neuen Zug zur Ausbildung überlassen«, begrüßte ihn Captain Royce. Die Leute vergaßen oft, dass Royce selbst einmal ein Master Sergeant war. Aus diesem Grund hatte er eine Vorliebe für die Sergeanten unter seinen Kollegen.

Dunham zuckte mit den Achseln. »Sie wissen, wie es ist, Sir. Jemand muss es tun. Das ist Lieutenant Weideman … Er nahm Atkins' Platz ein, der nun unser neuer CO ist. Er trifft in einem anderen Vogel ein, zusammen mit unseren Fahrzeugen.«

»Sie tun gut daran, auf alles zu hören, was dieser Mann zu sagen hat, Lieutenant«, nickte Royce ihm zu. »Ich kenne Dunham seit der Invasion auf Neu-Eden. Und diese beiden – Yogi und Pauli – fabelhafte Unteroffiziere. Sie können sich glücklich schätzen, sie in Ihrem Zug zu haben. Sie werden Ihnen dabei helfen, alles zu meistern, was uns hier unten erwartet.«

»Sicher, Captain. Selbstverständlich. Ich freue mich darauf, meine Männer bald in den Kampf zu führen. Hier sieht es allerdings so aus, als ob unsere Hilfe ein wenig zu spät kommt«, reagierte Weideman offensichtlich enttäuscht.

»Alles zu seiner Zeit, Lieutenant. Sobald unsere Fahrzeuge eintreffen, steht uns ein weiter Weg bis zu unserem nächsten Angriffsziel bevor. Ich hoffe, dass unsere Helden der Luft dem Feind dort bereits ordentlich zugesetzt haben. Trotzdem dürfen Sie davon ausgehen, dass uns einige Überraschungen bevorstehen. Warum warten Sie in der Zwischenzeit nicht mit Ihrem Zug dort drüben auf das Eintreffen unserer Fahrzeuge? Ihre Truppen sind frisch, das heißt, Sie werden mit der ersten Welle gehen. Diese Leute …«, und Royce deutete auf die anwesenden RA-Soldaten, die erschöpft und niedergeschlagen aussahen, »… bilden die Nachhut und folgen uns mit der Ausrüstung. Sie haben eine Pause verdient.«

»Jawohl, Sir. Wird gemacht«, kam die schnelle Antwort.

Pauli versammelte seinen Trupp um sich und sie begannen das lang bewährte Spiel des Militärs von ‚Eil dich und warte ab‘. Er empfahl ihnen, ihre Sachen abzulegen und es sich an der Seite eines zerschossenen Hangars bequem zu machen. Und genau das taten seine Leute. Sie legten ihre Ausrüstung neben der Wand ab und holten entweder verpassten Schlaf nach oder diktierten eine Nachricht an Zuhause. Andere zogen ein Kartenspiel hervor. Sie hatten keine Ahnung, wie lange sie auf neue Befehle warten mussten.

Pauli seufzte unmerklich. *‚Beeilt euch, den Planeten zu erreichen, bevor ihr abgeschossen werdet.‘ Jetzt sitzen wir hier unten herum, nachdem wir die Hauptauseinandersetzung verpasst haben. Und sobald unsere Fahrzeuge eintreffen, heißt es dann wieder: ‚Eilt zum nächsten Schlachtfeld.‘* Pauli erinnerte sich daran, das ihm sein Großvater Ähnliches über den Irak-Krieg erzählt hatte, in dem er um das Jahr 2000 herum gekämpft hatte, und was ihm sein Vater in Bezug auf den Dritten Weltkriegs bestätigt hatte. *Verdammt, ich werde alt, wenn ich so rede …* Tatsächlich war er beinahe alt genug, Seite an Seite mit seinem Sohn zu kämpfen, wenn er direkt nach der High-School geheiratet und Kinder gezeugt hätte.

Minuten später verfolgten die Ranger ganz in ihrer Nähe die Landung eines riesigen gallentinischen Frachtschiffs. Der Anblick dieses Schiffes vermittelte Pauli das gleiche Gefühl, das die Ansicht seines ersten Primord-Schiffs in ihm hervorgerufen hatte … Er war sprachlos. Jede Spezies, die ihm bisher begegnet war, hatte ähnliche und dennoch deutlich unterscheidbare Schiffe entworfen und kreiert. Ähnlich in der Hinsicht, dass sie weitgehend die gleichen Funktionen ausübten, und einzigartig in der Weise, wie sie sie ausübten. Pauli war kein Ingenieur. Trotzdem hätte er eines Tages gerne erfahren, wie sie diese Schiffe bauten, wie sie angetrieben wurden. Er wollten wissen, wie sie funltionierten.

Nachdem sich das gigantische Schiff auf der Oberfläche niedergelassen hatte, öffnete sich eine große Rampe, über die sechs DF-12 Cougar und vier ungepanzerte LKW-Transporter herausrollten. Die Fahrzeuge parkten nahe der Position ihres Zuges. Und so schnell wie das Transportschiff mit den Fahrzeugen angekommen war, war es auch schon wieder verschwunden. Sicher, um einen neue Ladung abzuholen.

Anstatt sich sofort in die Fahrzeuge zu zwängen, wovon alle ausgegangen waren, erhielten alle Mannschaften die Anweisung, vor Ort zu bleiben. Sie würden die nächste Lieferung ihrer Transportmittel abwarten, damit sich alle Gruppen des Bataillons zeitgleich in Bewegung setzen konnten. Major Hiro hatte vor, ihr nächstes Ziel mit ihren gesamten Arsenal anzugreifen, statt dem Feind einzelne Elemente in der Größe einer Kompanie entgegenzuwerfen. Pauli hielt das für eine gute Entscheidung. Falls die Lufteinheiten gute Arbeit geleistet hatten, würde es dort vielleicht nicht mehr allzu viele Orbot geben. Falls der Feind allerdings immer noch eine starke Verteidigungsposition innehatte, dann würde die Angriffskraft eines ganzen Bataillons sicher einen Unterschied machen.

Die Zeit verstrich und Pauli wies seinen Trupp an, sich zu entspannen. Diejenigen, die bislang keinen Schlaf gefunden hatten, holten ihn nun nach. Kein Grund, die Chance auf ein Nickerchen zu vertun. Sobald sie gebraucht wurden, würde sie jemand wecken. Während er seinen Männer Ruhe gönnte, wanderte er zu Master Sergeant Dunham hinüber, der gegen eine Ruine gelehnt etwas auf seinem Datenpad las.

»Irgendwelche Informationen, was sich hier abspielt?« Pauli ließ sich neben Dunham nieder. »Ich dachte, wir ziehen sofort nach dem Eintreffen der Cougar ab. Das war vor einer Stunde.«

Dunham legte sein Tablet auf seinem Oberschenkel ab. Er schob den Zahnstocher, auf dem er kaute, in die linke Backentasche hinüber. Erst dann antwortete er. »Ich konnte das Gespräch zwischen Captain Royce und dem Major hören. Er erwähnte die Warnung unserer Piloten vor Ort, dass der Weltraumhafen, auf den wir es abgesehen haben, noch heiß umkämpft ist. Sie wurden zum Mutterschiff zurückgerufen, was bedeutet, dass wir von ihnen keine Luftnahunterstützung erwarten dürfen. Ohne orbitale Angriffsschiffe im System heißt das, dass uns weder Reaper noch Orion Hilfestellung bieten werden. Das ist der Grund, weshalb wir hier ausharren, bis der Rest des Bataillons und unsere Fahrzeuge eingetroffen sind.«

»Etwas ähnliches habe ich mir schon gedacht«, nickte Pauli. »Zumindest sind wir klug genug, abzuwarten, bis wir in voller Stärke angreifen können. Nichts ist schlimmer, als gegen diese

Schweinehunde in der Unterzahl anzutreten, insbesondere ohne
Unterstützung aus der Luft.«

»Dieses Denken wird Sie weit bringen, Staff Sergeant.«

Dieser Kommentar brachte Pauli zum Lachen. Im Militär war der
gesunde Menschenverstand nicht unbedingt die Norm. Falls er sich
dann aber doch irgendwo zeigte, führte das gewöhnlich zu einer
Beförderung.

»Was halten Sie von unserem neuen Lieutenant?«

Dunham warf ihm einen aufgebrachten und gleichzeitig besorgten
Blick zu. »Ich habe bisher nur knapp einen Monat mit ihm verbracht.
Entweder verwandelt er sich in einen annehmbaren Offizier oder er
schaufelt sich ganz schnell sein eigenes Grab. Ich will nur sicherstellen,
dass er nicht den ganze Zug mit sich nimmt.« Er seufzte und sah Pauli
dann direkt an. »Bei all seinem Maulheldentum denke ich, dass er
einfach nur schreckliche Angst hat, einen Zug Soldaten in den Kampf
zu führen. Und seine Großspurigkeit soll das verbergen.
Ausgenommen, dass er eine Dummheit begeht, sollten wir ihn seine
Erfahrungen machen lassen, während wir versuchen, ihm den Weg zur
richtigen Entscheidung zu zeigen. Wer weiß, vielleicht kann aus ihm
ein halbwegs akzeptabler Offizier werden. Sehen Sie nur, wie Hiro sich
gemausert hat.«

Obwohl Captain Hiro nicht so bombastisch wie Lieutenant
Weideman war, hatte er seine eigenen Herausforderungen überwinden
müssen. Sein Problem war seine Zaghaftigkeit. Er hatte
Schwierigkeiten, Entscheidungen zu treffen, die mit dem Tod von
Soldaten enden konnten. Das resultierte in etwas, das als ‚Paralyse
durch Analyse‘ bezeichnet wurde. Es hatte Dunham und Atkins viel
Ermutigung und Unterstützung gekostet, bevor es Hiro endlich
gelungen war, seine Unschlüssigkeit zu überwinden.

Pauli nickte zu dieser Logik. Sie ergab Sinn. Manche Leute
versteckten ihre Ängste hinter Großspurigkeit oder einer harten Linie,
die allerdings nur vorgespielt war. Die, um die sich Pauli wirklich
sorgte, waren die Stillen – diejenigen, die mit leerem Gesichtsausdruck
dasaßen, ohne ein Wort zu verlieren. Sie waren diejenigen, um die man
sich Sorgen machen musste. Sie waren es, die sich von einem
Augenblick zum anderen in einen rasenden Irren verwandeln und eine
bewaffnete Zodark-Position im Royce-Stil attackieren konnten. Das
Video von Master Sergeant Brian Royce, der auf einem feindlichen

Trägerschiff unter einer Horde Zodark ein Blutbad angerichtet hatte, zirkulierte weiter im Netz. Der Mann war eine lebende Legende, dessen persönliche Taktiken in der Infanterieschule als auch in jeder Schule für Spezialkriegsführung auf dem Lehrplan standen. Der rückhaltlose Einsatz von Aggression, Schnelligkeit, Stärke und Überraschung, um die absolute Dominanz über den Feind zu erreichen, versprach immer einen Sieg.

Kapitel Siebzehn
Kraken

RNS *Freedom*
Über Alfheim

Der Kampf um den Planeten und um das System im Allgemeinen verschärfte sich in seiner Intensität weiter. Mehrere Kriegsschiffgeschwader der Zodark hatten sich aufgeteilt, um dem unablässigen republikanischen Magrailbeschuss zu entgehen. Wo es der Republik möglich war, überließen sie den Schiffen der Primord und ihren Lasern die Langstrecken-Gefechte, während die Schlachtschiffe der *Ryan*-Klasse und die *Rook*-Kreuzer ihr Bestes gaben, nahe dem Feind ihre vernichtenden Schläge auszuteilen. Hunderte von P-97 Orion-Kampfdrohnen, Raumjäger der Prim und zahllose Jäger und Bomber der Zodark und der Orbot – alle mischten mit und schlugen aufeinander ein.

Der Einsatzbereich der Flotte dehnt sich zu weit aus. Wir müssen eine bessere Kampflinie formieren, dachte Hunt.

Er wandte sich an Wiyrkomi. »Wir müssen die Flottenformation straffen. Außerdem will ich, dass unsere Jäger und Bomber sich auf diesen Orbot-Sternenträger konzentrieren. Wir müssen die gegnerischen Raumjäger reduzieren, bevor sie unsere Versorgungsschiffe zerstören können.«

Der gallentinische Schiffskapitän erteilte die Befehle, die Flotte näher zusammenzuziehen und in Linie zu stellen. Die hiesige Schlacht zog sich mittlerweile bereits 16 Stunden lang hin und hatte sie beinahe 50 Prozent ihres Flottenaufgebots gekostet. Das war keine akzeptable Verlustquote. Andererseits hatten sie die feindlichen Schlachtschiffe im Verhältnis von beinahe zwei zu eins zerstört. Wenn es die *Freedom* geschafft hätte, sich früher am Hauptkampf zu beteiligen, hätte die Statistik sicher besser ausgesehen. Leider hatten die Umstände sie dazu gezwungen, sich länger als geplant über Alfheim aufhalten, um den dortigen Raum von feindlichen Jägern zu befreien und ihre Bodenkontingente anzuliefern. Schließlich musste Hunt diese Operationen dann doch abbrechen. Sein Flaggschiff wurde in der Hauptschlacht gebraucht.

»Geben Sie mir einen Bericht über den Schaden, den wir bislang hinnehmen mussten. Wie stehen wir da?«, rief Hunt seiner Ingenieurabteilung auf der Brücke zu.

Der zuständige gallentinische Offizier bedeutete seinem menschlichen Kollegen, diese Frage zu beantworten. Da sie momentan nicht direkt in eine Auseinandersetzung verwickelt waren, bemühte er sich, seinem Trainee Gelegenheit zum Berichten zu geben. »Sir, im vorderen Bereich des Schiffs verzeichnen wir weiterhin großen Schaden, vorwiegend in den Sektionen A bis C, aber beschränkt auf Deck eins und auf einen Teil von Deck zwei.«

»Werden einige dieser Waffensysteme in Kürze wieder einsatzbereit sein?«

Dieses Mal antwortete der gallentinische Offizier. »Einige, nicht alle. Wir mussten mehrere unserer Laserbatterien deaktivieren, da ihre Energiekopplungen durchtrennt waren. Diese Waffen sind wieder funktionsfähig. Wir verloren 12 andere. Ihre Reparatur muss in einer Werft stattfinden. Insgesamt gesehen war der Schaden, der zunächst gewichtig schien, meist oberflächlich. Weder das Innere des Schiffs noch die internen Decks wurden je beeinträchtigt.«

Erleichtert seufzte Hunt auf. Er bedankte sich bei ihnen für ihre Anstrengungen und richtete seinen Aufmerksamkeit wieder auf die Flugbetriebsabteilung. Bis das Schiff dem Hauptkampfgebiet nahe kam, blieb ihnen nichts zu tun als Staffel über Staffel ihrer vorgeschobenen Jäger vorauszuschicken um den Rest der Flotte in ihrem Kampf zu unterstützen.
****

RNS *Battleaxe*

Commander Amy Dobbs klammerte sich am Arm ihres Kapitänssessels fest, während ihr Schiff von einem weiteren Einschlag geschüttelt wurde. Überall auf der Brücke sprühten die Funken und einige ihrer Bildschirme wurden schwarz, bevor sie sie neu starten konnten.

»Schadensbericht!«, forderte sie laut, um über das Chaos der Szene hinweg gehört zu werden.

»Einer der Plasmatorpedos traf uns an Steuerbord, in der Nähe der Hangars. Wir verlieren Sauerstoff und Flüssigkeiten. Wir müssen

Deck acht, Sektion neun umgehend versiegeln!«, erklärt ihr
Schadenskontrolloffizier.

Verdammt, in diesem Bereich halten sich eine Menge Leute auf.
»In Ordnung. Tun Sie das. Bringen Sie das Feuer unter Kontrolle und
verhindern Sie, dass es sich dank der Lecks weiter ausbreitet«, befahl
sie. Nicht weniger als 26 Personen arbeiteten in der Abteilung des
Schiffs, die sie gerade hatte abriegeln lassen. Hätte sie es nicht getan,
hätte sich das Feuer ausgebreitet und die Treibstoffvorräte im
Servicebereich ihrer Flugzeuge erreicht. Das hätte ein weit größeres
Loch in das Schiff gerissen, als es dem letzten Torpedo gelungen war.

»Taktische Abteilung, Konzentration der feindlichen Jäger im
Anflug auf die *Hood*, *Sussex* und *Yorkshire*?«

»Wir haben im Vorbeiflug mindestens ein halbes Dutzend
Bomber und ein Viertel ihrer Jäger erwischt. Trotzdem waren sie
offenbar in der Lage, der *Hood* einen vernichtenden Schlag zu
versetzen. Ich denke nicht, dass sie es überstehen wird. Die beiden
anderen Schiffe erlitten geringere Schäden; nichts, was mit dem der
Hood zu vergleichen wäre. Sie nahm die Hauptlast des gegnerischen
Beschusses hin«, erwiderte Lieutenant Commander Joe Wright.

Dobbs sah auf den Hauptmonitor zurück, auf dem die drei
Schlachtschiffe, für deren Schutz sie verantwortlich war, sichtbar
waren. Die *Hood*, im Zentrum der Gefechtslinie, sah aus, als sei sie von
acht oder mehr Torpedos getroffen worden. Große Mengen an
Sauerstoff und diversen Flüssigkeiten traten aus ihr aus. In den Tiefen
des Schiffs ereigneten sich eine Reihe von Explosionen und das
gesamte elektrische System hatte versagt. Die *Hood* brach vor ihren
Augen auseinander. Winzige Rettungskapseln erschienen im Raum –
für ein Schiff dieser Größe und angesichts der Zahl der
Besatzungsmitglieder bei weitem zu wenig.

Die beiden anderen Schiffe hatten jeweils zwei
Torpedoeinschläge einstecken müssen, sahen aber aus, als seien sie
weiterhin einsatzbereit. Derzeit bemühten sich die gegnerischen Jäger
und Bomber, der Waffenreichweite der *Freedom* zu entkommen und zu
ihren Mutterschiffen zurückzukehren,

Ensign Waldman, ihr Kommunikationsoffizier erkundigte sich:
»Captain, die *Sussex* hat uns gebeten, ihr beim Einbringen der
Rettungskapseln der *Hood* behilflich zu sein. Was soll ich ihnen
sagen?«

Dobbs wandte sich ihrem jüngsten Nachwuchsoffizier auf der Brücke zu und antwortete: »Sagen Sie ihnen, dass wir ihnen helfen werden. Und informieren Sie sie bitte darüber, dass wir vorschlagen, wieder in engerer Formation mit der Hauptflotte zu fliegen.«

Ihr Geschwader von vier – jetzt nur noch von drei Schiffen – war an das äußere Ende der Hauptflotte abgetrieben. Falls sie weiter ein gewisses Maß an Gruppenschutz genießen wollte, musste sie sich der Flotte erneut anschließen. Nachdem diese letzte Welle feindlicher Jäger und Bomber ihren Angriff abgeschlossen hatte, spielte sich der größte Teil der Flottenaktion am anderen Ende der Gefechtslinie ab – in etwa 800.000 Kilometern Entfernung und weit außerhalb jeder effektiven Waffenreichweite.

»Commander Wright, die Brücke gehört Ihnen. Ich besuche die Krankenabteilung und sehe, wie es den Verwundeten geht«, kündigte Dobbs beim Aufstehen an.

»Der XO hat die Brücke«, bestätigte Wright laut und ließ sich auf dem Stuhl nieder, den sie gerade verlassen hatte.

Mit dem Erreichen des Aufzugs hatte Dobbs endlich einen Augenblick ganz für sich allein. Nach dem Schließen der Aufzugstür stieß sie voller Frustration einen lauten Schrei aus. Danach schloss sie die Augen und atmete mehrere Mal tief durch, um sich wieder in den Griff zu bekommen. Während sie an diversen Decks vorbeirauschte, atmete sie tief ein und hielt den Atem einen Moment lang an, bevor sie ihn langsam wieder ausstieß. Diesen Vorgang wiederholte sie solange, bis sie die gewählte Ebene erreicht hatte und sich die Tür öffnete.

Nach der Bestätigung, dass ihr bisheriges Schiff, die *Brandenburg*, immer noch zu stark beschädigt war, um in den Kampf einzutreten, war ihr das Kommando über die *Battleaxe* übertragen worden. Der CO des Schiffs war in der vorangegangenen Woche an einem Aortenaneurysma gestorben. Sein plötzlicher Tod hatte eine Kluft hinterlassen, die sofort gefüllt werden musste. Da Dobbs vor vielen Jahren am Design der *Battleaxe* gearbeitet hatte, wurde sie von der *Brandenburg* abgezogen und zum neuen CO der *Battleaxe* ernannt. Das hatte ihr genau fünf Tage Zeit gegeben, sich mit ihrer Mannschaft und ihren Offiziere vor ihrem Eintritt in die Schlacht vertraut zu machen. Nicht unbedingt viel Zeit …

Da die neuen altairianisch-menschlichen Hybridschiffe jetzt nach und nach die Werft verließen, war geplant, die *Rook*s – die älteste

Klasse der republikanischen Kriegsschiffe – endgültig aus dem Verkehr zu ziehen. Dobbs' Arbeit im Entwicklungs- und Beschaffungsdirektorat hatte ihr die Idee gegeben, die mittlerweile veralteten Kriegsschiffe in Abwehreinheiten gegen Raumjäger umzugestalten – eine Rolle, die mit der Zeit immer wichtiger wurde. Ihrem eigenen Schiff, der *Brandenburg* stand nächstes Jahr das gleiche Schicksal bevor.

Diese Schiffe waren neben einer umfangreichen Batterie von Abfangjägerraketen zusätzlich mit 60 vierläufigen 40-mm-Flakkanonen ausgestattet, was diesem Schiff eine erstaunliche Abwehrkraft verlieh – ideal zum Schutz von Großkampfschiffen gegen feindliche Jäger und Bomber. Natürlich brachte die Umrüstung mit sich, dass sie ihre Offensivfähigkeiten verloren. Das führte dazu, dass diese Schiffe in einem direkten Kampf mit den Schiffen der Zodark oder der Orbot weit anfälliger waren, da sie nicht länger über offensive Magrailgeschütze verfügten. Aus diesem Grund reisten diese Abwehrschiffe immer in größeren Kampfgruppen. Falls es die Situation jedoch verlangte, führten sie jedoch immer noch 50 der 1 Megatonne starken atomaren Antischiff-Stealthraketen mit sich. Dem modernen Kriegsstandard nach waren diese Raketen zu langsam, konnten im Ernstfall aber einem gegnerischen Schiff mit einem erfolgreichen Treffer einen gravierenden Schlag versetzen.

Dobbs ließ den Aufzug hinter sich und wanderte durch die Flure, von einer Abteilung des Schiffs zur nächsten, bis sie endlich die Krankenabteilung erreichte. Aus den beschädigten Bereichen des Schiffs trafen verwundete Mannschaftsmitglieder ein. Das medizinische Personal kümmerte sich um sie und schien die Lage unter Kontrolle zu haben. Es glich in keiner Weise dem Horror, den sie auf der *Brandenburg* durchgemacht hatte. Sie wurde immer noch von Albträumen über ihre verwundete Crew heimgesucht, von denen einige schwere Verbrennungen erlitten und andere fehlende Extremitäten zu beklagen hatten.

Dennoch empfand sie es als die Pflicht eines Kapitäns, sich persönlich nach den Opfern zu erkundigen. Die Schlacht war noch nicht zu Ende – noch lange nicht. Aber momentan gewährte sie ihnen eine Atempause.

»Ah, Captain, ich hörte bereits, dass Sie auf dem Weg sind«, begrüßte sie ihr Chefarzt.

»Der Kampf macht Pause. Das ist der einzige Moment, in dem ich mir etwas Zeit nehmen kann. Wie geht es unseren Leuten?«, fragte sie beim Blick auf ihre verletzten Weltraumfahrer mit Besorgnis in der Stimme.

»Ich denke, wir hatten Glück, Captain. Dieser Torpedo hätte weit Schlimmeres anrichten können. Wie steht es um die Schlacht?« Diese Frage verriet die eigene Nervosität des Arztes.

»Ich würde sagen, wir gewinnen, aber der Feind wirft uns ein Schiff nach dem anderen entgegen. Die gute Nachricht ist, dass es so aussieht, als ob die *Freedom* endlich auf dem Weg ist, um an der Hauptschlacht teilzunehmen.« Sie zögerte kurz und schüttelte dann schnell den Kopf. »Sie würden es nicht für möglich halten, welchen Schaden dieses Schiff auf sich allein gestellt anrichten kann. Es hat im Alleingang den Kampf mit 20 Schiffen der Zodark und der Orbot aufgenommen und sie alle vernichtet. Der Großteil unserer Feinde wurde von einem einzigen Einschlag mit einer Art Superwaffe getroffen. Sobald sie in den Wirkungsbereich dieser Waffe gelangen, wird sich der Kampf zu unseren Gunsten wenden. Davon bin ich überzeugt.«

Der Arzt war sichtlich erleichtert. »Gut zu hören, Captain. Es kann hier unten etwas beängstigend werden, wenn man nicht weiß, was sich da draußen ereignet. Und nun entschuldigen Sie mich bitte. Ich muss zurück zu meinen Patienten. Ich wollte nur sehen, wie es Ihnen und dem Schiff ergeht.«

Sie lächelte hinter ihm her und trat dann an das Bett eines verwundeten Mannes heran. Er sah jung aus, vielleicht 19 oder 20 Jahre alt. »Wie geht es Ihnen … Raumsoldat Tupol?«

»Ich werde es überleben, Captain. Haben wir die Schweinehunde erwischt, die uns getroffen haben?«, fragte der junge Mann mit zusammengebissenen Zähnen. Sein Bauchbereich war von schweren Brandwunden gezeichnet. Dobbs konnte sehen, dass er selbst nach dem Erhalt von Medikamenten unter großen Schmerzen litt.

Leicht legte sie ihm ihre Hand auf die Schulter. »Das haben wir. Sie haben fabelhafte Arbeit geleistet. Sie halfen, das Schiff zu retten.«

Dem jungen Mann rollte eine Träne über das Gesicht. »Es tut so weh, Ma'am. Ich habe Angst, dass ich sterben muss.«

»Kann ich hier eine Schwester sehen?«, rief Dobbs laut. Eine der Schwestern eilte auf den Ruf ihres Captains zu ihr hinüber.

»Schwester, können Sie ihm noch ein Schmerzmittel geben? Er leidet offensichtlich unter enormen Schmerzen.«

Mit traurigem Gesichtsausdruck nickte die Schwester. Sie zog eine Ampulle hervor und gab ihm noch eine Dosis Fentanyl. Die Augen des jungen Mannes wurden leicht glasig und seine Schmerzen schienen nachzulassen. Die Schwester deutete Dobbs an, ihr kurz zu folgen.

»Ma'am, er liegt im Sterben. Er wird es nicht überleben.«

Diese Nachricht traf Dobbs wie ein Keulenschlag. Sie tastete nach einem Halt, um ihr Gleichgewicht zu bewahren.

»Alles in Ordnung, Captain?«, erkundigte sich die Schwester.

»Mir … mir geht es gut. Es ist nur … er sieht nicht aus, als ob er sterben müsste.«

Die Schwester schürzte die Lippen, bevor sie antwortete … als ob sie zunächst überlegen musste, was und wie sie es ihr beibringen sollte. »Seine Beine, die unteren Extremitäten … sie sind bis hinunter auf die Knochen verbrannt. Wir haben ihn mit medizinischen Naniten vollgepumpt – das Einzige, was ihn derzeit noch am Leben erhält – aber eine Verletzung wie diese können sogar die Naniten nicht bewältigen. Falls wir mehr Kryobetten hätten, könnten wir ihn vielleicht in Stasis versetzen. Dann hätten die Naniten Zeit, seinen Körper zu reparieren. Diese alten Kreuzer haben insgesamt aber nur drei an Bord. Die sind bereits von Leuten besetzt, die vor ihm eingetroffen sind.«

Dobbs musste sich eine Träne aus dem Auge wischen, bevor sie fragte: »Schwester, ich weiß, dass alle tun, was sie können. Mein letztes Kommando, die *Brandenburg*, ging beinahe in unserer letzten Schlacht verloren. Dort ergab sich eine ähnliche Situation. Unser Doktor fand eine alternative Lösung. Er wickelte den Körper des verletzten Raumfahrers mit einer Nanitenpaste ein und hielt dann eine Nanitentransfusion aufrecht, bis wir ihn in eine medizinische Einrichtung auf Kita verlegen konnten. Ich weiß, es klingt verrückt, aber diese Therapie hatte Erfolg. Können wir das bei ihm zumindest versuchen? Sonst muss dieser Junge sterben.«

Die Schwester war von dieser Behandlungsmethode überrascht, rief aber umgehend den Arzt, dem Dobbs die gleiche Erklärung lieferte. Er sah erleichtert aus, etwas gelernt zu haben, das möglicherweise weitere Patienten retten konnte. Wenige Minuten später wickelten die Schwestern und der Arzt die Patienten, deren Zustand am kritischsten war, in eine medizinische Nanitenpaste ein und legten ihnen Transfusionen an. Anschließend versetzten sie sie in ein medizinisches Koma, wonach sie nur noch auf das Beste hoffen konnten. Das war das Einzige, was ihnen blieb.

Der Arzt kam gerade auf sie zu, um sich für ihre Hilfe zu bedanken, als ihr Kommunikator anschlug. »Captain, Sie werden auf der Brücke gebraucht. Der Flottenbefehlshaber hat uns eine neue Aufgabe übertragen.«

»Ich bin auf dem Weg, XO. Bereiten Sie das Schiff auf die neue Mission vor, wie immer sie auch aussieht. Ich bin in zehn Minuten da. Ende.«

»Bevor Sie uns verlassen, Captain, möchte ich mich bei Ihnen dafür bedanken, dass Sie Ihre Erfahrungen auf der *Brandenburg* mit uns geteilt haben. Ich glaube nicht, dass ich je vom Gebrauch dieser Therapie gehört habe, aber sie klingt gut. Ich denke, dass Sie heute das Leben von mindestens sechs Patienten gerettet haben.«

Dobbs nickte mit feuchten Augen. »Setzen Sie Ihre gute Arbeit fort, Doktor. Ich werde auf der Brücke gebraucht. Wahrscheinlich schicken sie uns in den nächsten Kampf.«

Sie wandte sich um und folgte dem Gang hinunter zum Lift, der sie zurück auf die Brücke bringen würde. Beinahe hätte sie sich den Besuch der Krankenabteilung erspart, da die Zahl ihrer Opfer nicht allzu hoch war. Jetzt war sie froh, dass sie dort gewesen war. Womöglich hatte es einigen Raumsoldaten das Leben gerettet.
****

4. Jagdgruppe ‚Death Rattlers‘

»Commander, Ihr Schiff ist noch nicht fertig. Wir müssen eines der Triebwerke auswechseln, was drei Stunden in Anspruch nimmt. Danach brauchen wir mindestens eine Stunde Testlauf, um sicherzustellen, dass er in Zusammenarbeit mit dem zweiten Triebwerk ordnungsgemäß funktioniert«, versuchte der gallentinische Chefmechaniker Ethan Hunt zu erklären.

Ethan zog den Mann zur Seite und fragte: »Talocan, was ist hier los? Wieso ist die Hälfte meiner Vögel aus Wartungsgründen außer Betrieb? Da draußen findet ein Kampf um Leben und Tod statt. Ich brauche diese Jäger.«

Talocan war der für die Wartung und Instandsetzung zuständige leitende Offizier in Ethans Staffel. Ihm unterstand eine Crew von zehn gallentinischen Mechanikern, die 110 menschliche Trainees beaufsichtigten.

»Ethan, wir tun, was wir können. Normalerweise wäre eine Team von 110 hochqualifizierten Mechanikern mit der Wartung Ihrer Staffel beauftragt. Stattdessen arbeite ich mit Auszubildenden, die noch mindestens ein Jahr angelernt werden müssen, bevor sie unabhängig arbeiten können. Sie sind einfach noch nicht soweit. Meine Männer müssen alles was die Trainees tun, mehrmals überprüfen. Die Fehler, die sie finden, müssen korrigiert werden. Mein Vorschlag wäre, einige Ihrer Geschwader zu konsolidieren, bis wir mehr der beschädigten Flieger repariert haben. Und ermahnen Sie Ihre Piloten, die Beschädigung ihrer Jäger im Kampf zu vermeiden.«

Ethan verstand das Problem, als er die Gruppe von sechs Menschen und einem einzigen Gallentiner sah, die gerade an Backbord seines Jägers ein Triebwerk ausbauten. Es gab nichts, was er diesbezüglich tun konnte. Es hatte ihnen einfach an der Zeit gefehlt, ihre menschliche Besatzung im Betrieb und in der Instandhaltung der *Freedom* voll auszubilden. Die Minimalbesatzung, die die Gallentiner ihnen als Trainingscrew überlassen hatte, reichte einfach nicht aus – nicht im Rahmen einer aufwendigen, weitläufigen Schlacht, an der sie gerade beteiligt waren. Das Schiff hätte erst in einem, wenn nicht sogar in zwei Jahren gefechtsbereit sein sollen.

Ethan atmete tief durch, um die Ruhe zu bewahren, bevor er antwortete. »Ok, Talocan, ich verstehe. Organisieren Sie Ihre Leute dahingehend, dass die Menschen an Projekten arbeiten, denen sie ohne Aufsicht gerecht werden können. Danach stellen Sie Ihre erfahreneren Mechaniker an die Vögel ab, deren Reparatur umfangreicheres Wissen verlangt. Unser Kampf hier ist noch nicht zu Ende.«

Ethan verließ den Hangar und machte sich auf den Weg zur Flugbetriebsabteilung. Wenn er schon nicht in einen Jäger zurück konnte, dann würde er zumindest sein Bestes geben, die Schlacht vom Flugbetriebsbereich her zu beaufsichtigen und zu lenken. Beim Betreten des Raums sah er, dass sich die Situation an zwei neuen Brandherden gerade intensivierte. Zweifellos wussten sowohl die Orbot als auch die Zodark, dass sie gegen die *Freedom* selbst keine Chance hatten. Von daher konzentrierten sie sich darauf, so viele Primord- und menschliche Kriegsschiffe wie möglich zu vernichten.

»Sind die Hellcats immer noch außer Dienst?«, erkundigte sich einer der Flugbetriebsoffiziere.

»Wir haben einfach nicht genug ausgebildete Mechaniker, um alle anfallenden Arbeiten zu erledigen«, beschwerte sich Ethan gerade laut genug, dass nur sie beide es hören konnten.

»Ich erinnere mich an den Spruch meines Vaters: ‚Sohn, du ziehst mit der Armee in den Krieg, die du hast; nicht mit der Armee, die du brauchst.‘ Das hat sich während meiner gesamten Zeit im Militär bewahrheitet, in der ich diese blauen Hunde nun schon bekämpfe«, bot ihm Commander Reagan tröstend an und schob ihm einen Stuhl zu.

»Mein Vater sagt das Gleiche. Die Dringlichkeit dieser Mission zur Rettung unserer Leute auf Alfheim ist mir bewusst, aber ich denke wirklich, dass wir zu überstürzt hierher kamen. Wir sind nicht im ausreichenden Maß darauf vorbereitet, dieses Schiff in den Kampf zu führen, nicht einmal annähernd«, erwiderte Ethan leise.

Reagan und er waren gute Freunde, die gemeinsam die Akademie besucht hatten. Reagan hatte die Welt der Kampfdrohnen gewählt und hatte die *Reaper*, die Bodenangriffsdrohnen, geflogen. Jetzt verbrachte er gerade die obligatorische Zeit im Bereich der Flugbetriebsoperationen – die unumgängliche Pflicht für einen zukünftigen Gruppenkommandeur und vormaligen Staffelchef.

Sein Freund beugte sich zu ihm vor. »Ich weiß, es ist frustrierend, Ethan, aber versetze dich in die Situation der armen Teufel auf diesem Planeten. Stell dir vor, zurückgelassen zu werden und dank der Zodark mit großer Wahrscheinlichkeit einen schrecklichen Tod zu sterben. Wir können eine Viertelmillion Menschen nicht einfach so vergessen. Ach, und nebenbei, du bist mittlerweile ein dreifaches Ass – so wie die Hälfte deiner Piloten. Glückwunsch! Selbst mit einem Viertel deiner Vögel entweder in Reparatur oder zerstört, führt deine Gruppe das Schiff immer noch in Abschüssen an.«

Ethan brummte bei dieser Nachricht und lächelte. Er war stolz auf seine Piloten. Er hatte sie hart an die Kandare genommen, um sie auf den Kampf vorzubereiten. Das Gleiche hätte er wohl auch mit seiner Wartungsabteilung machen sollen. Außerdem hatte er nicht darauf gedrängt, dass sie mit verbesserten Neurolinks oder

Gehirnstimulationen bedacht wurden, wie er es für seine Piloten gefordert hatte. Für diesen Fehler zahlte er nun.

Die gallentinischen Kampfschiffe waren einfach zu fliegen, aber ungemein komplex hinsichtlich ihrer Wartung. Verglichen mit dem, woran die Menschen bislang gearbeitet hatten, war ihnen die gallentinische Technologie um Lichtjahre voraus. Es würde Zeit kosten, ihre Leute mit ihr bekannt zu machen.

»Ich bin froh, dass ich momentan im Flugbetrieb bin, anstatt Gruppenkommandeur zu sein.«

Ethan zog eine Augenbraue hoch und fragte: »Ach ja, wieso das? Du wolltest ein Kommando doch immer mehr als ich.«

»Im Flugbetrieb sehe ich die Fehler, die du, die Staffelchefs, die Gruppen und die Geschwaderkommodore machen«, erklärte Reagan freimütig. »Ich lerne von euren Erfolgen und Misserfolgen. Damit begehe ich nach meiner Kommandoübernahme hoffentlich nicht die gleichen Fehler.«

Ethan lachte. »Du hast mich schon immer gerne als Versuchskaninchen benutzt.«

»Du bist ein Hunt. Wenn du in der Akademie Schwierigkeiten bekamst, hast du überlebt. Wir sahen dir zu und haben viel gelernt, mein Freund«, grinste Reagan ihn an.

Die beiden lachten bei alten Erinnerungen weiter. Das löste die Spannung, die Ethan momentan empfand. Er war froh, dass sein Freund derzeit nicht dort draußen flog. Man verlor Freunde in einer Schlacht – das war der Krieg – aber er wollte Reagan so lange wie möglich um sich haben. Ethan hatte nur wenig enge Freunde. Sohn des Statthalters zu sein, hatte seine Nachteile. Er konnte nie genau wissen, ob jemand wirklich sein Freund sein wollte oder ob er andere Motive verfolgte. In jedem Fall standen Ethan seine Freunde von der Akademie am nächsten. Sie kannten ihn bereits, bevor sein Vater berühmt geworden war.

»Im Ernst, wie schätzt du persönlich die Entwicklung der Schlacht ein?«, erkundigte sich Ethan.

»Ich denke, sie läuft gut, aber wie kann ich das wirklich beurteilen? Wir dünnen die Reihen der gegnerischen Jäger aus. Das steht fest. Jetzt müssen wir nur noch mehrere ihrer Schlachtschiffe aus dem Weg räumen und eine Blockade hinter ihnen einrichten, damit sie sich nicht zurückziehen können«, gab Reagan seine Meinung kund.

»Ehrlich gesagt bin ich überrascht, dass sie nicht davongelaufen sind. Sie wissen, dass sie die *Freedom* nicht besiegen können. Weshalb sich also länger als nötig hier aufhalten?«

»Das ist einfach. Sie wollen die vereinte Flotte auf einen Punkt reduzieren, an dem sie nicht länger effektiv operieren kann. Danach ziehen sie die ihnen verbliebenen Streitkräfte ab und organisieren sich neu, da wir nicht länger eine Bedrohung für sie darstellen. Keine üble Strategie, das muss ich zugeben.«

Frustriert schüttelte Ethan den Kopf. Er wusste, dass sein Freund wohl recht hatte. »Dann müssen wir abwarten, was sich der Statthalter einfallen lässt«, beendete er ihre Unterhaltung, bevor er zur Flughalle zurückkehrte, um seine Wartungsmannschaft ein wenig mehr anzutreiben.

Kapitel Achtzehn
Der Weltraumhafen

Charlie-Kompanie, 1. Bataillon

»Wir sind am Treffpunkt«, kündigte der Fahrzeugkommandant nach dem Ausrollen des Cougars an.

Pauli stand auf und trat an den Mann heran. »Wie sieht es aus?«

Der Corporal drehte seinen Bildschirm ein wenig, damit Pauli ihn besser einsehen konnte. »Unsere direkten Kameras helfen uns wenig. Zu viele Bäume im Weg. Das Volumen des Rauchs zeigt uns allerdings, dass dies ein harter Angriff war. Hier ist die neueste Drohnenaufnahme, die wir seit dem Beschuss erhalten haben.«

Das Bild zeigte eine Menge ausgebrannter Fahrzeug, brennende und rauchende Lagerhallen, Brandspuren von Laserblitzen im Servicebereich und auf den Rollbahnen … und Leichen. Unzählige Leichen von Zodark und Orbot lagen weit verstreut im Gelände herum. Um die Einzäunung der Basis herum waren Bunker und Wachtürme zerstört. Eine ganze Reihe von ihnen vermittelten jedoch den Eindruck, noch intakt zu sein. Viele der befestigten Positionen schienen bemannt zu sein. Die Feinde erwarteten einen Angriff.

Der Bildschirm, auf den Pauli gesehen hatte, brachte plötzlich ein anderes Bild hoch. Ihr Fahrzeug erhielt gerade die Zielkoordinaten für ihre präzisionsgesteuerten Raketen. »Sieht aus, als ob wir sie erst ein wenig weichklopfen, bevor Ihre Leute zuschlagen«, folgerte der Fahrzeugkommandant.

»Ja, das würde ich auch machen.« Neue Befehle trafen auf Paulis HUD ein und informierten ihn, dass sie tatsächlich das geplante Ziel erreicht hatten. Zeit für die Züge, sich auf ihre nächste Mission vorbereiteten: den Angriff auf den Weltraumhafen selbst.

Nach dem Verlassen ihrer Fahrzeuge organisierten einige Offiziere und Sergeanten den sofortigen Rückzug der Züge in den nahegelegenen Wald. Master Sergeant Dunham deutete allen an, ihm und Lieutenant Weideman zu folgen. In einiger Entfernung von den Fahrzeugen forderte er ihre Leute auf, sich einen Moment zu setzen.

Master Sergeant Dunham erklärte: »Das ist der Plan. Das Bataillon wird diese Einrichtung en masse angreifen. Aber eins nach dem anderen … Unsere Überwachungsdrohnen haben einige solide

Ziele für die Cougar identifiziert. Sobald unsere Züge sich im Wald verteilt haben und unserem Ziel näherkommen, lassen die Cougar die Hölle auf die Zodark und Orbot herabregnen. Das ist unser Zeichen, unseren eigenen Angriff zu starten. Mit dem Beginn unseres Angriffs rasen die Cougar dann nach vorn an die Front, um uns mit ihren Geschütztürmen unmittelbare Feuerunterstützung zu gewähren.«

Während Dunham diesen Plan darlegte, hatte Lieutenant Weideman eine holografische Darstellung des Bereichs aufgerufen, den ihre Kompanie angreifen würde. Dann sprach er: »Sobald wir unseren Standort erreicht haben, will ich, dass Staff Sergeant Yogis vierter Trupp seine Granatwerfer hier aufbaut.« Er zeigte auf eine Stelle, die sich vielleicht 100 Meter hinter allen anderen Positionen befand. »Yogi, sobald die Raketen der Cougar auf dem Weg sind, feuern Sie Ihre beiden Rauchgranaten ab. Dunham sagt, dass die uns zu Beginn unseres Angriffs Deckung gewähren werden. Sofort nach dem Abschuss der Rauchgranaten setzen Sie Ihre hochexplosive Munition ein. In der Zwischenzeit sollte Ihr Trupp seine gesamte Munition verschossen haben und Sie schließen Sie so schnell wie möglich zum Rest des Zuges auf.«

Dunham fügte hinzu »Staff Sergeant Holland, falls es den Cougars nicht gelingen sollte, muss Ihr Trupp diesen Punkt hier, diesen Bunker, zerstören. Danach dringen Sie weiter an diese Stelle vor. Staff Sergeant Ramirez, Ihr Trupp wird diesen Abschnitt hier angreifen und an diesen Standort vordringen. Staff Sergeant Smith, Ihr Trupp wird sich um diesen Bunkerkomplex kümmern, wohl eine Art Kommandoposten oder ähnliches. Den zerstören Sie und sichern danach diesen Abschnitt der Kampflinie. Im Anschluss daran will ich, dass Ihre Scharfschützen auf dem Dach der Einrichtung dem Zug und der Kompanie Feuerschutz gewähren, während wir tiefer in den Stützpunkt vordringen.«

»Hooah«, erwiderten die Zugführer mit einem einzigen Wort.

Pauli stellte sicher, dass die beiden ihm unterstellten Sergeanten den Überblick über ihre Soldaten behielten. Die Hälfte seines Trupps kam frisch aus der Grundausbildung … und hatte noch nie einen Zodark oder einen Orbot gesehen oder war von ihnen beschossen worden. Egal wie gut ihre Ausbildung auch war, sobald Laserblitze durch die Luft flogen, konnte niemand die Reaktion eines anderen vorhersehen.

Während sie sich durch das Gestrüpp des Waldes schlugen, nahm Pauli sich die Zeit, sich die individuellen Bäume näher anzusehen. Sie waren hochgewachsen, aber nicht so groß, wie die in den Wäldern, die er auf dem Primord-Planeten Intus patrouilliert und in denen er gekämpft hatte. Die Bäume dort waren einfach irre; einige von ihnen bis zu 300 Metern hoch. Die höchsten Bäume der Erde waren die Mammutbäume in Kalifornien, die bis auf 93 Meter Höhe anwuchsen. Paulis HUD informierte ihn, dass die Bäume vor ihm um die 140 Meter hoch waren – nicht mit denen auf Intus zu vergleichen, aber zweifellos größer als die auf der Erde.

Sein Trupp hielt den vorgegebenen Abstand ein und verhielt sich ruhig. Falls jemand eine Frage hatte, kommunizierten sie über ihren internen Truppenkanal oder über ihre Neurolinks. Plötzlich wurde ihr Vordringen von einer über ihren Köpfen explodierenden Erkundungsdrohne gestoppt. Sie war von etwas getroffen worden. Die überraschende Detonation veranlasste alle, sich mit schussbereiter Waffe auf den Boden fallen zu lassen, um was immer auch kommen mochte, aus dem Weg zu räumen.

Anstatt das Brüllen eines Zodark-Soldaten oder das raschelnde Geräusch der spinnenähnlichen Füße eines Orbot zu hören, breitete sich über dem Gebiet eine seltsame Stille aus, während die menschlichen Soldaten mit nach vorn gerichteten Waffen auf dem Bauch lagen und auf das warteten, was als nächstes geschehen würde. Vorsichtig kauerte Pauli hinter einen Baumstamm und versuchte einen besseren Blick auf das zu werfen, was vor ihnen lag.

Nichts ... Was zum Teufel brachte die Drohne zum Explodieren?

Und dann sah er etwas. Eine Bewegung. Ungefähr 200 Meter vor ihm entdeckte er einen einzelnen Zodark, der behutsam durch den Wald schlich. Dann sah er noch etwas – eine Schneeflocke ... gefolgt von einer zweiten ... bevor der Schnee, der aus den niedrig hängenden Wolken über ihnen herab fiel, sein Gesichtsfeld beeinträchtigte. Langsam verschwand der Zodark aus seinem Blickfeld.

Verdammter Schnee ... Er nimmt uns die Sicht, dachte Pauli aufgebracht. Normalerweise liebte er den Schnee. Er lag gerne auf dem Rücken und sah zu, wie diese weißen, flockigen Wattebällchen der Liebe aus dem Himmel taumelten. Heute war dem nicht so. Der Schnee schränkte seine Sichtweite von mehreren 100 Metern auf nur knapp 100 Meter ein.

»Wikinger-Anführer, Wikinger Eins-Eins hier. Ich sehe Bewegung vor mir. Einer dieser blauen Hunde, in ungefähr 200 Metern Entfernung. Verstehen Sie?«

Pauli hoffte, dass entlang ihres Wegs noch jemand anders den blauen Kerl gesehen hatte – oder vielleicht ein anderer Zug innerhalb der Kompanie.

»Eins-Eins, verstanden. Drei-Eins verzeichnete ebenfalls Bewegung entlang ihrer Linie. Bereiten Sie Ihren Trupp auf Kontakt vor. Ende«, kam die knappe Antwort von Master Sergeant Dunham. Pauli fiel auf, dass er die Kontrolle über die Situation übernommen hatte, und nicht der Lieutenant. Wahrscheinlich zeigte ihm, was zu tun war, und lotste ihn durch den Prozess seines ersten Kontakts mit dem Feind.

Eines Tages werde ich derjenige sein, der einem milchgesichtigen Lieutenant zeigen wird, was zu tun ist ...

Der Schneefall hatte zugenommen. Pauli wies seinen Trupp an, sich auf Kontakt vorzubereiten. Sie würden die Zodark unvermutet in ihr Schussfeld laufen lassen und sie dann beseitigen. Pauli stellte auf seine Wärmekamera um, die ihm zeigte, dass sich die einsame Zodark-Figur, die er eben beobachtet hatte, tatsächlich aus drei oder vier Dutzend Figuren zusammensetzte. Die Kräfte, die auf sie zukamen, hatten mindestens die Stärke eines Zugs. Etwas hatte den Kommandanten des Weltraumhafens veranlasst, Bodentruppen in ihre Richtung auszusenden. Wahrscheinlich hielt er es für die wahrscheinlichste Richtung, aus der sich menschliche Soldaten nähern würden und wollte einige seiner Soldaten dort postieren – nur für den Fall.

»Bereithalten«, drang Dunhams Stimme über ihre Funkgeräte zu ihnen vor.

Zisch ... zisch ... zisch ...

Unter dem dichten Schneefall, der ständig weiter zunahm, war das Geräusch der in kurzen Abständen hintereinander abgefeuerten lasergelenkten Raketen der Cougar kaum vernehmbar. Demgegenüber war der Luftzug und die Luftverdrängung durch die Raketen, die über ihre Köpfe hinwegrauschten und sich auf ihre vorbestimmten Ziele ausrichteten, ein deutlich erkennbares Zeichen.

Einige Zodark sahen zum Himmel hinauf. Offenbar hatten auch sie ein Geräusch vernommen. Und dann brüllte Dunham laut über ihre Koms: »Feuer frei!«

In dem kurzen Augenblick, in dem die Zodark zum Himmel aufgesehen hatten und ihre Gehirne im Anschluss daran registrierten, was sich gerade ereignete, war der gesamte Bereich bereits mit Magrail- und Laserfeuern überzogen. Es gelang einigen der Zodark, sich fallen zu lassen und dem ihnen entgegenkommenden Geschosshagel zu entgehen, aber vielen anderen gelang das nicht.

Pauli zählte mindestens 30 Zodark, die wiederholt von Magrail-Projektilen und Laserblitzen getroffen wurden. Ihre Körper führten einen seltsamen Tanz auf, während sie wieder und wieder Einschüsse einsteckten – solange, bis sie endlich am Boden zusammenbrachen. Nicht jedes der blauen Biester war jedoch sofort getötet worden. Eine Handvoll von ihnen hatte diesen Hinterhalt überlebt und stürzte sich nun auf die menschlichen Linien. Der Beschuss durch die Zodark fiel überwiegend wild und ungenau aus, was die menschlichen Soldaten allein dazu zwang, den Kopf einzuziehen. Dennoch gab es unter den Zodark auch einige Scharfschützen, deren Zielfindung akkurater war.

»Oh, verdammt noch mal! Sani! Sani! Noah wurde getroffen!«, rief einer der Soldaten aus Paulis Trupp. Der Blick auf seinen Truppenpeilsender zeigte ihm, dass es Private Cholesky war, der den Sanitäter anforderte. Noahs Kampfanzug sagte ihm, dass Noah tot war.

Zwei Zodark nahmen Noahs und Choleskys Position unter Beschuss, um das neu entstandene Loch in der menschlichen Gefechtslinie auszuweiten.

Ich muss dorthin ... Pauli sprang aus seiner Deckung und rannte in ihre Richtung. Zwei an ihm vorbeizischende Laserblitze zwangen ihn erneut dazu, Deckung zu suchen. Pauli war kein Sanitäter, aber Choleskys Position war in Gefahr.

Ich laufe ... er sieht mich ... und schon bin ich wieder unten, dachte Pauli für sich, während er um sich schießend einige Meter nach vorne rannte, bevor er sich hinter der nächsten Deckung fallen ließ.

Er kam Cholesky Standort näher. Die Hitze der Laserblitze, die sich um ihn herum entluden, schien im Vergleich zu den um den Gefrierpunkt liegenden Temperaturen der ihn umgebenden Luft ungemein intensiv zu sein. Von dem Baum, an dem er gerade vorbeigelaufen war, hatte sich durch den Beschuss ein Stück

Baumrinde gelöst und schlug auf sein Visier auf. Das erschreckte ihn einen Augenblick lang zu Tode. Pauli ließ sich gegen den Fuß eines Baumes fallen, woraufhin er hörte, wie dessen gegenüberliegende Seite von einer Handvoll Laserschüssen getroffen wurde.

Verdammt, der Schweinehund hat es wirklich auf mich abgesehen ...

Links um den großen Baumstamm herum sah Pauli Noahs leblosen Körper auf dem Boden liegen. Cholesky wiegte seinen Kopf und seinen Oberkörper in den Armen. Er hatte Paulis Zurufe über das Truppen- und das Zugnetz ignoriert, und jetzt wusste er auch, wieso. Cholesky hatte seinen Helm abgenommen. Die Tränen strömten dem Mann das Gesicht hinunter. Entweder war es Cholesky entgangen, dass die Zodark im Anmarsch waren oder er war des Lebens müde und es war ihm egal.

»Cholesky! Reißen Sie sich zusammen! Sie müssen auf die Zodark schießen. Einer dieser Hunde hat es auf Sie abgesehen und hat mich hier festgenagelt! Sie müssen ihn finden und auf ihn schießen; besser noch, ihm den Garaus machen. Haben Sie verstanden?«, schrie Pauli den Gefreiten an.

Der Soldat sah aus, als ob er ihn nicht gehört hätte oder seine Gegenwart nicht anerkennen wollte. Er hielt weiter seinen Freund im Schoss und murmelte langsam vor- und zurückschaukelnd etwas vor sich hin, das nur er hören konnte.

»Cholesky, verdammt noch mal! Reißen Sie sich am Riemen! Ich stecke hier fest und brauche Ihre Hilfe. Sehen Sie sich nach dem Schwein um und lenken Sie ihn zumindest so lange ab, bis ich Ihre Position erreicht habe!«

In der Zwischenzeit brachen tiefer im Wald eine Reihe von Schlachtrufen und Schreien aus, die sich wie die einer wütenden Meute anhörten. Tatsächlich handelte es sich dabei um eine unbekannte Zahl von Zodark-Kriegern, die sich laut kreischend in einen Mordrausch hochsteigerten. Nach all den Jahren, in denen er diese Biester bekämpft hatte, wusste Pauli genau, was sich ereignen würde. Die Zodark standen kurz davor, ihre Position zu stürmen.

»Vorbereitung auf Kontakt. Eine umfangreiche Formation von Zodark und Orbot hält direkt auf uns zu«, erreichte sie die gelassene und beruhigende Stimme von Master Sergeant Dunham.

»Sofort den schweren Laser des Trupps aufstellen und näher zusammenrücken. Wir sind zu weit verteilt«, rief Pauli seinen beiden Feuerteamleitern zu. »Cholesky, kommen Sie zu sich! Eine weit größere feindliche Gruppe ist auf dem Weg zu uns. Wir müssen die Abstände zwischen den einzelnen Positionen entlang unserer Gefechtslinie verringern. Wir müssen zurückfallen!«

Zusätzliche Laserstrahlen schlugen auf den Baum ein, hinter dem er sich versteckte. Dieses Mal umflogen sie auf der Suche nach ihm beinahe den gesamten Stamm. *Heilige Mutter Gottes! Wo hält sich der Kerl jetzt auf?*, fragte sich Pauli, während langsam ein Angstgefühl in ihm aufzusteigen begann.

Verdammt, ich muss das allein erledigen, ging es Pauli auf. Cholesky würde nicht zu sich kommen und ihm Deckung geben.

Pauli schnappte sich eine seiner Splittergranaten, zog den Stift und warf die Granate rechts um den Baum herum nach vorn, bevor er sich nach links wegduckte und auf den Knall wartete.

Buummm.

Sobald er aus dem Schutz der linken Seite des Baums hervortrat, hielt Pauli seine Waffe im Anschlag. In halb aufgerichteter Position suchte er mit den Augen und mittels seiner in seinem HUD integrierten Ziel-AI nach dem Zodark, der ihn verfolgte. Mehrere Laserblitze rasten so nahe an seinem Kopf vorbei, dass seine Ohren das leichte Zischen und Knattern der Luft nahe seines Kopfes registrierten. Der Schuss des Zodark hatte ihn nur ganz knapp verpasst. Die Chancen standen gut, dass er ohne seinen Helm an der Seite seines Gesichts Verbrennungen erlitten hätte.

Pauli sprang mit einer Art Salto ins Gebüsch und rollte nach links ab. Das brachte ihn auf ein Knie, mit seinem Sturmgewehr einsatzbereit an seiner Schulter und seinem Finger am Abzug. Er war sich nicht sicher, wie groß der Abstand zwischen ihm und dem Zodark war – bevor Paulis Augen das blaue Monster nicht weiter als zwölf Meter entfernt von ihm wahrnahmen.

Mit einem bösartigen Knurren und gefletschten Reißzähnen hob der Zodark zwei Handfeuerwaffen an und schoss, während er in vollem Lauf direkt auf Pauli zukam. Pauli feuerte seine M1 ab und gab mehrere Schüsse mitten auf die Brust des blauen Biestes ab, das ihn in diesem Moment praktisch schon erreicht hatte. Der Zodark stolperte, verlor den Halt unter seinen Füßen und ging zu Boden. Er ließ die beiden Schwerter, die er in den Händen hatte, los, um seinen Fall abzubremsen. Dann sah er zu Pauli hoch. Bläuliches Blut tropfte ihm aus dem Mund und brennender Hass stand in seinen Augen.

Pauli richtete seine Waffe auf das Gesicht des Monsters und drückte ohne Zögern auf den Abzugshebel, was mehrere Laserblitze auslöste. Tot brach der Zodark nur wenige Meter vor Paulis Füßen zusammen.

Ich kann nicht glauben, dass ich das gerade erlebt habe ... Was zum Teufel macht Cholesky da?

Der Kampf um sie herum steigerte sich weiter. Paulis Zorn wuchs. *Mir fehlt die Zeit, mich jetzt mit so etwas abzugeben! Die Hunde werden unseren Zug überrennen.*

Pauli ließ sich neben Noahs Leiche auf die Knie fallen und warf Cholesky seinen Helm praktisch an den Kopf. »Sobald ich um Hilfe rufe oder einen Befehl gebe, haben Sie dem sofort zu folgen! Und jetzt kehren Sie mit mir zum Standort des Zuges zurück, bevor Sie für dem Tod von mehr Menschen verantwortlich sind!«

»Wir können ihn nicht einfach zurücklassen!«, wehrte Cholesky wütend ab. Die Tränen liefen ihm immer noch die Wangen herunter.

Pauli stand auf und versetzte Cholesky eine harte Ohrfeige. Dann griff er nach seinem Helm, zog ihn an seinem Brustpanzer auf die Beine und schubste ihn auf das Waldgebiet zu, den ihr Zug in aller Eile in eine Verteidigungsposition verwandelt hatte.

Ein verblüffter Cholesky schien aus seiner Benommenheit zu erwachen. Er zog sich den Helm über und rannte schleunigst auf den Rest ihres Teams zu. Pauli tat es ihm nach. Vorher stellte er allerdings sicher, dass er die Lage von Noahs Leiche auf der Karte markierte, um sie später bergen zu können.

»Staff Sergeant, ziehen Sie Ihren Trupp im Zentrum näher zusammen«, befahl Lieutenant Weideman. »Trupp Vier justiert seine Granatwerfer und sollte in Kürze vor uns den Beschuss aufnehmen. Danach ziehen sie auf, um Ihnen Verstärkung zu geben. Verstanden?«

»Verstanden, Sir.«

Pauli rief seinem Trupp und seinen Feuerteamleitern die entsprechenden Befehle zu. Sie bauten ihren schweren Laser auf und hielten die automatischen Waffen ihres Trupps bereit. Die anderen Trupps des Zugs folgten dem gleichen Muster. Insgesamt bereitete sich die Kompanie auf das vor, was da kommen würde. Das Geheul und

Gekreische ihrer Feinde aus der Ferne verschärfte sich in seiner
Intensität. Es war furchteinflößend, zum Zuhören gezwungen zu sein
und zu wissen, wer da auf sie zukam.

Ich dachte, wir waren diejenigen, die angreifen sollten ...

Aus irgendeinem Grund hatten die am Weltraumhafen
zurückgelassenen gegnerischen Soldaten sich entschieden, einen
Gegenangriff zu starten, anstatt ihre Verteidigung beizubehalten. Dieser
Schachzug hatte das Rangerbataillon vollkommen überrascht. Ihre
Bombardierung des Weltraumhafens und die präzisionsgelenkten
Raketen der Cougar hatten aller Wahrscheinlichkeit nur verlassene
Bunker und leere Einrichtungen getroffen. Das bedeutete, dass ihnen
ein schwerer Angriff bevorstand.

Fünf stressgeplagte Minuten vergingen, bevor er eine Nachricht
erhielt, die alles veränderte. »Pauli, sofort bei mir melden!«, sagte die
SMS auf dem Visier seines HUDs. Sie stammte von Captain Atkins.

Beim Näherkommen sah Pauli, dass nicht nur Captain Atkins,
sondern sämtliche Zugführer und Sergeanten anwesend waren. *Da ging
etwas vor.*

»Da sind Sie ja, Staff Sergeant. Dann wollen wir anfangen«,
begann Atkins und brachte auf ihren HUDs eine digitale topografische
Karte der Gegend hoch, auf der der Weltraumhafen, zusammen mit
ihrem Bataillon und ihren Fahrzeugen abgebildet war. Außerdem waren
umfangreiche Ansammmlungen roter Punkte in nicht allzu großem
Abstand von der Einfriedung des Weltraumhafens erkennbar. Einige
dieser Gruppierungen bewegten sich auf sie zu; nicht alle – zumindest
im Moment noch nicht.

»Das ist eine weitaus größere Gruppe, als unser
Nachrichtendienst uns glauben ließ. Zudem scheint es so, dass unsere
bisherigen Luftangriffe und Raketen nur leere Bunker und Gebäude
getroffen haben. Colonel Monsoor hat angeordnet, dass wir uns an
diesen Punkt hier zurückziehen, bevor wir eingeschlossen sind und uns
nicht länger selbst aus der Situation befreien können.«

Atkins sah sich die Gesichter seiner Offiziere und Unteroffiziere
an, bevor er fortfuhr. »Der neue Standort, an dem der Colonel uns
sehen will, befindet sich am Eingang des Tals, das zur TorTor-Brücke
und der Stadt Kalnaz führt, die 20 Kilometer im Tal hinein liegt.
Kalnaz ist eine der wenigen größeren Städte auf dem Planeten, in der

sich tatsächlich noch eine Bevölkerung aufhält. Unsere Vorgesetzten wollen, dass wir sie so gut wie möglich schützen.«

Atkins markierte etwas auf der Karte und erklärte: »An dieser Stelle richten wir eine Blockade ein, keinen permanenten Stützpunkt oder eine FOB. Das 2. Bataillon hält sich mittlerweile ebenfalls in diesem Tal auf, statt, wie zunächst geplant, hier unseren Angriff zu unterstützen. Sobald unsere Cougar auf dem Weg sind, erhalten unsere Züge ihre neuen Aufträge. Im Moment will ich, dass Trupp Eins vor Ort bleibt, während der Rest der Kompanie sich zu den Fahrzeugen begibt. Lieutenant Weideman, Ihr Zug muss uns die Zeit zum Rückzug erkaufen, im Fall, dass die Zodark angreifen. Falls dieser Angriff ausbleibt, umso besser – dann schließen Sie schleunigst zu uns auf, damit wir zusammen von hier verschwinden können. Und jetzt zurück zu Ihren Zügen und an die Arbeit.«

Atkins zog Weideman, Dunham und Pauli zur Seite. »Falls die Zodark angreifen, tun Sie was Sie können, ihnen die Nase blutig zu schlagen und kämpfend den Rückzug anzutreten. Lassen Sie sich nicht einschließen. Ich will Sie nicht unnötig unter Druck setzen, falls Sie aber festsitzen oder zulassen, dass sie flankiert oder eingeschlossen werden, sind wir gezwungen, ohne Sie von hier zu verschwinden. Das gesamte Bataillon hat den Befehl, sich an den neuen Standort zu begeben. Offenbar sind die Orbot und die Zodark bereit, dort, falls nötig, ihr letztes Gefecht zu führen.«

»Keine Sorge, Cap'n. Wir schaffen es zu den Cougar«, versicherte Dunham ihm. Pauli wünschte, er wäre sich ebenso sicher. Er wusste nicht, wie sie einen eventuellen Angriff lange genug aufhalten konnten, um dem Rest der Kompanie das Erreichen der Cougar zu ermöglichen und im Anschluss daran selbst noch Zeit zum Entkommen zu haben.

Zurück im Bereich, in dem sich ihr Zug eingerichtet hatte, befahl Dunham: »Pauli, ich möchte, dass Sie persönlich die Schützenminen Ihres Trupps entlang dem Weg auslegen, den ich Ihnen kennzeichnen werde. Organisieren Sie sie über einen 500 Meter breiten Bereich in einem Muster, das dieses Schussfeld abdeckt. Sobald es Zeit ist, den Rückzug anzutreten, nehmen wir diese Route.«

Dunham informierte auch die anderen Truppenführer darüber, wo sie ihre Claymores auslegen sollten. Das zunehmend hysterische Heulen und Kreischen in der Ferne ließ vermuten, dass ihnen nur wenig

Zeit zur Vorbereitung blieb. Es würde nicht mehr lange dauern. Der
Feind tendierte dazu, sich in einen Rausch zu steigern, der entweder
vom Blut seiner Gegner oder von einer Art Aufputschmittel angefeuert
wurde. Das war eines der schlimmsten Dinge, die ein Soldat vor dem
Beginn eines Kampfes hinnehmen musste – dieses brutale, sadistische
Ritual, das die Monster vor der geplanten Schlacht befolgten.
****

Pauli setzte seinen Patrouillenrucksack ab, griff sich eine
Claymore und befestigte sie ungefähr eineinhalb Meter über dem
Boden an der Seite eines Baums. Ein dünnes Netz über der Mine
erlaubte ihr, sich in ihre unmittelbare Umgebung einzublenden, was
ihre Entdeckung um vieles schwerer machte. Bisher hatte er vielleicht
zehn dieser Vorrichtungen angebracht, ohne dass der feindliche Angriff
begonnen hatte. In der Zwischenzeit hatten die anderen Züge ihre
Fahrzeuge bereits erreicht. Jetzt war es an der Zeit für sie, sich
zurückzuziehen. Er sah auf seinen Rucksack hinunter, in dem eine
letzte Claymore lag.

Und dann herrschte plötzlich eine seltsam friedliche Stille im
Wald. Der Kriegstanz war vorbei. Das Geheul war verstummt.

»Das war's. Die Züge haben es zurück zu den Cougar geschafft.
Zeit, zu gehen«, befahl Lieutenant Weideman. »Trupp Eins und Drei,
Sie setzen sich in Bewegung. Zurück zu den Cougar. Trupp Zwei und
Vier, Sie bereiten sich auf den Rückzug vor. Im Moment keinen
Beschuss. Sehen wir, ob wir von hier verschwinden können, ohne einen
Schuss abzugeben.«

Paulis Trupp schloss zu ihm auf, als er die letzte Schützenmine an
der Seite eines Baumes befestigte. Sie eilten auf ihren Cougar zu, als
sie hörten, wie Trupp Zwei und Vier das Feuer eröffneten. Zuerst
waren es nur wenige Schüsse, die sich in ein lautes Tosen
verwandelten. Der Schusswechsel breitete sich aus. Die tiefen
Bassgeräusche der schweren Blaster waren als nächstes vernehmbar,
dazu noch die Explosionen einiger Claymores. Dann gingen eine
Handvoll dieser kleinen Biester hoch, wahrscheinlich die, die der vierte
Trupp etwa 100 Meter vor seiner Position ausgelegt hatte.

»Schnell. Nach drinnen!«, rief ihnen der Fahrzeugkommandant
zu, der sie am Ende der Rampe erwartete.

Nachdem alle im Fahrzeug waren, schloss der Fahrzeugkommandant umgehend die hintere Luke und versiegelte sie. Der Fahrer startete den Motor und wartete auf den Befehl, sich in Bewegung zu setzen.

Pauli trat an den Sitz des Kommandanten hinter dem rechten vorderen Sitz heran. Auf dem Sitz vor ihm saß der Soldat, der den Geschützturm des Fahrzeugs bediente. Obwohl sie das auch der künstlichen Intelligenz an Bord überlassen konnten, bevorzugten die meisten Schützen – solange das Fahrzeug stand – dies selbst zu tun.

»Staff Sergeant, aktivieren Sie Ihr Set der Minen. Unsere Leute schafften es gerade an ihnen vorbei«, rief Lieutenant Weideman.

Pauli brachte den Fernzugriff auf die Minen auf seinem HUD hoch und justierte sie so, dass allein die Zodark und Orbot die Minen auslösen, ein Mensch oder ein C100 dies aber nicht tun würde. Sie waren kaum aktiv, als die Ersten bereits hochgingen. Ohne eine möglicherweise gegenteilige Anweisung abzuwarten, aktivierte Pauli im Anschluss daran sofort die drei zusätzlichen Reihen der Claymores, die er ausgelegt hatte. Es dauerte nicht lange, bevor auch sie explodierten.

»Festhalten, wir sind auf dem Weg!«

Der Cougar schoss nach vorn und nach rechts und raste durch den Schnee zwischen den Bäumen hindurch. Sie waren nur noch ein kurzes Stück von der Straße entfernt, als das Zwillingsgeschütz ihres Turms das Feuer eröffnete. Etwas hatte sich in Reichweite ihres Fahrzeugs begeben, womit der Schütze ganz und gar nicht einverstanden war. Dies war seine Chance, an der Action teilzunehmen und Zodark zu töten. Diese Gelegenheit wollte er sich in keinem Fall entgehen lassen.

Zu Paulis Überraschung musste der Cougar während ihres Rückzugs tatsächlich einige Einschläge hinnehmen. Er hörte, wie eine ganze Anzahl von Blasterblitzen ihre hintere Einstiegsluke trafen. Die Soldaten zuckten mit jedem dieser Aufschläge zusammen. Die Neulinge hatten keine Ahnung, dass die Luken bereits vor vielen Jahren verstärkt worden waren. Die Einstiegsluken der ersten Generation der Cougar waren aus leichterem Material gewesen, um es den Soldaten einfacher zu machen, sie manuell zu betätigen, sollte das hydraulische System Schaden nehmen. Die Verwendung dieser leichteren Türen hatte sich jedoch zu einer enormen Verbindlichkeit entwickelt. Mehr als einige Cougar samt den in ihrem Truppenabteil reisenden Soldaten waren dieser Konstruktion zum Opfer gefallen, nachdem die Zodark ihre Schwachstelle entdeckt hatten.

Mit dem Erreichen der asphaltierten Straße gab der Fahrer Vollgas. Zumindest versuchte er es. Leider kam er aber nur so schnell voran, wie das langsamste Fahrzeug vor ihnen. Und dann hagelte es Granaten. Die Orbot oder vielleicht auch die Zodark feuerten sie in die generelle Richtung der Straße – in der Hoffnung, einen oder zwei Glückstreffer zu landen, die zu einem ausreichend großen Engpass führen würden, um die menschlichen Soldaten von der Flucht abzuhalten.

Dreißig Minuten später erreichten die Soldaten dann doch unbehelligt das Gebiet um die TorTor-Brücke herum. Und jetzt stand ihnen der unterhaltsamste Teil ihrer Mission bevor … die Vorbereitungen gegen den Gegenangriff, den der Feind ganz offensichtlich durchzuführen gedachte.

****

Zwei Stunden nach der Ankunft an der Brücke hörte Pauli über das Kommandonetz, dass sich nicht mehr als 20 Kilometer von ihnen entfernt eine große gegnerische Streitkraft unablässig auf sie zu bewegte. Außerdem schnappte er auf, dass sie jederzeit einen orbitalen Angriff erwarten konnten.

Pauli versammelte seinen Trupp um sich herum. Sie standen am Rand einer hastig errichteten Gefechtsstellung mit einem guten Überblick über die Straße, die zur TarTar-Brücke führte – ihre Verbindung zum Weltraumhafen, dessen Einnahme sie zunächst geplant hatten.

»Meinem HUD nach werden Sie alle innerhalb von 15 Sekunden lernen, wieso die Kontrolle der überlegenen Position – in diesem Fall der Umlaufbahn – für die Einnahme eines Planeten so ungemein wichtig ist. Das hat unsere Leute, die zurückgelassen wurden, vor Wochen dazu gezwungen, sich zu zerstreuen und unterirdisch Zuflucht zu suchen. Jetzt liefern wir den Zodark und den Orbot den Grund, ihrem Beispiel zu folgen«, erklärte Pauli. Augenblicke später sahen sie zwei nicht deutlich erkennbare Objekte, die entlang der Straße und in dem bewaldeten Bereich, in dem sich ihre Streitkräfte noch vor wenigen Stunden aufgehalten hatten, auf den Boden aufschlugen. Die

Explosionen waren enorm. Ganze Waldgebiete wurden von der Schockwelle des Einschlags dem Erdboden gleichgemacht.

»Wow … besteht auch nur die geringste Chance, dass das einige von ihnen überlebt haben?«, fragte einer der neuen Soldaten beeindruckt.

Einer der Veteranen kommentierte: » Ist es möglich? Ich denke schon. Es waren kinetische Anschläge, keine nuklearen. Falls sie dem Überdruck standhalten konnten, dann ja, dann ist es vorstellbar.«

»Ist doch egal. Es gibt keine Horde mehr, die uns weiter verfolgen wird. Wir alle leben wenigstens einen weiteren Tag, was mir persönlich am allerwichtigsten ist«, ließ Pauli seinen Trupp wissen, bevor er sich in der Nähe ihrer Gefechtsstation zum Schlafen zurechtlegte. Nach eineinhalb langen Tage verlangte es ihm einzig nach Ruhe.

Kapitel Neunzehn
Ein teuer erkaufter Sieg

RNS *Freedom*
Sirius-System

»Statthalter, die Orbot-Schiffe ziehen sich zurück. Sie scheinen den Kampf zu verlassen«, rief Hunts taktischer Offizier aus. Die Schlachtschiffe, Kreuzer und Sternenträger der Orbot formierten sich neu und entfernten sich von der Gefechtslinie der Zodark noch während der Offizier sprach.

Hunt drehte sich zu Wiyrkomi um und sah ihn fragend an. Sein gallentinischer Schiffskapitän zuckte mit den Achseln. Er konnte dieser Entwicklung ebenfalls nicht folgen. Nach den ersten 16 Stunden der Schlacht war der größte Teil der feindlichen Flotte zurückgefallen. Anstatt jedoch das System zu verlassen, hatten sie sich neu organisiert und neue Gefechtslinien gebildet, um den Angriff am folgenden Tag fortzusetzen. Diese Offensive hatte der menschlichen Flotte und der der Prim solange verheerenden Schaden zugefügt, bis sich die *Freedom* nach ihrem Eintreffen endlich in Position gebracht hatte, um dank ihrer enormen Größe das feindliche Feuer zu blockieren und zu absorbieren.

Sobald sie in Schussreichweite war, hatte die Craykard-Partikelwaffe – die Superwaffe der *Freedom* – die Großkampfschiffe der Orbot und der Zodark zerstört, dazu noch alle bis auf einen der Orbot-Sternenträger und alle sieben der Zodark-Träger. Und jetzt sah es so aus, als ob die Orbot sich absetzten.

Hunt hatte eine Idee. An Lieutenant Ted Roberge gewandt, wies er ihn an: »Lieutenant, stellen Sie eine Verbindung zum Sternenträger der Orbot her. Versuchen wir, den Dialog mit ihnen aufzunehmen.«

Seinem Waffenoffizier, Commander Eric Schreck, befahl er: »Richten sie die CPW weiter auf die Schiffe der Orbot. Vielleicht wollen sie sich zurückziehen, vielleicht haben sie etwas anderes im Sinn, aber ich will ihre restlichen Kriegsschiffe in Schutt und Asche sehen.«

Lieutenant Roberge fiel ihm ins Wort und verkündete: »Statthalter, ich erhalte eine Nachricht vom Schiff der Orbot. Ich denke, es ist ihr Flottenkommandant.«

»Verbinden Sie uns«, reagierte Wiyrkomi, ohne auf Hunts Antwort zu warten.

»Einverstanden. Stellen Sie sie durch, Roberge.«

Augenblicke später erschien das Bild eines Orbot vor ihnen. Hunt stellte sicher, dass er direkt neben Wiyrkomi stand, bevor er sprach. »Ich bin Statthalter Miles Hunt, das vom gallentinischen Reich ernannte Oberhaupt der Milchstraßengalaxie. Mit wem spreche ich?«

Kurzzeitig herrschte Stille, bevor der Orbot sprach. Dies war tatsächlich das erste Mal, dass Hunt direkten Kontakt zu einem Orbot hatte. »Ich bin Admiral Garkeh, der Oberbefehlshaber der Streitkräfte der Orbot.«

»Admiral Garkeh, ich würde gerne mit Ihnen einen Waffenstillstand und das Ende dieses Krieges zwischen unseren Völkern diskutieren. Halten Sie das für möglich?«

Hunt war sich nicht sicher, ob ein Verhandeln mit den Orbot möglich war. In Anbetracht dessen, dass sie Cyborg waren, war er sich über den Aufbau ihrer Hierarchie unsicher und kannte zudem niemanden, dem sie mit Sicherheit bekannt war.

Der Orbot erwiderte: »Beenden Sie die Angriffe auf unsere Schiffe. Danach erklären wir uns bereit, dieses Gespräch fortzusetzen.«

Hunt drehte sich zu seinem Waffenoffizier um und signalisierte ihm, den Beschuss der Orbot-Schiffe einzustellen.

»Gut. Ich gab gerade den Befehl an meine Flotte aus, den Angriff auf Ihre Schiffe zu beenden. Sobald die Schiffe der Zodark den Kampf einstellen, stoppen wir den Angriff auf deren Schiffe ebenfalls.«

»Die Schiffe der Zodark unterstehen nicht unserem Kommando. Falls Sie einen Waffenstillstand mit ihnen vereinbaren möchten, müssen Sie sie direkt ansprechen.«

»Das werden wir. Warum beginnen wir das Gespräch dann nicht mit der Diskussion, wie wir die Feindseligkeiten zwischen unseren Seiten beenden können.«

Während Hunt sich mit Admiral Garkeh unterhielt, war es Wiyrkomi gelungen, den Befehlshaber der Zodark-Flotte zu erreichen. Nachdem die *Freedom* in schneller Abfolge fünf weitere Kriegsschiffe der Zodark zerstört hatte, hatte sich der kommandierende NOS endlich mit einer Pause einverstanden erklärt. Zum ersten Mal seit dem Beginn der Schlacht ruhte der Beschuss zwischen den beiden Seiten.
****

Auf dem großen Bildschirm der Offiziersmesse waren der NOS, der oberste Befehlshaber der Zodark, Admiral Garkeh der Orbot, Admiral Bvork Stavanger von den Prim, Admiral Fran McKee und Statthalter Hunt von den Terranern, sowie Captain Wiyrkomi für die Gallentiner zu sehen.

»Dieser Krieg hat lange genug gedauert. Es ist Zeit, ein Übereinkommen zu treffen und diesem Konflikt ein Ende zu bereiten«, erklärte Statthalter Hunt mit selbstbewusster Stimme. Er wollte sichergehen, dass die Zodark auf seiner Seite Stärke anstatt Erschöpfung oder Schwäche sahen.

Der NOS namens Ha'mock begehrte gegen diese Aussage auf. »Sie sprechen von Frieden, davon diesen Konflikt zu beenden. Dabei vergessen Sie eines … Es waren die Terraner, die diesen Krieg begannen. Es waren die Terraner, die in unser Territorium eingedrungen sind. Die Minenkolonie Clovis stand mehrere hundert Jahre unter unserer Kontrolle, bevor Ihre Terraner einfielen und unsere Bevölkerung abschlachteten. Und jetzt wollen Sie Frieden?«

Hunt spürte, wie sein Gesicht vor Zorn rot anlief. Am liebsten hätte er den NOS durch den Bildschirm hindurch erdrosselt, wusste aber, dass er sich beherrschen musste.

An seiner Stelle übernahm es Admiral Stavanger, den NOS in aller Schärfe zurechtzuweisen. »Muss ich Sie daran erinnern, Ha'mock, dass die Zodark unsere eigenen Minenkolonien vor einigen hundert Rightars unrechtmäßig eingenommen haben? Ihr Volk fiel über Dutzende unserer Welten her und hat Abermillionen unserer Leute versklavt. Die Zodark sind in diesem Krieg sicher keine Heiligen!«

Admiral Garkeh fiel allen ins Wort und zeigte mit dem Finger auf den Bildschirm. »Was machen *Sie* hier, Wiyrkomi? Wieso haben die Gallentiner das Abkommen von Yanooth gebrochen und sind in unsere Galaxie vorgedrungen? Diese Verletzung der Vereinbarung wurde an die Kollektive weitergegeben.«

In Erwartung von Wiyrkomis Antwort herrschte einen Augenblick lang Stille. Sobald Hunt die Worte *Das Abkommen von Yanooth* hörte, überrollte ihn plötzlich eine ganze Flut von

Informationen. Vor der Aussprache dieser Worte hatte er keine bewusste Erinnerung an dieses Ereignis gehabt. Jetzt wurde sein Gehirn mit sämtlichen relevanten Daten, die sein fortgeschrittenes neurales Implantat zu diesem Thema beiziehen konnte, so stark belastet, dass es mehr als nur einige Sekunden dauern würde, sie zu verarbeiten und zu verstehen.

Wiyrkomi lehnte sich bei seiner Antwort in seinem Stuhl vor. »Das Abkommen von Yanooth wurde nicht gebrochen. Die gallentinische Raumflotte hat diese Galaxie nicht betreten, noch ist ein solches Eindringen geplant.«

»Ach, und wie erklären Sie sich das Erscheinen Ihres Kriegsschiffs? Seine Anwesenheit allein, zusammen mit Ihrer und der Ihrer Mannschaft, ist eine Verletzung des Abkommens zwischen den Gallentinern und den Amoor, in dem Ihr Volk zugesagt hat, Sektor Sieben unbehelligt zu lassen«, konterte Garkeh, dessen ausdruckslose kybernetische Stimme jetzt noch ausdrucksloser klang, falls so etwas möglich war.

Hunts Gehirn registrierte den Ausdruck ‚Sektor Sieben‘, woraufhin sich ihm die Zusammenhänge eröffneten. Das Universum war in mehrere Sektoren aufgeteilt, in dem jeder Bereich eine Anzahl von Galaxien enthielt. Das war der Inhalt des Abkommens von Yanooth … Eine territoriale Aufteilung des bekannten Weltraums, auf die sich die Räte der beiden Supermächte – die Gallentiner und die Amoor, die nun als das Kollektiv bekannt waren – geeinigt hatten.

»Dieses Kriegsschiff ist nicht Teil der gallentinischen Flotte«, widersprach Wiyrkomi. »Admiral Miles Hunt wurde von unserem Gebieter Tibus SuVee dazu bestimmt, den altairianischen Statthalter und Verantwortlichen für die Milchstraße zu ersetzen, so wie Yarkeh, der Anführer der Orbot, der Repräsentant der Amoor ist. Dieses Schiff unterscheidet sich in keiner Weise von dem Schiff, das das Kollektiv Ihren eigenen Leuten gab. Meine Crew und ich halten uns nur lange genug auf diesem Schiff auf, um die Terraner in seinem Betrieb zu unterweisen. Das Abkommen besteht unverändert weiter.«

Die beiden starrten sich eine Weile an. »Schön, gemäß Ihrer Erklärung ist die Vereinbarung weiter intakt«, erwiderte Admiral Garkeh emotionslos. »Dann sollten wir die Bedingungen diskutieren, diesem Krieg ein Ende zu setzen.«

Der Zodark brüllte erzürnt: »Nein! Wir sind nicht bereit, diesen Krieg zu beenden. Nicht auf diese Weise.«

»Sie werden tun, was Ihnen gesagt wir, NOS Ha'mock!«, unterbrach ihn der Orbot scharf.

»Seien Sie vorsichtig mit dem, was Sie als nächstes von sich geben, Garkeh. Wir wurden unserer Rechte beraubt und sind nicht bereit, mit diesen Terranern Frieden zu schließen.«

Dem Wechselspiel zwischen den Orbot und den Zodark zuzusehen, war faszinierend. Hunt fragte sich, ob es eventuell möglich sein könnte, das zwischen ihnen bestehende offensichtliche Misstrauen zu einem späteren Zeitpunkt auszunutzen. Diesen Gedanken schob er vorerst zur Seite.

Admiral Garkeh der Orbot ignorierte diese Drohung und richtete seinen Blick wieder auf Wiyrkomi. »Wie lauten die Konditionen, die Sie diskutieren möchten?«

»Ich bin nicht als der Repräsentant des gallentinischen Reiches hier, um diese Streitigkeit beizulegen, Admiral Garkeh«, erklärte Wiyrkomi. »Wie bereits erwähnt, sind meine Leute und ich nur hier, um die Ausbildung unserer terranischen Kollegen zu gewährleisten. Ihre Frage wird am besten von unserem Statthalter beantwortet, der dieser Galaxie vorsteht.« Damit wandte er sich an Hunt und fragte: »Welchen Weg halten Sie für akzeptabel, diesen Krieg zu beenden?«

Da war sie nun. Die Situation, auf die er seit über einem Jahrzehnt hingearbeitet hatte. Aber würde sie zu einem fairen und gerechten Frieden führen, der die Zeiten überdauerte?

Hunt begann: »Zunächst müssen wir sämtliche Kampfhandlungen im Sirius-System und auf Alfheim einstellen, während wir die weiteren Aspekte eines Galaxie-weiten Waffenstillstands besprechen. Ist dieses Ersuchen akzeptabel?«

»Das ist es. Ich werde einen sofortigen systemweiten Waffenstillstand anordnen, der auch unsere Bodentruppen einschließt. Was sonst?«, stimmte Garkeh zu.

»Admiral Garkeh, da wir nun im Gespräch sind, würde ich diese Zeit gerne dazu nutzen, eine Lösung herauszuarbeiten, um sämtlichen Parteien innerhalb der Milchstraße eine friedliche Existenz nebeneinander zu ermöglichen – so wie es den Gallentinern und den Amoor im Abkommen von Yanooth gelungen ist. Wären Sie damit einverstanden, dass wir uns – vielleicht in drei terranischen Tagen –

persönlich treffen, um unsere ersten Voraussetzungen und Erfordernisse zu diskutieren?«, schlug Hunt vor.

Der Zodark-NOS sah aus, als ob er durch den Bildschirm hindurchgreifen und Hunt die Kehle durchschneiden wollte. Aber er hielt seine Zunge im Zaum. Der Orbot schien einen Augenblick zu überlegen – falls ein Cyborg denken statt kalkulieren konnte. Endlich erwiderte er: »Das halte ich für annehmbar. Im Verlauf unseres Treffens werde ich eine Liste von Bedingungen zur Beendigung des Krieges vorlegen, die unsere Anführer zufriedenstellen wird. NOS Ha'mock wird das Gleiche tun. Danach beginnen wir die Diskussion anhand dieser Vorgaben. Sind Sie damit einverstanden, Statthalter?«

»Das bin ich. Wären Sie damit einverstanden, unser Treffen auf der *Freedom* abzuhalten?«

»Ja. NOS Ha'mock und ich werden uns für diese ersten Gespräche auf Ihrem Schiff, der *Freedom*, einfinden. Je nach der Länge der Verhandlungen können wir sie an einem von allen Parteien einvernehmlich vereinbarten Ort auf dem Planeten fortsetzen. Bitte übersenden Sie uns einen Tag vor unserem Treffen die Einzelheiten unserer Ankunft. Das ist alles.« Damit endete die Verbindung zwischen dem Orbot-Schiff und der *Freedom*.

Hunt drehte sich Wiyrkomi zu. »Das verlief überraschend positiv.«

»Das tat es. Ich denke allerdings, dass Sie und ich nun die Vereinbarung von Yanooth diskutieren sollten und wie in dieser Galaxie etwas Ähnliches aussehen könnte. Des Weiteren sollten wir die Bedingungen diskutieren, die unserer Seite wichtig sind und die, die uns die andere Seite aller Voraussicht nach vorlegen wird.«

»Ganz Ihrer Meinung. Wir sollten den Altairianern eine Nachricht zukommen lassen, um sie über unseren Erfolg zu informieren. Ich bin sicher, sie haben ihre eigenen Forderungen, die sie erfüllt sehen möchten.«

**Kapitel Zwanzig
Dienstablösung**

Alfheim

Dichte schwarze Rauchwolken stiegen wie Säulen zum Himmel auf und kündigten einen teuer erkauften Sieg an. Corporal Eva Jorgensen zog ihren Helm ab und ließ ihn neben sich in den Schnee fallen. Die kalte Luft kristallisierte den Schweiß auf ihrer Stirn. Zwei Tage waren seit dem Angriff auf die orbitale Plattform vergangen. Die Invasion war – soweit sie es beurteilen konnte – ein Erfolg.

Nachdem der Gegenangriff abgesagt und das Feuer eingestellt worden war, hatten sich ihre Offiziere – diejenigen, die noch am Leben waren – mit dem Bataillonskommandeur getroffen und erfahren, dass die Republik und ihre Alliierten eine Art Waffenstillstand mit den Orbot und den Zodark vereinbart hatten. Überraschenderweise sah es so aus, als ob die blaue Bedrohung nicht länger kämpfen wollte. Das brachte mehr Fragen als Antworten in Eva hoch. Sicher, die Republik gewann Kampagnen gegen sie und hatte ihnen Planeten abgerungen, aber insgesamt gesehen waren die Kosten dieser Schlachten astronomisch. Selbst wenn sie am Ende einer Schlacht als Sieger hervorgingen, fühlte es sich wie ein Verlust an. In etwa so, wie sie sich jetzt fühlte.

Sie wollte Mac weiter für den Tod von Abba verantwortlich machen, aber sie wusste, dass das falsch war. Er trug keine Schuld. Das hatte ihr die Begegnung von Angesicht zu Angesicht mit ihm noch unangenehmer gemacht. Dennoch hatte sie ihn einen Tag nach dem Kampf und nach einer Reihe versteckt zugeworfener Blicke und des sich aus dem Weg Gehens endlich angesprochen. Auf seinen dummen Witz hin, ob sie ihn wieder niederschlagen wollte, hatte sie wie eine Idiotin gelacht. Er brachte sie immer zu lachen. So war das nun einmal. Danach war zwischen ihnen alles wieder so, als ob es diesen Vorfall nie gegeben hätte. Zusammen betrauerten sie den Tod ihrer Freundin und halfen die mit einer Fahne drapierte Bahre in einen der Osprey zu tragen, die die Opfer vom Planeten abholten. Es war ein bittersüßer Moment. Eva war froh, ihn mit Mac geteilt zu haben.

Die Ospreys flogen unablässig neue Truppen auf den Planeten ein, um diejenigen zu ersetzen, die im Kampf gefallen waren. Beim

Anblick eines weiteren Osprey, der hoch in den Himmel zog, lächelte sie. Irgendwie hatte sie eine weitere Kampagne in einem Krieg überlebt, der offenbar endlich sein Ende fand.

Der nächste Osprey würde auch sie als Begleiterin der Verwundeten hoch auf die RNS *Mercy* transportieren, auf eines der vielen Krankenhausschiffe der Flotte. Von dort aus würde sie den kurzen Weg auf die RNS *Valkyrie* hinter sich bringen, um danach an ihren Heimatstandort Neu-Eden zurückzukehren. Neu-Eden war nicht die Erde, aber es war ein Anfang.

Sie sah auf die Bahre neben sich hinunter als der Überschallknall des sich nähernden Ospreys aus der Ferne zu ihnen vordrang. »Sie haben es geschafft, Kodiak … und jetzt verschwinden wir von hier!«

Kodiak war kurz vor dem Kampf um die orbitale Plattform aus seinem Koma erwacht. Er war absolut nicht glücklich darüber, dass er nicht an ihm teilnehmen durfte. Sie mussten ihm ein Beruhigungsmittel verabreichen, bevor er sich seine Infusionen vom Arm reißen konnte. »Ich habe ihr immer gesagt, dass ich dieses Desaster vor ihr verlassen werde ...«

Staff Sergeant Angeline Moreaus Tod hatte Kodiak hart getroffen. Sie hatten sich seit ihrer Grundausbildung bis hin zu Alfheim nahegestanden. Obwohl ihre Laufbahnen sie unterschiedliche Wege beschreiten ließen, konnte man sie oft hören, wie sie sich gegenseitig über einem Kartenspiel in den Ohren lagen. Kodiak war immer der alles sehende, grimmige Grobian mit südlichem Akzent und einem scharfen Sinn für Humor gewesen – der Mann, um den sich während ihrer Kasernenpartys alle gescharrt hatten. Diesen Funken konnte Jorgensen nicht länger entdecken. Er war nur noch die Hülle des Mannes, den sie einst gekannt hatte.

Der Osprey drehte sich um die eigene Achse, während ihn seine Steuerraketen ausrichteten und er sanft im Schnee landete. Die Rampe öffnete sich und entließ die Sanitäter, die für das Laden der Krankenbahren verantwortlich waren. Eva und Mac knieten sich nieder, um Kodiaks Bahre anzuheben. Abwehrend hob er den Arm.

»Nein«, protestierte er. »Ich verlasse diesen verdammten Planeten auf eigenen Beinen.« Stöhnend richtete er sich auf.

»Ok, ok, Kodiak, wir wissen, dass Sie ein harter Kerl sind. Aber warum machen wir es uns nicht einfach?«, sagte Mac und versuchte, ihn nach unten zu drücken.

»Nur weil Sie mich ein einem Kampf besiegt haben, Ire, heißt das nicht, dass Sie das ein zweites Mal schaffen. Lassen Sie mich los.«

Jorgensen sah Kodiaks eisernen Blick der Entschlossenheit und wusste, dass er eine Zukunft hatte, falls er es auf eigenen Beinen stehend schaffen würde. Sie nickte Mac auffordernd zu, woraufhin ihn beide Sanitäter am Arm packten und dem schwergewichtigen Mann auf die Beine halfen. Das Zittern seiner Knie sagte ihnen, dass sie ihn die Rampe hinaufführen mussten. Kodiak protestierte nicht. Jeder Schritt ließ ihn vor Schmerzen aufstöhnen. Mit aller Kraft klammerte er sich an den Armen der Sanitäter fest, die ihn aufrecht hielten. Nachdem sie das Innere des Ospreys erreicht hatten, übergaben sie ihm dem Fliegerarzt.

»Machen Sie keinen Unfug, verstanden?«, lachte Mac, während er sich an Kodiak vorbei einen Platz weiter hinten suchte.

»Oh ja, wir sehen uns auf Eden, Ire. Darauf können Sie wetten.«

Jorgensen lächelte und sah zu, wie weitere Verwundete in die Fähre geladen wurden und ihre Kollegen einen Platz neben ihr fanden. Langsam schloss sich die Rampe. Eva hoffte, Alfheim niemals wiederzusehen.

****

Private Andre Bastille saß hinten in der Transportabteilung auf einer Kiste. Der letzte Mech stand gesichert an seinem Platz und die beiden verbliebenen Mechpiloten saßen schweigend da. Obwohl ihnen gesagt wurde, dass sie gesiegt hatten, fühlte es sich nicht so an. Vor Alfheim war Andre nie an einem Kampf beteiligt gewesen; jetzt fürchtete er, es irgendwann wieder tun zu müssen. Der Kampf als solches fiel ihm nicht schwer. Tatsächlich war er überrascht, wie schnell er sich auf den Ablauf der Schlacht hatte einstellen können. Allein die Folgen waren schwer zu ertragen. Er hatte einen ganzen Tag lang geholfen, die Leichen von Menschen einzusammeln, die er gekannt hatte. Er konnte sich vorstellen, wie er sich fühlen würde, wenn er – so wie Takata – einige dieser Soldaten tatsächlich näher gekannt hätte.

Andre fluchte laut vor sich hin, während er mit aller Kraft ein metallenes Rohr durch die Abteilung schleuderte.

»He, lassen Sie den Unsinn, Private!«, schrie ihn der Lademeister von der anderen Seite her an.

»Es wird nicht wieder vorkommen, Master Sergeant.« Jones trat an ihn heran, griff Andre an den Schultern und zog ihn weiter nach hinten in eine dunklere Ecke des Osprey.

»Tut mir leid«, murmelte Andre.

»Nein, tut es nicht«, fuhr ihn Jones an. »Aber das ist in Ordnung. Denken Sie, mir ging es nach meinem ersten Kampf besser? Intus war eine höllische Welt. Damit Sie mich nicht falsch verstehen … Intus ist so schön wie Neu-Eden, ein echtes Ebenbild, aber die Tiere und die Pflanzenwelt dort waren ebenso tödlich wie die Zodark hier.«

Andre sah hoch zu Jones. »Hören Sie auf.« Er schüttelte den Kopf.

Er verstand, was Jones versuchen wollte, aber die Zodark mit Tieren oder Pflanzen zu vergleichen, war einfach absurd. Er hatte einem Zodark zusehen müssen, der einen republikanischen Soldaten im Nahkampf samt seinem Panzeranzug in zwei Hälften gerissen hatte.

»Ich übertreibe nicht.« Sie setzte sich neben ihn. »Sie kennen die hundeähnlichen Tiere, die die Zodark einsetzen – die Ravager, wie wir sie nennen? Original stammen sie von Intus. Ich kann mich daran erinnern, mit einer Gruppe von Kumpel ausgegangen zu sein. Krauss und Abede waren überraschenderweise auch dabei. Wir waren auf dem Weg in die nächste Stadt, um dort auf dem Markt einzukaufen und in einem der Restaurants zu essen.«

Andre unterbrach sie. »Sie gingen auf Märkte und besuchten Restaurants?«

»Oh ja«, lachte Jones. »Nachdem wir eine ganze Reihe dieser Welten gesichert hatten, ging das Leben der Prim im Prinzip ganz normal weiter, obwohl es natürlich hin und wieder auch etwas Widerstand auf den Kontinenten einiger Planeten gab. Ich weiß, Sie hatten das Riesenpech, direkt nach der Grundausbildung hierher verfrachtet zu werden, aber ich verspreche Ihnen, dass das Leben im Militär nicht immer so ist.«

Andre hatte keine Ahnung, ob sie die Wahrheit sagte. Sicher, die Sergeanten hatten während seiner Ausbildung Ähnliches erzählt. Andererseits hatte er sie immer so verstanden, als ob dieser Krieg die gesamte Galaxie im Griff hatte, was es ihm unmöglich machte, sich eine Chance auf Ruhe und Erholung vorzustellen.

»Also, was ist passiert?«

»Was?«, fragte Jones ihn, die geistesabwesend immer noch ihren Erinnerungen nachhing.

»Sie, Krauss und Abede gingen in die Stadt …«

»Richtig …«, fuhr Jones fort. »Richtig. Wir waren auf dem Weg in die Stadt, als urplötzlich ein Rudel Ravager aus dem Nichts auftauchte und unsere Gruppe angriff. Bevor die Stadtwache auftauchte und sie abschoss, wurden fünf von uns entweder in Stücke gerissen oder in den Wald geschleppt. Das war das letzte Mal, dass wir die Basis ohne unsere Waffen verlassen durften.«

»Himmel noch mal«, pfiff Andre durch die Zähne.

»Freuen Sie sich auf das, was kommt, Andre. Sieht aus, als ob der Krieg gegen die Zodark aus irgendwelchen Gründen zum Stillstand kam. Vielleicht bekommen Sie ja doch noch die Chance, Neu-Eden in seiner vollen Schönheit zu erleben.« Jones legte sich in ihrer Hängematte zurück, die sie knapp über dem Boden der Abteilung an zwei Haken aufgehängt hatte.

Andre dachte einen Augenblick über das Gehörte nach. Die Nachricht, dass die Zodark einem Waffenstillstand zugestimmt hatten, hatte ihn verstört. In der Grundausbildung war ihnen eingetrichtert worden, dass sie einer wahrhaftigen Kriegerklasse angehörten, was er aus eigener Erfahrung bezeugen konnte. Sie stürzten sich dem feindlichen Feuer im vollen Bewusstsein entgegen, dass sie in ihren Tod rannten – in der Hoffnung, Hand an einen Menschen zu legen, den sie in Stücke reißen konnten. Sie waren weit intelligenter, als die meisten daheim ihnen zugestehen wollten. Sie beherrschten ihre Klingen beidseitig ebenso gut wie sie mit zwei Blastern gleichzeitig umgehen konnten. Der Gedanke, dass sie letztendlich einfach so aufgeben würden, verblüffte ihn. Es sei denn, sie hatten eingesehen, dass die Allianz, die die Republik mit den anderen fremden Rassen eingegangen war, zu schwer zu überwältigen war …

»Denken Sie, es ist vorbei, Tahlia?« Er nutzte ihren Vornamen so impulsiv wie sie seinen ausgesprochen hatte.

Jones lächelte und zog sich die Sonnenbrille von der Nase. »Keine Ahnung, Andre, ich bin zu sehr damit beschäftigt, vom Pool an der Basis auf Neu-Eden zu träumen oder vom grün-türkisfarbenen Wasser entlang den Stränden von Anzaria.«

»Schwimmbad … Anzaria?« Andre war schockiert. »Diese private Führung kann ich kaum erwarten«, sagte er grinsend, bevor ihm Jones gegen die Schulter boxte.

****

Ungleich der Apollo-Kompanie, seiner alten Einheit, würde Private First Class David Roberts Alfheim nicht verlassen. Er war mit den Verstärkungen eingetroffen und würde bei ihnen bleiben. Zuvor musste er allerdings noch etwas erledigen. Aus diesem Grund ging er zum Bereitstellungsbereich in der Nähe der Landeplätze hinüber. Dichte Wolken hatten ihren Weg zurück ins Tal gefunden, aus denen nun wieder leichter Schnee fiel. Ohne die Explosionen und das Laserfeuer sah es wunderschön aus.

Über die schneegepuderte Landschaft hinweg machte er sich auf die Suche nach seinem alten Team. Er war von ihnen getrennt worden, und obwohl dies sicher nicht sein Fehler gewesen war, spürte er immer noch den Drang, sie zu finden und ihnen etwas zu sagen. O'Connor und Valdez folgten ihm, was er zunächst als ausgesprochen aufdringlich empfunden hatte. Mittlerweile hatte er sich daran gewöhnt. Sergeant McAfee war getötet worden, ohne dass bisher ein neuer Teamleiter ernannt worden war. Im Moment war er der amtierende Leiter der Gruppe und sie waren seine Soldaten.

»Hallo, wissen Sie, wo sich das Alpha-Team des ersten Trupps aufhält«, erkundigte er sich bei einem Soldaten, der auf dem Boden neben einem Feuer saß.

Der Soldat sah hoch und zeigte nach links. »Was von ihnen übrig ist«, erwiderte er ausdruckslos.

David nahm es nicht persönlich. Die Apollo-Kompanie hatte die Hölle durchgemacht. Alfheim hinter sich zu lassen war das Einzige, was die Soldaten jetzt noch wollten. In einer merkwürdigen Fügung des Schicksals fühlte sich das Warten auf ihre Ospreys nun wie das längste Warten an, das sie je hatten ertragen müssen. David war sich sicher, dass es seinem eigenen Warten an Bord der *Valkyrie* glich, nachdem sie aus dem System gesprungen war. Das behielt er allerdings für sich.

Er sah die Gruppe, die um ein kleines Feuer herum saß, sich unterhielt und miteinander scherzte. Ihre Helme und Handschuhe lagen neben ihnen und erlaubten der Hitze des Feuers, ihre Haut direkt zu erwärmen. Die schwere Panzerung bot einen großartigen Schutz gegen den Feind und die planetarischen Elemente, dennoch war es manchmal schön, sie einfach auszuziehen und die reine Luft auf sich einwirken zu lassen.

»Hallo«, begann David schüchtern.

Private First Class Aleksei Dmitriev wandte sich um. Zunächst sah es so aus, als ob er David nicht erkannte. Dann lockerte sich sein steinerner Gesichtsausdruck und er lächelte. »Der Jungfuchs.«

Aleksei erhob sich, zusammen mit Corporal Yeva Petrosian. Die beiden traten direkt auf David zu und umarmten ihn heftig. Er hatte keine Vorstellung davon gehabt, wie sie ihn empfangen würden und war sehr dankbar für diese Begrüßung.

»Schön, Sie zu sehen, David.« Yeva lächelte herzlich.

David setzte sich zu den beiden und entfernte mit einem Klicken seine eigenen Handschuhe. Dann hielt er beide Hände dem Feuer entgegen, um sie zu wärmen. »Sie beide wissen nicht, wie gut es ist, Sie alle wiederzusehen.«

»Wo hast du gesteckt, David?«, fragte Aleksei.

Alekseis Ton ließ ihn zusammenzucken. »Das ist eine verständliche Frage.«

Yeva mischte sich ein. »Nein, das ist es nicht.« Vorwurfsvoll starrte sie Aleksei an.

»Nein, wirklich, wo warst …« setzte Aleksei an, bevor David ihn unterbrach.

»Nachdem ich angeschossen wurde, verlegten sie mich zur Rehabilitation auf die RNS *Mercy*. Ich war gerade auf die *Valk* zurückgekehrt und dabei, mich zusammen mit dem Kompanieführer auf den Sprung zurück auf die Oberfläche vorzubereiten, als das Schiff überraschend die Umlaufbahn um Alfheim verließ und an den Sammelpunkt sprang. Weniger als 30 Minuten später ließen wir dann das gesamte System hinter uns zurück. Es gab absolut nichts, was ich dagegen tun konnte, Aleksei.« David schüttelte den Kopf und versuchte, seine Gefühle unter Kontrolle zu bekommen. Eine Träne lief ihm die Wange hinunter, gefolgt von mehreren anderen. »Ich versuchte … ich wollte zurückkommen, wirklich. Ich wusste nicht, was vor sich ging. Alles lag außerhalb meiner Kontrolle … Ich habe euch im Stich gelassen.«

Die Erinnerung daran, ohne sein Zutun seinen Trupp aufgeben zu müssen, ließ David unkontrolliert schluchzen. Yeva stand auf, setzte sich neben ihn und legte ihm ihren Arm um die Schulter. »Alles in Ordnung, David. Wir wissen, was geschehen ist. Sie trifft keine Schuld. Sie haben uns nicht zurückgelassen«, versicherte sie ihm in einem beruhigenden und tröstenden Ton. »Richtig, Aleksei?«

Aleksei nickte. »Tut mir leid, Jungfuchs … das Leben hier unten war wirklich hart. Wir hätten dich gut gebrauchen können. Andererseits wäre es dir vielleicht wie so vielen anderen ergangen. Vielleicht hat das Schicksal dich für Größeres vorgesehen.«

David wischte sich die Tränen aus den Augen und sah sich zum ersten Mal richtig um. Er registrierte die fehlenden Gesichter. »Duncan?« Er kannte die Antwort noch bevor er die Frage stellte.

»Umgekommen, als sein Cougar getroffen wurde.« David wurde das Herz schwer. »Moreau hat die gleiche Karte gezogen, zusammen mit dem, der sie ersetzen sollte … sein Name war Linchman, glaube ich?«

»Sein Name war Lancaster.« Yeva schlug Aleksei mit der Hand auf den Hinterkopf.

»Ja. Ist aber nicht länger wichtig.«

Obwohl sie ihn herzlich empfangen hatten, kühlte die nachfolgende Unterhaltung merklich ab. Yeva gab zugunsten von David ihr Bestes, wofür er sehr dankbar war, aber Aleksei war eindeutig nicht in der Stimmung, ihm zu vergeben. David deutete Yeva an, ein Stück mit ihm zu gehen. Sie stand auf und folgte ihm.

»Wer sind Ihre Schatten?«, erkundigte sie sich.

»Bitte?« Er sah sich um und entdeckte O'Connor und Valdez, die immer noch unbeholfen hinter ihm hergingen. »Ach, das sind O'Connor und Valdez. Sie gehören zu meinem Team.«

»Ihr Team?« Yeva schien überrascht zu sein.

»Na ja, vorübergehend. Unser Teamleiter wurde während des Gegenangriffs getötet. Danach übernahm ich die Kontrolle.«

Yeva lächelte leicht, als sie David erneut umarmte. »Ich bin stolz auf Sie, David. Verglichen mit dem Jungen, der uns auf der *Valkyrie* zum ersten Mal begegnet ist …« Sie seufzte und hielt einen Augenblick inne, »… zu dem, was ich jetzt sehe … Ich bin wirklich stolz auf Sie.« Sie drehte sich zu den beiden Schatten hinter David um. »Hören Sie auf diesen Mann. Selbst wenn Sie einen neuen Teamführer bekommen, hören Sie auf ihn. Er hatte unserer Truppführerin das Leben gerettet, wobei er selbst verwundet wurde. Er ist ein guter Mann.«

»Ja, Corporal, das wissen wir«, nickte O'Connor voller Stolz.

Yeva lächelte. »Gut.« Sie verabschiedete sich von David. »Passen Sie hier unten gut auf sich auf. Falls Sie nach dieser Stationierung zu Apollo zurück möchten, lassen Sie es mich wissen. Dann sehe ich mich für Sie um.«

Das war alles, was David hören musste, um diese Unterhaltung wesentlich zu machen. »Das werde ich. Es war schön, Sie zu sehen, Yeva.«

»Es hat mich auch gefreut, David.«

****

First Lieutenant Adam Singletary sah zu, wie die Überreste des ersten Zugs den letzten der Alfheim verlassenden Osprey betraten. Erstaunlicherweise war die Errichtung der neuen vorgeschobenen Basis für die frisch eingetroffenen Soldaten bereits im Gange. Er war froh, dass er mit all dem nichts zu tun hatte. Die Art der Konstruktion ließ vermuten, dass diese Einrichtung eine permanente FOB, keine vorläufige sein würde. Das ergab Sinn. Mit dem Ende der Kampfhandlungen war es Zeit, den Soldaten, die zurückbleiben würden, etwas Bequemeres zu bauen. Singletary wusste nur, dass er nicht Teil der Besatzungskräfte sein würde, und das reichte ihm vollkommen.

Er wusste auch, dass die Parteien offensichtlich einen Waffenstillstand vereinbart hatten … dem er nicht traute, nicht für einen Moment. Diese Gefühle behielt er allerdings für sich. Gegenwärtig brachten ihn einzig die von den Ospreys und Transportern angelieferten Offiziere in ihren sauberen, frischgebügelten Uniformen auf, die allem Anschein nach keine Aufgabe oder einen bestimmten Grund hatten, hier zu sein. Es waren die Offiziere, die ihre Medaille für die Alfheim-Kampagne erhalten wollten, indem sie den Planeten noch kurz vor der offiziellen Beendigung der Feindseligkeiten und der Unterzeichnung des Friedensabkommens betraten.

Diese Offiziere flanierten unter ihren Truppen herum, versuchten ihnen zum Sieg zu gratulieren, hielten inspirierende Reden oder machten Fotos, zum Beweis dafür, dass sie auf Alfheim gewesen waren. Dabei entging ihnen, dass ihre makellosen Uniformen ohne Zeichen der Abnutzung sie wie ein bunter Hund unter der Masse der sie umgebenden Soldaten hervorhob. Sie stolzierten herum wie eitle Gecken.

Plötzlich hörte er hinter sich eine Stimme. »Adam! Da sind Sie.«

Singletary drehte sich um, um zu sehen, wer hinter ihm herrief. Lächelnd salutierte er stramm.

Captain Fenti erwiderte den Salut und trat auf ihn zu. »Ich bin froh, dass ich Sie gefunden habe, Adam. Ich wollte Ihnen persönlich sagen, welch fabelhaften Job Sie in meiner Abwesenheit geleistet haben. Es ist nur schade, dass Magnussen nicht hier ist, um dies mit uns zu erleben.«

Der Führer der Apollo-Kompanie, Captain Fenti, hatte sich an Bord der *Valkyrie* befunden, als sie aus dem System gesprungen war. Dies ließ seine Einheit gestrandet auf einem Planeten zurück, den er nicht länger erreichen konnte. Im Anschluss daran hatte Magnussen die Position des Kompanieführers übernommen, die nach dem Tod von Magnussen auf Singletary übergegangen war.

»Vielen Dank, Sir«, stieß Singletary hervor und kämpfte darum, seiner Verachtung für den Mann keinen Ausdruck zu verleihen. *Was konnte er sonst sagen?* Er verstand sehr wohl, dass Fenti sie nicht mit Absicht zurückgelassen hatte. *Es war nicht seine Schuld, dass das Schiff und die Flotte das System verlassen hatte.* Missfallen hatte Singletary allerdings, dass Fenti die Kompanie so oft er nur konnte, verließ, um zur *Valk* zurückzukehren. Er hatte immer den Eindruck erweckt, nach einem Grund zu suchen, den Planeten zu verlassen, statt sich im Hauptquartier ihrer FOB bei seiner Kompanie aufzuhalten. Singletarys Position erlaubte ihm nicht, ihn dafür zur Rede zu stellen. Damit blieb ihm nur, es einfach zu akzeptieren.

»Für den Fall, dass Sie es noch nicht gehört haben, wurde es für richtig befunden, mich aus diesem Grund nach Luna zu versetzen.« Fenti deutete mit der Hand um sich. Er sah traurig und niedergeschlagen aus.

Singletary war schockiert. »Wow, das scheint wenig fair zu sein. Wurde Ihnen mitgeteilt, wieso? Nicht, dass Sie etwas falsch gemacht haben.«

Fenti seufzte. »Ich war nicht an meinem Posten, als ich am meisten gebraucht wurde. Dabei kommt es nicht darauf an, dass etwas außerhalb meines Einflusses mich dazu zwang, auf der *Valkyrie* zu sein. Unsere Befehlshaber sehen das anders … und das tue ich wohl auch.« Fenti hielt inne, bevor er hinzufügte: »Ich habe Ihnen und der Kompanie gegenüber versagt, Adam. Ich bin nicht stolz darauf und werde den Rest meines Lebens damit leben müssen.« Fenti wandte sich ab und zog ein Stück Silber aus seiner Hosentasche. »Trotzdem kann ich versuchen, etwas Gutes zu tun.«

Captain Fenti drückte Singletary das Abzeichen eines Captains in die eine Hand und schüttelte ihm die andere. Singletary sah auf das Rangabzeichen hinunter. »Ich kann Ihnen nicht folgen.«

»Meinen Glückwunsch, Captain Singletary. Ihnen wurde das Kommando über die Apollo-Kompanie übertragen. Ich gehöre ihr bis zur Zeremonie der Kommandoübergabe auf Neu-Eden noch an, aber die Kompanie wird Ihnen gehören. Ich weiß, sie wird in guten Händen sein. Sie wurden in eine Position gezwungen, auf die Sie nicht vorbereitet waren, und erfüllten dennoch die Mission, die manch anderem misslungen wäre.« Fenti lehnte sich zu ihm vor und lächelte. »Mir kamen sogar Gerüchte zu Ohren, dass Sie für eine Medal of Honor vorgeschlagen sind, da es Ihr Kommando war, das die orbitale Plattform zerstört hat.«

»Ich will sichergehen, dass der Gefreite Takata die Ehrenmedaille erhält. Er war derjenige, der die Bombe aus ihrem zerstörten Fahrzeug heraus barg und sie persönlich im Weltraumaufzug hoch in die Umlaufbahn lieferte. Mir selbst ist der Erhalt der Medaille nicht wichtig, Sir, aber Takata verdient sie ganz sicher.«

Fenti deutete mit dem Finger auf Singletarys Brust. »Und genau das ist der Grund, weshalb Sie sie verdienen«, bestand er darauf. »Keine Sorge, der Bataillonskommandant und der Brigadekommandeur bestehen ebenfalls darauf, dass Takata diese Medaille erhält.«

Plötzlich fühlte sich Singletary emotional vollkommen überwältigt. Er versuchte, diese Gefühle zu unterdrücken und stammelte: »Vielen Dank, Sir. Das wird den Soldaten viel bedeuten.«

Nach ihrer Rückkehr zur *Valkyrie* würde ein Waffenmeister Singletarys offizielle Abzeichen in seinen Panzeranzug gravieren. In den Wochen danach stand die Rückkehr auf Neu-Eden in ihre Heimatgarnison an, wo sie dem gleichen Prozess folgen würden, der nach jeder Kampagne stattfand. Sie würden neues Ersatzpersonal erhalten, Neuzugänge trainieren, altgedientes Personal befördern und sich auf das nächste große Abenteuer vorbereiten, das das Universum für sie bereithielt. Singletary war sich nicht sicher, ob er soweit war, eine ganze Kompanie zu befehligen, aber das eine, was Alfheim ihn gelehrt hatte war, dass er die Ausdauer und die Beharrlichkeit hatte, das Schlimmste zu überstehen. Und dieses Wissen genügte ihm.

Kapitel Einundzwanzig
Ein unsicherer Frieden

Zwölf Tage später
RNS *Freedom*
Offiziersmesse

»Haben wir gerade das erreicht, was ich glaube, erreicht zu haben?«, fragte Hunt seinen altairianischen Freund Pandolly.

»So sieht es aus.«

Die beiden saßen allein in der Offiziersmesse. Alle anderen waren bereits gegangen. »Miles, ich muss dir etwas sagen«, setzte Pandolly an. »Viele Mitglieder meiner Regierung und insbesondere die des Kriegsrates waren nicht glücklich darüber, dass du zum Statthalter ernannt wurdest. Unserem Volk diese Rolle und diese Position zu nehmen, hat zu vielen Feindseligkeiten zwischen den Mächtigen und Einflussreichen innerhalb unseres Militärs und der Regierung geführt.«

Pandolly hob die Hand, um Hunts Versuch, etwas zu sagen, aufzuhalten. Er fuhr fort: »Bitte lass mich zu Ende reden. Was ich sagen will, Miles … Was wir heute erreicht haben – oder besser gesagt, was du heute erreicht hast – wird entscheidend dazu beitragen, die streitenden Faktionen meines Volkes zu besänftigen. Es hat sich wieder einmal gezeigt, dass Gebieter Tibus SuVee seine Untertanen weit besser einschätzen kann, als wir es können. Ich bin mir nicht sicher, wie es ihm gelingt, aber der Gebieter scheint die Fähigkeit zu haben, Lebewesen und Situationen mit mehr Klarheit zu beurteilen als es anderen gelingt.«

Hunt stieß einen Seufzer der Erleichterung nach Pandollys Worten aus. Er wusste, dass sein unerwarteter Aufstieg an die Macht unter dem altairianischen Volk große Unsicherheit ausgelöst hatte. Es war nicht seine Wahl gewesen, die dominierende Rolle eines Statthalters einzunehmen; andererseits hatte er damals auch keinen Druck verspürt, nicht dankend ablehnen zu können. Mit jeder Entscheidung, die Hunt in Bezug auf diese überlegenen außerirdischen Rassen traf, versuchte er abzuwägen, wie sie die Menschen der Erde und die Menschheit insgesamt beeinträchtigen mochte. Es war eine schwere Belastung, zu wissen, dass das falsche Wort oder die falsche Entscheidung eine gesamte Spezies dem Untergang weihen konnte.

»Vielen Dank, Pandolly. Es freut mich, das zu hören. Ich bin froh, dass wir die Kontrolle über den Planeten aufrechterhalten konnten. Selbst wenn wir den Zodark ein kleineres Bergwerk auf ihrer Seite des Planeten zugestehen mussten, sind wir immer noch diejenigen, die ihn regieren.«

Pandolly legte den Kopf ein wenig zur Seite. »Ich vermute, du weißt, was sie abbauen?«

Hunt errötete ein wenig, während er nickte.

»Die wichtigere Frage ist meiner Meinung nach die, ob die Zodark wissen, wieso die Orbot weiter darauf bestehen, dass sie den Abbau fortsetzen? Falls nicht, solltest du früher oder später vielleicht versuchen, anhand dieses Themas einen Keil zwischen die beiden Rassen zu treiben.«

»Pandolly, du weißt, dass wir das Material in die Konstruktion unserer eigenen Kriegsschiffe einbinden werden. Das wird auch auf die Dynamik unserer Beziehung irgendwann einen Einfluss haben.«

»Ich weiß, oder besser gesagt, unsere militärischen Anführer wissen das. Miles, unsere Flotte besteht aus über 5.000 Kriegsschiffen, die über 132 Sternensysteme verteilt sind. Unser Reich ist groß und ihr Terraner seid nur ein kleiner Punkt in diesem Bestand. Ihr habt euch etwas Zeit erkauft. Eine Gnadenfrist könnte man sagen. Ich schlage vor, dass ihr die Zeit weise nutzt, euer eigenes Reich zu vergrößern und zu seinem Schutz die entsprechende Raumflotte aufzubauen. Denn dieser Frieden, den wir gerade gefunden haben … Er wird aller Wahrscheinlichkeit nach nur von kurzer Dauer sein. Die Zodark werden sich neu organisieren und danach wieder aus dem Versteck ans Licht kommen. Und beim nächsten Mal kannst du davon ausgehen, dass ihre Kriegsschiffe besser darauf vorbereitet sind, mit den euren umzugehen.«

Die beiden Männer saßen einen Augenblick still da. Hunt wusste, dass Pandolly Recht hatte. Die Menschheit musste schnell anwachsen und sich ausbreiten. Sie musste Babys zeugen – sehr, sehr viele Babys – falls die Menschheit die Chance haben wollte, sich zu einer interstellaren Spezies zu entwickeln, anstatt den Weg der vorzeitlichen Humtar zu gehen. Aber etwas nagte an ihm – etwas, auf das er Pandolly ansprechen musste.

»Pandolly, du und ich sind Freunde. Wir kennen uns, seit unsere Rassen zum ersten Mal aufeinandertrafen. Es gibt etwas, das ich dich fragen muss.«

»Stelle deine Frage.«

»Als wir uns das erste Mal begegnet sind, habt ihr uns über den Ursprung der Menschheit belogen, über den Aufschlag des Kometen auf der Erde und über die Große Flut. Ihr habt uns mithilfe unserer eigenen Religion manipuliert, um damit euren Transport von Menschen nach Sumara zu vertuschen und dorthin, was wir heute als den Qatana-Gürtel der Systeme bezeichnen, die mit Sumara verbunden sind. Was wir nicht wissen, ist warum?«

Die Altairianer zeigten so gut wie nie eine Gefühlsregung. Von daher kam es als eine Überraschung, als Pandolly seine wie Leder aussehende Hand auf Hunts Unterarm legte. »Miles, heute ist ein Tag überragenden Erfolgs für dich, für deine Spezies und für jeden, der gegen die Zodark und die Orbot gekämpft hat. Lass uns diesen wohlverdienten Sieg und den Frieden genießen, ohne ihn mit unangenehmen Fragen und Antworten zu beschweren, die von dieser großartigen Leistung ablenken könnten.«

Hunt schüttelte den Kopf und erwiderte: »Pandolly, so gerne ich auch diesen fabelhaften Sieg feiern möchte – und glaube mir, das werden wir – wird dein Volk einige schwerwiegende Fragen beantworten müssen. Antworten, die ich gerne zunächst privat zwischen uns beiden geklärt sehen möchte, bevor sie der Öffentlichkeit zugänglich gemacht werden.«

»Schön, reden wir darüber … nachdem wir diesen Moment mit unseren Alliierten gefeiert haben. Sie warten auf uns. Lass uns dieses Thema in den kommenden Wochen diskutieren. Einverstanden?«

»Einverstanden. Dann wollen wir jetzt an der Party teilnehmen, die meine Frau für alle organisiert hat. Heute ist ein Tag zum Feiern. Ein beinahe 14-jähriger Krieg hat endlich sein Ende gefunden.«
****

Charlie-Kompanie, 1. Bataillon
Auf der Planetenoberfläche

»Denken Sie wirklich, dass der Krieg vorbei ist?«, fragte einer der Gefreiten. Eine Gruppe Soldaten saß um Pauli herum und reinigte ihre Waffen.

Pauli legte sein Reinigungswerkzeug ab und sah in die Gesichter der Ranger, die ihn erwartungsvoll ansahen. Die Hälfte von ihnen kannte er noch von seiner ersten Einheit, der 1. Orbitalen Angriffsdivision. Einige von ihnen hatten der Einheit während der Befreiung von Sumara angehört, während viele von ihnen neu waren. Alfheim war ihr erster Kampfeinsatz.

Pauli atmete aus. »Vielleicht«, erwiderte er. »Ich weiß nur, dass seit 13 Tagen nicht ein einziger Schuss auf uns abgefeuert wurde.«

Sergeant Aioli meldete sich zu Wort. »Trotzdem ist es irgendwie seltsam, dass sie so mir nichts dir nichts einfach aufgeben. Sicher, es war absehbar, dass sie den Planeten irgendwann verlieren würden, aber den Krieg insgesamt zu beenden? Das nehme ich ihnen nicht ab. Mein Bruder gehört der Flotte an. Er ist Offizier auf der *Gettysburg*. Während meines letzten Urlaubs erzählte er mir, sie vermuten, dass die Imperien der Zodark und der Orbot sich aus über 100 Sternensystemen zusammensetzen. Falls das der Wahrheit entspricht, wie kann dann unsere kleine Navy eine solche Streitmacht besiegen? Ich möchte wetten, dass sie diese Zeit des ‚Friedens‘ dazu nutzen, sich neu zu organisieren, um uns in einigen Jahren erneut anzugreifen.«

Pauli baute sein Sturmgewehr wieder zusammen, bevor er aufstand und das Wort an seinen Trupp richtete. »Aufgepasst. Vielleicht sind die Gerüchte wahr und der Krieg nimmt ein Ende … vielleicht ist es aber auch einfach nur das – ein Gerücht. Eines weiß ich allerdings mit Sicherheit: Selbstgefälligkeit bedeutet den Tod. Wir alle haben zu viel durchgemacht und zu hart gekämpft, um während der womöglich letzten Tage des Krieges noch weggefegt zu werden. Von daher erwarte ich von jedem einzelnen von Ihnen, dass Sie weiter aufmerksam sind und die Augen offen halten. In fünf Stunden zieht unser Trupp aus, um Trupp Drei an der Beobachtungsstation für 24 Stunden abzulösen. Anführer der Feuerteams, bereiten Sie Ihre Soldaten auf eine in drei Stunden stattfindende Inspektion vor. Ich werde den LT ansprechen, um zu sehen, ob ich mehr Details über dieses Gerücht erfahren kann. Aioli, Sie übernehmen während meiner Abwesenheit.«

Pauli wandte sich ab und drang tiefer in den Wald vor, wo er einen kleinen Abhang hinunter auf einen Bereich zuhielt, in dem das Hauptquartier der Kompanie angesiedelt war. Sofort nachdem sie sich an der TorTor-Brücke niedergelassen hatten, hatten sie mit der Befestigung ihrer Stellung begonnen. Falls die Zodark und die Orbot sie einnehmen oder ihren Weg ins Tal erzwingen wollten, mussten sie zunächst das 1. Bataillon und ein Schwesterbataillon überwältigen. Dreizehn Tage hatten ihnen ausreichend Zeit gelassen, diesen Standort in eine gut verteidigte Abwehrposition zu verwandeln.
****

»Da sind Sie ja, Staff Sergeant. Ich wollte Sie gerade rufen lassen«, empfing ihn Master Sergeant Dunham.

»Gut, dass ich vorbeikam«, nickte Pauli. »Ich bin hier, um die Befehle für meinen Trupp zu erhalten. Wir lösen in wenigen Stunden Trupp Drei am Beobachtungsposten ab. Trifft das noch zu?«

Captain Atkins betrat das Zelt. »Genau das, wollte ich mit allen besprechen.«

»Ist es also wahr? Der Krieg ist vorbei?«, fragte Lieutenant Weideman.

Atkins trat an einen kleinen tragbaren Tisch heran, auf dem eine Thermoskanne mit Kaffee stand. Er schenkte sich eine Tasse ein und sah die Anwesenden schweigend eine Minute lang an, während sich mehr Truppen- und Zugführer der Kompanie zu ihnen gesellten. Im Zelt wurde es langsam eng.

»Ok, Männer, so sieht es aus. Colonel Monsoor teilte mir gerade mit, dass es offiziell ist. Zwischen den Orbot und ihrer Allianz und der unseren wurde gerade ein Friedensvertrag unterzeichnet. Seit zwei Stunden ist der Krieg zwischen den gegnerischen Parteien offiziell zu Ende.«

Eine Reihe der Unteroffiziere und Offiziere stießen Freudenschreie aus und seufzten vor Erleichterung laut auf. Umarmungen und Händeschütteln ringsum. Manchen strömten Tränen der Freude die Wangen hinunter, während zwei Soldaten zu Boden sanken und haltlos weinten. Sie hatten es geschafft! Sie hatten diesen grauenhaften Krieg überlebt, in dem sie nicht nur eine, sondern gleich zwei rasende, brutale außerirdische Rassen über ein Jahrzehnt lang bekämpft hatten.

Nach einigen Minuten versuchte Atkins, wieder die Kontrolle über die Szene zu erlangen. Selbst ihm fiel es schwer, die Gefühle, die sich in seinem Gesicht zeigen wollten, zu beherrschen. »Colonel Monsoor informierte mich, dass unsere Truppen sich in sicherem Abstand von den feindlichen Kräften aufhalten sollen, die sich noch auf dem Planeten befinden. Diese Kräfte werden sich jetzt in einen bestimmten Bereich, der ihnen zugestanden wurde, zurückziehen. Das gesamte Friedensabkommen liegt mir nicht vor. Der Colonel erklärte mir allerdings, dass die Zodark und die Orbot die Kontrolle über einen kleinen Teil von Alfheim behalten werden, um den Abbau von dem fortzusetzen, was immer sie dort abbauen, während wir und die Prim den Rest des Planeten beherrschen. Angesichts dieser Tatsache geben wir die Beobachtungsposten auf und verbleiben in unseren Positionen. Des Weiteren wurde mir mitgeteilt, dass unsere Rangerbrigade in wenigen Tagen von einer regulären Armeeeinheit abgelöst werden wird. Danach werden wir auf der *Freedom* etwas wohlverdiente Freizeit genießen. Von Ihnen erwarte ich jetzt, dass Sie diese Neuigkeit Ihren Leuten verkünden. Stellen Sie sicher, dass niemand eine Dummheit begeht und sein Leben verliert, bevor wir von diesem gefrorenen Planeten abheben. Tun wir, was wir können, um die Sicherheit aller zu gewährleisten, bis unsere Ablösung eintrifft und wir nach Hause gehen.«

****

Zwei Tage später hatten Pauli und seine Männer ihren Bereich gepackt. Sie hatten ihre Claymore-Minen eingesammelt und wieder in ihren Containern verstaut. Das Gleiche galt auch für alle zusätzlich versteckten Sprengladungen und Stolperdrahtvorrichtungen, die sie um ihre Position herum ausgelegt hatten. Der Trupp tat sein Bestes, nichts zurückzulassen, was eine zufällig vorbeiziehende, glücklose Person versehentlich töten konnte. All das war Teil der normalen Vorbereitungen, ihren Standort zu verlassen.

Das Eintreffen der neuen regulären Armeeeinheit setzte erneut eine Welle von Emotionen frei. Die RAs, die sie ablösten, hatten nicht an der ursprünglichen Invasion teilgenommen und nie auf Alfheim gekämpft. Aber da waren sie nun … hier, um die Kontrolle über den Planeten zu übernehmen und den erzielten Frieden zu verwalten. Pauli beneidete diese Soldaten nicht. Sicher, sie hatten die Teilnahme an einigen der brutalsten Kämpfe dieser Kampagne vermieden, aber ihnen oblag nun eine weit schwerere Aufgabe – Kasernendienst auf einem gefrorenen Planeten, der weiter von Soldaten der Zodark und der Orbot besetzt war. Unterdessen würden er und sein Trupp auf Neu-Eden zu Fort Roughneck zurückkehren.

Sie hielten so gut es ging eine Kommandoübergabezeremonie ab. Die neuen Soldaten waren nun für die TarTar-Brücke und das gesamte Flusstal verantwortlich. Paulis Bataillon bestieg die Transportfahrzeuge. Beim Durchfahren des Waldgebiets, in dem sie noch vor kurzem gekämpft hatten – der gleiche Wald, in dem Noah getötet worden war – übermannte Pauli eine Welle des Zorns, dass Noah so kurz vor dem Ende des Krieges hatte sterben müssen. Gleichzeitig empfand er Erleichterung, dass es weder Yogi noch ihn getroffen hatte. So viele Menschen waren während dieses gottverdammten Kriegs gestorben. Niemand wollte der Letzte sein, der dem Krieg zum Opfer fiel.

Nach dem Erreichen des Weltraumhafens bot sich ihnen ein guter Überblick über die verbliebenen Befestigungen und den Schaden und die Zerstörung, die ihre Seite dort verursacht hatte. Die Aufzüge schienen überwiegend voll betriebsfähig zu sein. Demgegenüber waren die nahegelegenen Gebäude oder Hangars nicht einmal halbwegs funktionsfähig. Pauli konnte in der Gesamtansicht erkennen, dass der Einnahme des Weltraumhafens eine schwere Schlacht vorausgegangen wäre. Er war beinahe froh, dass sie praktisch aus dieser Gegend verscheucht worden waren und sich hatten zur Brücke zurückziehen müssen. Ein weniger informierter Bataillonskommandant oder Brigadekommandeur hätte ihnen befohlen, das beabsichtigte Ziel einzunehmen – was ihnen irgendwann sicher auch gelungen wäre, was sie aber viele Menschenleben gekostet hätte. Das Wissen, dass ihre Freunde nicht gestorben wären, wenn sie nur 12 Tage länger gewartet hätten, hätte die Annahme des Kriegsendes weit schwerer gemacht. Er war froh, dass ihnen dieses Schicksal erspart worden war.

»In diesem Ding fahren wir nach oben?«, erkundigte sich Private Cholesky, der den nahegelegenen Aufzug skeptisch beäugte.

»Ja, Staff Sergeant, der sieht nicht unbedingt stabil aus«, pflichtete ihm ein anderer Soldat bei.

Bevor Pauli sich äußern konnte, tauchte ein Transporter aus den Wolken auf und landete zwischen mehreren zerstörten Hangars. »Nein, ich denke, dass wir dort einsteigen.«

Sobald der Transporter seine massiven vorderen Türen geöffnet hatte, rollten die Fahrzeuge der Ranger darauf zu. Es dauerte nicht lange, bevor auch alle Soldaten einen Platz in dem riesigen Schiff gefunden hatten. Ihre Ausrüstung wurde mithilfe von Gabelstaplern geladen und in weniger als 40 Minuten hoben sie auf ihrem Weg hoch zur *Freedom* ab.

Seit die Kampfhandlungen eingestellt worden waren, hatte die *Freedom* ihre Andockarme ausgefahren, was das gigantische Kriegsschiff praktisch zu einer mobilen Logistikstation machte. Pauli hatte sein HUD mit den externen Sensoren des Transporters verbunden. Das erlaubte ihm, das massive Schiff, das sie ihr Zuhause nannten, zum ersten Mal seit knapp einem Monat von außen her zu sehen. Zwei Kriegsschiffe der *Ryan*-Klasse zusammen mit mindestens einem Dutzend Transportern und Frachtern unterschiedlicher Größen lagen bereits an seinen Armen vor Anker. Pauli war kein Angehöriger der Flotte. Er hatte Schwierigkeiten, dem Konzept zu folgen, wie sich ein gigantisches Kriegsschiff plötzlich in eine 15 Kilometer lange logistische Plattform verwandeln konnte, die umfangreiche Truppenbewegungen und Millionen Tonnen Fracht von mehreren Kilometer langen Frachtern auf kleinere, einhundert Meter lange Transportschiffe verlegen konnte – in Schiffe, wie das, in dem sie sich gerade befanden.

Eines Tages nehme ich mir die Zeit, die unterschiedlichen Schiffe der Flotte zu studieren und was sie leisten können, nahm Pauli sich vor.

Sofort nach dem Andocken ihres Transportschiffes wurde die gesamte Kompanie aufgefordert, sich auf dem Truppendeck im Hauptauditorium zu versammeln. Der Divisionskommandeur wollte zu ihnen sprechen und sie darüber informieren, was als nächstes geschehen würde. Darüber spekulierten viele Soldaten bereits. Was stand nach dem Ende des Krieges an? Sie hatten so lange für das Überleben ihrer Art Kämpfe auf Leben und Tod ausgetragen, dass sie nie richtig darüber nachgedacht hatte, wie ein Leben nach dem abrupten Ende dieser Bedrohung aussehen könnte.
****

Im Auditorium

Statthalter Miles Hunt stand am Rednerpult und überflog die Gesichter von über 500 Angehörigen der Raumflotte und 2500 Soldaten, Rangern und Deltas, die vor ihm im Auditorium saßen. Zudem wurde sein Bild und seine Worte an den Rest der Flotte und auf den Planeten unter ihnen übertragen. In wenigen Sekunden würde jeder Bildschirm der Flotte das wiedergeben, was er zu sagen hatte.

Er hatte Stunden damit verbracht, genau das zu formulieren, was er aus diesem Anlass – dem Ende eines Kampfs ums Überleben – sagen wollte. Der Krieg hatte Millionen und Abermillionen Leben gekostet, und diese Zahl war im Vergleich zu der Verlusten ihrer Alliierten niedrig. Für Hunt war der Verlust eines einzigen Lebens bereits eines zu viel, aber wenn eine Person oder zehn Millionen Menschen für die Allgemeinheit oder ein gemeinsames Ziel starben – etwa für die Erhaltung ihrer Spezies – dann war dies ein Verlust der gefeiert, geehrt und in Erinnerung gehalten werden musste.

Während er vor diesen Soldaten und Flottenangehörigen stand – vor beiden Waffengattungen, die in diesem Krieg gekämpft hatten – merkte Hunt, dass einige von ihnen ihre Ausgehuniformen trugen. So wie er. Viele andere, die gerade von der Oberfläche zurückgekehrt oder vom Dienst gekommen waren, trugen ihre Arbeits- oder Kampfanzüge. Sie alle sahen ihn gespannt an, warteten darauf, was ihr oberster Befehlshaber ihnen zu sagen hatte. Er zog eine kleine Karteikarte aus der Tasche, auf der er sich einige Stichpunkte notiert hatte, die er unbedingt erwähnen wollte.

»Soldaten, Weltraumfahrer, der Krieg ist vorbei. Einige von ihnen nahmen an der ersten und zweiten Schlacht um Neu-Eden teil; andere kämpften auf den Monden und anderen Planeten des Rhea-Systems. Eine Reihe Ihrer Einheiten kämpften auf Intus zur Befreiung dieser Primord-Welt, während andere an der Invasion von Rass teilnahmen – unsere erste echte Invasion einer Welt der Zodark. In all diesen Kampagnen haben Sie furchtlos und ehrenvoll gekämpft. Mit Würde und Respekt – etwas, dass weder die Zodark noch die Orbot unseren Kräften zugutekommen ließen. Nichtsdestotrotz kamen unsere eigenen moralischen Werte niemals ins Wanken.«

Miles' letzte Worte ließen vor seinem geistigen Auge die Bilder der Schreckenstaten aufsteigen, die die Zodark gegen gefangene RA-

und Prim-Soldaten verübt hatten. Die furchterregenden Nächte auf Neu-Eden nach der Zerstörung der *Rook* verfolgten ihnen in seinen Albträumen bis zum heutigen Tag.

»Der Krieg mag jetzt vorbei sein, aber das Ringen um den Frieden hat gerade erst begonnen. Gemäß der Vereinbarung, die wir soeben unterzeichnet haben, wird ein Kontingent von Prim-, altairianischen und menschlichen Soldaten auf dem Planeten zurückbleiben, um unsere Regionen des Planeten zu verwalten. Eine Landmasse der Größe Chinas wird von Soldaten der Zodark und der Orbot gemanagt werden. Weder ihren Streitkräften noch Zivilisten ist es erlaubt, ihren Bereich zu verlassen, sowenig wie unsere Streitkräfte deren Gebiet betreten dürfen. Sie werden ihren eigenen Weltraumaufzug einrichten und eine kleine, damit verbundene Station bauen. Unnötig, weiter ins Detail zu gehen, da jeder von Ihnen Zugriff auf den Text des Abkommens haben wird. Ich möchte zum Verständnis aller betonen, dass diese Abmachung nicht bedeutet, dass wir zukünftig keine Zodark oder Orbot sehen werden. Das werden wir wohl. Das ist der Grund, weshalb ich davon sprach, dass das Ringen um den Frieden gerade begonnen hat. Wir müssen sicherstellen, dass dieser Friede anhält.

»Und jetzt zur Frage, die sicher die meisten von Ihnen beantwortet sehen möchten: Wann kehren wir nach Hause zurück?«

Viele Köpfe nickten, aber niemand sprach.

»Unser Beitrag zu Alfheims Besatzungskräften sind 55.000 Soldaten am Boden und höchstens sieben Kriegsschiffe im System. Diese Vereinbarung tritt in drei Wochen in Kraft, was uns ausreichend Zeit gibt, den Abzug unserer soeben erst befreiten Kräfte von der Oberfläche zu arrangieren, sowie Bergungsaktionen um die Kampfplätze des Systems herum durchzuführen. Nach dem Ablegen unseres Schiffs legen wir einen Stopp im Primord-System Kita ein, um dort deren Streitkräfte abzusetzen.

»Danach geht es weiter zur Erde, um dort das Gleiche mit einer guten Anzahl unserer eigenen Schiffe und Soldaten zu tun. Die Kanzlerin und Admiral Bailey entschieden sich für die Veranstaltung eines planetenweiten Fests. Beinahe jede Stadt der Erde mit über 75.000 Einwohnern plant einen Umzug, an dem je eine Kompanie Soldaten samt ihrer Ausrüstung teilnehmen wird. Ich schlage vor, dass Sie dies als Ehrenrunde ansehen, ohne sich darüber zu beschweren. Wir alle haben es verdient, und ich bin froh, dass wir nach so vielen Jahren des Kriegs sein Ende mit den Menschen und Gemeinden feiern könnten, für deren Schutz wir so hart gekämpft haben.

»Zu guter Letzt möchte ich Ihnen allen sagen, wie stolz ich auf Sie bin – stolz auf das, was uns als Volk und als Spezies gelungen ist. Bis zum Verlassen des Sirius-Systems möchte ich, dass Ihre Einheiten sich auf zwei letzte Aufgaben konzentrieren. Zunächst die Auszeichnungen, Beförderungen und Verwaltungsangelegenheiten. Bitte erledigen Sie das. Zweites, medizinische Anliegen. Jeder Körper und jeder Geist wurde hart beansprucht. Sie alle werden untersucht werden. Falls Ihr Arzt Ihnen empfiehlt, dem PTBS-Protokoll zu folgen, dann tun Sie das. Alle Auszeichnungen, Beförderungen und künftige Befehle werden bis nach der Beendigung dieses Protokolls einbehalten. Drittens, Versetzungen. Falls Sie je einen Transfer zu einer neuen Einheit, auf eine neue Basis oder sogar auf einen anderen Planeten wollten, ist dieser Zeitpunkt nun aller Wahrscheinlichkeit nach für eine sehr lange Zeit Ihre einzige und beste Gelegenheit. Viele von Ihnen dienen seit dem Beginn des Krieges in der gleichen Einheit. Das ist bewundernswert. Falls sie aber einen Transfer oder eine neue Position an einen besseren Ort wünschen, ist jetzt die richtige Zeit.«

Hunt hielt kurz inne und sah auf seine Leute hinaus. Zu Beginn seiner Ansprache hatte er Unsicherheit in ihren Gesichtern gesehen. Jetzt spiegelten sie den Ausdruck der Hoffnung und einer erneuten Entschlossenheit wider – genau das, was er hatte erreichen wollen. Seine Augen wanderten zu seinen Piloten hinüber. Nicht alle von ihnen konnten anwesend sein, aber ein besonderer Pilot war da … sein Sohn Ethan. Einen Augenblick sahen sie sich in die Augen, dann nickte ihm sein Sohn lächelnd zu.

»Gruppe! STILLGESTANDEN!«, rief Hunt mit der gebieterischsten Stimme, die er bewerkstelligen konnte. »Wegtreten.«

Sofort danach gaben die Soldaten und Weltraumfahrer ein lautes Schreien und Brüllen aufgeregter Freude von sich. Der gesamte Raum vibrierte voller Lebensfreude. Hunt ging davon aus, dass sich die gleiche Szene überall in der Flotte wiederholte. Der Krieg war zu Ende.

Kapitel Zweiundzwanzig
Entscheidungen

Zwei Wochen später
RNS *Freedom*

»Wiyrkomi, wie gravierend ist der Schaden am Schiff? Ist es möglich, ihn in einer unserer Werften zu reparieren?«, fragte Miles. Gegen Ende der letzten Auseinandersetzung hatte die *Freedom* einen substanziellen Schaden erlitten. Keine kritischen Funktionen, zumindest nicht, dass er davon gehört hätte. Trotzdem war eine Reparatur in ihren Schiffswerften vielleicht unmöglich.

Der gallentinische Offizier sah Miles kurz an, bevor er erwiderte: »Ungefähr 90 Prozent der nötigen Reparaturen können entweder in den Einrichtungen auf dem Mars oder auf Neu-Eden erfolgen. Zwei Reparaturen, die Ihre eigenen Werften nicht reparieren können, können auf Kita erledigt werden. Ich schätze, dass die Werft dort etwa drei Wochen veranschlagen wird. Wenn Sie möchten, können wir während unseres Transits nach Sol in Kita stoppen. Das erspart uns die Zeit, zur Beendigung der Reparatur später zurückkehren zu müssen. Falls wir alle Reparaturen dort durchführen lassen, sollte alles innerhalb eines Monats erledigt sein.«

Keine schlechte Idee. Wir könnten es als Goodwill-Siegestour der Allianz verkaufen, dachte Miles für sich.

»Sprechen Sie die Primord darauf an, ob sie alles, was wir brauchen, bei unserer Ankunft im System bereit haben können. In einer Woche treffen wir ein. Ich werde sehen, ob sie einige unserer Soldaten in ihren Siegesparaden sehen möchten oder ob sie besser auf unseren Schiffen bleiben. Ich weiß, dass alle so schnell wie möglich nach Sol zurück wollen … Mir geht es ebenso, aber das Schiff muss repariert werden, um auf alle Eventualitäten vorbereitet zu sein«, befahl Miles.

Wiyrkomi nickte und gab etwas an einen seiner Offiziere weiter. »Statthalter, wir müssen eine Entscheidung über den endgültigen Heimathafen der *Freedom* treffen. Danach können wir mit der Konstruktion einer dauerhaften Reparaturwerft beginnen, in der die *Freedom* und andere gallentinische Kriegsschiffe künftig gewartet werden. Außerdem müssen wir unser Trainingsprogramm verbessern. Unser Schiff erlitt weit mehr Schaden als zu erwarten war.

Ich muss zugeben, dass ich weit zuversichtlicher war, als ich es hätte sein sollen, Miles. Das Fehlen einer voll ausgebildeten Mannschaft hat uns weit mehr geschadet, als ich es mir vorstellen konnte. Beinahe hätten wir das Schiff verloren. Sie sind der Statthalter und haben das endgültige Sagen, aber meiner Meinung nach darf so etwas nicht noch einmal geschehen. Viele Funktionen des Schiffs wurden nicht fachgerecht genutzt. Damit wurden Anfälligkeiten deutlich, die unsere Feinde in Zukunft ausnutzen könnten. Als Ihr Verbindungsoffizier – im vollen Verständnis darüber, warum wir die *Freedom* in diesen Konflikt einbezogen haben – kann ich Ihnen weder empfehlen noch Sie darin unterstützen, die *Freedom* erneut in einen solch schwerwiegenden Kampf zu verwickeln, bevor wir über eine vollständige und komplett ausgebildete Besatzung verfügen.«

Wiyrkomi hatte Recht. Hunt wusste das, weshalb ihn dieser Kommentar nicht verärgerte.

»Natürlich haben Sie Recht«, erklärte Hunt mit einem Seufzer. »Dies war eine einmalige Situation. Aber ja, wir müssen jeden zukünftigen Einsatz des Schiffs so lange aufschieben, bis wir über eine voll ausgebildete Crew und ein trainiertes Raumjägerkorps verfügen. Wie lange wird das dauern? Was denken Sie … nachdem der Krieg nun vorbei ist?«

»Angesichts der Tatsache, wie hervorragend sich Ihre Leute während dieser Schlacht geschlagen haben, denke ich, dass wir innerhalb von drei Jahren eine gut geschulte Crew haben sollten. Ab diesem Zeitpunkt müssen wir dann nur noch den ständigen Neuzugang an Auszubildenden an Bord der *Freedom* garantieren.«

Hunt sah zu seinen beiden Adjutanten im Raum und zu Wiyrkomis Leuten hinüber und bat sie, den Raum zu verlassen. Er wollte privat mit Wiyrkomi reden.

»Fran, bleiben Sie hier. Diese Angelegenheit betrifft auch Sie.«

Rear Admiral Fran McKee hatte ihn während der Invasion unterstützt und stand ihm jetzt in der Friedensphase zur Seite. Im Laufe der letzten Wochen hatte er gelernt, sich auf sie als Diskussionspartnerin für seine Ideen zu verlassen. Solange die *George Washington* noch zur Reparatur auf Kita lag, hatte er sie vorübergehend auf seinem Schiff aufgenommen.

Nachdem die anderen den Raum verlassen hatte, senkte Hunt den Blick und sprach: »Komi, Fran, ich möchte klarstellen, dass ich mich von der Friedensvereinbarung, die wir gerade unterschrieben haben, nicht täuschen lasse. Ich weiß, dass sie aller Voraussicht nach nur eine Pause im Krieg zwischen unseren Seiten darstellt. Komi, von dir als meinem gallentinischen Verbindungsoffizier brauche ich zwei Dinge, um die nächste Phase der menschlichen Geschichte einzuläuten.«

»Ich bin hier, um so gut ich kann zu helfen und Rat zu erteilen«, erklärte Wyrkomi mit fester Stimme. Privat unterhielten sich die beiden Männer sehr offen und formlos.

»Als Erstes musst du mich darin unterrichten, wie wir unsere menschlichen Welten und Flotten am besten auf den nächsten Krieg mit den Zodark – und gegebenenfalls mit dem Rest ihrer Allianz – vorbereiten. Obwohl die Navy der Primord groß genug ist, fehlt ihnen meiner Ansicht nach der Wille, sie in einer großangelegten Schlacht in Gefahr zu bringen. Für die Altairianer gilt das Gleiche. Pandolly erzählte mir stolz von über 5.000 Kriegsschiffen. Dabei frage ich mich allerdings, warum sie die, falls dem so sein sollte, nicht einsetzten, um diesen Krieg zu gewinnen? Im Gegensatz dazu sind die Tully mehr als willig zu kämpfen, aber ihr Reich liegt so weit von der Frontlinie entfernt, dass es sie über neun Monate kosten würde, sich einer befreundeten Flotte anzuschließen und es ungemein schwer für sie wäre, einige Jahre an einer Auseinandersetzung teilzunehmen. Wir müssen einen Weg finden, unsere Bemühungen zu vereinen.«

»Da bin ich ganz deiner Meinung, Miles. Dem Volk der Erde wurde in diesem Krieg mehr abverlangt, als von ihm erwartet werden konnte. Ich bin mir sicher, dass wir künftig mit einer besseren Strategie aufwarten können.«

Miles richtete nun das Wort an Fran, seine ehemalige taktische Offizierin aus seinen Tagen auf der *Rook* und seine ehemalige XO auf der *GW*: »Fran, deine Hilfe erwarte ich beim Wiederaufbau der Flotte und in unserer Vorbereitung darauf, gegen eine weit besser gerüstete Zodark- und Orbot-Navy zu bestehen. Bislang konnten wir uns gegen sie behaupten, da sie keine Zeit hatten, ihre Streitkräfte darauf einzustellen, gegen uns anzutreten. Das wird das Erste sein, was sie in dieser ,Kampfpause' tun werden. Darauf können wir Gift nehmen. Diese verdammten Korvetten und Fregatten, die sie in den letzten Jahren herausbrachten, veränderten die Dynamik unserer Flottengefechte dramatisch. In unserer nächsten Auseinandersetzung werden sie uns mit mehr Erfindungsreichtum dieser Art konfrontieren.«

»Miles, nicht, dass mir dieses Angebot nicht zusagt oder ich diese Position nicht akzeptieren möchte, aber ist das nicht etwas, das Admiral Halsey übernehmen sollte? Sie ist weit länger Admiral als ich und verfügt über mehr Erfahrung«, gab Fran zu bedenken.

»Vollkommen richtig, Fran. Andererseits bist du der Admiral, der aus erster Hand Erfahrung im Kampf gegen diese neuen Schiffe der Zodark und Orbot gesammelt hat. Außerdem dient Abi – nachdem das Friedensabkommen nun steht – der Flotte weit besser in einer verwaltungstechnischen Rolle. Die bürokratische Seite der Flotten- und Weltraumkommandoverwaltung muss sich verändern, beweglicher werden, besser geeignet für künftige Konflikte. Unsere Operationen stehen immer noch unter dem Einfluss der historischen Struktur des letzten Jahrhunderts. Wer könnte besser dazu geeignet sein, dieser Art institutioneller Veränderung vorzustehen, als ein Flottenadmiral, der gegen die alte Ordnung ankämpfen musste?«

McKee öffnete den Mund, um etwas zu sagen, biss sich dann aber auf die Lippen. Hunt hatte eine Idee, was sie hatte sagen wollen, und sprach es für sie aus. »Du fürchtest, dass ihr Groll gegen dich dadurch weiter wachsen und deine Karriere in der Admiralität negativ beeinflussen könnte.«

Fran lief rot an, was Hunts Vermutung bestätigte.

»Ich weiß nicht, was ich getan oder gesagt habe, Miles, aber aus irgendeinem Grund hat sie es von Anfang an auf mich abgesehen. Ich bin mir nicht sicher, wie sie diesen Zug, den du vorschlägst, aufnehmen wird. Wenn Admiral Bailey irgendwann in Pension geht, was nach dem Ende des Kriegs jetzt gut möglich ist, wird sie aller Voraussicht nach seine Nachfolgerin werden.«

Hunt hob eine Hand, um sie zu unterbrechen. »Zunächst einmal bezweifle ich, dass Chester in naher Zukunft in den Ruhestand treten wird. Der Mann hat seit er in die Flotte eingetreten ist, von dieser Position geträumt. Er wird noch viele, viele Jahre an ihr festhalten. Erinnere dich daran, dass er gerade erst seit 12 Jahren der Flottenadmiral ist. Sanchez hatte diese Position über 20 Jahre lang inne, bevor er sich zurückzog. Abi ist meiner Ansicht nach einfach nur eifersüchtig auf dich.«

»Eifersüchtig? Welchen Grund sollte sie haben, auf mich eifersüchtig zu sein?«

»Denke darüber nach. Du hast auf der *Rook* mit mir gedient und den Sturz auf Neu-Eden überlebt, nachdem unser Schiff zerstört wurde. Danach warst du meine XO auf der *George Washington*. Nachdem ich auf die Heimatwelt der Altairianer geschickt wurde, wurde dir das Kommando über das Schiff übertragen, nicht ihr. Als sie dir dann das Kommando über ein JTF-2 unter einem RA-General überließ, dachte sie, sie hätte dich auf Eis gelegt, um selbst während der Invasion von Sumara glänzen zu können. Du nahmst die Aufgabe an und hast im Anschluss daran eine Dokumentarserie produziert, die den Menschen auf Sol und Alpha erlaubte, den täglichen Betrieb mehrerer Schiffe und die Invasion von Alfheim bis hin zur letzten Schlacht zu verfolgen – als der Feind mit einer noch mächtigeren Streitkraft zurückkehrte, um den Planeten zurückzuerobern und dich zu vertreiben. Dein kleines Projekt darüber, was diese beinahe ein Jahr lang dauernde Erfahrung beinhaltete, gewährte der Menschheit einen Einblick in das, was wir hier draußen tun. Es war einzigartig … und überschattete komplett alles, was die JTF-3 auf Sumara tat. Die Menschheit zeigte keinerlei Interesse.«

Hunt zögerte einen Augenblick, bevor er fortfuhr. »Denke bitte daran, Fran, dass Abi sich den alten, langsamen Weg nach oben kämpfen musste. Dein Aufstieg wurde durch unseren Personalverlust begünstigt und vom Glück, zur rechten Zeit am rechten Ort zu sein. Sie ist eifersüchtig, Fran … eifersüchtig darauf, welch außerordentliche Leistungen du erbracht hast. Aber damit können wir leben. Mit Eifersucht können wir arbeiten, Fran. Ich werde mit ihr reden.«

Die drei verbrachten den Rest des Tages mit der Diskussion darüber, was nach ihrer Rückkehr nach Sol als nächstes anstehen würde. Sicherzustellen, dass die Zodark die Menschheit mit der Wiederaufnahme des Kriegs nicht einfach überrollten, könnte schwierig werden.
****

Vier Tage später
Hauptquartier der JTF-2
Hiltantor, Alfheim

Major General Veer Bakshi streckte dem Statthalter die Hand entgegen, als der sein Büro betrat. »Vielen Dank für Ihren Besuch, Sir. Ich hoffe, Ihre Reise auf die Oberfläche verlief ruhig.«

»Ich bin mir sicher, dass sie weit ruhiger verlief als Ihr erster Auftritt hier. Wie stehen die Dinge? Brauchen Sie etwas von uns? In drei Tagen verlassen wir das System, zusammen mit der feindlichen Flotte.«

»Außer gewissen Versorgungsengpässen geht es uns gut. Wir sollten mit dem, was wir haben, bis zur Einrichtung eines verlässlichen Versorgungssystems zurechtkommen«, erwiderte Bakshi. Er war nicht glücklich darüber, mit einem kleinen Kontingent Soldaten auf einem Planeten festzusitzen, dem eine ähnlich große, feindliche Gruppe gegenüberstand.

»Es wird etwas Zeit in Anspruch nehmen, die Versorgungskette in Schwung zu bringen, aber ich versichere Ihnen, dass Ihnen, sobald sie steht, ein unablässiger Strom von Gütern zukommen wird. Wie laufen die Bergbauoperationen?«, wechselte Hunt das Thema. Der Auslöser und Grund für diese ganze Kampagne, in der sie so hart gekämpft hatten, war dieses äußerst seltene und schwer auffindbare Material. Hunt lag viel daran, seinen erfolgreichen Abbau zu sehen.

Bakshi lehnte sich in seinem Stuhl vor. »Darf ich offen sprechen, Sir?«

»Selbstverständlich, General.«

»Ich verstehe es einfach nicht, Sir – die Konzentration auf den Abbau eines einzigen Materials. Dieser Planet, diese gefrorene Wüste, liegt in so weiter Entfernung von allem, was uns oder den Primord wichtig ist, und dennoch kamen wir den ganzen Weg, um ihn den Zodark zu entreißen. Ich verlor über 150.000 Soldaten, um diesen Planeten einzunehmen und zu halten. Ist dieses Material wirklich so viel Blut und Verluste wert?«

Bakshi musste an sich halten, nicht in Tränen auszubrechen und seinen Gefühlen freien Lauf zu lassen. Die Tragik dieser Verluste hatte ihm schwer zugesetzt. Die Tatsache, dass er sich den Planeten nun auch noch mit dem Feind teilen musste, rieb ihn nur noch weiter auf.

Der Statthalter sah ihn mit einem Blick voller Verständnis an und erwiderte: „General, ich werde nicht vorgeben, zu wissen oder zu verstehen, wie es hier unten auf dem Planeten war. Ich kann Ihnen allerdings versichern, dass wir – falls es einen besseren Weg geben würde, das Bronkis-Material heimzubringen – diesen gewählt hätten. Dem Material als solchem kommt große strategische Bedeutung zu. Es ist Teil einer sehr komplizierten Komponente, mit der wir eine unglaublich standhafte, beinahe undurchlässige Panzerung für unsere neuen Schiffe kreieren. Falls die Menschheit die geringste Chance haben will, sich in dieser Galaxie zu behaupten, dann brauchen wir das Zeug.«

Bakshi sah den Statthalter an. »Dann sind meine Soldaten nicht umsonst gefallen?«

»Absolut nicht. Ganz im Gegenteil, ihr Tod hat möglicherweise unser Überleben gesichert.«

Bakshi fühlte sich etwas besser. »Da ich nur eine eingeschränkte Zahl Soldaten auf dem Planeten stationieren darf, schließt das auch die C100 oder private Sicherheitsunternehmen ein? Vielleicht können wir eine Umgehungslösung finden, die uns erlaubt, unsere Zahlen zu erhöhen, im Fall, dass die Orbot oder die Zodark renitent werden und dieses Abkommen in dem Augenblick für nichtig erklären, in dem Sie uns hier verlassen. Die Idee, erneut in Höhlen zu leben und wie gehabt Guerillaoperationen durchzuführen, sagt mir ganz und gar nicht zu.«

»Ob sie es glauben oder nicht, diesbezüglich wurde keinerlei Beschränkung festgelegt. Allein die Zahl der Soldaten. Wir lassen ungefähr 200.000 C100 zurück … die ich an Ihrer Stelle gut verstecken und nicht der Entdeckung preisgeben würde. Falls die Sache schief gehen sollte, steht Ihnen eine ansehnliche Zahl von Kämpfern zur Verfügung. Ich weiß, dass Sie sich hier unten um die Sicherheitslage sorgen, und das zu Recht. Unabhängig davon, General, liegt Ihre wichtigste Aufgabe aber darin, die Produktion dieser Bergwerke auf Höchststand zu bringen und sie weiter auszubauen. Ich kann nicht genug betonen, wie wichtig es ist, dieses Material in großen Mengen zu erhalten. Die Tatsache, dass dieser Ort so weit von unseren Industriezentren entfernt liegt, hilft dabei nicht. Für Sie bedeutet das, dass Sie einen konstanten Strom an Transportern sehen werden, also fordern Sie alles an, was Ihre Bergbauexperten und Sie brauchen.«

Ihr Treffen näherte sich seinem Ende. Der Statthalter hatte vor seiner Rückkehr auf das Schiff noch den Besuch einiger Minen und anderer Einrichtungen der Stadt eingeplant. Bakshi stellte eine letzte Frage. »Sir, wie lange wird eine Stationierung oder Tour auf Alfheim dauern und sehen Sie es als Härtetour an? Ich frage nur, weil manche

Soldaten Familien haben und sich erkundigen, ob sie ihnen folgen werden.«

Der Ausdruck auf dem Gesicht des Statthalters verriet, dass er darüber noch nicht nachgedacht hatte. Es war wohl eine gute Sache, dass Bakshi dem Mann an der Spitze diese Frage direkt gestellt hatte. Das würde ihm sicher eine direkte Antwort einbringen.

»Eine gute Frage, General. Ich bin selbst verheiratet, von daher kann ich Ihre Soldaten verstehen. Verbleiben wir so … Geben wir uns ein Jahr, um sicherzugehen, dass dieses Abkommen tatsächlich Bestand hat. Planen Sie dahingehend, dass Ihre verheirateten Soldaten – falls sie das möchten – ihre Familien mit sich bringen können. Nach dem ersten Jahr erfolgt die Stationierung auf Alfheim in einem dreijährigen Turnus. Dieser Posten ist zu weit entfernt, um die Tour kürzer zu machen, aber ich will niemanden dazu zwingen, sich länger als gewollt hier aufzuhalten. Diese Hilfe kann ich Ihnen bieten: Wir gewähren eine beträchtliche Härtezulage für eine Stationierung auf Alfheim. Hoffentlich bringt uns das eine ausreichend große Zahl an Freiwilligen ein.« Der Statthalter erhob sich. »General, vielen Dank für Ihre Zeit und dafür, dass Sie einige dieser wichtigen Themen angesprochen haben. Bevor wir gehen, muss ich noch zwei andere Besuche machen. Lassen Sie es mich wissen, falls Sie etwas brauchen. Ich werde mein Bestes geben, Ihrem Wunsch zu entsprechen.«

Nachdem der Statthalter sein Büro verlassen hatte, musste Bakshi zugeben, dass der Mann sympathisch war. Er schien sich für die Menschen, die unter ihm dienten, zu interessieren. Bakshi schätzte ihn allerdings auch als einen Anführer ein, der ohne mit der Wimper zu zucken, Hundertausende von Soldaten oder Flottenangehörige opfern würde, um eine Schlacht zu gewinnen. Bakshi war sich nicht sicher, ob ihm diese Seite des Mannes zusagte oder nicht.

Außenposten Gaelic
Blockfreier Raum
Sol

»Das gefällt mir nicht. Nicht im Geringsten«, protestierte Sara
Alma.

»Niemand vom Außenposten erhält Zugang zur Einrichtung und
umgekehrt. Sie ist so sicher und abgeschottet wie irgend möglich«,
hielt Gunther Haas dieser überraschenden Hürde entgegen, die Sara
seinem perfekt organisierten Plan in den Weg stellen wollte.

Ablehnend schüttelte Sara den Kopf. »Darum geht es nicht,
Gunther. Was Sie hier vorhaben, macht mich nervös. Was, wenn
Informationen durchsickern?«

Gunther schien von ihrer Aussage betroffen zu sein.
Durchsickern? Was glaubst du, was wir hier machen?

»Ich verstehe Ihre Bedenken, Sara. Aber bei allem Respekt, Sie
haben keine Kenntnis darüber, was sich in diesem Labor abspielt –
wofür auch kein Bedarf besteht«, wies Gunther sie so diplomatisch er
konnte zurecht.

Nun mischte sich auch Liam in das Gespräch ein. »Gunther,
welche Auswirkungen hat die Unterzeichnung des neuen
Friedensabkommens auf dieses Projekt? Wir haben nicht vor, unseren
Außenposten in ein interstellares Problem oder in eine Untersuchung zu
verwickeln, weil wir Ihnen erlaubt haben, eine geheime Biowaffen-
Forschungseinrichtung oder etwas in der Art hier einzurichten.«

*Wer zum Teufel redet über dieses Projekt? Niemand sollte eine
Idee davon haben, was wir hier studieren.* Gunther schäumte innerlich
vor Wut.

Er starrte die beiden einen Moment lang an und versuchte zu
entscheiden, wie weit er sie einbeziehen konnte oder sollte. Wenn er
ihre Hilfe und Unterstützung zum Bau und Betrieb des Labors nicht
brauchen würde, wäre es einfach, sie zu ignorieren – aber er brauchte
ihre Hilfe *und* ihre Station.

»Welche Vorstellung haben Sie von dem, was wir mit dieser Einrichtung vorhaben, und wieso sind Sie so von Ihrem vermeintlichen Wissen überzeugt?«, forschte er.

Sara sah Liam an, als ob sie um Erlaubnis bat, etwas mit ihm teilen zu dürfen. Liam nickte. Daraufhin berichtete sie, dass eines der Frachtschiffe, das einige von Gunters Materialien angeliefert hatte, einen Bericht über ,verdächtige Objekte' mit der Sicherheitsabteilung der Station registriert hatte. Die Tatsache, dass diese Gegenstände nicht für die Regierungsbehörden von Gaelic bestimmt waren, hatte sein Misstrauen geweckt. Sara, als die Ingenieurin, die sie war, hatte nachgeforscht und herausgefunden, dass die fraglichen Objekte und Ausrüstungsgegenstände generell der Entwicklung von Impfstoffen dienten. Des Weiteren hatte sie allerdings auch entdeckt, dass sie alternativ in Programmen wie etwa der biologischen Kriegsführung zur Anwendung kamen.

»Ok, ich bin mir nicht sicher, wie viel ich Ihnen mitteilen kann. Die Physiologie der Zodark ist uns weitestgehend unbekannt. Bislang konnten wir einige wenige Zodark-Gefangene studieren, aber mit jeder Schlacht treffen mehr ein. Wir versuchen, so viel wir können über ihren Körper und dessen Funktionen zu lernen. Wir wissen zum Beispiel, dass die Zodark eine dritte Lunge haben. Diese zusätzliche Lunge erlaubt ihnen, in unterschiedlichen Atmosphären ohne die Hilfe von Spezialausrüstung zu atmen. Das ist erstaunlich.«

»Sie sagen also, Gunther, das Ihre Einrichtung diese Biester studieren wird?«, fiel Liam ihm ins Wort.

»Korrekt. Das ist der Grund, weshalb dieses Gebäude vom Außenposten oder jeder anderen Basis entfernt angesiedelt sein muss. Aus dem gleichem Grund wollen wir diese Art von Einrichtung nicht auf einem Planeten sehen. Solange sie sich im Weltraum befindet, können sie nicht entkommen.«

»Damit sagen Sie wirklich, Sie wollen verhindern, dass das, was Sie hier entwickeln, entkommen kann«, unterbrach ihn Sara scharf.

Gunther seufzte bei dem feindseligen Ton, den Sara ihm nun ständig entgegenbrachte, und versuchte eine andere Taktik. »Sara, wir wissen zu wenig über diese Kreaturen, die wir die Zodark nennen. Das Einzige, was wir mit Sicherheit sagen können ist, dass es sich bei ihnen um eine heimtückische Spezies handelt, die versessen darauf ist, ihr eigenes Reich und ihren Einflussbereich auszubauen. Während ich Sie nicht detailliert darüber unterrichten kann, welche Forschung wir hier betreiben, kann ich Ihnen versichern, dass diese Forschung uns in eine bessere Position bringen wird, uns gegen sie zu verteidigen – da aller Wahrscheinlichkeit nach das Abkommen bereits nach wenigen Jahren gegenstandslos sein wird.«

Sara warf Liam einen nervösen Blick zu. Sie war nicht überzeugt. »Sara, Liam, ich versuche nicht, Sie bewusst im Dunkeln zu halten. Die Vertraulichkeitsvereinbarung, die ich unterschrieben habe, und die spezifischen Instruktionen des Statthalters verbieten mir, Sie näher zu informieren. Wir wollen so viel wie möglich über diese Monster erfahren, um mit dem erneuten Ausbruch des Krieges auf den Kampf gegen sie so vorbereitet wie möglich zu sein.« Gunther hielt kurz inne, bevor er weiter erklärte: »Ich weiß nicht, ob Sie die endgültigen Opferzahlen der Alfheim-Kampagne sahen. Insgesamt verloren wir über 100.000 Soldaten. Und das in einer Bodenschlacht, die nicht einmal zwei Monate anhielt. Seit dem Beginn der Invasion beläuft sich der Gesamtverlust der Armee auf ungefähr 150.000 Mann. Dazu kommen noch 19.000 Flottenangehörige. Dieser brutale Krieg hat uns viel gekostet. Die Opferzahlen in Sol, sollten die Zodark je hier einfallen, werden astronomisch hoch sein. Das kann ich Ihnen versichern.«

»Wieso ist das so, Gunther? Sind sie wirklich so viel besser als unsere Soldaten?«, wunderte sich Liam.

»Nicht, dass sie besser als unsere Soldaten sind … Diese Kreaturen sind drei Meter groß. Dazu haben sie vier voll funktionsfähige Arme und Hände. In den meisten Bodenkämpfen tragen sie in jeder Hand eine Waffe. Außerdem sind sie schwer zu töten, selbst wenn sie getroffen werden. Ein einziger Schuss ist meist unzureichend. Ich weiß, Sie wissen möchten, was wir hier tun. Ich verstehe, dass Sie informiert sein wollen, aber das war nicht Teil des Abkommens, das sie mit dem Statthalter in Bezug auf Ihren neuen Planeten eingegangen sind. Ehrlich gesagt sehe ich auch keinen Grund, wieso Sie es wissen müssten.«

Sara schien ernüchtert, als sie hörte, dass Gunther nicht vorhatte, über das bereits Gesagte hinauszugehen. Liam erhob sich und streckte ihm die Hand entgegen. »Vielen Dank, Gunther, dass Sie sich mit uns getroffen und die Dinge diskutiert haben. Sie haben Recht, wir verlangen mehr Informationen, als nötig. In diesem speziellen Fall ist

Unwissen wirklich ein Segen, was wir anerkennen sollten. Ich rede mit meinen Sicherheitsleuten und ordne an, dass sämtliche Berichte hinsichtlich verdächtiger Lieferungen künftig direkt an mich gehen. Noch einmal besten Dank, dass Sie sich mit uns getroffen und unsere Fragen beantwortet haben. Wir werden Sie nicht länger aufhalten.«

Sofort nach dem Ende ihrer Konferenz eilte Gunther in das Büro, das sie auf Gaelic unterhielten. Er musste mit seinem Beschaffungsmanager sprechen und herausfinden, was mit ihren Lieferungen geschah. Dies war die ungewollte Aufmerksamkeit, die er absolut vermeiden musste.

****

»Du warst dem Mann gegenüber etwas unfreundlich, meinst du nicht auch?«

»Unfreundlich? Sicher nicht. Was, wenn das, woran sie arbeiten, sich versehentlich ausbreitet? Es gibt einen Grund, wieso diese Art von Forschung verboten wurde. Sie ist nicht sicher … nicht natürlich«, argumentierte Sara in ihrem ausgeprägten irischen Akzent und atmete tief aus. »Aber ich will nicht darüber streiten. Wir haben zu viel zu erledigen.« Sie seufzte und wechselte das Thema. »Wann wollen wir unser erstes Kolonisierungsschiff aussenden? Unsere Leute sind unruhig vor Aufregung.«

Liam lächelte mit der Erwähnung dieses neuen Abschnitts. Sie würden eine Welt kolonisieren, die sie ihr eigen nennen und so gestalten konnten, wie sie es für richtig hielten. »In einem Monat. Wir warten auf das Eintreffen einiger letzter landwirtschaftlicher Güter von der Erde. Zudem gibt uns das hinreichend Zeit, den Bau eines zusätzlichen Transporters für die Reise zu beenden.«

»Sehr gut. Vor zwei Tagen schloss ich den Kauf der beiden Passagierschiffe ab. Sie treffen in einer Woche an der Station ein und mehrere Crews stehen bereit, um sie auf eine ausgedehnte Reise vorzubereiten.«

»Interessant wird nun der Ausgang der Lotterie sein, um zu sehen, wer uns auf dieser ersten Reise begleiten wird«, freute sich Liam.

Zögernd schüttelte Sara den Kopf. »Die Idee mit der Lotterie halte ich nicht für gut. Das könnte zu einem echten Missverhältnis in den notwendigen Fähigkeiten führen, die wir für ein solches Projekt benötigen, Liam. Hast du dir das sorgfältig überlegt oder wolltest du allein das tun, was deine Beliebtheit steigert?«

Liam zuckte bei diesem Kommentar zusammen »Es geht nicht um Popularität. Alle wissen, dass ich hier das Sagen habe.«

Sara hob eine Augenbraue an, ohne sich weiter zu äußern.

»Ok, alle wissen, dass *du* hier das Sagen hast«, gab Liam schmunzelnd zu. »Und die Lotterie gilt nicht durchweg für alle Plätze. Ich gruppierte sie nach spezifischen Fertigkeiten. Jede Kompetenz wird mit einer bestimmten Anzahl von Gewinnern abgedeckt. Falls der Lotteriegewinner eine Familie hat, wird diese Zahl von dem Lotterietopf für die breite Allgemeinheit abgezogen«, erläuterte Liam. Der Gedanke war, einen breiten Querschnitt von Siedlern einzubeziehen, nicht nur die mit kritischen Talenten. Man konnte nie wissen, für welche Fähigkeiten man plötzlich auf einem fremden Planeten Verwendung finden würde.

Sara schlang die Arme um Liams Hals und sah ihm in die Augen. »Ich bin so aufgeregt darüber, dass es endlich soweit ist. Ich wollte nur, du könntest uns auf dieser ersten Reise begleiten.«

Liam gab Sara einen sanften Kuss auf die Lippen, bevor er sich befreite. »Ich weiß. Ich würde gerne mitkommen. Die Abwesenheit von uns beiden wäre allerdings bedenklich. Zum einen wäre es möglich, dass die Dinge hier nicht ordnungsgemäß erledigt werden … oder, was noch schlimmer wäre, dass jemand versucht, die Kontrolle an sich zu reißen. Du weißt, was Devlos Creed und seine Mannschaft erst vor wenigen Monaten versucht haben.«

Sara legte den Kopf zur Seite und bemerkte: »Ich denke, dass wir uns um diese Angelegenheit in einer solch eindeutigen Form gekümmert haben, dass es künftig alle davon abhalten sollte, unsere Position in Frage zu stellen. Meinst du nicht auch?«

Liam äußerte sich nicht sofort. Er wandte sich ab und sah aus den bodenhohen Fenstern seines Büros hinaus. »Es war mir nie in den Sinn gekommen, dass so etwas geschehen könnte. Aber die Situation ist eingetreten. Das ließ mich darüber nachdenken, ob wir wirklich so selbstgefällig oder naiv sind, zu glauben, dass sich alle mit dem, was wir erreichen wollen, widerspruchslos einverstanden erklären. Die zweitmächtigste Faktion des Gürtels hielt es für angebracht, sich mit uns anzulegen – was ihr beinahe auch gelungen wäre.«

Sara trat an Liam herum und umarmte ihn. Sie vergrub ihren Kopf unter seinem Arm. »Kira wird bald aus dem Krankenhaus entlassen und Friederic kümmert sich um die letzten Probleme auf Devlos' Station. Außerdem kündigte die Republik gerade eine Reihe ihrer Sicherheitsverträge und gab sie an uns weiter. Das steigert unseren jährlichen Umsatz um mindestens 32 Prozent. Nicht übel, wenn du mich fragst.«

Wegwerfend schüttelte Liam den Kopf. »Das Geld ist mir nicht wichtig. Mir macht Sorgen, das eine der Fraktionen hier draußen uns das tatsächlich antun wollte. Nach allem, was wir für die Menschen im Gürtel getan haben, zahlen sie es uns so zurück? Ich hätte ein wenig mehr Dankbarkeit erwartet.«

»Wenn dir das zusetzt, Schatz, sollten wir vielleicht einen Weg finden, die anderen Fraktionen entweder enger in unsere Pläne einzubeziehen oder ihnen verstärkt Furcht einflößen, damit sie gar nicht erst auf die Idee kommen, uns herauszufordern.«

»Ich habe gehört, dass die RA den Soldaten, deren Verträge während des Kriegs unfreiwillig verlängert wurden, endlich erlauben, den Dienst zu verlassen. Falls das zutrifft, würde ich gerne einige Tausend von ihnen anheuern, vielleicht sogar mehr. Sie sind bestens trainiert und verfügen über die entsprechende Kampferfahrung. Gut, solche Leute um sich zu haben.«

»Ja, und mit diesen neuen Sicherheitsverträgen können wir sie gut gebrauchen«, gab Sara zu. »Aber zurück zur Expedition. Glaubst du, wir haben alles Notwendige? Nach unserer Ankunft wird es sehr lange dauern, Nachschub zu erhalten, falls wir etwas vergessen haben.« Der Transport zwischen Gaelic und ihrem neuen Planeten nahm vier Monate in Anspruch.

Liam drehte sich zu ihr um. »Ich habe 80 3-D-Drucker in Industriequalität beantragt, zusammen mit 400 synthetischen Arbeitern, wie du es vorgeschlagen hast. Basierend auf dem Modell und den Plänen, auf die wir uns für unsere erste Stadt und den Weltraumhafen geeinigt haben, stehen uns genug Ausgangsmaterialien für die Drucker zur Verfügung, um ein ganzes Jahr lang so ziemlich alles herzustellen, das du brauchen wirst. Außerdem plane ich gerade die Einrichtung eines I2-Lagerhauses und eines Versandzentrums auf Sumara. Das könnte uns helfen, einige der Versorgungsengpässe zu vermeiden, die sicher auftreten werden. Soweit ich weiß, dauert die Reise nach Sumara durch die Tore hindurch nur ungefähr zwei Wochen.«

»Das ist eine fabelhafte Idee, Liam, aber seit wann nennst du Immrama Industries einfach I2?«

Liam zuckte mit den Achseln. »Es ist einfacher, denke ich; leichter für Fremde im Gedächtnis zu behalten. Erinnere dich daran, dass wir mit der Eröffnung eines Büros auf Sumara ein interstellares Unternehmen sein werden«, zwinkerte er ihr zu.

»Ich werde dich vermissen.«

Mit festem Griff um ihre Taille erwiderte Liam: »Nicht so sehr, wie ich dich vermissen werde.« Die beiden küssten sich, als ob sie im Voraus für die bevorstehende lange Unterbrechung ihres Liebeslebens wettmachen wollten.

Kapitel Vierundzwanzig
Neue Aufgabengebiete und Reorganisation

1. Bataillon, 4. Spezialeinsatzgruppe
RNS *Midway*
Kita-System

Captain Brian Royce hatte gerade hinter seinem Schreibtisch Platz genommen und seinen Computer hochgefahren, als seine KI einen Besucher ankündigte.

»Herein«, rief er gerade laut genug, um gehört zu werden.

Die Datei mit dem Titel ‚Leistungsberichte‘ öffnete sich gerade vor Royce, als sich Major Jayden Hopper ihm gegenüber in den Sessel fallen ließ. Er stellte zwei kleine Gläser und eine 25 Jahre alte, ungeöffnete Flasche Pappy Van Winkle-Bourbon vor sich ab. Ein Blick auf die Flasche und Royce hielt mit dem Tippen inne.

»Ich dachte, die hebst du auf, bis du zum Colonel ernannt wirst.«

Jayden öffnete die Flasche und roch mit großer Geste genüsslich an der braunen Flüssigkeit, bevor er ihnen ein Glas einschenkte. »Noch ist es nicht offiziell, aber ich denke, ich habe es auf die Liste geschafft.«

Royce zog eine Augenbraue hoch, äußerte sich aber nicht. Er wollte dem Mann die Laune nicht verderben oder den Augenblick für ihn ruinieren. Außerdem wollte er wirklich diesen Whisky versuchen. Er musste wissen, weshalb diese Flasche offensichtlich mehr als ein Monatsgehalt wert war.

»Ja, es sieht so aus, als ob der Wilde Bill nach sieben Jahrzehnten auf der schwarzen Liste sich endlich seinen Stern verdient hat. Er wird auf Alfheim als der stellvertretende Kommandeur der alliierten Streitkräfte zurückbleiben« erklärte Jayden.

Royce brummte verächtlich. »Das würde ich nicht unbedingt als ein ‚von der schwarzen Liste fallen‘ bezeichnen. Es ist ein absolut elender Planet. Ich bedauere jeden, der dort unten festsitzt.«

»Vollkommen egal. Er bekam seinen Stern und hat den alten Hund im Senat überlebt.«

»Ich bin nur froh, dass keine unserer Einheiten zum Garnisonsdienst auf dem Planeten verpflichtet wurde.«

Mit dem Glas feinen Alkohols in der Hand, begutachtete Royce
die diffuse kupferfarbene Flüssigkeit. Er hob das Glas an seine Lippen
und schwenkte das gehaltvolle, intensiv nach Karamell, Toffee und
pfeffrigen braunen Gewürzen schmeckende Getränk im Mund herum.
Und auf dem Weg durch die Kehle hinunter in seinen Magen erlebte er
die lang anhaltenden, komplexen, sich langsam verflüchtigenden
Gewürz- und Holznoten dieses Elixiers. Nachdem er dieses Getränk der
Götter von seinen Lippen genommen hatte, studierte er den Inhalt des
Glases genauer, da er nun wusste, was er in der Hand hielt. Er sah zu
Jayden hinüber. »Das … das ist sicher der beste Whisky, den ich je
verkostet habe.«

»Und jeden Pfennig wert, den ich dafür hingelegt habe«,
bestätigte ihm Jayden, bevor er sein Glas leerte und sich nachschenkte.

»Die Liste kommt morgen heraus, richtig?«

»Richtig.«

»Hätten wir dann nicht bis morgen warten sollen?«

»Das habe ich auch überlegt. Aber weißt du was? Selbst wenn ich
es am Ende doch nicht geschafft habe, du und ich haben knapp 14 Jahre
der grauenvollsten Schlachten und Missionen überlebt, die man sich
nur vorstellen kann. Ehrlich gesagt habe ich nie damit gerechnet, das
Ende dieses Krieges zu erleben. Aber da sind wir nun.«

»Ha, denkst du ernsthaft, dass das das Ende ist? Verdammt, ich
halte es nur für eine kurze Unterbrechung«, rief Royce aus. Der
Alkohol begann seine Wirkung zu zeigen. »Diese Schweinehunde
werden diese Atempause dazu nutzen, ihr Kräfte neu zu positionieren,
um uns dort zu treffen, wo es weh tut. Ich wette, dass sie den
Waffenstillstand brechen und wir innerhalb von drei bis fünf Jahren
wieder im Krieg stehen. Hör auf meine Worte!«

»Das wollen wir nicht hoffen. Bevor wir beide aber zu stark unter
Alkoholeinfluss geraten, um unsere Arbeit zu erledigen … Ich brauche
deine endgültigen Auszeichnungsempfehlungen morgen vor dem Ende
des Tages«, informierte ihn Jayden. »Der Colonel will alle genehmigt
sehen, bevor eine Reorganisation oder größere Neuzuweisungen
vorgenommen werden. Dazu brauche ich sämtliche Leistungsberichte
deiner Offiziere und Unteroffiziere, Beförderungsvorschläge und alle
weiteren verwaltungstechnischen Notwendigkeiten, und zwar
umgehend. In drei Wochen erreichen wir Sol. Nach unserer Ankunft
und nachdem wir alle Siegesparaden hinter uns haben, an denen wir

teilnehmen sollen, wird der Colonel uns allen solide 30 Tage Urlaub gewähren.«

»Mist, gerade wenn du denkst, du kannst Luft schnappen, verlangt die Armee etwas anderes von dir«, stöhnte Royce. Das war das, was er am Offiziersdasein am meisten hasste – der damit einhergehende verdammte Papierkram. Einen Großteil davon hatte er bereits an seinen internen PA weitergegeben, aber eine ganze Reihe dieser Berichte musste tatsächlich von ihm selbst erstellt werden.

Jayden kommentierte kichernd: »Das ist der Grund, mein Freund, weshalb du jeden Tag einen Teil davon erledigst. Seit wie vielen Jahren predige ich dir das schon?«

»Ja, ja. Ich kümmere mich darum … Ach ja, wofür ist diese neue Auszeichnung? Die Dominion-Medaille, die, wie ich sehe, jedermann erhält?«

Mit der Erwähnung dieser neuen Auszeichnung schüttelte Jayden nur den Kopf. »Offensichtlich ist es die Dienstauszeichnung, die sich das Weltraumkommando für jeden einfallen ließ, der während des Kriegs gegen die Zodark und Orbot gedient hat. Sie wird jedem verliehen, der vom Beginn des Krieges an bis zur Unterzeichnung des Friedensvertrags dabei war. Verrückt, all diese Auszeichnungen, was? Wenn du mich fragst, soll das den Etappenhengsten das Gefühl geben, sie hätten etwas geleistet.«

Royce lachte bei diesem Kommentar leise und leerte sein Glas mit dem Pappy Van Winkle. »Ehrlich gesagt ist mir das egal. Wenn sie sich einen Haufen neuer Medaillen und Bänder einfallen lassen wollen, von mir aus. Wir beide wissen, dass allein die Ehrenmedaillen und Purple Hearts zählen. Da wir schon von Ehrenmedaillen sprechen. Ich reiche insgesamt 23 Empfehlungen für einen Silbernen Stern für meinen Zug ein, wovon ich, falls möglich, zwei zu Mdals of Honor und drei zur Auszeichnung für besondere Verdienste aufgewertet sehen will. Daneben habe ich jeden in der Kompanie für eine Bronzestern mit einem ‚V‘ für Heroismus vorgeschlagen. Die Bravo-Kompanie und wir sind die einzigen Delta-Einheiten, die eine HALO-Landung aus niedriger Umlaufbahn auf einem besetzten Planeten durchgeführt haben. Diese Leistung ist eine besondere Auszeichnung für Heroismus wert, denke ich.«

Jayden hielt sich sein Glas an die Lippen, während er Royce zuhörte. Er trank einen großen Schluck, bevor er sich äußerte. »Wenn du denkst, dass sie es sich verdient haben, unterstütze ich das. So wie der Wilde Bill es tun wird. Er scheint dich besonders ins Herz geschlossen zu haben.«

Mit einem aufgebrachten Blick auf Jayden, erkundigte sich Royce: »Was willst du damit sagen?«

»Soll heißen, dass die Legende innerhalb der Sondereinsatzkräfte dich zu einem solch harten Kerl gemacht hat, dass er dich tatsächlich als ebenbürtig ansieht. Ich glaube echt, dass er sogar zu dir aufsieht«, scherzte Jayden in aller Freundschaft.

»Wie auch immer … solange meine Soldaten nur ordnungsgemäß behandelt werden. Allein darauf kommt es mir an. Und da wir gerade bei diesem Thema sind, gibt es Informationen darüber, ob die Armee Stellen abbaut oder wo unsere Brigade oder unsere Gruppe auf Dauer stationiert sein wird? Wir sind seit unserer Gründung im Einsatz. Ich weiß nicht einmal mehr, wo wir technisch gesehen beheimatet sind.«

Jayden sah seinen Freund an, während er sein Glas zum dritten Mal füllte. »Ich hörte Gerüchte darüber, den Wehrdienst zu beenden und die gegenwärtige Größe der Armee beizubehalten, aber wer weiß? Solange wir nicht gegen die Zodark kämpfen, vermute ich, dass sie weit mehr Soldaten auf den verschiedenen Monden und Planeten stationieren werden, die wir kürzlich eingenommen haben, um dort dauerhafte Einrichtungen zu etablieren. In Bezug auf die 4. Sondereinsatzgruppe bin ich mir nicht sicher. Wir waren zusammen mit der 3. Gruppe auf Neu-Eden stationiert, aber ich habe keine Ahnung, ob sie uns alle dort behalten oder unsere Gruppe auf Sumara verlegen werden. Ich weiß, dass ein Bataillon der 1. Gruppe permanent auf Alfheim stationiert sein wird, während die 2. Gruppe ihren Stützpunkt auf der Prim-Welt Intus etablieren wird.«

Jayden trank noch einen Schluck aus seinem Glas. »Hast du schon einmal überlegt, wie lange du beim Militär bleiben willst, Brian? Du bist jetzt schon wie lange – 38 Jahre – in der Armee?«

Royce sah auf seine Hände hinunter, bevor er antwortete. »Siebenunddreißig Jahre. Ich trat an meinem 18. Geburtstag ein. Damals hatte ich keine Ahnung, was ich mit meinem Leben anstellen wollte. Ich wollte einfach nur dem Haus meiner Eltern entkommen. Das Militär gab mir diese Möglichkeit, und die Arbeit liegt mir. An diesem Punkt in meinem Leben ist das Soldatenleben das Einzige, das ich kenne, Jayden. Ich gehöre nun schon seit 31 Jahren den

Sondereinsatzkräften an. Ich bin verdammt gut in meinem Job. Ich habe keine Ahnung, was ich außerhalb des Militärs tun könnte. Sieh dir doch uns beide an. Wir sind verbesserte Supersoldaten. Ich denke, ich werde noch eine Weile dabeibleiben.«

Die beiden Männer saßen noch einige Minuten da, tranken ihre Whisky und genossen jeden Augenblick dieses Erlebnisses.

»Ich werde wohl solange bleiben, bis ich mich für die Pensionierung qualifiziert habe, und scheide danach aus. Seit ich im Militär bin, habe ich so gut wie all mein Geld auf die Bank getragen, Brian, und mir ein nettes Sümmchen angespart. Sobald sie entscheiden, wo wir permanent stationiert werden, werde ich einige Fertighäuser kaufen oder Land, um darauf Häuser zu bauen. Mit all den Menschen, die über Sol hinauswollen, wird es einen riesigen Immobilienboom geben. Wenn möglich, will ich daraus den Vorteil ziehen.«

»Klingt, als ob du deinen Weg geplant hast. Aber so gern ich auch hier mit dir sitzen und mich mit einem der besten Whiskys, den ich je getrunken habe, betrinken möchte … Ich muss noch einen Berg von Papierkram erledigen«, beendete Royce die Unterhaltung und erweckte seinen Computer wieder zum Leben.

»Ok dann – du bist ein Spielverderber, Brian. Schreib nur deine Berichte. Ich sehe dich morgen beim Frühstück.«

Kapitel Fünfundzwanzig
Der Halsey-Plan

Hauptquartier der Alliierten Streitkräfte
Lakish, Capital City
Sumara
Qatana-System

Abigail Halsey sah sich die Informationen hinsichtlich des neuesten Versorgungskonvois von der Erde an. Die republikanischen Streitkräfte befanden sich nun schon seit mehreren Monaten auf Sumara, ohne die Stromzufuhr in alle bewohnten Städte vollständig wiederhergestellt zu haben. Der Konvoi von der Erde brachte Tausende von 3-D-Druckern und Materialien mit sich, die benötigt wurden, um die Teile und Komponenten herzustellen, die zum Wiederaufbau und Betrieb der Kraftwerke nötig waren.

»Admiral, Hadad ist hier. Soll ich Ihnen hereinschicken?«, fragte einer ihrer Adjutanten.

»Ja, und bringen Sie uns bitte einen Kaffee. Benachrichtigen Sie General Modi, dass es Zeit für unser Treffen ist.«

Wenige Minuten später öffnete sich die Tür und Hadad Nasr betrat den Raum.

»Admiral, schön, Sie zu sehen. Wie geht es Ihnen?«, erkundigte sich Hadad. Nachdem er auf der Erde gelebt und dann als Berater des Gouverneurs von Neu-Eden gearbeitet hatte, besaß er ein gutes Verständnis davon, wie die Erdenmenschen redeten und sich begrüßten.

Halsey ging auf ihn zu und reichte ihm lächelnd die Hand. »Mir geht es gut, mein Freund. Nochmals meinen Glückwunsch zu Ihrem Wahlsieg. Sie werden großartige Arbeit leisten, unsere beiden Gesellschaften zu integrieren.«

»Ich werde es versuchen, Admiral.«

»Bitte nennen Sie mich doch einfach Abigail oder Abi.« Sie zeigte auf eine elegante Sitzgruppe.

Lieutenant General Chandra Modi betrat nun ebenfalls mit einem seiner Assistenten das Büro. Er gesellte sich zu ihnen. Es war Zeit, mit ihrer Besprechung zu beginnen.

»Wenn es Ihnen recht ist, würde ich gerne zwei militärische
Punkte mit Ihnen besprechen, bevor ich Ihnen die Diskussion ziviler
Aspekte allein überlasse. Wir sind momentan sehr beschäftigt, weshalb
ich uns sofort entschuldigen möchte, nachdem ich Sie auf den neuesten
Stand gebracht habe. Wäre das möglich?«, bat der General und setzte
damit den Ton für ihr Gespräch.

»Selbstverständlich, General. Bitte sprechen Sie«, ermunterte
Halsey ihn und lehnte sich in ihrem Sessel mit einer Tasse Kaffee in
der Hand zurück.

Der Adjutant des Generals legte eine kleine schwarze Scheibe auf
dem Tisch zwischen ihnen ab, die sich gleich darauf aktivierte und ein
holografisches Bild des Sternentors wiedergab, das in den
Herrschaftsraum der Zodark führte. Das kleine rote Symbol neben dem
Tor zeigte die Bezeichnung *Die Schmiede, Alpha-219*. Abigail hatte es
zum Admiral gebracht, aber die Namensgebungsregeln der Altairianer
waren ihr unverständlich. Sie akzeptierte sie einfach.

»Wie während unseres letzten Treffens vor einigen Monaten
besprochen, verfolgten wir weiter die Idee, eine Reihe von
vorgeschobenen Horchposten und Forts um wichtige Sternentore herum
einzurichten, sowie vor den Systemen, die in das Qatana-System
führen.

»Der Horchposten auf der anderen Seite unseres Tors ist bereits
aktiv«, verkündete General Modi. »Wir sind dabei, die Konstruktion
von fünf Plattformen um das Tor herum abzuschließen. Wir erwarten,
dass sie bis Ende des Jahres voll funktionsfähig sind. Sobald ein Schiff
in das System springt, werden wir innerhalb kürzester Zeit wissen,
wem es gehört. Falls dieses Schiff weiter vor das in das Qatana-System
führende Tor springen will, muss es die nächste Ebene defensiver
Plattformen überwinden. Bevor Sie sich allerdings zu sehr über diese
Sicherheitsmaßnahmen freuen, verstehen Sie bitte, dass diese
Vorkehrungen nicht geeignet sind, eine Invasionsstreitmacht
aufzuhalten. Sie sind dazu gedacht, unseren Kräften im System Zeit zu
gewinnen, sich vorzubereiten und zu reagieren.« Als niemand eine
Frage stellte, fuhr er fort. »Sollten sie in unser System springen,
erwartet sie dies ...«

Der Adjutant brachte ein anderes Bild des gleichen Typs
defensiver Plattformen hoch. Dieses Mal hatte sich ihre Zahl allerdings
verdoppelt. Jede Plattform war 360 Meter lang, 60 Meter hoch und 40

Meter breit, ausgestattet mit acht doppelläufigen 36-Zoll-Magrailtürmen. An den gegenüberliegenden Enden der Plattformen stand jeweils ein Vorrat von 48 Plasmatorpedos bereit. Sowohl über als auch unter den Plattformen waren 16 vierläufige 20-mm-Nahverteidigungwaffen oder PDGs installiert. Damit nicht genug. Darüber hinaus fanden acht Turbolasertürme einen Platz auf der Unterseite der Strukturen. Eine solche Plattform wurde von 110 Soldaten und Offizieren mit der Hilfe von 110 C100 betrieben.

Zusätzlich zu den vier beschriebenen Plattformen gab es eine fünfte, etwas größere Plattform, die im Zentrum zwischen den anderen verankert war. Anstatt mit einem Sortiment an Waffentürmen bestückt zu sein, verfügte sie über eine Flugdeck, vom dem sechs Staffeln P-97 Orion-Kampfdrohnen und zwei Geschwader P-99 Raider-Bomberdrohnen abheben konnten. Diese Einrichtung sicherte die Verteidigungsstrukturen um das Tor herum, indem sie den Waffenplattformen durch den überwältigenden Beschuss jedes eindringenden Orbot- oder Zodark-Schiffes durch diese Drohnen Schutz gewährte.

»Sind das die gleichen Defensivplattformen, die wir Ihrem Vorschlag nach auf Sumara und den beiden anderen Kolonien in unserem System einrichten sollen?«, fragte Hadad. Hadads politische Kampagne hatte zu einem großen Teil darauf beruht, das Qatana-System zu befestigen und sicherzustellen, dass die Zodark nie wieder ihren Planeten besetzen konnten.

Der General wandte sich dem neu gewählten Gouverneur zu. »Richtig. Die Grundstrukturen der Plattformen sind vor Ort. Die Arbeiter dichten sie nun ab, bevor die nächste Mannschaft die Arbeit an ihnen beenden wird. Ich erteilte bereits den Auftrag, im Anschluss daran mit dem Bau der Plattformen um Sumara zu beginnen. Wie gewünscht werden wir zunächst 75 Prozent der Plattformen um Sumara einrichten und dann mit der Arbeit um Hortuna und Tallanis beginnen. Danach beenden wir die Arbeiten um Sumara. Sobald all diese Stationen betriebsbereit sind, wird es den Zodark oder den Orbot sehr schwer fallen, Sumara anzugreifen, sollten sie sich entschließen, das Friedensabkommen zu brechen.«

Hadad schien zufrieden mit dieser Information. Abigail dachte für sich: *Versprechen gemacht, Versprechen gehalten.* »General, wie steht es um die planetarische Verteidigung? Stehen wir gut da, falls sie das Abkommen brechen?«

»Ja. Wir richteten über 60 bodengestützte Laserturmsysteme ein. Obwohl sie eine Invasion nicht stoppen werden, werden sie sie sicher erschweren«, berichtete General Modi. »Sobald wir sie mit den fertiggestellten orbitalen Plattformen paaren können, steht uns ein kombiniertes und überaus effektives Verteidigungssystem zur Verfügung. Des Weiteren halten wir 300.000 C100 in strategischen Bunkern rund um den Planeten bereit. Die können, falls nötig, aktiviert werden, um eine Vielzahl an Missionen gegen unseren gemeinsamen Feind durchzuführen.« Modi näherte sich dem Ende seines neuesten militärischen Updates und schien sich verabschieden zu wollen.

Hadad kam ihm zuvor und stellte seine eigene Frage. »General, wie stehen die Chancen, mit dem Training einer von Sumarern geleiteten Verteidigungsarmee zu beginnen?«

Diese Frage hatte den Offizier ganz offensichtlich überrascht. Endlich erwiderte er: »Ich denke, dass wir damit noch warten müssen. Wir sind gerade dabei, dauerhafte Militärstützpunkte auf Sumara und den beiden anderen Kolonien einzurichten. Wenn Sie möchten, kann ich in verschiedenen Städten einige Rekrutierungsbüros für Sumarer eröffnen. Sobald die Bewerber die Anwerbungsvoraussetzungen erfüllen, absolvieren sie ihre Grundausbildung entweder in einem Trainingslager auf Neu-Eden oder zurück auf der Erde. Danach erfolgt die Integration in ein reguläres RA-Bataillon und die Stationierung auf einem Schiff oder in einer Einheit im Bereich der Republik. Falls die Rekruten Glück haben, werden sie einer Einheit auf Sumara zugewiesen ... oder, was gut möglich ist, einer Einheit, die weit entfernt von hier liegt.«

»Warum keine lokalen Streitkräfte hier erstellen? So dass sie nicht auf eine andere Welt versetzt werden?«, drängte Hadad weiter.

»Im Militär ist das anders geregelt, Hadad. Bitte denken Sie daran, dass Sumara Teil der Republik ist – nicht eine eigenständige Welt. Sie gehören nun zu uns. Der Senat auf der Erde hat Ihnen eine zwanzigjährige Ausnahme der Wehrpflicht gewährt, um Ihrem Volk zu erlauben, sich von dem Erlebten zu erholen und Sumara wieder in einen wachsenden und blühenden Planeten zu verwandeln. Ehrlich gesagt besteht keine Veranlassung dazu, hier eine unabhängige Sicherheitskraft zu etablieren. Gegenwärtig sind 90.000 Soldaten und über eine halbe Million C100 zu Ihrer Unterstützung hier stationiert. Selbst mit einer reduzierten Flotte werden unsere Streitkräfte hier weiterhin substanziell vertreten sein. Sobald die orbitalen Plattformen funktionsfähig sind, ist Sumara abgeschottet. Gibt es einen Grund, weshalb Sie eine separate militärische Gruppe sehen möchten, neben dem Schutz, denen wir Ihnen gewähren?«

Abigail verfolgte das Gespräch voller Interesse. Sie wollte sehen, worauf Hadad hinauswollte. *Vielleicht entging ihr etwas?*

Endlich antwortete Hadad. »General, nicht, dass ich Ihnen oder Ihren Männern nicht traue. Ich denke einfach nur, dass unser Volk sich mit der Existenz einer Sicherheitskraft, die sich allein aus Sumarern zusammensetzt, sicherer fühlen würde. Vielleicht können wir eine Art verstärkter Schutzpolizei oder eine Spezialeinheit ins Leben rufen, die in Kriegszeiten auch eine militärische Funktion übernehmen könnte.«

General Modi überlegte einen Augenblick. »Wie wäre es damit? Wir könnten Ihnen dabei helfen, eine Art Miliz oder Zivilverteidigung zu gründen? Ich will nicht, dass sie sich in eine ausufernde Kraft mit eigener Flotte und Luftwaffe entwickelt, aber wir könnten einige Bodentruppen ausbilden. Ich schlage vor, Sie arbeiten mit Admiral Halsey und ihren zivilen Beratern zusammen, um Richtlinien zu entwickeln, wie sie diese Kraft einsetzen werden; aber ja, es ist möglich, Ähnliches gemeinsam in die Wege leiten.« Der General hielt kurz inne und sah auf die Uhr. »Wenn Sie mich jetzt bitte entschuldigen, ich möchte zurück in mein Büro. Wir haben heute noch einiges zu erledigen.«

Abigail erhob sich und reichte ihm die Hand. »Vielen Dank, General. Ich denke, den Rest kann ich mit Hadad allein besprechen. Falls nicht, lasse ich Ihnen eine Nachricht zukommen, die wir dann morgen diskutieren können.«

Der General stand auf und verließ den Raum. Abigail und Hadad bleiben allein zurück.

Abigail wandte sich nun dem frisch gewählten Gouverneur zu, einem Mann, den sie kannte, seit ihre Task Force vor vielen Jahren sein Gefangenenlager befreit hatte, und fragte: »Was beschäftigt Sie? Seit Sie letzte Woche gewonnen haben, sind Sie übler Stimmung.«

Hadad setzte sich. Er sah ernüchtert aus. »Mit der Rückkehr auf meine Heimatwelt war ich voller Trauer über das, was geschehen war. Danach war ich überglücklich, meine Frau und zwei meiner vier Kinder lebend zu finden. Ich stellte mich als Gouverneur zur Wahl, weil ich dachte, ich müsste etwas zum Schutz meiner Familie tun und sicherstellen, dass ihnen nie wieder das Joch der Sklaverei droht. Nachdem ich über ein Jahrzehnt mit Ihrem Volk verbracht habe, hielt ich mich für am besten geeignet, die Brücke zwischen unseren beiden Gesellschaften zu bauen, um unser Volk zusammenzuführen.«

Der Gesichtsausdruck des Mannes verriet Abigail, dass es etwas gab, was ihm große Sorgen bereitete. Er sah aus, als ob ihn eine emotionelle Last bedrückte. Sie wollte ihm helfen, wusste aber noch nicht wie.

»Und jetzt, als Anführer meines Volks – meiner gesamten Heimatwelt, um genau zu sein – fühle ich mich, als ob ich mir mehr zugemutet hätte, als ich bewältigen kann. Ich bin mir nicht sicher, ob ich es schaffen werde, Abigail – Gouverneur zu sein, verantwortlich für die Leben derjenigen, die von meinem Volk übrig sind.«

Während er einen Augenblick vor sich hinstarrte, trat Abigail an ihren Schreibtisch heran und zog eine Flasche Bourbon hervor, die sie mit sich gebracht hatte. Sie goss ihnen zwei Gläser ein, stellte die goldbraune Flüssigkeit neben ihm ab und setzte sich.

Hadad griff nach dem starken Getränk und trank zweimal kurz, bevor er den Rest in sich hineinschüttete. »Abi, was soll ich nur tun? Ich habe nicht die geringste Ahnung davon, Gouverneur zu sein.«

Abi nahm ebenfalls einen Schluck zu sich und dachte einen Moment lang über seine Aussage nach. »Das ist etwas, was nur Sie beantworten können, Hadad. Ich bin kein Sumarer. Ich verstehe Ihre Kultur nur eingeschränkt und weiß nicht, was Ihr Volk braucht oder haben will. Generell weiß ich, dass die Grundbedürfnisse der Menschen erfüllt werden müssen. Darüber hinaus gehen ihre Bedürfnisse und Wünsche ein gutes Stück über diese elementaren Dinge hinaus. Angesichts des Traumas, das Ihr Volk erlebt hat, verlangt es nach den wesentlichen Dingen: Nahrungsmittel, Wasser, Unterkunft und Sicherheit. All das ist gegenwärtig gewährleistet.

»Als nächstes werden Sie daran arbeiten müssen, Ihre globale Wirtschaft wieder in Gang zu bringen und Ihren Planeten autark zu machen. Auch das wird in den kommenden Monaten beginnen. Gerade heute Morgen wurde ich darüber informiert, dass unsere Lieferung der 3-D-Drucker von Industriequalität auf dem Weg hierher ist. Wir sprechen hier von 3.000 dieser Einheiten ... Sobald sie installiert sind, gehen wir in die Massenproduktion, um weitere Drucker herzustellen. Schon bald wird all Ihre Energieerzeugung auf dem Planeten auf Hochtouren laufen. Mit der Ankunft von über sechs Millionen ziviler Synth, wird Ihre Landwirtschaft bald wieder Nahrungsmittel erzeugen. Anschließend nehmen wir uns die wichtigsten Neuaufbauten vor.«

»Dafür sind wir Ihnen ausgesprochen dankbar, Abi, und ich versuche nicht, dies herunterzuspielen. Aber gelingt Ihnen das mit oder ohne meine Hilfe? Wie soll ich ein guter Gouverneur sein? Was gebe ich meinem Volk? Wir haben bisher weder vom Statthalter noch von den Zodark erfahren, ob sie die Kinder, die sie von unserem Planeten entführt haben, freigeben werden oder die anderen, die sie als Tribut gefordert haben. Ich hatte die Hoffnung, dies als Sieg für mein Volk in dieser Friedensvereinbarung verbuchen zu können.«

Abi sah den Ausdruck der Verzweiflung und Furcht in seinen Augen. Er suchte nach einer Antwort, nach jedweder Antwort. Er fürchtete sich, zu versagen und damit sein Volk im Stich zu lassen.

Sie lächelte dem Mann warm zu und sagte nur ein Wort. »Hoffnung.« Diese schwergewichtige Aussage ließ sie einen Augenblick für sich stehen, bevor sie hinzufügte: »Sie geben Ihren Leuten Hoffnung – Hoffnung auf eine bessere Zukunft, frei von den Zodark. Hoffnung, dass sie nun Kinder haben und bis ins hohe Alter leben werden, um ihre Enkel und Großenkel zu sehen. Das ist es, was Sie ihnen geben, Hadad. Hoffnung!«
****

Zwei Wochen später
Zentraler Weltraumhafen
Lakish, Capital City
Sumara
Qatana-System

»Hier entlang, Admiral. Sie werden die Neuankömmlinge beim Verlassen der Shuttles sehen«, verkündete Zara, während sie Abi aufforderte ihr zu den bodenhohen Fenstern zu folgen, die auf die Identitätskabinen hinuntersahen. Alle Personen, die den Planeten betreten wollten, mussten einen der genehmigten planetarischen Eingangsstellen passieren.

Abi, die nun neben Zara am Fenster stand, sah auf die neueste Welle der von Sol eingetroffenen Immigranten hinunter. Sie freute sich an ihren Gesichtern, sobald die Einwanderer ihren ersten Blick auf einen fremden Planeten warfen. Jeden Donnerstag trafen manchmal wenige Tausende, manchmal Zehntausende neuer Immigranten auf der Suche nach einem neuen Leben, Abenteuer und einer Zukunft für ihre Familien ein.

Bevor sie den Einwanderungshahn hatten öffnen können, mussten Sumara und die beiden Kolonien zunächst die Eigentumsrechte klären, die infolge des sumarischen Völkermords entstanden waren. Milliarden über Milliarden von Menschen waren entweder getötet oder von den blauen Monstern gefangen gehalten worden, was ganze Städte und Nachbarschaften entvölkert hatte. Das hatte schnell zum Entstehen einer postapokaplyptischen höllischen Landschaft beigetragen.

Um dieses gravierende Problem zu lösen, war ein System etabliert worden, um – falls möglich – unter der verbliebenen Bevölkerung überlebende Verwandte zu identifizieren und diejenigen ausfindig zu machen, die einen rechtmäßigen Anspruch auf das hinterlassene Eigentum anmelden konnten. Falls keine lebenden Verwandten gefunden werden konnten, fiel das bestehende Eigentum der örtlichen Regierung zu und wurde entweder einer neuen Bestimmung übergeben oder an die eintreffenden Einwanderer versteigert. Die Regierung hatte zudem ein Neubesiedlungsprogramm erlassen, um sicherzustellen, dass die neu Eingetroffenen sich nicht alle in eng begrenzten Bereichen der verlassenen Städte und Nachbarschaften drängten. Sie wollte die Einwanderer gleichmäßig verteilen und damit die Neubevölkerung aller Nachbarschaften und Städte garantieren.

Zara, die Leiterin der Einwanderungsbehörde, erklärte: »Die Einwanderer werden in diesen Bereich gebracht, wo ihnen für fünf Tage eine Wohnung zugewiesen wird. Während dieser Zeit erhalten sie einige Sicherheitsinformationen über den Planeten … wie etwa: Was kann dir gefährlich werden und was nicht … Des Weiteren erhalten sie Informationen bezüglich der verschiedenen Regionen des Planeten und sehen Gegenden, die ihnen zur Ansiedlung zur Auswahl stehen. Nach einigen Tagen, in denen sie sich auf Sumara akklimatisieren und die Hauptstadt besichtigen können, müssen sie sich entscheiden, wohin sie möchten. Sobald sie sich auf einen Siedlungsraum festgelegt haben, haben sie die Wahl zwischen einigen Städten oder Nachbarschaften, bevor sie dann an der nächsten Auktion teilnehmen. Nachdem sie ihr neues Zuhause erstanden haben, werden sie mitsamt ihrem Gepäck dorthin transportiert. Es ist wirklich ein relativ einfacher Vorgang, nachdem wir die ersten Schwierigkeiten des Programms unter Kontrolle bekamen.«

Als Direktorin der Einwanderungsbehörde war Zara die Sumarerin, die zusammen mit einigen terranischen Kollegen das gesamte System organisiert und in Betrieb genommen hatte. Zum gegenwärtigen Zeitpunkt trafen durchschnittlich jede Woche über 13.000 Personen ein. Es wurde erwartet, dass diese Zahl in die Hundertausende oder sogar in die Millionen ansteigen würde, nachdem sie die Dinge noch ein wenig besser im Griff hatten.

»Sie leisten hervorragende Arbeit, Zara. Ich weiß nicht, wie wir diesen Immigrationsprozess je ohne Sie in Gang gebracht hätten«, lobte Abigail sie.

Zara, die mit diesem Kompliment errötete, erwiderte: »Es freut mich, dass so viele Menschen Ihres Planeten auf unserem eine neuen Heimat suchen. Wie konnten wir das ablehnen?«

»In jedem Fall ist das von Ihnen entwickelte System einfach fabelhaft.«

Nachdem Abigail den Besuch des Einwanderungszentrums abgeschlossen hatte, kehrte sie in ihr Büro zurück. Sie war froh, dass Hadad ihr bald viele dieser Funktionen abnehmen würde. Da die Zivilregierung mehr und mehr Form annahm und aktiv wurde, würde sie diese Pflichten in Kürze an sie weiterreichen können. Nicht, dass sie kein Interesse daran hatte, über diese Dinge zu erfahren oder technisch gesehen, für sie verantwortlich zu sein … aber sie bevorzugte ihre Position als Flottenadmiral vor einer Tätigkeit in einer Verwaltungsfunktion.

Nachdem dieser Krieg nun endlich vorbei war, war ein Großteil ihrer Flotte in das Sirius-System verlegt worden und Admiral Halsey fühlte sich irgendwie verloren. Es war in über einem Jahrzehnt wohl das erste Mal, dass sie weder ein Schiff noch eine Flotte zu kommandieren hatte. Zweifellos hatte sie viel zu tun, aber trotzdem, sie vermisste die Flotte. Sie fühlte sich noch zu jung, um in den Ruhestand zu treten, und wenn sie ehrlich war, bezweifelte sie, dass die Zodark sich länger als absolut nötig an das Friedensabkommen halten würden.

Sobald sie – und *nicht* falls sie – den Vertrag brechen würden, wollte
sie so vorbereitet wie möglich sein.
****

Als Abigail dann einige Stunden später in ihr Büro zurückkehrte,
sah sie, dass dort eine Nachricht von Admiral Bailey auf sie wartete.
Die Information besagte, dass ihr Flaggschiff, die RNS *Voyager*, in die
Schiffswerft der Marine auf Sol zurückkehren sollte, um als
Kriegsschiff ausgemustert und danach als wissenschaftliches
Forschungsschiff neu in Betrieb genommen zu werden. Nach ihrer
Rückkehr würde ihr das Kommando über ein neues Kriegsschiff
übertragen werden.

*Ob sie mir wohl das Kommando über eines der neuen
Hybridschiffe übergeben?* Die *Voyager* war *ihr* Schiff, das Schiff, das
sie über 15 Jahre lang kommandiert hatte. Tatsache war allerdings, dass
dieses Schiff technologisch mehr und mehr hinter den neuen Schiffen
zurückstand, die derzeit vom Fließband rollten.

Ihre Befehle wiesen sie an, Sumara innerhalb von 72 Stunden zu
verlassen. Das war gerade Zeit genug, ihre Mannschaft aus dem Urlaub
zurückzurufen oder von den Pflichten zu entbinden, die ihnen unten auf
dem Planeten übertragen worden waren.
****

Hauptquartier des Weltraumkommandos
Jacksonville, Arkansas
Erde, Sol

Chester Bailey sah Miles Hunt einen Augenblick schweigend an.
Endlich äußerte er sich: »Ich widerspreche dir nicht, Miles, aber es
wird schwer durchsetzbar sein, nach dem Ende des Krieges die
Wehrpflicht aufrechtzuerhalten und weiter die gleiche Anzahl von
Kriegsschiffen zu bauen. Nach beinahe 14 Jahren ununterbrochenen
Kämpfens will der Senat die Wirtschaft auf die wachsenden
inländischen Bedürfnisse umstellen und sich auf die Expansion in
andere Systeme und auf andere Planeten konzentrieren. Unsere größte
Hürde hierbei ist unser Mangel an Transportschiffen jeglicher Art und
an Schiffen, die für die Expedition in den erdfernen Weltraum geeignet
sind.«

Miles seufzte bei dieser Nachricht, obwohl er davon nicht sonderlich überrascht war. Das Volk war kriegsmüde und wollte zu seinem Leben vor den Zodark zurückkehren. »Ich verstehe das, Chester, wirklich. Dieses Abkommen hat uns eine wohlverdiente Atempause gewährt. Diese Zeit müssen wir nutzen, die Produktion unserer Kriegsschiffe zu erhöhen. Mein Vorschlag wäre, den Mangel an Erkundungsschiffen durch unsere Fregatten wettzumachen. Die Inbetriebnahme der neuen Zerstörer vom Typ 001 erlaubt uns, die Fregatten der *Viper*-Klasse von der vordersten Linie abzuziehen und sie zu Expeditionsschiffen umzufunktionieren. Was wir derzeit nicht tun dürfen ist, die Produktion der Kreuzer, Schlachtschiffe oder Träger zu reduzieren. Der Bau dieser Schiffe nimmt Zeit in Anspruch, ebenso wie das Training ihrer Mannschaften.«

»Ich weiß, ich weiß, Miles. Mich musst du nicht überzeugen, aber vergiss bitte die enorme Nachfrage nach Transportern und Frachtern nicht. Wenn wir die Verbreitung unserer Bevölkerung auf diese anderen Planeten ausweiten möchten und weiter die für die Ringstationen erforderlichen Materialien abbauen wollen, müssen wir zumindest einem Teil unserer Werften erlauben, die zivile Produktion wieder aufzunehmen.«

Miles wusste, dass Chester recht hatte. Sie konnten über längere Zeit hinweg nicht all ihre Schiffswerften weiter im Kriegsmodus arbeiten lassen. Wenn sie als Volk wachsen und ihr Reich ausbauen wollten, mussten sie mit dem Ausbau der interstellaren Infrastruktur beginnen.

»Dann lass uns folgendes tun, Chester. Die primären Navy-Werften setzen den Bau neuer Kriegsschiffe unverändert fort. Wir kündigen die vertraglichen Vereinbarungen mit Gaelic, Fregatten für uns zu bauen, und erlauben BlueOrigins' irdischer Werft zusammen mit einer der Werften der Musk-Industrien, erneut zivile Konstruktionsaufträge anzunehmen. Musk-Industrien kann sich entweder für ihre irdische Anlage oder den Mars entscheiden, aber eine dieser Einrichtungen muss weiter Kriegsschiffe produzieren. Denkst du, der Senat wird das als akzeptablen Kompromiss ansehen?«

»Das muss er wohl. Technisch gesehen bist du der Statthalter, der in diesem Bereich die Strategie vorgibt, der wir folgen müssen.«

Miles hasste diesen Teil seiner Position als Statthalter. Was immer er als Vorschlag oder Lösungsversuch zur Diskussion stellen wollte, wurde in der Regel als Befehl verstanden. Die Prim hatten so reagiert, ebenso die Tully. Im Gegensatz dazu hatten die Altairianer darauf bestanden, ausreichend Kriegsschiffe zur Hand zu haben, um mit allem, was kam, fertig zu werden.

»Ach, ganz nebenbei … Was hast du mit der *Voyager* vor? Ich hörte, dass du sie außer Dienst stellen wirst?«, erkundigte sich Chester ein wenig verärgert darüber, dass Miles diese Entscheidung ohne Rücksprache mit ihm getroffen hatte.

»Ich gebe die *Voyager* an Dr. Johnson und DARPA ab, die in letzter Zeit unglaubliche archäologische Funde in Bezug auf die Humtar gemacht haben. Ich möchte, dass sie dieses Thema weiter für uns verfolgen. Dazu brauchen sie ein Schiff. Sie müssen beweglich sein. Die *Voyager* ist das älteste Schiff in unserem Arsenal. Sie wird nicht vermisst werden, da neuere Schiffe vom Fließband kommen. Anstatt sie einzumotten oder der Reserveflotte zu übergeben, soll DARPA sie haben.«

»Ok, das stimmt. Vielleicht könntest du dich allerdings beim nächsten Mal vorher mit mir absprechen, bevor du mir eines meiner Kriegsschiffe einfach so abnimmst.«

Miles errötete ein wenig. »Du hast Recht. Das hätte ich tun sollen und tue es das nächste Mal auch.«

»Und was steht als nächstes auf dem Kalender des Statthalters?«

Miles brummte bei dieser Frage vor sich hin, bevor er antwortete. »Mehr als ich zugeben möchte. In einigen Tagen muss ich auf der Heimatwelt der Altairianer den Umzug des Kriegsrats zu Ende bringen. Ich habe alles auf Neu-Eden verlegt, um ihm und allen Beteiligten einen Neustart zu geben. Irgendwie muss es mir gelingen, diese Allianz zu einer besseren Zusammenarbeit zu bewegen, weit mehr aufeinander abgestimmt und mehr auf das fokussiert, was vor sich geht. Das derzeitige Vorgehen des Rats werde ich nicht länger hinnehmen. Es ist nicht akzeptabel, dass die Kriegsanstrengungen allein auf einer Mitgliedergruppe lasten. Falls wir eine echte Allianz sein wollen, müssen wir eine Allianz werden, die in ihrer Gesamtheit handelt. Es gibt keine Allianz Einzelner.«

»Ja, um diesen Teil deines Jobs beneide ich dich nicht, Miles. Mir fiel es schwer genug, mit unseren eigenen Kräften umzugehen. Ich kann mir nicht vorstellen, was es dir abverlangt, die Streitkräfte mehrerer Gattungen zu verwalten. Da wir gerade von mehreren

Gattungen sprechen, denkst du, du kannst verlauten lassen, dass wir sie willkommen heißen würden, falls eine dieser Spezies in unserem Raum ein Gütertransportgeschäft eröffnen möchte? Die größte Hürde, die unserer Expansion in die Sterne im Weg steht, ist der Mangel an Fracht- und Passagierschiffen, die deren Transport übernehmen können.«

»Das ist keine schlechte Idee ... Die Tully sind eine Handelsrasse. Ich wette, dass sie eine Menge Transporter und ähnliches haben und an diesem Geschäft Interesse finden könnten. Ich werde sie beim nächsten Treffen darauf ansprechen. Bevor wir hier zu Ende kommen ... Wie denkst du, wird Admiral Halsey ihren neuen Aufgabenbereich aufnehmen?«, forschte Miles, der sich nicht sicher war, ob seine ehemalige Mentorin ihn begrüßen oder darüber aufgebracht sein würde, die Flotte verlassen zu müssen.

Chester zuckte mit den Achseln. »Sie wird nicht glücklich darüber sein, aber wenn sie eines Tages in meinem Stuhl sitzen will, muss sie Zeit im Hauptquartier verbringen und von den richtigen Senatoren und politischen Führern gesehen werden. Das, und wir könnten ihre Hilfe wirklich dabei gebrauchen, die ständig wachsende Bürokratie des letzten Jahrzehnts zu beschneiden. Ich war so auf den Krieg fixiert, das mir entging, wie schwerfällig wir geworden sind. Es wird gut sein, jemanden mit Kampferfahrung in meinem Stab zu haben – jemand, der das System von innen heraus verändern und verbessern kann. Von nun an steht uns der weite Raum offen, den wir nicht nur erkunden, sondern auch beschützen müssen. Das bedeutet, dass wir logistische Stützpunkte an einem Dutzend neuer Orte einrichten und garantieren müssen, dass sie und die verschiedenen Schiffe und Geschwader auf Patrouille mittels eines effektiven Versorgungssystems unterstützt und unterhalten werden. Ich bin sicher, ihr neuer Posten wird ihr Interesse wecken.«

Die beiden Männer diskutierten noch eine Weile einige Feinheiten der Navy und ihren Plan, sie weiter zu vergrößern. Als Miles ging, war er sich nicht sicher, wann er zurückkehren würde. Seine Pflichten zwangen ihn und die *Freedom,* Sol auf längere Zeit zu verlassen.

****

Die Marinewerft der Republik

Sol

Admiral Abigail Halsey sah auf dem Bildschirm zu, wie die *Voyager* aus dem FTL kam. Es war lange her, seit sie das letzte Mal auf der Erde gewesen war – tatsächlich so lange, dass sie die Größe der neuen Werft der Navy überraschte. Als sie sie das letzte Mal gesehen hatte, bestand die ganze Werft aus zwei Buchten und wenigen kleineren Kernstrukturen. Jetzt schien sie sich aus über 100 Anlegestellen und einer Vielzahl von umliegenden Lagerhäusern zusammenzusetzen. Der Bereich war mehr als geschäftig. Beim näheren Hinsehen entdeckte sie eine Armee synthetischer humanoider Arbeiter, die unermüdlich an den einzelnen Kriegsschiffen arbeiteten.

Sobald die *Voyager* wieder unter ihrem eigenen Antrieb manövrierte, wurde sie von der Werft angesprochen und angewiesen, auf einen bestimmten Anlegepunkt zuzuhalten, wo sie auf einen Schlepper warten sollte, der sie endgültig heranziehen würde. Dieses einst so stolze Kriegsschiff würde nun eine neue Aufgabe übernehmen – eine Mission, die so streng geheim war, dass selbst Admiral Halsey darüber im Dunkeln gelassen wurde. Sie wusste nur, dass ihr die *Voyager* abgenommen wurde.

Es nahm beinahe einen ganzen Tag in Anspruch, bis die *Voyager* endlich an der Anlegestelle festmachte, die solange ihr Zuhause sein würde bis ihr Umbau abgeschlossen war. Ihre Mannschaft verbrachte die nächsten Tage damit, alles, angefangen mit den Notfallrationen über die Raketen bis hin zu der Magrail-Munition zu entladen. Selbst die Osprey und die Frachtshuttles wurden vom Schiff entfernt. Jedes Mal, wenn Abigail ihr Quartier oder die Brücke verließ und durch das Schiff wanderte, überfiel sie ein Gefühl der Traurigkeit. Wo immer sie auch hinsah, entfernten Baumannschaften und synthetische Arbeiter mehr Ausrüstungsgegenstände vom Schiff oder demontierten Korridore und Räume. Es war klar, dass das Schiff radikal umgebaut wurde. Der Grund dafür war ihr unbekannt.

Es tat ihr weh, dass ihrem Schiff, das sie durch so viele Kämpfe hindurch begleitet hatte, alles genommen wurde, was es zu einem Kriegsschiff gemacht hatte. Es schien einfach nicht richtig zu sein. Aber Befehle waren nun einmal Befehle. Es gab einen Grund, weshalb sie an diese Werft beordert worden war.

»Da sind Sie ja, Admiral. Ich versuche schon eine Weile, Sie zu erreichen«, sprach sie ein Commander an.

Abigail drehte sich zu dem Mann um. »Hallo Commander. Wie angefordert, ist die *Voyager* hier und bereits im Prozess, demontiert zu werden. Gibt es neue Befehle für mich?«

»Das ist tatsächlich der Grund, weshalb ich hier bin. Das traf von Admiral Bailey für Sie ein.«

Sie nahm das Tablet des Offiziers entgegen, hielt ihr eigenes Tablet daneben und vollzog die Übernahme des Dokuments. Nun befanden sich ihre neuen Anweisungen auf ihrem eigenen Gerät. Sie gab den Zugangscode ein und öffnete die Daten mittels ihrer Biometrik. Abigails erste Reaktion beim Lesen war, Chester um eine andere Aufgabe zu bitten. Seine Unterschrift unter den Befehlen sagte ihr allerdings, dass er sie nicht abändern würde. Offensichtlich verfolgte er mit ihrer Wahl für diese Aufgabe eine bestimmte Absicht.

»Brauchen Sie Hilfe, Ihre persönlichen Sachen zu transportieren, Ma'am?«

Sie hatte ihrer Unzufriedenheit mit diesen Befehlen murmelnd Ausdruck verliehen und den Kommandanten, der ihr gegenüberstand, vollkommen darüber vergessen. »Ja, bitte. In meiner Unterkunft ist alles gepackt. Ich wäre Ihnen dankbar, wenn Sie meine Sachen in das Gebäude für alleinstehende Offiziere im Hauptquartier des Weltraumkommandos bringen lassen.« Danach drehte sie sich auf dem Absatz um und schritt auf den Gang zu, der sie vom Schiff führen würde.

****

Am folgenden Tag saß sie in einem kleinen Militärtransporter auf dem Weg zur Erde. Die Annäherung an die Erde erlaubte ihr einen ersten Blick auf die neue Ringstation, die um den Planeten herum entstand. Ihre Fertigstellung lag noch in weiter Ferne. Dennoch … Die massive Struktur allein im Bau zu sehen, war bereits beeindruckend.

Nach ihrer Ankunft im Hauptquartier des Weltraumkommandos suchte Halsey Admiral Baileys Büro auf. Die beiden verbrachten einen Großteil des Nachmittags damit, sich über ihre neue Position zu unterhalten. Während sie mindestens zwei Jahre lang kein Raumschiff kommandieren würde, würde sie stattdessen dabei helfen, die ständig wachsende Bürokratie der Republik zu optimieren. Anstatt entgegen

aller Erwartung während des Krieges abzuspecken und beweglicher zu
werden, war sie zu schwerfällig geworden, um effektiv zu
funktionieren. Admiral Halsey machte mehr als alles andere den
Umfang der Organisation dafür verantwortlich, erkannte in jedem Fall
aber den Grund, weshalb ihr diese Aufgabe übertragen worden war.
Bailey brauchte Abigail als gnadenlosen Sanierer, um diese
Umstrukturierung vorzunehmen. Nachdem sie dann alle gründlich
gegen sie aufgebracht und die Bürokratie auf das angemessene Maß
reduziert hatte, würde sie das Kommando über ein neues Flaggschiff
erhalten und so schnell wie sie gekommen war, wieder verschwinden.

Kapitel Sechsundzwanzig
Die Mukhabarat

Sechs Wochen nach der Unterzeichnung des Abkommens
Hauptquartier der Mukhabarat
Sumara

Dakkuri war ein erfahrener Spion und falls nötig, ein hinterhältiger Attentäter. Seit er im Alter von sieben Jahren von den Mukhabarat rekrutiert worden war, war er für die verschiedenen Rollen, die er über die Jahre hinweg gespielt hatte, ausgebildet worden. Auf Zincondria hatte er wiederholt ein spezielles Technologietraining in planetarer und außerplanetarer Kommunikation absolviert, dessen Gebrauch bei Gelegenheit vielleicht wichtig werden könnte. Er lernte den Umgang mit jeder Waffe, die die Zodark und Sumarer je entwickelt hatten, sowie die Anwendung von Explosivstoffen. Er war sogar in der Lage, aus Alltagsgegenständen, die an jedem Ort oder in jeder Stadt zu finden waren, einfache Bomben zu bauen. Im Alter von 18 Jahren war er im Nahkampf von Mann gegen Mann geübt und konnte so ziemlich mit jeder existierenden Waffe umgehen. Sie hatten ihn sogar auf eine besondere Schule geschickt, um ihm die Tischmanieren beizubringen, die in einem gehobenen Restaurant Voraussetzung waren, und alle Anstandsregeln, die er im Umgang mit denen, die sozial über ihm standen, kennen musste. Er war darauf vorbereitet worden, ein sogenannter ,grauer Mann' zu sein, was bedeutete, dass er gelernt hatte, sich so in sein Umfeld einzufügen, dass er trotz seiner Anwesenheit unsichtbar war.

Seinen ersten echten Auftrag hatte er an seinem 21. Geburtstag erhalten. Sie hatten ihn auf den Planeten Regalis geschickt, auf einen der vielen von Menschen bevölkerten Welten, die von den Zodark kultiviert und trainiert wurden. Seine Aufgabe war es, eine Terroristenzelle, die sich auf dem Planeten gebildet hatte, zu infiltrieren. Einige Faktionen waren es leid, von den Zodark regiert zu werden. Sie suchten nach einem Weg, dem Regime zu entkommen, was Dakkuri als unmöglich erkannte. Dennoch war das Chaos, das sie verbreiteten, und die Bomben, die sie warfen, und die IED-Angriffe gegen die Zodark und ihre Gebäude nicht akzeptabel.

Die Infiltration dieser Gruppe war das krönende Glanzstück von Dakkuris Spionagetraining. Es war eine Aufgabe, die alles Training, das er bislang erhalten, und jede Fähigkeit, die er sich angeeignet hatte, fordern würde. Des Weiteren würde es ihm Erfahrung in der Weitergabe bedeutender Geheiminformationen an eine andere Welt vermitteln, ohne dabei entdeckt zu werden. Um den Erfolg seiner Mission zu gewährleisten, hatten die Zodark sichergestellt, dass niemand auf Regalis – Mensch oder Zodark – wusste, wer er war oder dass er auf dem Planeten Spionage betreiben würde. Sie wollten diese Information im engen Kreis halten, nur diejenigen, die davon Kenntnis haben mussten.

Dakkuri hatte sich auf Regalis eine schäbige kleine Wohnung gesucht und einen Hilfsarbeiterjob angenommen, um hinreichend Flexibilität für seine wahre Mission zu haben. Innerhalb weniger Wochen hatte er eine dieser Terroristenüberfälle an eigenen Leib miterlebt. Auf dem Weg nach Hause nach Schichtende sah er zwei Zodark, die in ein Fahrzeug einstiegen. Sobald der Fahrer den Anlasser betätigte, wurde das Fahrzeug von einer massiven Explosion zerfetzt, die auch sämtliche Fenster nahegelegener Gebäude in Mitleidenschaft zog.

Kurz nach diesem Vorfall gelang ihm die erste Kontaktaufnahme mit der Terrororganisation. Nachdem er eine Reihe Loyalitätstests bestanden hatte, wurde er offiziell in eine ihrer Zellen aufgenommen. Im Lauf der nächsten sechs Monate erledigte Dakkuri Besorgungen und anderes für die Gruppe. Während dieser Probezeit fand er heraus, wer der Zelle angehörte und welche Funktionen diese Personen einnahmen. Mit der Zeit kam er auch mit anderen Zellen die Kontakt, deren Mitglieder er ebenfalls so gut er konnte identifizierte.

Dakkuri wusste, dass er etwas Spektakuläres bieten musste, um die Aufmerksamkeit des oder der Anführer der Terrororganisation auf sich zu ziehen. Die Mukhabarat und sein Zodark-Führungsoffizier erteilten ihm die Erlaubnis, einen hochrangigen Angehörigen der Zodark-Verwaltung auf dem Planeten zu eliminieren. Der fragliche Verwalter wurde von den Zodark der Unterschlagung verdächtigt. Von daher war sein Verlust – mit Ausnahme seiner um ihn trauernden Familie – einfach zu verkraften.

Im Bewusstsein, dass er mit der Erfüllung dieser Aufgabe einen Eindruck hinterlassen musste, studierte Dakkuri den Kalender und die

Routine des Verwalters. In der zweiten Woche seiner Überwachung bot sich ihm die Gelegenheit. Der Zodark stoppte jeden Morgen in einem bestimmten Laden, um sich ein Getränk zu kaufen. Am Morgen eines dieser Stopps kniete Dakkuri neben dem Wagen und band seine Schnürsenkel, während er einen seiner Sprengsätze unter der Beifahrerseite des Fahrzeugs versteckte. Nachdem der Verwalter wieder im Wagen saß und losfuhr, drückte Dakkuri auf einen Knopf an seiner Uhr, der ein Signal an die Bombe schickte. Der Wagen flog in der Mitte einer geschäftigen Kreuzung in die Luft. Der Feuerball war riesig, wobei der Überdruck dieser Explosion beinahe alle Fenster der umliegenden Straßen zerspringen ließ und Dutzende weiterer Zodark verletzte. Nachdem sich der Staub gelegt hatte, wusste Dakkuri, dass er sich innerhalb der Organisation einen Namen gemacht hatte. Er hatte seine Fähigkeit bewiesen, ein Zielsubjekt zu finden und es auszuspionieren, bevor er im Anschluss daran eine Bombe gebaut und sie im Fahrzeug seines Opfers deponiert hatte.

Obwohl sich Dakkuri über seinen Erfolg freute, empfang er Mitgefühl für seine menschlichen Opfer, die als Kollateralschaden infolge seines Anschlags ebenfalls verletzt oder getötet worden waren. *Diese Explosion war zu stark. Ich muss lernen, sie weit kleiner zu halten, falls ich diese Taktik weiter anwenden will.*

Schon wenige Tage nach dem Attentat erreichte Dakkuri die Nachricht, dass der Anführer der Organisation persönlich mit ihm eine besondere Mission besprechen wollte. Das war das Treffen, auf das er beinahe ein ganzes Jahr hingearbeitet hatte. Vor ihrem Gespräch stellte er sicher, dass er es aufzeichnen konnte. Da er vermutete, auf Abhörvorrichtungen untersucht zu werden, besorgte er sich eine speziell gefertigte Augenlinse. Sie war extrem dünn und sah natürlich aus, würde aber alles, was Dakkuri sah oder hörte, aufnehmen und die Information solange speichern, bis sie weitergegeben werden konnte. Eine besondere Sicherheitsfunktion garantierte zudem, dass die Linse die Daten automatisch an einen einprogrammierten Link senden würde, sollte ihr Träger unerwartet sterben.

Am vereinbarten Tag setzte Dakkuri die spezielle Linse in sein Auge ein und machte sich auf den Weg zu seinem Treffen mit dem Anführer der Terrororganisation – einer Organisation, die nun schon seit neun Jahren für die Probleme des Planeten und die der Zodark-Verwalter verantwortlich war. Als Dakkuri endlich dem Anführer gegenüberstand, musste er überrascht feststellen, dass diese legendäre Figur eine 32-jährige Frau von solcher Schönheit war, dass sie ihn beinahe von seiner Mission abgelenkt hätte. Sie unterhielten sich drei Stunden lang. Sie stellte ihm viele persönliche Fragen und wieso er entschieden hatte, sich ihnen anzuschließen. Sie fragte ihn, wo er gelernt hatte, den Sprengsatz des Typs, den er verwendet hatte, zu bauen. Er war ihr gegenüber ehrlich – die meiste Zeit. Er erzählte ihr, dass er in jungen Jahren auf einem anderen Planeten in die Mukhabarat rekrutiert worden war. Nachdem er hatte zusehen müssen, wie seine Mutter und sein Vater von der gleichen Organisation ermordet wurden, für die er arbeitete, konnte er ihr nicht länger angehören. Er sagte sich los und siedelte mit einer neuen Identität nach Regalis über, um sich an den Personen und dem System zu rächen, das seine Familie ermordet hatte.

Die Anführerin der Organisation schien ihm diese Geschichte abzunehmen. Sie lud ihn in ihren inneren Kreis ein und weihte ihn in einige ihrer weitreichenden Pläne ein. Als Dakkuri das Gelernte berichtete, gratulierten ihm seine Führungsoffiziere und kündigten an, dass eine in Kürze stattfindende Razzia alle Terroristen aufgreifen würde. Dakkuri hatte anderes im Sinn. Er schlug vor, ihm zu erlauben, noch eine Weile weiter als Teil der Zelle zu operieren. Er wollte mehr Zeit, um andere Mitglieder zu entlarven oder zumindest herauszufinden, wie viele Zellen es insgesamt gab und wo sie sich aufhielten. Zum Glück erklärten sich seine Zodark-Führer mit seinem Plan einverstanden, warnten ihn aber, dass ihm wenig Zeit blieb. Sie durften keine weiteren Angriffe zulassen, während er seine Spionagetätigkeit fortsetzte. Er musste die Anführer aller existierenden Zellen schleunigst identifizieren und herausfinden, wo sie sich versteckten.

Dakkuri schlug der Anführerin der Terroristen vor, mindestens eine Person in jeder Zelle im Bau großer und kleiner Sprengsätze zu unterrichten – je nach dem beabsichtigten Ziel. Der Anführerin sagte diese Idee sehr zu. Nicht lange danach stellte er seine Technik über 50 verschiedenen Zellen vor. Währenddessen gaben seine Verbindungsleute die Bilder und biometrischen Informationen all dieser Individuen in ihr Überwachungssystem ein. Innerhalb von wenigen Tagen spürten sie jedem Einzelnen nach, mit denen diese Individuen täglich in Kontakt kamen.

Die nächsten vier Monate arbeitete Dakkuri Tag und Nacht unermüdlich daran, jedem Zellenmitglied, das zu ihm geschickt wurde, im Bau der Bomben so gut zu unterrichten, dass sie dieses Wissen später weitergeben konnten. Dies war der Teil seiner Aufgabe, bei der sich Dakkuri am unwohlsten fühlte. Der Gedanke, diesen Terroristen den Bau einer echten Bombe vorzuführen, gefiel ihm ganz und gar nicht. Demgegenüber bestanden seine Zodark-Kontakte darauf, dass sein Training echt sein musste, um seine Deckung nicht zu gefährden. Zu diesem Zeitpunkt hatten sie ihren Plan, die Zellen sofort auszuheben, lange aufgegeben, da Dakkuri weiter in großem Umfang neue Verschwörergruppen entdeckte, von denen sie bislang nichts wussten. Anhand der Fragen, die ihm seine Führungsoffiziere stellten, verstand Dakkuri, dass sie sich echte Sorgen machten, nicht auf eine kleine Terroristengruppe sondern eher auf eine echte Freiheitsbewegung gestoßen zu sein – auf etwas, das nach seiner Verbreitung so viel schwerer zu unterbinden war. Sie mussten erfahren, wer beteiligt war, um diesen Personen Reisebeschränkungen außerhalb des Planeten aufzuerlegen. Sie konnten es sich nicht leisten, dass der Funke der Freiheit auf eine andere, von den Zodark kontrollierte menschliche Welt übersprang.

Eines Tages, als Dakkuri gerade einer kleinen Gruppe erläuterte, wie sie eine projektilbildende Ladung bauen konnten – eine Bombe mit der Kraft, die Panzerung eines Fahrzeugs zu durchschlagen – wurde das Lagerhaus, in dem er Unterricht hielt, von einer gemischten Gruppe von Mukhabarat und Soldaten der Zodark gestürmt. Alle an der Razzia Beteiligten wussten, wie Dakkuri aussah, um sicherzustellen, dass er verschont blieb. Sie veranstalteten ein überzeugendes Theater ihn zu verhaften und vor den Augen der Anwesenden zu verprügeln. Danach transportieren sie ihn zum Sanju-Gefängnis, einem großen, deprimierenden Gebäude im Außenbezirk der Hauptstadt.

Nach der erfolgreichen Beendigung der Razzia organisierten sie ein Schauverfahren, in dem Dakkuri als erstes vor Gericht und vor die 1,3 Milliarden Menschen auf dem Planeten gezerrt wurde. Als abschreckende Warnung, nicht auf die gleiche Idee zu kommen, wurde das Verfahren auch auf andere von Menschen besiedelte Planeten übertragen. Seine Verhandlung war kurz, nur einen Tag lang. Die Beweismittel gegen ihn waren erdrückend. Um ihr Leben zu retten, hatten zwei der Terroristen einen Handel mit der Staatsanwaltschaft abgeschlossen und sich einverstanden erklärt, gegen verdächtige Personen auszusagen. Nachdem er für schuldig erklärt worden war, sollte er ohne viel Federlesens später am Tag hingerichtet werden.

Und dann wurde Dakkuri insgeheim von Regalis weggebracht, während ein anderer seinen Platz am Galgen einnahm. Dakkuri hatte seine Mission erfüllt und wurde mit einem dreimonatigen Urlaub auf dem Planeten seiner Wahl belohnt.

Zehn Jahre später war er einer der führenden Geheimagenten des Spionagenetzwerks, das er auf Sumara aufgebaut hatte. Und jetzt, nach einem Jahrzehnt harter Arbeit, war das ganze System von einer neuen Gruppe von Menschen zerstört worden, die auf Clovis über die Strafkolonie der Zodark gestolpert war.

Dakkuri hatte zunächst nicht gewusst, was er von dieser neu entdeckten Menschengruppe halten sollte, die wie die Sumarer einer im Weltraum reisenden Rasse angehörten. Ungleich den Sumarern verfügte diese Gruppe von Menschen allerdings über Kriegsschiffe und über eine Armee. Dakkuris' Vorgesetzte frustrierte am meisten, dass sie keine Idee hatten, woher diese neuen Menschen kamen. Daraufhin war es Dakkuri, der den Plan entwickelte, so viele ihrer verdeckt arbeitenden Spione wie möglich in diese neue Gruppe von Menschen einzuschleusen, um ihre Heimatwelt und ihre Hauptsysteme ausfindig zu machen.
****

NOS Heltet sah sich die Gesichter der im Raum herumstehenden Spione an. »Sie sind sich sicher, dass es funktionieren wird, Dakkuri?«, fragte er skeptisch.

»Wenn Sie erfahren wollen, wo sich diese terranische Welt, die sie Erde nennen, befindet, dann ja. Dann ist das der beste Weg.«

Heltet starrte seinen besten sumarischen Spion an und hakte nach. »Wie können Sie sich sicher sein, dass sie sich nicht freiwillig stellen, sobald sie von diesem Planeten und außerhalb unserer Kontrolle – außerhalb Ihrer Kontrolle – sind. Wir müssen davon ausgehen, dass das System dieser Erdenbewohner ein wunderbarer Ort ist, in dem Milliarden von Menschen leben. Das könnte ihre Loyalität unterminieren.«

»Diese Möglichkeit besteht und wurde von mir in Betracht gezogen … weshalb ich bestimmte Maßnahmen getroffen habe, um sie im Auge zu behalten.«

Heltet brummte bei diesem Kommentar. »Sie lassen sie überwachen?«

Dakkuri lächelte nur.

»Wo liegt Ihre Aufgabe in all dem?«

»Ich werde den kleinen Frachter *Wawat* als Kapitän befehligen, zusammen mit vier anderen Spionen meiner Wahl. Jeder von ihnen hat eine besondere Fähigkeit, die in den kommenden Jahren von Nutzen sein wird, denke ich.«

»Ich verstehe. Welches Ziel verfolgen Sie mit der *Wawat*?«, forschte Heltet, der Dukkaris Vorschlag weiterhin skeptisch gegenüberstand.

»Ich ließ das Schiff mit einer Reihe elektronischer Scanner und Erkennungsgeräten ausstatten. Beim Durchqueren eines Sternensystems nehmen wir so viel Funkverkehr und Kommunikationen wie möglich zwischen den verschiedenen zivilen und militärischen Schiffen innerhalb des Systems auf. Mit der Zeit hoffe ich, mir einige Verträge zur Anlieferung von Fracht an ihre Schiffswerften oder militärischen Einrichtungen zu verdienen. Das erlaubt uns, eine Karte mit den genauen Standorten zu erstellen und zu notieren, welche Art von Verteidigung sie haben«, erklärte Dakkuri voller Selbstbewusstsein.

Heltet konnte sehen, dass sein menschlicher Spitzenagent seinen Plan für perfekt hielt. Er konnte nur hoffen, dass Dakkuri Recht behalten und es seinen Teams gelingen würde, die unbedingt nötigen geheimdienstlichen Informationen von der Welt der Terraner zu schmuggeln und an ihn weiterzugeben.

»Noch eine Frage, Dakkuri. Wie werden Ihre Teams die gesammelten Daten ohne Gefahr der Entdeckung weitergeben?«

»Kuriere. Wie Sie wissen, eröffnete die neue sumarische Regierung kürzlich eine zivile Transportlinie, die ihren Bürgern nun erlaubt, von Sumara nach Clovis – das jetzt Neu-Eden heißt – auf einen Planeten namens Mars, auf ihre Heimatwelt Erde, auf einen anderen Planeten namens Alpha Centauri, und auf eine Welt der Primord namens Intus zu reisen. Nach der Sammlung von Informationen über diese Systeme laden wir sie auf Datensticks, die wir über menschliche

Kuriere zurückschicken werden. Das klingt altmodisch und technisch einfach, ich weiß, aber es ist der sicherste Weg, die erlangten Informationen weiterzugeben, ohne das Abfangen eines Kommuniqués zu riskieren.«

Heltet schüttelte den Kopf und entgegnete: »Nein, Dakkuri, die Datensticks sind nicht der sicherste Weg, die Daten zu transferieren. Sie könnten verloren, gestohlen oder im Transit zerstört werden. Ich halte es für den sichersten und effektivsten Weg, die Daten durch den Schädel-Upload-Port hin und her zu senden.«

Dakkuris Gesicht verriet sein Unbehagen bei der Erwähnung eines Schädel-Upload-Ports. Das war etwas, was kein Mensch in seinem Körper mochte oder haben wollte.

Dakkuri konterte. »Ich weiß, dass diese Methode den *Eindruck* erweckt, der sicherste Weg des Datentransfers zu sein. Ich gehe davon aus, dass Sie über die Probleme informiert sind, unter denen viele der menschlichen Kuriere in der Vergangenheit litten?«

Mit der Geste einer seiner Hände wischte Heltet seine Bedenken zur Seite. »Dieses Problem ist gelöst. Hier, ich werde es Ihnen zeigen.«

Gleich darauf erschien vor ihnen die holografische Abbildung eines menschlichen Schädels. Das was folgte, war ein wenig gruselig. Es zeigte einen Zodark, der ein kleines Gerät durch eine in den Schädel eines Sumarers gebohrte Öffnung einfügte – direkt unter der Schädeldecke zwischen dem Gehirn und den Knochen. Nachdem die Öffnung verschlossen und die Wunde wieder mit der Kopfhaut abgedeckt war, war die Implantation eines Datensticks nicht erkennbar. Das Gerät war dank seiner Wireless-Technologie dazu geeignet, Informationen zu prozessieren. Die Zodark sahen dies als die ideale Lösung an, in aller Öffentlichkeit Daten versteckt zu befördern.

Dakkuri nickte Heltet zustimmend zu. »Sie haben Recht. Das ist die beste Methode, Daten zu befördern. Schön zu sehen, dass sie einen besseren Weg fanden, das Gerät einzubauen. Die bisherige Weise war barbarisch.«

Heltet zuckte mit den Achseln. Er war menschlichem Unbehagen gegenüber gleichgültig. »Wann beginnt Ihre Operation?«

»Sofort. Ich gebe noch heute die Anweisungen an meine Leute aus. Es wird eine Weile dauern, bevor alle ihren vorbestimmten Einsatzort erreichen und den Vorgang der Infiltration beginnen können. Es gibt viel zu organisieren, angefangen mit der Etablierung geheimer und sicherer Unterkünfte auf jedem dieser menschlichen Planeten, bis hin zu Orten, an denen wir uns ohne Verdacht zu erregen treffen können, um Informationen auszutauschen. Dies ist ein enormes Projekt, Heltet. Ich hoffe, Sie verstehen, dass dies nicht über Nacht geschehen kann. Es wird einige Zeit in Anspruch nehmen, um es richtig zu machen.«

»Solange Ihre Spione die nötigen Informationen einholen … Das ist alles, worauf es mir ankommt.« Insgeheim war Heltet jedoch hinsichtlich des Zeitrahmens besorgt, der ihm auferlegt worden war, um diese Operation in Gang zu bringen. Er wusste vielleicht besser als die meisten, dass Geheimdienstoperationen wie diese oft ein ganzes Jahrzehnt in Anspruch nehmen konnten, um die Art von Ergebnissen einzubringen, die seine Vorgesetzten sicher von ihm fordern würden. Sie wollten wissen, wo sich die Welt der Terraner, diese Erde, befand. Das Gleiche galt für ihre Kolonien.

Alles sollte in Ordnung gehen, solange Dakkuri sein Bestes für mich gibt.

Kapitel Siebenundzwanzig
Die Allianz der Zukunft

Hauptwelt Altus
Der Kriegsrat der Allianz

Der Berichterstatter hatte seine Präsentation vor den Mitgliedern des Kriegsrats beendet und war nun bereit, Fragen entgegenzunehmen. Die erste Frage kam von Jandolly, einem der Altairianer, der regelmäßig im Widerspruch zu vielen der nicht-altairianischen Mitgliedern stand.

»Wenn den Orbot und den Zodark weiter eine Präsenz auf Alfheim erlaubt ist, wieso erklärten wir uns gerade mit einem Friedensvertrag einverstanden?«, beanstandete er. »Wenn ich recht verstehe, wollten Sie, die *Terraner* und die *Primord* ...« – dabei legte er besondere Betonung auf diese Namen – »... diese lang verlorene Minenkolonie von deren Kontrolle befreien, anstatt sie mit ihnen zu teilen.«

Der Senator der Primord, Bjork Terboven, erklärte: »Zu Beginn der Operation war dies unser erklärtes Ziel. Als sich die Gelegenheit ergab, nicht nur diesen Kampf zu beenden, sondern den Krieg in seiner Gesamtheit, schien die Aufteilung des Planeten um die Fortführung der Gespräche und den Dialog mit dem Kollektiv zu sichern, kein schlechter Handel zu sein.«

Mehrere Ratsmitglieder nickten zustimmend. Einige schnauften verächtlich. Nicht jeder war über dieses Abkommen glücklich.

Jandolly drehte sich zu Senator Terboven um und hakte nach: »Sind die Primord tatsächlich mit dieser Friedensvereinbarung glücklich? Die Zodark kontrollieren weiterhin fünf Ihrer Welten.«

»Uns ist bewusst, welche Welten die Zodark weiter kontrollieren«, reagierte der Senator ungehalten, bevor er fortfuhr. »Uns wurde die Chance geboten, einen Waffenstillstand und hoffentlich einen anhaltenden Frieden zwischen den beiden Allianzen herbeizuführen. Wenn das mit sich bringt, dass wir einen Teil von Alfheim abgeben und die Zodark oder die Orbot die Kontrolle über fünf unserer Welten behalten, dann wird mein Volk lernen, damit zu leben.«

Einige Mitglieder murrten. General Atiku Muhammadu, der die Tully repräsentierte, äußerte sich. »Ich bin der gleichen Meinung wie Senator Terboven. Uns bot sich die Möglichkeit, diesen Krieg zu beenden – einen seit mehreren hundert Jahren schwelenden Konflikt. Wieso sind einige von Ihnen darüber aufgebracht, dass er vorbei ist? Wir alle haben in diesem Krieg genug Mitglieder unserer Bevölkerung verloren. Es ist Zeit, Frieden zu schließen.«

»Ich bin darüber aufgebracht, dass dieser Friedensvertrag ohne Absprache mit dem Kriegsrat ausgehandelt wurde«, hielt Jandolly ihm scharf entgegen. »Niemand wurde hinzugezogen, um sich hinsichtlich der Bedingungen auszusprechen. Vielleicht sind nicht alle Mitglieder dieser Allianz bereit, diesen Frieden zu akzeptieren. Halten Sie das für möglich?«

Die Spannung im Raum war greifbar. Die Mitglieder waren dabei, sich in zwei gegnerische Faktionen zu spalten – diejenigen, die die Vereinbarung begrüßten, und die, die dagegen waren.

Senator Terboven konterte: »Die Mitglieder der Allianz, die in diesem Krieg gekämpft und Opfer beklagt haben, erklärten ihr Einverständnis zu dieser Friedensvereinbarung im Namen der Allianz. Wenn Sie den Krieg gern fortgesetzt hätten, Jandolly, hätten die Altairianer sich am Kampf beteiligen sollen. Wären Sie Teil der großen Flotte gewesen und hätten an den militärischen Operationen teilgenommen, wären Sie vom Anbeginn der Gespräche an dabei gewesen. Stattdessen bewiesen die Altairianer erneut, dass sie bereit sind, Technologie zur Aufrechterhaltung des Kriegs beizusteuern, während sie andererseits unwillig sind, sich die Hände durch einen Kampfeinsatz schmutzig zu machen.«

Statthalter Miles Hunt hob die Hand, um den Streit zu stoppen. Jandolly wollte dennoch gerade eine seiner Tiraden loslassen, als Hunt hart mit der Handfläche auf den Tisch schlug. Das laute Geräusch des Aufschlagens seines metallenen Rings hallte durch den Raum. Es beendete das fortlaufende verhaltene Murmeln, das im Hintergrund stattfand, und zog die Aufmerksamkeit aller Anwesenden auf sich.

»Dieser Krieg ist fürs Erste vorbei«, erklärte Hunt und sah die versammelten Mitglieder um den Tisch herum an. »Ich für meinen Teil denke nicht, dass die Auseinandersetzung insgesamt zu Ende ist. Ich glaube, dass die Orbot den Zodark dieses Friedensabkommen aufgezwungen haben, obwohl deren Stolz ihnen nicht erlaubt, eine solche Vereinbarung anzuerkennen. Ich bin überzeugt davon, dass die Zodark diese Zeit der Waffenruhe dazu nutzen werden, ihre Streitkräfte neu zu gruppieren, um uns – sobald sie sich sicher sind, uns überlegen zu sein – mit einem Überraschungsangriff zu überfallen. Aus diesem Grund werden wir das Übereinkommen ebenfalls als Pause oder als einen vorübergehenden Waffenstillstand ansehen, nicht als das Ende der Feindseligkeiten.«

Hunt sah Jandolly an. »Sie hätten in Bezug auf das Abkommen gehört werden sollen. Das war mein Fehler. Ich sah eine Gelegenheit, den Kampf und den Blutverlust zu beenden. Die habe ich ergriffen. Während unserer Gespräche mit dem Kollektiv wurde die gegenseitige Abneigung zwischen den Zodark und den Orbot deutlich. Zumindest existiert ein gewisser Grad an Frustration zwischen diesen Partnern. Die Cyborg dachten, der Krieg habe sich lang genug hingezogen. Sie verloren zu viele Schiffe in einer Auseinandersetzung, in der sie ihrer Ansicht nach nicht hätten kämpfen sollen. Demgegenüber wollten die Zodark den Kampf fortsetzen. Ich hatte den Eindruck, dass sie gewillt waren, weitere Verluste zu absorbieren, während sie sich hinsichtlich der Verluste, die ihre Verbündeten hinnehmen mussten, keinerlei Gedanken machten. Ich bin kein Gedankenleser, aber es war offensichtlich, dass es zwischen diesen beiden Gruppierungen Probleme gibt. Ich hoffe, dass wir diese Spannung unter ihnen eines Tages zu unserem Vorteil ausnutzen können.«

Jandolly schien sich bei diesem Geständnis ein wenig zu entspannen. Mit hoch erhobenem Kopf erwiderte er: »Danke, dass Sie Ihren Fehler eingestanden haben, Statthalter. Wir sollten künftig versuchen, solche Dinge besser zu koordinieren. Dank der militärischen Verluste, die die Orbot hinnehmen mussten, standen wir kurz vor dem Beginn einer Invasion in den an unseren Bereich angrenzenden Raum. Angesichts der großen Zahl der Orbot- und Zodarkschiffe, die vor Ihrer Re-Invasion von Alfheim die angrenzenden Orbot-Systeme verließen und vermutlich auf dem Weg waren, an Ihrem Gefecht teilzunehmen, waren wir marschbereit. Aus diesem Grund hat uns Ihr Friedensabkommen so aufgebracht. Es bedeutete, dass wir unsere Invasion nicht durchführen konnten – eine Invasion, auf die wir uns jahrelang vorbereitet haben.«

Er machte eine kurze Pause, bevor er sich erneut an den Redner wandte. »Wenn möglich, möchte ich noch einmal die Verlustzahlen der Schiffe nach der letzten Schlacht sehen«, forderte Jandolly ihn auf.

Hunt nickte dem Berichterstatter zu, diese Details erneut hochzubringen. Dann fügte er hinzu: »Jandolly, Sie haben uns gerade auf etwas Wichtiges hingewiesen. Als Allianz haben wir überaus schlechte Arbeit in der Koordination dieses Krieges geleistet. Wir nennen uns eine Allianz, setzen uns tatsächlich aber aus einer Kombination mehrerer kleinerer Koalitionen zusammen – was Sie uns mit Ihrem Plan soeben bewiesen haben. Sie sagten, dass Ihr Volk sich seit Jahren auf die Invasion des Orbot-Raums vorbereitet hat – ohne jemanden innerhalb der Allianz davon in Kenntnis zu setzen.«

»Das trifft nicht zu«, wehrte Jandolly ab. »Die Ry'lian wussten es.« Hunt warf Senator Nom Eblith, dem Repräsentanten des Volks der Ry'lian einen fragenden Blick zu, der ihm kaum merklich zunickte. Die Ry'lian waren relativ unbedeutende Mitglieder der Allianz; neue Teilnehmer, die der Allianz erst kurz vor den Terranern beigetreten waren. Jandolly fuhr fort: »Sie hätten sich an der Invasion beteiligt. Eines der Systeme, das wir befreien wollten, wurde ihnen vor knapp 20 Jahren genommen.«

»Richtig. Unser System, PX-201, besteht aus sechs Planeten und 26 Monden. Fünf Monde und zwei der Planeten waren besiedelt. Beinahe 180 Millionen unserer Leute befinden sich seit fast zehn Dygrill in der Gefangenschaft der Orbot«, bestätigte Senator Eblith. Seine Rasse war sehr untersetzt und bei ungefähr der gleichen Größe wie die Menschen fast zwei Mal so breit. Alle hatten einen Schwanz, den sie als Greifwerkzeug nutzen konnten. Gewöhnlich war er stumpf, konnte im Kampf allerdings einen tödlichen Stachel ausfahren.

Hunt ging kurz durch den Kopf, dass ein Dygrill in etwa zwei Menschenjahren entsprach.

»Ich verstehe, Senator Eblith. Auch das untermauert mein Argument. Außer den Altairianern und Ihnen hatte niemand die entfernteste Idee, dass diese Invasion stattfinden sollte. Das darf nicht wieder vorkommen. Wir müssen künftig als eine enger verbundene Allianz zusammenarbeiten. Jede militärische Planung sollte im Voraus abgesprochen werden. Selbst ich, der Statthalter, war nicht über diese Offensive informiert, wann sie stattfinden sollte, und was die

Zielsetzung war. Als Allianz können wir so nicht weiter verfahren«, rief Hunt frustriert aus.

Senator Eblith entgegnete ihm: »Um fair zu sein, Statthalter … Sie und die anderen wurden nicht mit einbezogen, da keiner von Ihnen an diesem Angriff beteiligt werden sollte. Wir wollten den Rat nicht mit unserem Vorhaben belasten.«

Hunt schüttelte den Kopf. »Es geht nicht um den Einbezug der anderen Mitglieder des Rates. Es geht darum, den Informationsfluss aufrechtzuerhalten, damit wir unsere Aktivitäten besser koordinieren können. Nach der Sicherung des Sirius-Systems und falls wir die Friedensvereinbarung nicht eingegangen wären, hätte ich die *Freedom* problemlos nach PX-201 verlegen können, um Ihnen bei der Befreiung dieses Systems von der Kontrolle der Orbot beizustehen.«

Nach einer markanten Pause fuhr Hunt fort: »Dies ist einer der Gründe, weshalb ich darauf bestehe, dass wir den Rat der Allianz auf Neu-Eden verlegen. Die Allianz braucht einen Neuanfang. Wir müssen unsere Bemühungen künftig bewusst darauf konzentrieren, zum Wohle *aller* Mitglieder zusammenzuarbeiten. Das bringt mit sich, dass wir uns in allem was wir tun und wieso wir es tun, absprechen. Wir müssen expandieren und den interstellaren Handel zwischen den Mitgliedern der Allianz ausbauen. Wir müssen Wege finden, miteinander zu wachsen. Bevor ich diesbezüglich allerdings weiter ins Detail gehe … Jandolly hat uns gebeten, uns die Verlustzahlen der Sirius-Kampagne ein zweites Mal anzusehen. Tun wir das.«

Der Berichterstatter tippte etwas auf seinem Datenpad ein, worauf die gewünschten Zahlen über der Mitte des Tischs erschienen. Jeder der Anwesenden um den Tisch herum konnte die Daten und Charts so lesen, als ob sie allein ihm präsentiert wurden.

Die Information war in zwei Kolonnen eingeteilt. Eine zeigte die Seite des Kollektivs – die Schiffe der Zodark und Orbot – aufgespalten in ihre jeweiligen Klassen. Unter der individuellen Klasse eines Kriegsschiffs war die Gesamtzahl dieser Schiffe im System vermerkt und daneben die Anzahl der zerstörten Schiffe. Die Information auf der Seite des galaktischen Reichs, der GR-Seite, war hinsichtlich der Primord- und der terranischen Schiffe in gleicher Weise aufgelistet.

Die Orbot hatten die legendären Fundamente ihrer Flotte – acht ihrer Großkampfschiffe – in das System verlegt. Diese Schiffe waren enorm groß. Ihre Funktion entsprach in etwa der der *Freedom*; sie fungierten als eine Art mobiler Stützpunkt. Diese Schiffe waren beinahe sechs Kilometer lang und bis an die Zähne bewaffnet. Ihre wichtigste Waffe war die schiffsseitige Stationierung von 600 Jägern und Bombern. Sie verfügten sogar über die Fähigkeit, die in der Schlacht verlorenen Jäger und Bomber zu replizieren. Sich ihnen im Kampf zu stellen, hatte großen Mut erfordert. Fünf dieser acht Schiffe waren zerstört worden, während die übrigen unterschiedliche Grade des Schadens erlitten hatten.

Die Zodark hatten zehn ihrer Sternenträger aktiviert. Obwohl sie kleiner als die der Orbot waren, verfügten diese Schiffe über mehr Plattformen für ihre Schiff-zu-Schiff-Waffensysteme. Die Laser dieser Sternenträger waren noch mächtiger als die ihrer Schlachtschiffe. Im Gegensatz zu den 600 Jägern und Bombern der Orbot, konnten die Sternenträger der Zodark ‚nur' 400 Kämpfer absetzen. Immer noch eine bedeutende Anzahl. Am Ende der Hauptschlacht waren sechs der zehn Schiffe, mit denen die Zodark in den Kampf gezogen waren, zerstört.

Insgesamt wurden 93 Kriegsschiffe der Zodark und 72 der Orbot im Laufe der sich drei Tage hinziehenden Schlacht vernichtet. Im Vergleich dazu hatten die Primord 76 Kriegsschiffe verloren und die Terraner 51 – ein schwerer Verlust, der ohne die Superkanone der *Freedom* noch gewichtiger ausgefallen wäre. Ein einziger Schuss der *Freedom* hatte viele der Orbot- und Zodark-Kriegsschiffe und Kreuzer bereits beim ersten Mal aus dem Weg geräumt, was die Schlacht zum Vorteil der Allianz entschieden hatte.

Die Verlustzahlen der Bodentruppen waren niederschmetternd. Die offizielle Verlustliste der republikanischen Armee zeigte, dass über 236.000 Soldaten und 400.000 C100 während der Bodenkampagne gefallen waren. Ein Großteil der Verluste war während der Invasion durch das Kollektiv und der nachfolgenden Besetzung aufgetreten. Die Primord hatten 46.000 Soldaten verloren. Offizielle Zahlen für die Orbot oder die Zodark standen nicht zur Verfügung, aber es wurde vermutet, dass insgesamt über 400.000 ihrer Streitkräfte den Tod gefunden hatten. Der Kampf um das Sirius-System und um Alfheim würde in die Annalen als eine der kostspieligeren Schlachten des sich über 14 Jahre erstreckenden Krieges eingehen.

Nachdem sie die Verluste der Allianz durchgegangen waren, machte Hunt deutlich, dass Verluste in solchem Umfang in Zukunft nicht akzeptabel waren oder sich wiederholen durften. Keine Rasse sollte die schwere Kosten einer einzigen Schlacht allein auf ihren Schultern tragen. Er nutzte die Statistiken des letzten Kampfs, um den Altairianern erneut deutlich zu machen, dass es in ihrem eigenen Interesse lag, an künftigen Konflikten Anteil zu haben, statt allein ihre Technologie bereitzustellen, ansonsten aber aus der Ferne zuzusehen. Entweder würden sie ihren Beitrag zur Allianz leisten oder sich auf sich selbst gestellt wiederfinden. Hunt machte Jandolly und den anderen Altairianern klar, dass die Gallentiner sehr wohl wussten, dass sie die Terraner und die Primord in diesem Krieg als Kanonenfutter benutzt hatten. Dies war ihre Warnung, dass die Gallentiner von jetzt an über Statthalter Hunt stärker darauf achten würden, was sich in der Milchstraße abspielte. Der Konsens unter den Gallentinern war, dass die Altairianer einen aktiveren Beitrag zu diesem Krieg leisten mussten.

Vor dem offiziellen Ende des Ratstreffens wandte er sich erneut an Pandolly und Jandolly: »Bevor wir uns anderen Dingen zuwenden, helfen Sie mir doch bitte, etwas zu verstehen.«

Beide nickten und versprachen, Ihr Bestes zu geben. Sie hatten den Wink mit dem Zaunpfahl verstanden. Sie mussten bessere Teamplayer sein.

»Wenn ich mich recht erinnere, sprachen Sie von Spannungen zwischen den Orbot und den Zodark. Während der Friedensverhandlungen empfand ich das auch. Ich hoffe, dass Sie darauf etwas näher eingehen können. Besonders interessiert bin ich an Informationen, die möglicherweise einen Keil zwischen sie treiben könnten«, erklärte Hunt.

Jandolly erhob sich und deutete allen anderen an, sitzenzubleiben, während er eine Wanderung durch den Saal aufnahm. Mit leiser, aber selbstbewusster Stimme begann er: »Uns liegen einige geheimdienstliche Informationen hinsichtlich der Zodark vor, die ich an Sie weitergeben möchte. Ich hatte immer vor, dies nach Ihrer Rückkehr von Sirius zu diskutieren. Jetzt scheint eine gute Zeit dafür zu sein.«

Hunts zwang sich, einen neutralen Gesichtsausdruck beizubehalten. Hinter seiner ruhigen Fassade schäumte er allerdings vor Wut mit der Erkenntnis, dass die Altairianer erneut wertvolle Informationen für sich behalten hatten.

»Die Balloll, unsere Geheimdienstorganisation, versorgt uns seit 20 Jahren mit verblüffenden aber nicht zu verifizierenden

Informationen über die Zodark. Ich gebrauche das Wort ‚verblüffend‘, da dies, falls die Berichte der Wahrheit entsprechen, genau der Keil sein könnte, den Sie suchen. Unglücklicherweise waren wir nie in der Lage, diese Behauptungen unabhängig oder durch eine zweite Quelle zu bestätigen, was bedeutet, dass diese Informationen allein von einem einzigen Agenten stammen.«

»Statthalter, bevor die Terraner Clovis entdeckten, den Planeten, der nun Neu-Eden heißt, standen die Zodark kurz davor, die Orbot als dominante Rasse in ihrer Allianz zu überholen. Einfach gesagt, die Zodark verachten die Orbot, da sie Cyborgs sind. Obwohl ein kleiner Teil von ihnen noch aus biologischer Materie besteht, sind sie heute überwiegend Maschinen. Die Zodark vertrauen ihnen nicht. Sie denken, dass sie weder Seelen haben noch ehrenhaft kämpfen – was die Zodark allerdings nicht davon abhält, mit ihnen zusammenarbeiten, die Technologie der Orbot zu akzeptieren, sie auszunutzen oder direkt zu stehlen. Die Zodark sind die unangefochtenen Meister der Manipulation. Wie Sie wissen, verschleppten die Zodark Menschen von Sumara – über ihren jährlichen Tribut. Die Sumarer wussten nicht, was mit diesen Menschen geschah. Manche fürchteten, sie würden gefressen, während andere dachten, sie würden einem beliebigen Gott geopfert.

«Tatsache ist, dass keine dieser Vermutungen zutrifft. Wir wissen, dass sich manche Zodark die Sumarer als Haustiere oder Sklaven halten, insbesondere ihre NOS oder ihre Kommandanten. In der Hauptsache nutzen sie sie allerdings für etwas weit Bedrohlicheres. Sie bringen die als Tribut erworbenen Menschen auf einer Reihe von Planeten in den Orinda- und Valencia-Systemen unter.« Jandolly brachte eine Sternenkarte hoch. Er markierte den von den Zodark kontrollierten Raum und hob die von ihm angesprochenen Systeme hervor. Beide lagen am Ende einer Systemkette, tief im Einflussbereich der Zodark, und nur drei Sprünge von Tueblets – einem bedeutenden Knotenpunkt und wichtigem Industriesystem der Zodark – entfernt. Statthalter Hunt hatte die Übernahme dieses Systems bereits vor einem Jahrzehnt vorgeschlagen.

»Das Orinda-System enthält vier und das Valencia-System enthält zwei Planeten, die dazu geeignet sind, menschliches Leben zu unterstützen. Seit mehreren Jahrhunderten bevölkern die Zodark diese sechs Planeten nun schon mit den Menschen der Tribute. Sie geben sich die größte Mühe, das Wachstum dieser menschlichen Kolonien in jeglicher Weise zu fördern und zu kultivieren. Ihr Ziel ist es, eine explosive Zunahme der Bevölkerung zu bewirken. Mit ein wenig Hilfe der Medizin gebärt die durchschnittliche Frau auf diesen Planeten 13 Kinder. Dank dieser hohen Geburtenrate stieg die Bevölkerung auf eben diesen Planeten im Vergleich zu unseren eigenen Planeten und Kolonien mit unglaublicher Geschwindigkeit an.«

Statthalter Hunt war überrascht, dass die Altairianer tatsächlich die gleiche Information weitergaben, die er schon von Captain Wiyrkomi gehört hatte. Er beschloss, ihre Aussage weiter darauf zu testen, inwieweit sich die beiden Geschichten unterschieden. »Ein solches Bevölkerungswachstum … Was haben sie mit all diesen Menschen vor?«, drängte er.

Jandolly nickte. »Das ist die Frage, die wir uns seit vielen Jahren stellen. Die Frauen – das ist offensichtlich – sind dazu bestimmt, Kinder zu produzieren, *viele* Kinder. Und die Männer werden größtenteils zur Arbeit herangezogen. In diesen Systemen gibt es mehrere Schiffswerften. Wir sind uns nicht sicher, was genau sie dort bauen, klar ist nur, dass sie eine große Zahl von etwas bauen. Des Weiteren ist wichtig zu wissen, dass viele dieser Männer einer Art menschlicher Armee angehören. Unser Agent, der diese Gegend infiltriert hat, berichtete uns von seiner Vermutung, dass die Armee darauf trainiert wird, den Zodark eines Tages im Kampf gegen die Orbot und bei der Übernahme ihrer Territorien und ihrer Planeten behilflich zu sein.«

Hunt musste den überraschten Ausdruck auf seinem Gesicht unterdrücken, ebenso wie den scharfen Kommentar, den er jetzt zu gerne abgeben wollte. Die Altairianer hatten diese wichtigen Geheimdienstinformationen bewusst zurückgehalten. Hunt atmete tief ein und sehr langsam wieder aus. Sobald er sich wieder unter Kontrolle hatte, verkündete er: »Jandolly, dies sind wichtige Informationen, die Sie bereits vor vielen, vielen Jahren mit uns hätten teilen müssen. Wieso haben Sie dieses Geheimnis zurückgehalten?«

Nun meldete sich Pandolly zum ersten Mal zu Wort. »Statthalter, wie Jandolly zu Beginn betonte, stammen diese Auskünfte nur aus einer einzigen Quelle. Wir sind nicht in der Lage zu überprüfen, ob sie der Wahrheit entsprechen oder Teil einer Desinformationskampagne der Zodark oder sogar der Orbot sind.«

»Dann müssen Sie einen Weg finden, diese Fakten zu verifizieren«, entfuhr es Hunt. »Sie könnten einige der Sumarer auf Sumara ansprechen. Vielleicht verfügen einige von ihnen über Informationen, die Ihnen dabei helfen, Sie in die richtige Richtung zu lenken. Was, wenn diese menschliche Armee tatsächlich existiert? Was, wenn die Zodark nun planen, anstelle der Orbot eine menschliche Armee auf uns loszulassen? Das wäre wahrhaftig eine Situation, auf die wir weit im Voraus vorbereitet sein sollten.«

»Vielleicht ist es uns jetzt nach dem Ende des Kriegs möglich, einige dieser Informationen durch das Einschleusen zusätzlicher Quellen in diese Systeme zu bestätigen«, äußerte sich Jandolly hoffnungsvoll.

Hunt lehnte sich in seinem Stuhl zurück und überlegte, wie er Wiyrkomis Informationen am besten mit der Gruppe teilen konnte. Er räusperte sich. »Vor etwa 750 Jahren etablierte der Führer des ottomanischen Reichs, ein Mann namens Sultan Orhan, eine Armee von Soldaten, die sogenannten Janitscharen. Es war eine Sklavenarmee, die dem Führer des Reichs der Ottomanen dienen sollte und das viele hundert Jahre lang auch tat. Die Ottomanen kreierten diese Armee, indem sie kleine Jungen aus den eroberten Territorien zum Militärdienst verpflichteten. Die Kinder wurde körperlich und geistig darauf vorbereitet, Krieger zu sein und dem Sultan, dem sie dienten, unverbrüchliche Loyalität entgegenzubringen. Über die Jahrhunderte wuchs der Ruf dieser Sklavenarmee und ihre Stärke. Falls Ihre Quelle Ihnen tatsächlich zutreffende Tatsachen berichtet hat, dann ist es gut möglich, das dies genau das ist, worauf die Zodark hingearbeitet haben … das Erstellen einer riesigen Sklavenarmee, mit der sie zuerst die Orbot und danach den Rest von uns erobern werden.«

Viele Ratsmitglieder schienen von dieser möglichen Verwendung der auf diesen Planeten angesiedelten Menschen überrascht zu sein. Andere waren weiterhin in Bezug auf ein mögliches Zerwürfnis zwischen den Orbot und den Zodark sichtlich skeptisch. Die beiden Spezies kämpften seit Jahrhunderten gut zusammen. Dennoch, allein der Gedanke, dass die Zodark auf diesen Planeten Menschen aufzogen und abrichteten, ließ die Sachlage nicht unbedingt in den rosigsten Farben erscheinen.

Der Rat diskutierte eine ganze Stunde lang die Idee der Integration von Menschen in die Armee der Zodark, um eventuell ihren

Kampf für sie auszutragen. Schlussendlich waren alle der Meinung, dass sie größere Anstrengungen unternehmen mussten, Informationen über diese Welten zu erhalten und darüber, was die Zodark vorhatten. Die Friedensvereinbarung war den Zodark aufgezwungen worden – was bedeutete, dass sie aller Wahrscheinlichkeit davor schon einem Plan gefolgt waren. Die Frage war nun, welchem?
****

Später am Abend

In Begleitung von Pandolly und Handolly spazierte Miles Hunt durch die altairianische Hauptstadt. Seine vier bewaffneten Leibwächter leisteten hervorragende Arbeit. Sie waren so gut wie unsichtbar.

Miles war stets beeindruckt, wie fortschrittlich diese Stadt war. Am Boden schwebten Fahrzeuge niedrig über der Straße. Dazwischen waren Busse und Transportfahrzeuge unterwegs, die Personen und Waren durch die Stadt transportierten. Etwa zehn Meter über der Straße verlief ein klares Plexiglasrohr. Im Abstand von wenigen hundert Metern gab es jeweils eine Station, an der die Passagiere ein- und aussteigen konnten. Ihr Aufzugs- und Rolltreppensystem ermöglichte den Passagieren den schnellen Zugang zum Röhrensystem. Alle fünf Minuten durchquerte ein Zug mit acht Wagen die Röhre auf dem Weg zu der Station, die dem Ziel der Passagiere am nächsten war. Verbunden mit jeder Station war eine zweite Station, die etwa 100 Meter über der ersten lag. Sie verfügte über weit weniger Haltestellen und war dazu gedacht, die Mitfahrer über größere Entfernungen bei höherer Geschwindigkeit zu befördern. Es war eine unglaublich effektive Weise, eine große Zahl von Personen und Waren innerhalb der Stadt und in die umliegenden Städte zu befördern.

Ich hoffe, wir führen solche Transitsysteme auf Neu-Eden und der Erde ein, dachte Hunt. *Das würde unser öffentliches Transportwesen revolutionieren.*

Pandolly führte seine Begleiter in ein sehr elegant aussehendes Restaurant. Sie nahmen im zweiten Stock an einem Tisch auf der Außenterrasse Platz, der ihnen einen fabelhaften Ausblick über die geschäftige Stadt unter ihnen bot. Sah man hingegen nach oben, fiel der Blick auf das mehrstufige Hyperloop-System und auf die oberirdische

Landstraße, auf der sich die Autos in einem perfekt choreografierten Tanz bewegten.

Der Maître d' trat an ihren Tisch heran. Er gehörte einer außerirdischen Rasse an, die Hunt bislang unbekannt war. Er würde sich später bei Pandolly über sie erkundigen. Die Speisekarte, die ihm gereicht wurde, überraschte ihn. Aufgeführt waren mehrere bekannte und beliebte Gerichte der Menschen – einfache Hausmannskost wie Shepherd's Pie und Würstchen mit Kartoffelbrei, neben mehreren exklusiveren Gerichten wie Beef Wellington und Entenconfit in Rotweinsoße. Es war einfach zu sehen, dass dieses Restaurant speziell die kleine menschliche Gemeinschaft ansprach, die sich in dieser außerirdischen Stadt aufhielt. Das war sicher der Grund, weshalb Pandolly ihn hierher eingeladen hatte.

Der Maître d' servierte Hunt ein Glas feinen Weins und ein ähnliches Getränk für die Altairianer. Nachdem er ihre Bestellung aufgenommen hatte, ließ er die drei allein, damit sie sich ungestört unterhalten konnten. Pandolly sah dies als seine Gelegenheit, ein heikles Thema anzusprechen, und er nutzte seine Chance.

»Miles, vor einigen Wochen auf Alfheim sagtest du, dass wir Altairianer nicht unbedingt ehrlich mit deinem Volk waren. Das würde ich gerne mit dir besprechen und dir einiges darüber erklären. Wirst du uns diese Gelegenheit geben?«

»Selbstverständlich, Pandolly«, versicherte Miles ihm und griff nach seinem Weinglas. »Teil des Aufbaus einer dauerhaften Freundschaft und einer Allianz ist es, untereinander ehrlich zu sein. Das ist etwas, woran es zwischen unseren Völkern schon viel zu lange mangelt, denke ich.«

Miles wandte sich an Handolly. »Während unseres ersten Treffens erzählten Sie uns die Geschichte von einem eisigen Kometen, der auf die Erde zusteuerte. Sie behaupteten, dass der Einschlag dieses Kometen zur Vernichtung der gesamten Menschheit geführt hätte – was unrichtig war, da es zu dieser Zeit bereits auf anderen Planeten Menschen gab. Ich möchte Sie bitten, mir ehrlich zu erklären, was wirklich geschehen ist. Wieso wurden einige Menschen von der Erde auf Sumara transportiert? Außerdem würde ich gerne wissen, auf welche anderen Planeten Menschen der Erde gebracht wurden und aus welchem Grund«, bat Miles. Er beugte sich vor, in der Hoffnung, vielleicht dieses eine Mal einige echte Hintergründe von den Altairianern zu erfahren.

Handolly schien zu seufzen, bevor er im Eingeständnis ihrer vorherigen Unehrlichkeit zustimmend nickte. »Miles, Sie müssen etwas verstehen. Wir Altairianer wollten Sie nie aus Bösartigkeit täuschen. Es gab Wissen, das Ihr Volk damals einfach noch nicht verkraften konnte. Einiges von dem, was ich Ihnen nun preisgeben werde, hätte unter dem Volk der Erde gewaltige Unruhen ausgelöst.«

»Das verstehe ich, Handolly, aber Sie bauten unsere Beziehung auf einer Lüge auf – eine Lüge, die mein Volk und meine Regierung dazu bewegt, Ihrem Volk nicht so zu vertrauen, wie wir es tun sollten. Sagen Sie mir also noch einmal, wie oft die Altairianer oder andere Spezies Menschen von der Erde entfernt und entweder auf Ihren Schiffen behalten oder auf andere Planeten und Monde gebracht haben?«, drängte Miles mit leiser, aber bestimmter Stimme.

»Ich kann mich nicht darüber äußern, was andere außerirdische Spezies möglicherweise auf der Erde gemacht und ihren Leuten angetan haben. Ich werde allein davon reden, was *wir* getan haben. In der Erwähnung des Eiskometen war ich nicht ganz ehrlich. Damit will ich sagen, dass es ihn sehr wohl gegeben hat, nur nicht in dem Zeitraum, den ich Ihnen ursprünglich genannt habe. Es geschah viel früher. Als der Komet einschlug, befand sich Ihre Spezies noch in der Entwicklung. Die Dinosaurier streiften durch das Land und die Erde war ein vollkommen anderer Ort. Damals stand die Erde und die Entwicklung Ihrer Spezies bereits seit Jahrhunderten unter Beobachtung. Wir dokumentierten Ihren Fortschritt und verfolgten Ihre Entwicklung. Der Entwicklungsfortschritt Ihres Volkes und wie schnell sie lernten, erweckte unsere Aufmerksamkeit. Das sagte uns, dass Ihre Spezies – mit etwas Hilfe und Führung – schnell vorankommen konnte. Des Weiteren beobachteten wir auch, wie erfolgreich sich Ihre Spezies fortpflanzen würde, falls Sie die Säuglingssterblichkeitsrate meistern konnten.

»Vor dem Einschlag des Eiskometen und der damit verbundenen Ausrottung der Dinosaurier, entführten wir einige Menschen, um sie zu studieren und Experimente an ihnen durchzuführen. Das half uns dabei, Ihre Spezies besser zu verstehen, welche Art planetarischer und atmosphärischer Bedingungen Sie zum Überleben benötigten, usw. Wir lernten, welcher Art von extremen Bedingungen Ihre Spezies standhalten und wie Ihre Körper sich anpassen oder nicht anpassen konnten. Als der Komet auf die Erde zuhielt, versuchten wir tatsächlich, ihn zu stoppen. Er gelang uns, sein Eis in großem Umfang zu schmelzen. Und wir versuchten, seinen Kurs zu ändern. Letztendlich waren wir erfolgreich darin, ihn in kleinere Stücke aufzubrechen. Der größte Teil des Kometen flog an der Erde vorbei, aber der Brocken, der aufschlug, zerstörte das teilkristalline Firmament, das den Planeten umgab. Der Schaden an dieser Hülle hatte dramatische Auswirkungen auf die Atmosphäre der Erde und war für die Bewegungen der Landmassenstruktur auf Ihrem Planeten verantwortlich.«

»Sie sprechen von der Aufspaltung des Superkontinents Pangaea in die voneinander getrennten Kontinente?« erkundigte sich Miles zweifelnd.

»Ganz recht«, nickte Handolly. »Der Einschlag des Kometen verursachte enorme vulkanische Aktivitäten auf dem Planeten und verschob die tektonischen Platten. Nachdem die schützende Hülle um den Planeten herum plötzlich zerstört war, verschwand der durch sie auf der Erde verursachte Treibhauseffekt, was zu einer gravierenden atmosphärischen Druckveränderung führte. Ein Beispiel: Der Luftdruck auf der Erdoberfläche in der Höhe des Meeresspiegels entspricht in etwa 1 bar, dem Druck von 1 kg auf einer Fläche von 1 cm². Unterwasser steigt der Druck pro 10 Meter Tiefe um ungefähr 1 bar an. Die Veränderung der Atmosphäre setzte den menschlichen Körper überraschend einem neuen, ungewohnten Druck aus. Er beeinflusste Ihre Entwicklung, die Art, wie Sie sich fortbewegten, die physische Stärke Ihrer Spezies. Entscheidend war, dass es Ihnen gelang, sich anzupassen. Ihre Spezies lernte, sich auf die Veränderung ihrer Umwelt einzustellen – was den Dinosauriern und vielen anderen Spezies nicht gelang.«

Miles hob die Hand. »Handolly, Sie reden von der Evolution, einem interessanten Thema, in dem ich allerdings kein Experte bin. Ich kann das, was Sie sagen oder andeuten, weder bestätigen noch das Gegenteil beweisen. Ehrlich gesagt, hat es mit dem, was ich wissen will und worüber Sie und ich reden müssen, nichts zu tun. Das ist mein Punkt … Sie wählen eine interessante Thematik, etwas Nebensächliches, und lenken damit von dem ab, was wir wirklich diskutieren müssen – wie etwa: Wann siedelten Sie Menschen das erste Mal auf andere Welten um; auf wie viele Welten; und was am wichtigsten ist … Aus welchem Grund? Wieso haben Sie das getan? *Das* ist es, worüber wir sprechen müssen, nicht über Evolutionstheorien, die in keiner Weise zu unserem Verständnis beitragen.«

Im Allgemeinen zeigten die Gesichter der Altairianer wenig Regung. Das erschwerte das Verständnis davon oder die Einschätzung dessen, was sie während eines Gesprächs dachten. Heute konnte Miles allerdings eine klare Veränderung in Handollys Gesicht erkennen. Es sah aus, als ob es sich verspannte.

Handolly senkte den Kopf und erwiderte auf Miles' Beschwerde hin: »Es *ist* wichtig für diese Unterhaltung. Es ist die Basis dafür, wieso wir eingriffen.«

Die beiden starrten sich einen Augenblick schweigend an, bevor Miles nachgab. »Ok, bitte fahren Sie fort, Handolly. Ich werde mich bemühen, Sie nicht zu unterbrechen.«

Der Gesichtsausdruck des Altairianers schien sich zu entspannen. Er setzte seine Ausführungen fort. »Wie gesagt … Wir waren nicht sicher, ob Ihre Spezies den auf die Erde zustürzenden Kometen überleben würde. Da wir nicht zulassen wollten, dass Ihre Spezies durch ein solches Ereignis ausgemerzt wurde, griffen wir ein. Wir begannen mit der Entführung von Abertausenden von Menschen Ihres Volkes. Das erfolgte meist während der Nacht, in der wir sie ruhig stellen und verlegen konnten, ohne sie zu verletzen oder ernste emotionale Reaktionen hervorzurufen. Sobald sie an Bord unserer Schiffe waren, betäubten wir sie für die Reise nach Sumara. Wie Sie wissen, ist das Qatana-System vier angeschlossenen Systemen mit einer Reihe von Planeten vorgelagert, die das passende Umfeld für das Gedeih menschlichen Lebens bieten. Jedes System verfügt über einen Planeten, der Leben erhalten kann. Das System, das Sie das Agora-System nennen, enthält drei Planeten, auf denen Menschen existieren können. Wir siedelten auf jedem dieser Planeten eine kleine Gruppe von Menschen an. Leider waren die Menschen, mit denen wir das Agora-System kolonisierten, den natürlichen Raubtieren dieser Planeten nicht gewachsen. Sie wurden getötet. Am Ende überlebten die Menschen bis zum heutigen Tag nur auf drei der insgesamt sieben bewohnbaren Planeten.«

»Die drei Systeme in der Qatana-Region sind also die einzigen Systeme, die die Altairianer mit Menschen bevölkerten?«

Handolly zögerte einen Moment, bevor er hinzufügte: »Das sind die Planeten, die wir *erneut* mit Menschen bevölkerten. Was nicht heißt, dass nicht andere Spezies Menschen entweder von der Erde oder aus den anderen Systemen entführten, um sie zu studieren oder auf andere Monde oder Planeten umzusiedeln. Das beste Beispiel dafür sind die Zodark. Während unseres ersten Krieges nahmen sie die Qatana-Region und einige andere Systeme ein. Dadurch erfuhren sie von der Existenz der Menschen auf diesen Planeten und bauten zunächst eine Art Beziehung zu ihnen auf. Nachdem wir nun wieder Zugang zu Sumara und auf weiterführende Informationen haben, sieht es so aus, als ob die Zodark sich ihnen gegenüber zunächst als Gottheiten oder magische Schutzgötter präsentierten. Sie überließen den Menschen auf Sumara radikale technologische Neuerungen, mit deren Hilfe sie Hunderte, wenn nicht sogar Tausende von Jahren evolutionärer Entwicklung übersprangen.

»Die medizinischen Technologien, die die Zodark ihnen lieferten, reduzierte die Säuglingssterblichkeitsrate praktisch auf null. Landwirtschaftliche Verbesserungen erlaubten den Sumarern enorme Mengen an Nahrungsmitteln zu produzieren, deren Anbau und Ernte mithilfe von Maschinen erfolgte. Alles, was die Zodark im Gegenzug dafür verlangten, war ein ‚kleiner Tribut‘ oder ein ‚kleines Opfer‘, wenn ich es so ausdrücken darf. Dann kam eine Zeit, in der die Sumarer diesen Tribut verweigerten. Daraufhin stoppten die Zodark die Funktionsfähigkeit sämtlicher Mittel, die sie ihnen zur Verfügung gestellt hatten. Im Prinzip brachten sie die gesamte Technologie des Planeten zum Erliegen. Die Sumarer litten schrecklich unter einer drei Jahre währenden Hungersnot, unter Krankheiten und sahen schließlich dem Tod ins Auge, bevor sie entschieden, dass selbst ein Leben unter dem Tributsystem besser als das der vergangenen Jahre war. In ihren Augen war es leichter, den Tribut zu akzeptieren, als weiter mit dem zu leben, was sie gerade durchgemacht hatten.«

Miles saß da und hörte mit gespannter Aufmerksamkeit zu. Er trank seinen Wein und bestellte ein zweites Glas. Auf der Akademie hatte er einen Kurs über autoritäre Regierungssysteme belegt – etwas, das jeder Offizier in den Tagen nach dem Dritten Weltkrieg studierte. Dort hatten sie darüber diskutiert, wie Menschen unter einem autoritären Regime überlebten oder es in einigen Fällen sogar akzeptierten, solange ihre Grundbedürfnisse und ihre Wünsche gedeckt waren, die sich meist auf die ausreichende Versorgung mit Nahrungsmitteln und auf ihre Sicherheit beschränkten. Falls einer Regierung die Implementierung eines klassischen Konditionierungsprogramms gelang – oft als der ‚Pawlowsche Konditionierungseffekt‘ bezeichnet – war die Bevölkerung stets bereit, Edikte und Regeln zu akzeptieren, die die meisten Menschen normalerweise als abstoßend oder vollkommen unakzeptabel ansahen. Im Fall der Sumarer hatten die Zodark sie durch die Weitergabe von Technologie, Nahrungsmittelsicherheit und persönlicher Sicherheit abhängig gemacht und abgerichtet – unter der Bedingung, sich an das von ihnen eingeführte Tributsystem zu halten.

Handolly erklärte weiter. »Wir hatten sehr lange keine Ahnung, was die Zodark den Sumarern antaten oder den anderen von Menschen bewohnten Planeten. Irgendwann erfuhren wir von dem Tributsystem, tappten aber weiterhin im Dunkeln darüber, wozu es diente oder was sie mit den Menschen vorhatten, die sie als Tribut akzeptierten. Inzwischen gehen wir davon aus, dass sie zusätzliche Planeten mit Menschen bevölkerten, um eine Art Armee aufzubauen, die sie in ihrem Ziel der Verdrängung der Orbot unterstützen sollte. Ich vermute, dass sie diese Armee auch gegen uns eingesetzt hätten, allerdings nicht, bevor ihnen die Entthronung der Orbot gelungen war.«

»Eine Frage, Handolly. Was macht die Orbot so besonders? Wieso glauben Sie, dass die Zodark zunächst die Orbot bezwingen wollten, bevor sie die von ihnen trainierte menschliche Armee gegen uns aktivieren? Wieso bringen sie diese neue Armee nicht gleich ins Spiel und lassen sie sofort auf unsere Allianz los?«

»Das verlangt eine vielschichtige Antwort. Wie Sie wissen, sind die Gallentiner unsere Schirmherren. Sie wurden von ihnen zum Statthalter ernannt, der die Gallentiner und ihren Willen in der Milchstraßengalaxie repräsentiert. In gleicher Weise hat das Kollektiv die Orbot in unserer Galaxie zu Ihrem Gegenstück ernannt. Aus diesem Grund müssen die Zodark vorsichtig vorgehen. Die Herausforderung und Bezwingung der Orbot müsste enorm schnell passieren, um ein potenzielles Problem mit dem Kollektiv zu vermeiden. Aller Voraussicht nach würden sie sich nicht einmischen; andererseits ist auch gut möglich, dass die Orbot das Kollektiv um Hilfe bitten. Meiner persönlichen Meinung nach werden die Zodark die Friedensvereinbarung dazu nutzen, ihr Militär neu aufzubauen und ihre

Schiffe in eine günstigere Position zu bringen, um sich besser gegen Ihre Waffen verteidigen und sie abwehren zu können. Es war gut, dass Sie heute auf ihre neuen Fregatten und Korvetten hinwiesen, die die Zodark erst kürzlich ins Spiel brachten. Ich gehe davon aus, dass sie diese Art Schiffe vermehrt produzieren und in künftigen Konflikten einsetzen werden. Insgesamt geht ein Großteil von uns Altairianern davon aus, dass sich die Zodark – verglichen mit ihrem ersten Auftreten – zu Beginn der nächsten Auseinandersetzung in einer weit stärkeren Position befinden werden.«

»Da bin ich ganz Ihrer Meinung«, pflichtete Miles ihm bei. »Eben das ist der Grund, weshalb ich glaube, dass wir die Allianz und die Flotte von Grund auf neu organisieren müssen. Während meines Besuchs bei den Gallentinern boten sie an, uns beim Bau von mehreren ihrer Kriegsschiffe zu unterstützen. Wenn mich nicht alles täuscht, sind die sogar noch mächtiger als die, die Sie einsetzen. Falls wir uns entschließen, sie zu bauen, stellt sich allerdings das Problem, dass eine Reihe notwendiger Mineralien und Komponenten nicht einfach zu beziehen oder zu produzieren sind. Eines dieser Mineralien ist das Bronkis-5, ein Mineral, das, wie wir nun wissen, auf Alfheim zu finden ist. Es ist der Grund, weshalb wir um die Einnahme des Planeten gekämpft haben. Aus dem gleichen Grund traten die Orbot neben den Zodark in den Krieg ein. Ich schickte Gutachter in sämtliche uns zugänglichen bekannten und befreundeten Systeme aus, um mehr zu finden. Das wird Zeit in Anspruch nehmen. Dann ist da noch ein anderes Mineral, das Toriander-Kristall. Offenbar wird es für die gallentinischen Reaktoren benötigt und findet in den Objektiven der Laserbatterien des Schiffs Anwendung. Ich bin mir nicht sicher, wie genau das funktioniert, aber dieses Mineral ist eine weitere Ressource, nach der wir gegenwärtig überall suchen.«

Miles seufzte. »In naher Zukunft – zumindest bis wir zusätzliche Quellen für diese Materialien aufgetan haben – müssen wir meiner Ansicht nach weiter die altairianisch-menschlichen Hybridschiffe bauen. Ursprünglich hatte ich vor, dem Bau der gallentinischen Kriegsschiffe Vorrang einzuräumen, die wir, so denke ich, in eingeschränktem Rahmen auch bauen werden. Ansonsten werden wir als das standardmäßige Kriegsschiff für die gesamte Allianz weiter das bauen, was wir derzeit bauen.«

Handolly nickte zustimmend. »Das halte ich für eine weise Entscheidung, Miles. Ihr Vorschlag, den Bedürfnissen der jeweiligen Mannschaft angepasste Versionen dieser Kriegsschiffe zu bauen, war genial. Es wird die Akzeptanz dieser ansonsten einheitlichen Schiffe unter den verschiedenen Spezies enorm erhöhen.«

»Handolly, in Zukunft müssen unsere beiden Völker weit effektiver zusammenarbeiten als bisher. Mir ist bewusst, dass meine Beförderung zum Statthalter – die praktisch Ihrem Volk diese Position entriss – von vielen Altairianern nicht gut aufgenommen wurde. Ich habe diese Stellung weder gesucht noch gewollt; der Gebieter hat mich ausgewählt und ich habe akzeptiert. Ich versprach dem Gebieter, dass ich die Einheit innerhalb unserer Allianz verstärken werde. Zudem schwor ich, die Kriege zu Ende zu bringen oder eine Art Frieden zu schließen. Dieser Frieden mit dem Kollektiv besteht nun. Wie lange er anhalten wird, hängt wahrscheinlich von unseren Gegnern ab. Nachdem das erste Ziel nun erreicht ist, möchte ich mich als nächstes auf das Zusammenwachsen der Allianz konzentrieren. Aus diesem Grund werden wir das Machtzentrum der Allianz nach Neu-Eden verlegen … einen neuen Anfang machen, könnte man sagen. Es wird sich beinahe wie eine neue Allianz anfühlen, voller Optimismus und Hoffnung. Die neue Stadt der Allianz, die wir derzeit bauen, wird einfach erstaunlich sein.«

»Sie haben also weiter vor, diesen Plan durchzuführen?«, fragte Handolly.

»Das werden wir. Der Bau der Stadt ist noch nicht abgeschlossen, aber sobald wir der Vollendung näher kommen, beginnen wir mit dem Umzug der Ratsmitglieder samt ihren engsten Familienmitgliedern und ihrem Stab. Nachdem der Bau der Stadt und aller notwendigen Gebäude so gut wie abgeschlossen ist, übersiedeln wir die restlichen Funktionen der Allianz. Die Errichtung von fünf neuen Ringstationen – wie die um ihren Planeten herum – hat ebenfalls begonnen. Nachdem diese Stationen funktionsfähig sind, wird die Zahl der Kriegsschiffe, die wir dort bauen können, astronomisch sein«, führte Miles stolz aus.

Als ihre Mahlzeit serviert wurde, wechselten sie von geschäftlichen Themen auf die Unterhaltung über ihre Familien. Handolly zeigte sich Miles gegenüber nun weit offener. Er verriet ihm, dass er beinahe 400 Jahre alt war. Sein Alter überraschte Miles, der sich immer noch daran gewöhnen musste, dass die Menschen dieser

Tage weit über 100 Jahre alt wurden. Seine gallentinischen Ärzte hatten Miles berichtet, dass er theoretisch – solange er weiterhin medizinische Naniten erhielt – eine hohe Zahl in den Hunderten erreichen konnte. Es klang wundervoll, lange genug leben zu können, um die Entwicklung der Menschheit weiter zu verfolgen.

Handolly teilte mit ihm, dass er vier Mal gepaart worden war. Das Paaren war das, was die Altairianer unter einer Ehe verstanden. Seine erste Paarung hielt 46 Jahre lang. In dieser Zeit hatten er und seine Frau sechs Kinder. Am Ende hatten sie sich auseinandergelebt und wohnten nur noch zusammen, woraufhin sie diese Paarung in aller Freundschaft auflösten. Seine zweite Paarung endete mit dem tödlichen Unfall seiner Frau im vierten Jahr ihrer Ehe. Sie hatten keine Kinder, was es nach Handolly einfacher machte, sich von diesem Schicksalsschlag zu erholen. Insgesamt hatte Handolly 16 Kinder, die wiederum 78 Enkel hervorgebracht hatten. Der Gedanke, dass er lange genug leben könnte, um zu erleben, wie seine eigenen Kinder Kinder hatten, und wie sich dieser Prozess in der nächsten Generation fortsetzte, faszinierte Miles. Womöglich lebten Lilly und er lange genug, um die Geburt mehrerer Hunt-Generationen zu sehen.

Nach dem Abendessen konzentrierte sich Hunt auf ein weiteres offizielles Thema: Logistik und Handel. Die Republik brauchte unbedingt mehr Transporter, sowohl für den Zivilverkehr als auch für den Warentransport. Am Ende ihres Treffens hatte Miles eine Verabredung zum Schiffsbau getroffen, die der Republik um die 500 Speditionsschiffe und 350 Transporter für den zivilen Verkehr einbringen würde. Obwohl das immer noch nicht die chronische Knappheit der Republik beendete, würde es sicher einen Unterschied machen.

Kapitel Achtundzwanzig
Irdische Zeremonien

Erde, Sol
Drei Monate nach dem Friedensvertrag

Wenn es etwas gab, das Brian Royce hasste, waren es militärische Werbezirkusse, angefangen mit den Zeremonien aus Anlass eines Kommandowechsels bis hin zu den derzeitigen Siegesparaden. Seit seine Kompanie Deltas vor einem Monat auf der Erde eingetroffen war, hatten sie an nicht weniger als acht dieser Paraden teilgenommen. Derzeit veranstaltete die Republik jedes Wochenende Siegesumzüge und hatte vor, dies mindestens zwei weitere Monate fortzusetzen. Die Regierung bemühte sich, in jeder Stadt mit einer Bevölkerung von über 100.000 Personen einen solchen Umzug zu organisieren. Mit über 10.000 militärischen Einheiten im Umfang einer Kompanie fanden rund um die Welt jedes Wochenende durchschnittlich 20.000 Umzüge statt. Nach dem Ende der dreimonatigen Siegestour würden sie an 120.000 Paraden teilgenommen haben.

Royces Einheit war eine der am höchsten ausgezeichneten Gruppen unter den Sondereinsatzkräften. Das hatte sie dazu prädestiniert, dem steuerzahlenden Volk vorzuführen, wen sie unterstützt hatten und die Lobpreisungen der Öffentlichkeit entgegenzunehmen. Trotz all seiner Versuche, seine Männer aus dieser Zeit- und Geldverschwendung auf Staatskosten zu befreien, blieb ihnen keine Wahl. Sie mussten nicht nur an dieser Vorstellung teilnehmen, dazu mussten sie auch in ihren Ausgehuniformen mit all ihren Orden und Auszeichnungen herumstolzieren. Das Einzige, was die Sache einigermaßen erträglich machte war, dass Royce ihnen eine Tour in Nordamerika sichern konnte – die Heimat der meisten Mitglieder seiner Einheit.

Als Teil jeder Parade wurden jeweils ein oder zwei Soldaten seiner Einheit vor der versammelten Menge ihre Tapferkeitsmedaillen verliehen, zusammen mit der öffentlichen Verlesung ihrer Begründung. Royce empfand dies als eine merkwürdige Art, ihren Heldenmut zu feiern. Major Jayden Hopper hatte ihn allerdings dahingehend aufgeklärt, dass dies der Weg der Republik war, sie zu ehren und den Menschen zu zeigen, wie brutal und hart dieser Krieg gewesen war. Ein

Vorteil all dieser Paraden und selbst einiger Medaillenauszeichnungen war, dass sie – egal in welcher Stadt sie sich auch aufhielten – niemals für ihre Getränke oder Mahlzeiten bezahlen mussten. Seine Soldaten berichteten ihm außerdem, dass ihnen vor Ort täglich ein weit persönlicheres ‚Danke für Ihren Dienst‘ angeboten wurde.

Nach dem Ende eines solchen Umzugs in Idaho Falls fand Royce eine Sportbar, die am Nachmittag das sonntägliche Footballspiel übertrug. Er war immer noch in seiner Ausgehuniform, an der all seine Medaillen hingen, aber er war einfach nur hungrig und wollte das Spiel sehen. Sein First Sergeant und seine Zugführer hatten alles unter Kontrolle. Royce freute sich darauf, einen Burger zu essen, Bier zu trinken und das Footballspiel zu genießen. Er war bereits an seinem zweiten Bier als die Kellnerin ihm sein Essen servierte. Er hatte einen dicken, saftigen Buffaloburger auf einer Speck-Majo-Soße mit drei Speckstreifen mit Pfefferkörnern, zwei Scheiben Cheddarkäse, Gurken, Zwiebeln, Salatblättern und Tomaten bestellt, dazu noch als Beilage gebackene Bohnen und Pommes frites.

Beim Biss in seinen Burger lief ihm der heiße Saft des Fleischs das Kinn hinunter, den er sich mit einer Serviette abwischte. *Mein Gott, das schmeckt so gut ...*

»Ich wette, Burger wie diese gibt es auf einem Raumschiff nicht, habe ich Recht?«, sprach ihn eine rothaarige Frau an, die zwei Stühle weiter saß.

Royce sah nach rechts, plötzlich bewusst, dass ihm jemand beim Essen zusah. »Ähm ... nein, Ma'am, die gibt es sicher nicht.«

Der Rotschopf rutschte auf den leeren Sitz neben ihn. Sie war attraktiv, wohl in ihren Dreißigern. Andererseits war es dank der Naniten heutzutage schwer, das Alter einer Person zu schätzen, es sei denn, sie war der Technik abgeneigt.

»Das war eine schöne Parade.«

Royce hatte gerade einen zweiten Bissen im Mund, sodass er nicht sofort erwidern konnte. Wohl eine gute Sache. Er spülte sein Essen mit einem Schluck Bier hinunter, bevor er antwortete: »Wir tragen alle nur unseren Teil dazu bei. Die Öffentlichkeit verdient es, die tapferen Männer und Frauen zu sehen, die für sie kämpfen.«

»Das ist wahr. Aber ich wette, Sie sind es mehr als leid, jedes Wochenende vorgeführt zu werden.«

Royce war sich nicht sicher, was sie mit dieser Fragenkette
bezweckte. »Sind Sie eine Reporterin?«

Bei dieser Frage errötete sie. »Wäre es schlimm, wenn ich eine
wäre?«

*Na fabelhaft, genau das, was ich brauche. Ich als Geschichte für
die morgige Titelseite.*

»Nun, falls dem so ist, kann ich mich dazu in keiner Weise
äußern. Die Menschen der Republik haben uns seit beinahe 14 Jahren
finanziert und unterstützt. Sie haben ein Recht darauf, diejenigen zu
sehen, die sie unterstützt haben. Außerdem stammen viele meiner
Soldaten aus Nordamerika. Sie nutzen diese Gelegenheit, Familie und
Freunde zu besuchen, die sie seit Jahren nicht gesehen haben.«

»Das ist schön für sie. Und nur damit Sie es wissen, Soldat, ich
bin keine Reporterin. Ich arbeite für ein Unternehmen, das
Komponenten an Walburg Industries liefert. Wir helfen dabei, die C100
Kampf-Synth zu bauen, die Sie in so großem Umfang verschleißen.«

Royce seufzte erleichtert auf und kam ein wenig aus der Reserve.
»Eines kann ich Ihnen sagen. Diese Terminatoren haben uns bei mehr
als einer Gelegenheit aus der Klemme geholfen.«

»Terminatoren?«, fragte sie mit hochgezogenen Augenbrauen.

Achselzuckend erklärte er: »Ja, wir haben einige Spitznamen für
sie. Synth, Toaster, Terminatoren, Bots – einfach nur Spitznamen.
Manche Leute geben den C100 individuelle Namen. Davon halte ich
persönlich nicht allzu viel. Tatsache ist, dass die meisten von ihnen in
der einen oder anderen Schlacht zerstört werden. Nur wenigen gelingt
es, eine ganze Kampagne zu überstehen. Wir nehmen sie ziemlich hart
heran.«

»Ehrlich gesagt ist es gut zu wissen, dass sie einen Unterschied
machen. Wir hören nur wenig vom Krieg. Eine Weile sahen wir alle
dem weiblichen Admiral Fran McKee zu. Sie hatte beeindruckendes
Bildmaterial von der Invasion von Alfheim und vom Kampf, der in
diesem System stattfand. Das war das erste Mal, dass die meisten Leute
in der Republik dem Krieg regelmäßig so nahe kamen.«

Royce hatte davon gehört, dass Admiral McKee eine Filmcrew
damit beauftragt hatte, Biografien ihrer Mannschaftsmitglieder und von
einigen Soldaten auf der Oberfläche zu erstellen. Sie hielt es für eine
gute Idee, den Menschen daheim zu zeigen, welchen schweren
Belastungen die Flotte und die RA ausgesetzt waren. Damit hatte sie

Recht behalten. Im Anschluss an ihre Serie war die Kriegsmüdigkeit der Nation stark gestiegen, da die Einberufung junger Männer und Frauen kein Ende nahm, ebenso wenig wie die Namen derjenigen, die auf Lichtjahre entfernten Planeten weit weg von der Erde getötet wurden.

»Sind diese Zodark wirklich so schrecklich?«, fragte die Frau.

»Wie heißen Sie?«

»Oh, tut mir leid. Ich hätte mich vorstellen sollen. Jane Burton.« Sie errötete und streckte ihm die Hand entgegen.

Royce bemerkte, dass sie keinen Ring am Finger trug. »Freut mich, Sie kennenzulernen, Jane. Mein Name ist Brian Royce. Ich bin ein Captain der Deltas.«

Sie riss die Augen auf. »Sie sind *der* Brian Royce? Von den Sondereinsatzkräften?«

»Ähm … ja. Das bin ich. Warum?« Er war verwirrt. *Wieso sollte sie davon beeindruckt sein, ihn kennenzulernen?*

»Oh wow. Sie sind ein Nationalheld. Ich erinnere mich daran, Ihr Video zu sehen, in dem Sie ganz allein gegen diese Zodark während der Einnahme ihres Trägers kämpften. Sie zeigten uns das Video auf der Arbeit, erklärten uns, wie die Zodark aussehen, und dass *dieser* Mann, Master Sergeant Brian Royce, unsere Hilfe bei der Produktion von Kampf-Synth benötigte, wenn wir den Krieg gewinnen wollten. Ich wusste nicht, dass sie in den Offiziersrang befördert wurden.«

»Aha, ok. Ja, nachdem wir den Träger gesichert hatten, wurde ich zum Lieutenant befördert. Und durch den kriegsbedingten Verlust an Personal wurde ich weiter zum Captain befördert; ein Rang, den ich jetzt nach dem Ende des Kriegs wohl eine Weile behalten werde.«

»Ja, Sie sind sicher froh, dass es endlich vorbei ist und alle nach Hause gehen können.«

»Nach Hause gehen? Das bezweifle ich. Wir haben über eine Handvoll Monde und Planeten, die kolonisiert werden müssen. Ich gehe davon aus, dass sie die Sondereinsatzkräfte eine Weile mit Missionen auf diesen Planeten und Monden beschäftigen werden. Außerdem halte ich den Friedensvertrag nur für eine Kampfpause. Die Zodark werden unsere Rasse nie akzeptieren oder ihren Kampf gegen uns aufgeben.«

»Ach ja? Wieso glauben Sie das?«

»Nun ... 14 Jahre des Kampfs gegen sie ... Außerdem waren es die Orbot, die ihre Zustimmung zum Friedensvertrag verlangten. Den Zodark blieb keine Wahl«, erklärte Royce zwischen zwei Bissen.

Während er seinen Burger zu Ende aß, unterhielt er sie mit Geschichten über einige der Planeten, die er gesehen hatte. Er erzählte ihr von einigen der Monde und wie einzigartig sie waren, so verschieden vom Mond der Erde oder von einigen der Monde um Jupiter und Saturn herum. Jane war von dem, was sie hörte, fasziniert. Sie verbrachten den ganzen Nachmittag und den frühen Abend im Gespräch.

»Und Brian ...«, fragte sie schließlich kokett, »... wie lange bist du hier, bevor du weiterziehen musst?«

»Leider halten wir uns nur bis Mittwoch hier auf. Dann geht es weiter in die nächste Stadt, um diese Schau übers Wochenende zwei Mal mehr vorzuführen.«

Royce war es mittlerweile gründlich leid, ständig unterwegs zu sein. Jane konnte sehen, dass er enttäuscht war. »Falls du heute Abend zum Abendessen kommen möchtest, kann ich dir eine hausgemachte Mahlzeit anbieten. Ich könnte sogar ein Frühstück im Bett servieren, Nahrung für einen echten Kriegshelden.«

Wow, eine hausgemachte Mahlzeit und Frühstück im Bett ... wie kann ich das ablehnen?

»Das wäre fantastisch, Jane. Habe ich Zeit, mich umzuziehen und bequemere Kleidung zu tragen?«

»Oh, dann sehe ich dich gar nicht mit all deinen Orden«, konterte sie mit einem verführerischen Lächeln. »Aber ja, kein Problem. Ich schicke dir meine Adresse. Ich sehe dich so gegen zwanzig Uhr?«

Nachdem sie ihm ihre Adresse gegeben hatte, umarmte sie ihn kurz und ging, wohl um das zu besorgen, was sie in den kommenden zwei Stunden zubereiten würde. Brian zahlte die Rechnung und kehrte in sein Hotel zurück, um die Kleidung zu wechseln und sich vorzubereiten.

Als er am Abend im Türrahmen stand, wurden seine Sinne mit den wundervollsten Gerüchen bombardiert. Was immer sie auch kochte, es roch fantastisch. Nachdem sie ihn ins Haus gebeten hatte, führte sie ihn in die Küche, in dem ein Braten in einem der Schongarer schmorte. Diese Töpfe hatten sich über die Jahre weiterentwickelt, folgten im Prinzip aber stets dem gleichen Konzept. Das Protein kam in die Mitte des Topf, umgeben von klein geschnittenem Gemüse und beliebigen Kräutern und Gewürzen, wonach es einige Stunden lang vor sich hin kochte. Jane hatte bereits eine Flasche Rotwein geöffnet und erwartete ihn mit zwei vollen Gläsern. Da der Schmorbraten noch etwas Zeit brauchte, zogen sie mit ihrem Wein in das Wohnzimmer um.

Hier im Wohnzimmer zu sitzen und seinen Wein zu genießen, ließ Royce plötzlich ein Zuhause vermissen. Er war nun schon so viele Jahre unterwegs, ohne jemals die Gelegenheit gehabt zu haben, einen Ort zu seinem Zuhause zu machen. Sein längster Aufenthalt auf der Erde war seine Stellung als Ausbildungssergeant in Fort Benning gewesen. Diese Art von Job verlangte unglücklicherweise alles von einer Person. Er hatte wenig Zeit gefunden, mit jemandem auszugehen oder sich in jemanden zu verlieben. Und nachdem der Krieg begonnen hatte, hatte sich sein Leben natürlich vollkommen verändert.

Am nächsten Morgen wachte Royce mit dem Blick auf diese schöne Frau auf, die gegen seine Brust gelehnt weiter schlief. Er wollte nicht aufwachen. Er wollte diesen Moment genießen. Gerade als er sich entschied, vorsichtig das Bett zu verlassen, um Frühstück für sie zu finden, erreichte ihn eine Nachricht über seinen Neurolink. Sie stammte von seinem First Sergeant. Beim Öffnen der Nachricht sah er einen Polizeibericht. Vier seiner Männer hatten in der vorherigen Nacht zu viel getrunken und sich mit einigen Einheimischen geprügelt.

Oh, das ging schlecht für sie aus, dachte er am Ende der Mitteilung.

Seine Soldaten saßen im Bezirksgefängnis. Der First Sergeant informierte ihn, dass er derjenige sein musste, der die Verantwortung für sie übernahm und ihre Kaution zahlte. Royce weckte Jane auf und erklärte ihr, was vorgefallen war. Sie mussten das Frühstück im Bett auf ein anderes Mal verschieben.

Bevor er sich anzog und ging, versicherten sie sich gegenseitig, dass sie in Kontakt bleiben und – solange er noch auf der Erde war – so viel Zeit wie möglich miteinander verbringen wollten. Dank des Hyperloop-Verkehrssystems und der Flugreisen war es relativ einfach, von einem Ende des Landes an das andere zu kommen. Hilfreich dabei war auch, dass Royce über zehn Jahre seines Gehalts und die ihm zustehenden Bonuszahlungen angespart hatte. Zudem hatte er einen großen Teil seines Geldes klug in die Walberg Industries investiert, nachdem er zum ersten Mal den erfolgreichen Einsatz der C100 gesehen hatte. Damals war ihm sofort klar, dass die Regierung diese Maschinen in den Millionen, wenn nicht sogar in zweistelligem Millionenumfang erstehen würde. Er hatte weiter vor, den Aufschwung dieser Aktien so lange wie möglich auszunutzen.

Kapitel Neunundzwanzig
Jackpot

Drei Monate nach dem Abschluss der Friedensvereinbarung
Unabhängiges Handelsschiff *Wawat*
Rhea – System

Dakkuri saß auf der Brücke der *Wawat* und wartete darauf, dass seine Sensoren wieder aktiv wurden. Sie hatten gerade das Sternentor auf dem Weg in das Rhea-System verlassen.

»Wir werden von einem Zerstörer in der Nähe kontaktiert, Dakkuri«, verkündete Namtar, sein Kommunikationsoffizier.

»Verbinde mich mit ihnen.«

Einen Augenblick später zeigte Namtar ihm an, dass die Verbindung stand.

»Hier spricht das unabhängige Handelsschiff *Wawat* auf dem Weg zum Weltraumhafen von Emerald City. Hören Sie mich?«

Es dauerte einen Moment, bevor die Reaktion kam.

»Unabhängiges Handelsschiff *Wawat*, hier spricht die RNS *Donald Jones*. Bitte senden Sie uns Ihr Reiseprotokoll und Ihre Ausweispapiere«, verlangte eine gestrenge Stimme.

»Übermittlung jetzt.«

Sie verharrten lange fünf Minuten etwa 20.000 Meter über dem Zerstörer schwebend im Weltraum. Dakkuri musste zugeben, dass der Zerstörer der Republik bedrohlich aussah. Die auf ihm installierten Waffentürme waren gegenwärtig alle direkt auf sie gerichtet.

»Unabhängiges Handelsschiff *Wawat*, Ihre Unterlagen wurden bestätigt. Ihr Anflug auf den Weltraumhafen von Emerald City ist hiermit genehmigt. Bitte melden Sie sich 1.000 Kilometer vom Raumflugkontrollzentrum entfernt und warten Sie dort auf die Freigabe zur Landung. Der Weltraumhafen ist voll ausgelastet.«

Mit der Erlaubnis, sich endlich voran bewegen zu dürfen, wies Dakkuri Sadat an, mit Höchstgeschwindigkeit Kurs auf die Station zu nehmen. Nachdem ihr Schiff das Tor in das Rhea-System und die dahinterliegenden Verteidigungsplattformen sicher hinter sich gelassen hatte, sprang Sadat mit ihm in Richtung Clovis oder auch Neu-Eden. So nannten die Erdenmenschen diesen Planeten nun. Dakkuri konnte immer noch nicht fassen, wie es einer angeblich minderwertigen Rasse gelungen war, ihre Zodark-Herren zu besiegen. Irgendwie ließ das leichte Zweifel in ihm aufsteigen, ob er womöglich der falschen Seite diente.

Dakkuri verscheuchte diese negativen Gedanken. Er musste sich nun voll und ganz auf seine bevorstehende Aufgabe konzentrieren. Nach der Ankunft am Weltraumflughafen würde er seine 42 Passagiere entladen – allesamt Mitglieder seines Spionagenetzwerks. Danach würden sie unabhängig voneinander ihre Reisen an die ihnen zugewiesenen Planeten und Städte arrangieren. Ihre erste Pflicht bestand darin, unmittelbar nach ihrer Ankunft am Zielort eine Reihe von geheimen Unterkünften einzurichten und gefälschte Dokumente, Geld und andere Mittel der Spionagepraxis für diejenigen zu organisieren, die ihnen in den kommenden Wochen und Monaten folgen würden. Dakkuri seinerseits würde nach dem Andocken der *Wawat* versuchen, Frachtverträge an Land zu ziehen, die ihm die Reise auf andere Planeten, insbesondere auf die Erde, ermöglichen würden.

»Wir kommen aus dem FTL«, sagte Sadat laut an. Dakkuri konnte die Aufregung in der Stimme des jungen Mannes hören. Alle waren enthusiastisch. Es war das erste Mal, dass sie eine nicht von den Zodark kontrollierte Welt betraten. Sie hatten keine Ahnung, was sie erwartete oder was geschehen würde.

Nach dem Kollaps der FTL-Blase um ihr Schiff herum, gaben ihre Scanner nur wenige Sekunden später das wieder, was um sie herum vorging. Was sie nach der erneuten Betriebsbereitschaft der Sensoren sahen, raubte ihnen beinahe den Atem. Der Planet, der ihnen als Clovis bekannt war, hatte sich in ein geschäftiges, blühendes Mekka verwandelt, umflogen von unzähligen ankommenden und abreisenden Schiffen.

Sowohl Sadat als auch Namtar sahen Dakkuri überwältigt an. Das war nicht das, was sie erwartet hatten. Das war nicht das, was ihnen mitgeteilt und worauf sie vorbereitet worden waren.

Schließlich riss sich Dakkuri zusammen und verkündete: »Ok, herhören, alle zusammen. Zurück an die Arbeit, die uns aufgetragen wurde. Sadat, lande uns an der Station. Nimm Kontakt mit dem Flugkontrollzentrum auf und hole die Erlaubnis für unseren Landeanflug ein. Namtar, aktiviere unsere passiven Sensoren, um so viele der um uns herum stattfindenden Aktivitäten wie möglich aufzuzeichnen. Ach, und Namtar … Aktiviere das Lanish und pinge drei Mal. Das sollte uns mehr als genug Daten liefern, um das System zu kartografieren.«

Ein Chor von »Jawohl, Sir«, erklang, während sich seine beiden Mannschaftsmitglieder an die Arbeit machten. Dakkuri selbst zog seinen eigenen Computermonitor an sich heran und ging die ersten eintreffenden Informationen durch. Die Zahl der Kriegsschiffe, die sich in der Nähe des Planeten und den beiden Monden aufhielten, fiel ihm sofort ins Auge. Es war keine unbedeutende Zahl. Noch beunruhigender war allerdings die schiere Größe von einigen dieser Schiffe.

Die Tonnage dieser größeren Schiffe ist astronomisch hoch. Das müssen ihre Kriegsschiffe sein, ging es Dakkuri durch den Kopf. Der Anblick dieser enormen Kriegsschiffe vermittelte ihm ein ungutes Gefühl hinsichtlich des Gebrauchs ihrer Lanish-Scanner. Sie waren ihm als eine weit fortgeschrittene Technologie der Orbot vorgestellt worden – fähig, ein ganzes Sternensystem zu scannen, solange er sich nur lange genug im System aufhielt, um alle eingehenden Signale aufzufangen.

Die *Wawat* verbrachte die nächsten 24 Stunden damit, sich weiter dem Weltraumhafen von Emerald City zu nähern. Die ausufernde Weltraumstation war über einen Weltraumaufzug mit dem Planeten verbunden. Von ihrer Warte her schien die Station über ungefähr 20 Decks zu verfügen. Das obere und untere Deck der Station bestand aus Anlegearmen, die man als Speichen beschreiben konnte. Diese Arme erstreckten sich etwa 1 Kilometer weit über die Station hinaus. Viele der Speichen schienen komplett mit Schiffen belegt zu sein. Tatsächlich ein sehr geschäftiger Weltraumhafen.

»Sind das durchweg Transporter oder Frachtschiffe?«, wunderte sich Sadat je näher sie kamen.

»Diese Schiffe hier …«, und Namtar zeigte auf eine Schiffsgruppierung, die am oberen Ende der Station festgemacht hatte, »… sehen wie eine Reihe von Kreuzfahrtschiffen aus. Sämtliche Decks der Schiffe haben Fenster, wie es von einem Kreuzfahrtschiff zu erwarten ist. Frachtschiffe haben weit weniger Fenster.«

Namtars Erklärung klang überzeugend. Dakkuri ermahnte sich, solch scharfsinnige Beobachtungen in seinem Bericht aufzuführen. Angesichts der Anzahl dieser Schiffe konnte man vermuten, dass entweder eine Menge Leute von einem anderen Ort auf Neu-Eden eingetroffen waren oder dass sie die Reise auf einen anderen Planeten antreten würden – vielleicht nach Sumara oder auf eine andere ihrer Welten. In jedem Fall untermauerte alles was er sah seine persönliche Meinung, dass diese Erdenmenschen ernst genommen werden mussten. Sie hatten den Sieg über die Zodark nicht allein ihrem Glück zu verdanken; sie hatten sie gründlich besiegt.

Die Annäherung an den Anlegebereich, der ihnen zugewiesen worden war, ermöglichte es Dakkuri, mit ihrer Bordkamera einige gute Nahaufnahmen von einem Schiff zu machen, das er für ein Kriegsschiff der Republik hielt. Es war von enormer Größe. Über die riesigen Türme am vorderen Ende des Schiffs hinaus, schienen sowohl die Unterseite als auch die Oberseite des Schiffs mit Hunderten von Anti-Schiffsraketen bewaffnet zu sein. Zumindest vermittelte ihre Größe diesen Eindruck. Dann sah er, wie ein kleineres Objekt an der vorderen linken Seite des Schiffs aus etwas herausschoss, dass wie ein Abschussrohr aussah. Eine Reihe weiterer Objekte folgte und gesellte sich zu ihrem Kameraden. Dakkuri gab sein Bestes, ihnen mit seiner Kamera zu folgen. Plötzlich wusste er, um welche Objekte es sich hier handelte. Es waren Raumjäger.

Namtar sprach Dakkuri an. »Ich sehe mindestens sechs dieser Kriegsschiffe hier.«

Dakkuri nickte bestätigend, ohne ein Wort zu verlieren. Etwas anderes hatte seine Neugier geweckt. Beim Heranzoomen mit seiner Kamera stockte ihm beinahe der Atem. In einigem Abstand von der Station entstand eine riesige Struktur. Sie sah wie eine gigantische flache Plattform aus, deren Ausbau zügig vorangetrieben wurde. In einigen Bereichen dieser Plattform schienen Wände und Räume zu entstehen. Was ihn allerdings wirklich beinahe umwarf, war nicht die Konstruktion dieser Struktur, vielmehr die kleine Armee humanoider Maschinen, die in der Leere des Weltraums an ihr arbeitete. Er hatte Bilder von denen gesehen, die die Erdenmenschen als C100 oder Kampf-Synth bezeichneten, wobei er nie vermutet hatte, dass sie auch über Arbeiterversionen verfügten. Jetzt verstand er, wie es den Erdenmenschen gelingen konnte, ihren Bestand an Kriegsschiffen in so kurzer Zeit aufzustocken. Sie hatten eine Armee von Maschinen, die rund um die Uhr für sie tätig waren.

Das ist etwas, was die Zodark ganz sicher erfahren möchten.

Sobald die *Wawat* angelegt hatte, wurden sie von einem Inspektionsteam begrüßt. Die Inspektoren kamen an Bord und sahen sich auf dem Schiff um. Sie überprüften ihren Frachtraum, den sie mit dem Ladungsverzeichnis der *Wawat* verglichen, um sicherzustellen, dass sie tatsächlich auch das beförderte, was die Liste behauptete. Die *Wawat* transportierte 20 Tonnen Materialien von Sumara nach Neu-Eden. Von dort aus würde sie 20 Tonnen Andorra-Fleisch auf die Erde überführen, bevor die Crew dort den nächsten Versorgungsvertrag abschloss, um Güter von der Erde nach Centaurus zu bringen. Auf dem Rückweg nach Sumara würden sie der gleichen Route folgen. Insgesamt hatte Dakkuri vor, etwa 17 Monate unterwegs zu sein, in denen sie die Hauptsysteme der Erdenmenschen ausspionieren und kartografieren würden – in Vorbereitung auf eine Invasion von sicher epischen Ausmaßen.

Nach der Abfertigung durch die Zollbehörde wurde ihr Frachtraum freigegeben. Ein halbes Dutzend synthetischer Hafenarbeiter begann mit dem Entladen der Waren, die sie von Sumara zum Verkauf mitgebracht hatten. Dakkuri informierte seine menschliche Fracht, dass es an der Zeit war, sich zu trennen, um mit ihren eigenen Operationen zu beginnen. Die Agenten verließen das Schiff in kleinen Gruppen, niemals mehr als zwei oder drei Personen gleichzeitig, um das Erscheinungsbild zu vermeiden, dass sie alle vom gleichen Schiff stammten. Bis zur Zeit ihrer Aktivierung würden nun alle ihre vorgegebenen Ziele infiltrieren und so gut wie möglich in aller Öffentlichkeit untertauchen.

Sadat trat an Dakkuri heran. »Alle haben das Schiff verlassen. Wir sind unter uns. Wärst du damit einverstanden, wenn Namtar, Chryssoula und ich zwei Tage auf der Oberfläche verbringen? Wir sollten eine Menge Orte aufsuchen, bevor wir uns mit dem nächsten Auftrag auf den Weg machen.« Sie hatten fünf Tage, bis ihre Fracht an andorranischem Fleisch geladen werden konnte.

»Sicher. Ich kann mich um die Dinge hier oben an der Station kümmern«, antwortete Dakkuri. »Aber Namtar muss in zwei Tagen zurück sein. Ich brauche ihn. Richte ihm das in jedem Fall aus. Ich werde mich hier umsehen und einige der Geschäfte auf der Promenade besuchen.«

»He, warum versuchst du nicht, uns zwei der synthetischen Arbeiter zu besorgen? Ich bin mir sicher, dass Chryssoula Hilfe in der Technik gebrauchen kann. Außerdem könnten sie uns nach dem Erreichen der Erde beim Entladen und mit der Verladung der neuen Fracht helfen«, schlug Sadat vor.

Dakkuri kicherte. »Ein starker junger Mann wie du sollte keine Probleme haben, die Ladung im Frachtraum zu löschen oder ihn neu zu beladen.«

Beide lachten einen Augenblick, bevor der Rest des Teams auftauchte. Dakkuri stellte sicher, dass Namtar wusste, dass er in 48 Stunden zurück sein musste. Nachdem die Gruppe gegangen war, machte sich Dakkuri ebenfalls auf den Weg. Er verschloss das Schiff, bevor er den Zugang zu ihrer Anlegestelle ebenfalls sicherte. Nachdem nun alles unter Kontrolle war, fand er seinen Weg zu dem Bahnsystem, das sich im Zentrum der Anlegestellen befand. Entlang des gesamten Transportsystems sah er Warenhäuser mit einer direkten Verbindung zu Güterwaggons und den Frachtschiffen.

Je mehr Dakkuri allein von diesem Teil der Organisation sah, desto mehr war er von diesen Erdenmenschen beeindruckt. Die Anlegearme auf dieser Seite der Station streckten sich beinahe zwei Kilometer in das All hinaus und waren etwa 400 Meter breit – mehr als genug Raum, um einem zweispurigen Bahnsystem zu erlauben, Passagiere und Mannschaftsmitglieder den ganzen Weg zur Station und wieder zurück zu ihren Schiffen zu befördern. Neben dem zivilen Bahnsystem gab es auch ein komplexeres System für den Transport von Fracht. Diese Spur verlief weit näher entlang dem Standort der Lagerhäuser zusammen mit einer sekundären Parktrasse, für den Fall, dass ein Schiff bei seiner Verladung mehr Platz in Anspruch nahm. Das erlaubte der restlichen Fracht weiter ungehindert auf der Hauptlinie unterwegs zu sein.

Die Art, wie die Republik hier Fracht annehmen oder auf der Station entladen konnte, war faszinierend. Dakkuri vermutete, dass zu diesem Zweck überwiegend synthetische Arbeiter eingesetzt wurden, die, ohne müde zu werden, rund um die Uhr arbeiten konnten.

Nachdem Dakkuri endlich das Zentrum der Station erreicht hatte, studierte er zunächst einen Plan der Station. Vor dem Verlassen der *Wawat* hatte er seine speziellen Kontaktlinsen eingelegt. Er wollte eine Aufnahme von allem haben, was es zu sehen gab.

Sechs Stunden lang durchwanderte Dakkuri die Station. Er sah sich jedes Deck und jede Nische an, wo immer ihm der Zugang gewährt wurde. Leider war mindestens ein Viertel der Station für Zivilisten gesperrt. Nicht, dass es darauf ankam; der größte Teil der Station stand seiner Besichtigung offen.

Auf der Promenade entdeckte Dakkuri einen Laden der Walburg Industries. Er hatte erfahren, dass dies das Geschäft war, in dem er synthetische Humanoide erstehen konnte. Beim Betreten des Geschäfts sah er allein die vier Standardversionen, die zum Kauf angeboten wurden, ohne einen der Kampf-Synthetiker zu entdecken. Als er sich nach ihnen erkundigte, lachte der Geschäftsinhaber nur und informierte ihn, dass niemand einen C100 kaufen konnte. Letztendlich entschied sich Dakkuri für einen Techniker und zwei Allzweck-Synth, die sie zur Ladung und Entladung ihres Schiffs einsetzen würden.

Da er bis zur Rückkehr von Namtar zwei Tage für sich hatte, beschloss Dakkuri, Zeit in einigen Bars der Station zu verbringen. Das sollte ihm ein besseres Verständnis seiner neuen Gegner vermitteln. Als er sich im Gespräch mit mehreren Personen danach erkundigte, was sie von den Zodark oder vom Krieg hielten, musste er sich einiges anhören. Die Menschen, mit denen er redete, fürchteten sich vor ihnen. Sie hatten umfangreiche Videoaufnahmen ihrer Massaker gesehen, wussten andererseits aber auch, dass sie besiegt werden konnten. Diese Menschen brachten der Fähigkeit ihrer Flotte und ihrer Armee ein extrem großes Vertrauen entgegen, jederzeit und überall gegen die Zodark und sogar die Orbot antreten zu können und siegreich aus dieser Schlacht hervorzugehen. Als Dakkuri nachhakte, wieso sie so von einer sicheren Niederlage der Zodark überzeugt waren, erhielt er eine überraschende Antwort. Seine Gesprächspartner berichteten ihm, dass die republikanische Armee – mit Ausnahme von einigen wenigen Kämpfen – bislang noch nie von ihnen besiegt worden war.

Dakkuri musste seinen Wunsch unterdrücken, mehr über das zu erfahren, was sie ihm so beiläufig erzählten. Manche Menschen zeigten ihm die Fotos ihrer Söhne und Töchter, Väter oder Mütter, Geschwister in Uniform … Sie waren stolz auf das, was ihre Familienmitglieder taten und berichteten ihm von den Kämpfen, an denen sie teilgenommen hatten. Einige von ihnen war es sogar gelungen, Filmmaterial der Kämpfe an den Zensoren vorbei zu schmuggeln, das sie ihm nun vorspielten. Dakkuri musste zugeben, dass es furchteinflößend war, den Soldaten der Zodark in der Schlacht zuzusehen. Selbst als Mitglied der Mukhabarat hatte er sie nur selten so kämpfen sehen wie in diesen kurzen Videoclips. Noch interessanter schienen ihm aber die an den Kampfhandlungen beteiligten Familienmitglieder dieser Menschen zu sein. Die Art, wie sie sich bewegten und kämpften, machte ihn nervös. Zwischen ihren ungemein effektiven Infanterie-Sturmgewehren und ihren Exoskelett-Kampfanzügen und ihren Panzerwesten … Ihnen zuzusehen, war zweifellos beeindruckend.

Dakkuri erkundigte sich, wie die Helme der Soldaten funktionierten. Daraufhin fragte ihn jemand an der Bar: »Wieso diese Fragerei? Haben Sie diese Ausrüstung noch nie gesehen?« Plötzlich starrten ihn eine Handvoll der Besucher argwöhnisch an.

Er hob die Hände und gab lachend zu: »Mein Name ist Dakkuri. Entschuldigen Sie all diese Fragen. Ich bin Sumarer vom Planeten Sumara. Wir wurden erst kürzlich von den Zodark befreit. Ich habe bisher nur wenige Ihrer Soldaten gesehen. Ich weiß, dass sie tapfer sind, und ich weiß, dass sie den Nichtkombattanten wahres Interesse und Mitgefühl entgegenbringen – im Gegensatz zu den Zodark, denen das abgeht.«

Die Barbesucher, die sich unmittelbar in seiner Nähe aufhielten, entspannten sich sichtlich. Einer von ihnen spendierte eine Runde Bier, bevor er zu erzählen begann. »Mein Name ist Glenn Cronkite. Ich diente 32 Jahre in der republikanischen Armee und würde es wohl immer noch tun, wenn ich nicht beide Beine verloren hätte.« Glenn drehte seinen Stuhl in Richtung von Dakkuri und hob seine Hosenbeine ein Stück an, um ihm ein Paar metallener prosthetischer Beine zu zeigen. »Sie wurden mir direkt über dem Knie weggerissen, als unsere Osprey feindlichem Bodenfeuer ausgesetzt waren. Ich bin mir nicht wirklich sicher, wie es geschah. Einige meiner Kumpel sprachen von dem hektischen Chaos, nachdem unser Osprey getroffen wurde. Alles ging so schnell. Einen Augenblick war ich damit beschäftigt, mit der Hälfte meines Zugs den Schlachtplan zu besprechen, und gleich darauf wurde mir bewusst, dass wir abgestürzt waren. Danach bin ich dann im Krankenhaus aufgewacht, wo man mich über den Verlust meiner Beine informiert hat.«

»Das tut mir wirklich leid«, versicherte Dakkuri ihm. »Wenn ich Sie das fragen darf: Bereuen Sie, die Zodark vor all diesen Jahren auf Clovis angegriffen zu haben?«

»Ob ich bereue, dass *wir* sie angegriffen zu haben? Mann, Sie kennen Ihre Fakten nicht. Wir besuchten Neu-Eden in Frieden. Ich war dabei. Wir schickten unsere Botschafterin aus, um mit den Zodark Kontakt aufzunehmen, *woraufhin sie uns angegriffen haben*. Sie entführten die Botschafterin und taten ihr alle möglichen schrecklichen Dinge an. Erst nach dieser Aktion griffen wir an und zerstörten ihren Stützpunkt. Damit begann der Krieg.« Glenn zögerte kurz, bevor er fortfuhr: »Wir wollten einzig den Beginn eines Dialogs. Stattdessen wurden wir grausam überfallen. Jetzt sind wir es, die den Kampf zum Feind tragen. Ich persönlich bezweifle, dass das Friedensabkommen viel länger Bestand hat. Ich denke, dass der Krieg innerhalb von zwei Jahren neu aufflammen wird.«

Dieser Kommentar überraschte Dakkuri. Er war neugierig, wieso dieser Erdenmensch das dachte. »Denken Sie, dass die Republik den Krieg wiederaufnehmen wird?«

Glenn trank einen Schluck Bier. Dann schüttelte er den Kopf in offensichtlicher Frustration. »Bevor ich meine Beine verlor, verbrachte ich neun Jahre damit, gegen die Zodark und in geringerem Maße auch gegen die Orbot zu kämpfen. Ich bilde mir ein, ein wenig davon zu verstehen, wie diese beiden Spezies operieren. Die Orbot scheinen allein auf technologischen Fortschritt konzentriert zu sein. Sie suchen nach etwas, was sie Transzendenz nennen, was immer das auch sein soll. Die Zodark hingegen … Nun, die sind einfach blutrünstige Monster, die die gesamte Galaxie erobern wollen. Sie scheinen keinerlei Regeln zu folgen, zumindest nicht den Standardregeln, um deren Befolgung sich die meisten Spezies bemühen – wie etwa, ihrem Volk ein sicheres Umfeld zu bieten, in dem es gedeihen und wachsen kann.

»Als jemand, der von Sumara kommt, überrascht Sie das vielleicht, aber die absolute Wahrheit ist, dass die Republik keinen Krieg will. Das wollten wir nie. Was wir wollen ist Frieden … Frieden, uns zwischen den Sternen auszubreiten und neue Welten und Monde zu kolonisieren. Wir wollen neue Wege beschreiten, Kolonien frei von der Bedrohung durch die Zodark etablieren. Meine persönliche Meinung, Dakkuri, ist, dass die Zodark einen Weg finden werden, den Krieg aufleben zu lassen. Aber Gott stehe ihnen bei, falls sie es tun.«

Dakkuri verbrachte noch eine Stunde in der Bar im Gespräch mit Glenn und einigen anderen Gästen. Er fand ihre Perspektive hinsichtlich der Zodark absolut faszinierend. Dakkuri hatte sein ganzes Leben im Reich der Zodark verbracht, ohne jemals Meinungen ausgesetzt zu sein, die dem, was als akzeptabel anerkannt war, widersprachen. Es fiel ihm schwer, auf das, was er von diesen Leuten hörte, nicht zu erwidern. Er fühlte eine Verpflichtung, etwas zur Verteidigung der Zodark vorzubringen, wusste aber, dass er in diesem Fall sicher seine Deckung verlieren würde. Er musste sich daran erinnern, dass er aus einem Grund hier war. Er hatte eine Aufgabe. Auf die musste er sich konzentrieren. Er durfte sich nicht ablenken lassen.

Nachdem sein Schiff Tage später mit dem andorranischen Fleisch beladen war und seine Crew ihre individuellen Missionen erledigt hatte, legten sie von der Emerald-Station ab. Versehen mit den offiziellen Koordinaten von Sol würden sie in Kürze ihren ersten Blick auf die Erde werfen … auf das Machtzentrum der Republik, auf diese weltraumreisenden Emporkömmlinge der Spezies Mensch.

Kapitel Dreißig
Rückkehr zur Normalität

Vier Monate nach dem Abschluss der Friedensvereinbarung
Hauptquartier des Weltraumkommandos
Jacksonville, Arkansas
Erde, Sol

Entgeistert starrte Flottenadmiral Chester Bailey Kanzlerin Luca, Senator Chuck Walhoon und einige anderen Senatoren der Verteidigungs- und Steuerbewilligungsausschüsse bei der Vorstellung seines geplanten Budgets an.

»Ich weiß, was Sie denken, Chester … Wir beschneiden das Budget in einer Zeit, in der wir es aufstocken sollten«, erklärte Kanzlerin Luca. »Um ehrlich zu sein, können wir es uns einfach nicht länger leisten, so viel Geld wie bisher in das Militär zu investieren. Derzeit müssen wir dem Aufbau einer interstellaren Struktur den Vorrang geben, um unsere wachsende Anwesenheit in den anderen Systemen zu unterstützen.« Sie versuchte ganz offensichtlich, den Schock ein wenig zu mildern.

Chester konterte. »Kanzlerin, ich weiß, dass wir Ressourcen auf den Aufbau unserer Infrastruktur verwenden müssen. Das Gleiche gilt allerdings auch für den Aufbau unserer Navy. Die letzte Schlacht im Sirius-System kostete uns 18 Prozent unserer gesamten Flotte. Uns fehlt es an Hunderten, wenn nicht sogar an Tausenden von Kriegsschiffen – Schiffe, deren Bau ebenso viel Zeit in Anspruch nimmt, wie das Training ihrer Mannschaften. Das Abkommen mit dem Kollektiv hat uns die Zeit erkauft, unsere Navy auszubauen und sie auf das vorzubereiten, was immer uns als nächstes bevorsteht. Lassen Sie bitte nicht zu, dass wir diese Gelegenheit ungenutzt verschwenden.«

»Admiral …«, mischte sich Senator Walhoon in seinem ausgeprägt texanischen Akzent ein, »… wir verringern nicht die Größe der Flotte, die Sie für Ihre Navy sehen möchten. Wir verlangsamen nur den Zeitrahmen der Konstruktion, um die Ausgaben der Regierung zu reduzieren. Die Ringstationen, bei deren Bau uns die Gallentiner helfen, sind enorm groß und nehmen einen ungeheuren Anteil unserer Ressourcen in Beschlag. Der Regierung mangelt es einfach an den

Finanzmitteln, all diese Dinge zur gleichen Zeit zu bauen. Wir müssen unsere Prioritäten neu ausrichten.«

Frustriert schüttelte Chester den Kopf. »Die beiden ersten Ringstationen werden von den Gallentinern finanziert«, protestierte er. »Außerdem wird der zunehmende Handel mit den Alliierten unserer Allianz die nötigen Steuerzahlungen einbringen, um alles unverändert beizubehalten.«

»Die Gallentiner übernehmen die Kosten für die beiden ersten Ringstationen, ganz recht. Wie Sie wissen, bauen wir dazu noch drei weitere Stationen«, erinnerte ihn Kanzlerin Luca. »All das ist Teil unseres Infrastrukturplans. Ich fürchte, wir können es uns nicht leisten, die Produktion der Kriegsschiffe im gleichen Umfang fortzusetzen, während wir daneben auch diese Stationen aufbauen. Zudem benötigen wir einige der Schiffswerften für die zivile Konstruktion. Die Nachfrage nach Frachtern und Transportschiffen jeglicher Art und Größe ist enorm. Die Schiffswerften müssen damit beginnen, diese Aufträge zu erfüllen, um den Handel zwischen den Alliierten wieder in Schwung zu bringen.«

Chester wusste, dass er diese Schlacht verlieren würde. Er seufzte laut auf. Dann kam ihm eine Idee. »Ok, ich verstehe, dass es uns an Frachtschiffen für den zivilen Markt fehlt. Gegenwärtig besitzt die Flotte 86 Transportschiffe, mit weiteren 14 im Bau. Was, wenn ich die Hälfte dieser Schiffe für den zivilen Gebrauch freigebe? Wir halten uns an die derzeitigen Frachtraten, aber was immer wir einnehmen, kommt automatisch wieder unseren Finanzen zugute. Wäre das möglich? Meine Transportflotte wird die derzeit bestehende Lücke füllen, und die Gelder, die wir einnehmen, dienen dazu, die Reduzierung unseres Budgets auszugleichen.«

Mehreren Senatoren schien diese Idee zuzusagen. Kanzlerin Luca wandte sich an Senator Walhoon. »Nun, Chuck, was halten Sie von dieser Idee? Das könnte beiden Seiten zugutekommen.«

Der Senator überlegte eine Weile. Es war deutlich, dass die Rädchen in seinem Gehirn die Zahlen und Daten durchgingen. »Generell halte ich wenig davon, militärische Güter auf diese Weise einzusetzen, da wir damit legitime zivile Unternehmen vom Wettbewerb verdrängen könnten. Aber wie wäre es damit? Sie rufen ein separates Kommando oder Geschwader ins Leben, das diese Schiffe fliegen wird. Wir bestimmen einen Regierungsbeauftragten, der der

Gruppe beigeordnet und mit der Aufsicht über ihre Verträge betraut ist, um sicherzustellen, dass Ihre Gruppe nicht die Frachtkosten ziviler Transportfirmen unterbietet. Wäre das fair?«

Chester wusste, dass dies sein bestes Angebot war und stimmte ohne Zögern zu. Er hätte auch die kleine Bergbauflotte der Navy beteiligen können, die er mit den Jahren aufgebaut hatte, um die Materialien zum Bau ihrer neuen Kriegsschiffe zu beschaffen. Aber diese Ressourcen brauchte er weiter selbst. Das Frachtgeschäft alleine musste ausreichend sein.

Und dann, als sie schon das Thema wechseln wollten, fiel einem der Senatoren ein: »Admiral, soweit ich weiß, steht Ihnen neben den Transportschiffen auch eine große Truppentransportflotte zur Verfügung. Wäre es Ihnen möglich, einen Teil davon an Ihre neue Transportflotte abzutreten? Der dringende Bedarf, Zivilisten in großem Ausmaß in die neuen Welten zu transportieren, muss ebenfalls gedeckt werden.«

Chester tadelte sich selbst, das übersehen zu haben. Sie hatten 70 Truppentransportschiffe – Schiffe, die monatelang über 55.000 Soldaten transportiert hatten.

»Vielen Dank, dass Sie mich darauf ansprechen, Senator. Ich muss zugeben, dass ich diese Schiffe total übersehen habe. Ich bin ganz Ihrer Meinung. Wir sollten einige von ihnen umdirigieren«, pflichtete Chester ihm bei. »Geben Sie mir Gelegenheit, dies mit meiner Logistikabteilung zu besprechen und herauszufinden, auf wie viele wir für längere Zeit verzichten können. Meine Planner arbeiten noch daran, wo wir all unsere Soldaten beheimaten werden und wie viele Soldaten wir an vorgeschobenen Stützpunkten in unseren neuen Kolonien stationiert sehen möchten.«

»Da wir schon von den neuen Kolonien reden … Wo werden wir künftig unsere Streitkräfte außerhalb der Erde unterbringen, da wir Alfheim nun nicht länger als vorgeschobenen Posten nutzen?«, hakte Senator Walhoon nach.

Chester suchte einige Informationen zusammen, die er an die holografische Scheibe in der Mitte des Tischs weitergab. Daraufhin erschien ein Aufstellung vor den Konferenzteilnehmern. »Gegenwärtig besteht unsere Armee aus 8.600.000 Soldaten. Zwei Ranger-Divisionen mit einer jeweiligen Stärke von 12.000 Individuen. Die Sondereinsatzkräfte sind in vier Untergruppen eingeteilt. Jede Gruppe besteht aus etwa 5.000 Deltas, an die 15.000 Unterstützungskräfte angeschlossen sind. Gruppen Eins und Zwei sind auf der Erde stationiert, Gruppen Drei und Vier befinden sich derzeit auf Neu-Eden. Teile jeder Gruppe wurden auf andere Monde oder Planeten verlegt, die aber regelmäßig vor und zurück rotieren. Das bedeutet, dass wir niemals ein ganzes Bataillon im Einsatz haben.

»In Bezug auf die Bodentruppen stellt sich die Situation ganz anders dar. Wir haben eine Million auf Neu-Eden, 500.000 auf Sumara, 300.000 sind über die anderen Monde und Planeten Sols verteilt, 1.500.000 befinden sich auf dem Primord-Planeten Intus, and weitere 1.500.000 Soldaten sind auf Alpha Centaurus stationiert. Damit verbleiben 3.200.000 Soldaten auf der Erde, sowie zwei Millionen Soldaten, die sich in den verschiedenen Phasen ihres militärischen Trainings befinden.«

Kanzlerin Luca meldete sich zu Wort. »Das bringt uns zum Thema Wehrpflicht. Ist sie nach dem Ende des Kriegs weiter nötig?«

Die Wehrpflicht war sehr unbeliebt. Da sich immer noch ausreichend Freiwillige zum Militärdienst meldeten, mussten mittlerweile weit weniger Rekruten eingezogen werden. Die größte Herausforderung beim Thema Wehrpflicht war das schwarze Loch mangelnder Informationen. Die Kämpfe wurden so weit entfernt von der Erde ausgetragen, dass es eine gewisse Zeit dauerte, bis es die Neuigkeiten oder Verlustlisten zurück zur Erde schafften. Es kam vor, dass Familien erst drei oder vier Monate danach erfuhren, dass ihre Angehörigen gefallen waren. Das Militär versuchte seit Jahren, diesen Benachrichtigungsprozess zu verbessern.

Chester war klar, dass diese Frage in Kürze beantwortet werden musste. Am Ende des Monats stand die Namensverkündung der Wehrpflichtigen für das kommende Vierteljahr an. »Diese Frage beschäftigt mich ebenfalls. Vor dem Waffenstillstand und nach der gesicherten Wiedereinnahme von Alfheim war eine Invasion in den von den Zodark kontrollierten Raum geplant. Die entsprechenden Vorbereitungen liefen bereits, einen Planeten namens Tueblets in einem für die Zodark bedeutenden System einzunehmen. Diese Invasion hätte nicht weniger als vier Millionen Soldaten verlangt.

»Da dieser Einsatz nun auf Eis liegt oder aller Wahrscheinlichkeit nie stattfinden wird, schlage ich vor, dass wir die Wehrpflicht modifizieren. Ich würde gerne die Soldaten, deren Einberufungszeit bereits abgelaufen ist, die aber vom Militär kriegsbedingt weiter einbehalten wurden, aus dem Dienst entlassen. Das bedeutet, dass wir beinahe eine Million Soldaten ersetzen müssen. Außerdem würde ich gerne jedem, der eingezogen wurde und mindestens acht Jahre lang gedient hat, die Möglichkeit eröffnen, in die Reserve überzuwechseln. Mit der Zeit möchte ich unsere militärische Reserve zahlenmäßig auf die gleiche Stärke wie unsere aktiven Streitkräfte aufgestockt sehen. Auf diese Weise steht uns – sollte erneut ein Krieg ausbrechen – eine einsatzbereite Armee zur Verfügung.«

»Ok, das klingt akzeptabel«, erwiderte Kanzlerin Luca. »Wie groß soll Ihrer Ansicht nach die aktive Armee sein?«

»Ich denke, dass wir eine aktive Streitmacht von nicht weniger als acht Millionen beibehalten sollten, mit einer Reserve von zehn bis zwölf Millionen. Ohne erneut auf eine umfangreiche allgemeine Wehrpflicht zurückgreifen zu müssen, erlaubt uns das, viele Reservisten in den aktiven Dienst zurückzubeordern … falls es je nötig werden sollte.«

»Diese Idee gefällt mir«, pflichtete Luca Admiral Bailey bei. »So werde ich es präsentieren. Wir planen den Einzug von nur wenigen Millionen, um denjenigen, deren Dienst unfreiwillig verlängert wurde, zu erlauben, in die Reserve überzuwechseln. Wenn wir aber schon eine solche Reservestreitmacht kreieren, müssen wir sicherstellen, dass sie weiter trainiert wird und entsprechend ausgestattet ist. Ich will nicht, dass sie sich zu Wochenendkriegern entwickeln, denen es zur Zeit ihrer Reaktivierung an den Fähigkeiten oder der nötigen Ausrüstung mangelt.« Während dieser Aussage sah sie Senator Walhoon an, den Mann, der den Geldbeutel des Senats kontrollierte.

Chester hob die Hände in scheinbarer Kapitulation. »Von mir werden Sie keinen Widerspruch hören. Das halte ich für eine ausgezeichnete Idee. Vielleicht können wir das Gleiche auch mit der Navy machen. Nachdem wir wissen, wie viele Schiffe wir absolut im aktiven Dienst behalten müssen, geben wir die anderen in Langzeitaufbewahrung und unterhalten sie dort weiter. Auf diese Weise bauen wir unsere Streitkräfte weiter aus, ohne jeden Monat Geld für die Unterhaltung von Schiffen und eine volle Besatzung ausgeben zu müssen.«

»Was ist mit den Sondereinsatzkräften? Planen Sie auch hier die Einführung einer Reservefunktion?«, wollte ein anderer Senator wissen. »Nach dem Ende des Krieges bin ich mir nicht sicher, wie wir so viele Deltas beschäftigen wollen.«

Chester dachte einen Augenblick nach, bevor er antwortete. »Das sollten wir uns ebenfalls näher ansehen. Vielleicht können wir zwei Gruppen aktiv und die beiden anderen in der Reserve halten?«

»Stellen Sie in jedem Fall aber auch hier sicher, dass diese Soldaten weiter voll im Training bleiben – soweit das irgend möglich ist«, kommentierte Senator Walhoon. »Vielleicht wäre es eine Idee, diese Deltas in den neuen Interstellaren Marshalldienst aufzunehmen, in die IMS-Gruppe, die Sie gründen wollen … oder auch im Geheimdienst oder eventuell sogar als Teil der zivilen Ordnungskräfte? Wir reden von verbesserten Supersoldaten. Wir müssen verhindern, dass sie sich in Söldner oder bezahlte Attentäter oder ähnliches verwandeln«, warnte Walhoon.

Bei der Erschaffung ihrer verbesserten Supersoldaten hatte niemand so recht überlegt, wozu diese Männer nach dem Ende ihrer 20-jährigen Verpflichtungszeit geeignet waren. Nicht allzu viele hatten diesen Punkt allerdings erreicht. Diejenigen, denen es gelungen war, arbeiteten meist für die Regierung als Ausbilder für das Militär.

»Ich denke, wir werden eine Lösung finden, Senator.«

Die Gruppe besprach noch mehrere Stunden lang diverse Etatposten. Die Senatoren bedrängten Admiral Bailey mit Fragen, welche Schiffe weiter gebaut werden sollten und welche auf Jahre hinausgeschoben werden mussten. Über 130 Rümpfe befanden sich derzeit im Bau, 450 weitere waren geplant. Am Ende der Diskussion hatten sie sich darauf geeinigt, die Konstruktion dieser 450 Schiffe von ursprünglich fünf Jahren auf einen Zeitrahmen von zehn Jahren auszudehnen. Das würde den Budgetkürzungen des Weltraumkommandos entgegenkommen. Keiner der Anwesenden ahnte zu dieser Zeit die Höhe der Einnahmen, die die Einführung des neuen Logistikkommandos der Navy mit sich bringen würde. Der Transport von Fracht und Personen würde ihnen eine wahre Flut an finanziellen Mitteln einbringen. Gut möglich, dass Admiral Bailey seine Schiffe doch noch bauen konnte, bevor die Zodark möglicherweise ihre Meinung hinsichtlich der Einhaltung des Friedensabkommens änderten.

****

1. Rangerdivision
Fünf Monate nach dem Abschluss der Friedensvereinbarung
Neu-Eden

Staff Sergeant Paul ‚Pauli' Smith genoss in der Gesellschaft von Staff Sergeant Yogi Sanders und Master Sergeant Jason Dunham im Unteroffizierskasino ein Bier. Die drei unterhielten sich über ihre Zukunft im Militär. Inzwischen war es offiziell: das Militär führte bedeutende Veränderungen durch und erlaubte Millionen von Soldaten, in die Reserve überzuwechseln. Die 1. Orbitale Rangerdivision war davon keine Ausnahme, so wenig wie die 2. Division. Der Plan, eine 3. Division ins Leben zu rufen, war unmittelbar nach der Unterzeichnung des Friedensabkommens eingemottet worden. Die Neuordnung sah vor, dass zwei der vier Brigaden jeder Division in die Reserve verlegt wurden.

Heute Morgen, während eines divisionsweiten Briefings mit Anwesenheitspflicht, hatte ihr Kommandeur, Brigadegeneral Isaac Isaacson, Rufzeichen I2, ihnen ihre Optionen vorgestellt. Wenn sie zur Reserve wollten, hatten sie weiterhin ein Anrecht auf die Bonuszahlungen, die ihnen vertraglich zustanden und mussten insgesamt nur 40 Jahre dienen, bevor ihnen erlaubt wurde, in den Ruhestand zu treten und ihre Pension zu kassieren. Das war tatsächlich eine große Sache, denn die standardmäßige Rentenauszahlung setzte 50 Jahre Dienst voraus, um 50 Prozent des letzten Gehalts zu erhalten. Umgekehrt würde die Pension einer Person, die die längste Zeit in der Reserve verbracht hatte, natürlich nicht so hoch wie die eines Soldaten im aktiven Dienst ausfallen.

»Ich weiß nicht, wie ihr darüber denkt, aber ich habe 44 Jahre aktiven Dienst hinter mir«, sagte Dunham. »Ich bin nur sechs Jahre von meinem vollen Rentenanspruch entfernt. Deshalb bleibe ich dabei. Mann, vielleicht bleibe ich sogar solange, bis ich 75 Prozent Rentenanspruch erreicht habe.« Er leerte sein Bier und signalisierte dem Barmann, eine neue Runde für alle zu bringen. »Die Getränke gehen auf mich, Jungs. Ihr habt über die Jahre fabelhafte Arbeit geleistet. Ich kann mich noch daran erinnern, als ihr frisch aus dem Training kamt, was man euch schon von weitem ansah. Und jetzt seid ihr beide kampferprobte, erfahrene Kriegsveteranen.«

Aus dem Mund von Dunham war das tatsächlich ein großes Lob.

»Danke, Jason. Das bedeutet uns viel«, erwiderte Yogi. »Was ist mit dir, Pauli? Wirst du dabei bleiben, um die volle Pension zu kassieren?«

Bei diesem Gedanken musste Pauli kichern. Er hatte sich vor zwei Tagen mit seinem Buchhalter und seinem Anlageberater getroffen und erfreut festgestellt, dass er sich aller Wahrscheinlichkeit nie wieder um Geld sorgen musste. »Im Moment neige ich eher zur Reserve«, erklärte er. »Ich bin gerade erst 14 Jahre dabei. Noch ein langer Weg hin zu den 50 Jahren. Wenn ich bleibe, muss ich noch 36 Jahre auf meine Rente warten. Wenn ich andererseits in die Reserve wechsele, brauche ich nur noch 26 Jahre, um komplett aus dem Militär ausscheiden zu können. Außerdem erlaubt mir die Reserve mein eigenes Unternehmen hier auf Neu-Eden zu gründen, was ich gern tun möchte.«

Dunham zog die linke Augenbraue fragend nach oben. »Ach ja? An welche Art von Unternehmen denkst du?«

Yogi antwortete bereits, bevor Pauli sich äußern konnte. »Du solltest seine Pläne sehen, Jason. Unser Pauli hier ist eine Art Großgrundbesitzer-Entrepreneur. Er wird sich in alle möglichen Geschäfte stürzen.«

»Wirklich? Stammst du aus einer reichen Familie?«, witzelte Dunham sarkastisch. »Wie ich hörte, stiegen die Preise für Land ins Unermessliche, zumindest überall dort, wo so etwas wie eine Zivilisation existiert.«

»Nein, ich wurde nicht reich geboren, Jason. Vor langer Zeit kauften Yogi und ich uns in eine neu gegründete Andorra-Ranch ein. Und ich kaufte so viele Aktien wie ich mir leisten konnte, von einer Tech-Firma namens BlueWorld Technology. Ihr gehört das Patent zu einem besonderen Computerchip, der spezifisch in den neuen Schwebefahrzeugen genutzt wird, die Tesla vor zehn Jahren vorgestellt hat. Seit dem Ende des Kriegs vor fünf Monaten dürfen General Motors, BMW und Toyota nun endlich wieder Zivilfahrzeuge produzieren. Bereits am folgenden Tag verkündeten sie ihre Partnerschaft mit BlueWorld, die sie mit den nötigen Komponenten für den Bau der Schwebefahrzeuge versorgen wird. Ein *Riesengeschäft!* Ich bin mir nicht sicher, ob dir klar ist, wie groß dieser Handel wirklich ist.«

»Oh ja, das klingt fabelhaft. Vielleicht hätte ich mich vor einer Weile einkaufen sollen. Wie hast du dich eingekauft und wie hoch ist der Aktienstand heute?«, erkundigte sich Dunham, dessen Neugier geweckt war.

»Wir erstanden unsere ersten Aktien zum Preis von 18 RD pro Aktie«, gab Pauli bereitwillig Auskunft. »Da ich im Verlauf des letzten Jahrzehnts kaum etwas von meinem militärischen Gehalt ausgegeben habe, war ich in der Lage, 150.000 RD in das Unternehmen zu investieren, was mir 8.334 Aktien einbrachte. In der Woche vor der Unterzeichnung des Friedensabkommens stand der Aktienpreis auf 800 RD pro Aktien. Am Tag vor der Ankündigung des erstaunlichen Abkommens mit GM, BMW und Toyota, machten sie einen Vier-zu-Eins-Aktiensplit, was den Preis einer Aktie auf 200 RD fallen ließ. Damit gehörten mir 33.336 Aktien. Sobald das neue Übereinkommen mit den drei Autoherstellern bekannt wurde, stieg der Wert einer Aktie innerhalb einer Woche von 200 RD auf über 1.223 RD an. Was bedeutet, dass meine 33.338 Aktien plötzlich einen Wert von 40.772.374 RD hatten.«

»Wow. Dann warst du also die ganze Zeit ein gewiefter Entrepreneur, Pauli«, stellte Dunham bewundernd fest. Er war echt von seinem Truppführer beeindruckt.

»Ja, das sind aber nur meine Investitionen. Nach dem Verkauf meiner Andorra-Farm-Aktien steckte ich all mein Geld in den Kauf von drei großen Ländereien. Dort will ich Luxusimmobilien bauen, vielleicht sogar mit einem oder zwei Golfkursen.«

»Ja, Jason. Pauli weiß, wo's lang geht. Vielleicht scheide ich auch aus und arbeite für ihn«, scherzte Yogi und leerte sein zweites Bier. Ihre Hähnchenflügel kamen, begleitet von der nächsten Runde Bier.

Plötzlich wurde Dunham sehr ernst. »Pauli, ich verstehe, dass du ans Ausscheiden denkst. Das kann dir niemand verübeln. Dir steht offensichtlich eine bessere Alternative offen als den meisten. Andererseits – mit deiner Kampferfahrung und deiner langen Liste von Auszeichnungen – wirst du selbst in Friedenszeiten schnell durch die Ränge des Militärs aufsteigen. Du würdest als Zivilist sicher mehr Geld verdienen, aber du könntest auch beim Militär eine wirklich gute Karriere haben. Du bist ein verdammt guter Soldat und NCO, und ich würde dich nur ungern verlieren. Andererseits verstehe ich natürlich, wenn du genug hast.«

Schweigend widmeten sich die drei Männer eine Weile ihren
Hähnchenflügeln. Die Entscheidung fiel Pauli nicht einfach. Das
Militär sagte ihm zu. Er mochte seinen Job und war gut darin. Er hatte
sich zwei Purple Hearts, zwei Bronzesterne mit Ehrenauszeichnung,
einen silbernen Stern und die Medaille der Auszeichnung für besondere
Verdienste verdient. Ihr Bataillonskommandant und der
Brigadekommandeur versuchten gerade, seinen silbernen Stern zu einer
Medal of Honor aufzuwerten. Ein Teil von ihm würde sich beim
Verlassen der Ranger auf dem Weg in die Reserve schrecklich fühlen,
auf der anderen Seite wollte er sein Leben leben. Er wollte eine nette
Frau heiraten, irgendwo heimisch werden, Kinder haben und eine
Karriere, die ihm die Flexibilität erlaubte, das zu tun, was er wollte. Er
hatte ein echtes Problem.

»Wann ist unsere Entscheidung fällig?«, fragte Dunham.

»Wir haben bis zum kommenden Montag … Noch fünf Tage.«

Pauli seufzte und nickte. »Ok, bis dahin werde ich es wissen. Im
Moment brauche ich einfach noch mehr Zeit zum Überlegen.«

****

Offiziersunterkünfte
Fort Roughneck
Neu-Eden

Captain Brian Royce waren im Lauf seines Lebens viele Dinge
vorgeworfen worden, aber eine Frau zu heiraten, die er erst seit acht
Wochen kannte, fiel tatsächlich in die Kategorie waghalsiger
Unbesonnenheit. Zurück auf der Erde hatten Jane Burton und er eine
Nacht miteinander verbracht, die sich schnell zu einer stürmischen
Romanze entwickelt und mit ihrer Hochzeit an seinem vorletzten Tag
auf der Erde geendet hatte. Nach der Hochzeit hatte er die Papiere zum
Erhalt eines Reisevisums zum Aufenthalt auf Neu-Eden eingereicht.
Mit seiner Ankunft in der Kaserne suchte er sofort die für die
Unterkünfte zuständige Abteilung des Stützpunktes auf. Wäre sein
Name nicht Brian Royce gewesen, zweimaliger Empfänger der Medal
of Honor, hätte er sicher Monate auf Wohnraum auf der Basis warten
müssen. Ihm gelang es jedoch, ein großes, wunderbares, einstöckiges
Haus zugewiesen zu bekommen. Diese Art Haus war gewöhnlich für
einen Colonel oder höherrangigen Offizier reserviert, aber die

zweimalige Verleihung dieser Auszeichnung kam mit bestimmten Vergünstigungen, namentlich einem der schönsten Häuser auf dem Stützpunkt.

Nachdem Royce seine Wohnproblem gelöst und alles für seine Braut vorbereitet hatte, war er bereit, seine neue Kommandoposition anzutreten. Als Kompanieführer der Alpha-Kompanie, 1. Bataillon, 4. Sondereinsatzgruppe, ging er davon aus, zwei Jahre als deren Kommandeur zu fungieren, bevor er die obligatorische Stabs- oder Vereinte Stabstour antrat, um danach zum Major ernannt zu werden und früher oder später sein eigenes Bataillonskommando zu erhalten.

Und dann erhielt Royce völlig unerwartet neue Befehle. Sie sagten allein aus, dass er im Büro des Verteidigungsattachés, im sogenannten DAO-Laden, für einen Major General Alfred Bates arbeiten würde – offenbar in dem im Hauptquartier des Galaktischen Reichs angesiedelten Büro der Republik, zusammen mit dem Stab eben dieses Hauptquartiers. Die neuen Anweisungen erweckten den Anschein, als sei dies die leichteste und bequemste aller Dienstzuweisungen, die er sich erhoffen konnte … wobei ihn allerdings etwas davor warnte, dass es hier um mehr ging, als auf Anhieb ersichtlich war.

Wer zum Teufel ist General Bates?, fragte er sich. *Eindeutig nicht von den Sondereinsatzkräften, sonst hätte ich schon von ihm gehört. Ich wette, er arbeitet mit Botschafterin Nina Chapman zusammen.*

»Sie sind verpflichtet, am 22. September Ihren neuen Dienst anzutreten«, las Royce sich selbst mit lauter Stimme vor. Wenigstens hatte er bis dahin noch einen Monat Zeit – genug Zeit für eine Kommandoübergabezeremonie und um Jane behilflich zu sein, sich an das Leben im Militär zu gewöhnen.

Bei ihrer Ankunft am Weltraumhafen wenige Tage später, wartete er mit Blumen und einem Poster auf sie, das sie mit ‚Willkommen daheim, Jane‘, begrüßte. Sie umarmten und küssten sich ausgiebig, bevor sie in sein Fahrzeug stiegen.

Jane war fasziniert von allem, was sie sah. »Der Himmel unterscheidet sich so sehr von dem der Erde«, stellte sie verwundert fest. Das System hatte zwei Sonnen, und Neu-Eden wurde von drei Monden umrundet. Das führte zu einem beeindruckenden Kontrast der Landschaft. Und dann waren da die Gebäude. Jede Stadt auf Neu-Eden folgte einem sorgfältig geplanten Entwurf. Nichts war bunt zusammengewürfelt, wie manche irdischen Städte. Auf Neu-Eden war alles vorbestimmt, bis hinunter auf die Größe und die Anzahl der Straßen, Untergrundbahnen, Straßenbahnen und Hyperloop-Stationen. Selbst die Hochhäuser hinterließen einen Eindruck. Viele von ihnen waren bis zu 350 Stockwerke hoch, einige von ihnen sogar noch höher. Die Bauten selbst waren von einer glasähnlichen Substanz umgeben, die bei direkter Sonneneinwirkung ein leicht grünliches Licht abstrahlte. Ein Großteil der Hochhäuser war über Himmelsbrücken miteinander verbunden oder sie verfügten über einen direkten Zugang zum Hyperloop-System.

Bevor Royce Jane zurück an die Basis fuhr, führte er sie in ein Restaurant, von dem aus sie auf das Meer hinuntersehen konnte. Sie nahmen eine für Neu-Eden typische Mahlzeit zu sich und tauschten die neuesten Informationen aus. Nach ihrer Ankunft in ihrem neuen Haus auf dem Stützpunkt konnte Jane nicht fassen, wie groß und schön es war. Brian musste ihr wiederholt versichern, dass dies kein Scherz sondern wirklich *ihr* Haus war. Dann deutete er an, dass sie nun damit beginnen mussten, all diese Zimmer mit Babys zu belegen. Ihr koketter Blick verriet ihm, dass sie zur Erreichung dieses Ziels keine Minute verlieren sollten.

Während ihres ersten gemeinsamen Wochenendes lud Brian Jane in einen seiner ganz in der Nähe gelegenen Lieblingspark ein. Er wollte ihr so viel wie möglich von dieser neuen Welt zeigen, bevor sein neuer Job unausweichlich seine Anwesenheit verlangte. Sie würden den Samstag damit verbringen, den Park zu erkunden, um später am Strand das Wasser und die wärmende Sonne zu genießen.

Einen Großteil seines Lebens hatte Royce nichts außer den Sondereinsatzkräften gekannt. Zwischen all seinen Ausbildungen, dem Training, seinen Missionen und dann dem Krieg, hatte er keine Zeit gehabt, etwas anderes als das Militär zu erfahren. Zwei Monate mit Jane hatten ihm vor Augen geführt, wie viel seines Lebens an ihm vorbeigegangen war. Ihm wurde nun zum ersten Mal seit er dem Militär angehörte, klar, dass es *tatsächlich* ein Leben außerhalb des Militärs gab. Die Anwesenheit von Jane verwandelte das Haus umgehend in ein Heim. Bilder von ihr und ihrer Familie hingen an den Wänden, neben neuen Aufnahmen von ihnen beiden, in denen sie auf der Erde und jetzt auf Neu-Eden Spaß hatten.

Da Royce noch zwei Wochen bis zu seinem Dienstantritt hatte, fassten sie die Gelegenheit beim Schopf, ihr Umfeld zu erkunden und zu entdecken, was es um den Stützpunkt und in Emerald City zu tun gab. Dank Jane besuchten sie zwei oder drei Mal die Woche ein neues Restaurant, einfach nur um auszugehen und neue Leute zu treffen und ihre Umgebung weiter kennenzulernen. Brian musste es ihr lassen – er sah in der kurzen Zeit mit ihr mehr von dem Planeten als er in den Jahren gesehen hatte, die er hier stationiert war. Vor seiner Ehe mit Jane war er mit seiner Arbeit verheiratet gewesen. Er hatte sich nie viel persönliche Zeit genommen, sich Dinge anzusehen oder etwas zu unternehmen. Seine Bindung an den Job war absolut – aber Jane war dabei, dies zu ändern.

Jane war einigen Foren beigetreten und bevor Royce wusste, was ihm geschah, trafen sie sich am Wochenende mit anderen Paaren zum Grillen und zu gemeinsamen Ausflügen. Sie gehörten einem Wanderverein an, der wenigstens einmal die Woche die nahegelegenen Parks erkundete. Es war ein solch großer Gegensatz zu der Welt, die er seit 31 Jahren kannte und in der er gearbeitet hatte. Janes glücklichen Gesichtsausdruck zu sehen und ihre neuen Freunde und Paare, die sie trafen, vermittelte ihm eine seltsame Zufriedenheit mit dem Leben, die er so nie zuvor empfunden hatte. Es war herzerfrischend.
****

Hauptquartier des Galaktischen Reichs
Emerald City, Neu-Eden

Captain Brian Royce betrat das Büro, um sich zum Dienst zu melden, worauf er umgehend zum Büro von Major General Alfred Bates begleitet wurde. Vor dessen Tür klopfte er an und wartete darauf, hereingerufen zu werden.

»Herein«, lud ihn die Stimme ein.

Royce schloss hinter sich die Tür und trat an den Schreibtisch heran, wo er Haltung annahm. »Captain Brian Royce meldet sich wie befohlen zum Dienst«, stellte er sich mit forscher, fester Stimme vor

»Rühren Sie sich, Captain. Bitte nehmen Sie Platz«, forderte ihn der General mit einer Handbewegung auf den leeren Stuhl hin auf.

Royce sah sich den General, der vor ihm saß, genauer an, konnte aber nicht sagen, wo er ihn schon einmal gesehen hatte. Obwohl er seine Stimme nicht erkannte, kam ihm sein Gesicht irgendwie bekannt vor, was ihm merkwürdig schien, da der Mann offenbar ein ehemaliger Delta war.

Und ich dachte, ich kenne jeden General der Sondereinsatzkräfte.

»Mein Name ist Alfred Bates, und ja, ich heiße wirklich Alfred. Sie können mich Al oder General Bates nennen, was immer Ihnen lieber ist. Möchten Sie als Brian oder Captain Royce oder mit einem anderen Spitznamen angesprochen werden?«

»Meine Freunde nennen mich Brian. Ähm … und Sie können mich rufen, wie immer Sie möchten, Sir.«

»Ausgezeichnet, Brian. Ich denke, dass Sie und ich uns im Laufe der kommenden Wochen und Monate recht gut kennenlernen werden. Zunächst aber zum Geschäft. Ich bin mir sicher, dass Sie sich fragen, wie Ihr Job aussehen wird, was genau Sie hier tun werden, und womöglich auch, wer zum Teufel ich bin?«

»Ich muss zugeben, dass ich die letzten Wochen doch etwas neugierig war«, gestand Brian. Da er allerdings zu sehr damit beschäftigt gewesen war, seine Zeit mit Jane zu genießen, hatte er Major General Alfred Bates nicht weiter recherchiert. »Ich dachte mir, dass Sie mir zu angemessener Zeit alles erklären werden. Wenn ich fragen darf … Wann waren Sie bei den Deltas? Ich bin davon ausgegangen, dass ich die meisten Offiziere kenne. Die Zahl ist relativ klein.«

Alfred nickte. »Das überrascht mich nicht. Sagen wir einfach, dass ich viel älter bin, als ich aussehe. Ich bin ein OG. Einer der letzten Deltas der 1. Sondereinsatzkräfte der alten Tage, als es noch die Vereinigten Staaten von Amerika gab. Demgegenüber eilt Ihnen Ihr ausgezeichneter Ruf und Ihre Gefechtserfahrung voraus. Aus diesem Grund habe ich Sie persönlich für Ihre nächste Aufgabe ausgewählt.«

Jetzt war Royce wirklich neugierig, wer dieser Mann war. Er gehörte immer noch dem Militär an, das machte sein Rang deutlich. Für wen er arbeitete war allerdings eine andere Frage.

»Ok, ich bin gespannt. Was kann ich für Sie tun, Sir?«

Alfred lächelte. »Gut, dann kommen wir zum Thema. Als Erstes zu Ihrer Information: Ich nehme nicht länger an aktiven Einsätzen teil; nicht, seit ich mein linkes Bein und mein rechtes Auge vor beinahe 12 Jahren im Kampf um diesen Planeten verlor. Heute leite ich eine neu eingerichtete Gruppe – die Task Force Orange. Uns drohen andersartige und wachsende Gefahren, Brian. Wir brauchen eine neue Organisation, die damit fertig werden kam. Aus eben diesem Grund stelle ich diese neue Task Force zusammen.«

»Das klingt … interessant. Was genau werden wir tun?«

»Wir haben zwei Vorgaben, Brian. Die erste ist eine gründliche Analyse interner Gefahren innerhalb der Systeme unserer Alliierten, ein FID-Untersuchung. So wie sich die Dinge während des letzten Kriegs dargestellt haben, möchten unsere Vorgesetzten ein besseres Verständnis über die wahren Fähigkeiten unserer Alliierten erhalten. Entweder sind sie weit schwächer als sie uns glauben ließen, oder sie nutzten die Primord und uns im letzten Krieg als Kanonenfutter. Egal wie, in jedem Fall müssen wir ein besseres Wissen davon erlangen, wer unsere Alliierten wirklich sind.

»Unsere zweite Aufgabe wird es sein, die letzten Überbleibsel der den Zodark dienenden sumarischen Mukhabarat zu beseitigen.« Alfred hob eine Hand, um Royce davon abzuhalten, eine Frage zu stellen. »Mit ist bekannt, was über sie berichtet wurde, aber ich kann Ihnen versichern dass sie weiter aktiv sind.«

Alfred reichte ihm mehrere Papiere, bevor er kommentierte: »Ja, ich weiß. Alte Schule, aber es ist besser, manche Dinge nicht im elektronischen Datensystem zu speichern, sondern auf altmodische Art und Weise mit Papier und Bleistift zu bearbeiten. Was Sie in den Händen halten ist ein streng geheimer Bericht einiger unserer Geheimagenten auf Sumara. Unsere Anstrengungen, den Zodark die Kontrolle über den Planeten zu entreißen und die sumarische Geheimpolizei aufzulösen, veranlassten die Mukhabarat offensichtlich, sich eine Weile still zu verhalten – weshalb wir wohl einige von ihnen übersehen haben. Lesen Sie sich den Bericht doch kurz durch. Dann reden wir über ihn.«

Beim Überfliegen der Seiten, die er vor sich hatte, wurde Royce klar, dass sie ein ernstes Problem hatten – eines, von dem er nicht wusste, wie es zu lösen war. Nachdem er zu Ende gelesen hatte, händigte er die Dokumente wieder an Alfred aus.

»Als sie mit Hadad Nasr auf Sumara landeten und seine Familie fanden … Erinnern Sie sich an den Freund seiner Tochter Diyana? Sein Name war Sadat. Er war zu dieser Zeit ein aktives Mitglied der Geheimpolizei.«

»Selbstverständlich erinnere ich mich an ihn«, bekräftigte Royce. »Als wir ihn gefangen nahmen und ihm bewiesen, dass es andere Planeten mit Milliarden von Menschen gab, die nicht der Kontrolle der Zodark unterlagen, gelang es uns, ihn auf unsere Seite zu bringen. Er half uns, eine Handvoll Stützpunkte der Zodark zu identifizieren. Irgendwann verloren wir den Kontakt zu ihm. Wir vermuteten, dass er getötet worden war. Sie sagen, er lebt noch?«

Alfred nickte. »So sieht es aus. Er ist derjenige, der den Bericht, den Sie gerade gelesen haben, erstellt hat.«

»Wirklich?« Royce war erstaunt. »Das ist unglaublich. Dann haben wir also nicht nur eine Quelle, die unserer Organisation dient, sondern auch jemanden, der dem Infiltrationsteam angehört?«

»Den Eindruck macht es. Das war ein weiterer Grund, wieso ich Sie zu dieser Task Force hinzuzog. Sie haben Sadat damals rekrutiert. Sie kennen seine Motivation, wieso er uns hilft, und was er sich davon verspricht, für uns zu arbeiten. Das ist eine wertvolle Einsicht und wird viel dazu beitragen, den Inhalt dieses Berichts zu verifizieren.«

»Meine Güte … Das ist unfassbar. Falls es diesen Kerlen gelingt, sich in die Republik einzuschleichen … Mein Gott, dann könnten die Zodark uns von innen heraus zerstören«, stöhnte Royce. »Einer der größten Vorteile, den wir im letzten Krieg hatten, war das fehlende Wissen der Zodark, wo sich die Erde oder unsere Werften und militärischen Stützpunkte befanden. Sie wussten einzig über Neu-Eden Bescheid, und das auch nur dank dem Sternentor. Falls es den Mukhabarat gelingt, ein Agentennetzwerk innerhalb der Republik aufzubauen und unser gesamtes Territorium zu kartografieren, dann könnte das ihre Vorbereitung auf den Neubeginn des Krieges sein. Damit wüssten sie, wo genau sie angreifen müssen und wie stark unsere Verteidigungsvorkehrungen sind.« Royce hatte zu hart gekämpft und zu viele Freunde verloren, um zuzusehen, wie alles, wofür sie Opfer gebracht hatten, von dieser heimtückischen Spezies der Zodark zunichte gemacht wurde.

»Ganz recht. Deshalb gehören Sie meinem Team an«, nickte Alfred. »Den Rest dieser Woche helfen Sie mir bitte mit der Identifikation von weiteren Teammitgliedern, die Sie für geeignet halten, diese Schweinehunde aufzuspüren. Denken Sie nicht nur an Ihre Delta-Kollegen. Überlegen Sie, welche Fähigkeiten Ihnen abgehen, und ich werde neue Befehle an diejenigen ausgeben, die wir in unserer

Einheit sehen wollen. Ach, und bevor ich es vergesse ...« Alfred zog
ein kleines Kästchen aus seiner Schreibtischschublade und schob es
Royce über die Schreibtischplatte hinweg zu. »Die werden Sie
brauchen. Die Speerspitze meiner Einheit kann schließlich nicht nur ein
einfacher Captain sein.«

Royce akzeptierte das Kästchen und öffnete es. Er sah auf ein
Paar goldene Eichenblätter hinunter – die Insignien eines Majors. Er
war soeben befördert worden.

»Sir, ich weiß nicht, was ich sagen soll. Ich habe noch einige
Jahre, bevor ich offiziell vor der Beförderungskommission stehe.«

Alfred schwenkte die Hand, als ob die Kommission unwichtig sei.
»Obwohl wir JSOC direkt unterstellt sind, gehört diese Task Force
technisch gesehen dem DAO-Büro der Allianz an. Beförderungen
innerhalb unserer Gruppe finden etwas schneller statt, aber ich denke,
das wissen Sie bereits.«

Royce grinste über das ganze Gesicht. »In Ordnung. Soll ich
neben der Zusammenstellung eines Teams zur Jagd auf diese Hunde
auch ein Dutzend oder so FID-Teams etablieren, oder haben Sie schon
jemanden, der diese Aufgabe übernehmen wird?«

»Dafür habe ich bereits einen anderen Offizier im Auge«,
informierte Alfred ihn. »Ich will, dass Sie sich allein auf das Auffinden
dieser Eindringlinge konzentrieren. Denken Sie daran ... Die
Information in unserem Bericht ist mindestens eine Woche alt. Das
bedeutet, dass die Eindringlinge aller Wahrscheinlichkeit nach auf dem
Weg oder vielleicht sogar schon eingetroffen sind.«

Die Männer verbrachten den Rest des Morgens damit, Strategien
zu entwickeln, eine spezielle Nadel in einem Nadelhaufen zu finden.
Die vor knapp zwei Monaten gefeierte formelle Aufnahme von Sumara
in die Republik erlaubte Möchtegern-Spionen und Saboteuren nun den
uneingeschränkten Zugang und das ungehinderte Reisen quer durch die
gesamte Republik. Royce musste sein neues Team, das diese Spione
zur Strecke bringen würde, in aller Eile aufbauen und sich unverzüglich
an die Arbeit machen.

Nachdem Royce Alfreds Büro verlassen hatte, führte ihn der
Adjutant des Generals den Flur hinunter in einen großen, leeren Raum,
dessen Anschlag über der Tür einfach nur ‚J2/3/5 Operationen, Pläne &
Strategien‘ sagte. Der Adjutant tippte einen Code in das mit dem
Türschloss verbundene Gerät ein, der einen Handflächenleser

aktivierte. Der Adjutant legte seine Hand auf das Lesegerät und nachdem der biometrische Scanner die entsprechende Zuordnung vorgenommen hatte, öffnete sich die Tür mit einem leise zischenden Geräusch.

Der junge Lieutenant drehte sich zu Royce um. »Wir versuchten, die Beschreibung Ihres Raums so nichtssagend wie möglich zu machen. Mit dem Eintreffen neuer Mitarbeiterstäbe der Allianz wird es absolut notwendig sein, dass Ihr Team das, was Sie hier tun, absolut geheim halten.«

Beim Betreten des Raums sah Royce nichts als eine riesige Leere. Keine Schreibtische, Stühle, Computerbildschirme … absolut nichts. Es war eine leere Leinwand, die er nach Belieben ausfüllen konnte. »Das wird es tun.«

»Gut, keiner der anderen Arbeitsbereiche ist so groß wie dieser. Nachdem Sie wissen, wie Sie den Raum gestalten möchten, schicken Sie mir bitte die Spezifikationen, um ihn Ihren Vorgaben entsprechend einzurichten. Bis Ihr Büro fertiggestellt ist, können Sie jederzeit eines dieser Terminals dort drüben benutzen.« Der Adjutant hielt kurz inne. »Ach, und noch ein letztes. Sobald Sie wissen, wen Sie in Ihr Team rekrutieren möchten, lassen Sie es mich bitte umgehend wissen, um deren sofortige Versetzung zu arrangieren.«

Bevor sich der Lieutenant offiziell verabschiedete, stellte er sicher, dass Royce den Code für das Keypad kannte und seine biometrischen Daten zur Entsicherung des Schlosses gespeichert waren.

Während Royce nun allein in diesem riesigen Raum stand, ging ihm ein einziger Gedanke durch den Kopf. *Ich habe JSOC vor 17 Jahren verlassen … und nun bin ich ganz plötzlich wieder hier. Zeit, die alten Verbindungen aufleben zu lassen.*

Anmerkung des Autors

Ich hoffe, dieses Buch hat Ihnen gefallen. Wenn Sie die Reise mit Buch Sechs der Serie *Aufstieg der Republik* fortsetzen möchten, klicken Sie einfach auf den folgenden Link, der Ihnen die Vorbestellung Ihrer Kopie *In die Stille* ermöglicht.

Da ich vorhatte, das Universum des *Aufstiegs der Republik* weiter auszubauen, möchte ich Ihnen in Partnerschaft mit T.C. Manning, einem meiner erfahrenen Ko-Autoren, eine aufregende neue Serie vorstellen: *Apollos Pfeile*. Das erste Buch, *Cherubim's Call*, folgt Harrison Kodiak und zwei seiner Kampfgenossen durch ihre militärische Ausbildung hindurch bis zum Beginn des Konflikts mit den Zodark – eine unterschiedliche Perspektive, vorgestellt aus der Einstiegsebene der Republikanischen Armee. Klicken Sie auf diesen Link und reservieren Sie sich Ihre Kopie.

Neben der militärischen Science Fiction-Serie, die Sie gerade lesen, arbeiten wir weiter an unserer nächsten fesselnden militärischen Thriller-Serie, *Die Monroe Doktrin*. Der folgende Link bringt Sie zu Buch 1 dieser Serie.

Liebhabern von Hörbüchern können wir mehrere erst kürzlich produzierte Bücher anbieten. Die fünf Bücher der Reihe *Falling Empire* sind nun als Hörbuch erhältlich, zusammen mit den sechs Bänden der *Red Storm-Serie*, ebenso wie unsere gesamte Reihe der *World War III*-Bücher. *Interview with a Terrorist* und *Traitors Within*, gegenwärtig eigenständige Bücher, stehen ebenfalls zu Ihrem Hörvergnügen zur Verfügung.

Sollten Sie Interesse an den Erscheinungsdaten unserer aktuellen Veröffentlichungen haben und E-Mails über besondere Preisangebote erhalten möchten, registrieren Sie sich doch bitte auf unserer E-Mail-Verteilerliste: https://www.frontlinepublishinginc.com/.

Als Dank und Bonus für Ihre Registrierung übersenden wir Ihnen ein Dossier als Teil der Serie *Der Aufstieg der Republik*. Die Akte enthält sowohl das Bildmaterial als auch die einschlägigen Statistiken der Schiffe, über die wir schreiben. Sie wird Ihnen die Serie mit jedem Buch, das sie lesen, lebendiger machen.

Als unabhängige Autoren sind Leserrezensionen enorm wichtig für uns, da sie einen hohen Stellenwert bei zukünftigen Lesern einnehmen. Wenn Ihnen dieses Buch gefallen hat, möchten wir Sie herzlich bitten, eine positive Rezension bei Amazon und Goodreads zu hinterlegen. Wir sind jedem, der sich die Zeit nimmt, einen Kommentar zu schreiben, äußerst dankbar.

Es bereitet uns viel Vergnügen, unsere Leser über die Sozialen Medien näher kennenzulernen, insbesondere auf unserer Facebook-Seite https://www.facebook.com/RosoneandWatson/. Manchmal bitten wir unsere Leser auch um ihre Unterstützung bei der Entwicklung neuer Bücher – es ist schön, auf verschiedene Erfahrungsbereiche zurückgreifen zu können. Eine Gruppe von Beta-Lesern unterstützt uns mit einem letzten Blick über unsere Bücher, bevor sie offiziell auf den Markt kommen, und hilft uns mit Änderungen in letzter Minute. Falls Sie Teil dieses Teams werden möchten, besuchen Sie doch bitte unsere Autoren-Webseite: https://www.frontlinepublishinginc.com/ und schicken Sie uns eine Nachricht über den »Contact«-Tab. Wir freuen uns darauf, von Ihnen zu hören.

Vielleicht gefallen Ihnen auch einige unserer anderen Werke. Nachfolgend finden Sie die vollständige Liste:

Sachliteratur:
Iraq Memoir 2006–2007 Troop Surge
Interview with a Terrorist (Verbindung zum Hörbuch hier)

Romane:
The Monroe Doctrine Series
Volume One (Verbindung zum Hörbuch hier)
Volume Two
Volume Three
Volume Four
Volume Five

Deutsche Fassungen der Serie *Die Monroe-Doktrin*
Band Eins

Rise of the Republic Series
Into the Stars (Verbindung zum Hörbuch hier)
Into the Battle (Verbindung zum Hörbuch hier)

Into the War (Verbindung zum Hörbuch hier)
Into the Chaos
Into the Fire
Into the Calm
Into the Breach

Deutsche Fassungen der Serie *Aufstieg der Republik*:
In die Sterne
In die Schlacht
In den Krieg
In das Chaos
In das Feuer

Serie: Apollo's Arrows
Cherubim's Call (Vorbestellung möglich)

Crisis in the Desert Series (in Zusammenarbeit mit Matt Jackson)
Project 19 (Verbindung zum Hörbuch hier)
Desert Shield
Desert Storm

Falling Empires Series
Rigged (Verbindung zum Hörbuch hier)
Peacekeepers (Verbindung zum Hörbuch hier)
Invasion (Verbindung zum Hörbuch hier)
Vengeance (Verbindung zum Hörbuch hier)
Retribution (Verbindung zum Hörbuch hier)

Red Storm Series
Battlefield Ukraine (Verbindung zum Hörbuch hier)
Battlefield Korea (Verbindung zum Hörbuch hier)
Battlefield Taiwan (Verbindung zum Hörbuch hier)
Battlefield Pacific (Verbindung zum Hörbuch hier)
Battlefield Russia (Verbindung zum Hörbuch hier)
Battlefield China (Verbindung zum Hörbuch hier)

Michael Stone Series
Traitors Within (Verbindung zum Hörbuch hier)

World War III Series
Prelude to World War III: The Rise of the Islamic Republic and the Rebirth of America (Verbindung zum Hörbuch hier)
Operation Red Dragon and the Unthinkable (Verbindung zum Hörbuch hier)
Operation Red Dawn and the Siege of Europe Verbindung zum Hörbuch hier)
Cyber Warfare and the New World Order (Verbindung zum Hörbuch hier)

Kinderbücher:
My Daddy has PTSD
My Mommy has PTSD

Abkürzungsschlüssel

4FG	Vierte Jagdgruppe
ACLS	Erweiterte lebensrettende Sofortmaßnahmen
AI	Künstliche Intelligenz
AO	Einsatzbereich
AOR	Verantwortungsbereich
ASAP	baldmöglichst
ATV	Geländefahrzeug
BSL	Ebene der Biosicherheit
CAS	Luftnahunterstützung
CCP	Verwundetensammelpunkt
CIC	Informationszentrale
CO	Kommandierender Offizier
COB	Geschäftsschluss / Ende des Geschäftstags
COP	Gefechtsvorposten
CPW	Craykard-Partikelwaffe
DAO	Büro des Verteidigungsattachés
DZ	Abwurfzone
EFP	Projektilbildende Ladung
EKIA	Im Kampf gefallener Feind
ETA	Ungefähre Ankunftszeit
FID	Interne Vereidigung gegen Gefahren innerhalb eines fremden Staats
FOB	Vorgeschobene Operationsbasis
FRAGO	Unvollständiger Befehl
FTL	Schneller als das Licht
GE	Das Galaktische Imperium
GEU	Große/Erweiterte Europäische Union
GW	George Washington
HALO	Große (Absprungs)Höhe, Niedrige (Öffnungs)Höhe
HE	Hochexplosiver Sprengstoff
HQ	Hauptquartier
HUD	Weitwinkel-Scheiben-Display
HVI	Hochrangiges Individuum
HVT	Hochrangiges Ziel
IDF	Indirekter Beschuss
IED	Improvisierte explosive Vorrichtung

IMS	Interstellarer Marshalldienst
IR	Infrarot
JTF	Gemeinsamer Einsatzverband / Vereinte Task Force
JSOC	Vereintes Kommando für Spezialoperationen
KIA	Im Kampf gefallen
LT	Lieutenant
MOH	Tapferkeitsmedaille
NCO	Unteroffizier
NDA	Vertraulichkeitsvereinbarung
NOS	Zodark Admiral oder ranghoher Militärkommandant
OGA	Andere Regierungsbehörde
OIC	Befehlshabender Offizier
OP	Beobachtungsposten
OP2	Aufsichtsposten Position Zwei
PA	Persönliche/r Assistent/in
PDG	Waffen zur Verteidigung des Nahbereichs
PFC	Gefreiter
PNN	Privater Nachrichtensender
QRF	Schnelle Eingreiftruppe
RA	die Republikanische Armee
RD	Republikanische Dollar
RNS	Republikanische Marineschiffe
RPD	Ferngesteuerte Drohne
SAM	Boden-Luft-Rakete
SF	Sondereinsatzkräfte
SITREP	Situationsbericht
SOCOM	Sondereinsatzzentrale
TPA	Allianz dreier Parteien
VC	Fahrzeugkommandant
XO	Stabsoffizier / Stellvertreter des kommandierenden Offiziers

www.ingramcontent.com/pod-product-compliance
Lightning Source LLC
Chambersburg PA
CBHW072007190726
48293CB00001B/189

9 781957 634340